魅歌

陆耀亭 著

浙江文艺出版社
Zhejiang Literature & Art Publishing House

重试清谈到夜分

（代序）

李 青　崔武年

　　这是作者的第一部长篇小说,也是他生命里最后一部长篇小说。当这部小说封笔之时,作者的人生旅程已近终点。这部小说可说是作者近七十年风雨人生最后凝结的一道七彩霓虹。

　　小说长达五十万字。五十万字的耕耘,对于一个已经退休,抱病在身的人来说,如同一个小小的手工作坊营造一艘远洋巨轮,其工程量非亲自营造者莫知。结构、布局、事件、人物、心理、表象,城市、乡村、家庭、社会,七情六欲、柴米油盐、喜怒哀乐、生老病死,过去将来,起柱搭梁,衔字啄句,殚精竭虑,真是耗尽思量!当这艘巨轮驶出港湾,劈波斩浪之时,该是承载了作者多少的喜悦和宽慰!

　　但是,小说的创作是极其个人化的,它总是紧系着个体的生命体验。要用文字去建一座迷城,却是一定有他的地理经纬。小说写了五年。五年时间,作者用他特有的笔触,晕染出一个大的时代背景,并把这个背景融入到一个小小的县城。在这个方寸天地里,原始的力量依然发挥着魔力,新生的力量已经在改天换日!各色人等登台亮相,又烟消云散,一个蒙昧的主人公,揭示出某种坚毅而纯真的希望。作者希望通过一个现实与非现实的夹缝,去表达他感知的时代沧桑以及人与人之间本初的联系。

　　说了这些,疏忽了交代作者的姓名,抱歉得很。作者陆耀亭,去年五月已经魂游天外。老陆是湖北黄石人氏,未蒙之时即随父母迁来浙江,"文革"开始时他已是浙江江山中学的高三学生了。后来的经历,与我们大多数的"老三届"都差不多。年轻时的热情、莽撞、坎坷、思考,是所有这一代人都有过的脚印。老陆成为我们工作中的同事和生活中的朋友,是在二十世纪的八十年代——那真是个百废方苏、万事欲举,个人的命运又和执政党、和共和国捆绑在一起的年代!那时,我们碰巧都在组织部门工作,又碰巧都用命于组织部的青年干部工作机构。

在党的十一届三中全会路线精神的指导下,我们做了很多很有意义的工作。其中,更有一些是组织部门过去没有的、开创性的,比如"第三梯队"建设、"干部工作新方法研究"等。特别是"干部工作新方法研究",是从方法着手,载之以制度的改革和观念的创新,成效很大,声势很大。当时,在试点研讨的基础上,由中共中央组织部下达"直接协调管理课题"给省部级组织人事部门,与大学和科研院所的教授专家一起组织课题组,引进管理学、社会学、心理学、统计学等多学科的方法,结合干部工作的实际进行务实的研究探索,不但推动了中国干部人事制度的改革,而且成为八十年代生机勃勃改革开放的一道亮丽风景!在这项工作中,大家公认上海和浙江是一马当先的,在浙江"头马"的奔驰中,老陆功不可没。老陆当时是浙江省委组织部青年干部处副处长,具体负责"干部工作新方法"的研究工作。他有热情、肯钻研、跑市县、跑院校,做了大量的组织协调工作。记得是在一九八七年的六七月间,中共中央组织部确定把由浙江承担的"地方党政领导干部年度考核方案的研究"的试点作为中组部的试点。电话打过去,省里很快即派老陆和台州地委组织部的主要负责人等来京汇报。他们一下火车,直接就来到了部里,不歇气地一连工作了四天!这四天里,从进一步完善方案到调整考核程序和评议量表、确定参加范围、计算考核工作量,从局里讨论到专家讨论又到中组部的各有关部门讨论,最后又上了中组部的部办公会议讨论,还请示了宋平同志批准,等等,紧锣密鼓马不停蹄!这次汇报,最主要的是调整了考核思路,即发挥"两会"(市县党委的全委会和人大的常委会)的法定作用,明确了以这"两会"作为地方党政领导干部的考核主体——这在当时(乃至现在)可是有着非常重要的政治进步意义的!这个试点在浙江台州的椒江市(今椒江区)进行,中组部的试点工作组扩大了,有上海、天津、河南、辽宁、山东、湖南、河北、黑龙江等十余个承担了相关课题的省市委组织部的人员参加,进行了八九天的样子。试点期间,椒江市委书记、市长面对市委全委会和市人大常委会的联席扩大会做了述职,扩大会的成员做了评议,地委考察组对党政领导成员做了考核;同时,试点工作组对全体人员进行了不同类别的问卷调查,进行了各类人员的访谈和座谈,召开了不同形式的分析评估会,等等。试点当然非常成功,后来又在全国范围内组织了扩大试点,最后,经中央批准,以"中组发(1988)7号"中央组织部文件的形式印发全国执行。当然,这都是后话啦——可是在当年试点的时候,正值江南七月,酷暑当头,酷热难当!屋里没有空调,人人大汗淋漓——至于老陆等几位作为"东道主"的工作人员,既忙乎会务杂事,又衔接试点"业务",那更是白天黑夜地忙,废寝忘食,辛苦异常!很多亲自参加过椒江试点的老人都记得那些天的老陆的"典型形象",那就是上身一件无领大背心,下身一条及膝大裤衩,赤足塑料凉鞋,成天汗津津的,说话嗓门大,一说就"务虚",激动之时击桌高论,气泄之处唉声叹气!嗨,当年。后来又经过了好多年好多事,我们各奔东西。可是有过那一段工作情谊的记忆,怎么会在彼此的精神世界里消失?所以我们还是经常联系的,经常一起坐坐,喝杯酒,叙叙旧;如果来了那个年代的共同的朋友,那更是"他乡遇故知"——共同的喜悦好似"金榜题名时"一个等级!就这么,老陆的"浪漫灰白"的发型一直在我们眼前晃着。

可是老陆却突然故去了!音容笑貌宛在,人已远行不复!都说楚人尚巫,而浙西的婺剧唱本和地方传说,也遗留着一点巫术的痕迹——翻阅着老陆留下来的这部厚厚的,据说是用手机写下来的五十万言长篇小说,我们觉得老陆真的是一下子就走远了!他好像是很快就回到了祖先的故地,回到了他度过青春年华的须江边上!小说里多彩的遐想与多姿的长句,偶尔展露一下作者生前的话语风格;而小说整体所积淀下来的意念和精神的混沌,则令人一叹;老陆怎么留下了这样一个难以进入的"故事城市"?可是,马上又释然了——这可能既是本书的特色,又是作者精神王国里的特权。

行文至此,似可收笔了。记起过去读过一首郁达夫的诗,与现在的心境相似,引在这里——

> 帘外风声过雁群,登楼遥望暮天云。
> 行经故馆空嘶马,病入新秋最忆君。
> 知否梦回能化蝶,记曾春尽看湔裙。
> 何当剪烛江南墅,重试清谈到夜分。

老陆行远矣,幸有遗作。由遗作悟出,君已化蝶。吾等老友或"登楼遥望",或"行经故馆",已不见昔时"雁群"矣。但是,有《魅歌》在,何妨"重试清谈到夜分"?

感谢浙江文艺出版社给予编辑出版。

是代为序。

2017 年 3 月 21 日草就,4 月 2 日小改

目录

◎ 题记   I

◎ 卷一
第一章　女裸·获壶　　003
第二章　壶惑·尿尿　　009
第三章　点兵·马拜　　016
第四章　吃米·献枪　　026
第五章　押俘·探马　　034
第六章　献策·派马　　041
第七章　过岗·涂城　　050
第八章　约敌·鸣岩　　059

◎ 卷二
第九章　熏亭·彩马　　079
第十章　疑情·田戏　　086
第十一章　诲淫·裸觅　　093

第十二章	遇贵·寻妹	103
第十三章	闹堂	110
第十四章	揭榜	117
第十五章	街戏·借马	124
第十六章	哭坟·闯寨	132
第十七章	惊英	145
第十八章	献妹	153
第十九章	劝降	161
第二十章	归降·山殇	169
第二十一章	破寨	182

◎ 卷三

第二十二章	蛊魅	201
第二十三章	习戏	211
第二十四章	品汤·郎归	220

第二十五章	嫂洗	229
第二十六章	坟祭・助缘	236
第二十七章	亭客	243
第二十八章	禀师・试嫂	250
第二十九章	迎演・风戏	259
第三十章	会议・苦算	270
第三十一章	雪魅	281

◎ 卷四

第三十二章	猫步	295
第三十三章	婆愿・打鬼	305
第三十四章	猫变・鸽影	311
第三十五章	纸阵・港袍	318
第三十六章	佳人	325
第三十七章	葬英	338

◎ 卷五

第三十八章	热城·妹影	351
第三十九章	探窑·瞻器	360
第四十章	上户·驱猴	372
第四十一章	别校·荣村	381
第四十二章	棺秘·像寻	392
第四十三章	花归·饼报	402
第四十四章	花宴·造屋	409
第四十五章	梦搅	418
第四十六章	彩梦	427

◎ 后记　　　　陆岸　　　　439

题记

G上帝就是我干爹。干爹之所以有这么个洋里怪气的称谓全怪郝汉伯伯。是他这位南下革命的山东大汉因为口误将个江南百姓叫得叮当响的。但是我那身为乡间草木才子的问天叔却对干爹的这个称谓十分不屑,他说不配不配,那上帝是玉皇大帝的祖公,法道无边,毛记一介草民八竿子打不着,那仅是个各人叫叫嬉嬉的绰号而已。依他极富创造力之见,称干爹为魅子才真是。不仅因为"瘘""魅"读音似相通,干爹这人裆下的"小阿哥"确是有些瘘相,而且因为干爹脑壳别样,里厢装有能够进进出出的所谓"梦魅"。那梦魅进入时迷信兮兮,信天、信地、信命、信菩萨、信万物生灵、信人之所言所为,而出来时却又是异想纷纷,清水能化成莲花,火焰能化成琉璃,马娘娘生出乳儿长的不是马脚是牛脚。不过,真正撬动我的愚念来说说干爹事体的动机倒不全是干爹的绰号,而是干爹若干年前的一个特别举动。那时我正在三界县当县志办常务副主任。一天夜里,干爹把我叫到鹿溪源头的毛家坞,那里是他的故乡,一个鸡鸣三省的地方。当年毛家山姑就是循着乌毛婴儿的哭声寻到这里的。山姑解开襁褓,瞅到弃婴脖子上有七彩石项链,屁股上有牙齿印,腿间有雀儿,便留下了他。并靠着山羊奶水饲着干爹长到了好几岁。一日山姑上山采石斛坠崖身亡,干爹一个孤儿,后来就在鹿溪两岸吃百家饭穿百家衣干百样活长大。斗转星移日出日落,转眼间几十年过去,干爹现已是满脸皱皮老肉,垂垂老矣。这时,没等我再多想,一阵山风吹拂过来,月亮拨开云层露出了牙牙脸。月牙浮行,清辉荡漾,山溪一下亮了。亮辉中,江妹阿姨留给干爹的那只老金龟,趴在岩头上身段不动头颈却在动,而一对目睛子更是晶晶闪闪四下打探,好像发现了什么。水碓吱嘎吱嘎响起,响声中,干爹拎着只包袱手脚笨拙地从那副他已经困过一炷香火工夫的柏木棺材中爬了出来,并且对我说了话。他说,屡困棺材,阳光七彩次次都一一现,这次困过,七彩阳光也就没了,他再也不醒转了,因为他要死了。他还说,他死后把棺材连同棺材里厢的被褥衣裤都烧掉,再将棺材火灰与自家的骨灰相拌一道丢到溪水里去,任着水漂,漂到哪里由它去,只是那只包袱千万莫丢掉,能传几代算几代。说这些话的时候,干爹的眼眶里曾落下过几滴眼泪,可当我离去再回头看时,干爹已在山崖里拍着棺材盖笑了。回到城里后,我在十层的办公室里打开了包袱,包袱有两层,外层是块藏青的大汤布,那是旧时三界县百姓们常用的东西;里层是块不大不小的红布，红布上绣有"革命"两个字，红布里裹着的是那块外婆留下的荷叶与螃蟹形状的黄蜡石雕件，以及干爹亲娘遗留给他的彩石项链。"革命"这两个字若作为词语我当然不陌生，那是我母亲常在念及我外婆时提及的字眼，可布和那块蜡石雕件裹在一起究竟含有何种寓意，似乎清楚又不甚清楚。我一边审阅县志草稿一边观赏那块红布和那两件玩意儿，并自作聪明地帮着干爹今天昨天明天地想着，谁知一想就是三年。三年中，干爹走在我的脑海里，一双脚踏遍绿水青山如碑兀立，可更多时候那双脚又是踩得如风如雾印迹缥缈。毛记，干爹养娘因他屁股上有牙齿印而为他取的大名。G，干爹见大机器上这字母赫然醒目自己蛮蛮喜欢就自作主张叫上的小名，以及记上帝或 G 上帝，他的这些滑稽的绰号都纷纷拥上，贴着他的梦魅故事时不时像支支投出的木镖缠着他的脚在飞。我打开电脑，咀嚼着干爹留给我的那个屡困棺材屡见七彩阳光的诡异而又苍渺模糊的玄机，开始东拉西扯声腔梦魅地写了，而且一直写了五个春秋，似乎自己也入了梦魅之境。其间无数次，人觉得累了想歇歇去去魅，便踱步到窗前推开窗户去看窗外流水，那水或肥或瘦或黄或绿或啼或歌，都随着四季天时地势一路东去总是不肯歇息。惭愧的是,虽然好多事体都写出来了,读读似乎还算过得去,但我对自己起的那个书名①却始终没怎么搞懂。

---

① 编者注:作者拟的原书名为《G上帝:我那梦魅中的干爹》。

卷一

干爹毛记脑际这时似有了非凤似凤的朱雀掠过,掠过的朱雀盘旋头顶又落在鸡冠山岩上,神鸟啼啼鸣鸣,一阵洪钟大嗓的声音飘去东方,唤出一抹如血朝阳……干爹他立马悟出自家身上已有大仙魅附体,自己该做点什么事明了了。

第一章　女裸·获壶

干爹那次是在懊恼养娘死去时没有棺材板睡,又晓得日后若干年自家要死时不准睡棺材板的辰光,睁着大眼睛且梦魅兮兮地躺进那柏木棺的。他之所以这样做,是想去体验体验睡在这副木棺里究竟舒坦不舒坦,因为养娘死后草席卷卷贴土埋去已若干年了,他如今终于如愿得来棺木能做个补葬,那就要让睡进去的养娘不管在梦中或非梦中都睡得舒坦再舒坦。那次的辰光不是古老旧时,也不是梦想勃发的现在,而是二十世纪五十年代的初始。当时,干爹分到了周家水口树不远处的一亩二分五水田,他心底顿时就活跃出了一只心满意足的青皮雄蛙儿。日落两个时辰后,他挥舞着郝汉县长和红月姐姐发的那张红旗飘飘簇拥着领袖的土地证,手摸着淡墨一样的夜荡在十八曲弄堂里,心底却亮堂。是夜亦似非夜,是梦更似非梦,他一时竟然觉得有灿烂星光满目悬挂,又有一路阳光潮头般涌来。随之,喉咙管里的痒痒也蓦然长出,弄堂中的干爹禁不住敲敲脑壳皮捏捏股臀兀上的牙齿印叽叽歪歪地哼出了几句西安高腔:"我家没有美娇娘,我家只有懒婆娘,三更爬起磨豆腐,子夜还在缝衣裳。"一通唱下,他蹦跳了起来"嘚嘚嘚嘚"地做出骑马状。骑马骑马,再一路蹬过,咦咦咦,那嗓子声嘶力竭像极了马啸,那踏步四蹄乱点像好多只廿八都马头旱船踩着锣鼓节点直在鹅卵石道上打着旋旋闹。嗨嗨嗨,人马一体了。他感激过去的那些日子,没有那些日子,他胸挺不起来,屁股也不能瘫在地上仍会升腾起来。虽说呀眼目前已没了美国佬的那只金壳酒壶,那酒壶已经吹歌唱曲到了棺材铺的哭面胡手里,犹如泥牛下塘飞鸟进林游鱼入鹿溪,但是值,人家去为山姑养娘换回了一副阴间銮驾,大慰了犬子衷肠呵。何况如今自家有了田地,有了田地就是有了命之根基运之依靠,还何愁丢了只壶?那不就是乌桕少结了一年籽,喜鹊多吃了一升谷,水牛白鹅蜕了一层毛!干爹想想把自家想满足了,于是合了掌情不自禁地去拜了天地。拜呀拜，拜天天混混，拜地地沌沌，刚才的光明幻觉瞬息间在一阵弄堂风吹拂下竟然眼睁睁地又没了，只剩下白雪茫茫。心不甘忍不住，他抹抹目睛放出炯炯光，便去瞄射了那雪混沌，不料还真瞄出了个奇效，那白茫茫混沌豁然然被打开，天星从瓦披上纷纷滚滑落地，一孔巷道里先是星蹦光跳，接着便传出"噼噼啪啪"一阵鞭炮响，伴之而至的还有缕缕团团香雾在袅袅徜徉。呵哈哈，眼生光，光生响，响生香，天呵，光、响、香纠结在一起混成了一只无头没脸的古怪幽灵，它哭笑莫是地托着一只佩戴红蝴蝶结的酒壶曲曲弯弯而行，直在眼前打着晃晃。

　　酒壶晃着晃着一下子就晃到了之前两年的那些日子。干爹告诉我，如果说屡次困棺材的起端，那还不是换去酒壶的那次，而应还靠前，那次才是起头次。不过那起头次困的是杉木棺而非柏木棺，而且那次也与酒壶有关。那时，那已经下了七天七夜雨水的老天爷突然变了脸，雨水不落了，天空时不时地开出只亮窗，一道道天光灿灿烂烂从天窗泻下，天地间憋曝出的金黄顿时是一派茫茫苍苍。干爹和问天、狂夫当时刚从周村出来不久，可能是在丰庆班跟着周龙畅排一出新戏《班超脱靴》排出了兴头，三个人哼着西安高腔的戏文："有田不种仓廪虚，有书不读子孙愚，仓廪虚兮君民慌，子孙愚者礼义疏。"正在追着一束射到小西门外红房子里的阳光。阳光滚滚落落一下子就从屋顶上溜到了附近的田畈上，一条亮灿灿的尾巴奇奇怪怪地转了几圈后，竟有一条金色泥鳅从中跃出了泥水面，于是三个人都趁着稀奇兴致勃勃地翻起了泥土抠起了泥鳅。然而好事不再，接着出土的泥鳅怎么去瞅也不见一条金黄的了。当乌黑溜溜的泥鳅抠到三十七八条时，十八曲弄的朝天花娇娇跑来说，快去城南，城南公路上有会响不会跑的乌龟车，车里坐的太太出手阔，十只立夏饼能换一只金戒指。干爹闻言高兴得立即从田畈蹦到田塍上，水划划泥擦擦三下五下就把双泥腿脚洗得不干不净了。几天来天晓得，干爹他扮成个讨饭的，恶心燃燃地藏着袋番薯干，为捡个便宜东游游西荡荡，四处在寻找落难人。到头来番薯干去了三袋，东西从落难人手中也换归了几件，但仍然没一件值得胡口夸耀。莫非莫非，时也来运也转，这下子真能如朝天花娇娇所言能用山间食材换来金银货？干爹朝美妙处去想了好像也想到了美妙，于是他贼笑兮兮地很快就将一篓泥鳅换了那女人的一袋立夏饼。随后又拽着两眼百问的问天和毒舌猞猁的狂夫飞步去了城南。

　　三个人到了城南公路的时候，天已像寡妇人家的样子披上了一头乌纱，公路两侧倒翻着的军车怎么瞄望也没个头。突然，一阵抽泣从路边茅草蓬里传出，乖乖个洞,一辆乌龟车卧在那,而车旁边的悬崖下就是正在涨水奔流的鹿溪河。于是,三个人窸窸窣窣上前隔着一层车玻璃朝里窥了。嫡,白晃晃肉乎乎,只见车里厢坐着个赤膊女子还正在给怀里的乌毛小儿饲奶水。一会儿后车门开了,赤膊女子绾着乌发气宇清朗地走出来说了话,东西都被伤兵抢光了,只要不伤孩儿还能给点吃的,她愿献身。三个人听懂话后三双目睛子顷刻间都瞪傻了,这是江上桃花船里走出的窑女,还是九天瑶池下凡的神女,还是富贵人家的蒙难女?发呆了一阵,狂夫耐不住了,他手也舞足也舞一双魔爪打着颤颤朝女子胸前摸去。眼看魔爪就要落在乳房上可又急刹住,干爹一声尖叫把狂夫吓得跳出二尺外。"喏,看脸,看脸!"看啦,一人看了两人看,两人看了三人看,那张脸清清朗朗如一轮满月。天呵,这女子竟然和革命的红月姐姐长得一个样!狂夫见状手自然缩了回去,他裤子脱了一半又蛮不情愿地穿回了一半。他怪赤膊女不识相,像谁不好为啥去像那个姐。他蹲下了身伏候了起来,他将自家当作了一只发情的牡猫。见状,早就瞅见狂夫脱裤子动作的干爹目睛子四下去探了,他想找出点东西能捏在手中,他生怕那花痴发飙跃起再脱了裤子去动了人家。问天也在一旁踟蹰着:万一狂夫上去了,那自家是跟着上去还是去拉开人家,还是不见不烦赶快逃走算数?三个人想想,想不灵清了,只得疑疑惑惑待在茅草蓬间一步也不敢动。到头来还是问天聪明老到,他似乎想明白了,他解开缚在自家身上的大汤布又上前伸出了手。赤膊女接过汤布,比比量量咬咬撕撕三五下下来竟然扯出件短上衣和一条短裙裳,并将其裹到了裸身上。她说,看来你们三个不是坏人,反正是一死,死前拜位恩公将个伢儿托付了,希望能送到此地的育婴堂,那育婴堂她熟,抗战期间曾经跟着军统戴老板去过那,是套不错的红洋房。还没等到三个人应承,那女子已将车里的伢儿抱出并且不由分说地塞到了躲在后头的干爹怀中。干爹抱着伢儿,一对眸睛子光游游移移顿时流出了傻:这,这,乌毛婴抱给俺,做甚,俺无田无房光棍一条,俺还在做梦要去追那小娇娘嘞……他嗫嚅着,几句话绕着舌头转了一圈不料又吞了回去,他断然回绝的话继而没说出,他害怕眼前女人的那张脸,那张脸白白净净,虽陌生但又不陌生,况且上面已挂满了泪花。女人似乎已看出了干爹的犹豫,她不哭了,反而挂出了惨惨的笑。继而只见那半裸女子甩甩脑后那排山涧瀑布水模样的乌发后,跑去了那辆欲堕流溪的乌龟车旁,再又是将车一阵拍拍打打,随之竟然从车中拍出了件玩意儿并用双手捧着那玩意送到干爹胸前:值几个钱的,里厢还装着人头马 XO,留个纪念吧。干爹当然听不大懂女人说的话,他迟疑片刻刚要去问,谁知那女人已顾自走了。狂夫见后一股骚劲又来了,他一边呼着"那不是红月姐"一边拎着袋立夏饼追了上去。末了,他趁着将饼塞到女人胸怀之际还不忘去摸了一记人家的奶珠。而这时,干爹已摸出手里的玩意儿,原来是只溢着异香的扁酒壶,他传狂夫好歹了快回来看。

　　狂夫闻声还算知趣,他回转了身。等到挨近干爹身旁,那酒壶里溢出的香味他也嗅到了。狂夫乌爪一伸夺过酒壶,急不可待地就将夺来之物直往自家鼻头上凑。香,香,他连声啧啧称道后就去掀盖子,可掀了几次甚至捡了根硬枝条去撬,那壶盖还是打不开。一边的问天摇摇头将酒壶夺了过来,用手摩挲一番后再旋旋,盖开了。狂夫见开了盖手又伸过来了,结果摸到壶的时候壶嘴已经倒立在问天口中了。喂,喂喂,问天呛了,这是什么东西,又冲又馊,一股马尿味。狂夫不信,接过一喝,才一口下去他就往地下茅草蓬猛吐。这是什么东西什么东西,三个人使劲想了半天终于凑出了适才赤膊女人所言,这玩意儿叫人头马XO!

　　"XO,XO,XO是只马尿壶,赤膊阿姐夜半来,非要阿弟赶紧喝,阿弟嫌臊不愿喝,阿姐哄弟来唱歌……"狂夫那花痴疯劲突然上来,他自己扮作赤膊女手舞着酒壶没脸没皮地围着干爹唱出了胡编的词。在一旁的问天没吱声,他耸着斜肩屁股靠着自家的脚后跟蹲在地上顾自抽着烟。有时他偏偏头过来,一双斗鸡眼里装的全是那只跳舞的酒壶在月亮照射下泛出的亮光。停,停,他蹲着唤了两声,见狂夫没理他,便像只糠虾般跳起来大声又叫了停。停了停了这下停了,狂夫吓得手僵在半空,那只壶却攥在了问天掌中。看壶,看壶,点火看壶,问天说着做着,就狂夫放出两个响屁那么点工夫,他就捡出一堆柴火并点着了火。因为军车碎挡板上面有油,柴火一下子就着了个旺。火旺旺五步之内亮堂堂,贼溜溜三双鬼眼放光芒:那酒壶扁扁两个巴掌大,上有旋盖下有固座,凹面刻的是阴纹花,凸面雕的是阳纹花;那花非桃非李亦非杜鹃芍药玫瑰牵牛和喇叭花,是甚名堂花?不是中国花是洋花不成?!三人一下看不准,准备回去问药娘和红月,这娘儿俩识洋文肯定看得出是什么花。干爹目睛子大,他一手抱着乌毛婴一手挨着火光再端详。乖乖他娘个洞,金子,金子,这阴花阳花是金子嵌的是金子塑的,他惊惊奇奇亮开晨鸡大嗓喊起来。谁知干爹喊了两下后嘴巴就被问天跑上前的巴掌捂牢了。莫吵莫吵,隔墙有耳,听说有金银,猪都不会打瞌睡,乌龟也会长出翼膀飞来打抢的。问天急着一扬言,刹那间各人都没了声响。一阵沉寂,只有篝火在噼里啪啦蹿苗苗,问天拍拍屁股说,天晚了好归家了,家里乖儿还在等着阿爸拘回泥鳅焐南瓜。这句话说到一半时他掖着酒壶开了步,回眸瞧时斗鸡眼明明是看天地的可暗暗看的却是人。问天没走出几步,狂夫冷笑起来,他说走人可以,但酒壶不能走,酒壶应归他,是他给了赤膊女十只立夏饼才换来的。问天也笑了,那笑声如同冬天从瓮坛里掏出的咸菜梗又冷又硬:哼,翻泥一共拘到三十八条泥鳅,你拘到几条?狂夫一下子语塞了,腹肚里吞进个闷屁。问天抬高声调将话锋掉了个头:喏,拘得最多的是毛记,人家拘了……干爹立马接上话茬:俺,俺拘了二八十六条,条条都比狂夫拘的壮,俺拘的和问天哥一样多。两个十六条,自家才拘了六条,狂夫把账也算清楚了,他终于有点怪自家心不在焉,人在泥田可心已长出翼膀飞去周村雪姣家门口。狂夫虽觉理亏但仍不服,他翘翘前裆还想想出个新由头来扳回局面。事不如意,问天目睛子一眨又有了话:哎,毛记,你不是有个大念想吗?干爹立马应了:是的,有的,俺养娘还是篾席一卷贴土埋的,俺置不起杉木棺那也要置口松木棺给她,哪怕老婆也不讨。问天顺着再说:是呵,要是人人都这么孝顺懂事就好了,不像有的儿郎。几人几句言语下来,干爹心里就像有人去栽了朵喇叭花,而狂夫却觉得脖颈上被人塞了条毛毛虫。娜妮个大奶珠,这不是在说俺只顾雪姣寡妇而不顾开茶店的寡妇老娘。狂夫差点发作但还是忍了,他忖到自家还欠着问天。去年春上老娘犯哮喘,自家陪雪姣荡衢州,还不是问天去请的药娘。要不然,自家娘亲不喘丢命也要喘出大摊乌痰与红血。狂夫一时安耽寂言了。不过片刻他脑壳一拍又有了话:没错,人家泥鳅拘了十六条,人家还接了赤膊女的乌毛婴,这金光酒壶……干爹抢上一句:那问天哥还送了人家大汤布嘞,不然那女子不管死活都是个赤膊。问天鼻头哼哼奸笑了:俺各人都莫争了,酒壶归谁凭天意,明天去城墙头赌!赌,赌,赌,一个"赌"字蹦出来,三人都向篝火各加了一根柴。乖乖,柴火上有油,油上又粘有细沙子,细沙子又被油火烤,结果一堆篝火燃得是亮亮旺旺噼里啪啦点响了半爿天。狂夫在忖,论功行赏自家得不到金酒壶那不如真去赌,自家左眼皮在跳说不定运气要来,而运气一来赌来宝贝归自家,自家就好帮雪姣置金戒指置银手镯还加上件过年的丝绸大花袄;问天在想,金酒壶是个宝不忖独吞是个傻,但是三人是兄弟拜过关公结过金兰情义也无价,既然凡人裁不了浮财归属,那只好交给苍天大老佛,上苍要判给谁,谁也难阻拦;干爹在忖,宝贝归己也好,既然是宝贝就能换来铜钿,有了铜钿就好去置棺材,有了棺材养娘就有了阴间銮驾,养娘有銮房住了自家就能披麻戴孝吹着唢呐把个孝名八村四乡扬。铜钿若有多,再去给江妹买座梳妆台，免得那下江女子装扮照照镜子还要去水井台……不过，不过宝贝归己也不好，小弟有宝贝二哥大哥没宝贝，那，那……干爹想不好了，去摸摸两眼皮，天呀，左眼在跳右眼也在跳。这，这……这是个啥预兆？既招财又招祸，莫非真只有去赌才能知晓未来？！嘭！一声大响兀然而至，篝火中一粒子弹被引爆。等三个人吓得半死又醒过来去拍脸拍胸拍背拍屁股时，干爹怀里的乌毛婴儿已在号啕大哭召唤娘了。

第二章　壶惑·尿尿

三个人昨晚各自回家前共同在鹿溪溪滩上踩着见水就滑的鹅卵石走过一段路。路上争吵了一番可还是定不下来用什么赌规来定胜负。狂夫前裆翘翘主张掰手腕或者角力，一个人若赢了两个人酒壶就归他。问天烟灰弹弹另有打算，他说不能角力，角力会伤人，应该比棋艺，车马炮将相卒楚河汉界上打三盘，三局两胜定乾坤。干爹屁股拍拍认为两个斗法都好，一个斗法狂夫能赢一个斗法问天能赢，可自家呢？他没想明白就问眼前这两人，请求他俩教个能赢了他俩的法子。两人倒也不吃惊，因眼前这人脑子里那根筋老是搭攀错的，不能怪他，于是就又去想了。想想想，先是顺着向善方面想，可一会儿又逆着想想下作了，说黄昏时干爹若能光着屁股荡他一圈市心街，那不用比了，酒壶自己都会长出双脚踏上门来的。干爹当场听明白了，气得不行就揭了两人老底，说狂夫当年跳到洗衣女人眼睛里去时是光着屁股的，而狂夫之所以会光着屁股跳水潭是问天教的。问天当时瞄准了狂夫因为想雪姣正在害着相思花痴病，便撺掇人家若能当着众女子的面翘着男子根大喊几声"雪姣俺来了"定能制服那悍寡妇。干爹还说，你两人若不相帮俺打败你两人，俺就去你俩家中告发。干爹一阵飙胡话竟然把问天狂夫镇得一时哑口。这时，谁知那只酒壶被干爹怀中的婴儿拨弄掉下了水。三个人便伸手去接抢。三人手抢到了壶，可三人脚板都踩到了绿苔滑卵石，踉踉跄跄几下三只屁股一股脑儿下了水。三个人你瞧瞧我我瞧瞧你，顿时傻笑不已。问天笑了一半突然又想起了什么，他说十只立夏饼换个金宝贝世上恐怕没有这么便宜的事，还是叫江妹去请药娘验验货再说。三个人想想也有道理，说咱又不傻，犯不着为只假玩意儿去赌拼。是呀，还是去老场地嬉嬉好。那就是城墙头，那个从小玩到大的去处——问天祖公筑的、狂夫爷爷辈当太平军时打下过的、干爹养娘牵着白马遍插过镰刀斧头旗帜的。当时，三个人还未上城墙就这样数典不忘祖地胡吹了一番。

于是第二天，他们仨就踏着小西门那段早年间被江南太平军打开的缺口碎砖道上了城墙头。一边嬉戏着前天刚开了一个头还未玩完的把戏，一边心有念想地等着，等着江妹能早点报来有关验壶的消息。在城墙上，狂夫翘翘后股臀又挺挺前裤裆，寻觅了一圈后找来四块大砖，他要在四块大砖上画出幅大画，而且立言画中的喜鹊一定要让它叫出声来，若不然，他一个月内不上雪姣家寻人家困觉，也不对那只酒壶再有想法。问天一肩高一肩低地走到南头墙角落，七摸八摸几下摸出一只前天藏在那里的乌鳖，他咳咳两声不知对鳖讲对人讲还是对天讲，说两炷香火燃尽后他吹一曲蝴蝶戏马，唢呐声起乌鳖起身用两只脚跳舞，万一乌鳖用四只脚跳舞他就自家充王八与鳖共舞。而做不到这些，他扨的十六条泥鳅各派八条算到干爹与狂夫头上，他自己就和那酒壶无缘了。干爹瞪着牛眼一截木树桩样杵在城墙口边发呆了，他想不通，只过了一天眼前这二人本事怎么能变得如此之大，画鸟会飞翔嬉王八会跳舞，这是使的什么魔法？看来没法了，只得去喝水，喝他七钵清汤寡水。不然自家求人帮忙莳田插稻秧时夸下的海口又要泡汤了。干爹脑子一根筋，此时只想到喝水没想酒壶，但他还是想到了江妹。江妹昨日深夜狠骂他一顿吵死人后，答应他第二天会带着药娘的口信来找他的。煤油灯下，这个下江妹子裹着鸳鸯戏水的蓝花布床单缩成了一团，一双丹凤眼瞋瞋睁着快长出了凤尾。干爹见了江妹的床上样子吓得跳窗逃了。从窗口下来，双脚一伸就踩到了地皮上的一朵白喇叭花。脚踩花蕊，花蕊一颤他心也颤了，于是去发了一个愿，可现在那是个什么愿他又记不清了，反倒是眼前的钵碗张牙舞爪地蹦到了他心里而且躺下了：七钵水果真喝得下吗？江妹，江妹快来哉，你来了就好了，你会帮俺的。想到这他蹲下了身子，一只手长着眼睛样地去了钵碗旁边的金龟背甲上并抚摸了起来。"莫摸十三爿了，它能帮你喝水？"狂夫说话了。干爹一下没理人家但心里却有不平：你个花痴晓得个屁，这金龟是俺当年搭救江妹后江妹送的，这是只神龟，神龟会解人危难测人间祸福的，是俺心中的福星。狂夫不晓得干爹在想什么，他自顾自哈哈笑着，已双手执炭头在四块大砖的两块中画出了桃枝和鹊首："喝吧，喝了，这喜鹊戏桃枝送给你。""鬼嘞，送雪姣吧，那傻堂客才欢喜你这套鬼画符。"干爹心里嘟噜了。"莫喝了，前日七碗喝了三碗，尿尿尿了一大甂，今日……"问天鼻头吭吭，他嘴里已衔住了唢呐哨嘴，可试了几次哨嘴就是不出音。干爹还是没理他俩，他旁若无人地前行几步站到一条长凳旁,目光盯过去,一二三四五六七,只见大钵碗只只直打战,其清水面上漂出的自家目睛子都挂出了血丝纹。凝神一会儿后他挺直了身子仰望起天空,天空上两团黑野猪般的斗兽云朵在移动着,中间接缝处慢慢稀薄开了,一丝天光时不时地透过如絮如幔的云层露出点彩头。紧接着,露出的彩头亮闪闪地裹挟着一抹天风,时而从天而降时而又躲进云层将薄云涨出一片紫红。"俺是神牛,俺能喝一条鹿溪水。"干爹光怪陆离地浴着天光,反复念叨着这句话。他捧粗钵,吸大气,鼓壮肚,扬长脖,片刻之间喝下了三碗水。"怎么样,帮俺莳田没白帮吧!"干爹说出句话又解下系在腰间的大汤布随手划了起来。汤布飞扬,布角翘翘,布角上的一些残留水泼洒开去竟浇了问天与狂夫一头。狂夫不饶人了,他立马跃起挥舞着黑炭头吆喝着"你牛你牛",追着干爹要给人家画脸。问天嘴里的唢呐哨嘴这时也响了,他跟在狂夫身后一边欢呼"神牛神牛",一边吹出了水牛困觉的呼噜声。三人刚闹了两圈,一团乌云飘上了头顶,天还真当落起了雨。被追的干爹不打圈了,他一拐拐进城楼屋里。三人都进了屋,也都四仰八叉地躺在地砖上哼哼哈哈歇了一会儿。"哐啷哐啷",北面墙壁处突然自己闹出了响声。一扇破窗脱落,一节长在砖缝里的乌桕老树根破墙而出凸起了筋。窗外哗哗啦啦一阵骚动,一群麻雀飞出树枝飞向天空,天空里一串散游弹呼啸着扑向树冠,晃眼间只见枝舞叶飞而见不到子弹飞。随枪声而至的是一阵大风。进屋的大风回回荡荡冷意飕飕,把屋子里的国民党军衣帽吹得四处乱逃,还吹凉了屋内三人的鼻脸肚腹腿脚和屁股。狂夫先癫乱起来,他跳着唱着:天狗呼冷风猴子打黑枪,王八坐堂审娇娘。娇娘不服夺过枪,枪子打到王八身上……这厮疯曲还没唱完,他已穿好了军服,大头上还戴了顶大盖帽。问天见状人来疯,拉上干爹也换上了军装,蹦跶蹦跶演上了"哑背疯"……

哑背疯,哑夫背疯瘫婆。前些日子的一个风高月黑夜,几束鬼火般的电筒光时而闪出白光时而又闪出红光。三个身着哑背疯戏装的活人头摆摆上身变了,疯婆化成了牛头马面,还露出一尺长的獠牙。一路摇头舞爪且歌且舞,须臾间三个鬼就上了城楼。一连串的响屁像炮仗样陡然响起后,当时就吓得守城门的国民党军某师一个排的军人作了鸟兽散。然后城防司令部贴出布告要捉鬼,说有些枪支被鬼盗了。三个人看到布告窃笑:鬼嘞,你说这鬼到哪儿捉?除非钟馗再世。这事当然也就化成一个闷屁不了了之哉。喏,这事就是这三个"鬼"做的。他们仨跳着想着想到了前些天的这件事开心得不得了。狂夫吐吐舌头做了个无常鬼相后猛然不跳了，他想起了什么，于是向干爹发问：那枪，那几杆枪，还有一杆大肚子的卡宾枪？干爹答了：在，在红房子的番薯窖里，药娘扣下了，她说枪不能四处现眼。问天也说话了：俺没说错吧，要枪作甚，俺各人又不上山当土匪进林子打游击。喏，有用的还是那只壶呵，没准能换出大价钱。问天嘴里吹着蝴蝶戏牛，可心里仍在记挂那只美国酒壶。对呀，快出屋瞅瞅，江妹来了没有，她来了，就晓得金壶真假了。于是三个人也没顾着脱军装又回到城墙头。东张张，湿漉漉光溜溜一片城墙铺砖青光闪耀，尽头处几面青天白日旗耷拉着脑壳没一点声响。西望望，青苍苍绿莹莹西山上草木葳蕤一派新装，绿深处星星骚动还似有马啸，不知藏有虎豹骐骥还是持枪儿郎。江妹哦，你好来不来你去了何方……三个人敛收目神又回来了，一个去看画，一个去瞅鳖，一个还是盯牢了碗中的清汤寡水。清水漾漾，一只蜻蜓一只脚紧抓钵碗沿，一只脚却在碗中划水。干爹半跪在地，他看到虫翼薄薄，他听到了划水哗哗，他眨了眨眼。恍惚间蜻蜓飞飞又飞到了远方。那该是周家水口树旁一丘水田上，蜻蜓展翅掠过水上，应该就落在一块瘦瘦小小的背脊片上。背脊片动了，点点耸耸，再一挺起，蜻蜓吃惊了，嗡嗡悬在空中，只见人家浅笑盈盈，肯定是江妹捏着把苗在帮自家莳田秧……来了来了，虽不见人影，但声响传到心里，是江妹不莳田秧而是拉了一车柴火跑在了黄泥土道上。"说话算数哦，俺喝光钵中水，狂夫的笔下鹊要会飞，问天的手中鳖要能舞呵！"干爹来劲了，他裤带松松肚皮缩缩一个马步一钵水，咕噜咕噜连把两钵水喝了个精光。得得，哈哈哈。哈，狂夫问天喝起彩，干爹自家也笑出了大声。马步打出伸手去抄汤布，想擦擦嘴后再把剩的两钵水喝光，哎，不料汤布拖不动了。去瞅瞅却原是裤脚被金龟咬了个牢。干爹摇摇头，一脚拨开了金龟，继而又扇扇汤布。目睛子里虽然一下就无了金龟那双想说话的眼，可满上来的仍是钵中水。喝，再去喝，谁知干爹主意刚拿定，一袭栀子花香随风而来，先袭过了鼻息，接着浮浮现现一双丹凤眼眯出了盈盈喜意，一张巴掌瓜子脸漾出清清丽丽……天呀，头戴栀子花冠的江妹飘出了钵碗水面！"吃吃立夏饼，喝喝立夏羹，辣椒酸菜馅，桂花糖霜拌。"语音浓浓水乡吴语味还夹杂些许蛮蛮浙西腔。干爹扭过头立身，但未等他缓过神来，江妹青篾竹篮中的饼子就被狂夫那厮咬到了嘴边。一会儿后，狂夫又飘出尖细女人怪声：喝呀，喝呀，还有两碗！干爹没理那花痴，他倒是瞟了一眼江妹，江妹手中汗巾飘飘身影薄薄溪畔杨柳一枝。喝，神牛下凡，神牛下凡，他双脚一跺，顿觉一股豪气从脚板心升腾，且穿过了裤脚管跃进了五内,一时迷漫全身:"看嘞!"随着这吼啸,剩下的两钵清水"咕噜咕噜咕噜噜",顷刻间就被他喝个精精光。江妹一旁看着,眼露不解之色,而狂夫却大笑,含在嘴中的青艾饼差点喷出来。问天见状,使出眼色让江妹取过饼子递到干爹手中。干爹捧着饼子还在喘气,一时进食不得。"坏,坏!"江妹刹那间明白了,"还是做哥哥的嘞。"小女子索性将食篮交给了干爹,再用脚板踢出一粒地上的卵石。卵石飞滚画出一道弧线,恶狠狠地将装水的粗瓷钵击得啪啪粉碎:"再使坏,俺传药嫂来治你俩。"说罢,她摘下干爹的大盖帽又将剩下的饼子全倒了进去。狂夫乐了,干爹呆了,问天和颜悦色说话了:"江妹,江妹,那美国金酒壶,药娘说什么了?""说了,说那花纹是什么郁金香,凹凸面是镀金贴金的,还有个什么家族的徽记,说值钱倒是值钱,说不值什么钱也可以全凭着眼光。壶里的酒是真酒不是马尿兑的,酒名叫什么萝卜丝的哥(XO)。"说完话江妹从怀里掏出酒壶并把那玩意儿扔向了天空。见状,狂夫问天呼喊着"萝卜丝的哥"腾空跳起伸手张掌去接壶。接是接到了,可两人落地后再看手中物,那东西已不是酒壶而是一只捏碎的立夏饼。江妹笑了,笑得银铃串串响,笑声中那酒壶已被递到了干爹手中。"俺走了,红房子等着用柴火。"江妹走了。江妹走到城墙下又回头吆喝了一句:"药娘叫你们这些天莫乱跑,子弹头是不识人的。"问天倒是应了"晓得哉",后又招呼"收摊收摊"。收摊?三个人三双目睛子唰唰转过盯着干爹掌中的那酒壶连眼都不眨:娜妮个大奶珠,镀的贴的仅有一层金皮,恐怕就值几担老酒钱,明显置田造屋讨老婆买棺材都不成,XO,好你个萝卜丝的哥!

场面一阵静寂,干爹耳尖,他听到了三颗心在扑通扑通跳而狂夫跳得最猛:反正不值什么钱,赌也别赌了,吃力,归俺算数,俺帮你俩各白做十个工。说着,狂夫的手不老实了,但那爪才伸了一半就被问天伸出的手挡住了:不赌可以,但要归你,要问问毛记。干爹一时无语去看二人,二人脸在冷笑眼在腾火手掌已较上了劲。"归,归……"干爹语塞嗫嚅不清,"归,那归狂夫?狂夫酒量大……可雪姣叫你莫多喝哩。归,归问天?问天喝了酒不糊涂,狂夫你说说看,归问天……"干爹想不灵清人家事最后掼出一句:"俺不要了,俺喝点酒头就昏。"说完他把酒壶掼到了地上,而酒壶顺势打起了滚。问天看着打滚的酒壶又说起了话:壶不归谁,毛记先管着。狂夫不服,他说他来管,可问天卒子过河将军了:你来管?行,日后你与雪姣的事俺不管了,另外,赤膊女的那乌毛婴……狂夫一下听明白了,问天是娘舅,娘舅得罪不得,乌毛婴更惹不起,雪姣有小儿的,若是人家将乌毛婴抱来,那这户人家还不倒灶?! 无奈无奈哉,他耷拉着脑袋去捡回了酒壶又送到干爹手中:你先嬉几日,再归俺嬉哦。说完这句话,他把戴在自家头上的那顶军官帽戴到了干爹头上。干爹头上一下子有了两顶帽。随之,叠上的那顶晃了歪了,于是他伸出一只手去扶,但是没扶住,帽子掉了地。一眼瞄过,干爹没去捡帽而是抓起那只趴在条凳上的金龟,嚷着"搞搞灵清"直向自家头脑壳儿磕。狂夫问天见状,指点着干爹脸都笑歪了,随后三个人嬉戏着相互踢起了脚。

接下去的几件事几乎在同一时间内都碰巧发生了。

歇脚不闹的干爹这下用劲提提缩缩下身,移步走向了城墙边。他刚才小肚子被狂夫脚跟擦了一下,本来混混沌沌的尿被叫醒了,他觉得小肚子来得个胀。

江妹站在一棵大樟树下回眸了。她记起还有件事刚才忘了讲。毛记昨晚抱回的乌毛婴药娘见过后说,这不完全是个中国种,来得似乎太蹊跷,还是设法赶快抱到廿八都去找人带养好,因为那地方人杂有百家姓,去那里人不显眼。目前虽然只能先由药嫂带两天,但是,药嫂原本一个人喂两个孩子奶水就不够了,何况现在又添了张嘴,因此还指望毛记哥哥下河溪抲归几条鲫鱼来给药嫂发发奶。她望了望城墙头上的干爹这会儿恰似截樟木树桩在移动。

城楼对面的鸡冠山腰,一只军用望远镜撩开松毛枝狐意冲冲地也搜索到了城墙头。

城墙下的护城河杂树杂草繁茂,两杆枪头跟着两双目睛警觉地正朝头顶处探头探脑。

干爹在砖头上站定后,掀开系在腰间的汤布,一只左手直在裤裆里掏个不停。

远处的那只望远镜停住不再移动,执镜的人"奶奶个熊"地哼了一句,他看到一条又壮又短的男子根正面向了天地。

蹲在墙下草蓬间的拿枪者扭头探天,一股尿臊气随着一柱天水倾盆落进了人家头颈。

不是很远的江妹踮踮脚尖,而脚尖吃牢了黄土岗上的土窝窝就像种了下去。女子眼前一道金灿灿的天光从九天扑向大地,大地上的男子巍然屹立,其裆前的水线竟被七色迷彩光缠绕出一番妖妖娆娆。江妹眼花了,一脸茫然,一只手蒙眼一只手在胸前画十字,红嘴唇皮喃喃翻出的既是菩萨保佑又是上帝保佑。

城墙下被尿水淋了霉头的持枪人用枪瞄瞄,恨不得一响就毙了那龟头,但肯定做不得。他俩是奉了郝汉政委之命来捉舌头的,而捉舌头比崩龟头更紧要。两人窸窸窣窣拨开杂树乱草野猫一般溜到一段城墙缺口,再顺着坡势晃眼间就站到了三个鸟国民党军背后。

当三个人觉得有声响回头朝城墙缺口看去时,高个子的狂夫和瘦个子的问天为目睛子里闯进了两个凶神恶煞般的执枪人而惊愕不已,而干爹却还在整理衣裤。他上摸摸下摸摸内摸摸外摸摸,摸了半天也没将那只由他保管的酒壶藏好。比狂夫还要高半头的执枪人一个箭步就把驳壳枪嘴顶到了干爹颈部:"别动,再动崩了你!"声音不大却凉到背脊廾。另一个与问天差不多干瘦的执枪人也开口了:"老实招来,不然吃子弹药!"干爹觉得这嗓音似曾相识但也好两年没听到了。干爹生怕枪管里的子弹会跳出来,于是蛮不情愿地说:俺是毛记……狂夫说:俺是狂夫……问天说:俺都是子民百姓,你二位……狂夫有点明白问天的意思:对呀,您二位是干什么的?干爹紧盯着眼前的那个瘦子觉得也眼熟,立马胆子长大了一寸话语多出一箩:药娘说,如今有三股人,一是国民党军,一是土匪,一是解放军,他们都有枪,可枪,眼目前不稀奇,丢得到处都是。这三个家伙看来缓过了气,转眼又是一副神鬼不惧的老样子。"老百姓?你看,都披着什么皮?"大个子执枪人又发问了。干爹三人虽听得半懂半疑,但还是相互看过又看自己。哈哈哈哈……三人大笑不止。干爹笑得踩了狂夫的画砖,画砖蹦开了去。"喏,真变了,假变成了真。"干爹说着比画着,狂夫趁机神神道道说正在门楼窗外徘徊的那对鹊儿是从他画砖里飞出去的。"不想活了,傻子,蛮子……"精巴干瘦的持枪人半爿脸像恶鬼一样呵斥着,另半爿脸又像是慈子和尚在打圆场。呵,原来是周豪郎,阴阳脸嘛,天下有几人!咦,这鬼前年不是因为困相好被药嫂赶出县境去浦城九牧岭烧炭了吗,这下子……还没等到干爹与眼前的老熟人寒暄上一句话语,三人就被搜了身,结果枪是没搜着可那只酒壶被搜走了。大个子持枪人见壶就说:老百姓,老百姓能有这壶,不是个校官才有鬼!干爹也没太在意人家说什么,他在意那壶,他说这壶是个落难赤膊女的,也是他们三人的,他现在仅仅是保管的,他为人保管的东西是不能送人的。大个子持枪人根本就没听懂干爹说什么,他吼出了声:"别啰唆,走!"持枪的二人就押着不持枪的三人下了城墙,而后又钻进城河沟的树草间不见了踪影。

第三章　点兵·马拜

郝汉认识干爹的第一幕就是这样用一只军用望远镜瞄出来的。男人尿尿被人看见实属平常事，打起仗来人如虎如狼如豺如豹，尿尿那也是四荒八野任其挥洒。但是，一个人站在城墙之巅，尿尿被镜中观且观出个七彩迷蒙倒也不多见。郝汉起初在镜中观到的干爹男子根形状其实还是模糊的，何况他也无意去踏实究清，无奈再次查铺中他又瞄上了。那次上山剿匪前干爹去困了军营通铺，干爹按着自家脱光衣裤裸身困觉的习性钻进了被窝，谁知夜半时他翻身蹬了被子又恰巧让郝汉碰见。嗨，一个在城墙头尿尿且尿出八面威风的小后生的小阿哥竟然如此又小又短状，一点威风都没得?!此后，郝汉嘴上不说，但心上却在一直牵挂，他甚至从那时想到了当事人的未来。哎，一个男人摊上这事就是摊上了大事，那就难免会引出隐痛招来鄙视从而影响整个人生。但干爹毕竟是干爹，连郝汉也未曾料到，眼前这个身怀尴尬之人在白驹过隙的数十年中能显出如此神奇莫测如此悲欣皆俱的风流。

郝汉在当下这个时间点上正在紫微道观的后院发呆。头顶松树枝上的一对松鼠伴侣刚才还在不断摩挲调情，这下也停下首尾似有疑惑生出：这北佬儿军汉怎么了，半个时辰前拿只望远镜瞄了一通江南小城门后，先是独自傻笑，后又对着一班军人嬉笑嗔骂开心得很，转眼间何故人就蔫了，一副忧忧郁郁可怜相？

"呜，呜……"不远处拴在树干上的一匹白马跃动起来。郝汉抬头望去，只见那马四蹄焦躁碎踏不停，其掌碰撞得蹄下石子溅着火星四下飞蹿，其脖颈迎着丛林逆光仰天长啸，随即便撩拨出一弧晶亮白线。郝汉后脑勺处的一撮白毛这时耸动了一下。他摸摸头颈环顾了一下天地，接着就迈开步伐走进了道观后院的洞穴。他小心翼翼靠上穴内土台，浓眉下的一对凹眼射出悲悯之光，紧紧地笼罩着躺在土台上的一匹黑马。挂竿马灯下，黑马四腿交错动弹，额头沁出的汗珠被细茸毛托着发出星星点点的晶莹亮斑。它那隆起的大肚随着急喘的口鼻音颤抖不停,偶尔还朝站立洞口不远处的悲啸白马投去求援的目光。"奶奶个熊,伤风感冒又要临产出驹。"郝汉一边喃喃自语一边蹲下在掌中对敲鸡蛋,并将流出的蛋汁倒入笸斗中去和和捏了黑豆粉,随后又将豆粉团一把一把地饲喂到黑马牙口中,其间一道又一道幽幽眸睛子光没少去探望轻抚马臀上的那个斑斑火烙印。

"马儿呵马儿",郝汉在念念有词中拍拍手站直了身板,又迈开他那双宽宽厚厚的脚板不由自主地走出洞穴向东迈去。那里安葬着前些天才牺牲的战友。

郝汉当时想了很多。这从母亲的日记以及干爹日后念念叨叨的回忆中可追溯出来……那是一场双方都出动了数万兵力的大战。战毕,郝汉当营长的那支英雄部队赢了。打扫战场时,一个满脸血污的老兵牵着一匹满身血污的白马从死人堆里站了起来,人与马一齐向对面跑过来的提小枪的长官投去臣服的眼光。归降后,老兵做马夫,白马做坐骑与新主子驰骋沙场甚是惬意了一阵。半年后,黄水滔滔,一颗飞弹打在正在渡河的副团长肩背上,当时若没有老兵白马的奋力解救,郝汉也就光荣了。马随着马夫马夫随着不死的军汉继续南下到了太湖畔。烟花三月草木葳蕤,一马当先时,白马在晴空之下既没申请又未获得批准,恍若蛟龙出世,刹那间就骑到老乡家的那匹油光光母驹后臀部将其收了。气得老马夫直向主子检讨未拴紧马缰,还挥鞭揍了白马一顿。马呵马,既然从军就要管好下身莫造次,像这般泄精损神怎么冲杀于战场?事后军队开拔走到三里亭处,那匹黑马竟然尾随追来一直咬着白马尾巴不放。二马嘶啸,怎么都拆散不开。无奈之中,郝汉只得向黑马主子赔了不是再赔铜板。那主子倒通达,说马本就不是他的,现在人家要认大军作父是它的造化,怪不得大军的。问他到底是何家的马,人家似有隐情就是不说,只是点了点马屁股上的"江"字火烙印。一直到前些天部队打到了这四省通衢之地,郝汉兵临城下蹀步至江上游河畔,正和下山的当地游击女队长商谈歼敌之策时,一颗流弹来向不明地击中了马夫后脑,顿时老军就一声未吭地在马槽处归了西。老军成了这次会战的第一个牺牲者。老军安葬时白黑二马也被郝汉牵到了坟头。面对墓中英灵,二马像人一样不但泪流满面,还双膝下跪悲号不已。

追忆和思索中的郝汉在那一瞬间,一种愧疚的心绪像一簇铁蒺藜枝叶在毫不留情地折磨着他,同时还有一种崭新的情怀又像月全食时的红月亮在温暖着他。"不要再死人啦！"他心底的念叨几乎变成了呐喊，差点如同呼啸的子弹要飞出大嗓。

郝汉在大步地走着。在快走到他那亲密的马夫战友坟头时，他转身了。原先一直噙在眼中的那滴泪珠闪着光亮滚落到嘴角，他舌尖一舔将泪珠含化了。他脑子又把来自各方的情报过了一遍，对自己确定的明天攻城的战法仍有存疑。是不是能找到更为机警智慧的进攻动作来制敌，从而使所谓的最小牺牲具体到只死几个人甚至不死人呢？

郝汉的步伐加快了。他期待他派出的人早点出现在他的面前。而期待过甚，使他甚至有点怀疑自己派出的这两人究竟行否。要不是侦察排的人临时被师长抽走了……想到这，他那时隐时现的担忧似乎要冒头了。郝光呵郝光，江南风情虽美，但这一方绿野里也是处处有凶机呀。离开老家时你娘为你可是对俺有嘱托哦……他在心里为自己的叔伯兄弟祈祷起来，同时也惊奇地发现自己胆小了。

踏上石阶，江南的石阶湿润润，石阶缝隙处处都伸展出草的绿花的红。跨入大门，紫微道观八字开，两边墙壁斑驳破败，上面爬满着藤蔓，微风一过沙沙荡漾出了道道绿莹莹的柔波。回眸一瞥，那巍峨的山门牌楼千疮百孔，每个孔眼都贼幽幽地在毫无顾忌地呵着青涩又凶猛的瘴气。

白马的嘶鸣声又传过来了，伴之飞降心灵的还有黑马的哼气声。郝汉一下子又想到那个女游击队长。人家见军马因一时水土不服而发烧感冒，又见黑马屡现难产之象，就去搞药和准备助产器具了。她说她母亲是医生，她自己还亲眼偶遇过助产马羔实境。会有办法的，她信心蛮足……不过，这人现在也该回来了吧。郝汉心里开始有了些牵挂。

当郝汉刚走到大殿门口时，一丝丝那种甘苦相杂的中草药味便随风飘了过来。他猛吸一口药气后，脚又拐了弯，径直朝道观后头的灶房走去。灶房的门已破烂不堪，上下左右中都露出了光。这光泛着嫣红糅着药香，款款直奔了鼻息。郝汉这才知道那女游击队长已回来了，而且正在煎药汤。他没推门，他怕这门一推反倒惊吓住人家。透过门缝又透过灰塘丝网，只见薄薄烟雾中的女子只穿件蓝底白碎花小衬衣，戎装已不再。人家俯着头、弯着腰、鼓着腮，口含竹管，正在不停地朝灶膛里吹口风。灶火随之一吹一闪一个旺，红光铺出了灶口，且毫无遮掩地倾泻到吹火人身上，而当吹火人呛着了站起来时，那火红的光便升腾了上去,直到将人家的上身勾勒得一剪绰绰约约一剪窈窈窕窕。高耸的胸脯在白皙的脖颈、在精致的口嘴下波浪起伏,黑发往左一撩侧偏过脸庞,几颗汗珠从额头滚下,又被长长的眼睫毛拦住,赫然挂到了眼睑,还在不停地反射着红宝石般的晶彩碎光……天呵,郝汉眼中的这女子就是我的母亲诸葛红月。一个被人誉为山城一枝花的女子,一个为夫报仇而去革命造反的教书先生。眼前的她,明明白白一烧火农妇,可在郝汉眸神中却宛如一尊流光溢彩的美神娃。

"团长,团长,"郝光贴着郝汉耳朵轻声叫了一下,同时还使了个狡黠的眼神,"抓了三个不军不民的家伙,你去审审。"郝汉呵呵应着,心神还未完全从刚才的情景中走出来,他黑红大脸上一时竟袭上些许羞色。

郝汉随着郝光走了。树林里一个曼妙女子的身影从一棵松毛树后又闪到另一棵松毛树后。她挎着竹篮前望望后探探,见那两个壮汉军人离开灶房走得没了踪影,她也蹑手蹑脚地走了过去,紧贴着门板窥探起药香四溢的灶房来。

这边两个军汉很快就走到了偏殿门口。还没进门,郝汉耳根就响起了激烈的争吵声,而且全是当地的土话,一句也听不懂。"这三个鸟人也太猖狂了……"郝光明白这是抓来的俘房正和游击队的那个周豪郎在扯淡。郝汉似有不快地踢了一脚房门,谁知门板一下子稀里哗啦化作一堆木碎屑。没等黑脸军头想清楚这是何因,屋里的四人像被闪电击中了一样顿时成了呆鹅,目瞪口呆地仰望着这凹眼鹰鼻巨汉的突然降临。

"叫什么,干什么的?"郝汉简单发问,周豪郎又半爿笑脸半爿恶脸地用当地话翻译了一遍。"俺叫……俺叫……"没等一下口吃的狂夫说完,干爹凑上:"他是花痴漆,漆橱、漆床、漆马桶、漆棺材的。"问天恐怕也有点吓着:"俺,俺……"干爹不嫌话多:"这人,种五谷、捉甲鱼、吹喇叭、哄活人、骗死人的。"还好干爹能说当地官话,郝汉听听倒也能懂一小半,他问:"那你呢?""俺,俺……"干爹怕倒不怕,但没想好。狂夫这下不口吃了:"他,叫木锥,毛木锥,说魅语想魅事身上带鬼魅的,白天也会梦游。"问天故作诡异道:"天不亮是鸡公,天大亮是驴公,天乌乌是猫公。"干爹最不喜欢别人将他讲成猫公了。猫公是个不管白天与黑夜都会发情哇哇嗷嗷的东西,比比狂夫还差不多。自家吧,哪怕是药嫂把奶珠头塞了白牙口都不动春心。哼,"放屁,俺身上是有魅,但不是鬼魅而是仙魅人魅,俺是鹿溪县中的校工,也是周村的种田人,大姓毛,俺名叫记,记号的记,俺是有记号的,俺身上的魅就是这印记化出来的……不信,瞅瞅看……"说着,他背过面去解下裤带露出了半个屁股。那屁股上果然有疤痕隐约可见。"毛家山姑跟俺说,这是俺亲娘留下的,将来好来认的。"郝汉见状微微摇头了:郝光呵郝光,你都抓了些什么怪东西来。他心里禁不住责怪起来。周豪郎见军头并无大恼,便屁颠屁颠向前贴紧人家耳朵说了一番。郝汉听懂了,差点笑出了声。接着,场上的军人也跟着窃窃乐开了怀。干爹见众人有些鬼鬼祟祟便瞪出乌珠:"啥名堂嘛,你各人有记吗?"

这时,身着蓝靛印花布衣的江妹拉着一身戎装的诸葛红月进来了。原来是江妹见干爹他们三人被人押走了,便一路尾随上了西山进了紫微道观。菩萨上帝保佑,让小女子巧遇了红月姐姐,于是……

干爹俯着的头偏偏抬起,一眼就看到两个女子海威海威倒杵在关公大帝塑像前头,一下子长高了两尺。他吓了一跳,赶紧立身拉起裤子系上裤带。场上的人不知中了什么魔又都笑出了声。干爹心怀不满地说:"莫笑莫笑!她是文焕先生的娘子,竹子林游击队的头儿,俺的恩人,俺的红月姐。"江妹羞着红脸推推红月腰身,红月刚想说几句,干爹走到了她跟前:"俺,俺没用……西山角,马尾山坡,白面郎君,三角尖刀……"说着说着,干爹腿骨发软,一条腿已下跪了一半。红月见状,连忙将干爹拉至一旁轻声言道:莫莫莫。郝汉觉得场面蹊跷,正想问问红月是怎么回事,作战参谋急闯进内并递给了他一张电文纸。郝汉只得转移注意力看起了电文。一看,军汉的两道浓眉刹那间紧锁成了拳头。接着,他又使眼色叫红月站了过来,并将一纸电文传上。红月飞快览过,神情顿时肃然。

郝光见此场面知道自己抓错了人。愧疚之念一闪而过,他又思忖起自己的使命:"几处城门敌军布防情况,知道的话,你们三人说说看。"红月接过郝光话茬,用当地话向三人交代了一番。三人像六月旱苗喝到了清渠水,立马有了机缘显出生机。"晓得哦,晓得哦,我们三人都去荡过。"狂夫抢先说。"在小西门,俺各人还跳过牛头马面背姣娘,吓得那守军个个都当了逃命野兔,那天呀……"干爹起劲了,但话语很快被问天打断。这机灵鬼怕烧香引出鬼,人家要查那盗走的几杆枪到哪里去了:"大南门、大东门都撤兵了,只有小西门还有几个兵痞赖在育婴堂。""是的,是的,他们饿得不行,一定要拿枪换俺的薯干吃。"江妹也开了口,她最讨厌那几个鬼兵妨碍她做祷告拜圣母了。"那些兵都撤到哪儿了?"郝汉追问道。"哦,哦,统统缩到中山路的县衙去了。县衙里有美国吉普车,有肩扛花牌的将军。俺亲眼见过。""是的,是的,俺各人都见过。"狂夫、问天应和着干爹讲得逼逼真真。郝汉面露喜色:"那县城四周呢?"周豪郎终于逮到机会,赶紧翻译问去。"北门火车站,两支队伍自家人打自家人,一打官太太们便哭天叫地……""南门公路,汽车都挤成了堆,上百辆呵……""东门浮桥头,一些兵都在抢老百姓的布衣换……"三人争先恐后纷纷道来,活灵灵活现现说得郝光拍了他们的肩膀都不肯罢休。

郝汉与身边的红月对了一下眼光:"诸葛同志,该看咱们的了。"红月心里也踏实了许多,因为这几个人所言跟师部通报的敌情差不多。她点点头后就跟着郝汉离开偏殿向大殿走去,前线指挥部就设在那。走前她又吩咐周豪郎带着干爹一帮人去灶房赶快给军马喂药汤。

走在甬道上的周豪郎这下八字步抬得高高,瘦脸上的大鼻子随着当当脚踏步音上下翕动不已。哼,看你三只糠虾,刚才还要跟俺吵,说俺不管老姆小妮,只顾自家快活,说是到廿八都做担夫,其实是到那桃花巷深处寻花姐彩妹柳胭脂,哼,去了又怎样,老子还去了竹子林诸葛红月游击队嘞。俺是糠虾?你们才是糠虾!这不,龙有龙路,鱼有鱼路,俺就算是条泥鳅,糠虾也只有跟着泥鳅走。看到周豪郎这副神情,狂夫差点又要发作对撞,但被问天瞪眼封了口。不能再吵,万一祸从口出把俺三人趁战乱四处去拾捡调换浮财的事体都抖搂出来,岂不见鬼!唉,观音慈悲罪过呀,俺各人也是穷得无奈才这样做的。前几日装神弄鬼搞来的几支枪,想去调换铜板,可被药娘封了;昨日淘来只酒壶又说是假的,现在还被搜身搜了去……"呵……"问天脚指头碰上了路中凸石,一个趔趄,还好手搭到了干爹肩背上,"呵,豪郎大哥,参……参加革命啦?!"好机灵的家伙,马上就能转口。"三个多月了,明日就满百日了!"豪郎更显豪迈,一脚因抬得过高踩了个空,问天没摔他倒摔了出去,要不是干爹扶他一把肯定嘴啃泥。"百日百日,你的囵囵也百日了,你都忘了吧。药嫂说了,再见到你,帮帮忙,把你捆回去,省得到处聊荡。"江妹也是看不惯这人的德行。"哼,有本事给俺生个带把子的出来,"豪郎显然不服,"哼,瞧不起俺,俺快蛟龙出渊了,日后有你各人好看的!"这男人一爿阴阳脸上下生豪光,说的是面子蛮蛮大。

这边郝汉与红月边走边谈很快就进了大殿。据母亲的日记记载倒也简单,郝汉当即调整部署,兵分四路,控制要隘,直捣黄龙,以一团之力制敌上万。而且,这位屠敌从不眨眼的猛将,在这次战役中基本实现了我方甚至敌方都要少死人的目的,从而也就极大地宽慰了他的那种新近萌生的情愫,同时也给枉死的马夫带去了告慰。但事情到了干爹等人嘴上就不一样了，他讲的都是魅语。说郝汉一进殿门，原先都倒瘫的太上老君等一帮塑像齐刷刷地立正稍息，竖起招风大耳聆听军神点兵，四位营长一下子成了风、调、雨、顺四大金刚，气宇轩昂，杀气腾腾，得令得令一番喝彩引来一群山雀驾祥云而至。众兵众雀簇拥着郝汉，郝汉手一举俨然一个托塔李天王。四路得令官兵锵锵下山，一路草木欢喜异常，纷纷化作飘飘龙旗相送。战毕，郝汉又一次牵着黑白二马来到马夫坟前祭拜，那马脸上满是泪，马嘴上都衔着红花呵。干爹说完时，俺就叫他莫这样说，这样说有封建迷信之嫌，可这老货大头一偏，说自家不是官家人说不来官家话，他只会这样说；还说，说嫦娥、说闻太师姜太公、说关公白娘子、说唐僧八戒孙猴子都是这说法，说郝汉不照这说法，那还有啥味道。"说人要有说法，晓得不？"干爹对自己的说法当时得意得不行。当然这都是后话，而眼目前干爹跟在豪郎屁股后面，江妹又跟在干爹屁股后面，一行人屁颠屁颠神色各异地踏着步。干爹伸手紧了紧裤带，江妹快走两步上前，将一只青饼子偷偷递给了他："莫思忖那几条棍子了哦，圣母看着呢。倒是要把那把壶看好哩。"干爹听言一怔，脸孔变得煞白。这，这这，酒壶搜走了呀！他嘴上青饼咬了一半正想道明此事时，那酒壶突然金光闪闪地跳到了眼前。"哎，毛记呀，日后呵，俺来帮你养娘买棺材，省得你日夜念着。你要信俺，俺会一天比一天强的。"周豪郎竟然把玩起了酒壶，还冷不丁冒出这么一句人家的心愿话。"你……你……"干爹指点着人家，心里不知是惊是痛是喜是忧还是怕。他直瞪着牛眼好一阵后才自言自语念叨"那是俺各人的，不是你的"，可惜当时别人没听到。一段路走下来干爹似乎憋不牢了，一句"还俺还俺"刚要出口，一缕栀子花香袭来，江妹那小女子又向他耳根吹气了。他朝人家眼照照，人家回眸，眼神明确告诉他莫声张莫声张。干爹懂了，"嗨"出一声，掏出荷包里的金龟又与其互撞了头。

几人走着到了灶房门口。推门进屋，在豪郎指挥下，小半根香的工夫就把备盆沥汁搅汤装桶找碗诸事做完了。狂夫再一声吆喝，这几个人就有说有笑地跳脚划步朝临时马棚游荡去。来到道观后院算是到了。张目四望，三面山崖围着中间一大场子，北崖下有一洞，洞口有草帘挂着，草帘下方丈把远有一溜溪沟。溪沟南边筑着一行回廊，回廊上十来匹战马没精打采地站在那发呆。其中一匹白马被拴在亭柱上，马头低俯，马鞭赤裸，龟头下是一摊马精液。罪过罪过呀，白马体健相满神朗鞭苴壮良种哉，可惜了可惜了……不然有佳偶，多生些神驹出来驰骋疆场是何等威风呵。各人一边神神道道地说马长说马短,一边呵护着众马,将红月姐姐熬制的那好几桶药汤饲喂得只剩下点桶脚水。

"呜,呜……"干爹闻声一瞅,见白马俯首低鸣似有话语要说,他便走过去将马绳解了扣。解扣的马儿踏步扬蹄操练了一圈后,就小跑着撞开草帘进了洞穴。干爹似有灵犀一点通疾步跟进。跟进的他直觉头颈发凉。抬头看看,原来是倒悬的老鼠皮燕因不满他的到来而撒尿恼了他。白马也不开心,竟用劲臀去蹭他的背和手臂。他踮足摸摸马头,再用汤布擦擦自家脖颈,又向马头翘翘的方向张望。松明燃烧,马灯闪亮,亮光下一匹大肚黑马正在痛苦呻吟……

干爹又用金龟使劲敲起脑门,指望灵光降落,人能入魅境,从而能生出些本事来去搭救眼前苍生。还未等到他想好,郝汉和红月这时进来了。郝汉挎只竹篮,篮子里净是鸡蛋。红月也挎只竹篮,篮子里摆着些野艾药条以及刀剪药棉等一类东西。见到鸡蛋艾条,干爹顿时双目发亮,像旷野饿狼盯上了木兔呆鸡和鸟猪。他脑子咣当轰响,刹那间灵光一现,他想起了在周龙畅家自家亲眼目睹的接生马羔子的架势。很快,一连串应对法术在干爹脑里像雨后春笋般钻出了地皮。于是他拉着江妹飞去灶房,满抱柴火又飞了回来,再几番摆置将些干柴枯禾围了黑马半圈。在场众人一下子也都明白了,洞穴阴潮急需用火攻祛寒升阳。加上红月点头再三,一帮人跟模学样忙乎纷纷,几个回合下来,绕马的柴火便成一圈。干爹见状立马一个跳跃便将松明火把点着了。狂夫问天豪郎又照着去做,并在一旁点起了禾堆。禾堆噼啪作响,火星闪烁火苗乱舞,袅袅娜娜,很快旺成长长赤焰。"这鸟东西,还真有两把刷子!"郝汉凹眼微闭喃喃自语,竟欣赏起干爹来了。干爹注意到了郝汉的目光,顿觉有一股阳春暖风从心底吹起,很快荡漾开去,一下子就充溢了全身。只见他歇下手脚盘坐火堆旁,双目微闭仰面昂首口中念念有词:"拜四方呵拜四方……拜东方,薛仁贵征东白虎吉祥……拜南方,观音保佑黑马安渡南洋……拜西方,唐僧取经西去莫忘娘……拜北方,罗通扫北小将强强强……"郝汉看到这情景暗生奇怪:这厮装神弄鬼要做甚?江妹小脸上倒是春光顾盼盈盈一派。娜妮鬼晓得干爹这下子来魅了,而这古怪只要一来,眼前的傻子头就能将难事忧事想成妙事好事,从而施展出一点拳脚……刚给黑马喂好药汤的红月移目看到干爹这般模样,摇摇头笑过,伸手拉拉干爹的手,叫他快去点松明枝,说她要给黑马点药庄灸了。

洞穴外阳光铺满了山野,山野呼应着阳光,敞开胸腹贪婪地吸纳着这金灿如火的元气,又慷慨地呼出那绿油油的山风。山风裹挟着阳光,阳光依偎着山风,在洞穴口徘徊了两圈后,就闪亮地穿过草帘,暖洋洋地来到洞穴内。洞穴内火光更为闪耀了。浴在火光中的黑马时卧时起,众人随着诸葛红月的调令穿梭不停。人影马影在阳光火光下明明暗暗交错,顿时涌出光怪陆离一片。

红月与毛记在马肚子上用手指点点画画后,又在肚脐眼一带做出几处宝塔状艾草药庄并将其引燃。药庄青烟袅袅,不久人人鼻孔里已是艾香氤氲了。在一边观战的郝汉瞅得出奇,在一旁做下手的江妹偶尔也瞅瞅干爹。一炷香工夫过了,红月解去枪带脱下军外装,只剩件紧身碎花衣在身,还挽起了衣袖,于是一对玉手玉臂白花花的便直袭了各人眼眸。剪了指甲再磨光,消毒了手臂再上油,红月继而又静坐了片刻。片刻中凝神的女游击队长红光映照,白脂凝聚,浑身散发出神神秘秘的缕缕异香。躺在稻草垫上的黑马毫不知趣地尿了又尿,红月见势立马将手凑上。白指摩挲不止,柔软的白和那柔软的生门红紧贴相拥运动开来。黑马在白与红的运动下急促努责和鸣叫不已,继而在干爹那双黑手帮助下,黑白两双手齐齐努力将黑马后躯抬高。黑手托着托不住,干爹竟将自己双腿伸去做了垫子,白手见势正妙,就缩指插入了马阴道。一番校正后,随着黑马节奏分明的努责,马羔前肢护着马头,带着血污,迎着日光和焰彩,在一支白臂牵引下喷薄出世哉。

郝汉凹眼柔光四溅,他正了正衣冠,标标准准地行了个军礼。红月慢慢站起,整个人就像从水中捞出,浑身湿漉漉。一只满月圆脸因乌发后绾,加上脸颊有几点红印迹映衬,更显生动靓丽。眼睫毛上的汗珠滚落到赤裸的脖颈,宛如几颗晶莹的星钻缀上了白绸缎。润湿的蓝布白碎花衣几乎透明了,两峰胸乳线条温柔毕现,耸动的含苞的花骨朵正在绽放。红月略有羞色地接受着众人那惊艳的目光,她面带微笑一声不吭,再上前几步,正要举手致礼,可手臂竟被注视她的郝汉拉住。两人四目炯炯一句话也未说出。

四边的众人都瞪大了眼睛,光是看,也是一句话都不说。倒是干爹实诚,他叫唤着:"快看快看,马羔要拜四方了!"众人掉转过目神,只见马羔血迹殷殷,它跌倒了再爬起,爬起了又跌倒,起起伏伏跪拜起南北东西四方。良久,一阵掌声响起。只有江妹不合群,似乎有灵光一现,勾引着她那双丹凤眼直往马臀上张望。她盯上去,再盯上去,越来越近,尽管这时洞穴外的白马已经引领着马群发出了震天的呼啸。一会儿,江妹似觉有人在拉扯,便起身跟着,但仍是一步三回头。她看到的那个模模糊糊的马臀印记始终贴在眼前,怎么也摆不脱。拉扯江妹的是干爹,他要告诉她,豪郎说了郝汉要犒赏各人请吃晚饭,还有一只野兔美味上桌佐餐。然而这时候的江妹已变成了个梦游人,他转告的话人家半句都没听。于是干爹便伸出手用劲拉扯了一记人家衣袖,不料喂耶妈鲁莽后生的手背触摸到了鲜花娜妮鬼的奶胸脯……

第四章　吃米·献枪

江妹吃了块喷香的野兔肉就偷偷溜了,她不能在山上待得太久。一车柴火还未送到红房子,更重要的是红房子里有乌毛小婴在等她。特别是红月姐的儿子也就是我在那。我那时还不到一岁,跟着外婆为避战祸,原先躲在清湖湾后,因有土匪毛太子骚扰,也就转移躲到育婴堂来了。虽说那里有药嫂帮忙,但那女子太粗,往往是给我喂了奶就忘了给自家囡囡喂,坐在灶头都会困去。更可笑可恨的是,我干爹毛记傻傻地又把个赤膊女的弃婴抱了回来,害得药嫂这个女人两只奶头要对付三张乌毛婴儿嘴。江妹摇头了。

小女子急速下山,如一团青色的微风掠过。到山脚又抄起藏在凉亭背后的那辆黄包车,拖着满载的杂木柴火,一路小跑。她有时也回头望望,但不知望甚。道观在那,道观头上的鸡公石岩也在那,都好好的,只是,只是……哎哟,一只刻花铁皮扁壶蓦然间从石缝蹦出,又金光闪闪地跃入了眼帘……哎呀,江妹知晓自家是在惦记那只壶。你看看,好好一个壶,没多少工夫,就换手去了不该去的新东家。想到壶,江妹又有点怪干爹了。刚才自己叫他去讨回酒壶他还不干,说该自己的跑不掉,该人家的跑不回,后来还是自己去对红月姐姐开了口。

干爹在席上却是坐立不安,他没想到一个解放军头领为了黑马产羔这点蚂蚁驮芝麻的小事而以茶代酒请他一行小酌一番。他更没想到,自家那只黑皮乌掌自从石火电光地触到江妹奶珠的那一刹那起掌皮就一直在发烫。为此,他曾暗自去山涧溪流水中搓搓洗洗过,忖去掉这块火烤烟熏般感觉的狗皮膏药,谁知非但无效反而越发炙热,那块皮竟然蹦跳发癫狂,像要燃烧自焚了才会拉倒。唉,小女子的奶珠哪仅是奶珠,那是一只油光贼亮神扬舞爪绒绒绵绵的破壳小雏呀……同坐一条破板凳的问天,见干爹一副三魂六魄不知泊在何处的鬼魅样,赶紧踹去一脚:"吃嘞吃嘞,药娘还在红房子等俺各人。"嗯?嗯,问天撒谎了,干爹看穿了,便回敬去一脚:"鬼嘞,怕是送脚鱼吧,送了脚鱼好困红薯娘……"没等到这句话说完,干爹的嘴就让问天塞了块肉。其间,周豪郎也端菜上席过,满脸不高兴,好像有人欠了他的账,而那只被他搜走的洋酒壶也难得没有拿出来炫耀。

一桌人吃着喝着笑着闹着直到黄昏来临,郝汉送各人下山。告别时,红月多走了几步,又对干爹说:"早点把江妹接回来,文焕的那间书房等着你们。"说完,她塞了件东西给干爹,干爹接过,可他没去解开布巾看是什么。他当时听了人家的话,什么什么的?脑子里正在反复咀嚼"接回来""书房",生怕自己听了个差错而无暇顾及其他。走开的红月走走走走上了路边的一处高凸的石岩,又居高向山下瞭望。山下城墙下有一团红有一团绿,那团绿里还含着一点红。那一团红是红房子,山城里的一座西式建筑。那一团绿是相互依傍的两棵树,树上那一点红是面头巾。红月和她的娘亲前几个时辰有个约定,红巾飘飘人平安。红月的眼眶顿时就湿润了。她看到红房子想到了她丈夫也就是俺爸,俺爸就是从红房子里走出而永不复返的。一番瞭望后,她含着泪下了岩石走了,连头也没回。干爹回头看着在山林小道上逝去的红月姐,他一下子瘫坐在了石阶上。他低着头,他眼中柞木树桩头上旺长的朵朵白蘑菇花变了,变成了漫天的大雪。而正是这个大雪天的黎明,父亲走了,我却出生了。而后不久,为纪念那个难忘的时刻,我被娘亲和外婆起名为雪亮。目睹那一幕的只有干爹。干爹当时还尾追了一段路,一直到马尾山坡,他看到了白面郎君手中的三角尖刀才止步。

干爹闷着头,心里感到揪揪痛。半响,吐出句灵灵清的话:"莫走了,各人都莫走开,去看药娘,去看雪亮。走开的,俺跟他撕金兰。"他说得很绝很狠,本来要散伙的问天与狂夫见伙伴顿时变成匹狼,也就没走开。他们站在山岗上鸟瞰东方,东方的小山岗上有处红房子,红房子里有俺外婆,有俺文雪亮。

西山山脊驮着的日头只剩下半爿脸了,夕照光芒万丈了一会儿便收了霞旗,暮霭慢慢亮着,暗红的怪脸随之不请自来。江妹拉着黄包车已快到红房子门口,门口香椿树杈上原先静卧的灰狗这时吠吠叫着下树,朝着小女子奔来。小女子她没看狗,她看着树,她发现树上奇里古怪地有面红头巾在飘。看了上又看后,后面似有只马影像个鬼影般总是尾随着。目神定定,啥名堂都无,伸手一抓还是一个空……坡道上行走的干爹目睛眺眺,似乎是在瞭望远处的六坡顶西式洋房,可打开的心眼却是另有寄望……大大的红房子和高高的香椿树越看越糊涂,都化作了红影绿影,而江妹却是越走越近,她不进红房子反倒是向自家碎步而来……江妹呵江妹,这房子住不得,晓得不？问天讲它有凶象,不错的。旧时闹"长毛",西安府出教案,天主教堂的教主和知府一干人血溅之江上游溪滩头。教主的养女与药娘的娘亲是同学,那洋女幸得逃脱就躲到这里避难来了,结果引得暴民围着穷搜十二个时辰。后来,幸亏红房子西侧的那只红薯窖帮忙,躲进洞里才逃过那一场大难。为纪念这事,药娘的娘亲和洋女子在化难处共同移栽了这两棵香椿树。香椿树虽说是吉祥树,但也仅是棵临时的遮难避祸之木,它它它,它还不足以化解这难所之根呀。再说这房子还正对着西山上的箭弓泉,泉上的那支利箭在日夜瞄着红屋顶,冷不防它就会放出害命毒箭呀。晓得不,去年文焕先生遇难,那白面郎君押着人就是从这里走到马尾坡不见的哪……想到这,干爹心尖发颤,那刻骨的歉疚像条五步毒蛇龇牙咧嘴地又袭了上来……唉,俺真没用,俺临阵见刀吓破了胆,俺逃了,俺真是个鸟人呵！不然,文焕先生血洒黎明也不至于找不到尸骨呀。想着想着,干爹乌珠凸出又换出副凶神恶煞拼命三郎模样。

　　江妹这头进了红房子又进灶房,出灶房再进了念经堂。干爹这时也走到了红房子,正想进房,脚步却停了。问天和狂夫见他呆头呆脑立在后门口,木鹅一个,就没理他顾自走了。他俩在山上没敢吃饱,想跟着药娘念念经,好再赚碗立夏羹喝喝。红房子这时张嘴了,一阵念经声不温不火地四溢开来。干爹熟悉这声音,甚至晓得一些经文,跟着药娘念了经,药娘私下还会犒赏点吃的用的。不过,眼下他仍觉有古怪:念经声里有异音？这又是由何方神圣喉咙发出的？瞅瞅旁边,一对夜猫诡诡异异上了香椿树,嗯,香椿树叶少枝多,好爬。他想见药娘又怕见药娘,觉得先跟着夜猫上树也好。树干贴着房子七彩玻璃高窗,高窗下面就是念经堂。干爹上了树,夜猫却下了地,还疑心重重地仰望,仰望树上人,一直到听到鼠跑鼠叫。

　　透过七彩玻璃高窗,干爹看的是既平常又奇异非常。药娘平常是坐着诵经的,今天却站着,跟着念经的教友平常大都是些老少病人,今天除了几个流鼻涕的小儿,还平添出七八个国民党兵。这些兵不仅泥鳅学吃瓢在有口无心地念着经,时而背脊似乎又像长出眼一般在窥探背后。忽然,一筹一响的。哦呀瞅去,原来是药嫂在门口一下出现一下又不见,这女人手里好像还拿着一杆枪。药娘这下又转身在向圣母致敬了。那圣母着蓝袍披白巾头顶光环,如同观音老佛差不多的样,只是没坐在莲花宝座上。药娘停了会儿,气沉丹田,眼睑低垂,手动翡翠念珠,一脸静水,像化作白瓷人凝住,时不时还淌出柔柔美美的亮光。干爹看得入神,也跟着一段段念了起来。

"万福母后,仁慈的母亲,我们的母亲,我们的生命,我们的甘饴,我们的希望。……厄娃子孙,在此尘世,向你哀呼……在这涕泣之谷,向你叹息哭求……我们的主保,求你回顾,怜视我们……一旦流亡期满,使我们得见你的圣子,万民称颂的耶稣……童贞玛利亚,你是宽仁的、慈悲的、甘饴的……天主圣母,请为我们祈求,使我们堪受基督的恩许。阿门。"

一路跟着药娘念来,干爹对自家佩服得不行,自家念得明白,而那几个黄毛稚儿,那几个外乡兵丁念的是一锅黍米糊糊,鬼都听不清。毕竟自家有些不一样哦!自家还晓得念的是后圣母经,晓得药娘手中的玉石念珠有五十粒,四十五粒小的,五粒大的,不多不少。念珠是药娘的娘亲传下的,再以前念珠属老娘亲的同窗,一个黄毛西洋女。干爹拍拍脑壳还想用劲挤出点自我欣赏的花头经,不料眼前一闪,堂内忽然大亮,江妹拿着两盏红烛进了门。小女子笑意盈盈,一双常常眯着的丹凤眼睁得大大的,她朝药娘走去,不显丁点声响。干爹想再瞅灵清些,便哈着大气紧贴上玻璃,谁知眼下反而模糊起来,七彩光熠熠交错缠绕众人和神像,影影绰绰恍恍惚惚,一下子就搞得人神莫辨。见之,他伸出了右手掌去擦拭起七彩玻璃,嗨,不要说还真有效,玻璃上的雾气一扫而光,玻璃上的那张手掌,红光熠熠热乎非常,竟然像有只寒冬腊月里的紫铜火熜烘在那!嗨呀呀,手掌至今还未凉?!这,这贴上小女子奶珠的掌已非昔日掌,亦更胜自家掌,它手心手背一经那团棉花软肉亲过,就成了一只炭火日头神掌!干爹顿时禁不住感叹了起来。可没等他再魅想下去,他的裤脚被树下的人拉住了。瞅瞅,原来是狂夫问天两个鬼。"落来落来,药娘在问你哪。俺俩可是你拉来的哦。"两人传着话,乌脸虽看不清,但肯定堆着奸笑。他晓得他俩喜欢见到自家见到药娘时的那副无地自容的窘态洋相。

干爹下了树,愧色难免堆出:俺,俺……你俩懂个屁,看药娘,要七彩玻璃照着,不然有啥味道。他指指头顶上方的玻璃窗狡辩起来。问天狂夫抬头仰望,头上果然有一个七彩光团在芬芳开着。狂夫不服气了,他撞撞问天屁股后说:哎,那只壶让俺瞅瞅,俺忖它了。干爹听了这话迷糊了:壶,壶,壶不是被搜走了,在周豪郎手中吗?!哼哼,狂夫问天不由分说索性动手动脚搜起干爹上下身。几番下来,狂夫竟然从干爹前裆处的暗荷包里取出了那只酒壶!瞅瞅,这是什么?耶耶,这是怎么回事?挥过几句嘴后,干爹很快就俯首听骂了。该该该,谁知挨骂人再要自责骂己时,他又蓦然惊醒了:差点忘了,红月姐姐塞过的东西原来是它!嗨,归还哉归还哉,肯定是能干的江妹去告了状,不然东西到了周豪郎手里还拿得回,这解放军果然是不准要子民百姓东西的耶!三个人庆幸着酒壶的重新回归就去摇了壶,咣咣当当,壶里竟然还有酒。快快快,快拧开壶盖来喝喝。嗨,那股萝卜丝马尿味没了,一股谷烧香,既冲鼻又润喉。一人一口,一人一口,三人接着喝,喝着喝着他们仨就傻傻癫癫地在香椿树下荡起了轱辘圈。

两三圈下来,一个声音传来。"快,快,快去,"江妹立在门口圆柱旁招起手来,"国民党兵抢食打架了。"看到小女子那急煞的样子,干爹的一双脚掼开了香椿树腾腾腾开拔,像要与贼人大战五十回合一般。刚跨上台阶两级,干爹的脚步又撤回了:"咦,俺各人不是有枪吗,用枪去护药娘。""江妹,长枪藏哪?""在番薯窖。""走,取枪去。鸟兵,不怕圣母,枪哪,怕不怕?!"问天本想拦拦,但事态似乎紧急,也就拽着狂夫一同去了几步之遥的番薯窖。

一会儿,四人从窖内出来了。三个男子背着枪,一个女子背着袋番薯干丝,她手里还抱着一罐米。江妹不敢忘记药娘的交代,各人特别是当兵的光吃番薯干丝不行,还得吃点米。而拿枪的干爹这时腰不弓、步不迟,显得出奇地茁壮,他思定要抠牢目前时机去做件大无畏的事情,从而把自家显摆显摆出来,就算是给了药娘半年后再次会见时送上的见面礼,同时也给江妹一个瞅瞅后能嚼嚼的念想。想到这,这人将枪从肩背换作手持,赳赳昂昂领头上了二楼念经堂。

踏步噔噔楼板咚咚,整个红房子都在打战。堂门开着,药嫂手中的枪不见了,她胖大的个子竖在堂门外东张西探。堂内,小儿哭声兵丁闹声斗殴声直往门外溢。有个娃娃兵流子还捏着把刺刀不停地在药娘面前比比画画,不晓得要发什么难。堂内蜡烛明火突然变暗,众人惊愕得脸全没了,沸声刹那冻住。逆着吹进的阵风纷纷一望,原来门口有人持枪虎虎站!干爹头一个闯进:"谁闹打死谁,统统趴下!"吼声下,灯火一下又亮了,亮光里竟还有几个兵趴下照办。另外两个不听话的骄兵两三下就被按倒,使拳脚的就是狂夫这个巍巍江南粗大汉。持刀的娃娃兵这下被药嫂做了板凳,小东西吓得直嗷嗷号啕,再也无法使坏。江妹快速站到了药娘旁边。药娘头顶圣母,圣母满眼都是怨,药娘却不然,她一脸寂色静意由里往外泛。只见她一手持念珠一手摸着江妹的头顶,而她手下的江妹则双手举着米罐。米罐釉面熠熠发亮升彩,像团高火白灿灿。药娘那时就缓缓地说了一句话:"这里有米,吃了番薯干丝,再吃吃米吧。"大家听了这句话小儿雀跃,想作孽的兵丁顷刻间作了鸟兽散。

　　这段事,干爹跟俺说过,问天和狂夫伯伯也跟俺说过。问过程,都说得差不多。问外婆为甚能波澜不惊从容淡定,各人各是一说。问天虽然讲出些道理,但也是些用兵诡道。一直到俺也能打坐悟点事的时候似乎心里才明白,但是仍然嘴上说不清楚所以然……当时的现场,发出声响最大的还是那个娃娃兵。他被药嫂的大屁股压着哭得涕泗横流,干爹看不惯,执枪上去骂他不识相,吃了药娘给的番薯干丝不仅不感恩还要捏把刀去威胁恩人。娃娃兵吓得直磕头,只会"呵啊呵"。嗨,原来是个哑巴呀。药娘撇开我们去将哑巴扶起,说:"莫怪他们,你冤枉了。"哑巴听了这句话,先是惊愕,后又捶胸顿足抽泣不已。若干年后,干爹告诉俺那晚哑巴其实是在胁迫外婆,小坏蛋有个要求一定要外婆答应,外婆没理,只说请他吃米,事后问外婆是何事,外婆几十年始终不讲,所以干爹也不晓得究竟何事。在那晚的现场,外婆不仅不予点破,反而帮小坏蛋编出个冤枉。这以后,哑巴娃娃兵就留在外婆身边,情愿待数十年不离去……说来也怪,本来好哭的我在那天晚上据说一点也不吵。干爹在药嫂的陪同下曾到药娘隔壁来看我,我当时错把药嫂女儿秋莲的手指头当成药嫂的乳头吮吸得不甜蜜也不痛苦。而那个要抢奶水的赤膊女婴儿已被暂时送到清湖镇上的药嫂妹妹家了。

　　似乎一切都太平了,干爹也觉没事,好回鹿溪中学八角亭住处去困觉。他目睛子四方探探,想看谁呢?想想还是江妹。可江妹人不见了,逼到目睛里厢的是那只坚挺挺的雏胸。他想真的去摸一下,然而手刚伸去又缩回,结果摸到头颈上。怪了,长枪褡襻带没在头颈上了。再看看,浑身上下再摸几次仍是不见枪。干爹顿时额头沁出汗珠,心中一搭又一搭:这枪到哪去了,它自家又不会长脚。嗯,对,肯定是狂夫做了手脚,他一下想到了。找这花疯子去,走,但有只脚就是动弹不了,这只脚被人踩得死死牢。江妹一转从后面来到前面,一只眼在笑,一只眼不在笑。"是不是在想那杆枪哪?"江妹不在笑的那只眼也笑了。"肯定狂夫拿走了,这鬼要换件二手旗袍送雪姣。"江妹两只眼都不笑了:"人家比你强,晓得心疼相好的人,你哪,只晓得换棺材。"干爹不解风情:"是呵,俺养娘是贴土埋的,不光人家看不起,超生也难归好人家。"江妹又是一只眼在笑一只眼不在笑了:"木头,木头,死木头。"干爹笑了,他喜欢这下江小女子叫他死木头。"快走,药娘要见你,她有话说。"江妹说完掉头就走。干爹这下乖了,掉头也去跟着走,而且没走几步跟着走的人就走到领头人的前头。

快到番薯窖了,一丝荷叶野鸭肉香味淡淡飘来。干爹鼻翼一吸,他嗅到了。凡有好吃的东西,他鼻头只比狂夫一个人差。对呀,狂夫人不是不见了嘛……不过,他似乎不完全相信立夏能吃到荷叶鸭!除非有大好事,不然,药娘是不端出这道药膳的。刚才发生的,不是好事可是坏事呵……一想到药娘,他又生出些许胆怯,原先走在前的他又变成走在了后。到了,走在前的江妹掀开了门帘,干爹顺着往里望,只见窖洞中央摆着张四脚桌,桌四周果真围着狂夫那几个鬼。几个鬼都站着,眼神全在桌面。只有药娘坐着,眯眼微笑,眼神不知在哪。狂夫伸出手想抓桌上东西,不料被药嫂一筷打回,"没规矩"。干爹走近也看清了,桌面中心铺着几层荷叶,底层的叶子葱葱绿绿,上层的已经蔫黄。一只鸭儿开膛剖肚地仰天躺着,五色馅料红黄绿紫黑地摆着,一股荤素交织的香气袅袅升起,引得活人舌根直生口水。

药娘见干爹随江妹进了窖,也没跟他打招呼,只是说:"各人先喝薏米粥,再吃荷叶鸭,一人一份,年纪大点的,让让。"药娘话刚落音,狂夫就伸手去抢那份带鸭腿的,抢到一看,腿是有的,但量最少。药娘见狂夫那副得意又失意的样子笑了,她喝起了薏米粥。等众人吃得差不多正在嚼鸭骨的时候,药娘将分给自己的那份荷叶裹着的鸭翅递给了干爹。三个男子他最小,药娘偏爱他。他得意地朝狂夫眨眨眼,狂夫想来抢,但还是江妹手快,荷叶包瞬间就进了小女子的胸前荷包,再一躲闪,江妹巧笑连连站到了药娘身后。药娘护着江妹:"江妹呀,那几杆长枪……""收齐了,四杆。"小女子说着,又把长枪一下子搬上了四脚桌面。干爹眼瞅长枪重现,蛮蛮开心:"好嘞,好换……"没等他将"棺材"二字说出口,药娘的声音突然变响了些许:"俺晓得了,俺前些日子带着雪亮躲在清湖湾,你三人哑背疯弄鬼,取了人家几杆枪,不易呵。可你们又不打仗,要枪干什么,你各人还不是为了诸葛红月那游击队。"说到这,药娘停顿了一下,她蛮清楚这几个小后生搞来枪是忖为自家谋点小利,但枪往往会引祸,哪个朝代的当权者都不喜欢百姓手里私自有枪。到那个时候,官家发戒令了,会说不灵清也来不及处置的呀。何况,女儿前几个时辰下山取马药时就在番薯窖见到过枪,当时自己就造了话骗过了人家。想到这,药娘浅笑全消,语气陡变:"今晚就送枪到西山,把那几个兵丁也带上!"干爹脑筋不灵光,一下子没想转过来,但也没敢吱声。药娘是谁,药娘是俺从八丈崖上摔下时救俺于不死的恩人,又是给俺活计的文焕先生的岳母,而文焕先生被白面郎君抓走的那个大雪天,自家原本是跟在后头的,后来见白面郎君的那把刀寒光四射,自家就被吓逃了,害得药娘想为女婿收尸都无处寻觅……干爹想着想着,只觉腿骨发软差点要跪下来给药娘磕头谢罪。这时,药娘口气转缓和:"对了,过些天回到同春堂,有几件东西,俺要送给你们三人,到时,莫忘了来拿。"问天一张瘪嘴倒是乖巧:"是嘞,俺三人早想好了,枪送到竹子林去,可哪个晓得,红月姐姐来得那么快,红旗一下子就插上西山了。"问天一说完,干爹的脑筋也转过来了:"走,问天押前,狂夫押中,俺押后,上西山,献枪!"话一掼出,那只酒壶被他"嘭"的一声押到了桌面上。

干爹的这个动作既古怪又潇洒,药娘先被逗笑了,其他人也随后嬉笑了起来。等热闹了一阵,药娘唤药嫂取来一些袋装番薯干放在桌上:"一人一袋,慢慢吃,兵丁也不除外,千万记住,别让当兵的嘴闲着。"干爹只是点头,问天倒搭腔道:"晓得,嘴不闲,手不闲,心也不闲。"药娘听了这话,脸上又是一潭静水,手在胸上画十字。

窨内灯火歇了,窨外人还未歇,一轮明月挂在了西山顶上的鸡公岩上。鸡头上的一个小洞透过了光,鸡公的一只眼珠被点亮了。整个鸡公蓦然活脱脱出,它看着月光,看着月光下的山路行人,行人带着枪,枪闪着光。但有个女子,石岩鸡公似乎没看灵清,她走在前头,背着一只小布袋,忽闪忽闪时隐时现。这时她眼睛眨眨又揉揉,一睁开仍觉老样子:月光照着的眼睑子上悬着的竟然还是那匹带有火烙臀印的黑马。

第五章　押俘·探马

路上一行人沉闷地走着。双脚擦芳草,身首掠碧枝,一层月光被惊,光亮乱了碎了飞了,草树被搅得是一片嗖嗖作响。问天边走边擦眼有点花。他那双斗鸡三角眼时不时专注一下盯盯这七八个俘虏兵,同时心里也在琢磨药娘前个时辰的做派。小西门的兵丁守门变成不守门,她靠的是几袋番薯干丝;兵丁要闹事,她请人家吃米,一罐米将一场横祸化为乌有。我们这几个鬼,也是永远填不饱肚子的货,她……问天还未想停当,几个兵就嘀咕了起来,似乎在说狂夫嘴里呼出的气有一股荤味。这饕餮鬼嘴大还有门独技,大凡吃到好吃的东西,他除了现场猛吃一番外,还口含一份在腮帮里,既供自家慢慢享用又去馋人,这下子……问天想喝喝狂夫,叫他千万莫施出那门绝活,但又不敢去做,生怕烧香引出鬼,狂夫得意忘形之下会说出吃荷叶香鸭一事。要是那样,饿卒刁甲听了不定会惹出甚是非……问天心神不定手足无措,无意间摸到了荷包里的番薯干。这鬼毕竟熟读刘伯温的《百战奇略》兵书,他猛然开窍,一个大写的"粮"字骑着白马舞着方天画戟风驰电掣般朝脑门而来……"粮战",对头,锵锵咚咚,药娘使用的是"粮战"一策哉!

这时,没等到问天将所想所思吐出口,干爹听到了俘虏行伍里响起了骚动声。他气恼顿生,便喝道:"莫吵,莫吵。"他把枪横至胸前:"再吵,不吃米,吃枪子!"他不喜欢药娘给兵丁吃米,也不喜欢药娘还给兵丁番薯干。要晓得,这番薯干可是精挑单个鲜嫩红薯仔经蒸煮晾晒才得到的。太阳底下照照全透亮,月亮底下照照半透亮,一嚼一嘴甜,是薯食精品呀!想着,他摸了摸裤腰带上吊着的那几只干粮袋,嗯,在。还好自家顾自家人,将番薯干全收拢来集中保管,不然……干爹佩服自己蛮聪明多留了个心眼。他再张目去,嗨,原先叽喳不已的兵丁这下也不做聒鸦而做了寒蝉。

"毛记呀,又横枪又护番薯干,不累。"问天退后几步走到押后的干爹面前问候道。干爹明明不累,但怕辜负人家好心,便说:"还好啦,你筋骨棒,你来。"他将十来袋番薯干一股脑儿交给了问天。问天接过,一丝狡黠的笑纹掠过瘪瘪的嘴角:"你一句莫怪莫吵还真管用,不过,让俘虏一路安耽,是药娘交代的,你要想得开。"说了这句话,问天就把薯袋一只只分给了众兵丁。接过薯食,兵丁的牢骚立马平息了许多,并问起给的是什么玩意儿。问天海吹了几句,随之就叫干爹做个示范。干爹虽不大情愿但还是做了,他不怕问天但怕药娘。他找了块最薄的嫩番薯干,放到月光下一照,果然半透明像果冻一样。"不骗你们吧!"说完,他就把这块番薯干含进嘴里并有滋有味地嚼了起来。那几个兵丁见这小矮子一下子如此惬意乐胃,没有一个不跟着学的,纷纷嚼着蜜番薯干,再也没提嗅到荤腥味以及虐待俘虏那档子事了。那个哑巴娃娃兵这下就像变了一个人,忙不迭地上前和问天套起了近乎。他说的啥名堂也只有问天这瘦鳖精听得懂,因为他的一个堂兄也是个哑巴。干爹搞不懂也无甚兴趣,但他看见那两人扯了一阵后,问天撇了哑巴并加快步伐走不见了,他说他要先去给解放军报个口信。

这伙人平平顺顺地就到了道观八字门前。队伍一集合,几个兵丁站得笔挺,一点俘虏相都没有,倒像要去参加新军的光荣兵。郝光和周豪郎两人高高站在台阶上,边上缩着问天。这人每逢得意就缩着背,不驼也驼。看来他确实给解放军报过信了。站在高处的周豪郎指手画脚说着话,而比他站得高过一头的郝光却满脸不高兴,好像面前站着的不是光荣兵而是一群累赘的饿羊。问天三角眼一瞄,赶快把哑巴兵拉到郝光跟前,比比画画三五句话下来,郝光愠容退去,还伸出大巴掌拍拍哑巴的小脸。哑巴先是吃惊,跳开去,后见眼前这解放军长官不是刮他而是与他亲热,就又跳回来,让说着家乡口音的郝光来拍自己的另半边脸。两人亲热完,哑巴就被郝光带走了,豪郎自然是紧跟其后。问天拉着狂夫,见郝光回头向他点点头,也跟了去。当问天再想拽上干爹时,干爹人不见了,土场上只剩下一蓬草。草在月光下瑟瑟发抖,不晓得害怕的是兵还是树上的猫头鹰。

干爹也走了,就在他想坐在那蓬草上歇歇的时候他屁股被人踢了。接着,他又被踢他屁股的人拉走了。那人背着只小布袋,小布袋和一条长辫子在一齐跳。干爹也没吭气,他就跟着那人转,蛮舒服。前些时候,自家把那归回的酒壶交给那人保管,担惊受怕一下就驾鹤飞得没了踪影,自家不是就舒服多了吗!那人是江妹呀。此刻他虽然眯缝着眼,一副木乎乎的样子,但那是装的。小后生就在小女子拉他的那一刻,闻到了一股味。这味发之于小女子,不是香草味不是丹药味也不是脂粉味,反正是股味。原先根本闻不到。狂夫那花痴曾言闻到过,自己不信,不信的他就贴近那娜妮鬼的脖颈去闻,结果闻到的是茉莉花香。下江的女子好把那白朵朵戴在身上不稀奇,但花香就是花香,不是人香。可刚刚闻到的是人香呀,不是花香。怪了怪了,是这人变了仙子,还是自家鼻头出了毛病?这上午手出毛病,触到小女子的凹凸胸烧个没完。这晚上……干爹狠狠擤擤鼻子,决意甩跑那味,谁知江妹以为他吸到寒气,就伸过手来捂,一捂,干爹倒吸进一口气,那味就更浓了。浓浓的味,疯疯癫癫张牙舞爪一个劲地往心窝窝钻,直到扎根化作一棵香木树种在那。完了完了,抗拒不了了,那……那就只有跟着享用吧。跟得越近闻香越多,干爹想象自己扮成一个傻子头,任凭江妹走在前头浑身飘着香。

江妹背着布袋拉着干爹,干爹依着江妹,两个人一脚高一脚低一脚平一脚坎,挑着暗处游弋到了道观后场的洞穴前。这时,小女子又猫起腰,一双丹凤眼吊起,躲在廊柱后四下张望。不久,周豪郎腋下夹着把葫芦肚板胡不知从哪里冒出来,走在场东头的石磨坊旁后,他又站定,然后口中不停骂骂咧咧着"短命鬼短命鬼",脚尖嚓嚓唰唰踢着石子乱飞。一会儿,那厮又坐下,竟然拉响了弓弦。嘀,弦颤弓飞一段《三五七》的中间腹曲漾开了,时而是委委婉婉,时而是激激昂昂。干爹听音虽然佩服得不得了,但也闻出了葫芦琴里滚出的牢骚闷气。他对着江妹,一丝莫名快意奔至眉梢:"受气,这阴阳脸受气了。"江妹好像没听进去:"你莫说话,跟牢俺。"她细腰闪过长廊又闪过月光照亮处,转转眼小女子就晃到了洞穴口的阴影下。"豪郎大哥,"江妹轻声慢语,"咦,你不是跟红月姐在谋划打仗的事吗……"豪郎先是吓了一跳:"你个娜妮鬼,到这干什么?"江妹咯咯傻笑:"来看你啦,喏,你把药嫂忘了,人家可没忘你。"说着,她伸手从怀里掏出一只荷包塞到豪郎手中。"看俺?"豪郎半信半疑,但这人已经伸出手接了东西,他鼻头蛮灵,"那老堂客还要赶俺出门哩,总有一天俺要叫她肠子悔青。俺可是有身份的,不像你们两个人。"说着,豪郎剥开荷叶闻了又闻鸭荤香:"哼,问天这短命鬼,仗着哑巴兵有个亲戚在守备队当营长,说能诈来情报,想占俺的位置,做梦,除非天狗不吃月亮吃日头。"干爹和江妹都听明白了,这阴阳脸骂人踢石子,原来是这么个来由。干爹刚想戗豪郎几句,江妹嘴快抢过了话:"那是那是,豪郎大哥是周仓转世,能帮关公大帝扛大刀的,他问天……嗨……"小女子说不下去了,她向来佩服问天,作践人家的话背后难出口。"嗨,俺还有点喝的。"江妹脑子一转,就在挂于胸前的小布袋里又摸了几下,结果摸出了那只洋酒壶。她正要递过去,周豪郎手更快,一把就将酒壶夺了。这鬼闻出了番薯土烧的酒香味。壶到了豪郎手中,一道恋恋目神光也被勾出:呵呵,你又回来了!为了你,郝光骂俺犯纪律,一派游寇作风。诸葛红月说俺丢了游击队的脸,差点让俺卷铺盖回周村,现在……豪郎半爿阴脸上下搐动了两下,他又把酒壶还给了江妹:"俺不要,前些时在俺手中,那是郝光交代要调查情况。叫毛记把东西放好,莫丢了,值几个钱的。"干爹在边上听了这番话反倒不好意思起来。他怪自家小心眼,怀疑豪郎贪心,还让江妹去告了人家的状。"不好意思,不好意思。"他咕噜着道起了歉。江妹丹凤眼眨眨,眨出了一堆笑:"俺豪郎哥跑过三江四码头,见过大世面,稀罕一只壶,笑说笑说。"说着,小女子又将酒壶硬塞回豪郎手中:"就点酒水,去歇歇喝喝,喝完了还壶,没事的。"豪郎看了干爹一眼,见干爹在赔笑,一点也不恼,于是他放心了。他嘴巴哑哑手指磨磨旋开了盖,再美美地嘬上一口。那半边阴脸立马就被酒香熏开了,并从中荡出一股阳气:"哼,叫俺来饲马,小看人了!"他豪迈地接连嘬嘬酒,还啃起了鸭翅。听了这句话,江妹脸色陡然凝成一朵花:"豪郎哥,你是做大事的人,饲马,笑话!你歇歇,俺俩去……哦,这里还有袋麸皮薯丝,是红月老师叫药娘准备的,当黑马夜草。人家刚做产,要补补。"干爹听了这番话惊奇得瞪出牛眼,这些交代从何而来,完全是张果老骑驴写唱本——倒骑颠编嘛。周豪郎听了倒蛮满意,连忙说"那好,那好,吃力你俩了",话还没说完,他就朝有房子的地方去了。干爹疑疑惑惑盯着豪郎离去的背影,一张本来还算端正的脸歪了,乌珠张得比猪尿泡还大。江妹靠了靠他:"放心,那洋酒壶会回来的。"没等干爹再开口,小后生就被小女子拉到洞穴口。

  洞穴口顶上枝缠蔓绕,有几缕垂挂下来,细水沿着枝条流个不停,又在月光下熠熠生辉,宛如串串生动的白练。江妹一头闯过,撩得珠水乱飞,还落到了乌发黑辫上些许,小女子于是便碎玉晶晶缀满一头。女人是水做水养的,这话不管是谁说的都没说错,干爹跟在后头看着江妹的头,心痒痒思悠悠,就是没想到江妹要做甚。干爹目光一偏斜,黑马出来了。黑马站在土台上,腿不动身不动头不动尾不动,鬃毛也是一动都不动。黑马头上方的崖壁裂处伸出一枝枯木,枯木像有五爪抓着一盏马灯,马灯火光燃得奄奄一点劲都没得。弱光飘荡在马身上,马身影影绰绰单单薄薄很像皮影戏里的剪影。哎,马娘呵马娘,刚下完羔,是要静卧养身的,晓得不？你这样立着纹丝不动,莫非已经魂归西天翘辫子了？干爹的疑惑刚一萌出,就把自己也惊到了。这江妹上山可能是来探马的,可探马又是何缘故？这马是匹南下军驹,与鹿溪蛮女八竿子打不着嘛！他眼神如贼直往江妹脸上打量。小女子俏皮面容全无,变得一脸端庄,她双手托着布袋似捧着个宝物,敛气慢步上得台子,再轻轻盈盈地下脚,直把脚下黄土上的粒粒鹅卵石子当作莲花洁瓣来踩。上了土台放下布袋,江妹身子挨近了黑马。黑马前蹄中的一只竟然动了,动弹的铁蹄牵动着马腿又牵动着马项,连头也动了。马头低垂左摇右摆,一只老鼠皮燕冷不丁地从马额中央飞出,马鬃顺势一甩,马头侧偏了过来,马眼依依,对着江妹不知欲诉甚。

江妹的眼光好像是避开了,她看到马娘娘的白肤羔子了。羔子打出两个滚后站了起来,伸着乳嘴呼呼去吮马奶珠。那马奶珠倒像触了蜂刺一样一抽一缩逃了,马羔子吃了一个空。江妹眼明手更快,连忙上前用指尖梳摸马肚腹,接着又是双掌分分合合,不停揉抚着马奶珠。马奶珠软软泛泛地进进出出,一会儿就出了乳汁。乳汁一飙下,小马羔嘴张张刚好接个正着。"喝哟,喝哟！"干爹看傻了,在一旁禁不住顾自喝彩。喝彩声回荡着,一下子吓得挂洞悬岩的老鼠皮燕纷纷嗷叫盘飞不已。其中一只飞燕不长眼,盲飞瞎旋,把干爹的头脑壳儿都撞了。江妹夜间从未入过洞穴,更没见过这老鼠皮燕唱唱飞飞的热闹场景,她手脚都呆了,只是眼睛还在眨个没完。尤其让小女子感到稀奇古怪的是,那小后生毛记乐得近乎疯癫,他舞着手中的那块大汤布,时而在上空划划,时而在地面划划。大汤布被他划得虎虎生风还不算,他口中发出的"蝙蝠飞飞福气到,福气到"的呐喊声此刻也更显威武雄壮。鼠在飞,人在舞,燕在鸣,男在呼,当时的场景不光是江妹感到魅惑惑,干爹同样感到魅惑惑。他惊奇着飞燕天色乌黑黑仍不出巢,他去瞅江妹,他想让江妹来看看自家怎样去空手捉生灵,还想让人家来验验这不出巢的生灵是否都是稚儿病货。只见江妹一只手掏掏布袋子,在一把一把地喂着马食,可一双依然眯着的眼睛,其眼神不光洒在马身上,还时不时弯弯勾勾地投向了自家。干爹明白江妹是在感激自家了,因为江妹心里明白,他之所以长舞汤布呼风欢跳,是为了将老鼠皮燕全都驱赶光,从而让眼下的这对马娘马子能够相处安耽。一会儿后,江妹又稍停了喂食,她姿态一换,去摸了马羔子头,摸着摸着那小牲灵就依偎起她,接着,随着小女子的腰肢伸展,嗨,连马娘娘也靠了过来。干爹瞅着那种依依靠靠没多久,自家目睛子前更是蹦出了诸多花样,老鼠皮燕寂了不知了去向,可这人与马更是黏了,身朦胧情脉脉,简直看不出是马在靠人还是人在依马,这人与马似已幻化成一体。混沌一阵后,变化又来了,马娘娘原先那颗静寂如石的头颅刹那间不再安静,左摇摇右摆摆下俯俯上翘翘,马鼻直吹疾风,马眼直放瑞光,搅出的一派恍恍惚惚令人觉得马头已不是马头,马头变成了正在舞着的龙头。

这时,干爹迷糊还未醒转,可江妹想起了什么,便说话了:"喂,快把马灯摘下来。"干爹连听了三遍终于听灵清了,于是将汤布收了就去摘马灯。马灯挂在崖壁树杈上,有点高;跳跳够不着,就是够着了也取不下。幸好马灯旁竖着一根大竹竿,大竹竿好爬,小时候爬得多了,上去掏只雀窝捉只雏儿摸几只蛋蛋,不知多惬意,干爹眸睛子很快闪出了亮光。江妹眼一瞟就晓得怎么回事,她走过来扶牢了竹竿。上,上,干爹双腿夹夹,松鼠般蹿着几步就到了竿上头。不料,有一只老鼠皮燕此刻飞来,去啄了竿上人屁股,干爹一动,圆筒裤腰松了,裤筒脱落下来,使他露出了一截白股臀。朝天仰望的江妹顿时间就看清了一只白磨盘正压在头顶,她吓得心怦怦跳,但也未惊呼,她怕吓着了他,她只是低下了头。他也争气,一臂一腿一用劲,腾出另一只手拉拉拽拽一下子又把裤子穿好了。他当然不敢使眼往下看,但眼睛勿看不等于心眼勿开,下面的小女子似乎已端坐在一朵祥云上,祥云且托着眯眼俏女正慢慢地往上升腾。上,快去把马灯摘了,手一伸就差一指距离了。干爹一做动作,谁知竹竿晃了。江妹听到动静赶紧抬起头,嗨呀,白磨盘不见了,一只黑猴子斜挂在竿上,人家的那两条腿将竹竿夹得是好紧好紧哇!夹紧,低了,再上一点再上一点,高了,低一点,再夹紧,上一点下一点,下一点上一点,几番折腾下来干爹有了感觉,那男子根嘴唇张张,一脉热流从中流出,那热流就像针灸过电,葱葱快意兀兀从天降,瞬间既酥软了大腿又酥软了背脊儿。哎,小后生哪撘得住那丧魂落魄的冲击,他的那只去摘灯的手随即匆匆缩回,一把又去捏牢了自家的男子根。"莫急莫急,摘不到就算了。"江妹一双手将竹竿攥得更紧,双眼直往上眺,只见顶上人缩着身子羞着面子,一双眸睛游游荡荡,样子煞是古怪。"算了算了。"不料江妹接上的一句话还未说完,干爹再伸手,那手竟然顿时多长出三寸,一把就把灯摘了下来,甚至等他溜竿下到地面,也是轻如鸿毛连丁点声响都未发出。江妹觉得奇了,心疑这不是笨熊下树,倒像是御猫展昭大侠来了。那侠还紧挨着自己,一手去持了灯火,一手正在扭灯钮,顷刻间那把持着的灯火光明大放。哎?哎?光明处的这个人明明立了摘灯之功,可羞色难遮满脸通红,究竟为的啥?天啊,江妹固然察觉不了,可干爹能感觉到呀,他那条圆筒裤的裆里当时可是有了一摊子黏稠的湿答答的东西。

江妹取过灯,灯光如涟漪在黑马细皮上一寸一寸地向马臀处漫去,到了,火烙印现身了,小女子眼神凝了,凝成了一个透明的点。那个点光芒四溅,两点一挑,一横一竖又一横,就是个"江"字!江妹眼眶湿润了,滚出了一滴泪,那滴泪好大,竟然像面镜子。当中映出了一张脸,一张干爹的脸。那张脸片刻惊奇过后,又呆呆魅魅了,像个丰富的世界,又似乎空空荡荡说不清挂着什么神情。

这个时候黑马甩了甩尾巴,目神炯炯地注视着洞穴口。人的目神随之也过去了,马与人都认出了,洞穴口出现的那个人是诸葛红月,她还牵着一匹马,那马就是郝汉团长的那匹白色战马。

第六章　献策·派马

　　就在刚才,问天和狂夫去了诸葛红月处,他俩说他俩先去了郝汉处才到她这儿来的。郝汉还拍了他们的肩膀,代表部队表扬了他们押俘献枪的义举,说他真的没想到,在国民党的一个模范县里竟然有觉悟这么高的百姓。觉悟?觉悟觉悟者,佛说之词也。问天肚子里那点墨水当即就打了个漩涡涡,冒出的气泡疑惑难成形。不过,他心里还是暖洋洋的,说有觉悟要有多大的修为呵!他差点坐下来要与解放军首领畅谈一番,但还是克制住了,他懂得不能人家给鼻子咱就上脸的道理。再说还有些话,不敢也不便对那北佬军汉说,而只想对面前她这位药娘的女儿说。谈话刚起了个头,郝光来了,说郝汉请红月去有要事商量。红月只好放下手中的日记本跟着郝光走,一路揣摩着郝汉所说的要事以及问天狂夫想说的话究竟是什么。问天狂夫识相,也不跟着,他俩只是蹲下身子坐在门外石础上。这边问天歪着脖子歪着脸神经兮兮地斜眼直瞄九天,装出的完全是副不把天上月亮看出些神奇来就不罢休的做派。那边狂夫闭着大嘴在哼小调,问小寡妇为甚天过五更还不开门,而候在门外的勇猛后生实在把持不了了。唱了一段又埋怨出几句,说献枪白献了,害得他以枪换物赠相好的好事泡了汤。最后,他拍拍屁股问毛记怎么不见了,问天斜眼翻白根本没理他。

　　在那头,郝汉坐在大殿的指挥所里,闭着眼。他背后挂着张军用地图,不大,可眼前摆着的一张纸,蛮大。纸上的四方有四个点,四个点都被画出的轱辘圈围了,只是中央偏东的那个点上画出的是个问号。郝汉睁开眼西望,几尊原先放倒的天尊大神樟木塑像竟然在墙旮旯处站了起来,显得更是相凶目恶,而一旁的红月刚好伫立在月亮门口,一身光华,还不停地在拍手拍衣襟朝着自己浅笑微微。郝汉发怔痴了一瞬也笑了,这木塑像倒了又站了起来,他明白是怎么回事了。他不怪人家,自己老家的那个表妹面对还乡团的屠刀眼都不眨,可红月就是个观音菩萨迷,见到歪倒的神像不光要去扶正,还会掸灰擦尘。红月迎面走到大桌边,扫了一眼大白纸,她立即明白了,山城四方各要隘已被郝汉布兵严控,剩下的就是如何攻破设在老县衙的敌酋之所了。郝汉拿起铅笔递给红月,红月本来就是个教书的,习惯批改作业,她也不客气,两指捉笔就在大纸当央的问号边写了个小小的"智"字。这戎装女子完全摸准了那北佬政委的作战心态,强攻敌方指挥中心的方案肯定被他自己否定了,因为硬打带来的伤亡,郝汉的心里已不愿承受。这外表凶悍的职业军人自从自己的老马夫死于一颗莫名的流弹后就变了,心肠变软了,脑子的窍眼装得更多了。不过这智取之事又谈何容易,镇守老县衙的有从省城南逃的交警总队人员,这些人是有军统保密局背景的呀。据说,那个凶恶的刽子手白面郎君也还在那。想到这,红月内心惊颤了一下,一丝忧郁掠过眼眸。郝汉当然未觉察,他看到的那张脸依然矜持如旧。他问红月,那个"智"字如何作解,红月沉吟片刻未答,继而还反问人家如何解。见郝汉同样未作答,红月又向前线指挥汇报了老县衙临县河靠县城方向一路三巷的地势特点。郝汉听完,一个完整的布兵攻击方案就像一盘正在行走的棋子,从胸中孕育出生后就活脱脱跃上了眼前。但是,这老兵非常清楚这路战法仍然谈不上是智取,那真正的破敌活眼还未养出,他需要一支神来之笔来点睛。他朝红月看了一眼,凹眸鹰鼻处透出的基本还是那股沉甸甸的杀气。红月整了整衣冠平静肃立,说有什么任务直说,她会尽力去完成的。郝汉听了,又自顾自地趴在了那张大白纸地图上。红月在一旁,生怕这解放大军首长看不清纸上的内容,还取来玻璃罩煤油灯帮他照亮。被照亮的白纸现出一圈又一圈灯影,而每只影圈中又都生泛出一朵淡淡红灯晕。灯动晕也动,随着灯晕的缓缓移动,两个人的头影还有那几只轱辘圈和那个大大的问号都被染了个红。

　　红月离开指挥部时是郝汉先举手向她敬礼的;红月回敬时满脸寂静,像极了秋后的一轮山中月。她一点也不怕,去敌营会会那个哑巴兵的娘舅,她觉得自己去比郝光去更合适。那些兵住在县衙西头的孔庙里,与县衙北边鹿溪中学教职人员宿舍贴隔壁,她熟门熟道。比她还要清楚的是毛记,那校工甚至能讲出路有几丈长,铺路砖石有多少块。不过,那角落也是块忌地,自己的丈夫就是在那块场地被白面郎君带到红房子又带到州府机场的……此行只要不被这狗特务知晓,问题就不大。由此,红月又想到了一个人,周龙畅……哦,问天狂夫还在等俺,他俩似有话非对自己说不可。红月脚步迈疾了。道观后院月色朦胧,朦胧月色下女子的布鞋似贴着一潭静水在飞。一段路后,耳边传来了几声马叫声,回头顾顾,那匹拴在廊柱上的白马一味地摇头摆尾,不知要做点什么。红月怕马挣脱套绳跑了,就掉头去料理,谁知她刚把缰绳解脱,想将其绑得更牢时,马儿没用多大力就把她拖到了空场上。红月蛮不高兴,想把马拉回,一用劲,马也用了劲,两三番交锋她就被雄赳赳的军马牵到了洞穴口。到了洞穴口,马蹄就像生出了五爪,死抓了丹霞土,再用多大力气去拽也白搭,人家身躯依然不动。不过身不动头还在动,马头马嘴马鼻马眼睛都逆着光亮睪着劲道往穴内不停打探。顺着马首顾盼方向瞧去,一苗条女子双手扑在黑马马臀上,一矮个壮男子举着马灯站在旁边,马灯光明旺旺铺出一方月白圆场,女子男子与产妇马相互交融,都静寂地待在那。

　　红月已看清这一女一男是江妹与毛记,她对这场面感到有些惊奇。蓦然间她记起先前为黑马助产时的一种情景。那是江妹投向黑马的目光,那目光里流淌着伤感和记忆。她的手不由自主地往白马门脸上抚去后,又轻拍了两下马臀。白马转了一下躯体动了,并点点头伸出唇舌径直去舔了女军手掌。手掌心热了,另一个手掌上的缰绳头脱了,白马扬扬头起身离去。一个小跳,跃过洞穴前的小溪涧,白马瞬间就到了黑马旁。黑马见白马来了,摆摆身子将身边男女推开,再伸长舌头好一阵急舔腹下小马,而被舔的小马打了个滚就站了起来。黑马小马的两道目光顿时炯炯出神,一齐投向白马。白马见之扬蹄起来,几次后竟颇有节奏地踩出了一连串的碎步。黑马见白马碎步如舞似有灵犀贯通,马尾甩甩拍打着小马,同时发出一阵吭哧吭哧的沉吟低唱,牲灵在应和了……哎,红月感叹了,牲畜尚且如此通情,何况人乎!她仰仰头,眼眶有些发酸。说起来蛮有意思,她和丈夫文焕就是蛮喜欢眼前这对少女少男。江山莽莽方寸在,岁月悠悠瞬息无,感叹中红月眼前蓦然晃出了丈夫文焕的身影……作业批改好了,夜深了,也该歇了,干爹和江妹送来了他俩自制的绿牡丹茶和金刚刺饼,吃了喝了,文焕这个数学老师诗兴来了,他说他可将这两人好有一喻,红月就叫丈夫说说看,结果人家说了,说出的是个长句:我心中的他二人,是红土地上长出的两棵树,是之江源头清水养着的两条鱼,是山林枝头上跳跳飞飞的两只鸟,是黄泥田畈里能伴随稻桑枯荣的两根草,自自在在,贫瘠也快乐,平凡还神秘,一股郁郁浓浓的地皮气充溢着全身。说得红月当时就讲去,数学老师不用当了,还是当语文老师好……"好家伙,原来在洞里!"一声惊呼突然在背后响起,红月吓了一跳,她的回忆被打断了。不是白马在说话,而是狂夫和问天也来了。这昔日教语文的女军顿时恢复了常态,不再发愣。"你俩怎么在这里?咦,看马的豪郎到哪里去了?"问天狂夫倒是愣住了,两个问题不知作答哪一个。"让你俩等了。"红月似有歉意,她意识到自己的发问有些不妥。问天听了红月这句话正中下怀,他感到能将自家的"粮"战之策献上了。"豪郎去茅坑了。俺两人临时帮帮的。"干爹耳朵灵,他倒是接话蛮快。江妹目神狐疑,这记哥哥今日怎么也能说谎话了?不过,那种目神转瞬即逝,小女子咯咯笑态又上了俏眉梢:记哥哥傻是傻,但有些辰光也能不傻!说话原本就慢半拍的问天这下子急了,他二话不说索性将红月拉到不远处的廊亭下,将自己的"粮"战之策和盘托出了。当说到立夏饼里要包进猪油渣渣时,他自己的口水都嗒嗒滴,就好像县衙西大门的那些饿死鬼,已不顾守备,而正在抢食豪吞一样。一边的狂夫见红月听得出奇认真,平添些许嫉妒,向来争强好胜的他急中生智,说当年红军过仙霞岭打的文仗超过了武仗,至今三井口老窑址的墙壁上还留有迎红军分田地的图画和标语,当下不妨学学试试把整座山镇涂成喜雀阳光城。十步之遥的干爹和江妹同样不甘寂寞,牵着先前红月转给他俩照看的白马,三五步跨跨就凑了上来。两人都说问天狂夫出的是好计,愿意衬着帮着一展身手。干爹在凑着说话间心底也暗暗有了誓:棺材腹里打次拳,这次,拼着命非得活捉白面郎君,并让他供出杀害文焕先生的种种恶行不可,不然,就去投了鹿溪河到阴间去陪恩人了。这誓发毒了,刚一发出,既把自家吓着,又把自家乐着,他觉得自家胆子一下增大了许多。谁知干爹心尖还未哆嗦抖擞完,腰间就被只拳头捅了,回头望望,原来是豪郎那厮潜在身后。面向红月的半爿脸媚笑挤成一朵花,面向自家的半爿脸压成一根棒,嘴里冒出的口气清香清香,充满一股鲜绿紫苏草叶味。他双手还捧着一只粗瓷紫红钵,钵内有股暖气在往外溢。干爹呆煞,倏忽间,他也明白了,这滑头泥鳅嚼嚼紫苏香草,将酒气化作了无,再捧上一钵热粥献给马娘作补把功劳做成了有。有本事,不服不行,他就缺叫声好了。站在中间的红月见豪郎神乎归来,没吱声,只瞟了一眼。这一眼似乎是朝豪郎瞟去的,又似乎不是,豪郎那半爿阳脸顿时慌得布上了疑容。这厮心里没数,他不知毛记和江妹向红月说的是什么。"走开,臭股臀,以为你落了茅坑呢。"干爹脑壳突然长出根聪明草,草尾摆摆,一句话就把豪郎那半爿阴脸也抚出了阳气。江妹凤眼脉脉瞧着干爹,朝他耳朵根上吹去两口气:"脑浆子生窍香了,会打诳语还不会献计,你也显显耶。"尽管那声音很小,但干爹听得灵灵清清,同时江妹身上的那股美味他又闻到了。"显显耶？献计？"哎，或许因他顾多了品少女味，导致自家那个大头听从了江妹的激励话也只能光开花而不能结果，他忖呵忖，竟将头脑壳儿忖得空空荡荡，留下的只有一只雾一般的白雀儿在那忽上忽下地不知往哪飞。

红月一直都在静静地听着，脸上不见一点动静。她一边听着，同时也在交叉思索琢磨其他事。三五下下来，她脑袋嗡了一下，火苗乱蹿，接着，她便觉得脑子换了，面前立起了一面透镜，一道闪光又一道闪光照过，思绪被折射得五彩飞扬，又被透析得单纯明亮。她需要打两场战斗，一场是借助饱腹之饼的智取，一场是借助魔道之癫的心战。前一仗郝汉肯定会大加赞赏，后一仗郝汉或许会有微词，红月一下想不好，她晓得这南蛮之地的江城人凡事都信个兆头，种田、开山、下网、出门、招亲、嫁女、过节、造屋、出殡、生子，一概地迷信兮兮，何况又在这沧桑天地变幻之际呢。若如问天狂夫所言，又能做实做成那制造出的兆头，该有多么精彩哟。要不，汇报一半，听由一半，自己担些责任吧。尤其是对自己的那位游击队战友司马展，索性有些话就不跟他说了。那人有时难弄，跟他说不清楚许多事。好在他也不在西山指挥部，他去浦城联系工作去了。红月思量定了，她两掌一下就攥成了拳头。不过当她用手背朝额头上擦去时，她额头上已沁出了一层细汗珠。"吃力各人了。"红月说了句拜托的话后，又分别与问天狂夫干爹贴近悄语了两句。问天狂夫听话时只是点头，干爹听话时呆鹅一个，一点反应都没有，就连红月递给他手电筒他也不晓得去接，幸好边上有江妹。他还在想刚才的事，他希望脑壳里不要出现白雀飞长空的图景，而是出现金龟救鱼的图像。他晓得按老印象，只有后一种图像浮出了头，那才有救，他就能异想天开，和问天狂夫一样出个辙，好去报答红月，也好去满足江妹的期盼。然而，好事就是不来，鱼龟都不见影，反而是觉得裤裆间那点精湿凉得惊心。干爹傻眼了，一脸通红，幸亏别人都没看见，只有那匹白马眨眨大眼盯着他不放。而这时，红月已沐浴月辉牵着马沙沙作响地走了。她身后的影子映在地上老长老长的，笼罩着这几个人。而且，奇怪的是脚步声和那影子好长时间都不肯散去。

目送红月走后，狂夫掉头就要走。这一天下来雪姣家还没去，他答应给人家打猪草的，可至今一根毛都未送去那寡妇门。另外，他刚才还在红月面前夸下海口说要大展神威，将那江城涂出个神奇，以便造造好势迎接解放军，这下好了，君子一言，驷马难追，事不做都不行。狂夫有些后悔了。他怪自家连毛记那个傻瓜都不如,人家就能守住牙口不作声,哪像自家那样见风就是雨的,见女就忖去困的。他倒也不是怕啥,因为他晓得在城里拿只木炭头往白墙上画上几笔不至于招来祸害,那批败兵现在只要有点吃的就阿弥陀佛了,就连晚间的巡逻也不过只是摆摆样子而已。哪怕自家运气不好碰上兵,那塞上去几块红薯干,人家还不是都要拜拜你。他懊恼的是已经等了一个月的好事即将泡汤。要晓得雪姣只许自家一个月上床一次,一个月一次难熬呵,自家不是毛记那个老鼠进洞都不知吃食的瘪货,自家可是一次能打五连炮的壮货呀!毛记见狂夫顾自走了就追了上去,江妹见毛记走了也追了上去,还递去一只手电筒到他手中。毛记手执手电筒直觉奇怪,这手电筒是红月的怎么到了江妹手里?他无聊拨弄着手电筒就拨弄到了开关,一推,一柱亮光闪到狂夫胯下。狂夫胯下直筒大裤前门薄薄湿湿,里面那条命根大鞭活像只剥皮赤兔,挺挺翘翘正想着要钻出布缦……毛记生怕江妹看见,急忙关了手电筒。可自家的手也不老实,摸着黑撩开汤布同样去了裤裆,唉,不行,自家的那个小哥软不拉沓根本不成形。他自惭得灰头土脸地一屁股坐到了地上,而地上的一根金刚刺条刚好做了臀垫,刺得他连心都疼痛。心疼了一会儿,耳边突然刮出风,是江妹又贴上来吹气了!同时那小女子还传上一句话,说那只洋酒壶豪郎归还了,她帮他放好了,现在就在怀里。听了这话,那股江妹送上的气竟然更是柔韧且生猛,它袅袅娜娜七拐八绕五内一趟,眨眼间就在心间化作一团龙卷风。天呀,那好事老盼老想不来,可不想不盼间就被这团风送来了……狼头探向溪潭,溪潭静水起皱泛波,七条娃娃鱼仓皇逃命,两条已被狼叼嘴上,另五条眼看……一只金甲小龟从天而降,一口咬定恶狼咽喉……有救了,有救了!干爹毛记脑际这时似有了非凤似凤的朱雀掠过,掠过的朱雀盘旋头顶,又落在鸡冠山岩上,神鸟啼啼呜呜,一阵洪钟大嗓的声音飘去东方,唤出一抹如血朝阳……干爹他立马悟出自家身上已有大仙魅附体,自己该做点什么事明了了。那事应该简单极了,就是拔拔鸡毛嘛……干爹高兴得跳了起来,学着江妹的做派也向人家的耳朵根吹去一口气,接着还喃喃道"鸡叫叫拔根毛"。江妹闻到了那股气,但对她听到的那句话仍觉莫名其妙。正当她想去问问此话作何解时,那股气又来哉,且雄强生猛非麝似麝非魁似魁非葱胜葱非鞭胜鞭,喂耶妈,好好闻又好难闻,那口气同时也腥腥酸酸纠纠冲冲像蛇像狼凶得要吞人。气之拂过,想入非非的江妹一时不知是喜欢还是讨厌。她娇羞难耐喜怒莫分,特别是当狂夫问天两人对他俩发出嬉笑声后,娜妮鬼飙上了,她甩甩手,一把夺过干爹手中的手电筒,围着一棵青杉树,牵着一枝绿葛藤,穷追着那男子敲脑壳。那被疯追的男子丈二和尚摸不着头脑,虽然他不明不知是哪里得罪了这女子,但他明显感觉到自家裤裆里的小阿哥当下可是硬气了许多。

狂夫问天说着荤话,干爹江妹虽不应话,可也是一副蛮乐意承受的样子,于是两人自家顾自家地打闹了良久。忽然,一群老鼠皮燕在月光下闪耀着银色的翅膀纷纷降落,山涧两旁的墨色杂木树冠一下子生出了许多声音,叽叽喳喳一阵嘶鸣,像有许多魔鬼怪,又像是许多巧精灵从九天降落。四人仰望树冠都安耽起来,不约而同都觉得似有要事要让他们等待一样。果不其然,耳尖的江妹又听到了那沙沙嗒嗒的人马脚步声。不过,这脚步声似乎还应多了一个人踩出,那声音明显沉稳得多。四人便向东望去,就在道观东头拐角处,人影马影真的影影绰绰地来了。当这批影子站定眼前时,狂夫拉着干爹和江妹直想走,那厮不愿看到问天的风头盖过自家。问天装作没看到一样悄悄拦住了他们:"各人太麻烦大军了,就走就走。"干爹一下不大明白问天的话是何意,就朝来者瞄瞄。红月一脸平静若水,白马也没看他们,只是驮着两只袋子露着个大白臀在晃。好在有个郝汉,倒是满脸笑意,连那凹眼鹰鼻都现着善意。"乡亲们啊,要不是有任务,我哪舍得大家走。"说着,他借步上前和各人握起手来,"红月同志跟我汇报了,行,就这样干,奶奶个熊,说不准,要创造个新战例哪。"郝汉的一番话加上红月关节点上的翻译,这几人基本听明白了。一下子,问天眼不看人歪着脖子在点头了,而狂夫瞪出了牛眼不知是在赞还是在怨。江妹倒好,她躲过了伸来的大手,闪到红月身后,只是在窃窃偷看。干爹瞥得灵清,乘机帆布上批剃刀,几下摩挲过手,干净了,就上得前去拉着郝汉的手不放。在连说了几句多谢长官后,还补了一句:"你这手和俺一样糙呀!"郝汉听懂了先笑了起来,结果引出众人也跟着笑。干爹见各人笑得不停连忙嘀嘀咕咕:"是真的,真的!骗人小狗生的。"干爹说得认真,直惹得哄堂笑声反而更响。一会儿后,笑声戛然而止。各人抬头去望,原来是吊在树冠上的老鼠皮燕被笑声惊扰,纷纷发着怪叫又展展翅飞了个精光。郝汉扫了一眼飞逝的黑色怪鸟,立马敛住笑容牵过白马,将绳头送到问天手中。谁知白马偏偏头颅又转了一圈,一下就将问天甩脱。狂夫见状不服,高跳二尺,夺过还悬空乱舞的绳头,将其捏个死紧,再绕上两圈,直至把马头摁得不能动弹为止。不多时,白马显然恼了,四蹄躁动腾跳起来。眼看狂夫就要被拽翻倒,江妹眼疾手快人神了,晃晃细腰翻翻小手,晃眼间绳头竟然转转转到了她的掌心上。小女子朝白马嫣然一笑，还将整个上身贴上了马躯干。白马扭首，鼻头哧哧向江妹嗅嗅，顷刻间，马不吭不跳人不动不响人马俱安了。问天狂夫一旁看得人发呆，满目尽是惊愕。干爹窃笑连连，他顺手划划藤蔓，不轻不重地拍打着马屁股说："晓得不，俺两人身上有味的，黑马娘给的。"他嘴巴翘翘，眉飞色舞得直向白马呵嘴气。"白马原来认人啊。"没想到，红月与郝汉几乎同时也说出了这句话。这句话到了江妹耳中，她情不自禁，伸手迎着郝汉红月眼前去摸了，她想要抅牢这句话，不让中听话语长腿跑掉。红月看到江妹这莫名的动作，她去接手了，结果把江妹连手带人都揽入自己的怀里厢。刚才，她已向郝汉谈起过江妹的反常行为，当她又听到郝汉介绍黑马来历后，她更确定了这人与马存在着非常关系。难道世上就有这么巧的事，说来就来了？郝汉当时说，索性再了解一下，好把这事了结掉，但被红月劝阻了，红月认为机缘似乎还未来到。因为江妹有个哥，那个哥哥正在仙霞山毛太子那里当土匪，现在就让江妹认马就会涉及她哥，那事情就会复杂起来。郝汉同意红月的意见，将此事搁一搁。让红月没想到的是，郝汉他还要派马出役，把白马交给这几个草根百姓使用，说老百姓拥军不容易，去年在下江收的那匹黑马如果真是江妹家的，他一定要给小女子送红榜。一番话下来，害得红月当时打量郝汉良久。江妹当然不了解这些，她忽闪忽闪那双丹凤眼，与红月贴得更紧，目睛里流出的既是猜测又是感激，她甚至想到了母亲的拥抱，她太喜欢有人抱了。两个女人抱在一起，胸脯对胸脯，在上点的胸脯丰满肥硕，在下点的胸脯小巧坚挺，它们都在呼吸都在蠕动都在渴望着什么。在场的男人个个发呆，怪怪地看着格外亲热的她俩，甚至想去读出一些花头经。干爹好像读懂了：这不就是两条相互舔嘴的姊妹蚕，这不就是两朵欲出蕾的姊妹花，这不就是两只要飞去长空的姊妹蛾吗……郝汉也有了反应，他猛然觉得脑子里常有的那根弦绷出了响声，他仿佛看到了那道装得不经意其实蛮专注的目光，那是自己的目光，这目光趴在两对胸乳上，像个孩子在用劲地吮吸乳汁。他脸颊上涌上了血，但很快他又将那层红晕赶走了，郝汉还是那个郝汉，正颜正色一员战将。"同志们，为表示我对大家的感激之情，我派白马驮点粮，和你们一起战斗。记住，千万不要与敌人正面冲突，正面有我们部队。大家要注意安全，安全是第一位的。我等待着大家的凯旋！"干爹这几个不知什么时候学会了立正，站得笔笔直。他们觉得这哪里是在听黑脸军爷讲话，他们是在听惊雷滚过头顶呵。郝汉回了个礼后又顺手往前一指，这一指，四双目睛齐刷刷都眺了过去，那儿黑乎乎四团影，那儿是四棵树呀！突然，四棵树那里有了动静，树顶上爆出了闪着电光的枪弹声……而当江妹去问干爹刚才说的"鸡叫叫拔根毛"究竟是什么意思时，干爹支支吾吾一通后说"是呀是呀，这怎么忘了，这怎么忘了，这天上明明不见公鸡鸣叫鸡毛飘荡，顶多只有枪弹子飞啸呀"。一旁的问天与狂夫听了他俩的对话，那更是疑目四对咋了舌。

第七章　过岗·涂城

　　四个人牵着郝汉派给的白马下了西山,一路坎坷。道上时不时就有卵石碰了他们的脚。前望望江城巍巍,后探探鸡岩峨峨。城墙与岩壁明明暗暗暗暗明明,一眨眼一瞅非鬼即魔皆是吓人样。狂夫不知是胆大还是胆小,编了句词哼起了西安高腔。"大鬼小魔莫上门,门前有俺钟馗哥,你上门来俺灭你,你不上门俺好去困娇娘……"另三人见狂夫哼得起劲,就跟着和起了腔调。出奇得很,高音亢声虽扫不掉黑幕却荡得几人心目亮堂堂,一路再踏去竟然一粒麻皮卵石都未有磕到。连那匹被牵的白驹似乎也听得入心,头渐渐俯下,懒步也踩出来了,魅魅然一副陶醉相。

　　前面就是四棵树了。四棵树是个四岔口,往东是县城城关,往南是清湖,往北是周村,每个口子都长着一棵树,棵棵树都是乌桕树,且长相都一个样。陌路人走到这里,想凭树辨出东南西北,那可是枉然妄想。江妹护着马,走上岔口,突然被问天叫停,只有站立在中央。小女子应出声就朝边上男子汉看看,发现个个在夜色树影下都面目模糊,好似清湖缸口出的豆瓣酱。这时下山的山风漫过乌桕树冠,吹得几张残叶打着旋落下,还不偏不斜粘在了白马和江妹头上。江妹也没去摘头上的黄叶,她吊起丹凤眼,黑眸里生出些惶惑,心忖哥哥们莫非又要……果不其然,问天走去了东口那棵树旁,挽袖裸手从树腰结疙瘩眼处掏出角石一块,然后将其放置在手掌心。江妹固然晓得,这三人有个约定已经立下多年,叫作投石问路,即凡遇难择之事就在岔路树下将角石连掷地数次,而分别写有三人姓氏的那一面只要有两次同一面先压地,那人就算胜出,并由胜出者当带头大哥断言又断行。平常日子平常事,问天岁数大说的作数,可这次要配合大军做点事……江妹眼珠瞪大显惑了:三人在山上不是蛮蛮巴结大军要去闹出点大事的吗,难道现在又反悔了要重新约定?啧啧,还真的,只见问天领先伸出了朝天掌……耶耶,事体瞬息似乎又有变,另二人并未来击合他掌。狂夫直朝北看,那厮淫目晃荡,虽然江妹看不到,可他自家看到了,穿过树障越过铁道进入村庄人家,那雪白的周村相好已饲好猪正在脱衣上眠床……还有这毛记,他倒没有想别样,他一双目睛一门心思地都吊在树干上,一边打出电筒光一边盯树洞洞,还不停不停在絮叨:"这子弹头都到哪去了?"哎,这人与狂夫还不一样,他还在记挂山上听到的那会闪电的子弹响。莫非莫非?江妹在想,问天心腹同时也有蛙叫了……但还未等到他想定当,嗖嗖喇喇,那会闪电的子弹响果真又来了,掠过树冠,仅仅只差人头一个半身高。狂夫说话了:"俺看,不用猜石头了,石头不是金钟罩保不了刀枪不入,俺还是先去雪姣家,俺还欠着一担猪草哪。"说完,他还真的扭头往北拐了。干爹看着狂夫的后脑壳,急了:"你去了,雪姣还让你逃,三十日养一次,不多扒几回,鲜肉都要出白花了。"问天听了他两人的话奸笑了,他清楚狂夫怕死了,而毛记也在担心,一旦狂夫走开,恐怕就因进了女人的温柔乡而难以复返。"行,你们走你们的,俺个人去清湖换糯米粉,好多做几个立夏饼再去换宝贝。"问天帮着人家想过心思,结果自己也觉心怵。他陡然明白,这下不能抛石头,抛了石头等于对天发了誓,而那又是无悔的啦。退一步讲,即使角石抛来抛去没敲定是自家,可自家仍是一个挑担的,谁叫自家是老大啦。再说,这到四棵树下抛石头的把戏还不是自家发明的,为的甚,不就是为了讨人舒服,也为了出个万一时能给自家留句托词吗?眼目下,或许就到了那个会出万一的时辰了,更何况自家已有家室,那牵累可不能比那两个光棍阿弟呀。哎,自家出计自家不履计属失信,失信固然遭人谴,可抛家弃子就不遭人谴?人不为己天诛地灭,三十六计走为上计,想着想着,问天将自家掌上的角石丢了。他懊悔自家刚才的那个去树洞掏角石的举动,他为什么要去掏,他一下自家也搞不灵清了。谁知天意难测,被他丢弃的角石晃眼间变成了一块圆滚石,人家从树根处开始打滚,擦过马蹄后,转个向继续滚,滚滚就滚去了四棵树当央的一堆猪屎上。江妹聪明,她讽声连连地叫起"男子噢男子噢",她一下子也看穿了问天的心肠。些许失望涌过,她去拍拍白马臀了。白马应了,立即四蹄腾腾,一脚就踩到了角石和猪屎旁。接着再一脚,角石踩得不能动弹,猪屎却踩出了飞扬。那屎飞飞扬扬长出眼一般,上边的两团渣渣正好溅到了问天狂夫脸上,而下边的两团又去溅了狂夫的麻灰衣裳。娘卖×娘卖×,狂夫懊恼了,他一边骂着那该死的赶猪佬一边甩起了衣裳,不料猪屎不长眼,一甩被甩到了自家裤子的前裆上,弄得他是猪屎臭气浑身荡漾。狂夫自认倒霉觉得晦气,可问天觉得不然,他感到天罚即刻就来了,因为他正在食言诿诺,欲将对郝汉红月的旦旦信誓抛却鹿溪流水去喂了大王八。他去摸脸,脸在发烫,干爹与江妹视之却笑了。江妹的轻笑似风似缕,吹过拂过四棵树的枝叶,可是一浪高一浪;干爹的狂笑如雷如啸,肆张于四棵树四周的黄土山岗后,到头来吓得鼠去钻洞猫去上树狼去落了荒,因为当时猫要捉老鼠,可还有一匹狼在等着吃猫脯猫腿猫肚肠,而经干爹那个笑,它们全跑乱了秩序排场。觉转回来的问天这下又精神抖擞了,他将巧嘴凑到狂夫耳根送去了两三句话,管用管用,狂夫转脸就笑成一朵喇叭花。"不骗人?""不骗人!"两人的问答还未完,干爹的动作却来了。他俯下腰掰开马脚,手掌伸进了牛屎堆,可摸摸捏捏几次,角石再也寻不见!干爹慌得立即大叫,其他三人明白事由后也都面面相觑,陷于了一片沉寂。白马不耐烦了,两眼露出不屑,可回瞥它的没想到竟是人的同样不屑。狂夫挺挺前裆,问天耸耸斜肩,干爹甩甩沾满牛屎的手,缓过缓过了,三个男人又都有了一身重新上阵的牛斗鸡斗劲道。三双乌掌于是一齐摸黑上了前,不料突然而至的江妹呼声一下又喝凝了各人的手:角石现在臭了不吉利,俺各人换用金酒壶吧,金酒壶喷喷香闪异光,是颗幸运星呀。说着,那只酒壶已被小女子从怀中掏出并举到了头顶。古怪事又来了,那只壶映着月光还真是晶晶亮亮又芬芬芳芳。三个小男子见之不假思索一齐道:行,规矩照常,阴阳面算账。问天先伸出了手,来吧,三人三只右手掌叠一坨,另三只左手掌在各自肚上画着八卦,几个人此刻都有了念想。问天此时想的是人生一世草木一秋,做人做事不信守诺言不行,何况这回应诺大有天将降大任于斯人之意味,这可是苍天有眼不识别人就识君呵。狂夫忖到了问天刚才对己的应承,觉得自家这下能上门入赘当新郎官了,因为尽管问天年纪不大却是雪姣的娘舅,雪姣再嫁人,娘舅不说话,一对恩爱男女就只有做做野鸳鸯,于是他裤裆抖抖显出心花怒放。干爹也有想法,反正是鲜花插在牛粪上,俺也不能太亏了江妹,江妹忖食鱼,俺就是一条潜水捉鱼的长嘴乌鸬鹚,江妹惦记马,俺就做只给马挠痒舒肤的马蜻蜓,眼下江妹叫猜壶,俺就起码要做只跟屁虫。猜壶就猜壶,三个人都想定了不能不猜壶,于是乎,三二一壶抛出,一二三光打出,光追壶,壶沾光,壶与光在四棵树的朦朦目神下慢慢都落了地。落地一次,狂夫去摸,说摸出的是阳面;落地两次,毛记去摸,又说摸出的是阳面。嘀嘀,天意邪乎邪乎哉!江妹嘻嘻小笑着,她小女子也看出了蹊跷,这验面报面无须三人面对面,全凭个人各自报是不管骗不骗。嗨,这哪是验面报面,这分明是在报心肝肺!她拇指一大推并屏住,最旺一柱手电筒光打出来全对着问天照去,让其变变变。隆隆锵锵光怪陆离,像鬼非鬼像仙非仙像人非人,龇牙咧嘴歪头坏笑,整个人在打着旋。"有人,有人!"没料到干爹这时叫了,他说他看见西头那棵树边多长出了几截会飘移的桩,而且正脚板痒痒地朝着各人跺。众人听了他的话便都往西向瞅,结果还是江妹目神好:"豪郎大哥,豪郎大哥。"她一下看清了人。豪郎很快也看清了其他人,是雄起起的郝光来了,另外还带着两个人,粗看虽为一样的百姓打扮,可细瞅人家英气四射明显是军人步态军人气势。江妹看清了,干爹也没看糊涂:那两人背上背着炮,脚步怎会依然轻松自如?他担心把人累着就快马趋前扶了扶。一扶,人真犯了糊:谁知那炮筒是软的,简直像纸糊的!这,这,这解放军的纸炮是什么玩意儿,也能让强敌降服?干爹当时疑惑于心,将筒卷宣传品当作筒炮,接着还随口说了,结果引得一行人只有捂着大嘴去无声笑……"红月同志派我们来的,跟你们做做脚伴。"郝光说话了。"郝政委怕出事,专派我们来做保护的。"豪郎说话了。"多谢!""多谢!""大军多谢了!""走吧,军爷,先到周村,今晚……"一番客气后,问天又请又问地对着郝光也说话了。"行,今晚你们带路,先到周村。"郝光应允了,并去拍了问天的肩头骨。问天顿觉这一拍拍得好重,不然,本来就高低不对称的双肩没有被拍着的那头怎能一下翘高了许多?

问天等四人走在前头,郝光等四人走在后头。本来从四棵树到周村若沿着铁路走是不远的,可为了不与敌军巡逻队遭遇,他们选择了走土岗。他们分成两群人走,而且中间还隔着半个土岗。这样走在后面的人看得见走在前面的人,而走在前面的人看不见走在后面的人。走在前头的空着手,倒是昂首挺胸眼中似无一物。走在后头的尽管腰间掖着短枪,可常是猫着身子双眼警惕着行进。狐步悠悠胆气悬悬,仿佛脚下时时刻刻会出点事,弄不好一匹大灰狼破土而出也并非天方夜谭。一个土岗走过前面又是一个土岗,这个土岗走过就到周村了。而这一个土岗的道与前一个土岗的道不同,前一个土岗的道是卵石道,走着泥不沾鞋,可这一个土岗的道是赤膊黄泥道,到了下雨天黄泥特别沾鞋。问天那帮人懂得泥道习性,走到石道尽头处就站住了,看看如何继续走。按一般雨天的走法,人们不走接着石道的泥道,而是去走岗底的那条草道,尽管草道要远一些,也谈不上是条道,而是一路杂草丛生,还真说不定会跳出只狼来,但草不沾鞋好走得多。走前几步的狂夫要拐小弯了,但又被问天叫住了。问天先脱了鞋,毛记与江妹跟着脱了鞋，狂夫一下不愿脱，他宁愿多走一些路，还能不被刺刺虫咬。迟疑间，江妹拍了拍马脚，马脚撇了撇，竟蹭到了狂夫屁股。干爹上去扶了扶，顺手一捋把狂夫的鞋就脱了："花痴，要穿双干净鞋会雪姣的。"说着，干爹脚掌打滑，眼看人就要滑倒。江妹眼未瞥，可赤脚管当手臂伸出的一条腿一下就把干爹的歪身子扶稳了。干爹猛然一惊还真将脚管当了拐杖。捏上去，谁知是个肉做的，其表皮嫩嫩肤滑滑，其内络脉脉骨硬硬，等到他觉醒晓得是捏着了人家江妹的细细腿，他一口大气长久都未敢出。一会儿过去，干爹的大目睛又不老实了，扑过去眺眺，嗨，那娜妮鬼正牵着马缰倚着马躯在偷笑闷乐哪。笑嘛莫笑，你乐俺亦乐，干爹心又热烘烘了：原先是手背贴了你的胸，害得手背像在烤炭火，发热个没了；现在更甚呀，是手心摸了你的腿，那还不害得手心直接就变成了炭火，在燎燎烤着心，江妹哟江妹，你莫非就是只下江飞来的火凤凰？！走嘞，江妹见干爹又在发呆，照旧向他耳朵根吹去一口风。嗨，这风是风又不像是风，像血是血一下子就流遍了全身，而当这血流到干爹腿脚时，他觉得自家腿脚变成了神牛的腿脚，踩着坨坨红泥劲冲冲一路过去，竟踩出一路映山红花。没错，可不是，牵马先到岗顶的江妹打开了手电筒呀，这光好强好旺，照得身后的问天狂夫诸人更像是出了栏的赛场牛，那蹄下随之开出的莽力脚印七朵八瓣地只只都在一串银光下闪着亮绽放。

这时，白马昂首蹦蹄嘶鸣起来，它先听到了岗底草沟处传出的狼嚎声。接着，岗顶上的四个人都听到了。他们也没慌张，黄泥岗上本来就有狼出没，现在蹿出不足为怪。他们担心的是郝光一行。自从上岗踏泥道以后就没见他们的人影。倘若……啪啪，枪响了，随着枪声似乎还有人声从草沟底传出。江妹是个顺风耳她不仅听到了人声她还辨出了那人声是豪郎发出的。她呼了一声，大家也都明白草沟道上的行者是谁了。谁知这枪声只响了两下狼嚎声就没了。狼嚎声湮灭了一会儿，它又回来了，这下不是一匹狼在嚎而是一公一母两匹狼在嗷啸不已。听到狼嚎声重新响出，干爹心里叫了起来，他盼着再来枪声好驱走狼，可枪声就是不来，反而是狼嚎声越发凄厉高涨。他脑子乱了，他怕郝光与狼斗，人斗不过兽。他觉得喉头打结，想干嚎几声去打通气，结果嚎出的声响不像人声倒像猪声。这声音问天一听，顿时开了窍，他放开嗓子学起了猪叫。干爹狂夫顷刻间也都明白了，于是，山岗尖尖上像开出家生猪铺，一栏活猪的闹声竟然轰破了天。狂夫更是起劲，不仅学着猪叫，还脱了裤子连同衣裳一齐甩，甩甩也就甩出了风。

这风同样蛮识相,裹着猪屎味一味地往山下草沟狼嗥的方向滚。黄土岗上的狼向来就是捕猪吃猪的强盗坯,闻到猪叫猪味如此生猛,还以为赶墟的口食又送上了门,立马掉转头,八只兽爪拨拨湿茅草就径直朝岗尖头奔去。

等一公一母两只狼爬上岗尖时,问天与郝光两班人已会师到了岗底的周村口。会见了豪郎,干爹才明白,为什么持枪的人遇见狼只放两枪而不放三四枪,原来是郝光不让,这北佬大兵怕多放了枪引来敌人注意,以至于把枪子引到在山岗脊背上行进的战友们。"战友们,谢谢你们了。"这郝光还真的称问天一行为战友了,当他和他哥郝汉一样来握各人手时,问天狂夫一下不知说甚好。倒是干爹搭上了腔,他回应了"战友"又回应"谢谢",连那咬字吐音都学出了点北佬儿的大葱味,当场就令狂夫咋舌做出鬼相。江妹倒好,她好歹不识似的避开了男子伸出的手,闪闪细腰闪到了郝光背后,帮人家搔起背来。郝光不知如何表示,就在那立定站着,将自己当作了一竿月光下的竹。

过了村口桥绕过村口树,就到了村南头一方水塘边的两户人家。问天这时舌头发痒忖炫了,他凑近郝光告诉人家,这里就是周村,周村又叫七星塘村,是因村子里有七口水塘而水塘又像北斗七星形状排列得到的名,他的家就在这星星的斗柄处。问天介绍完,郝光还想问,可他头颈歪歪翘着走了。他刚刚想进一户人家,干爹出手拦了,两人对说了几句后,干爹进了那家门,问天又没去拦他。一会儿,干爹出门了,他背上背了一捆猪耳朵草。门吱吱一关上,一个女人的一句长叹声蹿出门缝,挂到了门前的枇杷树上,吓跑了树上的黑白两只猫。问天歪歪脑壳坏笑不止,但不出一点声,取过干爹驮着的草后,又将草挂到了白马的脖子上,狂夫眨眨眼一蹦一下就夹紧双腿骑在了白马背上。干爹拍拍马屁股,马慢腾腾走前十几步,郝光一行就看到问天几人站在另一户人家门口。骑马的狂夫又俯下身段与江妹嘀咕了几句,那女子掏掏内衣荷包,不晓得掏出什么东西给了马上人。问天去敲门了,木门吱吱打开,一女子扣着襟褂衣扣站了出来,吓得正要惊叫,又被问天捂上了嘴。狂夫那厮笑出了声,他骑在马上,人头挨近了草屋的屋檐铺草,搞得开门女子开门只见到了马头却见不着人头。狂夫晓得吓了人,赶紧跳下马,摘下马脖上那捆草后就一人进了屋。其他人后退了,退到水塘流出的一条溪水旁,豪郎叫大家听屋里传出的声响,但屋里始终没传出声响,听到的只是小溪水漫过潜水坝的细声潺潺。干爹觉得没事做无聊,捡了条柳枝去打潜水坝上方的水,水被抽得开心便跳出来开成无数朵花。坝上开了花,坝下有几条白条鱼急着想回游翻坝过来观花,翻翻翻翻一直等到狂夫出了门鱼儿还是过不了坝看不成花。

出了门的狂夫东张张西望望,望到了人和马,他一手拎一只篓,两只手都没空着地荡到人马前:"有了有了,一捆草换一篓糯糊,三块铜板换一篓炭棍,赚了吧?!"他看了问天又看江妹,问天淫笑盈盈向他跷跷小拇指,可江妹没理他,人家跑到白马前护着郝汉送的那袋米粮,生怕狂夫要来抢似的。"没困成吧?"豪郎阴阳怪气地插了一句,气得狂夫回敬一脚去踢了人家屁股。

临走时,问天提出江妹留下,说鲜花娜妮本来就不大出门的,何况又是在夜里。江妹不肯,说自家可以扮成男的。干爹也说江妹女扮男装很像的,而只要扮得像女的就变成男的了。显然,小男人已经离不开小女子了,他认为有江妹在场哪怕有险也能化夷。争执半天,问天恼了,又单独与江妹还说了点什么,干爹才作罢。当江妹一人悻悻离开走去问天家时,原先牵在狂夫手中的那匹白马不愿意了,它全身一折腾就脱了缰,然后放出疾蹄跟随江妹而去。江妹乐见白马追来,还骑了上去,只是未去问天家,而是往周龙畅家奔。看着曼妙小女驭着伟岸大马渐渐走远,气得狂夫责问干爹这女子是人还是精怪。干爹低着头不响,他已懒得去想狂夫疯吼啥,他心里长出的眼神正勾着骑马人的背影欲将人家往后拽。问天摇摇歪头,看似一副无奈好笑的样子,其实内心在为江妹叫好。他知道小女子已完全明白了自己的意图。到时候……直到郝光催了大家,问天才迈开脚步离开周村,可心里仍在思忖。

路上,郝光对问天说,郝汉政委在白天就派兵去江城四隘了,因此这次夜间行动集中在城内几个要害处,尤其是县衙周围。问天马上就点出三处,郝光都说好。这群人还是和过黄泥岗一样分成两队一前一后推进,狂夫和豪郎分别拎着竹炭篓和油纸鱼篓跟着走。他们想先去十八曲弄一带,那一带离中山路与中正路交界处的四牌楼以及三岔路口的县衙门都不远,平常日子人来往不多,住户多是些种菜卖菜、养猪鸭卖猪鸭、抲鱼虾卖鱼虾的人。在那里贴些标语画点画,虽不如直接闹到四牌楼与市心街去影响大,但也能吸引不少眼球,传得也快。最主要的是去那儿风险不大,蛮安全。哪里要出了稀奇事,城里最热闹的四牌楼以及市心街肯定出古怪,因为卖绿菜卖红肉卖白肉的人嘴不会闲着。行,去,绕过红房子,走过几片菜园子,穿了小西门城门洞,再踩上一段麻皮卵石道,十八曲弄到了。到了到了,弄堂口前后右三方探过,不见人走动,只有一只野猫在追着另一只野猫蹿。嗯嗯,好做了,狂夫挺挺胯仰仰头,光着膀子执根炭条伸出手就往墙壁上画。画画画一番鬼画符后就叫了问天与干爹往墙上看。眼珠是乌的会射出光,可墙壁和画痕是黑的又不会像萤火虫一样自己发光,看来看去就是一个黑。两人看不见,结果被狂夫骂为瞎目虫,他说他自家明明看得蛮清楚。换个地吧,那儿有点光,是卖绿菜的跷脚王家窗户透出的。不光透出光,还透出细语声,床架咯吱响,床上的女声叫快点快点她都困死了,可床上的男声说不忙不忙会起来的,若再不行,他明天就去找药娘,那活菩萨已经回到红房子了。狂夫坏笑着上前往窗户边几笔一涂,画成了,另两人再看,看是看到了,但两人还是摇头说画的还是喜鹊闹梅枝老一套,吃起来不新鲜。要新鲜的?往哪找?弄堂静悄悄,连个猫捉老鼠的猫影鼠影都不得见。张大眼再看图,连刚才画的图也没了,哎,原来是跷脚王家灭灯了,所以一下子光亮无了,只剩下窃窃声。三人笑了,干爹说这声是床铺下的那只大花牯猫发出的,狂夫说这声是床铺上的那个大活人发出的,而那个活人却是只病猫投胎的。他两人都不大喜欢跷脚王,因为见到此人会勾出两人的一件尴尬事。喏,来了,狂夫前脚骂娘卖×干爹后脚骂畜生,两人都想到前年雪姣做产被跷脚王偷窥而偷窥的下流坯又被他俩当场扣牢的情景。"好,就画这,新鲜儿出肚皮!"一直没吱声的问天在别人的骂声中突然得了悟,他冒出这句话后还叫人家仔细想想新鲜不新鲜。他也晓得这事,因为这事雪姣哭着笑着还到他这个小娘舅面前告过状。细想想,还真新鲜,一声声痛叫叫得门外人头皮都发麻……目光穿过花格窗,一个大白肚皮赫然在目,大白肚皮下唇皮润润红,润润红的唇皮上下扇动着,一只黑头先拱出穴口,随之血喷了,再随之晨曦染过窗棂直罩了穴口,须臾间,闻到喷出的血腥香腥香,只见它全殷红殷红地去滋润了熏染着阳光的穴口毛,穴口毛上一时竟挂出了些许赤光映映的泪珠……咣啷一响,狂夫与干爹冲进屋,哎呀呀,婴儿呱呱不止,像虎狼豺豹像猪狗兔猫,雪姣真神勇,不用产妇娘,一人生出个乌毛婴还带有把儿。三个男大人僵着,一个小男儿手脚动着。动着动着,婴儿手中抓到了屋顶瓦片间漏下的几片春光……"有了有了",狂夫跳着来到另一家亮灯的窗户下,又是一阵涂鸦,等问天干爹凑前看清楚时,满眼开心,白墙上,梅枝头,不光跳出鹊儿还跳出个婴儿,那婴儿被万丈光芒的太阳抱着裹着还在傻乐萌笑着。

继续画下去,窗户下,门板上,门神边,牛腿旁,圈墙头,马石顶,十八曲弄九小弯弯都涂上。涂着涂着,三个人眼睛直放光,黑咕隆咚的犄角角看上去也铺出一层银亮亮。银亮亮飞了起来又歇在一块石匾上,石匾上"桃花坞"三个字被缠枝莲缠着更显端端方方。这里住着卖肉的大屁股朝天花娇娇。花娇娇号称是城关的媒婆头一张嘴,能把她不喜欢的花说成屎,也就能把她喜欢的屎说成花。涂画上去,那女人喜欢乌毛婴儿,见了婴儿不管是谁家的都会去亲屁股或把那把儿摇。画上了,而且还画了个大的,足足占了半爿白壁,有一人高。狂夫画好后从问天干爹肩头上往下跳,不巧一脚踩不正,踩到了一条懒狗,引起犬吠。一条犬吠不够,三五条跟了上来,一条巷子尽是狗舌在搅。随后贴标语的郝光见状不妙,叫大家赶快撤逃。等郝光问天一行撤到弄堂口回看时,已有好几个人站在桃花坞观瞻那幅大画,还时时踮踮脚,而大屁股朝天花娇娇正在不停咋呼,她说刚才是有身披白衣的送子娘娘在她家门口飘。

　　狂夫血脉偾张,离开十八曲弄,一人走在前面,要往中山、中正两路交叉处的四牌楼跑。他说那里有块大匾牌空着,原来是画着雪花膏美人广告的,后来不晓得为甚被刮了个精光,现在画幅大画上去,四面八方的人都能看得见,一定会引来观光。众人应了他。问天叫干爹赶快解下汤布做带子,说可吊着狂夫从高处往低处画,干爹照办去解,谁知一下没解开。一急,他脑壳嗡嗡响,谁知一下将耳门冲开。冲开的耳门好像听到了什么,他便去问别人是不是马蹄声来了。问天说是像,狂夫讲他没听到,豪郎说不是马蹄声而是人的脚步声。郝光警惕了,叫各人都静心倾听。听听听听,贴墙听音的干爹叫了,他说确实是人的脚步声,而且还是警务巡逻队踩出的,不然不会一下乱乱一下齐齐,让人听得胆寒心惊。郝光听了一会儿也听灵清了,他命令大家撤,哪怕问天说没事的还要继续画,他也没让。撤吧,可不是子民百姓怕死噢,撤吧,更不是当兵的怕死,那是护民哟。撤就撤,军令如山倒,爷爷们明天晚上再来画,明晚要画就不光画在四牌楼上,还要直捣龙潭虎穴,画到司令部去,让个新鲜乌毛婴儿大放异彩笑得顶呱呱。嘚,嘚嘚,一行人撤了,蹑手蹑脚跟着问天贴着青石板道在飞。等他们绕过市心街到大西门时,背后不远的地方也传来了枪声。枪声零零星星,零星枪声中一个女子牵着三匹马立在西门洞口的月影下,直朝他们招手。天呵,是江妹。

第八章　约敌·鸣岩

　　三匹马见到有人来了都一齐活动起腿脚，尤其是那匹白战马，昂昂头看到郝光一副气喘吁吁的样子，就阔步走上了前。其他两匹只是点头，等到问天狂夫干爹呵着大气挨近时，它俩也翘臀划划尾毛、摆颈划划鬃毛，与人亲热了起来。被马尾巴拍打着屁股的干爹满腹狐疑地盯着江妹，江妹眨眨丹凤眼差点喷笑出声。问天不惊不喜地闷着，不停地捻着马鬃毛，不晓得又在算计什么。"快走吧，有人追。"豪郎招呼着，"巡逻队，巡逻队。"狂夫嗓门又尖了起来。没错，那又乱又齐时齐时乱的踏步声随着一阵弄堂风就快刮到城墙洞门口了。"别慌，上了公路就是咱们的控制区了。"郝光拿着短枪比画着说。可那几个不是当兵的看似一点都不慌，他们在讨论八个人如何分骑三匹马。狂夫说他骑那匹花马回周村，花马是龙畅家的，江妹牵来的，现在他牵回去一匹，另外两匹问天江妹毛记三人猜拳定骑手，猜输剩下的一人走回去，随便他到哪里去；问天说今晚解放军护着俺各人，俺要多谢人家，马就全给人家骑，俺各人散了，各自归居里困觉；干爹说他要一匹，花马白马红马哪匹都行，他也不骑，而是让江妹骑，他自家只是为江妹牵马，或者让他拉着马尾巴跟着跑；江妹说她是小女子，小女子不说算数的话，反正说了也不算，所以她就不说了，但是，她走开五步，如果有匹马跟了上来，那她也不负那匹马的情谊，她就牵了那匹马，并由她挑出一个男子去骑马，她自己仍旧脚板走路。当狂夫问她要挑哪位男子时，她不说，光是笑，而后将面前的三个男子一一打量个遍，末了，眼神跳到旁边的郝光脸上。"你们在磨叽啥玩意儿，快上马吧。到红房子集中。"郝光不解地看着江妹，说完这句话后，他就拍拍白马头，领着另外三人抬脚跑了。白马似懂主人的意思，也没跟上去，它看着这四人渐渐消失在黑夜的田塍后，就回来跟江妹摇头打一招呼，干爹趁机将江妹扶上了马。"快上马，听大军话去红房子。"问天这下像老大的样子，说了句当老大的话，自家也跨上了马背。干爹看看狂夫，狂夫好像早就占骑了那匹花马正要出发。手足失措的一瞬间，江妹瞪了一下他，他如有神助，身子腾空，脚也不蹬铁镫，就骑到了江妹身后。白马领先花马红马跟后，十二只蹄子敲打着一条破碎的马路，马路上石碎碎泥碎碎声也碎碎，结果引出周边田块间爆出一路蛙鸣。干爹既看不到碎石飞也听不到碎音扬，骑在背后，是挨上去还是不挨上去，挨上去会怎么样不挨上去又会怎么样，他怎么想都想不好。手背摸了人家酥奶珠、鼻头嗅了人家体美味、手掌捏了人家白腿肚，虽然那都不是自家故意的，那是不经意间天上掉下来的好事，怪不得自家，自家也没有像狂夫那样老是发骚响应，可现在倒好，人家屁股后头顶着自家屁股前头，中间仅是隔着两层神秘诱人布，一不留神……哎，老佛保佑，还是留神屁股离远一点好。干爹似乎想定了，他收腹提裆屁股往后挪，不料刚一挪好位，他就觉得后背被只神来之手拍了一下，于是他做梦一样被吓醒来。瞅瞅，原来是江妹，人家骑技不凡，就在马背上掉了头，从前头坐到了他后头，而且抱了他的腰。

干爹不怕骑马，问天狂夫也不怕骑马，他们仨都是周龙畅的徒弟，而周龙畅脾气怪怪的，明明一个土地经理人，却不去养牛，不计成本地只养马玩马。为此，他们都在陪练陪骑陪着上岗下河中没被少骂过。可这下，怨转喜，那点嬉戏本事可用上了，也不会给乡土乡人丢脸了，大军让马给他们骑，他们就骑了，而且骑得是生风呼呼马前吹，排山座座马后倒，一匹马骑成了一条龙！三个土人顿时得意非凡，感叹眼下只可惜是过立夏，若是过老佛节就好了。不然到那天，俺问天可骑匹军驹过周村，水口树旁转三圈，一手掌缰一手握唢呐，吹一曲《三五七》，不引来村人喝彩才怪嘞……不然到那天，俺狂夫不骑马，俺让雪姣骑，你各人走村串巷都顾着去闹热，那正好，俺可驮了少寡妇上西山弓箭泉，为白娇娘脱衣脱裤洗澡搓背擦屁股……不然到那天，俺毛记也有自家事噢，过老佛节拜祖宗，俺和江妹同执缰共驭马，过三次溪、越五座山、穿七丛林、迎八面风，来到毛家山坞给养娘上坟，下跪起誓，还请月老佛和圣母做证，俺娶江妹一定雇六面花轿去抬……就这样，三个人骑着马盼过节梦好事，等江妹驭马叫停了还未知未觉。

马停脚了，想歇歇，可几个人还赖在人家的颈背上不肯下鞍，马生气跺脚了，江妹先下马后，三个男子才落地。落地男子个个双腿变形，大腿尽量分开，用暗力作劲护着当央的宝贝。那宝贝又胀又麻又酸地愣在那，好像困去了却又醒着。狂夫差点伸出乌掌去捂，但手伸了一半又缩回。等江妹急着把他们腰屁股都拍遍,三只弯弓虾才慢慢捋直身板,涨红着脸庆幸还好是晚上别人看不见。江妹装傻没看见,乐不更色笑不出声,她晓得这三人已久不骑马,骑马的胯生疏了。

四个人都蛮开心,但也闷着,不露星点声色地牵马进了红房子后院。后院香椿树权上的那条大狗见人进了后门,它也没声张,可见到拴在树上的马在踏步,它就围着马转起了辘轳圈。这边药嫂几乎是袒着肥乳为几人开了门,并关照各人上楼梯时要小心,莫吵醒了刚困下的药娘。各人知趣,没声息地蹬梯又坐下,压得二楼角落地板上翻卷的老漆皮窸窸窣窣一阵响。门也接着响了,药娘叫各人屋里坐。屋里有一张小床、一张圆桌和一个人,那人不是别人,是那个哑巴小兵,他见各人到了就从桌边移臀坐到地板上去了。各人不客气,圆屁股圈坐在一张圆桌下的圆板凳上,张出圆眼珠瞪着桌上的搪瓷圆茶缸,觉得嗓子在冒烟。三双手伸出又缩回,结果狂夫喝了头口水而干爹喝尾口。喝过三巡,药娘叫停,这下三人才晓得江妹没喝着,只是在边旁看。干爹察觉了,连忙把茶缸递给江妹,江妹捧着那只硕大的茶缸往缸底看,缸底的红茶水剩下不多,不多的茶水里还养着两条翘着嘴唇在吃水草的红鲤鱼!她喝水啦,不喝嗓子干,也会冒犯这块地方作兴众人打着圈共饮一杯水的鬼习俗。可喝了,真当是舒服,也真当是不舒服,一道甘甜润在嗓子眼里,荡荡漾漾,立马催开出一畦油菜花,相随相伴的是口腥臭,灌进小鼻头,蛮蛮冲冲像一头猛牛搅浑了塘。她朝药娘看看,药娘闭目没理她,顾自滚拨着念珠反复念着"难圆"两个字,不知在想着甚事。

我当时就在外婆隔壁,躺在娘亲怀里,正企图撩开她的衣襟去吸她的奶,尽管那个干爹抱回的娜妮鬼因药嫂妹妹嫌弃已从清湖送到廿八都去了,可因为药嫂那堂客这几天没鲫鱼汤喝,奶水催出少,搞得她女儿与俺只能喂到小半饱。娘亲对照坐着司马叔叔,司马叔叔是从浦城九牧回来后来与娘亲会合的。他叼着根香烟在说话,说着说着,他突然从靠背椅子上站了起来,他说他有意见,他怪俺娘亲革命警惕性欠高,怎么能够派干爹问天狂夫江妹几个人去执行任务。他说这几人社会关系复杂,又都是周龙畅的徒弟,而周龙畅就是保密局特务白面郎君的亲娘舅,他自己有个儿子还被国民党派到美国留学,现在人在台湾。娘亲不吱声,一边听那人说得理直气壮江河滔滔,一边轻轻拍打着我的小手,生怕她儿子掀她衣服去吸她的奶。烟呛着我,奶水又吃不到,还要饿着肚皮挨打,我只有娇泼俱来地踢着娘亲哭了。我一哭,司马叔叔往鞋底摁灭了烟头,也不再言语了,还想过来抱我,但被娘亲摆手拒绝了。他一下不知做什么好,就去开了窗。外婆听到我的哭声赶紧从隔壁过来了,再向司马说了句对不起后,就把她女儿和她女儿的儿子都带到她房间去了。她房间床上蜷曲着个小孩,地板上和衣躺着一女三男,他们睡得死沉死沉的,不管我怎么哭都吵不醒。接着,郝光叔叔他们也来到红房子,娘亲和外婆叫他们赶快去念经房休息,他们去了可又出来了。念经房里有圣母圣子在照看孩子们,人家睡得很香很香,当兵的不愿打扰这圣洁之寐,于是就枕枪睡在了走廊里。再回到外婆房间后,被抱在外婆怀里的娘亲也和外婆一起睡着了,只有我一人没睡。我当时已撩开了娘亲的衣襟,正在奋进耕耘着她的胸脯吮吸着她的奶珠头,可一切努力全白搭,娘亲那鲜艳如花的蕾蕾就是吸不出一滴奶水。

第二天,红房子的黎明没想到是狗吠和马啸唤醒的。先是后院的门被人敲,但敲门声没有弄醒人而是弄醒了树杈上卧着的狗,继而在叫着的狗又弄醒了站着睡觉的马,最后还是马的不停啸声把沉睡的人惊得用脚跟敲床板与楼板。头一个用脚跟敲着楼板醒来的人是干爹,他在梦中梦到了那匹黑马在踹他的脚叫他去护人,因为枪子追到了江妹的后脚管,结果他醒了,听到了白马唱歌。最后一个醒来的司马叔叔晚上没睡,他在为大家站岗,一直熬到天亮才睡,可睡下一会儿,他也敲了床板。中间醒过的人同样如此,因此整个红房子床板声就自乐器张地响作了一片。一片响声惹乐了干爹,他说各人奇了怪怎么都在用脚打麻将。醒来的大家这时都去了窗户边。狗吠马嘶敲门声随之更紧,不开门不行,要开门,谁去开一下成了问题,于是各人都去躲在玻璃后面朝外看。嗯,有人去开门了。去开门的是我外婆药娘。她白布褂子青布裤子一身清清爽爽,她浅笑如荷轻步如飘,她走过去宛如吹去一帘清风。门开了,进来的是十八曲弄那伙人。这伙人平常日子就是寻牢药娘看病抓药的,这次相隔日子久了,听上街买菜的药嫂说药娘暂时回到了红房子,就拎只篮子带点立夏饼上门求医了。门开了,药娘本想拦一下,但无效,领头的花娇娇没过门槛就吵着要抱雪亮我,而另一个领头的跷脚王那条跷腿已跨过了门槛。药娘只有顺势迎了客,并拔高声调叫了句各人念经堂请坐。楼上玻璃窗上贴着的人听到药娘的吩咐声寂然闭口,只留着眼珠子继续在鸟瞰。下面的人穿过院子,院子里的香椿树下拴着的三匹马瞧着过路人,过路人也回瞧着三匹马,相互间客客气气,只可惜谁也不认识谁,更弄不灵清对方来此做甚。楼梯楼板一阵零乱脚踏声响过,各人鱼贯进了堂。进堂的人嘘寒问暖着,都将自家拎来的篮子摆去了案桌。花娇娇和跷脚王人特别,他俩把编有老者戏婴图案的花篮子搁到了风琴琴键上。风琴即刻有反应了,自己弹奏自己响起了一串音,当场就把各人吓得心跳眼跳连目睛子都疾疾上了墙。幸好幸好,墙上圣母依然慈容慈眼看着众人,好像一点都未恼。这些人不信圣母信观音,现见圣母如同观音一个,当场就把圣母当观音拜了拜。拜完圣灵,各人把药娘围成团,纷纷争着让药娘问情望色搭脉息,药娘不疾不慢应着要求把处方开了个遍,末尾请求各人原谅,说她因不在同春堂,故只能开处方而无法附药。看完了病该走了,但各人没走,他们问药娘昨日夜间有没有看见穿白衣袍裳的送子娘娘,说娘娘在十八曲弄去了好多人家,临走时还画了太子像给大家,那太子像一张笑脸就是一轮光芒万丈的朝阳;另外墙上还贴了不少解放解放的标语,这些标语难道也是送子娘娘贴的不成?各人言说不大信。花娇娇和跷脚王还说他俩不是多事而是感到稀奇才去四牌楼的,看看那个热闹处有无太子像,结果看不着,这样再去传十传百,才叫大家去十八曲弄看的古怪。药娘似笑非笑似答非答地应着,并且一人送了一盒阴阳俱补的自制万应丹后才把各人送走。

　　干爹几人刚才虽然没有进念经堂,但是他们在门口偷听。越听越开心,有几次,那个狂夫都差点闯了进去,他想对城关头号媒婆花娇娇说,那太子像是他画的而不是送子娘娘画的。他的一条腿都兴致勃勃地进了门槛踩到念经堂的蒲团了,可另一条腿还是跟进不得,因为那条腿被问天双腿夹牢哉。进不得,不能让其他人晓得红房子里有真兵和不是兵的兵。狂夫不傻,经问天稍微点拨,当即就明白了。干爹也拉住了狂夫的胳膊,于是他们伲回到药娘房间,与郝光这几个真兵待到了一起。等这伙人听到那边上门客走到没有脚步声了,这边"哗"地出声了。房间里的七八个真兵假兵全乐得东倒西歪傻笑闹起来。闹了一阵还没闹好,连江妹进来叫莫闹了仍未制止住,狂夫与豪郎两人在顶屁股。他们闹我也闹,我被娘亲抱在怀里空吸了好几个时辰的奶珠头,我也烦了,我就哭,把娘亲哭烦了好离开她回到药嫂怀里,药嫂胸怀宽大温暖如眠床,药嫂奶珠丰满滑润吸吸就能吸出汁。可娘亲依然不顾我,她不仅早已扣了衣襟不让我吸奶,还只顾着和司马叔叔在讨论这样怎么样那样怎么样,好像我就一点也不怎么样。后来郝光叔叔也进了房间,两个人讨论该怎么样就变成三个人在讨论该怎么样了。我更恼了,就发狠不哭了。不哭更狠,不但引得司马与娘亲以及郝光歇嘴了,还把药娘和药嫂也引了过来。药嫂一进来就把我从娘亲的怀中抱走了,于是我来劲了,又哭了起来。药娘当时是亲了一下我的脸蛋才让药嫂抱走我的,随后她轻轻对司马叔叔说,去喝粥吧,粥是新塘边莲子熬的,那里产的莲子格外圆格外甜,熬得软,好喝。

粥已端上了,稠稠黏黏一大甑,就摆在药娘房间那张圆桌上。喝粥的人围了两圈,蛮蛮听话地任凭江妹一人在分在舀。江妹也真当能干,一勺一碗,一碗一勺,没多不少,喝快喝慢,不管谁都要等到第二遭才有第二碗。喝到一半,药娘带着干爹和哑巴拎着两只篾篮进了门,一只篮里尽是白饼饼,另一只篮里尽是青饼饼。干爹真当笨,他不分青红皂白一概让各人自家伸手去抓,白爪抓一抓,乌爪抓两抓,到最后人不成圈,成了坨,狂夫一人抓了三只还要往里攒。抓完哉算数,干爹和哑巴手中一只饼子都没得,只有空篮子,豪郎狂夫见状幸灾乐祸一阵大喊,药娘声色不动地撇开众人坐到圆桌边,慢慢从怀中拿出只青布白花包裹放去圆桌上,先说了句"这饼子小了点但更香更有油",又说了句"谁手中无饼谁拿"后就走了。场面就像一锅热汤疙瘩面浇了凉水,一下不沸了,娘亲这时站了出来,她解开包裹给了哑巴一只郝光一只,又给了司马一只干爹一只。没了,只有四只饼。饼是没了,但青布上没想到跳出了一朵月牙白玉兰花。那花摇摇晃晃迷着各人的眼,又袅袅娜娜袭着各人的鼻,那花不是绣花是真木花,那香不是清香是酸菜的沉香,是猪油渣的凝香。众人都伸手了,可都未抓到,原来那仍是朵假花而不是朵真花。伸手的人一时都尴尬着去挤了眼。

喝完粥后,大家就按红月郝光司马三人商定的方案分头行事了。司马带着药嫂留在红房子准备第二天要用的立夏饼,他从九牧弄回了一只猪,猪肉献给郝汉劳了军,剩下一些板油熬过的油渣自己留下了,这下正好派上用场。问天夸他是神机妙算,可他自己觉得亏,因为那点油腥原本是为红月准备的,然而现在另派了用场。药娘去周村,她只要江妹一人作陪,说问天若要去也可以,但不能现身,而且与女儿约定不能乘机诛杀仇家,同时还谢绝了当兵的暗中护保。她这一去吉凶难料令人牵肠挂肚,欲约出保密局特务白面郎君也只有靠周龙畅。师妹见师兄、娘舅召外甥,一切似乎合纲常。另外,今日逢巧是龙畅亲妹的病故忌日,忌日里或许能做点文章。药娘出门时大家都去送,江妹拉着黄包车,车后拴着马,马儿上空飞着燕。药娘拎包抱香坐在黄包车上,路上虽铺满晨光,可路边秧田却是水汪汪。送走了药娘,问天与狂夫也急着跑了,他俩一人跟着一个兵去北边村口和东边八卦塘口,约好以龙凤图腾风筝放飞或枪声做联络信号。最后,红月与郝光扮作夫妻抱着俺,干爹哑巴做帮手也迎着朝阳开了拔。俺刚吸过奶躺在娘亲怀抱里,进小西门入鸡屎弄,绕三眼井穿棺材坊,过的路尽是僻僻静静;西门斜、弄堂窄、井台湿滑、坊墙斑驳,阅的景一概安安详详。突然,墙头一株老紫藤根茎瞬间劲长吓脱一爿白灰泥壁,脱落处便露出几处薄青砖底。一只壁虎跳至砖上,摆着尾巴四下张望。干爹看到壁虎了,而且他看到壁虎尾巴少了一截,他心里一紧,连忙往娘亲怀里瞅,还好俺仍在困觉。干爹那时已做好准备,一旦遭遇巡逻队,他就把俺抱走。他本来就反对把俺抱出来参加战斗,他说俺是文焕先生留下的血脉,不管什么情况都要护好以延续香火。果然果然,来哉。干爹俯下身子将耳贴近青石板道,他听到了青石板道上传来了那种又零乱又整齐的声响。他立起身拍拍手贴近娘亲想抱走俺,但娘亲没理他。娘亲执意携子同行自有她的道理,自从她听哑巴说哑巴的国民党军娘舅平生最喜欢两样东西一样是银钿一样是男孩后,她就决定既要带金条又要带儿子出来会见了。娘亲屏牢气息也静听了一会儿,继而她朝郝光莞尔一笑,这会儿她已听出那脚踏声有点发闷,是踩在隔壁中正路三合土路面上的。对的,干爹也听出了,那巡逻队没拐入市心街,若拐入了,那脚踏声肯定是清脆的,因为这边的巷道是石板铺就的。干爹放心些了,他抱不成俺就学着江妹的派头往哑巴的耳朵吹去一口风,哑巴耳朵无听觉,但嗅觉与鼻子一样灵,他感觉到了好意便手脚一通比画,说他一定听解放军的,将其国民党军娘舅约出军营来。可惜干爹听不大懂,但是干爹明白了人家的好意,于是他又学着郝光的样子去拍哑巴肩膀,哑巴被拍得手舞足蹈,弄得干爹一样开心,就连着拍去二三下。红月和郝光不晓得他俩乐甚,可后脑勺发热也就感觉到了那股快活气息,他们也不朝后望,脚步一下加快了许多。两道弯一拐就插到了市心街中段,中段的太平坊路亭站着一只狮子,狮子摇须睁目张牙舞爪脚下还护着两只小狮崽是浑身油光光,油光处几只小手正在上下摸擦,摸着了笑摸不着也笑,笑声滚落石道跃过石阶,震得狂夫家门板嘎啦嘎啦直响。

门开了,狂夫老娘露出一个包着蓝印花头巾的脑壳。老娘是开茶店的,这些天日子不太平,开门的时辰迟了好多。干爹也没让老娘看灵清自家是谁,一个闪身就领着各人进了客堂。客堂里一个柜台四张桌,柜台上供着关公财神,桌子上摆着一叠青花瓷碗,桌子下不像往常那么清爽而是一地瓜子壳。老娘见各人踩瓜子壳踩出了声,赶紧说不好意思啦,昨晚盼儿子归,儿子不归,所以才嗑了一夜葵花子。不过,当她张大半瞎眼又伸手摸摸认准来者是干爹后,她说不担心了,她晓得儿子昨晚没做坏事而是去十八曲弄画墙壁去了。十八曲弄的人早些时卖瓜子来过,来的人说夜间里送子娘娘去过他们那里,还留下不少新生儿画像。老娘听了这话就放了心,因为只有她才晓得那画不是仙人画而是仙气勃勃的凡人画。一番话下来,红月郝光也坐了下来,他俩顺着老娘手指看灶头上方墙壁,墙壁上的灶王爷被彩绘成拿只钵头的云游和尚,根本就不戴天官帽。他俩笑了,直夸老娘养了个既勇猛又有画画天分的好儿子。老娘当然愿听这话,当即就端出一盘瓜子,还叫干爹快去生火开灶烧水泡茶,她自己把俺从红月的怀里抱了去。老娘又说郝光的口音是廿八都腔,竹子林游击队里有廿八都儿郎。她儿子少不更事人荒唐,望他这位大哥多多原谅多多帮忙。郝光闻言心里美滋滋的,涌出一炷馨香,他坐下用两只手嗑起了瓜子。刚嗑了几颗瓜子又歇了嘴,他听到了楼板上传出的一串声音。他立起身子,不知是人高还是楼低的缘故,他手一举就摸到了楼板底,那声音奇奇怪怪地聚在他手指上跳了一阵后又怪怪奇奇地散开去。红月看着郝光那警觉的样子也站了起来,她领着郝光轻手轻脚跨过睡在楼梯下口的一只白猫就上了楼。上楼的红月对弓着身板的郝光说,闹出声响的是老鼠,而那只睡不醒的白猫是只老猫,它已经不会捉老鼠。郝光听了这话还未来得及琢磨,又被红月领到了窗口。窗口外不远处架着高晾杆,晾杆上晾着蓝印花布,再远一点是处马头墙高高矗立的院落。红月跟他说挂布的地方是染坊,有高墙的地方是药娘的同春堂。这些个地方路路相通,千万莫忘了此处后门,而毛记处处后门都认得开向。郝光嗯嗯应诺,心里已在盘算着路,万一出了情况,他这个男人借助道路怎样御敌、怎样撤退、怎样打他一场漂亮仗。红月介绍着一些地形情况,态度显得平静,但她那是为了平抑内心的焦灼。她眺望着同春堂记挂着母亲,母亲忍痛去周村找周龙畅为的是请求龙畅约出曾为同窗又是仇人的白面郎君;约出了白面郎君,她才可能让哑巴去约出国民党部队的那个守卫营长,约出守卫营长授以重金晓以大义为的是明天县衙前的战斗,而只有那场肉包子打狗的战斗打好了,才能实现郝政委尽量减少牺牲的战术构想。现在离中午的时间虽说还早,但两边情况进展如何尚不清爽。红月盼望着传来母亲行动成功的信息,把白面郎君调开县衙。只要这家伙中午不在县衙兵营监兵,那哑巴就可出发去约被监军着的营长了。郝光红月二人一边想着事一边商量着事,但话还没说光,楼下的二人已吆喝着叫他们下楼喝茶。郝光听到喝茶,一下子小肚子胀胀起来,他觉得要尿尿,他吞了口口水,思忖一定要憋牢,谁知越憋越觉得屏不牢。他的眼睛一扫扫到了窗外晾衣大架边角角上的一只半埋的酱油缸。红月不跟他说话了,也没看他,顾自下了楼,当她走至楼梯口时,回眸一笑,还用食指点了点楼上的墙旮旯儿。郝光随着手指一看,一只红漆大尿桶搁在地板那,桶边一只大老鼠见人不逃反而向人摇首点头呢。郝光上前放尿了,也笑了。为削弱自己的些许尴尬,这男人尽量放缓放小尿尿的声响,而刻意放疾放大坏笑的音量,但事不如意,放尿声和着坏笑声,咚咚锵锵呵呵,仍震得楼板缝隙处漏下一线灰墐,进而引得干爹与哑巴抬头仰望。楼下狂夫老娘当然也听到了这声响,她乐了,一边摇着俺正在躺睡的船形小床,一边轻声哼唱,小娘娘,困眠床,大爸爸,尿水长,困觉困到大天光,尿水淌成一汪凼。还没等到老娘唱完,红月想到要为儿子换尿片了,她手伸伸摸摸,摸到的是一片湿,娘亲不仅没恼,还拍着俺屁股夸俺是个乖儿郎。尿片换好后,俺反而不知好歹地哭了。娘亲不会哄,干爹上来哄,他双手抱着俺让俺荡起了秋千,荡着荡着,俺终于歇下了嗓。干爹见俺再没嗷嗷叫,他就领着哑巴与一个兵走了,他听红月的分派,他要绕道去八卦塘口,去那里会狂夫,看看那只凤纸鸢有没有迎风飞翔。

　　这边干爹匆匆跑去八卦塘口,那边问天匆匆往村口大樟树跑。问天牵着从祠堂里拿出的竹骨布衣龙纸鸢一路脚不停,跑过十户人家路后,索性把衬褂也脱去,露出的前胸后背筋肉疙瘩像脚下卵石一样跳。他觉得真痛快。前些时,他就躲在周宅大堂上方的小姐闺房里,这闺房开着东南两扇暗窗,里面的人可窥到外面的人,外面的人看不见里面的人。龙畅的女儿药嫂曾在这处窥过不少儿郎,结果相中的偏偏是外族本姓的冤家周豪郎。人生一世草木一秋,啥事都难料呵,问天的一双乌珠疑疑惑惑勾在了堂上两双正欲弈黑白棋子的手上。药娘突然说今日不能如同往常,今日不手谈,今日求幅丹青马牛画,说着,也不等龙畅答行或不行,就去画桌铺好了三卿口做的整张四尺宣纸。龙畅斜眼看了看眼前的往日师妹,他似乎明白了今日这女人做不速之客定有隐情。说老实话,龙畅更喜欢师妹今日做派,这做派更像这女人年轻时的风采,那时她从省城学医归来风华正茂,凡事喜欢自家说了算。龙畅听令上前理笔,等着师妹研墨,并问画什么。师妹说,请师兄先画男儿嬉马图后画男力耕牛图。行,难不倒周龙畅,这男子谙熟丹青,早年间留学日本时虽农工商医一样都未学成,但画艺却大有长进。画,一蹴而就,马啸啸牛嗷嗷,骑马人像周龙畅,牧牛人也像周龙畅,都是个大模子。师妹微笑着称师兄的画画得顽顽拙拙趣味盎然品味不俗,接着又叫师兄与己分别写出画图的题意,而且把笔也掭好了墨。师兄一下无语,坐下吸了泡水袋烟,继而背向师妹写出了字。两人似嬉好玩地展开自家的字,师兄写的是"变马牛",师妹写的是"马牛变"。三个字一个样,只是一个"变"字有前后。对完字,两人哑然失笑一下,谈话竟然没有延续下去。师兄踱起了方步,师妹反而吹纸筒点烟泡,一口又一口吞进云吐出雾来。两人心里都在打着战,师妹变着法子又劝师兄莫做祠堂祀田经理人了。师兄当然清楚师妹的用意,放弃玩马去做专职耕夫,说说容易,但真正去做却困难重重,自家玩惯了,况且也不愿改变什么身份,师妹呀,经历了廿二年前那场风暴,你继承祖业悬壶济世,大师兄弃妻别女去南洋,你嫂子变得半疯半傻,俺跳出三界什么党派都不参加,只求个乐逍遥,这可都是人的定数,命呵。师兄看了一眼师妹,师妹呛着了,但仍旧没放下水烟袋。师兄忽然似乎明白了什么。照理说师妹劝己换个活法已非新鲜事,若就是此事也不至于谈不下去呵,不是吗,刚才师妹还侃侃而语像回到了他的年轻时。嗯,这个徐娘半老的师妹在这风云变幻解放军兵临城下之际登门拜访,又现场谈锋不继,恐怕不光是来还马求画叙友情的,她应该有更大的企图,当下只是不便说罢了。师兄看着想着,有几次甚至不忍心看着眼前女人吸烟窘态而想去点破话题,但又克制住了。思绪乱呀,他越是想开了去越觉情况复杂,越是不知如何开口。师妹同样觉得难开口,一开口就涉及师兄的外甥。今外甥非昔外甥,昔外甥曾与女儿女婿一起上杭州读过高中,还叫自家为干娘;今外甥是杀害女婿的凶手,是游击队女儿的敌手。今日要请仇人的亲娘舅约其出城,难免引人想到杀戮。即使今日不杀戮,那明日复明日哩?杀戮一旦发生而且这种发生又和亲娘舅有牵连,娘舅一辈子如何安生?师妹想想想不好了,她吸烟呛着了,但还在接着吸。楼上暗窗口上的问天看着楼下的阵势,琢磨了半天,仍是半懂半不懂,他急得有点责怪药娘磨叽了。他盼的是药娘赶快破题道明此行真实意图并获得佳音,乘着现在还有点东北风,他要去祠堂借纸鸢,去村口放纸鸢,给狂夫报信呵。但是问天的所盼并未到来,药娘就是不开口请周龙畅帮忙。这时,堂前房梁上的燕子窝窝响了,一只黑燕从天井口飞翔而来,那生灵口衔虫食在堂上盘旋一周后就进了泥巢,泥巢内燕娘与燕雏呢呢喃喃,一下子梁上响声变得更为清晰响亮,而堂前更是静悄悄。药娘和龙畅抬起头看看燕巢,都露出苦笑状。苦笑中的女子站起身走至中堂案桌旁,先放下水烟袋,又去解开早先放在那里的黑皮拎包,从拎包中取出红烛青香后,她一边和龙畅说着话一边一同进了后屋,后屋里至今还保留着白面郎君亲娘的一间娘家房。眼看两人离了中堂,躲在闺楼上的问天那更是急得差点拉出尿。没想到半炷燃香工夫没到,江妹跑上了楼,小女子神秘兮兮告知问天,说药娘说事体成了,叫他好去村口放纸鸢了。问天闻言顿时轻松得双脚长翅,飞去了祠堂飞到了村口,他的那泡尿一直憋到大樟树下才放掉。当时白面郎君怎样去的周村,问天江妹固然不知道,就是事后甚至事后几十年当事两人说法也不一样。药娘说自己没请周龙畅去约,是周龙畅主动约的白面郎君,所以此人对于解放山城是有功的,而她是无功的;周龙畅说他无功,他没有特意去约药娘也没有叫她约,是白面郎君想逃往台湾,事前去往周宅给娘亲进最后一道香时碰巧碰到的。当然,这些都是事后的事了,眼目下,尿完尿的问天精神抖擞,抬头望望天蓝蓝,蓝天下几朵白云像马儿一样在跑。老佛保佑风还有哉,不然还要打枪报信,搞不好百姓会受惊吓。问天前头拉着线,当兵的后头举着纸鸢,借着那股蓝天来风,只试飞一次就将龙纸鸢放飞得十九丈高。这头龙纸鸢飞飞,那头干爹以及哑巴与一个兵都看到了。他们仨此刻正跃上北门一段城墙头,再往前走,走过了下祠底就到八卦塘。对呀,既然在高处偶然望到了龙纸鸢飞,那就不必枉费时辰去会狂夫了,约见国民党军营长目前更重要。行,是时候了,立马出发,把那个国民党军营长约出来。三人先去县衙前没找着,哑巴的一个当排长的老乡说营长正在县衙隔壁的孔庙歇息,营长整个晚上与明日都要当值。好,那就去孔庙,翻上白墙,顺着银杏大树往地上溜,溜到地上了就贴着墙,忽闪忽闪地躲在树后,几次三番下来就过了戟门、大成殿、明伦堂来到启圣祠。哑巴进屋不久,人出门了身旁还拉着个肩上扛星的矮个军官。走走走,走出数仞之墙,走过中山路,走过雅儒坊,就走进了市心街,来到狂夫家门口。前头暗暗引路的干爹上前敲开了门。几人进门后,那营长见到了红月与郝光,还没等到人家开口,哑巴就下跪给娘舅磕起了头。红月见状在一旁拉过干爹,叫他别待在狂夫家,再去八卦塘。干爹点点头,开门就跑了,他这一跑,脚步竟然也与问天一样能贴着地面飞。飞呵飞,没多时干爹就飞到了八卦塘。塘水悠悠塘草青青,从城里流出的一半水是黑的,从鹿溪流入的一半水是白的,狂夫那厮正闲得没事捡捡石片往黑白水间打水漂。干爹上前顶了狂夫屁股一记,那家伙竟是放了一炮响屁后才回首瞅来人。看清来人,他就骂来人是呆瓜,说龙纸鸢老早就飞天了,你怎么现在才来。干爹只是傻笑也不解释,连声说着,快,快快,红月叫放纸鸢了,红月在你家。狂夫听了这句话,一张恶脸瞬间变成笑脸,还伸手探探人家裆下。放放放,两人对撞了一下屁股就干上了,没多时,那凤纸鸢也摇头摆尾扶摇舞上十八丈高。风浩浩纸鸢荡荡,那头龙飞飞这头凤舞舞,头顶上已是骄阳高照。

阳光照在旷野上,青山飘出轻薄雾,绿水泛出薄轻烟,这青山雾、这绿水烟在临近中午时分就像一对约会偷情的男女,从东西两个方向来了,来得鬼鬼祟祟来得虚虚沓沓,当它们会合在市心街窄巷陋弄的石板道时,巷弄上走着的或坐着的人们已在嚼舌吐沫手舞足蹈地公开议论山城新生解放的诸多事了。这时狂夫家的门仍然关着,门外的老娘坐在竹榻椅上东瞭瞭西望望,一边纳着鞋底一边跟要进店喝茶的人说,今天大扫除不开门,要来明天来,明天来多好,明天打八折。俺那时躺在屋内摇床上大哭,俺饿了,母亲正在与哑巴带来的国民党军营长谈话,她不能来喂奶,就是来喂也只能让俺空吸,因为逃命打仗她早就养不出奶水了。那营长说他也有个蛋蛋小子,十岁,昨晚做梦还梦见儿子在麦垛上玩耍。他也想逃,但逃不成,一来白面郎君盯得紧,二来往哪逃,四面八方都是红旗飘飘,逃到哪搞不好都要丧命一条。哑巴听了这些话连忙对娘舅比画说,有位活菩萨叫药娘,她救了自己的命,现在又派自己的女儿来救娘舅的命,他没死,也不想亲人死,他要和娘舅共同回故乡。一番话下来,营长表态了,他明日当值,一定听解放军的话,解放军的肉饼一送到县衙前,他就领着弟兄们放下武器上前抢;同时他也不敢要金条,他只求郝光和红月答应他,到时候他算主动投诚人员,并开张证明发点袁大头,让他奔往另外地方。郝光与红月当场表扬了他,说他如约,共产党的队伍决不食言爽约。临走时,娘亲也不顾俺哭,她手脚麻利地烧出又端上一碗大陈索面,营长吃到末尾才惊喜地发现碗底有两只荷包蛋,且被煎得油光光。

到那天下午,各人就陆续回到了红房子。一进院门,开门的药嫂一边不停地说着饿煞哉饿煞哉,一边双手径直伸向红月的怀抱,将俺抱去她的怀抱,又一个转身,撩开衣襟露出一只肥硕的奶珠,一只手托着俺屁股,一只手夹着正在滴着奶水的乳头塞进俺嘴巴。俺含着乳头竟然没去吸。那女人摸摸俺额头,她觉得奇怪,她不晓得她要饲奶的蛋蛋小子肚子里已满是糊糊荷花糕。干爹瞅瞅药嫂那迷惑不解的样子窃笑不已,没想到这小男子的坏笑又被那女子瞅到,那就莫见怪,在狂夫不断加强的叫嚣声中,女子挤挤眼把男子招到眼前,浪笑着追出一圈,捧着奶珠要喂奶给小男子吃。一圈闹下来,药嫂停下闭眼歇口气,再睁眼,药娘慈容笑脸地站在她面前,后面江妹一双丹凤眼怨意盈盈,虽不吱声,但浑身冒出的凉气一下子爬上了大女人背脊爿。药娘、江妹和问天也回来了。回来了,都回来了,狂夫这厮人来疯,他扯着嗓子叫着好,还领先鼓起掌,众人不知所措地安静了下来，狂夫见人家不响应，索性脱下上衣裸了半身，他张张牙舞舞爪跳到圈子当央徒手蹦起了手舞狮。问天贼眼瞄瞄，赶紧拉上江妹、干爹以及豪郎一齐蹦跳开来。一会儿，郝光、红月与司马有了响应鼓起掌，众人随之一起鼓掌，掌声便滥生成一片。药嫂还是袒露着双乳抱着俺，俺醒了，俺哭了，哭声混合着掌声叫声笑声喧喧哗哗漫开，没多时便引出红房子里的几窝燕儿衔着啁啾曲儿翔来，并一直在人们头顶打出旋儿看热闹。

傍晚时，一人一大钵头碗荠菜粥，两三只青艾皮粿子刚吃落不久，问天与狂夫看看身边好像少了点什么，一查结果发现是少了一个人，而那人谁也未料着是干爹。原先说好为了实施"肉包子打狗"之计，各人莫走散，要在一起，准备去县衙前慰问国民党军的吃食的，而且还约言谁若走散谁就是王八龟儿子的，现在那人倒好，宁愿做王八龟儿子，不知去了何方。问江妹，江妹赌气说那人是个贼，他偷走了金龟，天谴来了，他就被仙霞山飞来的一只大雕叼走了。听了这话，问天狂夫两人龇牙咧嘴装作惊愕不已。他俩明白了，那人也是个傻进不傻出的货，刚才当他看到郝光与哑巴去和江妹套近乎时，他其实蛮不舒服的，他那副若无其事的神情背后同样是打翻了一坛醋。问到豪郎，那厮不仅不作答，反而像只朝天鹅一样嗷嗷骂道，酒壶？酒壶？尿壶尿壶才是！人家骂完了还跺脚。等他俩觉得不适，去抹抹糙脸，谁知糙脸上的唾沫星子都鼓出了泡。娘的，寻到这人一定脱他的裤子，四人打他的秋千。问天狂夫心里发出了誓。

干爹确实离开了红房子。临走时，他还偷偷摸摸跑到江妹房间里，从人家枕头底下取走了那只美国酒壶。现在他走在田塍上，田塍上一路尽是狗尾巴草。他随手拦腰折断一束两束三束草茎，又去编成一只草冠戴到了头顶上。那草冠毛茸茸地摩摩头颈，他没觉得皮痒，他觉得心痒，他眼前江妹来了，在鹿溪上撑着筏，戴着一款柳丝绿叶冠，满脸都是笑。江妹呵，郝光虽是相貌堂堂，但那是个当兵的，当兵的骑马跑天下，到处是家到处无家，钻枪林入弹雨，到头来没准就战死在地滩与天岗；而哑巴围着你转，那是想闻你身上的香，你站着不动有草香，你动动身姿有花香，你骑马驾船有天香，小鬼不懂事闻闻香就作罢，可千万提神别让他摸上你的身。干爹担心着走着，走出一段后，另外有件事又像只浮水乌龟在心里咕噜噜冒出气泡：耶，怎么忘了？不久前拼命才想出的那只花头经，蛮蛮好，甚至于能与狂夫画新生儿、能与问天献食粮之策媲美的一只花头经怎么不见了？疑问着，草冠前后转了四圈，仍旧想不出，于是干爹闷头听由一双脚板随便走了。

走着走着,不知不觉就走到了竹鸡坞。竹鸡坞里有几户人家,家家都是屋后有竹林屋前有鸡舍。一阵噜噜噜噜声音混着一钵草药浓味从一家竹林中传出,就见到一个绾发女挥着蓝印花头巾,口衔一串音,在吆鸡归笼。那女子是之英,问天的二妹,她嘴里不断叫出"快归快归嘀嘀嘀,不丢蛋来不丢毛嘀嘀嘀"。干爹清楚得很,她男人和雪姣男人原本都是在溪上撑船的,雪姣男人过大溪滩时撞死在鹰嘴岩石上,之英男人人没死,但一条腿臂就折了,这人从此当了个要自家挑担的收药客,而眼前他正赖在眠床上一边敲腿骨一边看着药罐在冒气泡。赖床的男人嫌堂客吆鸡声音太响,就执根洗衣棒槌敲起了床板。床板一通响,响声又蹿出门,把之英刚刚赶到鸡舍门口的一群鸡吓得四散逃去。已走到门口的干爹赶紧进屋帮忙敲了几下腿骨,又拆了陶炉中的木炭火,才平息了那棒槌响声。棒槌声息了,一群鸡也就咯咯进了舍。不一会儿,之英来到堂下,她气呼呼地将手中拎着的两笼鸡往地上一搁,不料笼子摔翻了,笼子里七八只鸡挣扎着钻了出来,满地跳个不停,其中有两只还呱呱飞到四方桌上,旁若无人地啄起剩饭剩菜。女人的埋怨一下子也跟上来了,她怪男人从亲朋那里搞来的一群老公鸡实在没用,只会鸣晨不会下蛋,拿到市心街去卖,买家嫌瘦嫌小,不如阉鸡有肉还高大漂亮。屋子里顿时鸡飞人叫,还有两根异彩长雉毛在室内飘飘扬扬。往哪逃往哪逃,干爹呼着跳着,七跳八跳,果真两只手都抓住了毛。锦毛在手,干爹学起了母鸡咕咕叫,叫来叫去,谁知引来众鸡公君子踏步般纷纷来。干爹目睛瞪大了去数了,一只、两只、三四只、五只、六只、七八只?不对,七只?不对,九只?有两只黑鸡,有两只白鸡,有两只红鸡,还有一只花斑鸡,对了,七只!数清了鸡只,不料他脑壳里原先忘记的那件事竟然自己长脚跳了出来,随之那声音也回转了:鸡叫叫拔根毛,鸡叫叫拔根毛。该回的全回哉!干爹一条腿站着,另一条腿搁在鸡笼上,他清清嗓子说话了,他说这七只老公鸡他全买了,价钱可比平常跳高一成。说着,他掏出荷包里的那只向豪郎讨回又从江妹枕头下取出的扁酒壶往之英手里一塞,还加上一句话,说那东西是含金的美国货,先典押些时间,隔日拿钱来取。丢出这句话后,他飞快地拘鸡装笼,接着又挑起两笼鸡在院场内打圈试了试分量。之英叫干爹慢点走,她捧着酒壶细看,生怕不值。但她男人看过后像只母鸡样咕咕说,不会亏,是赚了,这洋玩意外壳包金的,他见过,那是在州府机场八仙楼,当时一个洋人飞行员酒喝多了还要喝,苦于囊中羞涩便显出此物,结果换成了八年陈老酒两坛。说好这番话,男人竟然能双手托着抹布捧稳药罐了。干爹朝这男人勾了勾食指，夸他见过世面。干爹敲敲脑壳捏臀印，再吆喝一声"得"后，就歪戴草冠挑着鸡笼两肩悠悠地往西南方去了。干爹走得蛮从容，挑着两笼鸡觉得就是挑着两团毛，一点分量都没有。他默念着，江妹呵江妹，你晓得吧，俺捏到公鸡锦毛听到母鸡咕叫，俺就把原先忘掉的事又想起来了，而那件俺要做的事已搁在心里好几天了，那是心窍打开金龟逐狼的发魅瞬间忖到的，后来之所以一时忘记，那是因为自家小心眼，生怕说破了被二位鬼哥哥抢了功劳。喏，江妹，天意使然天意使然，不然自家一双脚怎会不知不觉去了竹鸡坞、去了之英家，又和七只骚公鸡攀亲结友。晓得啵，还有嘞，俺这一去，只一个人，俺一个人不装神不弄鬼，但要做出的事比问天狂夫忖出的装神弄鬼还厉害。你看，没走几步俺就到西山脚底了。再花点吹根毛的力气，俺一定会站在鸡嘴下。郝光是虎俺不敢比，俺算猴子好了，俺是猴子，哑巴算甚？只能算只羊吧。虎比猴强是自然，但猴比羊强也是自然，猴能骑羊，还能骑着羊牧羊。干爹想到这，把自家想高兴了，他随口唱起了颠倒歌："东落日头西升日，鸡鸣月亮狗吠天亮，后生摇扇爷为奴，娜妮生子蛤蟆拜堂，王八坐堂审虎豹，茅草壮壮充栋梁……"

干爹走着唱着，觉得自家已变成一只猴，而且正骑着哑巴这只羊。没多时，他困了，但走还是在走。这时，干爹背后已有两双眼睛在瞪着。前头就是一道缓坡了，这两双眼睛恶毒得眨也不眨，直指望前面困着走路的人在上坡时摔个人翻鸡跳。看，步子有点跟跄了，鸡笼两头把不住碰着树干了，树干摇摇树枝晃晃，树叶疏疏朗朗从中抖搂出无数月光，碎片粘贴着那人，那人眼看要跌倒。不料，那人停下不走了，二三爿水芋头大叶披着一大块月华光从前面飘了过来，一女子窈窕小巧，钻出大叶，一下子就把鸡笼担把了个牢。担子不倒人不倒，只见叶片晃晃，引着人和担子直往坡道悠悠而上。来者不是别人，都是老冤家。当时江妹先觉得少了个人，问天狂夫后觉得少了个人，他们先后就去了之英家找，找找找都奔了同一条道。到鸡爪坪了，这里平平溜溜一爿大石板，石板上零零星星缀着鸡爪印。鸡爪印痕褶皱处还残留着一些水，水一线线地呼吸着月色，月色漫着薄纱般的朦胧，又泛射出条条亮光，宛如白色水蛇出水现身。干爹懵懵懂懂到了这里，他有点疑惑，自家应该是上山的，可是为什么当下觉得有船来，难道船生出人腿马脚能爬山了？哎，这不，眼前一片白蛇妙舞，跟清湖的白水潭那么相像。是吧，到埠头了，江妹一篙就跳上了岸。小女子船帮敲敲，一只高脚大嘴鸬鹚冒出船舱，它双翅展展，翅上吊着的两只鸡笼响得是嘁里哐啷。江妹，提神啦，笼子里装的是鸡不是鱼,鱼能下江鸡可不能下江。江妹,干爹这句呼喊还未出口,他耳朵边又刮起了那股风。他似乎觉着了,便伸出右掌去扇左耳,又伸出左掌去扇右耳,扇扇扇扇扇歇了,干爹一双手拉住了扁担两头的绳。江妹见人吹吹不醒,就去卸了那人的担子。担子一落地,这人这下倒是叫出了声"倒灶倒灶,公鸡落水了落水了",干爹懵懂醒了。醒转的他,一睁眼见到了江妹,江妹正手执兰叶给他擦冷汗;二睁眼看到了问天和狂夫,这两个鬼挤眉弄眼被江妹追得围着鸡笼担子转。见状,干爹连忙将两只鸡笼归到一起,说:"莫吵,公鸡正在困觉。""公鸡怕人吵?怕是吵了你俩的好事吧!"狂夫顶上一句,还喷喷做了个亲嘴的鬼相。"放屁!"江妹将手中的水芋头大叶掷向了狂夫。干爹认真起来了,他伸手去摸额头,心想,莫非刚才不是额头碰到了绿枝叶,而是江妹红唇上了自家脸。不行,真是这样传出去不好,男子汉要敢做敢当。"没良心,你去困雪姣,俺都帮你当兵站岗,俺亲亲江妹,才起头遭,真的,起头遭。"说着,干爹指天指地发起了誓。江妹一旁瞪瞪吃惊眼,心里自问着这男人是真傻还是真不傻。狂夫问天就别提多快活了,真当假、假当真,假假相加当了真,他俩一人一个举起笼跳着手舞狮步,舞得两笼公鸡咕咕嗷嗷直在笼中不停叫闹。一阵闹下来,两人也累了,干爹见鸡笼落了地,便取过挑成担子往上爬了。狂夫追着前行的身影蛮蛮着急地喊,莫爬了,赶墟卖鸡要上市心街,不是上鸡冠岩。干爹连头也不回,只回了"傻子"二字给人家。爬了一段,爬到了鸡脖子弄。石弄堂窄,直着扁担进去,前面的笼子卡住了,后面的笼子还在一头吊叮当。还好鸡笼子是竹篾条编的,有弹性,在问天好几句"有戏有好戏"的催促下,各人帮帮忙,硬是挤扁了笼子过了石弄堂。过了过了到了鸡肩肩,鸡肩肩上好几丈长条石板,上头土少泥薄,长些长不大的松柏六角刺草。各人把笼子放好后就坐在了石板上。干爹一个人还站着,他先去打开鸡笼放出鸡,看看鸡脚是否还是连绑着,数数白鸡黑鸡花鸡少不少。接着又上前去攀岩,想登到鸡冠上。两手搭着鸡嘴尖再一发力,人没攀上去反而落下一帘瓢泼雨。干爹落来一看,一帘雨水全浇到了鸡公身上,真当不妙,他全忘了那鸡公嘴原是块活石,会动的,里面往往藏有水。他见事情有变,呆了,杵在草石上看看七只鸡公,鸡公一身湿鸡毛,接连眨了几次眼都开不出眼睑。江妹走近干爹,摇摇他问,他挑鸡上山为的啥,他支支吾吾半天说不清楚。问天凑到干爹耳根说了几句话后,干爹笑了,他连呼有救有救就去搜狂夫腰包,那鬼是个大烟枪,腰包里有洋火。洋火盒子摸到了,里面火梗有十根,而且根根梗条都燥燥干干。点火,点了一根又一根,十根没用完,鸡笼篾条就点着了。各人执着火篾条上烘烘下烘烘,七烘八烘,把七只鸡公的鸡毛烘得一点水都不沾。鸡毛烘干了,鸡公作出怪,七只小生灵围着闪着残余亮光的火篾条啼叫起来。叫着叫着,狂夫先学了样,另三人你看看我,我看看你也扯亮了嗓子,问天觉得还不过瘾,他摸出了他那支枣木唢呐吹出一通吼天鸡鸣。一时间,这鸡鸣人啼声飘飘西去,在远方挽住了一轮落月,东去则漫过山、漫过林,直下山下城,震得城内的城墙壁、弄堂道、大门板、柱梁间到处都梦一般回了响。等到城里人家应着鸡鸣纷纷过早点亮灯火的时候,先是狂夫再是问天又问起了那只美国酒壶的下落。干爹倒一点都没着急,说仅是押给之英借了回公鸡,好在现在鸡也叫过了,可以还鸡去换回壶了。不过鸡也付出了劳作,还是应该付几个辛苦钱的。狂夫鼻头哼哼,连说干爹想得美,人家之英老公可是会不要鸡了只要壶。干爹一听差点晕倒。正当三人绝望之际,江妹怪笑眯眯地站到了三人对照。小女子双手把玩着壶,那壶映着晨曦,在她的胸怀里已闪出了微光。耶?耶?这壶怎么到了江妹手里?没等到三个人发问,江妹说话了:好几块大洋嘞,去换回的,人家为了壶不要鸡,傻子头才会要鸡不要壶,钱都是药娘出的,她还关照快快办,不然隔日之英夫妇会涨价。说着,江妹狠狠瞪了干爹一眼后,就揣着扁壶披着霞光浑身溢彩地下了岩。

第二天上午八时许,郝汉政委的部队和红月的游击队就攻下了设在老县衙里的敌军司令部,并且活捉了敌师长。山城于是四面八方都响起了解放歌和解放炮仗。郝汉在他的那本《郝汉笔记》里有记载,说这仗打得真的蛮漂亮,其中最精妙处还是发生在县衙前。干爹若干年后听了我的说法一定要我读给他听,于是我读了:一群老百姓装着一辆黄包车的立夏米饼在出殡亲人,棺材里没死人,睡在里厢的其实是毛记和几条长短枪。检查一番后,出殡的队伍放行了,可一车的立夏饼扣下了。那个国民党军营长当即如约发出命令,撤哨搁枪去吃他妈的江南糯米菜肉立夏饼。于是乎众官兵纷纷离岗去抢吃的了,于是乎棺材盖掀开毛记钻出了,于是乎也就"肉包子打狗"溃兵了。不料,读到这,干爹叫停了,他自家插上话:勿错勿错,棺材盖掀开那一瞬,我目睛子都花了,只见半边雨头刚过,天上挂出了七彩日头光,那光舞出赤橙黄绿青蓝紫身段,无数条彩龙般奔来,俺弹簧样一蹦,身上披着七八条枪……哦哦哦,一个人披七八条枪?我起疑了,打断了他,可他照旧哇哇讲去,末了,还叹了口气:只可惜,只可惜,那一仗没抓住白面郎君,那家伙逃了,逃去了毛太子的土匪窝雷公寨。为此,干爹当时一边唠叨着"棺材白困了白困了,阳光七彩白瞅了白瞅了",一边懊恼地玩着金龟,一天一夜也没去吃喝。连问天的二妹之英和狂夫老娘问他,问天与狂夫昨日半夜里是不是和他一起在鸡冠岩上,他还答非所问地说,要怪还是怪他,白面郎君逃走的那条下水道是连着县河的,他应该守在那里,一手拿他一支驳壳枪。不过,当十八曲弄以及市心街的一些碎嘴人问他晓不晓得鸡冠岩半夜显灵啼叫天亮的事情时,他倒得意扬扬地说晓得的,他当时正在岩下困大觉,亲眼见到七只仙鸡从天而降,飞到石鸡肚腹里,所以石鸡才会叫。

卷二

江妹你看俺揭红榜立誓言,俺要去炸暗礁驱虎豹,取得十万赏金,再吹歌唱曲一里红妆娶你归洞房。归洞房呀归洞房,洞房里厢红烛亮堂堂,掀了掀了红盖头,心痒痒手痒痒,痒心痒手一起上。

第九章　熏亭·彩马

　　几只萤火虫掠过水面追着一团瞎眼虫嗡嗡作响地往上飞,飞到浑身吐气喷香的八角亭二楼的窗玻璃外贴着玻璃停住了。瞎眼虫撞撞玻璃进不去便纷纷乱乱飞了个尽,萤火虫没再去追瞎眼虫,它留在窗口徘徊,窗口里厢便有了一闪一闪的微光。微光碰巧映在案桌上摆着的一只双铃马蹄闹钟和一只手摇铃铛上。钟面与铃面都蓝幽幽地反射出光。光影里的干爹头枕着那只金龟,睡得是辗转反侧一点都不安耽。一下子露出的是好多张笑笑哭哭的脸,一下子露出的又是好多爿半裸的屁股,干爹在梦魇中……水面上泛着明明晃晃的涟漪,涟漪上沉浮出挑着箩筐担子正在石引桥上行走的一少男少女……一只癞蛤蟆箭一般跃入水中,水中的男女身影随着漩涡的陡然生聚而化为乌有……担子歇在楼梯口,酷似江妹的少女从箩筐中摇摇晃晃站立起来,她一手抱着一床棉被一手扶着倒扣在头上的脸盆,她笑靥如花,她一下没站稳倒在楼梯口上……少男伸出手去扶,但老是够不到咫尺之遥的少女腰身。眼看少女就要摔倒,一个壮汉春笋破土般钻出艾草丛,拍拍手掌,一掌只伸出两指就将一枝欲坠柳腰扶稳了……少女抱着棉被笑吟吟地踏上楼板道。楼板道上的接缝咧嘴处呼出了风,这风转着转着转出些娉娉婷婷的艾草条,艾草条一条一条晃着晃着,晃成了长着刺含着苞的荷花枝条。少女拨开荷花枝条看着少男与壮汉在楼板道上倒着走……笑声牵着少男与壮汉,少男与壮汉闻着风声,两人你挤挤我,我挤挤你,又你让让我,我让让你,让到后来少男一侧身,壮汉竟然腾空升起,一双脚踩着壁板,人在别人头上走。少男与壮汉都得意地笑了。笑声坏坏地缠着少女,少女不晓得是高兴还是生气,摆摆身姿,高耸的乳峰颤颤悠悠,直撞得旋梯上的荷花枝条摇曳不止……到了转弯处,墙砖突然纷纷落下,墙壁塌出一只洞,洞里冒出缕缕烟雾。透过烟雾去看,一条大蛇从亭下水面跃起,它在追着前头的一只青皮蛙儿,而蛙儿又在追着更前头的一只白蝴蝶。眼看蛙儿就要追上蝴蝶,可大蛇已张开血盆大口。一闭眼再睁开,那少女壮汉那大蛇青蛙与白蝴蝶全没了踪影,只留下个少男,先是挑着棉被脸盆鞋袜饭盒以及锅碗瓢勺走在楼道上,可转眼他又执着担柱挑着两大篓艾草条走走走到了林深阶滑的仙霞古道上……过了一弯又一弯,眼前出现了仙霞关。关上白云缭绕,那少女归来了,她在关隘城墙白云间挥着手,看不清是呼人救援还是欢呼来人了。少男急得撒下担子,一根担柱成了撑杆,石岩凹凹窝一点,双脚腾云驾雾,整个人倒着飞上了关隘头。谁知脚板一落地,落到了八角亭下的潜水坝上。坝上站着的竟是白面郎君。那家伙单眼斜视单手放枪直对着少女和壮汉。少男心怦怦跳,高高跃起,一只手掌径直向前捏住了枪眼……干爹吓醒了。他捏着自家的男子根,男子根勃勃硬硬的只想放尿。他伸伸脚想去找鞋,瞎摸摸了一番总算套进了一只脚,可另一只脚就是套不进。一瞅,那只原先跟他困一只枕头的金龟见鬼一样咬牢了自家的脚指头。嗨,索性赤脚,生尿桶也不用了,干脆放尿放到脸盆里。放呵放,终于放好了。放好尿的男子根软了塌了,甩了几次,它也干净了。人干净了,一盆尿却透着艾草冲味,馊得出奇难闻。受不了,推开楼窗去把尿倒掉。八角亭上四处冒着烟,四周溢着水,水面上的荷叶刚刚张出一爿嫩脸,正需要营养。尿水下去了,飘飘扬扬,几团萤火虫飞在水丝中荷叶上,水丝舞着水蛇腰,荷叶绿着个娃娃脸,一下让干爹看了个傻。他瞪着牛眼翻出窗口,又傻站在亭廊上不由自主地哼起:萤火勤落落,该着你不着。请你坐红凳,你要坐石头;请你戴纱帽,你要戴尿勺;请你吃酒肉,你要吃艾毛;萤火萤火,正着勿着你是个傻姑娘。他哼着吸着,满嘴满胸都是八角亭四处溢出的烂霉味和艾草香。干爹嚼着那怪味,想来想去也没想通,原本晃在眼帘前的江妹是灵灵清清的一个,怎么突然转转身就袅袅腾腾虚无得成了一柱烟。他揉揉目睛子,又四仰八叉地躺回了竹篾条眠床。

　　那可不是一柱烟,那是好多柱烟。那烟腾起在水当央那座亭子间的八只雕花石墩边。烟冲冲飘飘绕着廊柱、漫过旋梯、舞向窗棂、渗出坡顶,熏得整个八角亭是四面流夕彩、八方射异香。那事就发生在昨日。江妹割晒了几个时辰的野艾草枝条和菖蒲剑叶后,又东凑西凑帮干爹整个家的家当凑成了一个担子,然后在太阳余晖熠熠闪亮地沉浮在县河水面上的时候,她又将两只箩筐搁到黄包车上的艾条、蒲叶间,拉着那驾长出蓬蓬松松绿面容、喷出野野蛮蛮冲清香的车子,一路小跑到了文溪中学的八角亭旁。她仰头看看,八角亭斑斑驳驳空无一人,瓦披的间隔缝里胡乱长出的一些闲花杂草,在微风吹拂下灵动着花花绿绿的身姿,好几只麻雀娘衔着毛毛小虫,注视着花草盘旋着飞。花草间的枯草蓬里突然传出了雏雀躁动的声响,一枝尖尖头的毛竹竿蓦然穿出瓦披,定神再看,一条乌梢蛇竟然被穿在竹竿尖头上抽搐不已。"得!得"的叫声冲着瓦披一下子震豁出一只洞口,洞口处两只挥动着的手先出来了,接着冒出一只映满了晚霞光彩的铜头。那铜头继而"嗬嗬"喝出大嗓彩,那条被竹竿尖头贯穿了七寸的乌梢蛇随着喝彩声唰地脱开竹竿,在空中狂舞了一阵后,重重地摔落到江妹拉着的那车艾条和蒲叶上。江妹不怕王头虎,不怕凤尾雕,就怕无足光溜蛇,她顿时就吓得尖叫一声跳开了艾草车,跳到了石条桥中央,左右晃了晃,就是站不定。干爹听到了江妹的尖叫声,他敏捷得如同仙霞岭上的一只雄山猴,七蹦八跳就下了亭楼站到了江妹跟前。江妹上前一步贴身抱牢了飞来人,那人头戴钢盔手执竹竿浑身散发着霉。"黄梅天啦,也不晓得熏熏房。水亭上有蜈蚣、四脚蛇、水蛇哩。"说着,江妹就缠着干爹的腰肩转到了人家身后。干爹感到蛮舒服。小女子软绵绵的,贴牢自家的,是三伏天的穿堂凉风,是三九天的五斤丝绵被,又都不是,或是?没等他多想,他眼前晃起了白手指。顺着手指指点的方向瞄出,那条卧在艾条枝叶上的乌梢蛇竟然没死,还伸长了脖颈朝自家望望。他火了,上前三五步,三指探过去,一下就掐了蛇七寸。接着,他脱下钢盔,用盔沿做快刀,啪啪两记,斩下了蛇头,又抄过几蓬艾叶将蛇头蛇身裹了塞进钢盔。他后退一步转过了身,手一扬,钢盔闪着光打着滚,在空中飞舞一番后,嘭地一响落到了八角亭二楼回廊上:"慢火炖了它,喝喝汤,蚊蝇不来咬。""提点神,喝多了,要长出蛇尾巴哩。"江妹又跳回到黄包车旁,并解起了绑车拴筐捆草的绳索。"长出也好,下清湖卖毛竹,撑排不用板舵了,俺有神蛇尾舵了。"干爹说得蛮认真,江妹却摇摇头,用食指点了一下他的额头:"做梦。快,俺挑箩你搬艾草,好熏熏你这生虫长毛的亭子了。"说着,她挑起家什上了亭子间。干爹巴巴地看着小女子噔噔朝前走去,回头摸了摸自家屁股后笑了,他左手抱一捆右手抱一捆背上还驮着一扎,他两三回来去就把一车艾草搬了个空。一只亭角石板处一堆,八只角正好八堆,干湿也搭配好了,包管不熄火还会冒足烟。干爹瞪着牛眼,眼中装满了艾草堆,挂满了得意。当他再摸摸屁股摸不出引火拍拍空掌时,一盒燥燥干干的"美人头"火柴塞到了他手中。江妹丹凤眼一吊指尖摩擦过掌心,干爹浑身飙上了劲,他低着脑壳螳螂虫一样跳过八方,八方的艾草堆就都燃了,且燃得不见火星不见明火,只见烟。那烟浓浓烈烈升起两三尺后,在干爹的响亮唿哨声中很快汇聚到了一起,最后竟成了一条扭转腾挪的烟龙直向亭梯风口扑去。不久,那烟就充满了八角亭,八角亭里是一屋芬芳。再不久,那烟又溢出了板壁、窗台、瓦披、屋脊和破墙洞,亭子上下四周霉臭艾香喷射不停,一些虫蝇、毛蚊、蜈蚣、四脚蛇和六姓雀儿在烟中或逃或毙或晕或落或飞,个个都是狼狈不堪。这边亭子熏烟扶摇直上,谁知被不远处的两匹马看见了。先是白马嘶叫,后有黑马跟上。遛马人顺马首翘望上方探去,一股灰黑烟柱已高过毛家祠堂屋顶,还在往天上升。遛马人正想回头拴马再去冒烟处看看,可马不由人,马已牵着人越过大操场走过祠堂大厅来到了县河东端的八角亭旁。黑白二马又叫了,两牲灵看见了连着好些天来给它们送夜草又给它们洗熏过魁伟大身的蓝花布衣女。遛马人跳下马四下张望一阵后叫了:"江妹,别忘了,八点钟上课。"江妹抹抹额上的汗应道:"识字课俺不去了,俺念过初小的。""那行,九点钟我去红房子找你。烟火堆灭掉噢。"说话的牵马人高高大大,是郝光。干爹见人家挥挥手走了,也没去打招呼,结果被江妹拧了一记背脊爿肉。"你快走吧,药娘这几天要搬归同春堂了,你没得空的。"干爹一句话刚说完,那哑巴就叽叽哇哇赶过来催江妹回去了。江妹连忙从亭子楼梯口背后取来长柄尿勺递了干爹,她还没说话,干爹倒口气梆梆地开口了:"晓得的。灭火,隔壁老县衙驻着郝汉的司令部。"江妹说了句"晓得就好",又塞了只五彩线香包给他后,就掉头坐上黄包车,叫哑巴兴高采烈地拉着自己走了。

九点钟,九点钟,又是九点钟,干爹这个摇铃校工心里念叨着这个九点钟,气鼓鼓地舀一汪水将八堆烟火艾草灭得哧哧直响……那就是前些日子的事。"跑了跑了",郝光急匆匆地对郝汉和红月说,白面郎君没抓着,人不见了。郝汉鹰鼻耸耸凹眼炯炯发狠话:"死要见尸,活要见人。"红月双眉锁锁满脸忧忧轻轻言:"就怕就怕……上山去毛太子那……"郝光闻言就朝毛家祠堂奔去。刚到祠堂门,武军人就碰到了干爹与江妹,见他俩一人拿一根桑木扁担,言笑欢欢地从八角亭走出,走到了小石桥上。干爹扁担头上还系着只正在闹响九点的闹钟。干爹边走边吹牛,说这件吃饭伙计之所以还在、还会走动闹响,不光是因为包了油纸,还给它念过隐身咒。江妹刚要问咒语是甚时,干爹叫停了,他看到了郝光。郝光说白面郎君漏网了要去捉,干爹和江妹听了马上来劲了,于是就带着郝光去了县衙后院的那段城墙,他俩说要出城只有从这边这条道走。上了墙脊搜索一段,果真发现白面郎君穿着百姓衣戴着蓝钢盔在城墙脚下躲躲闪闪地逃。追到东头末尾,郝光没看见那鬼拐进了银杏林,可江妹看见了。随着江妹一声指叫,子弹也飞过来了,还好郝光将小女子拽过揽在了怀中。等三人再露头张望时,白面郎君已不见了鬼影。干爹这时直觉脑海翻腾有灵光展翅,便喊了"跟俺来",就领人穿过银杏林,翻过紫竹篱笆,沿县河东端回到了八角亭旁。"喏喏喏",干爹指向石桥不远的潜水坝:坝上一湖水,坝下流水潺潺,潺潺流水翻着白花,哗哗哗哗,顷刻之间进了下水暗道,看得见的只剩下簇簇红白相间的月季花丛,还有花枝上挂着的一顶美式军用蓝钢盔。看来白面郎君是条泥鳅,是条眼镜蛇,他潜入下水暗道逃之夭夭哉!郝光气得跳入水中,急得要去追,但被干爹一句话拦住了。干爹说,暗道出口有三处,你追哪一处?江妹只得伸出扁担头将水中的武军人又拉了上来。结果仍是干爹带着郝光一行弓着腰去了那三个出口,可后来一个出口仅是抓到只野鸭,一个出口仅是抲到条乌鲤,还有个出口捉的是条黄鼠狼。难道白面郎君真的上了太子岭落草为寇了不成?江妹跳上一块黄石板,为懊恼不已的郝光揉起了头上碰出的包……干爹回想到这,他伸手去摸后脑勺,摸摸觉得还好,一点不痛,根本没有起包。嘿,起包的应是那个打仗打到江南蛮地的北佬大兵。不过,起个包有江妹来揉揉也值,江妹的手细细白白软绵绵,谁触到了都是享福。"铃铃铃……"铃响了,响铃表发出的声音一点霉味都没有,有的是江妹手中的余香。前些年为江妹解阴毒,攀崖采新鲜石斛,差点坠落崖下丢了命,还好有药娘接去接骨舒筋三个月,疗得人仍旧新鲜活跳一个。走出同春堂,文焕先生和红月又为自家谋得个校工营生,剪剪春夏碧枝,扫扫秋冬黄叶,吹吹灶膛烈火,淘淘四季粪池,摇摇下江阿妹赠予的香樟木柄铃铛,那可是每摇一次都摇得出一缕馨香呀!干爹骨碌一记翻身起床,抄过手摇铃铛腾腾下了亭楼,当他耳闻扑通扑通声回眸瞅瞅时,那只金钱小龟竟然打滚追了上来,它口中还衔着江妹编做的五彩香包。

干爹上前取得香包,并把那物系到手中铃铛的脖颈处,摇摇试试,响亮依旧,丝丝缕缕艾绒黄柏桂花的清香,随叮叮叮叮声响绕了他一身。去,到大操场,江妹的黑马已下山到了大军的战驹厩,郝光遛马,俺去抓把黄豆粉饲马羔。过石桥,石桥铺板凹凹凸凸开出张张怪脸;穿祠堂,祠堂不见牌匾不见太公位,只见墨壁画、墨标语要"将革命进行到底"。三进祠堂屋,门洞一出,大操场豁然晨光灿灿地开出一爿天地。眼睛眯眯五光杂跳,彩旗猎猎两厢飘红,一溜金光直铺跑道,一支队伍踩着那金光大道唱着"革命军人个个要牢记",直引得北端马厩里的匹匹骄驹扭头摆尾相望过来。干爹和着队伍迈步的节奏,嚓嚓摇着手铃围着人家转了一圈后,转到了指挥台东侧的竹棚马厩旁。刚才还被嘹亮歌声引得东张西望的马匹们见干爹过来,都转向盯着他磨起了牙。他双脚一并立正致敬后,一边念叨着"吃豆饼吃豆饼,拉车去换金,驮兵去打拼",一边伸手到腰间布包去抓豆饼渣,可抓了几次,既摸不到袋口,更抓不出粉渣。气得他一拍右胯,再一看,一只蜈蚣被打得大半个身子血迹污污,只剩下一截尾巴还在翘。干爹苦笑了,他连忙向马儿拱手拜拜,说明日一定补上,若明日忘了补上,罚自家生吞毒蜈蚣。当他作揖作到黑马跟前时,那马竟然将屁股转向了他。他大目睛瞪瞪,那只烙有"江"字的火印突然上蹿下跳地反瞪了过来。要是往日,他一把精饲料塞进马口,马哪怕再不开心也能摆平,可现目前马儿们明显有了恼。避过避过,不见为上,干爹他目睛子转转又转到了马厩后房,再用劲挤挤眼眶,目光飙射了,穿过竹篱笆墙瞭到了碎草堆,瞭到了草堆旁的木驮架。这,这不是江妹催着自家和问天狂夫做的家伙吗!他跳步推开竹篱笆墙,靠近驮架,跷腿抬脚地试了两次就骑了上去,嗨,满目的飘飘彩旗还在,只是没在飘飘而被弃在篱笆墙角落上。干爹摇摇手中铃铛,铃铛响响竟然又响出了前些天的那个九点钟。那时,解放大军的入城仪式开始了,军号嘹亮,军车滚滚,威武之师进大南门朝北而去,直踏得中正街满街轰隆隆打雷。队伍到四牌楼了,两边百姓指指点点叫起了好。干爹嫌自家长得矮,爬上狂夫肩头往里瞅,原来是本地的游击队上了场。红月与司马走在前,众队员走在后,虽然行头一律百姓装,但不少人拿的是美国造卡宾枪。奇怪的是队伍中间走着两匹马,一匹白马雄赳赳,郝光骑在马鞍上,从头到脚一派气昂昂;另一匹是黑马,黑马俯首低眉,时不时舔舔鲜花娜妮牵马人江妹,时不时又抖抖背脊,而背脊上驮的就是那木驮架,而木驮架上满插的彩旗正被抖得哗哗啦啦飘。人群中的朝天花娇娇发神经了:"天生一对,天生一对,天仙配!"十八曲弄的人先是跷脚王应了,后又有若干人都跟着喝起了彩:"天仙配,天仙配!"干爹刹那间似乎明白了天仙配所指,他气得滑下了狂夫背脊,任凭耳朵里响起的尽是知了的嘶鸣……这不,知了当下又叫了,叫得在席棚顶上打滚,叫得在杨柳树上打旋,叽叽喳喳呜呜哇哇混沌沌一片。江妹,你看俺的,那马不是你江家的嘛,俺今日就要牵马去县衙擂大鼓,叫县太爷郝汉审审马。黑马不判给你,他郝汉就不是青天大老爷,他郝光就不是快刀好捕头。想到这,干爹抄过彩旗插上驮架,又驮上驮架将其安在了黑马光溜溜的乌背上。说也怪,那马听着干爹口中的念词"彩马彩马回江家,江妹饲你六月青豆喷喷香",竟然服服帖帖地让人解缰套笼、彩旗飘飘地踏上了青草大跑道。黑马这头刚迈出几步,被那头的白马看见了,白马摇头摆尾一阵闹腾,引出了饲马人周豪郎,揉着瞌睡蒙眬眼赶到了大操场。豪郎大声喝了干爹,谁知干爹更大声地喝了豪郎:"莫横,再横,俺去告你睡胭脂,叫你丢饭碗!"灵光得很,豪郎怕干爹去告发他上婊子间,口齿顿时就喏喏嚅嚅,不仅歇了嘴,还跑去牵来了大白马。白马啸啸黑马吭吭铃儿响叮当,干爹使出性子骑着白马,牵着黑马,晃眼间就踏得青草飞溅,舞得鬃毛飘拂彩旗吹荡……白黑二马眼看就要跑出操场,不料一记口哨声从天而降,西门出口杨柳树下站着江妹,江妹身旁站着问天和狂夫。白马黑马猛地刹住了蹄步,干爹一个"驾"字刚刚蹦出喉咙口又吞了回去,他看到江妹正在依依柳条间向彩马打着哨儿,而狂夫与问天直接呼起了"好彩马好彩马"……

第十章　疑情·田戏

　　干爹见到三个人,自家仍不愿下马,还叫三个人赶快走开。他摇摇铃铛说,他铃儿响三下,若再不走开,他驭白马闯阵撞人啦。没想到铜铃三记响过,他驭的马骑手就换了,那个死狂夫竟然骑去了马背,且后抖屁股前抖裤裆地在马上疯癫起来。另外,原先攥在手心的绳索挽儿也不见了,眼中的那匹黑马抖着满身彩旗,正围着竹箬帽戴戴脱脱的江妹跳了一圈又一圈。见状,他长叹一声"失马失马,哎",他顿时觉得好像想到了什么事,从而也觉出个什么理。继而那个什么理还真很快疑心重重地先现出了身。他觉得,请郝汉审马判马好让自家为江妹讨回黑马应是件不容他人插手的大事,这事讨得好,只能空腹产妇娘吃只乌青鳖——一人独吞,可这事像有另一个人而为而与己无关,而那另一个人跟江妹更亲。干爹牛眼眨眨,"哎,哎"两句就刹车不再言语,神色失望得一点都不装。狂夫按按马头,见干爹这下不斗嘴了,也觉古怪,就俯下上身去抚摸干爹头脑壳,谁知干爹此时正恼着其人,他不仅不让那厮占便宜立马一闪躲过,还重新又把铜铃摇响。好了,铃声激越马臀颠颠,三下两下就将适才还在马上炫摆气势的狂夫颠落马下。怎么了?问天头歪歪牙齿缝咝咝响,露出阴险窃笑,连江妹也没了寻常样,她不仅未去关心落马人,反而是站在打圈的彩马当央,扬眉翘眼,撒出一溜惑惑怪怪眸睛子光去打探摇铃人了。干爹这下也瞟到了那瞟过来的光,可他立即又回避了,装出一副不失意的样子,他随着眼前下江女子忽隐忽现的身影,脱下短背心,连同五彩香包一齐挥舞,于是,一阵艾草熏风顿时生出,惹得五步之内闻闻尽飘香。四个人当时似乎都显出些异样,但也没人说破,他们相互看看,待过一阵后,一个招呼声传来了。周豪郎急匆匆赶到,说快快收马,郝光要派马去匪患严重的白石乡。众人听了这句话依然没吱声,白马黑马一下就被牵走了。马走了,人没散,他们一起去八角亭。一走到亭下,江妹说要走了,可说说要走人却没走,一双丹凤眼对着干爹眯眯开开,似有话说。问天见状拉了一下狂夫,于是两人回避开去上了楼。江妹听听脚踏声到了二楼就对干爹说话了,然而说了几句都是下江话,干爹听得半懂半不懂。"走,是走?留,是留?"但是谁要走谁要留?干爹问了。这一问,江妹背过了头,两颊两团红云袭了上来,但仍然不愿说出那人名。干爹似乎明白了,原来昨晚九点钟那人传江妹去是问"走"与"留"。干爹一下子没敢去看江妹,只是口念念"留留留"、手捏捏彩香包,低眉木在那。等他抬眼去看人家时,人家留给他的只是一个戴着竹箬帽渐渐离去的背影。再等他登上亭子二楼,去摸摸眼眶时,那眸睛子已泡在泪水里一点都动弹不得了。正在亭子间猴急猴急地大扇破蒲扇的两个人见楼梯口冒出的这个鬼这副伤心样,就问出了什么事,这鬼好像啥也没听到,他已魂飞三界魄散五行语言全无。狂夫一急就上前夺过铃铛狠狠在干爹耳畔摇了几下,干爹这次有了反应,他嘟嘟囔囔"九点了,下课了,九点下课了,下课了",他眼睛里仍是没有人,他倒看到了头顶楼板角落有只蜘蛛正在为捉蚊虫布网。问天有点看出了名堂,四周蒙蒙一盆洗脸水摆在眸中,他上前端起就往干爹身上泼。干爹淋了一头凉水,觉得自家在野外困困被十月夜露舔醒了,可古怪的是他这时看到了怀里有两条小花鲢在跳。两个人问问三个人扯扯,干爹搪不牢,于是便把江妹讲的事讲了。讲者虽然讲不大明白,然而听者心里却煞煞灵清:郝光这个北佬大兵的走与留就等着那下江女子一句话。问天认为走比留好,当兵的走了是去打仗的,而打仗就死活难测了;狂夫认为留比走好,留在当地好看牢那当兵的,不让他讨江妹做老姆;干爹认为走与留都好也都不好,因为他不晓得如何是好,反正江妹花心了不好。三个人扯淡扯到两条花鲢鱼熬成了汤也未扯出个子丑寅卯。当然也不能怪他们仨不聪明做不出判断,怪只怪"三月的天气,娜妮的心意",江妹莫非是被那天解放大游行游出了花头经?被花娇娇、跷脚王那些媒婆媒公的"天仙配"胡说搅乱了情怀?哎,女子心,好猜?能猜?最后,鱼汤喝完了,三人才叽里呱啦收场。

　　收场后,问天擦擦嘴巴说他忖出了干爹的情感搭救之策,不过当下他不说,当下最该去四牌楼看大布告。大布告?问天天亮时去市心街卖天箩、南瓜、紫茄、红薯藤时已看过,狂夫在老娘茶店开早席时听八方茶客说过,干爹没见过没听过,也没兴趣,他说他喉咙管里卡了一根刺。狂夫凭着力大,硬拽过干爹下楼跑街,两根燃香工夫就到了四牌楼布告下。布告贴在南路口鱼龙壁当央的白墙上。那面壁上鱼儿雀跃纷纷欲过龙门,是早年间留下的官府专颁告示之地。是时,只见一群人像群野鸭朝食样,或拥或挤或踮脚簇成一堆,看得是目睛子贼溜溜转,大兀脸五颜六色。干爹人矮看不见布告,只看得到人缝间的一方天,无奈之下只有让狂夫驮上背。狂夫本就高人一头,干爹借了人家背,一下子便高过众人两个头。前瞅瞅六尺大纸上黑字蹦跳红印殷殷,是官衙文章,只可惜文字识不全;右蒙蒙边角上一女子戴着竹箬帽,那侧背影好像相识的某个人。问天字全认识可全念在心里,狂夫不管识字多少但凡认识的字全都读出声。干爹一边听着狂夫的铜锣音一边辨着字,心里觉得有支弹棉花棒槌在敲着弦,"法字……查江城解放,万民欢腾……余孽……组织惯匪……奸淫妇女,抢劫商旅,破坏交通,掠夺财粮,抢杀耕牛……"干爹右眼一跳,眼光长脚自己跑到了右边,哎,那女子背影两肩溜溜,不像别人像江妹,不过身架模子要大两号。"如下宣布:一……严办……自新……宽大……二……执迷不悟……坚决消灭……三……通匪窝匪……决不宽恕……规劝匪徒,觉悟回归……县长郝汉……"干爹右眼又跳了,眼光还是跳去右边,可是右边已不见女子人影。他心不甘,便左右前后瞭瞭望望,然而狂夫不让,人家肩颠颠,把他颠得双脚只有落地。右眼随之跳得更凶了。去问狂夫与问天,有没有看见一个背影酷似江妹的女子时隐时现。狂夫应答说,看见个鬼,你毛记问这话是不是想江妹想疯了;问天摇摇头又点点头,莫名其妙似答非答自言道,莫非、莫非、莫非是仙霞山上那像江妹的人此刻下了山?继而问天掩掩嘴突然改换话题,又问干爹那张县衙布告看后有何感悟。干爹眸睛子光尽管仍在朝外跳,但一通话语同时脱了口,说是感不到悟不出,反正有山就有匪,剿匪、剿匪百年了,匪也灭不完,如今白面郎君一个国民党上校都落草为寇,那匪患不加重才怪。狂夫接着讲,是的是的,共产党虽然能灭了国民党的钢铁大军,但难以灭土匪,因为国民党军是明处大老虎好打,而土匪是暗处钻洞鼠难打。问天说不然不然,钻洞鼠之所以拘不着,是因为拘鼠人本身是鼠娘舅,而眼目前拘鼠人是山地獠牙野猪,专拱鼠洞的,与鼠辈不沾亲,拘拘鼠辈仅是小菜一碟小事一桩烹小鲜一桌。

三个人争表着,不知不觉地来到了周村周家半坡坟地下的水田田塍上。田塍上野菊花一束一蓬,星星点点一片白;田塍下返青禾苗一条几枝插在浅浅水面上,偶尔得见蛙儿跳,可四处皆是蛙儿叫。问天先脱鞋脱背心下田,用双手十指捞着刚刚萌生的水下浮草,干爹与狂夫跟着手不闲心不烦只顾捞草,满口还在继续放言猪怎样才能灭掉鼠。等三人干完活蹲在乌桕下喝着问天递上的六月雪泡的茶时,狂夫才说白给问天出工了,而且非要人家给补偿。问天斜肩耸耸斜眼转转,对着狂夫耳朵根念了几句细语,狂夫闻之中咒般两眼直放光,他说他看见了树上的蝉儿雄雌配,又看见雪姣家的屋顶上开出了绣球花,还看见七仙女刚刚瑶池出浴浑身白裸裸。干爹闻之骂道:"六月蝉花痴蝉,发癫唱花歌,玩命打炮多,狂夫学蝉当骚哥,当心小命呜呼哟!"狂夫指指干爹,一点不恼,反而狂笑不止,结果惊得树上的黑头雄蝉鼓膜猛抖、"知了知了"地唱得更欢。问天只是窃窃坏笑着,顺手一划,抓过几根猪尾巴草,又扎成一束后,就直往干爹脖颈撩拨。干爹不快了,去抢草束,三人抢抢追追很快闹到了溪畔杨柳树下。树下,问天甩去草毛停下笑闹,又俯下身子执一根棍子拨去草,让一个白布包袱现了出来,继而解开包袱,三人便见到一只煤油灯,周围一堆蝉儿层层叠叠挤挤撞撞在布上折腾着,个个都想爬出布外。问天这下像蛙儿一样跳了,一跳跳至身旁溪沟边,双掌合十捧起活流水呼呼嘴一吸,再对着蝉儿喷射了过去,只只蝉儿顿时满翅水雾,怎么用劲也展不开翼膀飞起来。狂夫和干爹当下也就明白了问天欲作甚,于是,一个张开十指从田畈里掏出几坨稀泥,将活蝉一只只和成了牛屎蛋,一个去周边捡来些枯枝后敲了敲枯柳腹肚,并从中摸出块眼镜片,再对对日头光鼓捣几下,竟然引出了白旺火。干柴噼里啪啦响,火舌上下左右绕,三个人各攥一根柳条棒挑挑拨拨,没多大工夫,就把一堆蝉馅泥巴蛋烘烘烤烤完毕,又埋到了灰烬中。就等着吃蝉肉了。狂夫鼻头吸吸口中叹出一口气,说可惜了可惜了,只有壮阳肉没有催情酒,不然自家吃了肉吃了酒肯定会摇身一变,变成牯牛精。问天冷笑道,还好没酒,不然牯牛精发情万丈一泄十里精熬尽,不死在六月天才怪。干爹因为满耳灌的全是"牯牯牯"听烦了,于是目睛子跳开灰烬朝村口那棵水口大樟树眺望。

谁知一望望见个怪模怪样的周龙畅。周龙畅不着篾丝凉衣着白布衣,不撑洋伞戴箬笠,不摇折扇摇麦秆扇,不穿七孔皮鞋穿黑布鞋,不骑色马而是牵着两头大水牛在一方阔阔绿荫下仰脖子喝凉水。狂夫刚刚伸出枝条要去拨弄灰烬里的裹泥蝉蛋,突然手停了,并叫出了"酒,酒,酒"。他说他嗅到了随风飘来的酒味。瞅了,猪尾巴草摆摆点点,一缕细风从草冠上溜了下来,细嗅嗅,那风中果然含有番薯土烧味!"啊啊啊",一阵西安拖腔沙沙哑哑而至,三人眼睛里浮出的龙畅师傅摘笠脱衣在樟树荫下步伐似已踉踉跄跄。嗯,看来此人不是在喝水是在喝酒。"天热兮水发白,水热兮鱼无影,草热兮生紫烟,人热兮手牵牛,牵牛兮……"周龙畅几句韵白未念完,刚才还在牵牛的人已被牛拉出了绿荫外。"哇呀呀"人在喊,"哞哞哞"牛在叫,人呼牛呼中,龙畅一展身手飘前忽后,竟然将壶中剩酒给牛灌下了肚。喝酒的两头牛这下越发来劲,两颗大头一下子并靠着,四角顶顶直朝龙畅逼近。龙畅刹那间呆住,把酒壶甩了,把牛索拉紧,只想在大树身上拴了牛。无奈绳索短了,不仅没拴住牛,反而被牛拉出了几步。"哎哎哎","哈哈哈哈",龙畅先叹后笑,索性甩开牛索念道,"人牵牛兮牛不愿,牛牵人兮人不愿,请便。请便请便请请便,大路朝天各走一边"。那水牛鼻头吭哧吭哧竟然还真听懂了人话,顾自浸入树旁池塘,并时不时在水中露出一张大脸,好长时间都在朝向龙畅龇笑。龙畅含笑回着,捡回酒壶,扇着箬笠风,双脚浸在树旁水沟里,躺着身板,又喝起了番薯烧酒。问天见状,先去田头西角寸水荷塘摘来荷叶六片,又伙同另外两人扒出泥巴蝉蛋喷上清水摊了些凉。接着,三个人各再拨出数只泥蛋放置荷叶上,并捧着荷叶包迈开脚步。干爹想的是不能让师傅光喝酒不吃食,弄点蝉肉助助肯定不伤脾胃;狂夫想的是光吃蝉肉不喝酒不过瘾,凑上前去讨几口酒下腹肚,酒肉一配陡长牯劲好去雪姣家;问天想的是原先牵马骑马的祠堂公现在改牵水牛骑牛背还给牛喝酒,肯定是六月刮春风性情改变者观到了莫测大蹊跷。三个人同踩一路青青草,各怀心腹事,三脚两脚就走近了周龙畅。干爹上前一看,见师傅口角流出酒水,呼噜响声盖过蝉鸣,眼睛却大睁着,任天上一朵浮云流过。狂夫倒是盯牢了那只葫芦形锡质酒壶,他伸出大掌去掂了掂,发现还有半壶水酒,不禁心头连呼"得得得"。问天一再端详,觉得面前长者风流放浪如常,落在脸上的树影晃来晃去,一下似龙一下又似虫。"今日是什么日子呀?"睡着的周龙畅突然说话了。三人一下惊愕。以往师傅是看似没睡实际睡去,今日是看似睡去实际没睡,莫非不是在白日做梦说梦话?几下哗哗水响,周龙畅洗洗脚坐起了身子,确实没在说梦话:"四年,周家七星村丰庆班复建有点年头了。"啊,三人经他提醒都想起来了,今日是丰庆班的生日。四年前,小日本投降前夜,周龙畅拿出二十担谷,置文武行头锣鼓琴笛,领着一班人重新办起乡村西安高腔戏班,三个佃租人都做了他的徒弟。"师傅师傅",狂夫叫着,手有点不老实,去摸了酒壶;"师傅师傅",问天叫着,帮人家捶起了阔背;"师傅师傅",干爹叫着,泥蛋已剥开,一只香喷喷的蝉虫已送到龙畅手掌上。"来嘞!"随着一声吆喝,周龙畅将酒壶扔给了狂夫,他自家往嘴里塞进烤蝉,嚼得同样是津津有味。不一会儿,四人吃吃喝喝吃光了蝉儿喝光了番薯烧,那戏瘾又似被勾出。于是乎,那剩下的几张荷叶被干爹当扇扇出了清风,而那只空壶被问天当作鼓板敲出了板眼。"周家村,丰庆班,香飘兰麝。锣鼓响,弦歌唱,不似仙苑,胜似仙苑。""不似仙苑,胜似仙苑。"龙畅假声细调先做了主唱后,又由三人唱出了帮腔。龙畅继而引白道:"苦读寒微,磨穿铁砚有谁知?""要攀天下三秋桂,立志读完万卷书。上路不负青草木,春雷变化有鳞鱼。"狂夫插上滚白:"读书苦呀!谁叫你要跳龙门攀高枝?"龙畅再念白道:"小生高文举,字及成……"不料,说到这,念出的词全变了,"周龙畅,邪兮乱兮倒灶兮,身不修乱性,家不齐败衰,天下平不平与你有何干系?"问天抹抹嘴巴也接上了滚白:"钓鱼骑马打算盘,闲哉优哉快活哉。""如今听师妹之言换快马为慢牛,牛牛牛,你在何处呀……"说完这句,龙畅盘腿坐定樟树大疙瘩,竟然视身边三人若无物,一言不发地独自打起了禅。干爹见师傅如此模样,赶紧下塘拽牛鼻牵出了牛。两头牛浑身抖抖,抖搂了水珠,谁知却引来了几只麻雀飞到它背上跳着觅虫。水牛或许觉得这下蛮惬意,不用干爹牛索抽屁股了,就挨近了东家还打起了喷嚏。周龙畅见状笑了,开口念白:"苦呀,人要糊涂牛不让呀,来,来两句南枝花滚唱收场。"说罢他鼓动口声打出开场锣鼓仓令仓采仓采仓:"花容月貌天仙女,天仙女,个个难出蓬莱境,难出蓬莱境……"三人滚唱帮腔着好是嬉戏了一番。末了,龙畅突然再没了戏腔,掷地有声地掼出一句平常话:"五五开改为倒四六,你们拿六俺拿四!""倒四六?倒四六!"减租一成?!疑问着,狂夫看看树,树上蝉儿还在叫;干爹看看水,水中鱼儿仍在游;问天看看天,天上浮云已不像龙也不像虫,而像极了一头不愿埋头耕田的牛。等三人思量过,似乎如梦初醒,再去打量师傅时,师傅已戴着箬笠摇着麦秆扇倒骑在牛背上嚷嚷道:"万一俺那亲家要加害俺,你各人可要相帮呵。""那自然那自然。"三人异口同声应了。他们都恨师傅的那个亲家。那一年,他们仨撑筏放鱼鸟在江上捕鱼,不料筏头撞了人家花船,那亲家闻讯眯眯笑着出了舱,接着唆人硬是把叼鱼的鸬鹚斩了头……那是往事,那往事固然让人恨悠悠,可眼下师傅可是别了样,一个算计出租耕牛比养耕牛更合算的精巴鬼今日能佃租四六分实属不易呀!"好耶!""好好耶!"三个人即刻欢呼出了嗓,也不顾东家已骑牛走远了。随之,狂夫朝慢慢逝去的背影做着鬼脸拜了拜,说那减掉的一成租他要拿来贴补雪姣的吃食,好让人家更为雪白滚壮;问天嘴上不说可目睛子骨碌碌滚着在盘算,一成租作谷多少作钱多少,再分成几回去还堂客去年因疗喘病而欠下的债;干爹心里在想嘴里也在说:"一年,三年,松木、杉木、柏木,江妹、黑马、九点……"思来说去,最后终于搞灵清了,省下的租金不是用于自己那个人死了仍是没有棺材睡的苦命养娘,就是用于人活着且要让自己抱入怀抱的相好人。等到干爹思忖定下,朝问天盯盯,想与其说说,可原先对自己顾盼连连的那人此时不知中了甚邪魔,正眼斜看着狂夫大声吼道:"莫忘先前说的,谷仓谷仓,做了就做了,先让画眉进笼享天乐!"接着,狂夫与问天相互眨怪眼,像心中都有了灵犀。嗯?甚事甚事?还没等到干爹省事,"走,走"两声,问天还真撇开两个弟弟径自往城里走了。七步走出,他又回头用尖嗓嚷了声:"给你带只水精山精画眉来!"狂夫见问天走了,他也坏笑着显出了匆匆,他拽上干爹就向雪姣家走去,行程中还有意让干爹碰了自家那档里的玩意儿。喂耶妈,干爹差点喊了,自家兄弟的小阿哥竟像截干柴一样硬。

很快就到了雪姣家。雪姣家的木门不像平常日子那样开着,狂夫叫了门,门也不开,再叫还是不开,反而有吼声传出:"走走走,姐不倒贴了!"狂夫脾气一下好了起来:"俺今天给你送大礼包来了。""鬼才信,一担猪草一个铜板都不值。""骗你是烂狗。龙畅叔送的,不要算数。"屋里静了片刻后,随着哗哗水声,原先的吼声变成了嗲声,"在洗哩,后门进"。狂夫朝干爹露出个坏笑,骂了句臭美,说雪姣大凡喂了猪食后都要上楼坐在大脚盆里用洋肥皂洗澡,而洗了澡,一朵牛粪上的花菇就变成了白莲花,喷香喷香的。说着,他从墙缝处抽出根篾片拨开门闩进了后门。门枢吱吱响,门后一只大花狗一声不吭地兀然立起身子,前爪趴到进门男子大腿上,伸出舌头一味地舔。狂夫骂着"火炮",一只手塞去一只火烤香蝉给了那爱犬牙口,而另一只手向干爹裆下抄来。干爹这下似乎省悟到什么,拍拍屁股要走,不料力不及人,反被狂夫拽过塞进了谷仓。谷仓里有几条漏光横七竖八地射着,四周的几幅早被狂夫画出的交欢男女图显得是人非人是鬼非鬼是仙非仙。一会儿,雪姣下楼梯了,那踏步声一步一响,像抽蕊芭蕉在饮着春雨生长得呲呲嗒嗒响。走不成了。干爹摸摸目睛,透过隔墙谷仓板缝瞟去,天呵,楼梯上款款飘下的那片芭蕉蕊叶干干净净漂漂亮亮,胸前臀后都有珠子一般的水滴在泛着光亮。

第十一章　诲淫·裸觅

当时发生的一幕到若干年后也不知是真是假。狂夫说是真的,不仅因为那天做的事特别出格记得牢,还因为那天他播下的种在雪姣体内长了三个月,末了为了遮丑,他才领着相好去山里头找人帮忙刮掉的。当时为纪念那个难忘的时刻,他就在老屋的二楼板墙上画了幅蟾蜍猛吃天鹅肉的图,并且为蟾蜍多添了一只贼眼。那贼眼画在右上角,新鲜活跳就是干爹的牛样目睛。问天说有可能是真的,因为虽然他当时不在场,可那场乱性之戏毕竟是他安排的,他要干爹闻闻腥味闯过童贞关成为一只敢吃活鱼的大公猫。干爹说狂夫吃天鹅肉是真的,算算日子雪姣肚中被拔的那棵芽就是那个时辰育的,不过画的那只眼不是他的,他的一对眼当时正在打瞌睡没睁开,睁开的是脑门上临时临机长出的独眼,而那独眼是老天爷的仙魅眼而不是他的人魅眼。干爹说这段话时神色有点贼,脸皮也不像寻常么老实。见状,当时我就明白了。我那长大的大人眼睛已经回溯到了从前时光,并且帮着干爹与干爹一道看到了那一幕。

那片芭蕉蕊叶飘飘下了一半停了,嗲嗲嫩嫩的声音又来了:"死鬼,背俺,俺脚板踩蟑螂踩到了刺。"跟着声音,一件布背心褂被甩出,一背腱子肉朝上耸耸耸到了蕉蕊下:"来,俺来吸吸。"一张大黑嘴舔上一片白脚板,"嗖嗖嗖"几下,两个白拳头落到了黑背脊上,"吸出了吸出了",雪姣快活地敲起了狂夫的背。"龙畅老爷送了礼,不是银钿不是丝绸是田租减一成,这一成全归你。若做不到,插杀头签牌!"狂夫大声发了毒誓。"俺信,信……"女子浴巾一甩蒙上了男子嘴,她上身晃晃,胸前一对白莲花开了出来。"瞅牢了,瞅牢了",狂夫叫了,干爹也听到了。干爹心里骂了句"黑龟嘬藕,白心嘬不着,嘬到一嘴泥"。一对自家眼闭了,闭了不瞅了,可脑门当央被仓板窟窿处泻入的天光点了,一只独眼酸酸灼灼开出来去瞅了。瞅就瞅,人眼犟不过天眼,人眼不瞅天眼要瞅!一对白胸靠上了黑背,两朵酥酥软软的白莲花压了上去,花扁了碎了,扁出了白花瓣碎出了异花香。娘的,雪姣有钱用洋肥皂了,洋肥皂有这般神性?!难怪异味直奔鼻孔紧逼眼,俺,俺也去买一块,给江妹,好让一朵黑牡丹变回靓白莲……"嘭嘭哈哈嘻嘻",下楼声、男戏声、女嬉声混在一起,乐得狂夫和雪姣唱出了"男有心,女有心,还俗尘哟还俗尘,两心相依……"一双黑脚落地了,一双白脚也落地了,两双脚勾勾攀攀像黑白双鼠闹了一阵,蓦然刹住,两脚间伸出了只狗头,狗头左摇右摆口吐长舌舔上了那只白脚。白脚踢了下狗头,"臭臭臭,火炮都嫌了"。狂夫大嘴嘿嘿:"吃了六月蝉喝了番薯烧,鸡公变牛牯!"一双乌爪伸出抲住白手,白手甩来甩去还是被乌爪揿到了黑裤裆中……"难怪难怪",白手像被六角刺扎了弹跳开去,干爹板缝处瞅到的是片渐渐被背至天井沿的白……

天井西南角碎砖卵石垒着一土堆,土堆里长出的天萝藤蔓疏疏密密缠满了棚架,棚架间挂出的天萝果一条一条都鲜得青绿青绿滴出了水。白臂撩开藤帘,赤臂撞了天萝果,果儿乱得左右晃,叶儿乱得瑟瑟抖。白身子落了地,那嗲声依旧:"你吊水,俺帮你冲。"行,嘭的一记响,木桶倒吃水了。黑臂左右交替捏着棕绳提了几下,一桶水溅着水花就升过了井沿被摆到了条石上。黑爪一阵忙乱,裤带没解开,牙上去咬咬也无奈,黑爪划划想撕布了,谁知随着嘻嘻笑声一瓢清水从头顶浇下,站在条石上的白身子手中举着葫芦瓢。一瓢又一瓢,水上身了;一转又一转,肥皂打上了。白身子绕着黑身子,黑身子缠着白身子,水哗哗笑浪浪,不似交战胜似交战,直搅得瓜果下了藤,瓜叶落了井,果花朵朵疯了似的猛打战……干爹的双眼糊了,而天眼在直冒金星花。他觉得胸口里有只黄麂已进樊笼,左冲右突都难见出口亮光。拆下一块仓板赶紧逃。一只腿跨出,一对人眼惊醒了,那条唤作火炮的大黑狗咬着干爹的屁股怎么摆弄也不放松……天呵,你要逃,畜生都不让,这不是勉强人吗?勉强人不好哩,榫头对卯眼,狂夫是榫雪姣是卯,人家两头生生活活是全情全愿,这个好。"好走了,好走了。"白手臂挥舞着天箩果敲打起黑背脊,话语说得不轻也不重。

"走走走,走到罗帐头",黑臂一抱一托,白臂一勾一抱,两人拥着进了堂屋里隔出的东厢房。东厢房有面墙就是谷仓当的。一丝风吹入板壁缝隙,干爹敲敲眉宇,难以置信的是他的三只目晴子一下全亮了。一双人眼瞅去,帐门双边开出,白手臂拿着麦秆扇哗哗哗扇去,几只蚊虫嗡嗡嗡被赶出帐外;虫子飞了一圈又嗡嗡嗡飞回趴在了帐子外面,一双乌掌恼了,飞舞起来扑向黑蚊,一捏,再张开让白脸庞瞅瞅,白脸庞笑开了花,连声呼道"血血血"……一只天眼瞅去,蚊帐晃晃,夏布帐面上一对彩绣鸳鸯红掌拨拨水,水已荡开了细波纹……那双人眼眨眨,顿时就花了,那个黑身子一会儿在下,几下之后又在上了,而那个白身子一会儿在上,几下之后又在下了……天眼不眨不动,它瞅到鸳鸯翼翅翕动不已欲展雄起高飞之姿,又无奈被一窝蚊虫叮牢仍旧卧在水中……仓板突然发出响声,人眼全黑了,那条叫作火炮的狗的尾巴毛伸了进来。娘的,捣蛋鬼,干爹气得心里笑,手指上前拽下几根毛,但那火炮仍然不吠,只是转身用眼回瞪了过来。这下天眼倒是更加明亮,它瞅到那对鸟儿终于飞离了水面,还一路哎哟哟地唱着曲儿……

干爹舌尖叨叨,"黑猪白猪"地骂着,谁知骂了一会儿工夫竟骂出鼓板节奏。他蓦然觉得自家裆下似乎出了动静,忍不住去捏了捏,不好,那玩意儿像伞骨撑撑裤衩布打开了伞,只可惜伞柱太短。他脑门灵光一闪立刻明白了,这黑猪是在做样子让俺亦发发骚威去和江妹先好了再说。"做了就做了,先让画眉进笼",问天早些时发出的那个没听灵清的吼声这时也清清爽爽地响在了干爹耳畔。山苍苍水渺渺,拘只画眉归洞房,江妹江妹你往哪里逃,这人浑身陡然充满蛮力量,他觉得自家快变成一头牤牛了,眼前的谷仓哪里装得下。正当干爹魅思翩翩的时候,"哞哞哞"的牛叫声还真的来了。仔细听听,这叫声虽然较熟,但不是自家发出而是来自前门外。他双脚一踢,牛魅影没了,他逃出了魅。干爹觉得身心都轻松多了,于是拆下两块仓板钻出谷仓,蹑手蹑脚穿过天井,没跳几下就到了前门外。再睁开大眼瞅瞅,面前站着的哪里是牤牛,原来就是装牛叫的问天。"看到画眉进笼了?""一双人眼没看见,一只天眼却看到。"问天听了,回话故作惊愕状:"厉害厉害,有了三只眼。快回去,去看看自家的画眉,已栖八角亭楼了。"说完,问天走了,干爹也走了。

干爹实际走得蛮快,不过当他看到一对长尾水雉一下掠过路边溪沟水面,一下又叼着白条鱼掠过铁路在自己头上飞翔时,就嫌自家腿短走得慢了。他跳了起来,一跨两根枕木,竟然也是相当稳当,他很快也就过了铁路口,走到了小西门的红房子后门前。他在门口稍微停了一下,他似乎看到了江妹与郝光在门口依偎着想做点甚。他这下不躲不藏了,他胆子大了,他冲上前,结果人倒没给他撞上,他撞开了门。哎,不是江妹与郝光在门前,而是药嫂与周豪郎在门后。这两人见干爹闯入也没理他,只是自顾自在相互斗嘴。干爹看着他俩今天的样子不免感到古怪,因为这对冤家平常吵架都会喧破半边天。豪郎这时可能是斗累了嘴,偏过头来朝干爹探探,继而指了指红房子的北厢房。药嫂也开口讲了句不知说给何人听的话:"你瞅别人,英雄大贵,可,为江妹……哪像你,鬼……"干爹听到人家提到了江妹,掉过的头又掉了回来,迈出的脚步转向了北厢房。厢房窗户开着,四周爬满了沙沙作响的爬山虎藤叶。往里望,两个彪形大汉屁股朝着自己,手里还抱着乌毛婴儿。干爹见两人一个是郝汉一个是郝光,自家的脚掌就痒了,他想翻窗进去告诉这两个北佬大军江妹是自家的,画眉是人家的笼子,她不会进的……"别垂头丧气了,征粮工作难以开展,原因是复杂的,好好分析分析,征粮支前可是中心工作……"征粮?一亩八十斤,有佃租的业主缴四十斤,佃户缴四十斤,民国规矩晓得咯,皇粮国税嘛不稀奇,凡是衙门都征粮收税,凡是民间都抗征抗收,这跟白天出日头黄昏出月亮是一样的天理。干爹感叹了。继而,当他又听到什么什么"中心工作"时,干爹觉得好没名堂,听不懂,他想走了。没想到眼前两人扯了一阵后,郝汉的嗓门突然高了起来:"你难道不知道吗,江妹的兄长江歌是跟土匪毛太子的二当家,你不怕影响自己的前程了?"郝汉的这番话语比刚才灵清又好懂。"哥,前些时俺要跟大部队打到大西南去,你不让,说剿匪了再说,俺听你的。可现在俺喜欢江妹,俺要跟她谈恋爱,这事俺不能听你的。"郝光的话语更是灵清,句句都煞煞清爽愈是好懂。"郝光,俺今天代表组织通知你,不准和江妹谈恋爱!"郝汉语气一下子硬了起来,可是郝光鼻头吭吭犟着没应承。组织?郝汉是哥郝光是弟,哥叫弟莫去惹下江女子,弟不听,哥拿组织来压弟,弟不吭了气,看来组织比哥大,组织是爸是妈。组织呀组织,干爹咽了一口口水,上下牙床磕磕,觉得自家隐隐约约有些懂。县中不就有六七个组织,三青团、青年团、国民党、共产党、校董会、教工会与学生会吗?!于是,前前后后是党非党,身边远处长辈同辈,学堂县境以至州治省衙,但凡晓得亦想得到的所谓组织人与事竟被他电光石火地牵强附会了一遍。最后他认定那个什么组织不光是爸妈,更是只笼子,你迷它,它就是金光闪闪的金丝笼,万分宝贵;你不迷它,它就是竹篾笼,没什么了不起。药娘原先进笼当共产党,后来出笼行医拜上帝,慈得不得了。龙畅一次进笼为国民党,二次进笼为左派国民党,再后来张静江清党了,他出来做个祠堂公经理祠堂田,逍遥快活赛神仙。文焕、红月进了笼子,一个教书先生变成铮铮铁汉,一个莺莺小姐上山当上游击队。就连那个白面郎君也是笼中人,国民党军统保密局,跟着戴老板、毛局长,笼中养养结果变成了一只疯兀鹫,捉人杀人还不够,如今上山跟了毛太子当土匪。组织呀组织,你不光是只金笼子或者竹笼子,你还是只会念咒语让人死心眼的魔笼子呵……眼目前共产党这只笼子厉害得古怪,连郝光去找个乡下野娜妮都要管……嗯,不过,这只笼子比国民党那只笼子好,那只笼子是不管自家鸟儿吃喝嫖赌娶几房姨太太的。嗨!咦,对呀,管牢郝光不让这北方大虫去吃江妹这条白鱼那俺不就……不过,这郝光也是条蛮讲情义的汉子,他心里装着江妹。干爹寻思到此,觉得自家把人事看穿了,聪明得不行,就扯下一绺爬山虎藤当鞭子,唰唰挥舞着离开了红房子。当他走到院子门外时,药嫂拉住他要他评评理,看豪郎究竟是不是负心汉。不料他眼睛白白对方,似乎啥也没听到,他心里只有江妹那条白鱼在搅着水花翻腾。不过,到了末了,他仍旧抽了一藤条鞭子送给了豪郎屁股。

药嫂笑了,女人怀里的乌毛婴儿哭了,药嫂还告诉他,江妹被问天叫走了,不知去了哪。干爹这话倒听灵清了,他回了话,高声大气地说江妹去了八角亭楼他的家。家家家,下江娜妮去了自家的家,就像狂夫去了雪姣家。家里没有杉木大脚盆,但有搪瓷绘彩小脸盆,洗不了胸前那对奶子白莲苞,但可洗去满脸灰墒,洗出一脸的巧笑笑;家里没有威威大黑狗,但有善善小金龟,守护不成女子的一身风骚,但更通天机人性可润润小女子的心灵灵;家里没有天井天箩花,但四周有池水,一池的倒映祥云百样花,那柔情那气派可更是千千款千千般呀……干爹尽往好处想着,也没觉得脚下生风很快就到了家。

"喂,喂……"八角亭里那声音轻轻渺渺地来了。望望,不见人影,只见那辆黄包车停在渡桥上。再走近看看,那只金龟在车子坐垫上爬来爬去,急得不行,生灵它头上原来有只蜻蜓在飞上飞下地戏它。"喂,喂。"那声音又来了,随着声音而来的还有耳朵根上那熟悉的风。江妹就站在眼前。"你来了,你来了,快,上楼,画眉归笼,俺要,俺要……"干爹快说到嘴边的"两家好"又被吞了回去。江妹凤眼翘翘笑出了声:"傻子头,傻子头……"没等到干爹把江妹拉上楼,他反被人家拉上了车:"坐好,今天去浮桥头接药客,药娘说,同春堂回家开业要用药,郝光下乡征粮要用老茶根煎汤。""接药客?问天叫了俺叫了你是……""没错,叫你叫俺都是叫拉车的,俺拉前一段,药客接到后,你拉后一段,两段接牢的。"天呵,干爹坐在车上瞅瞅八角亭楼,那房子似已倒在一汪池水中,被几只蜻蜓踩得左荡右漂。

干爹坐在车上,眼中飘飘拂拂的那条大辫子时不时变成了好多条。他觉得委屈,他心里跳出只九嘴乌鸦,每只嘴都在骂狂夫和问天是骗子。一直到黄包车停了,那只金龟咬了坐车人的肚脐眼,坐车人才看到拉车人正在吃惊地看着他发呆。江妹也没问干爹出了什么事,只是浅笑盈盈地叫他带上一只包袱下了车。下车后他两眼蒙眬,四周瞅瞅瞭瞭才知人车到了岔路平台下。平台上停着三五辆美式吉普战车,还有几个兵勇睁着鹰隼样子的目睛子四下瞄瞄。江妹来拉他的手了,那手热热乎乎,没拉着他上平台去浮桥头,而是朝西绕个小弯去了望妻台。望妻台石板阔阔,有一根木杆高高悬着一盏铁皮破灯,一只猕猴王正在杆上蹿上跳下给三五只母猴做调情花戏。台后头立着一石亭,石亭里站着一石人,石人面前摆着一堆干枯的杜鹃花。干爹嘟嘟噜噜,怪石人不驾快排下江去寻觅代夫卖药的苦妻而只是苦等,直到活人等成了石人,那,那是……他刚刚想把"活该"说出口,眼前突然现出个鲜鲜嫩嫩的潜游采蚌女。嗨,还是江妹。小女子拿走包袱去石亭后换上了紧身衣,两只胳膊两条大腿还有脖子根都露出了一截莲藕白。嗯,这女子若不拉车风里来雨里去,说不定也如同雪姣一样白。干爹目睛又挪开了,但心眼仍盯着那些个白。"臭,脱呀,归来还可穿燥衣燥裤。"江妹发话了,那"脱"呀"脱"的声音,干爹听听怎的似曾相识哩……那是几年前,两人过浮桥。江妹黄包车上的水鸭见桥下有鱼儿游就飞下了水。快快去抓回,小男子脱了衣裤赤条条就要起跳,莫莫莫,难看难看太难看,小女子嚷了,从此后,小男子下水再也不光身了……今日,野山野水野人野味又归来,可脱光了?也不大像,小女子不翘眉不嬉笑,神情非同往常。忖不灵清,管他呢,就脱个精光!跳了,跟牢,几个猛子扎下去,两人已游到浮桥头铁索旁。江妹先到,但未露头,干爹后到,但是先露出了头,等干爹看到江妹露头时,他吓了一跳,他看到满头淋淋漓漓江水的江妹满眼都是泪,而且还叫了他一声"记哥哥"。干爹还未开口问,江妹就告诉他,她哥哥男扮女装下山了,几个时辰前,她上市心街买菜,在狂夫老娘茶店里会过他。他是下山来挑"梅花鹿"的,他大哥毛太子认定自家折兵损将,若不娶个压寨夫人来冲冲喜,说不定就会遭遇覆巢之祸。临别时,江妹为叙兄妹之情,拿出一对龙凤对锁中的一只凤锁,并问哥哥的那只龙锁还在不。哥哥回答不在了,去年在与另一个山头的人马为争伤药在浮桥上火并时,把锁丢到江水里去了。她眼目下把记哥哥叫上就是请记哥哥相帮来寻那只银龙对锁的,因为记哥哥双目奇绝,一入了奔腾江流水双眼能拼成一眼,视力超群得连一根钢针都能寻捡出来,而找到了那只连命锁就可上山去劝哥哥下山不做土匪了,从而逃脱出那吃枪子的命。听完小女子一番话,小男子顺手一抓,竟然抓到一条浮头鱼,他吃惊了,他便信誓旦旦地说,他若觅不回那只锁,就变成这条鱼,永远在江水里再也不复返。江妹泪花闪闪地听着,她一只手攀着铁环索链将自家的整片脸都凑了上前。俯首,吸口水,喷上去,小男子满脸开出了水花,还未等到他张掌去抹,小女子就"啧啧啧"一通吸吮,把水花都吃了。干爹目睛子闭闭又睁开,他感觉到了那嘴唇舌尖温温暖暖送上的简直是仙子口温过的甘露,瞬间就使得自家眼门大开并从中射出了一道亮亮的异光。嘀,上身一蹿猛吸一口气,入水入水,赤条条男子在前,白苗苗女子在后,一条船周水底潜去再一条船周水底潜去,一条船底水底瞄过再一条船底水底瞄过,船周鱼儿啄脚,船底水草撩头,一路的鹅卵水石或黑或灰或红或蓝或白或花都见着,唯独见不着那只银质对锁。哎,到浮桥头了,两人出水对望,江妹满目凄凉,干爹一脸懊丧:这锁莫非已化成一条大鱼游游游去了东海,或者已变成一只大鸟飞飞飞飞去了蓝天?懵懂一阵后,冥冥中的干爹头脑壳儿发涨,他觉得那条食鱼恶狼又来了,眼看鱼儿吓得四处逃散小命难保,一只金龟突然跃上且咬住了恶狼尾巴不放……哎嗨嗨,干爹伸手牵过江妹手上了溪滩,再跑跑跑跑到了潜水坝中央:"站着莫动,俺去去就回。"一句话说完,小男子纵身一跳人就没了,小女子眼中只剩下缺口处的激流湍湍白花翻翻。"记哥记哥!"江妹急得呼唤起来。一回呼唤不见人,只见水雉徘徊,在相机嘴叼洄游鱼;二回、三回、四回呼唤仍不见人,有的是水花渐谢,水天已为一色,其间浮出的两朵白云,一朵像白虎,一朵像莲花座。江妹当然不晓得干爹此时在水下的情况。就在刚才他脑子魅火旺旺之际,有件往事竟然随流水流了来……文焕先生在后挑着药材担,干爹在前捧着一个麻布包。他俩去廿八都,文焕为岳母购大条何首乌,去会浦城的司马展,干爹应诸葛红月嘱咐当跟班。事毕归来,到清湖镇后,辞了浦城担,两人轮做挑夫。文焕先生说要赶在日落前进县城,于是就抄近路来到了墩石桥。走了一半路,干爹见脚下几条白鱼不断跳起,思忖越过潜水坝便探头去张望,不料布包中的那只铜皮千手观音滑脱落入激流水。干爹吓得脸煞白,文焕脸也被吓白。干爹急着要下水,可是被文焕阻止了,他把担子交了后自家下了水。下水的先生很久不见露头,急得干爹跪于坝上,先是指着南方开骂菩萨,说自家好好抱着你,你做甚要下鹿溪河,鹿溪河又不是南海普陀。接着,他又不断磕头作揖求观音菩萨要自己救自己,同时千万莫忘记要保佑好人文焕平安。果然,千手观音先浮出了莲花形水场,随后英姿勃发的先生在水场里笑出了一阵东风……眼目前干爹学着先生那次秘授的游法,他一入水就钻进了深处,而不是浮在浅处,然后拼力潜到坝口南北两角。那两角水静静如潭水,有东西掉进反而不会被冲走。呀呀呀,南角觅不着,北角再觅探,水清清,拨出的水如雾如烟袭上身,左右凉凉,上下全是爽。两眼挤挤目光来个电闪,哇呵呵,一潭水全亮了,干爹觉得自家已是浪里一只白条、波中一条混江龙,身边有麒麟翻滚灯照着,前方有醒狮手灯领着,看什么都是一清二楚,喏喏喏,银光四射处,那只龙对锁就卡在卵石间!取过,手一抄,出水,人一摇,先是锁头再是人头,干爹举着那银光闪耀的宝贝赤裸裸湿漉漉跃上了坝道,他刚刚说完"文焕先生显灵借俺神目睛了"几个字,就被江妹拖着一阵狂奔,又下水游到了望妻石台旁。这时,干爹拍打着趴在石板上不停伸伸脖颈的金钱龟蛮蛮满意地思忖着,这下可以多看几眼江妹胳膊和大腿适才露出的那几圈嫩藕白了,可是当他转过头颈去瞄时,拂过眼睫毛毛的却是一团清风,"快么快么,去药客店会之英老公",江妹胸佩银锁,穿着蓝衣蓝裤,已从石亭后转了出来,她背着身,腰间伸出的一只手正拎着干爹的衫裤。呵呵,当干爹接过也省悟到手中拿着的是何物时,他瞟瞟自家全身,立刻疑惑着:被瞟的这个人是否变成了一只狂夫样的骚猴?这猴子穿上衫裤后又双手乱舞着蹦出老高。树草应了猴子跳舞就生出一阵风,风吹着,树晃草动乱成了一片,又引得树上那只正在栖息偷窥的猕猴真王花心大放,一连呼喊奔走,要叫猴母猴子猴孙快来看热闹。

干爹在后头跟着走,他瞅瞅江妹那条大辫子一直拖到腰间,发梢还擦到了腰臀间一弧月牙线。那条线有点湿渍印,一折一折地领着他,一会儿就让他走到了浮桥头的高岸吊脚楼前。吊脚楼一排居中的白麻叔是狂夫的舅舅,他茶店的老树生晒茶经泡、有劲又便宜,很是得到歇脚打探药材行情的药客们的欢迎。"白麻叔,白麻叔。"干爹特意呼叫起来。未见白麻叔但见江妹回首了,那女子的眼光麻麻的,好像抈到了一条麻人怵人的虫。连呼了几声,白麻叔领着白麻娘倒是走出了,然而人家没从大堂屋里走出来,而是贼头贼脑地从东头茅坑屋里走过来。噫,这麻子夫妻不在屋里续水筛茶,躲在茅坑做甚?"生意不做了?"干爹一句话问过去,白麻叔连忙做了个捂嘴的手势,眼神滑溜溜地跑到了门窗旁。门窗旁,白麻娘与江妹已一人一边趴在外朝里瞅。干爹凑上去,目睛子还未张开,之英老公的母鸡嗓门就咕咕出了窗门:"……仙霞九牧出了两只恶鼠,咕咕,一只黑一只白,一日夜两鼠领一二十鼠子鼠孙围了农会,咕,持卡宾枪拿杀猪刀,咕,硬是把一仓粮抢了,那粮可是军粮呀!咕咕,俺收的两袋白籽桃仁也……恶鼠恶鼠呀!"这男人刚刚咕完,干爹的头已探入窗户,他惊讶得差点叫出来:之英老公的那只断臂怎么伸出了袖口,揿在了茶碗上?他踮踮脚想跨进屋,但被白麻叔踩牢了脚背,白麻叔叫他瞅瞅南墙下的几个药客,他去瞅了,结果发现这几人个个面有警色,只有一个瘦小个子和一个女客在气宇轩昂地听人说鼠话。"栀,栀子花……"卖栀子的大嘴巴也想说了,可惜他口齿向来不清,于是这人索性借手借脚开言了。他脚在地上划划说在新塘边,他下巴抹抹说有伙长胡子的鼠辈,他两只手掌正擦擦反摩摩说为抢猪牛羊杀了人家一家三口人。"栀子!"大嘴巴一口喝下了一碗茶。听到这,干爹叫了声白麻叔,他说他要进屋去说灵清,这些恶鼠之所以如此猖獗,是因为打鼠的三〇八团去了福建。可是白麻叔劝他莫进去,他说坐在南墙边上的人说着浦城腔,刚才在大平台还看到他们从美国吉普里钻出来,万一是恶鼠扮的,那才见鬼了哩。干爹一下呆住,走到了江妹身旁,可江妹没理他,人家目睛子也盯住了坐在南墙边上的人,连拔也拔不出。"筛茶筛茶",场面上热闹起来,唤人声响成一片,然而白麻叔前脚进了门,前脚又怵着出了门。还好有南墙边上的那一男一女两个浦城客,人家自愿上前给各人续起了水。喝喝喝,骂骂骂,轻声的、重响的、快板的、柔气的都来。收青木香的肥猪骂了,他骂的是碕口的一群青面鼠;贩银花的鳖精骂了,他骂的是下镇的一伙赤面鼠;挑半夏的大头豹也骂了,他骂的是上余的一帮癞头鼠;还有制乌药香附奇粮的炮仗,先是重新骂了白鼠帮着黑鼠寻觅"梅花鹿"做压寨夫人,接着越骂越起劲骂了个没完……"骂得好!骂得好!祸鼠不灭,民安何家!"一个声响突然在茶堂当央爆开,唰唰唰,众人目睛子一下子都投了过去,喂呀,这个气正嗓亮的好喝彩,怎么,怎么是那个续水的干瘦浦城客吼出的?正当各人惊诧一阵后,末了又说七道八时,干爹突然翻窗进屋吼出了另外一句话:"三〇八团走不得呀!"说着,他还将那只金龟"嘭"的一记押到了之英老公的那张茶桌上。走不得呀走不得,茶堂一下肃静,众人耳朵突突竖起,都觉得听到了金龟四脚乱划划出的风声。"茶钱今日七折七折。"白麻叔白麻娘见状进屋说话了,茶堂于是又浮起一片叽叽咕咕声。

"记哥记哥,你看那是谁?"江妹指指点点着浦城佬当中的一个女人,那女人也朝他俩看了下,但又装作没看见,眼光回避了。是她是她,文焕先生的娜妹文新。她不是在廿八都教书吗,她怎么跟在了那个瘦骨浦城佬身边?刚要去问,之英老公瞥见了他俩,并将两包裹的老茶树根递了过来。接过包裹再瞅瞅,文新的目光又来了。这下倒没回避,可那意思明确是叫他俩快走开。嗯,干爹一下就懂了,文新那人是做地下工作的,众人面前往往用目睛子说话。于是,江妹与大嘴巴、大头炮、肥猪、鳖精、炮仗诸位药客咬过耳朵,说药娘在同春堂等着,一定给个好价钱后,就拉着干爹走出了白麻叔的茶店。路上,干爹见江妹也背着一只老茶树根包裹,就去夺了过来,于是两人四目不时地瞟来瞟去,一路都有话。

　　上过廿七级台阶,再下过廿七级台阶,就到了大平台。一会儿过去,大平台上,美国吉普竟然一辆接一辆地咕隆隆吼叫起来。等江妹把包裹放在黄包车中安排停当,一辆吉普车又在前头刹车停下了。看着像文新的那个女子这时从车子里走了出来,还朝他们招起了手。干爹好像没长眼睛,他只顾贴着江妹耳朵继续说着,三〇八团回来好,三〇八团的人头熟,日后会对啸聚山林的江歌有好处的。当黄包车到了吉普车旁,江妹竟然与那不停说着"危险得紧"的招手女亲亲密密拉手相拥起来。干爹也不拉车往前奔了,他瞅着她俩,终于认清那女子确是文焕先生的娜妹文新。他搁下车子上前,没想到一下子就被文新和江妹两人推着推着推进了吉普车。咕隆隆一呼啸,车子顿时生出一阵疾风;"哈哈哈……"车子又笑了。干爹朝身旁一瞄,那个干干瘦瘦的浦城人在后窗亮光的照射下,大半片脸都长出了会跳会舞的喜斑斑。

第十二章　遇贵·寻妹

干爹坐吉普车是平生头一次。他觉得坐这车比骑马省力,骑马两条大腿往往要擦破皮,但坐这车还是不如坐黄包车舒服,黄包车颠股臀没这么凶,然而坐这车肯定比坐在筏上好,筏在江中漂,人坐在上面人可算是死了,只是没有埋而已。当然啰,这车跑得快,四只轮子全是风火轮能呼呼地飞,去年白面郎君就是坐这种车把文焕先生拘到衢州机场去活埋的,要不是这种车跑得快,自家两条腿当时准能跟上的……想到这,他去看文新,谁知文新也偏回头来看他。文新眉目楚楚引得干爹心腹发颤不停,他觉得他也蛮对不起眼前这位文焕先生娜妹的,于是他收回了眼光。可是,车轮滚滚红尘蔽天,文新一张白面孔映在车窗玻璃上,犹如一轮白月亮穿行在一片过眼烟云,干爹油然想起那天也有一轮白月亮而且还是湿漉漉的……"哥呵哥",一声凄厉的呼唤掠过池塘水面,水中沉浸着的半个月亮碎了,文新浮出了水面。干爹扑通跳下池塘,拽着文新爬上塘埂,可他俩双手捧出的只是文焕先生的一套血衣。昨天他俩步行八十里到了机场,今天他俩又寻觅到黄昏,跳下池塘摸了两个时辰。人没了,尸骨无存,两人只见原上荒草萋萋,风一吹来,偶有一架飞机在头上盘旋;人没了,但魂魄依存,文新指指天边叫干爹去远眺,地平线上还真冉冉升出了一颗新星……"小兄弟,你说三〇八团不能走,说得在理呵。"车里的浦城佬说话了,可干爹没听到,他听到的是自家心底的一个喊声:"天诛的白面郎君!""毛记,危险得紧,丁司令在夸赞你哩。"文新见干爹自顾自盯着窗外滚滚红尘,便扯了扯他的衣襟。他回过头来,眼前一根卷烟晃来晃去,他瞅了一眼递烟人,就去接了上手。"浦城大佬,莫客气。""嗯,叫丁司令。"哦,丁司令。司令司令,莫非比郝汉官大,郝汉指挥一个团,丁司令指挥一个师还是一个军?丁司令的卷烟是上好烟丝做的,而不是树叶草叶茶叶渣做的,吸进去不呛人,只觉喉咙管顺顺溜溜肚腹暖暖洋洋,如同喝下一钵碗乌鸡汤。丁司令？莫非是那个跟着粟裕越过仙霞山脉打到浙江的丁丞？他那支队伍留在大峦口的标语至今渗出石灰墙的颜色还是红赤赤的。想了半天的干爹想到这说话了："不是说你是只双手打枪的山猴子吗？俺瞅瞅你倒像是廿八都的一个挑炭郎。"干爹一句话过去连文新也笑出了声。笑声满满，飘出窗外又随风落到路边土岗上。天呵，土岗上，一道银光闪闪耀耀回照着黄昏时的天光逼进了眼眸，那不是江妹系在头颈上的银锁在眨目睛吗？嗨，小女子抄近路跑得好快呀！再瞅瞅，那银闪光瞬间又没了，江妹拉着的那辆黄包车隐入了之英家的翠竹林，但干爹的耳朵毛一下发了颤，他似乎听到了挂在锁头上的一对小铃儿在叮叮作响。银锁呵，会响的龙凤对锁，一头锁着妹妹江妹，一头锁着哥哥江歌，江妹的锁一直存得好好的，江歌的锁丢了今日又寻归了。锁是连命锁，丢了锁就是丢了命，丢落的锁又得捡回就是命可再捡回，哥哥的锁丢了妹妹帮助捡回不就是帮助捡回了一条命吗！"锁归锁归，有救了有救了。"干爹双眼期待殷殷地看了文新又看丁丞，竟然神神道道出了声。文新闻声，因不知干爹所言何指，略显难堪，她不由自主去窥窥丁丞，只见丁丞仍微笑着无事一般。"三〇八团是正义威武之师，他们若能归来，这一方土地定能平匪患安民心。"文新一顿话接着说来，干爹的双目竟然是亮了又亮。"有救了，什么有救了？"文新又追问起干爹刚才说的话。丁丞吐了一口烟："莫怕，讲讲看，我们在，你的靠山就在。""说吧，丁司令为你做主。"文新又补了一句。哦，哦，谁知这两人的几句话说下来倒把干爹一下说醒了，他省悟到车上坐着的是清剿土匪的解放大兵啊！有救的是民，江歌是匪不是民，叫大兵去救匪，那不等于叫黄鼠狼去救小公鸡，叫大黑猫去救小白鼠？"没救了，没救了，大军来了没救了……"干爹想到此，顿时就换了口吻，他一眼空荡荡地盯了文新再盯丁丞，见人家满眼尽是疑惑不解，便无奈又去望了窗外。窗外左手边西山乌森森铺天盖地地压过来，煞是吓人，幸好窗外前头边的红房子灯火点点地现出了身，还算令人心暖。苦呵苦呵，江妹呵江歌，干爹心中呼唤着。不料随着呼唤抬头望，那心中的两人竟然朦胧缥缈现出身，且已被屋顶炊烟托着正在向飞驰的军车招手。"停车停车。"丁丞轻声唤了声，他慈容疑态交集地注视着干爹。干爹双脚踏地下了车，可是向前没走几步又转了回来，他说话了。一句"江歌江歌莫怪俺，俺来帮你"之后，他开始讲，眼目前大军钢铁扫帚正在横扫恶鼠，若恶鼠中的一只鼠尚存良知，欲向大军投诚，大军能否留其一条小命乎？丁丞听明白了，他探头出窗哈哈大笑着说，佛说放下屠刀立地成佛，凡向大军缴械投降的鼠辈俱可论功行赏。干爹听了乌珠瞪出个问号,丁丞说如若不信可击掌为誓,结果两人请文新当证人,当场三击掌,事毕,司令又把他请回了车。有救了?无救瞬间有救,有救了!干爹俯首闭目坐在车座上,可一只手却伸出窗外朝红房子屋顶去摇了。他认为心中的如意瑞鸟这下已放出,不管那兄妹二人此刻是否在屋顶是否看得见,那鸟肯定会翼膀飞飞追上去传话的。吉普车又呼啸了一阵,结果停到了红房子后院前不远。丁丞下车正正衣冠向红房子轻步走去,他说他要去看望一位老同学老朋友,而文新告诉干爹,丁司令要看望的人就是药娘。什么呀什么?干爹去敲门了,他没用手,他用的是后脑壳,他那双牛一样大的目睛趴在浦城佬身上,上上下下瞅了个遍……

  那天晚上,红房子里灯火亮了一夜。县史上记载的"红房子会议"在那开了个通宵。晚饭时,丁丞将军从望江楼点回了几个菜,而那几个菜就是抗战期间我外婆药娘款待丁丞那餐饭的几个菜。当时,国共要合作打日本鬼子,丁丞受命下山到州府谈判,途经江城寻到昔日在杭州教会学校读书时的同窗,人瘦得像只腊月里的讨饭饿猴一样。我外婆席间喝了点酒,人蛮蛮开心,当着郝汉红月文新司马和我干爹的面就讲了从前那件事。事一讲完,场面气氛乐开了,丁丞接续干了三满杯他从福建带来的沉缸酒。将军三杯落怀兴致更高了,他假假真真地说药娘酒量也不错,当年闹农会斗了城南的笑脸老魏,我外公诸葛洪涛拿出这种酒请客,桌上我外婆药娘觉得这沉缸酒甜咪咪的好喝,也是一口气喝了三杯。众人傻眼了,瞪着我外婆,看我外婆浅笑连连在胸前画了个十字后,就和丁丞拿大杯对饮了三回。其间,干爹见将军和药娘提到了笑脸老魏就插嘴了,他说那老鬼不是好东西,抢过他的舸鱼鸬鹚,还霸着省城来的一个美娇娘,近来四处活动,连周龙畅也不放过,要拉人家去抗租抗粮。他这一插嘴,话不多,却像给饭桌点了个冷炮仗,大家都停止了伸箸、碰杯、言语,望着他,指望他点的炮能再响,可他似乎一下吓着了,半天说不出话。幸好我外婆说他噎住了,再叫来江妹让他离席去喝口热水,才帮忙解除了尴尬。饭罢,将军和药娘两人还专门站到一起,对天讲了声"成虎大哥,你在天上过好"后就将杯中酒洒向了地面。继而,药娘招呼各人不动声色地去了同春堂,而把红房子让给了丁丞。丁丞前半夜在念经堂的圣母像下与郝汉红月一干军队地方干部谈了个热火朝天,而后半夜他在一盏马灯下给省委小谭书记写了那封永载三界史册的长信。事过不久,这山乡水乡的党的中心工作一时有了些变化,由征粮支前变成了剿匪反霸。还有一支部队在一个阴雨天的深夜潜入了城关,住满了孔庙和老县衙。天呵,三〇八团归来哉!干爹那天晚上正在做着与江妹拜堂成亲的美梦,被一大泡尿憋醒转来时,看到了刀枪闪闪,听到了军马萧萧。不过眼目下的晚上,嫌自家话多而自责不已的他跟着药娘回到了同春堂。

在药堂后屋,他刚刚放下几袋老茶根,江妹就来了,小女子说快去搬柴火,要在后厨房为郝光他们熬茶汤了。干爹如言去搬了柴火又点燃了灶火。火烧着烧着,只管往灶膛里添柴火,不久,干爹就在灶口困着了,而且困得是死沉死沉的,美梦噩梦一概没有。到了后半夜,药嫂来到厨房,她同时饲着她女儿和我的奶水,腹肚饿得不行,便跑来偷吃灶王爷的开灶供品了。当她吃完两只粿子无意瞄一眼灶口时,她吓了一跳,她看到了一个影子鬼鬼魅魅地半躺在那。起初她还以为是灶王爷派出跟班来罚她,后来看清是该死的干爹时,她开心地笑了。谁知这一笑又吓醒了干爹。干爹蹦了起来,眼也未睁开就拿着烧火棍朝那笑声颤悠悠挥去。药嫂没避让,她一伸手把棍子捏牢了,好家伙,她这下更是开心得咧开了嘴。当她的浪笑哈哈冲开干爹的瞌睡眼,干爹看到药嫂胸前竟有两只又白又大的葫芦在晃荡?再定睛瞅瞅,喂呀妈,原来是那女子的一对大布袋奶珠在逼人眼。干爹一下站不稳,撞到了奶珠上,顿时塞得他满嘴都是惊讶。嗨,晦气乎?福气乎?!他还没感叹灵清,药嫂问他,江妹人呢?哎,对呀,江妹人呢,刚才还在操着根杉木药铲在锅里搅老茶树根条,自家就是打打瞌睡这么星点工夫,她人就怪怪不见了?他黏黏糊糊反问道,并请教起药嫂那江妹究竟去了哪。药嫂哭笑不得。药嫂说,整个同春堂都寻遍了,就是不见那娜妮鬼人影,连药娘也急了,药娘正找她有事体哩。干爹说莫急莫急,江妹人在大宅里,她人娇小灵活,肯定是钻到哪个角落头抲鼠抲虫去了,不信他去寻,若寻不出来就罚他再吮吸药嫂大奶一次,他说他没忘记上次药嫂奶水一时关闸出不来,后来就是罚他三口吸出的。药嫂说不要搞错,奶水有多金贵,是个宝,饲给谁都是奖不是罚,可干爹不认,偏说是罚而不是奖。两人争了一番后,药嫂拍拍屁股掼出一句话,扬言再不找出江妹恐怕那小女子就化作一只凤跟着另一只凤飞走了。此言过来,干爹终于歇了嘴。他似乎醒了,他想江妹莫非连夜去了白石乡给郝光送老茶汤了?可白石乡相距五十里,还有山路,要送也该男人出脚力呀。现在一个小女子去了,碰到了凶禽猛兽毒蛇山鬼险怎么办?另外,郝光那北佬兵壮壮实实公老虎一个,万一见美秀发情犯了军规怎么办,这这这这如何了得哟……想到这些,他手挠挠脚蹭蹭,双眼发亮,拿着根烧火棍像夜猫子一样活动开来。左脚跨出那门槛,跟上的右脚被绊了一下,结果右脚没迈开,脚尖踢到左脚跟,干爹趔趔趄趄几步差点摔倒,当他双手按地朝前望出时,只见天地房宅混沌沌乌魃魃一片,什么也看不见。他揉揉眼敲敲脑门无效,双眼仍是一抹黑,脑壳里一只乌云团像只黑鸟一样东突西闯找不到逃出樊笼的门。他慌乱起来,双手往脸上瞎摸,捏捏鼻子,双孔在通气;扇扇耳朵,奇了奇了,他听到了一群蚂蚁拥驮着一只僵蟋蟀在哼着高腔爬行。再一起身,他耳朵边呼呼吹进了风,他听到江妹那对大辫子相互摩擦着,一种声响细软软暖熏熏,既像风像雾在城里偎着瓦房飘荡,又像树像草像花在弄堂间对着院墙生长开放,还像鱼像蝶像鸟向着月光在水中游弋在空中飞翔。嗯,有数哉,小女子不会去白石乡送茶汤,那茶料就出自白石乡,当地熬熬当地喝喝,岂不更省钱省力更新鲜。郝光啊郝光,江妹没去找你,那俺可要去找江妹啦!沙沙沙,那声响来了。应着声,耳朵里嗖嗖嗖,甩出的一条红丝线攀上了缠牢了那沙沙沙声。声牵线,线缠声,牵着牵着去了后院。后院静悄悄,一盆盆药草草药花花层层叠叠东倒西歪,全无了往日章法。沙沙沙,闹在金银花枝上,耳听,哎,不是辫梢在晃荡,而是几只野蜂困醒了在伸拳脚。沙沙沙,铺在了芍药阔叶上,耳竖起,嗨,不是俏翘臀在扭摇,明明是一只虎纹蝶在上下扇动练翅膀。沙沙沙,耳朵四周再探探,那声响踩着小径上的小草跑去了后院小墙门。对,小墙门旁倚着小花房,小花房里住着小江妹,小江妹莫非正在里厢梳头扎辫了?敲门轻唤无人应,但门吱的一记开了,一根笤帚迎面扑过来扫在脑壳上,干爹手一摸,全身都撒开了竹叶毛。哎,干干枯枯的不是油光溜溜的毛发辫哪!哎呀呀,那对发辫在何方?

在何方在何方,干爹疑惑着觉得那"沙沙沙"确实没了,可"嘻嘻嘻"那小女子的窃笑声却来了。不在墙内在墙外,这声音滚在墙外弄堂鹅卵石道上,清脆脆的,和小妹挂在她那只银锁上的小铃儿响得一样。走嘞走嘞,乌莽莽之中摸着那俏靡靡的天音,干爹离了同春堂来到十八曲弄堂道。喏喏喏,脚板发痒硌脚的是细碎石,这里应是六曲三岔口。曲道上的铺石圆润紧密,女人家踩上去丫鬟变小姐似有下人帮你揉脚窝。江妹欢喜这段道,她拉车拉累了往往到这里来来回回走三遭。呼呼呼咯咯咯,声响变了,这声响贴着墙脚爬了一段后想往上爬到壁上去,跳了又跳,试了两次都不行,呼呼咯咯反而越发急促起来。江妹你莫太累莫太急,你累了急了深更半夜逃到深弄窄堂里来想歇歇,可那是歇不着的,你还是来俺八角楼亭好。在那里,你就躺在那歇着,俺来帮你打凉扇。俺的凉扇有好几把,水井里浸过沥过晾过,扇出的风清清爽爽,你吹过几遍,你就能从一只伏天火蝉变成一只三月青翠鸟、阳春花蝴蝶,要飞要舞一概轻轻快快。干爹一只手往耳朵里扇着风一只手朝黑夜用劲摸去,那耳中风似乎含着絮絮语,那手中夜黏黏稠稠沉沉,使他心扑通扑通跳,一下觉得触到了一只落到泥潭里的梦中鹦鹉鸟。是,是你,跟俺归回归回。手捏捏紧莫放松,哎,不是发不是脸不是胸不是腰而是一缕光。那光微微弱弱从地上的晶石子上泛了出来,再延伸开去,看光源竟回回旋旋显出了三抹红。一抹红抹在一娃娃大脸上,那娃娃白胖胖嘴里衔着药嫂奶头。嗨,这不就是狂夫在立夏时分的那个晚上骑在自家头上画上去的吸奶文雪亮吗?再顺着光照看二抹红,二抹红光光亮亮一个圆,有几缕红火焰摇着身段在里头烧。嗨,这就是曲道拐弯处安在墙壁上的照妖镜呀。昔日道上曾出没过偷鸡摸狗之徒,药娘看不过去特地从上海购回洋面镜镶上,这样好人的目睛子就能带钩拐弯预先防贼人啦。三抹红来自岔道东路口的一棵香泡树,那棵树长在鹿溪溪畔的一个土石岗上,土石岗不高,树也不怎么大,奇怪的是每每清晨那树冠能饮到从东海腾起又掠过流水流到城关的第一缕霞光。江妹喜欢这树,她高兴了败兴了都会爬上树去,双手捧捧捧出一抔日光送给你。她说这树是神树,当年她和她哥来此处,人饥渴得不行,往树上瞅瞅,一团暖光先落下,跟着落下的竟是一只金黄金黄的大香泡。往东往东,江妹笃笃定定在香泡树上,想必她正捧着那抹香喷喷的朝霞在思忖,将手中的祥瑞送给郝光还是毛记。呼呼呼咯咯咯,这声响又来了。可它不是从岗上的青树中滚来,因为看看看令人失望,江妹没在树上招手,这声响就来自脚旁。双脚跳跳划划,看看是什么东西作响。折腾了一阵,晶石子上的青白泛光一下跳没了,可倒是划出了一团又一团的嫩红芽芽光。喂呀呀,一只青皮草蛙一身刺草,鼓着眼鼓着腮,双蹼拖着两只屎壳郎在芽光圈子间蹦蹦闹闹。唉,干爹重重地叹着气,俯下身子扯光了那些缠蛙的茅刺草,又解下虫蛋蛋。好了,草蛙儿轻轻快快一下变成了虎跳蛙,它蹦出三五步后朝救命人回眸望了望,瞬间就消失了,那声响也随之隐灭于弄堂口。音没了人影又不现,看来寻江妹凭不了耳凭不了眼,江妹在俺心里,寻江妹要凭心,凭心俺心要入她心,两人归一心。干爹想到这,觉得心窍裂开一条缝,有朵透透明明的向日葵花急欲从中生长出来。他的灰心似乎遁去,又信心满满地护着心中的那枝花,并索性闭上眼蒙上耳任随两条腿迈步前行。不知不觉中他的脚去了西南,西南边有红房子，红房子有念经堂，念经堂里有圣母，圣母怀里抱着有圣子，那圣子长得不像圣子像江妹。哎，江妹呵江妹，圣母你还拜得少，你还拉着你哥去拜过，那次你哥还发过誓，要下山种田下河抲鱼，再也不跟着毛太子拿刀拿枪为匪作孽愧对父母了。事后有用吗？没用。你哥魔心太重，他当面说听圣母的，背面还是听自家的，任凭他那颗魔心在九丈悬崖边上跳鬼舞呀。江妹你傻了？不不不，江妹比俺聪明多了，眼目下事体火急火急，即使求神灵靠得住，恐怕也来不及，呆忖忖，如果三〇八团归来擒拿几个毛贼，那还不是三指抲田螺笃笃定定，你江歌往哪里逃？！求求求求谁解难呢，谁能让杀过来的刀、射过来的箭、飞过来的弹都止住不动，不落到江歌头上呢？嗨，有，水来土掩兵来将挡，只有挥刀放箭打枪的人呀！思忖到此，干爹心里的那朵葵花一下摇曳起来，其花蕊手舞足蹈似乎找到了向阳的方向，他心里透亮，脚步踩得如同秋日里在稻桶壁上打谷穗一样嘭嘭响。一响一个救难人，两响一对救星活菩萨，响响数数数数响响，一路下来，嗨，干爹问江妹：你晓得否，俺心中已装了二十八个光华四射的星宿了！于是，他情不自禁停下脚步，昂扬脑壳四周顾盼，他期待能找到那颗最耀眼的星辰，而这颗星辰问天能掐算灵清狂夫能描画明白是人间何人，这样再去求拜贵人出手搭救，江歌江妹兄妹随之就遇难呈祥了吗！跷着脚让目睛子飞，南边头露出一溜弄堂天，那天色青青白白已与地色混为一片；西边头西山巍峨苍翠，它头顶上的那只石岩鸡戴着只金冠正在伸着头颈朝天啼鸣；北边上老县衙威威坐，八字腿懒懒伸，其身后白果林森森排，倒有些像将军背插旗，点兵要出征。哎，三方瞥过还是未见那颗救命星！那，那只留有东了。敲敲脑壳捏捏股臀，那只亲娘留下的牙齿印，轮凹凹角凸凸好是清爽，干爹顿觉脑际间原先还在飘飘荡荡的乌云团连翻三个跟斗，末了竟翻出了一抹亮色。看，东边两口屋檐上方，不见亮星也不见日头，但日头的光发毛已怒放，成山成海红油油金灿灿万丈光芒哪。喏，寻着了寻着了，星未找到可人寻着了，光影中一女子，镶着金边绰绰如树栽在那，袅袅如烟飘在那，静静如帆泊在那，翘翘如鸟候在那，那不是别人，那是江妹，她双眼对面就悬着那张剿匪大布告。

第十三章　闹堂

干爹在四牌楼寻到江妹的那个清晨,江妹简直像个石人一样,唤她不应摇她不醒,无奈之下干爹只好背着她前行。直到快走到同春堂门口时,干爹觉得背脊渐渐暖了,煞是舒服,就用双手托了托江妹双腿以便背着娜妮走得更远。不料肩上被捶了一记,随后那对压背的雏鸽子乳就弹开了,江妹醒了。"郝光哪郝光哪?""都不见一夜了,你还想去白石乡呵?人家可是有快马的。"干爹见江妹人一清醒就念叨起那位军人便生出些不快。江妹听出了话音,她深吸一口气,先猛地呼出句:"哎,救江歌,指望谁呢?"随即话语又转为"谁能救江歌,俺就……"小女子紧紧趴在了干爹背上。干爹闻言一时直发木,竟然觉不出背上此刻是凉还是热。他已听懂了江妹的话,本想撒开双手将背上人放落地的,可一双胳膊不知怎的反将人家一双玉腿搂得是更紧。懂是懂了,谁救得了江歌,江妹就、就、就嫁给谁。可这个谁是谁?是自家还是郝光?自家与郝光可有一比,能有一比?干爹刚刚想开可立马就刹住了,他不敢往下想了,他浑身已冒出了冷汗,他看到自家那个背女的身影在晨光照射下虽然高大得吓人,但既不骑战马又不挎刀枪,是个空的。"药嫂说药娘要找你,说有些东西要让你看看。""什么东西?""晓不着。"两人说着刚要猜猜是什么东西,一个铜锣嗓音和一个旱鸭嗓音随着药堂黑漆大门吱吱打开,一亮一哑地冒了出来。"撒什么,撒蜈蚣,蜈蚣莫爬高,爬高斩你的头……"两人先是吓了一跳,准备拆开落地,可随即姿势又变了,男子挽着女子脚板,女子双手撑住了男子的肩,女子站得高出了男子两个头。江妹看到,狂夫与问天从门缝里追了出来,又看到他俩头顶上几只被追的蜈蚣窸窸窣窣几下子就逃到门楣上那几只砖雕葫芦瓶里去了。葫芦瓶里这时便响声大作,一黑一白两只老鼠从中蹿出,各衔着一枝谷穗顺着青砖墙壁滑下,眨眼工夫就溜进了门,两位哥哥抬脚去踩鼠,可都踏了空。哈哈哈,嘻嘻嘻,干爹与江妹见状都被惹出些笑。抬头瞄到干爹江妹笑状的狂夫认为这两人是在幸灾乐祸,他不作罢了。他指指点点江妹的一头雾水,又摸摸干爹小裆上的湿毛毛,便追问他俩整个晚上是在哪里过的。干爹一时语塞,狂夫那就更不饶人了,硬说人家是对野鸳鸯,不是在西山茅草棚里就是在溪边田塍埂上度的良宵。说着,这厮还要伸手去探干爹裤裆。干爹背着江妹腾不出手来阻拦,裤子束带眼看就要解开,江妹呼地一下跳了下来,啪啪两记击在了狂夫手腕上。小女子顿时变了个人,嬉笑全消,站在三个男人面前,一只凤眼流着怨,一只凤眼盈满哀。狂夫不解看呆了,问天顷刻看明白了,他上前两步捂住狂夫嘴巴连骂这厮本就是一张臭嘴不用计较。"问天哥,狂夫哥,你俩可要相帮俺,俺哥都死过两回了,你俩晓得的,这次不能死啊,他死了,俺父母在地下也要哭啊。""当然不能死。"等到狂夫明白过来,三个男人围着江妹几乎是齐声说了话。是呀,谁不晓,江歌第一次因报父母之仇杀了仇人而遭官府警察追杀,他逃脱了;第二次上仙霞关跟着白面郎君的国民党军杀日本鬼子,杀到末了,江歌先救了毛太子,接着毛太子救了他。现在到了第三次,碰上了共产党,江歌没死于国民党没死于东洋日军还会死于共产党?共产党说是穷人的队伍,江歌虽说是土匪可他也是穷人啦。"莫慌莫怕江妹,丁丞司令都说有救的,救命菩萨就要出世啦。""勿错勿错勿错!"三个男人想到了一起,各自伸出一只手,一只搭肩,另一只摩发,还有一只捏牢了娜妮的手。"好了好了,"药嫂拿着一根笤帚拍打着门口麒麟药兽吆喝了起来,"你个死娜妮,药娘有事找你哩!""哦哦哦。"那个没有跟着娘舅走掉的哑巴国民党兵也冒了出来,在一旁眉飞色舞地做出个有大大一堆的手势。各人见状不知看懂没看懂,也不知是否在装。狂夫说是一堆死鼠死虫,因为他撒了好多石灰把鼠虫呛死了;干爹说是堆老茶根一类的药材,因为东西是他和江妹运回的;问天说是一堆瓜果菜蔬,因为他出门时碰到了摘菜的乡里。听了这几个人的话,哑巴竟然点了头又摇头,接着还做出个吹喇叭运东西的架势。谁知这架势顿时就把干爹惹恼了,他喝住人家,不让人家再用手脚说话,他说哑巴说的是死人出殡,运的是死人棺材,真当不吉利。呵呀呀,哑巴见干爹摆出这么副模样摆手了,目睛子水差点要落下。药嫂见状满脸不高兴也不吱声,她偷偷瞥了眼江妹甩出了一串嫉妒,因为她晓得哑巴讲的是药娘在置嫁妆准备让干爹娶江妹。"好嘞好嘞好走嘞。"药嫂继而又叫了,江妹也懂了眼前女人散发的醋意,她好脸迎上药嫂见药嫂,没理人便低头溜了。见江妹走了,药嫂拍了一下干爹的屁股,恢复了自家的原生态,问人家还要不要吸奶。干爹知道自家与药嫂昨晚打的赌自家输了，江妹昨夜不在同春堂，而在四牌楼，他只好低着头靠近了那女人的布袋奶。谁知那女人顿时又变卦了，害得他屁股上又挨了一记重捶，药嫂说他真是发昏了，接着还把根笤帚塞给了他，叫他非把刚才逃到门里去的黑白二鼠拁到不可。其他三个人见状也起了哄，狂夫讲干爹肯定拁不到，若是能拁到罚他去吸药嫂奶；问天讲肯定能拁到，拁到了将二鼠荷叶包包和泥火烤了，好给药嫂吃了发奶；哑巴在一旁比比画画，说他懂了听懂了，委屈一消转成乐，脚板颠颠差点颠到了头顶上。

几个人还没闹完，一女子包着头巾抱着一个小婴儿兀自站到了门口。她翘首望望门楣后，又盯牢了药嫂。问天先看出了异样，他去扯了药嫂衣裳，药嫂偏首停下闹，她走过去对人家说这里是药堂不是育婴堂，育婴堂在小西门红房子里。女人解开头巾露出脸打着廿八都官腔说，找的就是你药嫂，她怀里的孩儿就是药嫂你在清湖桥头抱给她的，而眼目前这孩子发病都一个礼拜了。药嫂上前一瞅，把大人小孩都认出了，她便叫过场上人也来瞅。一瞅，干爹狂夫问天都呆住了，这孩子一半中国相一半洋人相，这、这、这不就是那个坐在洋轿车被人抢个精精光的赤膊女丢下的娜妮鬼吗！狂夫当即连忙说，赤膊女人送的那只贴金酒壶他也有份的，叫干爹莫忘了莫私吞了不然饶不了人家。还没等到问天干爹接上句话，药嫂喝声各人莫吵莫吵，她解开襟衫塞给那孩儿一只奶头，边喂边劝那女人喂完奶水就走开，若不走开上次给的十块大洋就要收回。谁知那女人听了这话一点也不紧张，反而坦坦然然说十块大洋她已经带来了，现在是连人带钱一起还，除非让她见见药娘。要是能见到药娘，哪怕是仅取回只方子，她也立马走人。药嫂闻言齿露不屑地笑：安排一个乌毛婴五块大洋足矣，今日这女子怎么了，难道她晓得药娘好说话不再敲诈一番心就不甘？想到这，她拔出奶头把孩儿塞了回去，一副气势汹汹的样子，且抄起笤帚喝令赶快走人，连问天上前劝解也被数落，她说，要不是你们三个男人多事领个来历不明的野孩子进门，今日哪有这事啦。那女人见他们自己相互斗嘴了，就抽身退步到门下思忖溜进屋，然而药嫂的笤帚柄横扫了过来，女人还是被拦了，她怀里孩儿也号哭个哇哇不停。"哈哈哈""呵呵呵"，突然间一个男人的笑声和一匹雄马的嘶声又插了进来，众人嫌吵，于是目光都转过去了，嗨，原来是周豪郎牵着黑马正在一旁看热闹。狂夫对其说快过来帮忙，你老姆被人欺负了，豪郎却说他是来找药娘给马看病的，不然这马早跟郝光去了白石乡。一句说完他又加上一句，说他现在是大半个公家人，要秉公办事,不会护私向妻的。说着,他把马缰索交给了干爹,自家八字步摆摆走了过来。半个公家人一过来,两个女人便歇嘴各站去了一边。左边的药嫂看着他左脸,觉得这半边阳脸似在笑,右边的廿八都女人看着他右脸觉得这半边阴脸又似在哭。过了一会儿,两个女人又吵了一通后便请豪郎评理。豪郎觉得让廿八都女进门见药娘有理,不让进门见药娘也有理。无奈之下他换了个朝向听两人讲话,听完后他态度变了,觉得两人讲得都无理,结果仍是判不出是让进好还是不让进好。他于是摇摇头说,不判不判了,进不进门算个鸟事。他跳出两个女人围着他转的两个圈,他还是去摸了他牵来的马。左下巴摸过又去摸右下巴,可能是那马被摸舒服了,它竟然点点头翘翘臀摇摇身踏踏脚还摆摆尾,闹得没完没了。见状,豪郎高兴得东张西望,他盼望着此刻多来人,而此刻更多的人真来了。他扯起大嗓就扬言这匹马非平常马,而是匹战功赫赫的战马,而他又是经常随着郝汉政委驭马下乡给乡亲们断公平的。听了他的话,有人给赞有人给白眼,给赞者讲豪郎跟着大军进城人变了,跟着县太爷当差有些出息了,已不是昔日聊荡鬼;白眼者讲豪郎文不文武不武,气派仍不够,不大像正规官家人,搞不好就是个军马夫。问天也在白眼者行列,他冷着眼对豪郎连瞅都不瞅,他在数着另外的人头,跷脚王、花娇娇、麻叔、之英夫妇、雪娇、老娘等等都在,唯独刚才还在的毛记不见了。狂夫见雪娇和老娘来了,可眼前又没他的市面,只有豪郎在唱戏,心里好是不舒服,便贼笑嘻嘻,偷偷背向黑马,鬼爪伸出一扯,扯下了几根马尾毛。好,马恼了,股臀颠颠一下子把豪郎颠到药嫂怀中,药嫂立马喝着"臭臭臭马臊气"就抡起笤帚砸了过去。嗨,又一场笑闹陡然就生了出来,人跳脚、马打圈,几只白头画眉从房子内飞出,直在门楣下唱着歌张望。望望望,鸟在望人,可人不在望鸟,人仍是叽叽喳喳闹着都拥在了门口。药嫂快拦不住了,她即使有理拦廿八都女人进门,可没理拦其他乡里进门呀,这些人都说是来看药娘的,人家还个个手里拎着东西哩。"吱儿吱儿",开出一条缝的黑漆大门一寸又一寸地打开了,人们纷纷看到药娘浅笑盈盈地站在自己眼前。只见她身旁还跟着满脸通红的江妹,江妹身旁又跟着干爹,干爹当时浑身都是灰墭,一双牛眼正盯牢着廿八都女人,一刻也没放。

"进吧进吧。"药娘招呼各人进屋,还说是刚搬的家,客堂里只有老茶根汤喝。各人纷纷说是来帮忙的,不看病撮药。等他们来到堂上,跷脚王送上冬瓜,花娇娇递上板油,说价钿打七折,麻叔解开包袱说这十几把六月雪是药客送的,药客们指望药娘收药时能加点零头钱,之英夫妻奉上两只鸡,说这鸡是解放鸡,上过鸡冠岩啼过天明的,狂夫老娘在一旁低着头,说空手上门不好意思,她要到厨房帮烧火,雪姣推推狂夫,嚷嚷得比谁都响,她说她看见药柜上方有只鼠窝,她要爬上去捣了它。豪郎见各人都有个说法,他又不安耽了,他高人一腔地说他牵的马是南下大军的战马,各人都要高看一眼。没等他再说下去,狂夫与问天拿着畚箕凑到黑马屁股旁,扬言马要拉屎了。众人闻言又都笑了。笑声中药娘看了看马,说马无大病,只需拉到后院用温水冲冲凉再喝一桶老茶根汤即可。药娘一说完,狂夫问天就把豪郎赶走了。适才吵着要进门见药娘的廿八都女人这时反而不吵了,她抱着孩儿一下子站到了中堂东条屏"启八千良方济世"下,一下子又绕过后走廊站到了西条屏"聚四海妙手同春"下。药娘吩咐江妹将各人携带的东西做个登记后不见了,她趁那女人走到中堂壁后之机拦住了人家,并将其带到了大屋二进的东厢房。

　　干爹当时没跟进房,他候在门外,两只耳朵竖得还真像极了兔娘护崽时的模样。他惊讶,抱回女孩子的女人面相蛮熟嘛。看看看看他终于确认了,是她是她,五六年前他在廿八都背篓送炭送到文昌阁时,接炭的就是这个女人家。那时因送炭次数多了,他也和那个做厨娘的女人熟了,有一次送炭一下没找到人,为了能拿到铜细他便再去找,找找找到阁楼背后一处草棚子,逆着漏光透过柴火堆往里瞅,谁知瞅到里面有人在收发报……刚才在堂门口他溜了,就是去向药娘报告他的发现的,现在他站在门口就是要保卫药娘的。他担心那女人不光是来看病的,很可能她自己也是个军统。去年文焕先生遇难时文新就告诉过他,当年戴老板在廿八都办过军统电信训练班,而且学员都是些年轻女学生。而这个厨娘说不定是扮扮的。干爹想到这些事就把耳朵贴到了木板壁,他继而听到药娘在说,孩子没发烧要赶快找奶娘饲人奶,光靠廿八都米糊还不行,还听到那女人在说她晓得的,她今日上门找药娘是另有他事。干爹听了这番话语越发警觉,可室内的声音却越来越轻小,以至他怎么用劲使耳朵,耳朵里进去的还是两个女人的摩发微音,直至剩下细风过隙人声全无。进门否?进门敲门否?干爹想得焦急,不料这阵子跟牢江妹的那只金龟此刻突然出现在门槛上。这生灵背脊廾拱拱竟然拱出声响,药娘被惊动了,她打开了门。干爹目睛子骨碌转转,见到的两个女人平静如水正在摆手辞别,一个女人腕上的玉镯戴到了另一个女人腕上。药娘还吩咐干爹带上两盒阿胶送客人从后院百草园出堂。送至百草园,干爹想到江妹佩戴玉兰花的样子蛮好看，就顺手采了七对十四朵玉兰花撒在那孩子身上。继而当他恶狠狠去盯那抱孩子的女子时，人家反朝他一笑："小兄弟，认得不?! 问问文新好。"干爹愣了一下想不明白，眼贴着人家的背影让人家清香悠悠地走了。走了就走了，不思量，反正药娘好好的。可干爹没想到那个再次被抱走的孩子后来就叫玉兰，小名为七朵。而后多年，当我长成一个意气风发的少年在农忙假期间邂逅人家时，人家已长成了一朵山水间的奇葩。而且据说她竟然有三个母亲，一个生母在台湾，一个二娘在福建，一个养娘在廿八都。更为奇怪的是那天药娘与那个女人在同春堂的见面成了好几件影响人物命运之事的源头，而她俩之间的谈话几乎是个谜，因为干爹当时没听灵清她俩的对话，恐怕她俩还故意不说灵清。尽管如此，我仍然十分佩服我外婆药娘，没有她那次的安排，七朵只有一个做特务的生母和一个有特务嫌疑的二娘，而没有一个为贫农的养娘，那七朵的命运恐怕又会是别样的，因之我也会缺失那段风云诡谲的爱情之旅。当然，这都是后来的事了。那时，当干爹送走七朵她二娘回转来刚刚跨入后院墙门时，迎头撞上的是那匹黑马，黑马见了熟人就伸长着脖子发嗲嗲，要干爹为它挠痒。干爹嘴里骂着"妖精妖精"，但手还是伸了过去，而且张开了十指。十指只交叉挠过两遍，一颗人头从马臀后冒了出来，嗨，那是豪郎。那厮阴阳怪气地说，什么人客那么珍贵神秘，又送礼品又走后门的，干爹嘟噜着"装，装，瞎目郎瞎目郎"没怎么理人家，还是十指飞舞地给马挠着脖子抓。豪郎觉得无趣回头望望，只见高台上那几蓬蒲公英花摇晃不停，一片一片又一片花瓣乘着圆月门洞风款款飞，飞得满眼都是。定睛再看，两只竹篾药簸箕正在扇着风一阵嬉笑，一高一低地随着两颗摇摆的人头东倒西歪地滚来。"发财嘞！""喜来嘞！"狂夫问天两个鬼轮番高叫着，斜眼瞟了一眼豪郎后，就用一条黑布蒙了干爹的双眼。一会儿工夫，干爹被推着牵着来到了大堂。当蒙布拆去后，他脑壳嗡嗡双眸蒙蒙首先见到的是南海仙翁，那老者鹤发童颜，骑仙鹿、系葫芦，在白鹤簇拥下正朝他乐。他揉揉眼再睁开，他那对眸子里竟然跳进了一片红。马鞍桌、铜钱柜、箱橱、面盆架、杉木箱、骨牌凳、靠背椅、粥盆、饭甑、浴盆、脚盆、子孙桶、马桶、鞋桶、灯盏盒、水果盒……都摆在中堂上，俨然一派嫁女出妆的架势。"还不止嘞，这只是木货篾货，要再刷一道漆的，还有锡货棉货丝绸货！""金银货金银货，笃定也有！"狂夫说了，雪娇又添上一句。场面嗡嗡，众人喧哗着都把目光投向了干爹。干爹一爿脸红光映映，一句话也说不出，呆了一阵后，他才转过身子仰望着南海仙翁画作揖个没完。"毛记,记,缩到哪里了,你那两只老鼠拘到东海去了?!"药嫂一手一个抱着两个乌毛小儿从天井东厢虎威威走出,"你倒有福气哦,白送个美娇娘给你,药娘还要贴十六杠嫁妆。"药嫂一说完话就把怀中小儿塞给了干爹,等干爹缓过神向前瞅时,药嫂已拉着江妹出现了。娜妮鬼三下两下一闪,闪开了药嫂,随后又躲到了药娘身后:"各人歇歇,中午时药娘请各人吃大陈面,油渣的。""油渣面?俺要吃滚蛋大肉面!"狂夫顶回江妹一句。接着,雪姣花娇娇一干人也应和着要吃媒人餐。豪郎不知什么时候牵着黑马站在了天井当央:"哼,嫁人?各人想做媒人,人家无父无母可有亲哥呀!"说到江妹亲哥,各人头顶如同炸开了响雷,都被震得耳聋口哑,场面全无了声息。江妹望着大家,后退了几步又往前走,当走到药娘跟前时,她跪了下来连磕了三个响头。"俺莫俺莫,你还有娘还有姐还有兄呀,"药娘抚摸着江妹的头,连声念道,"上帝保佑上帝保佑。"被扶起后,江妹转了一圈走到黑马臀后,一只手执出原先系在脖子上的连命凤纹锁,另一只手摸着马臀上的"江"字火烙印牢牢不松开:"俺自家做主,谁救得了俺亲哥一条命俺就嫁谁。"她的那双丹凤眼紧盯着对照的干爹,两滴泪水始终没落下。

第十四章　揭榜

　　第二天,干爹带着鼠夹、捕网,还有一杆扎鱼的叉矛枪,嘴里不停骂着"你个骚货,狐狸勾魂了,死西天不归",一个人在同春堂折腾了一个上午。到两只画眉啼叫着要吃食的时候,他在天井上撒了一圈碎粟米后坐在了石板当央。双目怒睁手起刀落,咣咣两下就将网中的黑白两鼠斩了首。然后又把鼠腿剁了个粉碎,并从中拣出几粒精肉喂给那只金龟吃了。他觉得必须犒赏一下眼前的精怪,没有人家,自家只能网到一只黑鼠,而那只白鼠是靠其用嘴钳着的。事毕,他朝身边的画眉看了看,画眉没被吓走,一边啄着米一边跳着脚,还摆着头回盼着饲米人。干爹笑着大喊一声:"毛太子白面郎君你也有今日!"话音一落回音也来了,同样是这句讨伐贼人的言语,而且连绵不绝。干爹觉得奇怪,这同春堂大堂药柜药屉林立,又朝天开出大窗,向来无回音之效,今日何故响声大作?他站起身环视一周,结果发现回声来自天井上方的药楼。咦,莫非药娘的药猫回来了?要晓得,天下猫辈何其多,只有药娘的那只白药猫能像八哥一样学得出人声,只可惜它在文焕先生遭遇不测后就不知了去向。若问它去了何方,问天曾说,此猫是只痴情猫,它是昔日先生送给药娘的一件念想物,如今女婿走了,生灵为断岳母思念苦痛,索性跳了鹿溪去了钱塘归了东海。干爹不信,去问药娘,药娘手画十字仰望苍天,只是念着"悠悠万物,各有所来,各有所去,它去了它所去"。干爹那时就想不明白,现在依然糊涂,他敲敲脑壳后就拿着杆网兜上了楼。

　　药楼空荡荡的,只有四处窗户的进光照得光影中的灰墘如万千蚊兵一样在翩翩起舞。是呀,同春堂的人去浮桥头搬药了,药嫂叫过他,可他当时未听见,他听见的是鼠在梁上窸窸窣窣爬行。定神再瞅瞅,东墙角落里见到一堆马尾松在晃动。得得得,药娘,看俺毛记身手,俺将白猫从东海将其捉回了。干爹双手舞舞,那柴火拨开了,那网兜上去了,果然网住了一颗头。干爹笑了,可那颗头却说出人话大声责骂："你个木槌，你个木槌！"瞬息间松枝柴火间耸出了个丈二金刚！哎呀呀，那哪里是药猫，那是花疯子狂夫呀。干爹立即撤了网兜，还伸出脑壳连连作揖赔起不是。他得罪狂夫他认了，看来不让那疯子在头皮上敲上十来个手弹子，此事不会罢休。来吧，敲吧。谁知狂夫那只乌爪伸是伸出了，可没落在头皮上，摩挲挲摩挲挲，干爹觉得头颈舒服得不得了，狂夫的乌爪没变成狼牙棒而是变成了天萝筋囊子，轻轻又轻轻地行走过自家脖颈后又直奔自家胳肢窝而来。咦，狗不吃屎猫不抠鼠无常不捕小鬼了？干爹抬头睁眼怯怯探去，嗨，那恶鬼脸不再青牙不再獠而是连黄牙都在媚笑："你不是木槌，木槌是俺，是俺。"干爹疑惑惑半晌脑筋转过来："你要求俺？！赤膊女的那只贴金酒壶还在，还没换铜钿，换了铜钿你那份俺不会私吞的。要不，先送你两担柴，一担挑给你老娘，一担挑给雪姣。"干爹话音刚落，柴火堆里响出了吱吱笑声，问天那厮冷不防粘着枯松毛又冒了出来："两担柴少了，四担四担。""四担？啥事体？"干爹眼睛睁得更大了。"只要你答应，别说是四担柴，就是那只金酒壶咱俩也可不分钱了。""当真？""当真！"三只手都伸出了"啪啪啪"好几记响掌。干爹这下愉快起来，他击了掌还鼓起掌，他为击掌而鼓掌。击了掌不反悔就会有薪火有铜钿，四担薪火柴送江妹，江妹可少上两次山少跑两趟车。金酒壶全归己，自家就是壶的主子而不是奴才了，换不换铜钿、换多少铜钿、向谁换铜钿，可再不问狂夫与问天，同时更无须问土地老倌、关帝老爷、星宿天官，阿弥陀佛呀。反正这一来自家最大，自家说了算，自家且不学狂夫和豪郎把点铜钿聊荡光，自家要学问天吝啬过日子，要把这飞来的横财积攒起来用到大处去，要么贴补娶江妹，给下江女买副茉莉花银头簪，要么给自家养娘买副黑漆杉木棺，如果铜钿还有多，那就送到廿八都给那电信培训班的厨娘用，谁叫自家抱回的赤膊囡囡宝在人家手中哪。干爹光顾自家想且想得出神，狂夫与问天明明在他跟前，可就是没入眼，直等到人家抄过松枝把松毛戳到他脸上，他才目中有了人。"咦，击掌为何事？俺都记不灵清了，俺木槌一个，做得到吗？""做得到。"问天蛮肯定。"有些事聪明人做不到，还只有木槌做得到。"狂夫虽说是求人，可仍是舌头长刺。干爹懒得再啰唆，他白了一眼那疯子后，拿过网兜杆子顾自下了楼。问天见状急了，追了上去："你，你，莫非不忖江妹娜妮了，俺求你，还不是为了你。"干爹一下听不懂这话，他停了脚步送上了耳朵。问天耸耸斜肩，手伸进了干爹荷包，他瞄到了这人耳朵的着急动静，他一下又显得不那么着急了。手指尖在荷包底掏来剜去，结果掏出来的东西还是粟米

第十四章 揭榜

粒少布刺毛多。问天将手中之物放置另一只手掌中,又轻轻吹过再吸过,眨眼间,只见布刺毛还在天井光影中飘飘浮浮,可粟米粒已没了影迹,干爹乐着连声哼哼"来,饲你,歪脖子画眉,饲,饲……"说着,他从另一只荷包里掏出半指黄粟米塞进了问天嘴中。问天的牙齿终于能嚼到米了。几下磕磕磨磨下来,问天嘴里竟呼出几缕炒米香,然而那香味刚刚走到干爹鼻前,谁知又撤了回去。哦,原来是问天张大嘴巴猛然深深一吸,将口边五寸米芬芳尽数吞进了腹内。"饿煞鬼饿煞鬼。"在干爹颇为不屑的唠叨声中,狂夫乌爪去了"记兄记兄"的荷包底,并将一丁点脚屑米掏了个精精光。平常日子说话慢半拍的问天这下说话倒快了半拍,他说他肚饿是因为困得迟,而困得迟是因为周豪郎捣的乱;那厮昨晚去周村岳丈周龙畅家显摆了一番,说他自家快成整个公家人了;龙畅讨厌那厮的雌黄扬言,结果将一盘款待祠堂田佃户的日头花瓜子也撒了桌;豪郎顿觉好没面子,就抖出了一条大军内部刚刚商定的密信,说丁丞大司令听了郝汉小司令的匪情汇报后定下一条规矩,凡为剿匪清匪建功者均予犒赏,且对立大功者有重赏,而且为这事明日就要放榜。同时,这厮还将打探到的犒赏等次数目也一并向问天透露了。问天说他闻得此言即刻离场去了雪姣家,他当时连舅甥之礼也没顾着就将狂夫拉出了外甥女的温柔乡。如此这般,问天将在周家听到的豪郎所言都对正在穿着裤子的狂夫说了。狂夫听后说,他虽然梦中都在寻铜钿,但他还不愿为财去死,他恋着活蹦乱跳的穷人生,他若冲冠蛮动而吃到土匪枪刀,他岂不是活烦活腻自讨灭亡?!问天讲,不然,眼目前俺俩只要靠着一个人,准能既捞到赏银又不会伤着身体。狂夫问是何人有此大能耐,问天讲此人远在天边近在眼前,心想想他似飞龙在天,手摸摸用力一探也能捏到他的卵蛋子,他不是别人,他就是老三毛记。因为毛记心在江妹身上,而江妹心又在毛记和郝光身上,所以只要抲牢毛记的心,从而就能抲牢江妹和郝光的心。活捉或者毙伤几个蟊贼不是什么太大的难事,郝光那样的大军战将,英雄虎胆,稍微动动脑子,再巧妙钩钩二十响盒子炮扳机,准保能成事。何况毛记尽管傻人傻样,但福根深厚,药娘红月和郝汉都护着他,他若动心领头去揭了那犒赏军榜,俺两人就可唾手等着领赏分钱。晓得不,这笔钱比比那只金壳皮酒壶能换到的钱,那简直是雄虎比雄猫大得多多呀!狂夫当即也就被说服了。是嘛,只要有铜钿,求求自家兄弟算个鸟事。鸟事鸟事,一个晚上狂夫都在盘算,等到天光从瓦缝间落到雪姣乳头上,那人依旧没困着,什么屄事也没做……"没做没做,都是你害的。"狂夫眼目前当着干爹面还没忘了埋怨。不过转眼间他还是变脸了,他看到了问天盯过来的毒眼光。求吧,问天加重了语气,狂夫俯首,双手跷出了大拇指,而干爹奇里古怪地被一两只画眉啄着头毛站在了天井边的狮子头石墩上。他似乎已听懂了一切。他隐隐约约觉得自家的手正向江妹抄去,而江妹的大辫子又向郝光甩了过去。嗖嗖几记响,芬芳炸开,郝光的左轮喷出火舌直吞黑白两鼠……"这榜,三界县,鹿溪镇,只有俺记兄才能揭!"问天狂夫两人一个唱着说说,如同一只水雉昂眉摆尾高调鸣青天;另一个说着唱唱,如同一匹神牛穿山过水巨蹄响大地。得,得,得,去嘞,揭了揭了,三个人一个提鼠夹携金龟,一个扛茅枪颠船步,一个挥网兜吹戏腔,先去了四棵树,问出了石头吉卦后,又气势浩然地向四牌楼扑去。

时逢十五,正是一个百杂墟日,七行八作的生意人和九里十七乡的采买客竟有千人许聚到了四牌楼。狂夫一来到四岔口就蹦得老高,他四方一瞧,没去北口百货集也没去西口农畜集,而是撑着竹茅枪杆一撑一拨高地跳到了南口。南口眼下虽说清静些,但街面宽绰,无须多时,凤阳人一演猴戏、下路乡人一摆百食摊,此处就会闹热非凡。问天跟着走,时不时将网兜拍拍狂夫屁股,而每拍一次狂夫就前翘后翘一次,直翘得干爹扬言要将他胯下那玩意儿用鼠夹夹了,那厮才安分下来。三人嬉戏行至南口鱼龙壁下停了。翘首望望,只见原先贴在墙壁中的那张剿匪公告仍虎虎踞在当央,不过四边已起燥角,有几只壁虎在其间爬上爬下。"谎话谎话,哪有赏银布告?"干爹手扳扳鼠夹低头埋怨起来。狂夫瞅了干爹又去瞅问天,见问天倒是神闲气定:"时辰未到呀,时辰一到军榜准上墙。"说着,问天一边五指掐掐,一边斜肩耸耸,一双斗鸡眼瞟向了天空。问天你是谁,你是孔明能借东风?狂夫一边针对问天恼喜各半地嘟囔着,一边将手中茅枪划划,在鱼龙壁上给鱼空画起翅,给龙空画起云。干爹见他二人似乎各有事做,自家也不愿闲了,他索性骑上壁前石麒麟敲起鼠夹板,无聊聊唱出了法币贬值古怪歌:"古怪多呀古怪多,民国钞票古怪多。一百法币玩戏法,七十二变成猴哥。廿六廿七和廿八,大牛变成了小牛座。廿九三十三十一,肥猪变成了猪脚脚。三二三三三十四,火腿变毛鸡毛鸡变尾鱼让你嗦。三五三六至三七,鱼变蛋蛋变球球又变成半粒米啄啄……"这歌唱念了一大半,干爹脚痒痒了,低头一瞅,原来是那只金龟跑出了荷包在造次。"大阿哥大阿哥。"干爹奇奇怪怪称呼起生灵而没骂人家是臭货。还没等到主子的手触到头盖,那金龟竟朝北蹦出了几步,且一步一响两步两响,没多时干爹耳朵里响声齐刷刷起来,进而嚓嚓嚓汇入了军爷步伐。呵呀呀,来哉来哉,贴悬赏军榜的来了!来了来了是来了,狂夫歇下手脚不再鬼画符,问天一双贼眼也不溜溜游青天,而是念叨起"辰时七封时辰到,鲤鱼翻浪过龙门"了。干爹见状,连忙跳下石麒麟,拉过二人排成一行迎了上去。三人刚鞠完躬,五位三〇八团的青年军爷就还了个致敬礼。礼毕,隔壁十步之遥的场上锒锣声传了来。贴,快贴,随着凤阳猴班鼓点贴,三人呼叫着帮着五位军人新换旧,将张新红印大布告贴上了墙。布告贴好场面更热闹,一边锣鼓越发锵锵,凤阳女牵着猴儿正在翻着旋风跟斗;一边歌声嘹亮,路过的一行军人唱着"向前向前,我们的队伍向太阳"。而狂夫问天尽管不会那腔调,可还是兴致勃勃去帮了腔。干爹见两人实在太不合调,急了,"莫嚎莫叫",他一阵喝倒彩才把狂夫牛嗓刹住,可问天却仍跟着那行黄军装"向前向前"开了拔。这时,解放街上忽然刮出一路穿堂风。风呼呼贴着地面飞了一段后,一个旋旋竟然卷起一行死蝉壳向鱼龙壁奔来。不妙不妙,干爹叫了起来,刚贴好的布告被风吹着了,正在叭嗒叭嗒响。一跳够不着,两跳还是够不着。一把拽过狂夫,两下骑上那厮头颈,终于够着。张开双臂紧贴上去,无意之中他学出了药娘挂于胸前的圣子十字样。风歇了,布告贴牢了,一行蝉壳纷纷落下,干爹挂在墙上满脸都是笑。干爹咯咯傻笑还未完,问天回了转,他既见狂夫驮着毛记贴在鱼龙壁上两人孤零零,又见临近凤阳人的场子上人头攒动,便大呼起来:"上帝菩萨哥来了!上帝菩萨哥来了!"别看问天平常话语轻声慢气可毕竟是个吹唢呐的好货,他这一吼中气冲天巨响赛霹雳,不仅引得那些乱攒的人头回了头,连耍场上的那只猴子也停了翻跟斗。得得得,问天斜眼笑得瞪出,又是两番啸叫。见不得怪见不得怪,那边的人闻声好生奇怪,叽叽喳喳地一下子拥来了这边。场上班主见状生意也不做了,连他也领着班子弃场赶来这方看热闹。当身处高端的干爹露出一脸莫名其妙朝下俯瞰时,他差点叫了出来,一个更细更飘的江妹牵着一只红冠猴儿欢天喜地向目睛子冲来。"莲花花,莲花花,莫让猴跑了。"直到听进这句招呼,干爹才看清那牵猴姑娘脸上点有美人痣,像倒像江妹,可惜不是个真江妹,而是个身材更瘦更小的假江妹。干爹发呆,看来还未全醒,可聚拢上来的众人却醒了。他们纷纷责怪起问天,说他要么是发神经要么是存心作弄人,"没名堂,狗屁上帝狗屁菩萨,两个聊荡鬼!"聊荡鬼聊荡鬼,听了这话狂夫火猛地腾起:"你个人晓得个屁,俺两人是在护雷护火护军威!"他的话音一落,干爹也跳下了狂夫肩,不料此刻那只凤阳猴恰巧溜到了跟前。嗨,干爹双脚踩到了猴子尾巴,猴子性恼跃起,眼看干爹就要被撞倒,可他即刻又被人扶了,而扶他的就是那个与猴共舞的外乡娜妮鬼。喏,瞅瞅,人家扶人只用了一只手,而另一只手已在抚摸受惊的猴子头。哈哈哈,刚才还在骂人不已的狂夫见有美女救农夫,顿时疯劲大涨,他带头喧喧嚷嚷"好古怪,实在好古怪,不是英雄来救美,而是美人救傻子"。傻子又傻子,几番下来,众人都被搅出了兴,一时间嘴张舌飞唾沫横溅,十有八九的人都在指指点点着干爹胡说事。说吧说吧,干爹尴尬了片刻,随即也认了,进而他血脉偾张,索性放开了性子对着莲花花呼起了:"凤阳女,会翻跟斗会做戏,三江五湖显仁义,真是顶顶最!"顶顶最?顶顶最!场面上的人疑惑片刻便全醒悟,于是随着干爹去傻了去疯了。"凤阳女,顶顶最,凤阳女,顶顶最"呼来叫去,很快就被人们呼成了西安高腔中的帮腔。三五次过齿,一声惊雷又在间歇时炸开:"军榜军榜,大悬赏大悬赏!"问天吼着指着,他兀兀然拔起站在了石麒麟脊背。网兜生风滚过众人头顶,众人顺着风去瞧,不错不错,刚才那个"上帝菩萨"护着的原来确是张县衙大布告。上百双乌珠这时或高或低或正或斜或飘或实或跳或俯,全投向了鱼龙壁。白纸黑字,皇皇正言,奖项六条,赏金五等,少者数百,中者数千,多者数万,能为擒拿白面郎君及毛太子立下功绩者可获最高奖赏。问天观过上言立即就诡谲兮兮告诉狂夫与干爹,共产党不像国民党,具体奖赏数目虽未声张,可内定为十万到五十万,最高赏金为五十万共和国人民币。"五十万五十万,"狂夫人高马大看得心花怒放,他捏着拳头仰天长啸,"揭了它,揭了它!"接着,他又将俺干爹托着屁股举起:"看呀,棺材腹内打拳,毛记揭榜了!"干爹站在狂夫肩上如骑虎背,他双手扶墙数着字行慢慢朝高处爬去,谁知一只壁虎蹦进了他头颈,他吓了一大跳。怯怯回眸,天啊?那只金龟这时竟被那个凤阳小女子捧去了手掌,而金龟还在奇奇怪怪地盯着他。这这这,人家那站姿那神情不是江妹但更似江妹,那不就是五六年前站在清湖船头的下江女吗……"嘭,嘭",水面连续炸开,水花冲天,几条白条鱼腾起到空中,打得两只鱼鸟东倒西歪地飞。落水了落水了,船头的下江女落水了!划过去划过去,够着了抱着了,下江女得救了,日本飞机飞走了,毛记笑了,江妹昏过去了……干爹顿觉双臂血涌筋突,力量如旋风掠过一样暴涨。上,上,去揭了这榜!胆怯怯是狗娘养!灭二鼠救江歌,要教江妹江歌做人一遭堂堂皇皇。眼看一双铁皮乌爪即将军榜揭下,场上忽然喧嚣全消,问天那大声公鸭哑嗓跳上了场:"且慢且慢,现时不是古时,不作兴揭榜,看这张,跟墙上军榜无二样。"果然果然,麒麟背上的问天抖开一张八五五五尺大纸向众人一展,"去了去了去县衙,举给郝汉,举给郝汉"。狂夫憋了好久没说话,这下终于逮住了机会,一句未完一句又冲出了口:"娘娘个铳,放只冲天铳,拿下五十万,死活也就一杆铳!"说着,这厮转过了身,驮着干爹,取过问天手中军榜径直向北去了。

　　踏着昔日中正街,走在今日解放路上,干爹脑子乱得五味翻倒七彩纷纭飘……四周瞄瞄,人动头拱狗奔麻雀飞着叫,身后还跟着个小江妹,戏也不做了,牵着猴儿敲着另担锣鼓乐凑着热闹……江妹呵江妹,你那时一点也不闹,你躺在船板上呼着你哥,叫你哥赶快下山,兄妹好骑匹黑马回故乡。今日里你水中捞出了龙凤连命锁,兆头虽好,但水莽莽,莽水里藏着夺命暗礁,山野野,野山中伏有吃人虎豹,难道你真劫数难逃? 不不不,眼目前大军降吉祥,江妹你看俺揭红榜立誓言,俺要去炸暗礁驱虎豹,取得十万赏金,再吹歌唱曲一里红妆娶你归洞房。归洞房呀归洞房,洞房里厢红烛亮堂堂,掀了掀了红盖头,心痒痒手痒痒,痒心痒手一起上。上上上刚上到娜妮鬼耳朵边……"到了到了。"狂夫把茅枪在地上笃笃一声唤,干爹惊得落了地。眼睁睁,红盖头忽倏倏被一棒打掀飞,走的是那对簪花银鸳鸯,而巍巍站着的却是佩枪戎装的剿匪司令郝汉大将!

第十五章　街戏·借马

那天干爹在问天和狂夫的撺掇下举榜来到了县政府,开始时郝汉还真是吃了一惊,因为张榜的排长不顾他为了征粮正在给若干镇乡士绅开会,而硬是把他拉出了会场,并报告说有人撕了布告,还领着千人拥到了县衙门口。"奶奶个熊。"郝汉骂了一声就出了门,他要去会会那些"吃了豹子胆"的家伙。到了八字门口一看,见到原来是干爹以及问天狂夫等人,他一下就又释然了,进而他还将干爹一行人带到了会场。据郝汉日记记载:"这些人到了会场后举着军榜信誓旦旦说,要配合三〇八团一举消灭残匪。不过也提出了意见,要求所赏人民币奖金可兑换银洋。当我答应他们的要求后,他们就唱着地方戏曲李逵杀李鬼走了。接着会议开得出奇地顺利,向重点户主借粮征粮的有关工作打开了一个新局面。"关于此事,干爹也有记忆,他说他们当时进场后,没想到咚咚锵锵锵犹如李逵舞着大板斧上了阵,他们坐上了上横头。他将军榜哗啦啦一展放置桌上,又环走一周走到笑面阔善人老魏身旁,当即就掼出了五个字"还俺鸬鹚头"。随之拳头也划出了,可并未落在人家脸上,"烧了你的七舱船",又是一句狠话。作孽哉作孽哉,干爹猛然忖起昔日那件事,老魏在清湖勾通花花娘硬逼江妹上花船……场上众人面面相觑,都不解干爹话语其意,可问天狂夫却阴森森窃笑得差点掉了牙。

干爹那天确实蛮得意,到中午时还赖着俺娘亲诸葛红月请他三人吃了顿军餐。当一个班的饭菜被他们饪吃个精精光后,竟然还说没吃饱,害得娘亲只好上街叫来三碗馄饨给他们再"意思意思"。"意思"完了,三人舔舔嘴巴问俺娘亲,既然揭了榜,他们饪下一步该做些什么。没想到娘亲说你们有这份不惧熊罴敢于斗争的情怀就行了,不必领受具体战斗任务。狂夫当场就不服,说光揭了榜而不配管机关枪去战他一百回合难道能拿到赏金。问天斗鸡眼眨眨,说无功不受禄,也受不到禄,他能否为剿匪攻略献上一条妙计。狂夫听了急呼呼叫他赶紧托出,可他结结巴巴讲了许多,在旁听着的红月只是点头而未言语。干爹憋了半天自言自语道,黑白两鼠盘踞雷公寨,雷公寨有几间房几条道几个碉楼枪眼,他晓得不少,还不如他为部队带路,哪怕被打死了,他也只是光棍一条。娘亲听到这开言了,可没等她细问,郝汉又派人把她叫走了。"再说再说。"娘亲一走,三人也就散了。问天去了市心街的临时兑换所,他要去问问清楚一千元人民币要凭什么才能兑换一块银洋,因为黑市上要一千七左右才能换得。狂夫说他昨晚被问天搅了好事,今日吃得胯下发热猛长劲,一定要在白日补回来,另外他还要去趟师傅家,问问周龙畅怎样才能抓住人家的外甥白面郎君。干爹见他二人都有了事,便拉着请教二位哥哥,问自家适才想的说的对不对,二位哥哥一致认为他是对的,但又叹惜他不是齐天大圣,不然就能持条神索飞去雷公寨,先将白面郎君绑了,再押至县衙请赏。干爹闻言笑着吼了一句"不信拉倒,说不定说不定……"念叨五六遍后,他口气也慢慢由硬变软起来。"说不定呀说不定,世上万事难说定,昨日已定今不定,今日不定明又定……"狂夫和问天比比画画哼唱着,装出一副没心没肺的样子,不知是在数落自家还是在数落自家兄弟。干爹没跟着神叨叨,他这时听到了县衙右侧响出了脆脆亮亮的甩鞭子声,他判定那里的凤阳猴戏又换个场地开锣了。三人约好黄昏时在县中再会后就各奔了东西。干爹本来是想往左快快回去八角楼亭自家居所的,然而偏偏脚不从心,他的一双脚向右拐了。

　　七八步就到了孔庙前门广场。广场上人围了一圈,都静默在那,听得到的是人们头顶上方的银杏树上有数只布谷鸟儿在绕着树干鸣叫。一会儿鸣过的鸟儿又全不鸣了,场面上倒响起了喝彩声。干爹挤进人群一瞅,见那只戏猴在舞手击鼓,那个小娜妮在连翻跟斗,红衣红裤红头绳旋出了一团彩虹风。好个出场大噱头!干爹内心一声叫好,那女子一下就定住了,亮出的相气不喘脸却笑、眼不媚眉却俏,两朵红头结捏在她指中摇摇翻翻,似飞蝶又似飞花。蝶飞花飞,小娜妮一个翻身跃上马背,手抖抖,甩出响鞭一串接一串……"上路",班主吆喝着,另担鼓板上敲出了马蹄嘚嘚复嘚嘚,小娜妮应声策驹一圈奔去,四蹄踏踏莲花风尘顿时迎面扑来……"过山",马昂首扬蹄腾起,两面山呼树啸鸟鹊乱飞,小娜妮前瞻瞻穿云过雾,后望望彩云铺出一路……"过水",时而流水潺潺,溪滩上石滚草倒水翻翻,时而大浪滔滔,惊涛里风击雨打小娜妮英姿勃勃好浪漫……"摘仙莲",随一声大呼,锣鼓齐响,板点骤急,猴儿翻出了云跟斗。猴翻跟斗,人舞袖,小娜妮排云驾驹妙姿神手轻取仙果在重霄九……干爹看看看得是七窍开放，他眼前的小娜妮似已化为救夫君而去天山盗仙草的白素贞。"好喂好喂。"他轻声唤着，手直往荷包里掏，可掏了半天，除了那只龟，没掏出一只铜板。他低下脑壳想溜了，谁知身子还未转过，两只毛手托着小锣盘已伸到他眼前，嗨，凤阳猴子正朝他龇牙咧嘴着乞讨。尴尬之中，他的背恰好被人拍了一下，回头一望，天呵，凤眼凤眉的真江妹已向他掌心塞进了一张五元的人民币。他接过钱递了过去，"多谢多谢"，迎面鞠躬的一下变了，不是毛猴而是红衣红裤红发结的假江妹。

路上干爹比比画画说"那个那个"，可江妹一直没听懂。小女子自家的话语倒上来了，她说同春堂里一下闹开了，大家都在议论毛记问天狂夫三个鬼揭了军榜要上仙霞山随军扪土匪。干爹闻言牙齿嗑得嘭嘭响，"那是那是，俺昨晚扪到了黑白两鼠，有了吉兆，今日又登上鱼龙壁穿过解放路进了县衙门……""晓得晓得了，郝汉红月请你吃饭了。"江妹有点不耐烦，"你晓得一不晓得二三，你揭了榜就要去做，你既无长枪又无豹子胆，见了白面郎君脚骨都发软，上回你去追那死货没吃到枪子你就算运气了，你能做什么？我看你呀，是被那赏金迷昏了头。忖忖贪的，做做慌的，你呀，你还是跟我安耽些好。"江妹连珠炮般说完这番话，一个人顾自走到前面去了。干爹想说点什么，可就是张开了嘴吐不出言，他只得屁颠屁颠跟着人家去了同春堂。

江妹没走前门，而是走了后门。穿过百草园，他俩一前一后就到了药堂二进北厢的制剂坊。坊内蒸气缭绕药香芬芳，干爹一进屋就被那道味养得目睛子放光。前瞅瞅灶口闪红光蒸箱喷白雾，江妹已在箱旁塞布条。左瞄瞄哑巴双腿伸伸屈屈劲踩铁药碾，两爿股臀不停地跳。中看看只见樟潭药刀"嚓嚓嚓"，药片如同腊月雪花飘，药嫂正在袒臂露乳切白芍。哑巴往上跳时眼一斜看到了干爹，他立马停下脚下活蹦到当央，张牙舞爪"呀呀"扮出圣子耶稣钉在了十字架上的样子。哎，"那是风来了，军榜要刮落"。干爹明白了哑巴的意思，自家便不好意思起来。"人家想出头，当条三界好汉！"药嫂见状说起了不阴不阳的话。哑巴听不懂药嫂话，他一手抄了条扁担，一手拿了把快刀，"噼里啪啦"几下把整根蛇蜕切成了豆腐渣。干爹目睛子转转，傻了，"那你各人说说看俺是不是傻了？"几个人相继都应了，药嫂说傻不傻问自家脑壳，是不是脑壳不要了；哑巴手舞足蹈说，不傻不傻，上山打豺狼上马戴红花，当回英雄才能娶到俏娇娘；江妹说傻傻傻，来日只配给人当笑料。"傻呵傻。"药娘这时抱着一只花白猫摇着头进了药作坊。"各人瞅瞅，这哪是俺那只药猫，可俺还以为是药猫回来了，你看傻不傻……"药娘又笑了笑，将猫放到了案桌上，"药猫呀，该不回想也不回，该回不想也会回，顺其自然，那生灵自家才晓得嘞……"药娘说着将江妹拉了一下，她自己替小娜妮坐去了灶门口。"哦嗬，泥鳅要跳龙门了，得了赏金，媒人钱可别忘了给俺，俺帮你上仙霞找江歌下帖去。"药嫂放下了药刀，一张大嘴叨到了干爹眼前。哑巴见干爹江妹要走了就站在高凳上直朝干爹跷起了小拇指。见那小拇指晃前晃后又晃到了胯下，气得干爹眉开眼笑刚刚舒展开立马又变脸瞪出了乌珠："俺怕死？鸟毛灰，俺上仙霞，自家送八字送帖子钱去！"说完话他还想说但口水还没舔好就被江妹一把拉走了。"别忘了，把白面郎君毛太子也绑回来呵。"药嫂还不让人，她再次甩出的话语盯牢了干爹的后脑勺。

　　拉出药坊后，江妹又把干爹拉到了后院墙院房。"你斗嘴斗得过药嫂？豪郎大哥都不是她对手。"江妹埋怨着叫干爹坐到了眠床旁。"闲不住，喏，给俺冲芝麻。"她给了他一根马头木棒杵，"快了，黑芝麻丸，九蒸九晒，现在已过七了，药娘旧时给文焕先生做，现又给郝汉郝光做。"江妹又将绞好了的凉水毛巾递给了干爹，之后就掉头回药坊蒸芝麻了。干爹擦擦脸，觉得好香，于是去看脸盆架，架上那对兄妹龙凤对锁被好多串玉兰花簇着，连闪出的光亮似乎也带有香。龙纹锁是江歌的，凤纹锁是江妹的，干爹痴痴凝视着锁，他似乎回到了溪流里，正在滚水坝下赤身裸体摸宝贝。他有点高兴了，想坐下来享受一番高兴，可刚刚坐下又立马站了起来，他的屁股被自家裤子上带来的小石子硌着了。随之再丢去一眼，没看见石子，却看见两团屁股灰墒印灵灵清清，像有只脏猴适才坐过那。干爹恼自家，他就去拍了自家屁股，拍完后再去抹凉席，猴子屁股印不见了，两朵青篾编织的莲花竟然在那长了出来。干爹揉揉眼，一边傻傻笑着自家，一边又操起马头杵哼着光棍谣在石臼上冲起了芝麻粉："光棍光棍鳅，四两猪肉日日熘，炒起吱吱叫，烧肉吃得眯眯笑。光棍光棍鳅，东荡荡来西游游。晒死坝头丘，要饿饿死光棍鳅。光棍光棍男，不种菜来不种粮。袋里空袋卅，生病叫天又喊娘。"冲着哼着，很快就过了半炷香工夫。突然间耳边有了声响，干爹听到鸟雀雕花窗棂自家鸣起了唧啾声。一瞧，原来不是木雕雀在唱，而是两三只画眉领着一群乌鸦聚在窗前瞎飞乱舞。咦，这瑞鸟灾雀今日结伴前来为哪桩？干爹犯糊鼻孔吸吸，哇呀，鼻孔顿时满腔喷香，他一下明白了，狗屁吉兆凶兆，鸟儿此来不是给人预报未来，而是闻香来觅食的！人为财死鸟为食亡，干爹摇摇头，抄起马头杵伸出窗外去赶,谁知鸟儿不但不逃,反而快速振翅凝在了空中。其中的一只画眉和一只乌鸦尖喙啄啄,竟相追着马头杵使出了斗殴拳脚。难见难见,干爹乐了就停止了划杵,想把好戏看下去。一停就吓了他一跳,一阵好是熟悉的马啸竟然在耳畔嗷嗷响起。他下意识地就将马头杵撒了手。马头杵滚下,冲头先落地,那马啸声又应着冲头落地声吼得是越发大。干爹生奇,俯下身段瞥去,那木冲头卧在江妹草凉鞋上没一点动静,并未啸叫。干爹又一次明白过来,那马啸应来自郝汉的那匹战马,这下子肯定是郝光骑白马来到了同春堂。想到这,他又坐了下来,一双目睛顿时云遮雾罩:郝光呵郝光,你今日归来是做甚,莫非你与江妹已有约?你若有约,俺就要从后门溜了,你若无约,俺就到前大门迎你帮你牵马,还要告诉你江妹正在为你做九蒸九晒芝麻丸。干爹眼皮跳跳,他发现早先还在眼帘前夺食的那只画眉与那只乌鸦此刻已趴在窗棂上一动不动地看着自家。"芝麻丸是饲你馋鸟的?是犒赏英豪郝光的!你瞅个空屁。"干爹拎着马头杵围着石臼走起了轱辘圈,他不晓得自家现目前该做啥。几圈下来,耳畔马啸全消,门板上倒传出了一个男人的呼吸声息,干爹以为是哑巴上门了,就横持手中棒头要去赶人家,可是当他走到木门旁时,他觉得有爿石壁到了,抬头翘视,没想到雄雄伟伟原来是郝光在朝他笑。郝光跟干爹讲,他就是来找干爹的,刚才在门口碰到哑巴,哑巴说毛记人在后院江妹的搭墙闺房里。干爹一听是来找自家而不是找江妹就拍拍脑壳怪自家多心了,随之还捏了团芝麻给了郝光,同时告诉人家这芝麻团是药娘吩咐江妹专门做给郝汉郝光兄弟俩的。郝光说了句"多谢了"立马就换了话题,问干爹前些日子是不是看见江妹的哥哥了。干爹说是呀是呀,那天政府出布告剿匪反霸安抚民心,江歌也凑巧男扮女装在看,其人还说他下山是为毛太子在鹿溪镇里觅匹"梅花鹿"做压寨夫人,毛太子那厮要以此大吉来冲凶呵。郝光听了露出微笑,他在关照干爹"今日找你之事无须与他人讲"后就满嘴喷香地走了。当干爹小肚鸡肠地追出去看人家有无去会江妹时,人家已骑在白马背上渐渐远去,留下的仅是一串弄堂风。干爹嘴里念着"无须与他人讲,果真是找俺",同时似乎脚板生痒,还是去追了十来步风。然而,他接着就停住了腿脚。他追风是想告诉郝光,江妹人在同春堂,人家心里是蛮有你这位北佬军汉的;他又不去追了,是要告诉自家,这下江女子是属于毛记哥哥的,毛记哥哥不将落难江妹娶归八角楼亭,哪还算鹿溪好汉一条?敲敲脑壳捏捏臀印,他思来想去,没想到他想到了他在红月前曾扬的言,他要上仙霞摸摸雷公寨的实情。是呵是呵,对!干爹一双脚又往回走了,他决意冲冲,他要告诉江妹自家是有豹子胆的,只要真发威,连笑面老鬼都心惊,只要意中人有召唤,哪怕骑匹快马过山过水去盗仙草都行,何况目前仅是上山荡一圈;若碰到难为之时之处,他可以跟毛太子讲,自家是来给江歌送那只丢落鹿溪流水的龙纹兄妹对锁的,或者还可依药嫂所言,说自家是来找江歌下八字帖的。对对对,药娘讲得多灵清,药猫要回要不回,药猫自家晓得的,俺要上山不要上山,俺难道不晓得,难道自家不如一只白花碧眼波斯猫。干爹想想想明白了,他模仿着那个凤阳耍猴女的姿态纵马扬鞭,从后门回到了江妹房间。一进房门,他就看到江妹正在用自己的花帕擦对锁,"郝光找你啥事体?""找俺,找俺……没啥事体,他是来找你的……""嘴巴花趣,哑巴都跟他说过俺在药灶上。"干爹刚编了一句就被江妹识破了。"俺跟你说,江歌下山寻'梅花鹿'的事体千万莫说,你说了,俺哥被拘去杀头,俺要咒你一辈子……"江妹说着说出了泪花。"这事……俺……没说,俺说的是你在为他做芝麻丸……他还说那东西真香。"干爹觉得眼前小女子的泪水已泡了自家半爿心,他的嘴反而硬了。"你看着看着看俺做……"他拿过江妹手中的锁,嚷嚷着闯出了后院门。等干爹走到弄堂口憋不住回眸望去时,他发现江妹和药娘都站到了枝条在外的玉兰花树下。

不闻花香不闻吩咐声也不问去何方,药娘和江妹任凭自家走远了。江妹呀江妹,莫怪俺刚才口讷讷舌糊糊给你来花趣撒谎,可俺跟郝光说了真话。说了真话江妹你就不要急不要怕,因为"自家才晓得",笃定胜似那药猫。揭了榜,凤阳女她给俺舞马术,江妹你叫俺执马头杵,郝光骑来白马还专程来拜访,癞痢头上的虱子,日头光下的影子,傻子也悟出了个中奥妙,那就是明示俺要骑匹快马过山过水上仙霞。去嘞去嘞,干爹直觉脑壳里厢有道道红色雾团飘来飘去在诱他,他双腿生风,直道上跨大步,弯道间跳小步,像匹马一样奔回了县中八角亭楼。上楼时,刚到二层,他就看到了一个夕照下的身影光鲜流丽,猛一入眼,干爹吓了一跳,又喜得满目泛金辉,他觉得自家看到了文焕先生,可是当人家转过身,干爹就惊惊奇奇看到了先生的娜妹文新。文新告诉他,她已经从廿八都调到了县立中学,今天上门是来为干爹发薪水的。干爹接过红纸包,听着文新说,薪水不多,正式校工一万六,临时校工六折,九千六,能买五十斤米了。文新临走其他话没说,只说了"丁丞司令说你人蛮有意思,你还有心结未解开"。干爹品着文新的话,一下子没品出味,可当他把钱数完数目没错时,他把那天在吉普车上见到丁丞大司令的情景又都记起了。"有救有救,不用杀头,有了有了,不用借了。"干爹挥着手中的票子开开心心地下了楼。到了楼下亭底，狂夫与问天又冒了出来，三人于是如约碰了面。狂夫当即就问，俺各人光揭榜没做事，钞票从何来，莫非是把那贴金酒壶换了钱？问天也不问什么，可当他把钱一张张审视完时，他说他家里人口多，缺粮二十四斤，钱要借一半，等新谷收箩了肯定还。干爹也没问二人下午事办得如何，一副理都懒得理的样子，扬长去了大操场，同时嘴里也没忘了唠唠叨叨"晓得个屁，天上掉下个林妹妹，俺要骑马带钱见舅佬！"干爹这下着实得意得很，因为他没想到也没想过学校会主动给他发铜钿。往年间，文焕先生在世时，先生没少为他讨薪水，他吃亏就吃亏在不是正式校工，而正式校工是会准备试管试秤做物理化学实验的。干爹鼻头吭吭：狗屁物理化学，还不是看谁做主，如今文新不做地下党，翻身做校长，自家虽为临时工，还不是照样领工资。"喂喂，跟牢，俺等下有事要差呵。"问天狂夫倒应了，他俩已感到，眼前小弟走路腾腾，肩上如插将军旗，搞不好不仅是双喜临门，而是个三星高照。于是快迈几步上前问问，一是学堂发钞票？二是与江妹上床做了野鸳鸯？三是揭榜打匪的壮志雄心已先被郝汉郝光预支了犒赏？干爹面对两位哥哥的发问，既不点头也不摇头，他熬得住，心里藏着快活，就是不回答。不回答呀不回答，郝光有关照，天大事体上了山见到江歌才能见分晓。干爹咬咬牙发了话："今朝发钱请帮忙，俺要去借黑马，你俩快去支开周豪郎。"行，狂夫和问天听到有钱发，连忙都答应了，狂夫说他要去扮黄昏时出门的獠牙盗马贼，把豪郎吓吓走，问天说不然不然，豪郎手里有枪你扮强盗去等于送上了一板活鲜肉，豪郎正好包肉饺。那咋办？问天又说，还不如编瞎话，就说药娘传豪郎叫他快快回同春堂，因为他自家的细娜妮要出痘疹了。干爹闻言说不行，药娘从不说谎言，这事若办了，事后如何见这世间的活菩萨。三人你一言我一语最后商定，还是快请十八曲弄的柳胭脂出面邀走豪郎去打麻将，那女人本就是暗娼，又是豪郎的老相好，她杨柳依依红晕点点勾不走豪郎才怪。好嘞，去吧，干爹将四千元分给了狂夫问天，只等了三刻钟，就看到那女人将豪郎领着，一前一后消失在操场东头的杨柳树下。得得得，干爹悄手悄脚去了，去了后马厩，前马厩关战马，后马厩关后勤杂务马，江妹的黑马就关在那。黑马见有人来，目睛子扫扫，警觉了片刻，那对乌珠就流出了微笑，牲灵认出人了。干爹上前摸了马额摸了马鼻，还向马嘴塞了把豆饼料。接着，他叫过问天，定要人家在记事簿上写上"毛记借马一用"。事毕，他伸出大拇指往黑马屁股上的火烙印上擦擦，后又正儿八经地将拇指印揿到了借条上。问天叫好，狂夫扮鬼相，干爹说了声"拜拜拜"，自家就双手合十向黑马作起揖来。黑马见干爹如此多礼，也不客气，随地打了两个滚后，竟然屁股落地端坐起来。狂夫见状似乎也端庄了，就念出了拜菩萨谣："三月三，四月八，十八岁娜妮去到城隍庙拜菩萨，大红花头上插，胭脂花粉面上搭，花衣裳，红鞋袜，花手巾，腰边塞，走起路来羞答答，天空落雨路上污落溻，来来去去男多路又滑，碰到一班白食鬼，见到十八岁娜妮涎嗒嗒。"念到这里干爹有些不满，他觉得这谣太浪，便连忙去叫了停，狂夫倒也听话，他还真的歇了嘴。可嘴歇手脚不歇，那厮乘着兴头走向记事黑板，取过几根白粉笔，往马腿上画出了飞云纹，往马首上画出了他最擅长的喜鹊闹枝纹，最后还硬在干爹屁股上画出了福字形的奶珠头。他的那个调门随之也更高更油了："围拢上来扭的扭，扎的扎，一双大腿扭得红刮刮，一双乳头扎得软托托，娜妮坐在庙前台阶上，流泪满面垂头又散发，抬起头来对天来发咒，明年死也勿来拜菩萨……"干爹知晓这人这时是颠着在给己送祝愿，怪不得怨不得，当然也赞不得，他便哭笑不得地疾声大呼着："走走走！"黑马倒是听使唤，它立马起身股臀颠颠，直到把狂夫差点颠倒在马槽。狂夫骂了干爹，问天乐了，"走走走"，走走走，三人有说有笑嬉闹着出了马厩。"可惜只有一匹马，不然跟你一起去。""黄昏底提神呵。""见了江歌要称人家舅佬呵，先莫劝降，实在不行就跟他说，江妹有病，快下山探妹呵。""见了白面郎君要说他娘舅周龙畅向他问好，若人家怀疑你在城墙头追过他，千万莫认。见了毛太子要称人家叔，人家与你养娘毛家山姑是同辈的。""那点钞票要送的呵，送了小钱，擒得敌酋，可换来大钱的噢。""毋忘记，你身上有魅的，万一魅来，不管是红是白是黑是灰都莫慌，都把它当作白滚汤。""万一被割了头，俺目睛子要睁着，不然，野狗要叼走头的，俺下辈子就难投胎做人了。"问天与狂夫关照了又关照，干爹点了头再点头，他终于骑到了马背上。驾驾驾，过操场、穿弄堂、过浮桥、上大道，那匹被狂夫粉涂过的马儿简直神了，仅有一次它头颅昂昂股臀翘翘，而那又是它听到了郝光的白马在啸叫，其他时间它一概骁腾跑着，四蹄飘飞，踩草踏土溅水跳石，都如同大鹏驾云一样无甚声响。

第十六章　哭坟·闯寨

　　黑马中途吃了两回草喝了三回水,它驮着干爹就到了仙霞山脉脚下的白石村。干爹缰索挥挥想继续前行,因为那个村是个黑村,去不得,可黑马不听他的,那牲灵犟头呆脑放慢脚步悄悄进了村,结果虽无强人夺路劫人,然而还是惹出一串狗吠。马摸摸索索到了村公所,一群狗也到了村公所,直到村公所门开了走出了文书董朝晖,那群狗才不再围着黑马打转。干爹的眼睁得吓人兮兮,他脑子里闪出了几张嘴仍在唱着那首路途歌:"白石乡呀白石村,土匪成大班,腰边箩索木壳枪,走到百姓家,布线带都要被抢光。"董朝晖笑了,他告诉干爹白石村如今是剿匪最前线,村子经过整肃面目大有改观,区委书记郝光就在此驻扎。黑马似乎听懂了小胖子文书的话,它拖着干爹先走到大屋的堂上,盯着一部手摇电话机看了几眼,继而又领着干爹去了东头草棚。干爹这时也懂了,这马来过此地,为郝光送过枪弹,为白马送过精料,江妹为此还去过马厩,为黑马冲过一个六月雪泡水的大凉澡。干爹瞅着画有喜鹊闹枝瑞图的黑马首,只见人家鼻头吭哧眨态萌出,干爹意识到这马鼻孔里嗅到了情人气息,那气息就是那匹已去县城的雄白马的精骚气呀。干爹喃喃道"懂事懂事",董朝晖虽未听懂话,可人倒蛮客气,他不仅给黑马吃了个饱,还招待干爹喝了三钵碗苞萝米粥。文书称干爹为叔,他说他是毛家山姑的远房姨表亲戚,辈分小一代;文书又称干爹为恩人,说自家在县中读书时,因肚饿去泔水桶掏杂物被人误捉,后来还是叔来帮他解的脱。人家客气,干爹当福气,他说自家天生一个福将,连屁股印上都是有福,说着他还真让文书去看狂夫画在自家凸臀上的乳房福。董朝晖实诚人,果真去看了,看了半天啥也没认出,可他仍然说"像,像,像有福"。有福有福,有福人要走了,干爹牵上黑马向文书告辞说,自家领了文新发的薪水,现在要上毛家洼给养娘供上肋条大肉磕头上坟了。当他走出不远站在土坡上回望时,他看见董朝晖带着一帮扛缨枪的小儿已在田间查勘电话线路,他们手里摇着红旗嘴里还叼着童声稚气的歌:"当土匪要自新,自了新勿要紧,交了枪支作保证,政府教育你要听,快一点,回心转意,做个好好老百姓,勤力种田多安心。"

"多安心呀多安心。"干爹舌头发痒嘴皮嚅动,他哼着歌牵着马踏上了古道。古道蜿蜿蜒蜒一段又一段,土石路白光熠熠地从草木丛中暴出脊背,就像一条长蛇翻身露出了肚。走出两个小山头,黑马脚步慢了,马乏得眼皮耷拉,而干爹也只能一只眼闭着打瞌睡,另一只眼时开时闭地醒着。走到三棵树跟前时,一阵凉风挟着豆杉清香迎面扑来,那黑马首级昂了起来。干爹顿时就觉得手关节被勒了,继而他的那只瞌睡眼也被缰索勒得开了缝,浑身一个寒战,眼前一只花绿雉鸡闪着彩翅在马首上下围着飞。几圈下来,雉鸡见自家的长花尾几番撩拨也未引出马首上的白喜鹊跳出来,就飞入了三棵树后的乱坟岗。还没等到干爹心里的一句笑话"傻雉鸡,那白喜鹊仅是画"说完,被扰的乱坟岗顷刻间就"嗡嗡"放飞出一团野蜂。"黄巢来了,黄巢来了。"干爹听到了蜂的呼啸,自家竟然像从前做小儿鬼时一样叫出了声。接着,也不知是马牵人还是人牵马,人马都快步逃离了那爷树生出子树、子树又生出孙树的三屏绿障。干爹走出两丈远又回首,他眸睛子里烧着火:认错人了,黄巢修道黄蜂落巢是叫各人守坟的,你来噬俺,俺又不是皇上。骂毕,干爹似还不解恨,他拾起一块山石朝坟岗扔去,哎,谁知雉尾晃动,坟堆上站出了两个头戴雉尾毛冠的持枪人。"雉冠雉冠!"干爹惊慌失措地叫了起来,他晓得自家这下碰到毛太子的人了,因为那些个强盗好多都喜欢在头上插鸟毛。幸好那匹黑马懂事,它拉拉缰索竟把牵马人拉上了自家背脊,再一路小跑,跑到了保安镇上的肉摊前才歇脚。干爹拍拍马屁股连声叫好,他没想到江妹的这匹马如此有孝心,它竟然明了自家心思:要买两刀肋条肉去供毛家山姑。跳下马,看看肉油还厚,掸掸棕树枝条赶逃了几只苍蝇,嗅嗅红肉白油都不臭。买,付去两千六,肋条肉到手,保安老街再走一遭。左拎肉,两刀鲜肉杆上挂,右牵马,一匹骏马手中拿,头有蝇虫嗡嗡叫,脚有铁蹄响嗒嗒,老者侧目小儿追逐,丑妪指点俊妮窃笑,干爹如同驾得旱船一路踩莲花。过了上街过下街,找爿小店坐下来,不要鱼不要肉,只要一盘炒青豆。脚跷跷,豆嚼嚼,干爹两口马一口,吃得人点头马摆首。一盘不够再来一盘,老板乘机还端上两碗红米酒。干爹说俺不会喝酒也不能喝酒,谁知话音刚落,店里的一只黄狗吠了;干爹骂了一句后,又有个穿着兜裤的小儿上来了。小儿说,喝酒好,喝了酒走山路就不会碰到嘻哈豺,不喝酒不好,不喝酒就会碰到嘻哈豺。嘻哈豺,笑面恶匪,可碰不得,谁碰谁倒霉。干爹觉得小儿话不可不听。那,那就喝吧,反正小菜一碟,两碗小酒醉不够。一碗下肚满嘴飘香,似引得身边战马铁蹄乱踏舌涎乱流。嗯哎,吵个鬼呀,莫吵,难道你也忖饮酒?马饮酒罕听说,除非是醉人在饲醒马呀。嗨,马喝还不如人喝,醒马驮醉人,仍能闯山会敌酋。马争不过人,干爹一会儿便抢着喝光了两碗酒。继而跳上马,挑着两刀肉,故意溜溜达达慢慢走。慢慢走呀慢慢走,前头就是戴公馆。昔日戴母做大寿,毛太子送寿幛被轰走,白面郎君跑前奔后当下手,俺毛记路过逢上也曾去点过炮仗、猜拳喝令饮过三碗酒。过大门,青天白日画不见?穿巷道,改天换日,墙上已是红旗猎猎拳头举举,连黑马瞅着瞅着也乐得发出了吼。按马头,岁月粥样稠,挽马缰,马是在慢走,可人仍是嫌马走得过于快速,怎,怎,怎的一阵工夫,那马就驮着赳赳匹夫想七念八地走到了仙霞关隘口。到隘口,马停蹄,人也睁开迷糊眼,眸睛子四处扫过,喂耶妈,青山绿水都糊了,唯独有只木偶娃娃赫然入了目!那木偶娃娃是被哗哗流水冲出来的。起先,木偶仅是露出一块已经发黑的红裙角,裙角从一涡桥边湍流水的上方青草堆中伸出,摇摇摆摆一会儿后,草堆跌落,木偶娃娃就漂到了水涡中打转转。天呵,红裙白花,翻过来是张雪白脸,翻过去是头乌青发。是谁是谁?似曾见过,那可是在久远以前;是她是她,难道是她?当年自家捡到又吓得丢掉的东洋娜妮鬼……当年是个六月天,自家正在桥头草棚里避着一队国民党军烧野茶水。那队国民党军在白面郎君的带领下刚来过,还吆喝着"有人快出来",自家没出来,自家躲在柴草窝里,自家也不愿出来,自家荷包里还有这两天赚来的十来个铜角子,出来出来出来,铜角子搜走怎么办?再熬过几天,等带点私货的过关浦城担们给多了茶水角子钱再出来也不迟,那时俺就能给三养娘买些纸钱烘烘坟头。三养娘可是烈女呀,日本兵烧了她的房,抓了她男人,她追上去割了鬼子的耳朵,自己跳了塘。干爹回想到这,他不愿再回想了,因为当时接着发生的事太离奇可怕了……于是他跳下马脱了鞋挽起裤脚,走到桥下水涡里去捞出了那木偶娃娃。甩甩水,再用燥汤布揩完了身子又揩脸,谁知刚刚揩得干干燥燥的一张脸又湿了,眼前的东洋娜妮一双细眼泪水竟有如泉涌。干爹偏过脸,他不想瞅那东洋娜妮了,不料随着"叽叽"数声,他蓦然发现有一母一子两只黄麂现在正在看着他。那,那还是那个久远以前的日子……那真是晴天霹雳,干爹吓得朝门口看,一只小麂依依偎偎在母麂肚腹下,两只生灵都在瓢泼大雨下直打战。干爹迎上去,接客一样端出两碗大凉茶,麂也不避人,就咕咕噜噜喝了个痛快。喝完茶又歇了一会儿,干爹手划划示意两位人客好走了,可人客反倒钻进了禾草堆,一个屁都不响。干爹一静听,整个隘口三面山上滚雷扑扑隆隆。出门看看,雨已停,乌云散尽天又晴,原来是山上好几只黄麂被几只队伍惊扰得四处钻林找洞奔逃。仰首张望,隘口山坡,浙闽公路,仙霞主峰,一层高一层地叠着翠绿,人一穿梭,翠绿处便生出风来,那风随之又吹得无尽的竹林你起我伏,浩浩荡荡,成了悬空的海。干爹心一紧,赶忙躲进石桥下,他晓得竹林里藏有雄兵,而雄兵手中的枪炮随时都会开出火。莫开火莫开火,干爹数着铜钱念叨着,可枪炮火还是来了,轰轰烈烈,铺天盖地,原先一波又一波的竹海上蹿出一簇又一簇火花,喂呀呀,头上一下又悬出了火的海。干爹头一缩,只见脚下水影晃晃,一群山溪石斑鱼只往裤腿里钻。鱼找到藏处静了会儿,可接着就乱了,鱼儿四散逃窜至桥下,倒影全是鬼子兵的头、鬼子兵的枪刺。干爹闭眼捂耳缩进野水芹丛里,他想来想去想不出办法,最后无奈把自家想成了一只冬眠的金色癞蛤蟆……也不知过了多少时间,一阵水牛的吼声落到水面,搅得野芹枝条直晃,"赤膊来赤膊去,蚯蚓也有三分气,格鬼子休得意,今天取你老性命",喂呀呀,干爹醒了,他看见养娘的亲戚毛太子和一个小阿哥正在不远处边吼歌边割死鬼子的人头。再过一会儿,一个长有白面判官脸的国民党军长官来了,他讲着一口的保安土话,大声对割人头的强人说:戴老板说了,只要杀鬼子,不分山上人山下人,都有赏。"有赏,有赏……"干爹也听到了有赏。他顿时顺应也有了想法,为三养娘报仇,俺也冲出水芹蓬去割他一番死人鬼子头?还没等他想好,一具死尸突然从桥边树上滚下,干爹瞅瞅死尸,陡然壮大胆子,他已将眼前死人当作了逼死三养娘的鬼子兵,他蹚水走上前。天呵,黑头死鬼子的脖颈上挂着一个东洋木偶娃娃,人家一只强盗坏脸想不到还在笑……干爹此时已经记不灵清那时是否去割过鬼子头,但他当时把那红裙娃娃埋进乱草脚下却还是记得蛮灵清。他捧起一掌水浇了浇头,他觉得水好凉,他晓得自家这下醒了,于是将那只木偶娃娃头朝东埋到了岸边一棵柳树下。缘分呵,不是人缘不是鬼缘也不是人鬼缘,这难道就是问天所谓的古怪魅缘?!干爹牵过马又赶路了,他见头上日头已挂在了雄关北侧关帝大庙的旗杆上,他知道要赶紧过关,不然就要摸黑数着石板走瞎了。他,他还要去会旧时曾经杀过鬼子的毛太子和白面郎君呀……这段往事干爹在我面前曾吹过,那是在五十五年后的一个八月天。为组织三界军民抗击日寇的文稿,我和县志办一班人前往仙霞岭实地考察。

干爹那时已蛮有钱,他执意要在保安老街上为众人设宴吃野味。席间,当酒过三巡一个国民党老兵滔滔不绝说他们在一〇五师师长率领下设四道防线如何如何英勇杀寇时,干爹忍不住插嘴了,他说是呀是呀,打死了好多人,可是只见死尸不见坟头,能否让他出钱给国民党军修坟头,给日军买船票送其魂魄回故乡。各人听了,一下子不知如何接话柄,当即面面相觑冷场了片刻,接着似乎又省悟到了什么,就纷纷鼓起了掌。当然,这些都是后话。

　　而当时干爹踏着石砌阶道正在过山关。东张西望南瞄瞄,竹海呼啦啦响,关口敞敞开,恰似一个娘亲的大怀抱。人娘亲、马娘亲、牛娘亲、猪娘亲,小儿莫哭莫闹,娘亲乳房亲亲热热过来了。那乳房生在铁色城墙上,暖洋洋,金黄灿烂,如同秋日葵花在开放。干爹拍拍马屁股快走百步,人与马就钻进了山关城门圆拱洞。阳光从西南山缝中来,充充沛沛洋洋洒洒,盈满了洞咬紧了墙。墙上一只又一只野葫芦果沐浴在金风里,像好多个乳头在晃荡。马也渴,人也渴,干爹仿佛回到了梦中的温柔乡……云开雾散,阳光蹿进了草棚窗,饿极的乌毛小儿趴在山姑金色的胸膛上,那胸膛宽宽阔阔似无边际,然而就是奶珠疲疲沓沓怎么也吸不出点滴琼浆……马舔舌、人张嘴,人马都把葫芦当奶头吸来吮去,终于喉咙湿润了。可是好景不长,没多少工夫,阳光萎萎缩缩起来,干爹伸手去捉捉不着,人家逃得还是比他伸掌快。马尾这时摆了又摆,扇出的清风倒是一下子擦亮了干爹的混沌眼,蓦然回首,他看到了马臀上的那个"江"字火烙印显得出奇地清爽。不得怠慢,山里的太阳困觉早。自家借马可是揿了拇指印的,有借快还再借不难。快走吧,江妹还在家等着俺,俺怀里揣着小女子的龙凤纹对锁,那就是揣着她的指望。江歌呵,俺代你妹来会你,是叫你快下山,你只有骑着江家的黑马下山,你才能有救啦,不然,大司令丁丞派回的三〇八团就要来了,人家机枪扫扫大炮轰轰,不打你一个人仰马翻人头滚滚落满山岗才怪!干爹任凭胸中话语啰唆番番,过了一关又一关。等三关一过,没走几步,两尾雉毛从路边跳出,进而逼近目睛子,干爹被人拦住了。鬼嘞鬼嘞,这两人身影乌魃魃、双眸绿晶晶,一个持三八大盖长枪,一个握驳壳连发短枪,呵呀呀,雉毛插在草冠上,这不就是毛太子的人马吗!"你哪你哪……"干爹口讷讷不知说甚好,他下意识地把扛在肩上的两刀肋条大肉收到怀中,用一只手抱了个紧紧。"呵呵呵呵",两个贼人甚话都不说,只是一味地笑着。干爹见两人面目和善,就拿过一刀肉递了上去,说肉油润厚,精肉新鲜,两位哥煮煮炒炒吃个晚饭吧。言罢,他拉拉缰索想到了逃。"呵呵呵呵",两人仍是笑着,但两双手抄了上来,一个要拽马头,一个拍起了马屁股。哇呀呀,莫非真的碰到了嘻哈兄弟豸?干爹头皮紧紧搐搐,他担心着:这可是悍匪世家出身的角色呵,劫财劫色,不论穷富通吃,杀起人来图快活,每每嘻哈之间就取了他人首级,这这,在仙霞山传得可是人知猴知牛知鸡也知的……"真倒霉,俺酒都喝了两碗。"干爹这时想起了保安那家小店那个小儿的预言,他开了骂。边上一直不说话的嘻哈兄弟听了骂言反觉莫名其妙,一下倒是说话了,问是何故,何故何故?干爹心不慌言不混,竹筒倒黄豆,将当时人吃豆、狗吠吠、小儿劝喝,于是人才喝酒多花了铜钱的整个事体说了个精光。"谁知小儿的话不灵光活现呀两位哥,你们说说这究竟是何故?"嘻哈兄弟豸对对眼又不说话了,狂笑傻嗷一番过后把马缰索交还了干爹,并叫他跟着走。干爹说跟着走不好,他还有事,他要去毛家坞给养娘上坟。养娘养他不容易,连下葬都没钱困棺材,今日虽不是清明冬至上坟日,但今日有肉,养娘顶顶喜欢吃肋条肉。嘻哈兄弟闻言仍旧不说话,但是嘻兄的短枪顶上了干爹的鼻头尖、哈弟的乌爪又夺走了马缰索。干爹见状顿觉鼻孔凉得发颤:"两位哥,俺指望你俩说实话,今日杀不杀俺?不杀俺,俺就跟着走,杀俺你俩就先跟俺走,等俺供肉祭过母再杀。"说完干爹乌眼珠瞪得牛眼一样大,嘻哈兄弟嘴唇抿抿似有话说来,但仍未发出声,他俩只是相互眨了眨眼。走走,完了,缰索递回,两人跟着一人走,这回肯定要杀头,干爹一路胆战心惊……毛家坞不是很远,半个时辰就能到,干爹想好了要走慢点,反正命快没了,赚回半个时辰也好。半个时辰两刻三十分钟,能思忖好多事。俺把这些事孰轻孰重排排队,以便到养娘坟前好说话。想到这,干爹刚才还在怦怦乱跳的那颗心反倒平静了许多。"两位哥,俺忖点事,你俩也莫闲着,你俩要把杀法忖定当,然后告诉俺,俺不能像张飞,死得自家都不晓得是怎么死的。""嗯""嗯",嘻哈兄弟这次倒是应了似的。走了十来分钟,黑马头脚焦躁不安起来,铁蹄迈五步踢一脚、马首时不时就回瞻。干爹也回了眸,看看没有人影,只有光影时隐时现地从树丛间泻出来,仿佛要跳出个鬼怪一样。他摸摸马额头轻声安抚道,莫怕莫怕,贼人要杀的是人不是牲灵,脚力强健的牲灵比人值钱,人家舍不得杀的。黑马听了话,浑身哆哆嗦嗦,双眼噙出了泪,一路哀啸个不停。到了到了,坟堆就在村口溪边,一线细水从旁冲过,冲得水车哗哗流水,水碓吱吱嘎嘎叫。摘下绿松丫,采过红豆果,再摆上肋条肉,干爹跪下磕了三个响头。"两位哥,可告诉俺了,怎么个杀法,若俺觉得满意,俺送二位一个礼。"说完他伸手摸了摸藏在胯下的钱。在在,钱还在,贴着爷卵子,票子被烘得滚烫。嘻哈二匪互相瞪瞪眼,终于说话了:由你由你,你只要去死,怎么死都行。由自家?干爹敲敲脑壳捏捏股臀,真的由自家去想了:杀头死?杀头是古法,但首身分家留不住全尸,这死法不对;枪毙死?这倒是新死法,但挨枪子的是杀人越货之辈,俺既不是江洋大盗又不是惯犯,俺不能那样死;活埋死?那就是闷死,先闷闷看,试试不灵,太难受,这死法仍不对;上吊死?一根绳圈树上一挂,头颈钻进去,脚一蹬,倒是蛮简单,但那是一些冤死老堂客的死法,俺爷们一个,那样死没面子,何况那样死乌珠突出,舌头长出一尺,太难看……干爹思忖半天也没想好,便诚心实意转身去向嘻哈兄弟二人请教,嘻哈兄弟这下既不说也不笑了,二人盯着干爹转着圈去看。看看,被看的干爹又重新说话:你二人若选不出一个不痛不痒不失面子、死后能投胎做人而不做牛马猪羊的死法,那俺就暂且不死了,好不了。哎哎,嗨,嘻哈兄弟傻眼了,眼前人是什么人呀?"傻子傻子傻子嘛!""傻子傻子你才傻子。"干爹嘟噜着双腿一跪,就顾自去哭了坟。干爹一哭养娘,说养娘一世操劳,到头来连副棺材都没得困;二哭自家,说对不起养娘了,自家娶不回江妹香火要断了;三哭黑马,说对不起军驹了,不然一匹战马怎会沦落成强盗脚力;四哭江歌,说江歌命苦,本来不会吃枪子的,这下可是没救了,要怪就怪嘻哈两位哥哥心太煞。干爹哭到最后只觉恶心发作,竟把在保安喝的两碗酒吐掉了一碗。可惜呀,他懊恼一声后就抬起头朝后瞅,天呵,嘻哈兄弟两人不见了,马还在,眼前站着的竟是男扮女装神采奕奕满脸笑容头上也不插雉毛彩翎的江歌!

　　干爹根本就没指望江歌会在此时来搭救他,因为该搭救的人不应是他呀,他一脸狐疑地凑上去想问个所以然,不料该搭救的人在与黑马嘴对耳私语了。人家讲的是下江话,干爹当然听不懂,但他很快就猜到了这人与马是相认了。是的,江歌刚才正在回雷公寨的路上,他又去福建九牧为毛太子寻"梅花鹿"了。上次在三界县城鹿溪镇没觅到人,毛太子不甘心,他也不甘心,毛太子不甘心的是压寨夫人来不得迟,他还等着娶回喜娘来冲晦气,江歌不甘心的是找不着合适的人就会让头人多糟蹋女人家,他也会为此跑断脚。快到雷公寨了,江歌突然听到一阵又一阵似曾相识的马啸声,于是循声而来,碰巧就遇到了刚才那一幕。嘻哈兄弟二人见二头领来了,就告之说他俩碰到了一个似傻非傻的怪后生,本来是想杀他的,后见好玩就只想跟人家玩玩了,最多是谋个财并不想害命,可是干爹那时正在坟头一门心思地向养娘倾诉衷肠,身边发生的事他一概没看到没听到。

第十六章 哭坟·闯寨

当干爹听完江歌一番解释后,他对那匹黑马更是刮目相看了,他盯着马屁股上的"江"字火烙印拜了又拜,感谢人家救了他。他还告诉江歌他是摁过拇指印的,之所以要摁拇指印,是因为他要借马,之所以要借马,是因为他要会江歌,之所以要会江歌,是因为他去揭了榜,之所以去揭榜,是因为他想得赏金,得了赏金他才能摆酒席迎娶江妹,而娶了江妹他就和江歌是一家人了,这样江歌就会听妹夫的劝,下山投降共产党军队不做土匪了,从而救下江歌命一条。好个干爹,一股脑儿说下来竟把江歌说了个瞠目结舌。"吃力了吃力了。"江歌似乎只会说说这句老套慰藉话,他沉默了好久。走到雷公寨前头的岔路口,江歌叫干爹好回去了,并且告诉他拐过东边前方二次弯有一条新开的秘道,从那儿下山能节省好多时间,日落之前到白石村笃笃定定。两人挥挥手似乎要分道别去了,谁知黑马就是不肯跟干爹走,人家颠颠屁股脑壳直往江歌身上黏。黏了三五回,干爹索性将缰索交给了江歌,他说马是他借的,他不能离开马,他也去雷公寨做做客。说这话时,干爹傻傻地笑着,傻得连江歌都不好意思拒绝人家同行。其实他脑子当下还是蛮灵清的,他觉得今日运气格外好,今日去闯闯雷公寨会会毛太子白面郎君会有吉星高照的。"江歌哥,你瞅你瞅。"他指指点点,叫江歌看起了狂夫画在马首两侧的喜鹊闹枝图。

一路上江歌也在盘算了,上次他去县城除了为毛太子寻觅"梅花鹿"外,他也是去刺探军情的。他在四牌楼鱼龙壁处看到剿匪布告后,就嗅出了一股蓬勃生长的肃杀之气。等到会到江妹就证实了他的判断,那支解放三界的解放军劲旅三〇八团又回来了。这次偶遇毛记又得知共产党已高挂悬赏牌,从而搅得民心更为鼎沸,他立马就想到了自己和雷公寨弟兄们的末日很快就会降临,他他他……他不敢想了,他眼前的雷公寨哪里是夕照熠熠呀,那分明是焚房毁寨的天火熊熊呵。"记贤弟记贤弟。"江歌捋着马鬃毛不知所云地轻轻唤起了干爹,干爹目睛闪闪瞄上去,没听到江歌有话说出来反而似乎是听到了江妹的口音。这,这人……干爹顿觉自家鼻头里厢肉肉麻麻,他竟然嗅到了些许妩媚气。走到山寨前,江歌脚步又显见踟踟蹰蹰,一会儿后,干爹跟着人家没走正门,而是云里雾里走了一道隐蔽侧门才进得了寨。进寨后,江歌没给干爹蒙眼睛,也没先进雷公堂后进雷兄雷弟雷子雷孙众厢房,而是直接去了雷公大屋的后院房。干爹心里清楚,当年江妹探哥带他来过,雷公寨模仿大鹏展翅式样,中央是雷公头雷公眼雷公心,两侧是雷公翅膀,后院是雷母雷婆居所。江歌为宽慰亲妹心,陪他俩逛寨逛了两三遍,那厮说此寨系明朝一退伍军将为训练抗倭健兵而创,后经数次改建,在百年间均为强人盘踞,它屋屋相连、间间相通,明碉暗堡、明路暗道密布,冷兵器可突袭厮杀,热兵器外打内打不着,而内打外一打一个正着,是固若金汤。干爹当时就听傻了,说妹妹理应放心,这里小乾坤比外面大世界安全,他若不是嫌土匪名声难听,他也要来这里落草为寇。气得江妹立即给了他屁股一脚。干爹可能是想到这自家也觉可笑,他情不自禁地摸起了他的臀。江歌见状摇摇头,只是默默笑着,他心里的算盘也没少打,他要请干爹喝上两杯,好让人家讲个端详,因为他觉得眼前人既然揭了军榜又敢上山,必然对三〇八团的军情也知道不少,刚才此人想走的神情举动,或许是被嘻哈兄弟吓的,或许是装的,若是装的,那装得真像,那就可谓是大智若愚了,那就十分可怕了。想着走着,江歌带着干爹将黑马拴到牛栏吃草后,进了自己的屋。那屋紧贴雷婆屋,马头高墙搭下来总共只三间,堂上坐过片刻,酒肉上来了,栗子鸡、黄瓜鱼、萝卜片、香泡、豆豉、花生米,全是辣的。干爹说不会喝酒,但江歌不让,说若不喝就不是自家人,无奈之下人家连干了三杯谷烧,他也陪了一杯。江歌还举杯,不像哥倒像姐或嫂,眉飞飞、眸媚媚,双颊竟然烧出两片红云:"合八字哦。""那当然那当然。"干爹说两人八字原先哥算过的,年月日时都合的,男乾女坤,男属猴女属狗,虽不高贵,但命贴地气好成长,男三月廿九午时生,一派龙马精气神,五行归木,女五月初三子时生,神鼠下凡一脉,五行归火,木生火,顺得很,要晓得猴骑狗只是小样子,只有鼠驾马才是大架势,俺毛记不忖也忖不到统领江妹,俺就让江妹给统领了。这番话一说完,干爹将手伸进裤裆间掏出了一沓钱:"俺现在月月有工资领了,文新认俺是校工了,客贴钱是少,但,但会补上的。俺,俺还有一笔大钱要来的!""什么大钱?"江歌嗲声嗲气问。"赏金呀,不是跟你说过了吗!""那你凭什么认为赏金肯定能到手?"干爹接过江歌斟满的又一杯酒,又喝了个底朝天。他磕磕巴巴说开了,他说他就跟着三〇八团打,那个团原先三个营,现在四个营,是丁丞司令派回专灭土匪的,人家兵强马壮、器坚枪长,还有美国汽车、蒋军大火炮,现屯在县城四周,养得像猛虎嗷嗷叫,只要一声号令到,人家打几股烂匪屎徒就如同老虎去吃笼中鸡兔。这样的队伍有得跟是天注定,自家肯定能得胜回朝,戴朵红花领赏多多,再娶回江妹归洞房。干爹说完话再看江歌,江歌一爿脸竟背了过去,他凝望了一阵中堂上挂着的关公大像后,人也走出了门。跟上去瞅瞅,只见江歌踉踉跄跄去了牛栏,又对着黑马臀上的火烙印啜嚅不已,可吐出的声音却不是哭声而是阴森森的笑声。咦,笑甚?干爹看不明白,急得又去敲脑壳捏屁股,唉,差点误了大事,那龙凤纹对锁还没交给江歌哩。想到这,干爹从腰间取下那物件,双手将其捧着送到了江歌面前:"江妹说了,这东西丢不得,丢了就是丢了魂,你丢了,你妹又把它找回了,她这是帮你找回了魂呀。"江歌看着对锁的大半龙纹样,耳畔似乎响起了母亲的声音:"龙头在你锁上,龙尾在你妹锁上,凤头在你妹锁上,凤尾在你锁上,兄妹莫分离呵。""唉,唉,唉……"江歌连叹了三声气,一双丹凤吊眼妩媚地闭了起来。

没多时,"喂,人哪人哪……"一个铜锣大嗓喤喤从外传来,牛栏里几头精壮黄牛纷纷乱了阵脚,既不喝水也不吃草了,都护着一头幼牛依偎到了一起。"莫慌,毛太子来了,记住,都直说真说,千万莫瞎编。"没等到江歌吩咐完,那毛太子已站到了门口,魁魁梧梧门板一片,头戴雉鸟毛,右手执着杀牛刀,左手提着一只幼牛头,和当年在仙霞关下割东洋鬼子头的模样差得不多。"这小后生好像见过?"毛太子盯了干爹一眼,那眼里倒也没看出有什么杀气。"是的是的,见过,你当年与俺江歌哥杀东洋鬼子兵时,还,还喝过俺的茶。""嗯,七年了,长高了一个半头。""等一下到雷婆屋来。"毛太子又说了一句话后,就啃啃幼牛头肉走了。干爹这时耳朵嗡嗡响,他听到幼牛"哞哞"叫出了声,他连忙上前拿起地上的两把猪耳朵嫩草饲进了牛嘴巴,还劝慰牲灵莫怕毛太子手中的刀。谁知当干爹跟着江歌走去雷婆屋时,那幼牛也跟上了,一双牛眼可怜兮兮地乞求眼中的矮人把它带走。干爹当然是一下就读懂了那牛的神情,可又怕害了人家,于是到了屋前就抚抚牛额头,叫其莫进屋,就在一棵海棠树后等。干爹又转过身,抬头一望,人立马定住了,他对江歌说他已看到了雷婆屋里红光四射,而这正是血光之兆,他不想进屋了,可江歌不许,他还是被人家拽入了中堂。中堂上油气灯松明灯都呼呼点着,两侧的海镜屏风映着火,仿佛一潭死水中浮出了无数鬼灵光。一幅布袋和尚戏百子大画悬挂正中,温馨嬉闹的气息从中流下,一过条案陡然就变了呼吸,毛太子像一块山间怪石样四仰八叉地躺坐在一张凤凰展翅树根雕椅上。"叔,三界人讲你点灯亮堂不是要杀人就是要杀牛了,是吗?"毛太子还是半躺着,见不着嘴脸,可一只幼牛头却飘出喷香肉味,落到了干爹怀中。"吃吃,太子哥叫你先吃肉后问话。"江歌这时也发话了。干爹手有些哆嗦,然而大嘴利牙还是咬住了牛颊骨上的一块肉。"叔?叔?哪里的亲信?"毛太子双手按腿正坐起来,一片大脸不笑也不怒。干爹喉咙管一搐,一块肉下了肚,他说他养娘是毛家坞的毛家山姑,与太子哥是同辈人,太子哥虐人虐牛,但从不虐毛家坞的妇与牛,这就说明太子哥虽占山为王,但还念宗族之情。毛太子当即就接了话,说自家虽是江西毛,不是三界清漾毛,但仍是毛,而天下的毛追宗溯祖只是一家,当然不能毛虐毛,说完他脸上横肉竟然得意扬扬,他笑了。"上山进寨,献马来的?"毛太子手一勾,一下就把侍立椅侧的江歌揽入了怀中。干爹听着话,目睛子却是惊诧得着差点滑脱:眼前两人都是男的,如何一下子变成了戏里的霸王与虞姬,像二男同性好一样?呸呸,干爹想到这禁不住吐出一口清水,他恶心得很。"鬼嘞,献马?俺是来让人认马的,可就不知别人认不认。"江歌闻言忸怩作媚态,贴着毛太子耳鬓好是莺歌燕语了一番。"好,好,既然是江家的马,那马就留在寨子了。"毛太子捧着江歌的头投出了好几个响吻。干爹当场就急了:"不行不行。"他说这匹黑马原本虽属江家,但现在属军营,是郝汉司令从江北带至江南的心疼之物,何况这次自家能速速进山见到江歌哥和太子叔,全凭着人家脚力,他他他,要回转了,因为马是他借的,他不能误了借期而害了聊荡鬼周豪郎和美人儿柳胭脂。干爹一口气说完这许多话后,腾腾腾就走了,然而还没迈出门槛,他又被喝回了。"说说看,柳胭脂。"毛太子撇开江歌,一双亮眸又盯住了干爹。干爹忍不住瞥瞥江歌:那强男子莫非俊男靓女通吃?江歌眼睛眨眨,露出的神态似乎不全是他自己的,而裹挟了些许江妹的调皮味。嗯,直说真说,干爹说,柳美人是茅坑墙头长出的一枝狐狸花,她风姿招展,帕儿一摇浓香四荡,股臀一摆勾魂八方,杏眼一扫连飞着的翠鸟都会回头望,只可惜人家不学好,要做三界城关暗娼花牌第一张。毛太子躬身听着,不停"啧啧"连声,最后追问了干爹,又追问江歌:"什么什么,是个婊子货?!"当两人都点了头,他又伸手要去抱江歌:"嗨,冲晦压寨不行,不行,要觅纯的良的。""叔,听俺多说两句。"干爹又说了,"你是土匪头子耶,杀心那么重,娶良家女压不住寨的。""哼,你晓得个屁!"毛太子笑着骂了句后就不理干爹了,转而那厮又去抱江歌,而江歌一闪身避了过去,他站立起来行出抱拳礼:"得令!一定寻匹良善梅花嫩鹿!"礼毕,他拉着干爹就想往外走。"且慢且慢!"一个冰凉凉的声音像条蛇般钻出了中堂海镜屏风,天呵,军统中校白面郎君竟然戎装盛服光彩奕奕地站到了堂皇大灯下。"小兄弟,别来无恙呵。"无恙无恙,干爹听得懂,药娘周龙畅一见面都这么说话的。"无恙无恙,你娘舅向你问好,人家念着你啦。"他想到了问天的临别相告。"周龙畅,他人还好吧?"他呀?干爹又瞅了瞅江歌,江歌那双媚眼瞪得直直的。"他呀,又好又不好,好的是他现在不玩马了,把马换成了牛,省出不少钱,人变成了牛郎;不好的是他在学着使牛耕田耙地拉大石碾,人太辛劳,成了屎壳郎。"干爹直说真说,把毛太子说得大笑了,把白面郎君也说出了冷笑。"药娘红月还好吧?"喂耶,他怎么问起了这二人?干爹心眼咯噔一下悬了,他又去瞅江歌,可江歌的脸朝向了布袋和尚戏百子图。"你大人有大量,俺说了你莫气。""说!"说就说,干爹说药娘红月都不好,一个死了女婿,一个死了夫君,加上诸葛老先生早年间去了南洋,生死不详,人家是两代寡妇,怎会好?若要怪,首先要怪你白面郎君,你不念师生之情、同窗之谊,竟然杀了文焕先生,你是个满嘴假斯文的毒豺狼!说完好一阵,满屋只听到团团虫蝇围着灯火展着飞翅响。"哈哈哈哈,"白面郎君站至中堂当央,挥手仰脖大笑长啸,"党国呵老板呵,当人杰为鬼雄,俺心定了!诸葛红月,俺断子绝孙,行了吧……"干爹见状不解,就上前窥探,喂呀呀,这厮浑身英气冒,满脸惨兮兮,仿佛就是高腔戏里乌江自刎的西楚霸王。去嘞去嘞,白面郎君走了,咔嚓咔嚓迈出正步,跟谁都没打招呼。"困牛栏。"毛太子哼了一句后,又瘫坐去了孔雀展翅椅,而江歌这头牵着干爹的手从厢房侧门出了屋。没走出几步,嘻哈两人迎面来了,江歌上前相帮理了理人家头上的红绿雉毛就别了,可干爹这时又听到了幼牛的"哞哞"叫声,那小牲灵如约还在树下等人哩。

那一夜,干爹和江歌就睡在牛栏里。一间草棚两张床,干爹床下躺着那只幼牛,江歌床边站着黑马。半夜,干爹听到马呼噜,他醒转了,一醒转,他两只手仍在划,嘴里也有话冒出来:江歌你降不降?不降也要下山探妹,你妹有病哩。他想告诉江歌他刚才做了个好梦,江妹问天狂夫三人在八角楼亭下摇着喇叭花迎他俩啦。但是江歌只是咿咿呀呀翻了个身。他见人家不应答,便赤脚走过去看,一看,江歌那双丹凤眼睁着,可鼻孔嘴巴都在呼噜作响。是匹白眼狼呀!干爹差点惊叫起来。退回去再睡吧,然而缩头缩脚两三回,那睡意就是不肯归来。唉,劝降一事还没怎么谈哪!干爹叹气了,他想不出如何是好,随之想到要是问天狂夫在旁就好了。算数算数,索性不睡了。醒着的干爹四下一张望,一件什么事又蜈蚣长脚样爬了出来。对呀,雷公大屋都没去,不去探探那屋岂不是白白来过一趟?!去去去,去了东西厢房,去了两端的碉楼,又去了大殿堂,奇怪的是不见有人相碰,但似乎有两个影子始终相随。那影子一前一后,有时从屋檐飞下,有时从门缝钻出,有时在梁架间飘动,有时又在墙壁上露头不现脚。鬼?人?人!干爹怕了,怕是那嘻哈兄弟鬼人拿把刀子在暗处偷偷等他,于是急促促退了。谁知路过厢房时,他猛然发现室内长明灯亮着,一口金丝楠木棺搁在木架上油光光,有金丝眨眼,一眨一线亮。这木头干爹识得蛮蛮贵重的,药娘家里也有,不过那是在灵芝虫草参茸的药箱里。干爹一凝神,似乎忖到了什么,可还是退回去了,并一退退回了床铺上。混沌沌睡到天蒙蒙亮时,江歌叫醒了他,他反而去怪人家,说人家搅了他的好梦,他正躺在金丝楠木棺内与养娘在七彩光下互诉衷肠。江歌吃惊了,瞅了他半天又摇了他半天,他还未全醒转,就催他快从后山一条猴蹿鸟栖的采药小道只身逃走,不然是小命难保。逃逃逃,逃到悬石口,干爹又停步了,说那匹黑马要带上,江妹在家里肯定已经急得不得了。江歌脸色陡然煞青:先是图棺材现在又要马,要要要,那命不要了?!要命要命,命当然要!干爹听了江歌的话,开溜了。等到扯树攀藤溜到半山腰,干爹听到了雷公寨南边响出了好一阵枪声,也看到了天上闪出的流弹光芒。

第十七章　惊英

　　干爹进山闯寨那件事好些人都有记忆。干爹讲起那件事神情痴傻痴傻的，并且老是重复着一句话："晓得吧，人原来是像鸟一样会飞的。"更为奇怪的是，其他人在谈及此事时，虽然各表一段、神情各异，但言语似乎都显得"鸟"味荡荡，有点异常。药娘说：上山，料着的，不劝，顺其自然呀，一个男人家生死验验，可，何况，上帝给了他一双翅膀。我外婆浅笑着，当时就给干爹抓了两服安神养心方济药。药嫂敞开饲奶胸脯，哑巴手舞足蹈比画着，他俩说，上得去又平安，下得来也平安，是因为他俩把干爹给气成了一只飞鸟，而鸟儿只有得点粟米食的福气，想得到大军赏，除非小鸟变成大老虎。周豪郎和柳胭脂虽然嘴里在骂着干爹，并多次叫干爹赔出黑马，但私底下却在庆幸，说，因祸得福，男子不失黑马就不会得处分，不得处分男子眼里就不会有女的。两人拿着票子，嘴巴对着啄啄，从此又好上了，成了一对恩爱鸳鸯。我娘亲诸葛红月在会上说，让干爹独自一人担那么大风险上山是她觉察不明所致，她有责任，但是，干爹的作为又为开拓剿匪新思路破了题，这叫作慧鸟闻凤鸣而开眼。娘亲当即还做出了个大鸟开眼的手势，惹得郝汉当场乐得骂了声"奶奶个熊"。董朝晖说，干爹牵马闯仙霞是他第一个向区委书记郝光同志打电话报告的，电话传信可比飞鸽传信快多了，没有他的电话传信就没有后来的营救。江歌说，那是一次大鹏亮翅式的成功营救，那天晚上干爹去摸寨其实已被嘻哈两人发现，而嘻哈两人之所以会去暗中跟随，又是白面郎君布的局。白面郎君还说上山的小矮子他似曾见过，那是在解放军攻打县衙而他又被人追赶时，现在人送上门来了，是得好好认认。毛太子和白面郎君后来一合计，认为干爹来者不善，大有探子之嫌，于是决定第二天要开堂审人。若一开审，那后果就难以预料了，所幸白石乡组织精兵强将凌晨赶到雷公寨前山头，又亏得有郝光神枪相助，将寨旗打飞，不然自己哪能乘混乱之机将干爹放掉。狂夫与问天一方面和干爹配着火烤麻雀小酌,以示压惊逃过大难一场,一方面又在算计下一步如何动弹,说如果解放军要干爹赔马那将如何是好?三个人商量着都傻笑了,最后认定最好的办法是去捉鸟,鸟是天养的,出卖价格也适宜,打麻雀打水雉打野鸡打凤头打兀鹫,最好是能打下一只九天金凤凰。

　　江妹是在干爹借马的次日从周豪郎处得悉那人走了的。那天大清晨,豪郎就吵到了同春堂,四处一察没寻到干爹人,就一定要江妹赔马。江妹无奈之下先找了问天与狂夫,见两人装疯卖傻言辞含糊,她只得又去找了郝光,而那时郝光已经得到了白石村传来的情报,正整装待发。郝光前脚骑白马走了,江妹后脚就去浮桥头向麻叔租了匹花马,也去了白石村。当郝光一行荷枪实弹连夜偷攻雷公寨时,江妹在心中拜过了上帝,又去村庙拜了观世音菩萨。等到九点多钟,干爹在头上几只飞鸟、脚下一群土狗、身旁一群舞旗孩儿的簇拥下现身在了村公所槐树下。起先猛一见,江妹还以为自家白日遇到了山精树怪。干爹浑身草毛、神情魅魅,连江妹也差点不认识了。左看右观上抚下摸,干爹仍是张不开口,两眼迷茫茫,于是江妹长辫一甩,自家也变了个人样。她抄起根扫帚帮干爹扫脱了草毛,赶走了头顶上盘旋的鸟后,就客客气气对着干爹说话了,并且绝口不提进山闯寨那档子事。接着又客客气气为干爹端出一大钵碗番薯干丝粥,在楼板上铺出稻草床,叫人家吃好了只管去困觉。傍晚,一只土狗奇奇怪怪地立在屋顶上对着几只乌鸦汪汪乱叫,结果吵醒了他。他巴掌朝嘴角抹抹,抹走了脸上的一点夕阳光,却抹出了他好像认识的两个人。"咦,是鸟呀,雷公寨落来,翼膀扇扇,蛮快嘛,只可惜带不回棺材领不回马……"眼前的两人听了干爹的话,一个捂着嘴巴笑,一个摸着脑壳笑,捂嘴笑者眉目双翘,长出的孔雀眼帘上挂着晶晶闪闪的泪花,摸头笑者阔脑阔脸阔嘴巴,一双凹眼滴滴溜溜转着,转出了鹰隼一样的光。哎呀,这,这不是江妹和郝光吗?干爹的记忆像条探头噘唇的鱼吃到食,他敲敲脑壳皮捏捏屁股肉说,他脑子里的那只大鸟和那群小鸟都已飞逃,他不是乘着鸟翅降下雷公寨的,他是攀岩攀枝攀藤攀鸟窝洞自家爬下来的,他之所以要爬下来是江歌指引的,因为江歌说不从那悬崖上爬下来,白面郎君和毛太子就要索命一条。干爹还说,奇怪的是毛太子本来是要来捉他追他的,可不知从哪飞来天兵天将,一阵神枪子打得山动寨摇,黑白两只大鼠顾头顾不了尾,从而使他得了个便宜捡回命一条。说到这他去看眼前的人,他看到江妹在指点着郝光,而郝光被江妹不知触摸到了哪个地方,先红了脸,后又偏过了头。啧啧,这样的男人还会羞?

干爹看不见郝光的神情,而是看到了一个大石般的人的背影。眨眨眼几次,那身影转了过来:"小老弟,今晚别走了,我还有点事要找你。"郝光一句话扔下就离去了。"你也走吧。"干爹对着没走的江妹说出句他自己也听不懂的话,"俺,俺,俺……"江妹没等干爹说下去就一掌过去捂了人家嘴巴。干爹也不去看江妹,他眼珠去了墙角落,角落处一只小猫在盯着一只大猫,小猫眼神盼盼,大猫眼神顾顾,认认认不出,两者不知是兄弟姐妹相好情侣还是对头。"鸟人鸟人好爬起嘞!"室外突然响起了叫唤声,江妹闻声去推推干爹说,是董朝晖在叫你嘞,人家来看你时,你还在梦中说梦话"鸟鸟鸟"。干爹傻笑着一个翻身冲出了门,"鸟人来哉鸟人来哉",他做出展翅状围着朝晖转了好两圈。朝晖跟他说今晚有个聚餐,有一甑黄麂山药和一坛谷烧上桌,黄麂是郝汉书记上山救鸟人时打的,谷烧是村东祝家人感恩送的,不过目前还未开饭,得先去一趟五斗潭,去洗洗天浴,嬉嬉精壮男子的天趣,洗出个干净,嬉出个快活。说完人家走了,他也跟去了。穿过村舍,沿溪再上一段白石滩,转个弯就到了潭。潭顶飞流直下溅得潭水五花绽放,潭周怪石丛生,斗鸡斗牛斗龙斗虎斗蛤蟆,斗得是股股雄骚气弥漫冲荡。嘀嘀嗒,嘀嘀嗒,嘀嘀嘀嘀嗒,三番军号从石缝炸出大音直上云霄,不见旗幡展,不见鸣锣开道,只见十几条汉子蹦了出来,个个是光着膀子光着屁股。哈哈哈,人冲上了,哗哗哗,水喧闹了,几个鲤鱼翻身过后,一对两对三五对,拍出飞箭样的水花,相互开了枪。小胖子董朝晖没下水,他在水畔守着枪,他对干爹说,这十几个人十几条枪,昨日黑夜就上了战场,他们都听郝光的,他们是种田的、看林的、采药的、贩牯的、挑担的、放排的,还有两个原先是土匪,后又从良了,他们都是郝光培养训练出来的,他们为救"鸟人"奋不顾身佯攻雷公寨,打了个漂亮仗。正说着听着,一串马啸声从天而降,一匹白马驮着一员小将像条蛟龙般昂昂扬扬一番后,又信步唓唓而来,哎呀,是郝光,是头领郝光!郝光走近朝晖和干爹,递缰绳、解刀枪,把自己也脱了个精精光。跃起入水,斗石上掉下个白肚青蛙;劈波斩浪,碧水间翻出位浪里白条。人有目睛,马也有目睛,那匹白马瞟到了那情景,竟然两蹄傲立人一样站起身,嗒嗒嗒嗒朝那爿蛟龙石岩踩去。踩呀踩,岩上的水鸟惊着了,飞出一圈,后又都纷纷飞回,还绕着马脑袋唱起了歌。马牲灵似乎会了神,它得意得抖抖擞擞,发出嗷嗷叫。怪石随之也活了,龙头摆摆,龙身龙尾都在跟着摇。干爹刹那间眼界大开朗,奇观蓦然惊现,他看到了黑龙驮白马腾起云驾起雾追起了郝光。追呵追,一追追得风声大作,同时撩出堂皇水音飞着闹。众人眼翘翘,看见是郝光来了,好像都变了个身,一个个鱼一般从水中高高蹿起,欢呼着舞起来。风声、水声、马啸声、人喊声交融混响,滚在皱波尖浪上,笃头笃脑气势嚣张,从而激出一场水仗,打得是一派混沌一派欢腾。干爹一下看呆了,他裤子脱了一半又穿上。朝晖无意间投上一眼:干爹一只手上扬,向着白马直招摇,而另一只手下垂,捂着裆。真怪,莫名其妙。没等朝晖忖明白,干爹已看到那伙水中精男上岸了,他们围成一圈,人人手中都捡了块白色石头,相互用石搓了会儿脊背后,又相互指点起对方肚下的那根小阿哥枪。比呵比,笑呵闹,到最后所有的指头都指向了他们的头领武工队长郝光。嗨,到底是北佬战将,人高马大,连那阿哥枪比哪个南蛮子的都更英俊潇洒精壮!嘀嘀嘀,众人疯闹着一齐扑上去,郝光见状嘴让力不让,东突南退西进北揣,结果其他人全趴下,只剩下郝光还赤裸裸一条仍站着。干爹目瞪口呆地瞅着,一会儿,他左手生出了痒,于是下意识地又去摸了裆:行,还行,自家的玩意也如同雨后春笋破土露了毛头。他有点乐了,他好像记起适才郝光涨出过红脸,他问着自己:莫非江妹那只蛮撞手在指指点点中无意触到了人家的那什么。"童男子,这军汉与己一样也是童男子。"他念叨着,快快登上岩,牵过了马。然后脚也没空着,去踢了踢马脚。不料,马兴致也被逗出,人来马去,马去人来,马与人相互踢踏不休,跳起了谁也看不懂的舞。嘀,舞步铿锵夕阳西下,金光洒满滩头,滩头白石泛红,天呵,在一片鸡鸣蛙叫龙争虎斗的乱石魅影中,干爹叫了出来,他说他看到好多个人在好多个太阳间胡冲乱撞,人间拥出了一帮光彩耀耀的肉身活金刚!"落日头了,吃晚饭了,有麂肉有谷烧……"五斗潭外那头有个女音袅袅飘来,是江妹。江妹在湾那头召唤精壮武男好归家了……人听到了小女子的声音,马也听到了,人没回应,可马有回应,白马铁蹄嘚嘚,"哒哒哒哒"应声去了,没多久这牲灵竟然背着一堆燥衣燥裤转了回来。

归家归家,一行人嘴里叫着"江妹江妹",一会儿就穿好了衣裤,然后就在白马的率领下往回走了。马上还骑着人,那是干爹,他昂了一记头就俯下了,时时地投出目光去瞅瞅马下的郝光和朝晖。朝晖嘟着嘴,一副不服气的样子,冷不防就放个冷眼盯盯骑马人,而郝光一手牵着马缰绳,一手按着枪头,脑壳动也不动,只望着前方。这时江妹不晓得从什么地方跑了出来,她对干爹说"快下来快下来"。"俺也没忖骑马,是郝光叫骑的,他讲让俺沾沾龙马豪壮气。"干爹咕噜着低下头,但人还是没下鞍。江妹摇头骂了声"傻子头",可马屁股后面的男子汉们却都笑了。"向前向前向前",郝光收起双手做出跑步状,一行带枪的人跟着郝光的起音,些许时间就"向太阳向太阳"地唱回了村公所。一到村公所屋前,郝光没进去,他叫朝晖领着人入了门,自己拍拍干爹的肩,拉着人家站到了槐树下:"小兄弟,问两件事噢,看看还记得不?"郝光第一问了雷公寨变化大不大,第二问了江歌怎么样。干爹回答变化大不大他不晓得,他昨夜倒想过要去探个一二三,无奈有黑影跟着他,他吓得撤回了。至于江歌嘛,他说那人认了江姓马,又认了龙凤连命对锁,还乘枪声大作之机指出一条暗道,放自家下了大悬崖。说完这些话,干爹偏过头眼,不对人反而对住了白马:"马丢了,黑马丢了,你没伴了……"神情显得黯然。"会回的,会回的……"郝光劝慰了过去,并随即牵马拉人离开槐树,也进了院房。进了院房,干爹不知要昂头还是要低头,他目睛虽睁着,但是啥也没看见,他一个人"嚓嚓沙沙"贴着院墙去了墙角落。他"咳咳"数声,刚付蹲下身子,好让人矮下来,从而见不着其他人,谁知只有他才听得见的喉咙管音被那群早晨迎他进院的狗听到了,生灵们人鬼不觉地从四面八方纷纷拥到了他脚下。他一下子又不想蹲了,就势抬抬脚站上了一块龟状石墩顶。一条大母狗见状伸出舌头就舔了他的脚。脚似乎被温润了,他心里随之也长出些莫名的喜悦。他摸摸头发,喂呀,人长高了好两尺,一眼扫去,院内情景尽数伏入了眼底。院当央孤零零摆出一张杉木大圆桌,一圈板凳上虽不见一人坐上去,但周围倒有三伙人在等着。一伙人是那群儿童团的小倪鬼,他们嘴上在唱着"解放区的天是明朗的天,解放区的人民好喜欢……"但个个人的眼睛都望向了桌面;一伙人是刚从五斗潭洗浴打水仗归来的猛士,他们有的站着,有的蹲着,有的坐着,时不时朝桌上望望,但大多数时间都在拨弄手中的长短枪;另外一伙人有七八个,他们都蹲着,围着一张大纸在七嘴八舌地议论着什么事。干爹看了一会儿心里就冒出了个问号:这一桌饭菜三伙人如何吃? 正当他疑惑之际,文书朝晖领着两三个人,一个抱着饭甑,一个抱着碗,一个端着米簸箕,走出了屋。"小倪鬼先来",朝晖话刚落音,那伙执旗小孩就舞着小旗蜂拥上了桌。萝卜、酸菜、苞米粿子,还有一人一碗黄麂山药汤。小手抓抓小嘴喝喝,片刻工夫就将桌上东西一扫而光,可桌上筷子却没动一双。吃完后他们都一齐束了束裤腰带,接着又唱着歌曲全出了院门。角落里的干爹见状哧哧笑着,也去束了裤腰带,嗨,这这,这前肚皮已经贴到了后脊背。他一只脚想往下伸,可一眼又看到了郝光。郝光就站在屋檐下的暗处,那军汉朝着院门眉头紧皱,眼也不眨,脸色乌沉沉,手中捏支笔,宛如黑面判官一个。"来哉来哉",随着几声呼叫,一大土瓷甑麂骨汤,两大盆麂内脏炒辣椒,三大杯麂肉烧南瓜、烧冬瓜、烧黄瓜,以及又一簸箕苞米粿子上了桌,"同志们,统统来",说着,郝光走出暗处,满脸笑容地招呼两拨人都坐了下来。"黄麂是战士们打的,蔬菜和粿食是祝老先生送的,大家都别客气,吃。"郝光将手中纸笔放置桌上,眼光一扫觉得少了人,"毛记你也来",朝晖闻声连忙将干爹也请上了桌,同时厉声骂去几句,又将干爹脚下卧着的狗喝得直吐舌头。干爹屁股刚挨到板凳,江妹那细细脆脆的声音混着酒香从屋内漫了出来,"祝先生送酒来了",一瞅,那小女子抱着只贴着双喜对纸的酒坛,眉开眼笑地陪着一位长须老者正在下台阶。一旁站立的朝晖贴着干爹的耳朵跟他说,祝先生是当地一个士绅,蛮有钱的,在清湖开有酱铺,在保安开有米铺,连村公所办公场地都是借的他家祖屋。前些时,他的一个儿子一个孙女收钱归来,不巧途中被毛太子的人马劫了,后来还好遇到郝光一行人,于是就得救了,今日人家趁着开征粮评议会之机,送来一坛窖藏数年的烈酒给大家喝喝,以慰武工队救人打寨之辛劳。等到郝光将祝先生安顿上横头坐定,干爹也坐定了,他便坐去了左文右武之间。右侧人佩枪露膀抡拳头说得是唾沫飞舞炮响枪子在飞,左侧人执笔画纸舔舌头,对着那张已摆置到桌上来的大纸算得是盘珠哗啦个十百千皆清爽。干爹拿起双箸伸出手,"啪"的一记,手背被一双筷子轻轻敲着了,他扭头一望,江妹在使眼色,叫他看看人家有谁动筷子了。朝晖又在他耳旁说话了:要熬熬,那纸上写的是公粮上缴户的用田亩数、家庭人口和自报上缴量,等武者歇嘴看着文者,而文者将算好的盘面交给郝光审查后,筷子才能响。干爹点点头,朝晖见状还想说点什么,不料人家刚说到"评议会"几个字,话语就被打断了,干爹说他晓得那个会,周村也有的,问天就是会里的人,共产党新鲜又不嫌麻烦,找出一些三头六面的人去三番五次评断百姓缴粮那档子事。不过,秤杆称重看准星,更要紧的是要定准那个征粮起征点,不然……干爹还想说下去,可立马又闭了嘴,他看见朝晖惊惊愕愕瞪着他,同时又看到一棵壮树长了出来,那个郝光猛然起了身。"喂,喂。"郝光举着乌木算盘上下哗哗挥着,继而迈出大步围着圆桌边走边说放出了话。他说若折粮,国民党的田赋再加上征借粮、省县用公粮、文教事业补助粮、军优积谷粮、乡警队食米粮、壮丁安家费、自卫特捐费、枪支子弹费、服装费等,总共比现在的征粮高出了百分之二十八点八。郝光说完这些话,他又站着不动了,而场上桌上所有的声响也都随着他的声调逐步拔高而逐渐消弭。场面一时安静,干爹这时听到了那些卧狗脚下扒地的摩擦声。"哧沙沙哧沙沙",那祝先生托着一个算盘大盘面递到了郝光面前,"嗯,嗯嗯",郝光看着盘面,双眼冷光闪闪,似电光掠过。一会儿,他的嘴唇显得哆哆嗦嗦,"天……地……风……雨……劳着,劳着……"念叨中,这汉子右手举盘指天,左手五指指地,真好像哪位菩萨仙人的出生像!继而,郝光唰唰收起算盘,端端正正向桌上各人敬了一个军礼:"一百七十斤起征!"场面一时寂静后,又掌声四起。干爹这下恍然大悟:这人是在盘算征粮起征点。平均一人一百七十斤,行,这数目字能救人,使不少人能免重赋之苦而不去奔梁山;这数目字也能乐人,使不少人挑得起担子而不去分家挑事耍奸使坏。他立起瞅了郝光又瞅大圆桌,想不到眼前堂皇大亮,头顶那盏被江妹刚刚挂出的煤油马灯蓦然射出了日头光。浩荡日光下,那张大圆桌一下子舒展开来,竟有一片田野在锦绣上。瞭望瞭望,可极目瞭望,郝光那军汉双腿如柱长得是顶天立地,他徜徉其间,脚下是麂儿奔驰,南瓜冬瓜黄瓜遍地茂盛、漫天飘香……喂呀呀,"好个英武儿郎!"干爹竟然叫出了大声。当各人心头大振朝他看时,他张皇失措地低下了头:哎呀,脚下的狗又来了,其中还有条母狗奶珠叮当挂敞开了胸怀……吃,吃,吃,肚子响了,筷子响了,手也伸上去了,但那只酒坛的封口却被另一只大手按住了:"下回再喝,待到雷公寨破时!"郝光把那坛酒抱走了。散席之后清了场,文者武者都候到了门口,说晚上福建人要来演吊线木偶戏。人出了门,可是那群狗却围住了干爹,尤其是那条母狗,七八只奶珠差点都要拱到人的大腿上了。干爹鼻头一酸,觉得亏了人家,他想起了早上就是这群家畜迎自家进的院门,于是他拿起空簸箕将桌上骨头尽收了去。连连啧骂了几句,干爹一扬手,咦?散出去的那些麂肉骨头竟然被生灵们尽数在空中叼到了嘴里,连一块都未落地。

晚上村公所院子人挤得满满的,贴墙的地方叠起了罗汉竟有三层人。兄妹两个福建人手里有魔法,线头扯扯拉拉,木偶都活了,演了桃园三结义,演了长坂坡,又演了貂蝉拜月和钟馗嫁妹。干爹看着看着看入了神,他一会儿叫好,一会儿又双目闭合好像在打瞌睡。看完戏归来后,干爹困得蛮安耽。躺在稻草铺上一翻身,他就嗅到了满床的芬芳,他鼻头猛吸,他分辨得清楚,那芬芳来自江妹抱草的手、铺床的胸,那稻草被抱抱弄弄就被熏成了山林间溪水旁的栀子花。凌晨时,他被身边一阵老鼠的惨叫声惊醒了,一瞅,原来是鼠在猫儿口中跳。他坐起身子,喂呀,四处都有响,楼上那个响最雄壮,呼呼噜噜滚过四面楼层,又滚到楼下和院内外,直领着那些武壮男一波一波地打出鼾,又引出马儿吭吭哧哧狗儿吠汪汪。干爹这时觉得小肚子似乎有点胀,手一摸,小阿哥软塌塌根本没有翘。怪了怪了,天光撒大尿的玩意儿该翘的,怎么没有翘?他疑疑惑惑下了楼,又出了院,喂呀呀,无月无星,天好乌好乌,身后的房子就像被含在人家乌鸦嘴里一样。一泡尿拉完,他才看见身边不远处有个哨兵鬼魂一样在游荡。干爹没再回去,他一个人向村公所拜了拜后就走了。这时,他拍了脑壳又揪了屁股,嗨,人是醒着的,没在做梦。去去去,可眼前人脚仍在跳,花轿仍在摇,那情景是钟馗在嫁妹呀。干爹脑海中,昨晚的那场提线木偶戏挂上了眼睑,始终没退下去。

第十八章　献妹

　　当天上午干爹就走到了清湖镇。怎么走过来的，连他也犯迷糊，他记得在白石村前头的三岔路口时，他曾为往哪走踟蹰过。往南就去了廿八都，而廿八都去不得，那个赤膊军统女人的遗弃女就被那个灶头女收养在那，而药娘又关照过不要去和那种来历不明的女人打交道。往北也不行，那就又走回了白石村。要是能待在那，又何必大清早一个人连粥也不喝就跑开呢。那么只有往东去了，经过清湖镇不过二十里就可回到自己的八角楼亭。金窝银窝当然都不如自家的草窝，可回家见到熟人就难免了。如碰到狂夫问天，人家问起进山闯寨结局如何，自家该如何作答？那两个哥还等着分赏金嘞！就算是两位哥好说话，那个冷暖两面脸周豪郎能饶过自己吗？一匹马呀，一匹姓江又姓军的黑骏马呀……那，那往哪去呢？干爹忖忖忖不好也就不忖了，听凭一双脚自己去找路。

　　谁知走出不远天蒙蒙亮了，蒙蒙亮中一条又一条细柳丝迎面飘来，一下子就撩乱了他的眼神。定睛瞅瞅怪了，飘拂的不再是细柳丝，而是牵着木偶跳舞的万千线条。双手去搅搅，呵，线条紧紧松松间，路边跳出了木偶人黑钟馗，轿子里走出了状元儿郎的靓妹妹。鬼哥哥凹眼鹰鼻边走边跳，靓妹妹凤眸柳眉边舞边唱。走了一段，妹妹不走了。哥哥无奈上前劝，说杜平那男子是个好人，嫁给他绝对不吃亏。于是那二人又开了路。走呵走，人家朝前走，走呵走，干爹跟着走。一双脚嚓嚓嚓嚓，一个多时辰过去，钟馗兄妹不见了，可干爹自己却站到了清湖镇上街口。

　　街口上穿梭的人不多，而聚在一堆的倒有不少，他们都伸着头在看两只雄鸡为抢一只配对母鸡而展开的赳赳搏斗。这辰光，干爹在清湖上街头，江妹可还在路上……天光在窗口一露头，江妹就起床了，熬好粥，蒸好糕，再炒上一大盘辣椒黄瓜丁，去传毛记人不在，哨兵说，那个人天不亮撒泡尿就走了。郝光闻讯派人去找,找到三岔口又转了个回。江妹拿上几块糕,牵过马,她对转回的人说,她晓得那人去的方向。她要去追干爹,她觉得有愧疚,前些日自己明明已察觉那人要惹出事了,可就是没去拦人家,不然,那人会没头没脑上山,而下山后又变得越发没脑没头?快马一鞭,一个多时辰,江妹也奔到了清湖镇上街头。过了南货店、烧饼店、油条店、箍桶店、篾笼店,来到炮仗店,一群稚儿小鬼忙着向店主讨燃香,要点铺地长鞭炮。噼里啪啦大响一阵,马儿吓得回了首,江妹被马牵回了烧饼店。一个女孩身旁的一个男孩正往炉膛钳烧饼,江妹看着看着脑海里浮出一条船,船上的小伙计解开包袱递给一个长辫女孩两只黄烧饼……干爹这时不在街头,而正在三缸作坊里转。先去了酒坊,想买回一坛酒,好去堵堵豪郎问天狂夫的嘴,可一摸荷包,一个角子都没有;再去了酱坊,要一瓶酱油一瓶醋,人家先是不肯赊账,后见干爹光着膀子在缸沿上能健步搅酱料,就一下子送了酱醋各两瓶;干爹拎着东西一蹿又蹿到了染坊,染坊后院晾架晾杆上全是蓝靛印花布,日头光照照照得是芳香四溅,当中的米花像热锅上的蚂蚁一般跳。又去了前场,前场的成品一匹匹摆其中,那款缠枝海棠图案的花布光鲜亮堂堂。哎,可惜没铜钿买,不然请一块回去送江妹,江妹肯定乐成一朵开放的海棠花。花呀花,女人爱花又是花,当年江妹喜欢上这款花布,自家无钱买,但自家有劲道,先是偷,后是补工三十日,硬是把花布请回了九清浮桥上……那马这会儿闻到了烧饼香,它张嘴吭哧吭哧只向江妹吐口气。马饿了,江妹一块糕喂马,一块糕自家嚼,还留下一块放在胸荷包里,手去摸摸,仍是暖暖香香。留给他,他一路跑,路上吃甚?难道去吃了野桑果、生谷米,或者抲了条浮头鱼去烤了火?没等小女子思量好,那马嘚嘚前行,牵着人手又去了下街。下街上扎纸店、裱画店、瓷器店、对联店、铡烟店、首饰店门板都关着,而棕绷店、裁缝店、剃头店、馄饨店、猪肉店、索面店、刀剪店、布匹店门都开着。江妹瞟瞟店面,眼光还未收转,那马竟盯上了门口那块告示板。板上写有"上海洋布、杭州绸缎七折优惠"待人客,江妹忍不住又去瞟了,谁知一块牡丹花绸角头料被一学徒抖抖,一下子就被抖成了一块海棠花蓝靛棉布,哎呀,水淙淙漾漾,一个小倪鬼从桥头跑来,手里在挥着舞着花……"嘭嘭嘭",见鬼了,干爹饿得脑壳发晕,一头撞到了浮桥头门楼口墙壁上。哎呀,四只瓶碎了三只,就剩下一瓶酱油,如何去孝敬药娘?干爹气恼了,踢了墙面后,又去坐了洞门走道左边的青砖凳。他嘴里还在骂,可两边歇脚的各人都笑了,铁匠彭、石匠张、泥水匠王说他城里人做长了,已经不识清湖路了,雕花匠钱、油漆匠尤、开锁匠乔说他看街头俏娜妮看丢了魂。"鬼鬼鬼,俺天光粥都没吃!"干爹大吼一声冲出洞门,立马站到了楼口埠头前。一步再跨出,没踩着地,倒是踢了石柱大桩头:咦,这桩怎么断成了两截?干爹还没想好,一团浓香袭进了鼻。茶叶蛋摊呀,干爹舌头舔舔上了前。叫过了周阿太,自家就去捡了两只蛋,凉水里一浸,他来了个一口囫囵吞,连壳都没剥。阿太伸出手要扇他一巴掌,谁知巴掌未落脸,她又笑了:"吃,吃,再吃一个。"阿太认出干爹了:"江妹呢?药娘红月还好吗?"干爹一下没回应,等到他走走爬爬到了溪水石头滩,才回首说:俺会牁虾来换蛋的。牁虾牁虾,没有钓线没有网兜,只凭两只空手,石头缝间一混搅,虾就胡乱逃了。歇一会儿,再看准往一个大石缝间吐上一口水,口水顿时融化开,漂出一团香喷喷蛋壳蛋肉残渣。人嗅不出那香,可清虾嗅出了,纷纷游来抢食。干爹双手拨拨弄弄,将四处出口都用小石堵上,后又拾起一块大石猛敲四周。石咣啷水激荡,虾儿似乎被震昏了。五指上前一抓,两只清虾被牁牢。两只一只又两只,没多久工夫,干爹汤布上已有八只虾儿在欢跳……马不前,四蹄踏踏,江妹可着急了,她抖抖缰索牵紧马,双眼直瞅前方。前方就是九清浮桥,长辫一甩,一缕思绪这时翠鸟一样飞来。她忖忖,那人肯定在码头上,不是捉鱼牁虾,就是相帮卸竹木大料。饿了、没钱了、遭辱了,或者闹相思想送点东西了,每每他都在那。那次他帮人撑船运茶货去桐庐,回转时带来那块桐乡海棠蓝印花布,就是不怕丢人现眼,从桥北跑到了桥南……打个结,提上虾,干爹跳过卵石疾步上了岸。刚踏上十几级石阶,抬头看,一个老妇披头散发执根竹竿打了上岸人一个冷不防:"还俺船,还俺船,俺船会下蛋……"干爹摸摸脑壳,一下子看清了:是她?是她!那个送花送蝶上七舱花船的花娘娘。干爹二话没说,上前两步抢过竹竿,"嗖嗖嗖"抛出,一支短竿瞬间像一条绿皮毒蛇一样投了江。那花娘娘见人夺了她的护身棒也不让了,她龇牙咧嘴扑了上来,结果既没见到夺棒人赔笑脸,又没见到人吓逃,她见到的人头发竖起乌珠凸出,简直就是个疯门神尉迟公。"滚,滚!再不滚,把你丢江喂鳖精!"疯子还是别不过拼命三郎,花娘娘做出鬼状跳过三番脚后,还是掉头去了浮桥。"你英雄,江歌快要毙路了……"疯女人走远了,嘴也硬了,她好像认出了干爹。干爹气不过,一块石子甩过去后,一屁股瘫在了长条石阶上……江妹这时刚走完下街,来到浮桥门亭,人还没进去,耳朵里倒是嘈杂得不行。那些歇息的杂工先是争论驻镇解放军究竟有多少人,接着又争论解放军是准备越过仙霞岭去福建,还是养壮了准备攻打雷公寨,最后扯到了清湖娜妮哪个顶漂亮。一番数下来,一下子就把正在偷听的江妹吓住了,好些人都说原先常见面的江妹顶漂亮,可惜她哥是土匪,不然将其献给解放军长官蛮合适。

江妹赶紧溜了,她听不下去那些话,更不愿意见那些人,她拐个弯去了小江郎上的观音堂。观音堂里木鱼磕磕念经声嗡嗡,江妹听着了,干爹也听着了。江妹先在堂外祷告了上帝,又进堂点起三根香,拜起了慈航普度菩萨。小女子许愿:若亲生哥哥见了黑马见了龙凤对锁能下山投诚躲过劫难一场,若毛记哥哥没因上山丢黑马又差点丢性命而精神失常,若北佬大兵郝光入枪林穿弹雨依然能不伤身体不伤脸庞,那,那俺江妹就给菩萨捐身新衣裳。默念毕,江妹还摇签三次,结果抽出支四二上签。一个铜板付去,签也解出了,说是"有莲见母","一切有情皆受用,人间天上得期享",乃天垂恩泽之象,凡能成就大吉也……干爹坐在石阶上也听灵清了,那是超度亡灵的做佛事声。咪咪嘛嘛吽一阵,一个阿弥陀佛,然后依然那样往复念个不停。听听听,干爹似乎听得气也消了许多,他朝前方望去,五舱泊船二十一条,条条都被铁链套着。溪风从峡口上头吹过来,鱼鹰翻飞,鱼儿踊跃,波浪拥着船儿荡漾,可一条船也未挣脱铁链自行漂走。再一凝神,北码头西边一堆废船骨头架赫然入了目。大半个船体在石头堆下,只有一端船头露出了小半个尖。还有一根无绳无帆的桅杆插在石堆上,在一片白花花乱滩石衬托下,那根杆条真像个火烧三遍的孤魂野鬼。呸呸呸,干爹觉得心头更是不舒服,于是单腿一跷扭过身子朝码头门亭望去,哎呀呀,谁知亭额头"清溪锁钥"四字之间的那只圆洞竟有道白光从中喷薄射出。是,是那只传说中的神仙眼在放光呵!干爹顷刻间就傻眼了,迷迷茫茫的水面上那段往事赤裸裸晃了出来……码头前停了好多船呀,一条一条躺在月光下,像一排又一排背壳会泛光的屎壳郎在昏昏入睡。酱坊里搅完大缸酱料后,自家就站在这清溪饭店的大窗下等江妹。两人原先约好的,做完事后一起去观音堂,要给菩萨烧烧香,好给作孽的江歌赎赎罪。因为前不久江歌一行来清湖打劫了几家大户,专门挑走了人家的金条银元宝,还吓唬被劫人,若报官就杀人家全家。江妹对前来探望的哥哥讲,作孽呀,要遭报应的,莫在山上了,下山做百姓种谷、做船夫舸鱼,日子也可过的。哥哥说,妹妹莫傻了,哥哥为报家仇杀人放火,百般无奈才携妹逃到南方。山上野莽莽无政府官兵,可清湖完全是另一个天下,住到清湖岂不是作茧自缚,甘愿让人剥皮抽筋呀。再说哥哥与毛太子是义结金兰的生死兄弟,私自离开那兄长,你叫江歌怎么做人呵。哥哥还说,等两三年后攒足了钱,再来携妹共同远走他乡。哥哥走了,临别掼下一句话:谁欺辱俺妹妹,俺就叫他日子没得过……江妹从厨房出来了,一个人清清爽爽满面笑容,手中拎着一只六层食盒,她说她去长船送八大菜,今晚县上有位长官要款待省城来的客,去去就回。说完又将裤脚放下,放出了一只小小金钱龟,并嘱托干爹带好它。这头是干爹,他从泔水桶里掏出一些肉骨头碎渣在窗台上饲着龟,可一双目睛子没停过往窗外眺。那头是江妹,她闷着头看路,走过店槛店阶,走过街道街口,又走过河埠头。上了跳板,跳板颤悠悠,过渡小船上一盏煤油提灯照过来,江妹抬抬头,没想到有张花枝招展的脸在朝她笑。哎呀,是花娘娘呵……朝外眺,水面上那条长船船舱上长出单檐翘角房,房间里生出灯火,灯火又跳到溪水中,溪水里便跑出些金蛇在扭身舞荡荡。干爹眼皮跳了,他看到江妹上了小船,小船又向大船驶去。窸窣窣窸窣窣,低首瞅瞅,金龟不吃食了,倒是咬着他左脚的裤脚往外拽……进了船房,江妹还是低着头将八大菜摆了,可花娘娘硬是托着小女子的下巴让人家露出了整爿脸。江妹虽然露出脸,但是闭着眼,她看不见人脸,但是听得清人声,那些人三五种口音,可语句都在夸赞清湖水养人,养出了一朵鲜嫩含苞的水芙蓉花……干爹被金龟拽出了店面,继而又被金龟拽到了码头。在码头上一站,他闻到一团浓香袭了上来,一瞅,三个脸上涂脂抹粉头上绾髻插花的女人经过面前又袅袅下了船。干爹似乎想到了什么,他在溪滩拣出根长刺乌枣木,驮着金龟就下了水……江妹后退几步要走了,可花娘娘拦住她,那女人说,桌上做东的就是县城的笑面阔善人老魏,他款待的也都是来自外乡的阔善人,这些人昔日为抗战打东洋鬼子捐过钱财,如今为了繁荣清湖正在策谋投资,作为清湖人,俺不能亏待了人客。江妹点点头允了,她忘不了日本飞机飞到清湖扔炸弹……喝喝喝,吃吃吃,酒喝光了,菜吃完了,人客散了,江妹收拾好碗盏也准备走了。谁知叫叫花娘娘,花娘娘竟然不见了。里间舱房倒是有响声。门开了,"咔嚓咔嚓",从中踉踉跄跄走出了那个省城来的西装革履油头人。江妹怕那人摔倒,就上前去扶了,可一扶那人就把江妹死死抱入了怀……干爹游到长船了,手一搭,一跃上了船舷,两脚三跳两跳进了房门,食堂不见人,就去踢了寝室。天呵,江妹头上有血,人昏躺在花床上,而床边一匹花狸豹满眼放绿光,畜生正在脱衣裳……干爹"啪"一记,金龟掷去先砸人家油头,接着一阵"噼里啪啦"乱棒打了人家西装革履……而后干爹和江妹就在清湖不见了。再过些日子,溪上那条长船就被烧了,又有些日子过去,花娘娘半疯半傻了。同时,一个传闻也传开了。先是人传人,后来不知怎么搞的,连鱼鹰、鸡子、酱虫、家犬、店猫都晓得了。说是雷公寨的强盗在一个星光灿烂之夜装作一帮浦城挑夫来过了……干爹就这样心事重重地在石阶上坐了好久,直到他自己喃喃自语着"活该活该,天谴天谴"时,才被自己的话唤转回来。他拎着刚才坷的一小包虾以及那瓶酱油立起了身,咦,风顺顺,顺风耳朵边怎么响起了细细微微的脚踏桥板声?疑惑中朝浮桥一瞥,有两个人越过挑担人、越过提篮人,又越过抬棺材和抬花轿的人,正向南码头疾奔而来。两人上了码头停下东张西望,而干爹这时却伏到了石阶一旁,他不愿让这二人看到他,因为他已看清这二人是自家的哥:问天与狂夫……此时此刻,站在观音堂前岩石上的江妹也看到了问天与狂夫在浮桥上狂奔。她向他俩招手,但人家看不见她。她掉头往下走了,她心忖忖她一时找不到那人,但三个人一起去找就不愁找不到。她还要告诉他三人,她已向上帝做了祷告,又向观音许了愿,而且抽了支上签……干爹眼光像只壁虎爬过码头阶石,又爬过浮桥,趴在了桥头那架六面花轿上。问天狂夫一下不见了,六面花轿却现在那。六面花轿,药娘说过,娶江妹就让那下江娜妮坐这轿,还有狂夫放万响炮,问天吹唢呐,自家做新郎。美哉美哉归洞房……咦,那福建玩偶人怎么也在桥头看花轿?干爹怕眼花就去揉眼,上下左右揉一圈,眼更花了,轿子里走出钟馗妹,钟馗自己在打锣,而狂夫问天果真在放炮奏喜乐……江妹绕过弯也走到浮桥头,还没等到她开口,狂夫先看到了她。狂夫问她来清湖做什么,又问她看到毛记没有,江妹说那人已经下了仙霞岭,在白石村住了一晚后,人就不见了,她来清湖就是找他。问天这时也上前插了话,说他刚才碰到两个福建玩偶人,相互搭过腔,人家是从白石出来要到县城去,他俩在路上曾经碰到一个壮矮人,但那人两眼茫茫又走得飞快,好像正在梦游,不晓得他梦系黄泉还是极乐西方。狂夫闻言不禁骂开:"狗嘴狗嘴,俺老弟没死在山上还会来清湖投江?滚!"狂夫本是一副铜锣嗓,他这一吼,不远处的干爹当然听到了。各人都在念他找他嘞,他东躲西藏算个甚,他又不是猫追的老鼠、大鱼要吃的糠虾,他昨日还坐过上横头,与郝光同桌共席看过关公张飞貂蝉钟馗戏哩!想到这些,他跃出路边坡,像匹跳马一样蓦然蹦到了三人面前:"莫找莫找,俺在啦!"等到三人看清是干爹还未来得及说话时,干爹已将所坷活虾从阿太摊上换来的三只茶叶蛋奉上了各人眼目前。狂夫一口就吃了,问天一口吃了一半,江妹没吃,反而从怀里掏出只苞萝粿塞到了干爹手中:"去观音堂,清湖观音像南海观音,蛮灵的。"去,拜观音,观音有千眼千手,能普度众生,对谁都慈悲为怀。三个男人听着一个小女子讲着刚才抽得上签之事,进了菩萨堂。狂夫抢着先点了香许了愿,接着是问天,最后轮到干爹去磕头。双掌诚诚,三香袅袅,许愿许愿,那愿望鱼儿般游游荡荡鸟儿般飞飞翔翔翩翩而来。为药娘红月许了愿,为问天狂夫许了愿,又为药嫂和哑巴许了愿,都盼他们平安吉祥。末了,去为江妹和自家许愿。谁知许了许久,许不出话,许愿住大房、许愿赚大钱,那许了也白许,那愿望太高,菩萨都难以帮你做到;许姻缘,对,许愿江妹嫁个好儿郎!儿郎儿郎,当然是自家,那自家好像又算不上好儿郎,郝光铮铮铁汉能打神枪,谦谦君子会算蚕桑,就是赤条条站在那,也是人中精华,况且还救过俺,那才算得上好儿郎……干爹去瞻菩萨,菩萨眼眨眨,好像在看他,又好像不在看他。那就顺着菩萨法眼去看其他,哎呀呀,巧了,旁边站着江妹,而江妹身旁站着演玩偶戏的兄妹俩。嫁妹嫁妹钟馗嫁妹……干爹脑壳嗡嗡响,许愿许愿许不好了。干爹又磕了三个响头,起身走出了观音堂,连师父叫他抽签他也没听到。等到狂夫和问天抽到上签喜笑颜开走出圣殿时,江妹人也不在,她去别处牵马了,而干爹已经站在了浮桥头的石桩前。干爹摸了摸石桩,嘴里不禁喃喃起来:这石桩怎么断了?一会儿后,江妹牵着马过来了,问天狂夫也过来了。狂夫见了断桩竟嚷开了,说断头还是新的,他还发现了子弹头眼。江妹嘻嘻笑了,她告诉各人,这是郝光放枪打的,那时天蒙蒙亮,郝光以为是敌人在守江。三个人都笑了,笑完了一阵又呆了:毛记不仅没笑,还在反复念叨"嫁妹嫁妹"……"嫁妹,嫁个鬼妹!"狂夫又吼了,问天见状赶快上去凑着干爹的耳朵:快回了,药娘在念了,文新说学堂要开学了,你拿了薪水总得去烧灶、看门、摇铃呵。

归来后,除了烧烧火、看看门、摇摇铃外,干爹都是一个人缩在八角亭里。因为江妹带来了药娘的话,叫他这段时间莫出门。其间文新陪着红月来过一次,并详细了解了他在雷公寨中的种种情况。一个礼拜过去了,干爹约上问天与狂夫去了四棵树,并对他二人说,江妹该有更好的命,而更好的命,江妹就不应归他而应归郝光,俺还是做回阿哥好。狂夫不服,于是三人去甩石头让天来定。一块石头两个面分别写上"记"与"光",甩了三次,石头的昭示面两次都是"记"而不是"光",那就是说江妹该嫁的是干爹而不是郝光。干爹"呸呸呸"一通,说天意有时也不准的,今天的老天爷是吃了他的供,而郝光是共产党,不晓得供天供地的。问天一双斜眼转了六七回后,也对着苍天说:天呀,江妹不嫁郝光嫁毛记,毛记能领兵打仗救江歌?能体体面面护江妹?末了,三人都认了,郝光是个靠山,毛记顶多只是个靠背,违一次天命,将江妹献给郝光吧。第二天,三人聚到了八角亭,喝完三大钵黄酒,接着又去了同春堂后院。"咚咚"一阵敲门,江妹露了面。只见毛记敲镗锣、问天吹唢呐、狂夫点鞭炮,三个哥哥齐声道,救江歌的法子有了,献出你江妹就给了那执戟驭赤兔的北佬军哥郝光。江妹闻言顿时抄起筶帚打了一通干爹,同时哭着扬言:欺负人,俺是戏里的貂蝉吗,要人献给人?俺要去药娘红月姐那里将你们告……而干爹在那天将亲娘留给他的那串彩石项链放去了江妹的眠床枕头上。

第十九章 劝降

秋分一过霜就来了,早晨的阳光洒过同春堂的时候,屋顶门楣到门前的麒麟瑞兽表面到处都泛出了一层霜光。那霜光白莹莹的,在瑞兽头颈上一滑落就掉到了一块告示镜屏上。一双白手执着块燥巾在屏上点点沾沾,一会儿霜光就变幻了,黄字一个个从红纸中跳出来,白霜光不见了,整张纸变得金斑闪耀。"国遇新生,民逢安乐,为庆小堂重新开业,决定义诊七日。其时,八纲辨证,安神定志,不问贵贱贫富、长幼妍媸、华夷智愚,皆如至亲,且钱财不纳,若莅者念及手留余香,亦可奉香草鲜花一束相约,以馨陋房。届时,本堂定当竭诚尽智,真材候光。"江妹又摆了一下镜屏撑架,再朝门斗雕饰一看,她双眼直发呆,竟有黑白二鼠在雕花喜鹊身上急速蹿过。哎,小女子心中叹了口气,那记哥哥不是斩了二鼠的首级吗,怎么又来了?莫非鼠辈们都不惧死亡情愿上门来做刀下鬼?江妹呆了一阵,转个身刚刚跨过门槛,忽然觉得背后有个影子挟着一股风晃过,去瞅,啥也没得,看得见的仅是一只白猫在八字墙角落打哆嗦。走近再看,一身白毛稀稀拉拉,一副骨架松松垮垮,幸好还有双碧眼在怜怜放绿光。眼熟啊,是它?没等到江妹忖灵清,那猫竟然踮着脚围着娜妮鬼转过了一圈。天呵,是它!药娘的药猫回来了。"回了回了。"江妹抱起白猫,惊叫着三五脚一蹦就到药堂上。回了回了,尖细的声音上了房梁、下了药柜,翻滚得四处都是,一下就镇住了堂上各人。药嫂连忙扣紧衣襟布扣让一双布袋奶不再打战,哑巴东张张西望望,一双目睛疑疑惑惑不知往哪里放。"瘦成一副壳架了","原来那身毛如绸似缎多富贵漂亮","眼倒没变,还是洋画洋美人哪"……扑棱扑棱,那猫似乎嗅出了什么味道,它跳出了江妹胸怀,跳上了柜台,直向中堂屏风看,呵,药娘出来了。一身蓝衣蓝裤,蓝衣领口袖口上都绣着红白相间的茉莉缠枝花,一头铿亮乌发没有盘出髻,而是直垂下来,梳得和她女儿红月一个样。药娘这时也看到了猫,她轻轻上前伸出双手,口中不停念着上"上帝上帝",满眼是既含着悲又含着喜。走近再走近,眼看那猫双眸盼盼就要扑入药娘怀抱,谁知生灵猛然转过了身,没往药娘身上跳,而是跳出了药堂。众人"呵"的一声全蒙了,药娘却摇摇头,不慌不忙穿上了白大褂:"出去两年了,不会再走了,江妹你去给它洗个澡,它要干净干净见各人。"再等到药娘坐下默念一会儿后,求医的人也陆陆续续进来了。江妹这头抱着猫很快就回到了后院自家的住房,她将白猫放置在梳妆台后,又去厨房打回了一桶温水。脸盆一摆,白猫竟然自己跳进了盆子,而且没有溅出一丝水花。温水淋上去,洋肥皂打上去,再搓搓揉揉,江妹一边洗着猫一边又在问着猫:你为什么要逃走?你逃哪里去了?药娘多记挂你,你晓得吗?你在外头怎么活下来的?没少受委屈吧,受了委屈你就哭吧,往常你不是受了委屈都要哭的吗……几番洗下来,那病猫果真还哭了几声,不过很快就停止,几个怪脸一做,它就新鲜活跳地跃出脸盆,又跃上窗台。脑壳再蹭蹭顶顶,窗门"哐"的一响开了,哇,一股清风从百草园徐徐吹来,结果吹燥了猫毛,还吹出了满屋清香。妙哉妙哉,江妹乐了,双掌拍拍招招,那猫儿完全懂了,扑扑闪闪,几个媚眼一甩,一下子就偎进了小女子的怀。"回家好吧,回家好吧。"江妹念着,又抱起靓猫回到了堂上。

　　堂上,描金漆画四联屏风下,药娘正在坐堂给人搭脉看病,三五个人围着她,她慢条斯理地劝人先来后到不要吵。江妹看着她,她没看江妹,可她又向江妹摆了摆手。江妹立即明白了,药娘晓得药猫干干净净回到了堂上,并叫她把猫放到中堂案桌上,好让猫看看人,也让人好好看看猫。江妹转身刚走到案桌旁,那猫亲了一口江妹后,就一跃而起,从人怀抱中跳到了桌面上。猫仰仰首往上看,上面是中堂大画,画中骑鹿药仙翁背着药葫芦居其中,而背后又有几位先贤出没在苍茫大地上,显出满脸慈祥。猫不认识画中人,可人认识,那是神农、扁鹊、华佗、孙思邈、李时珍。那画逼逼真真,画人像活人一样,那是诸葛先生画的,药娘不逢大事不挂出它。猫呵猫,晓得吧,先生是药娘的夫,不尊祖业不从医,东洋去学画、南洋去游荡,至今仍不归家,其人还不如眼前这只猫。江妹指指点点絮絮叨叨,猫似乎听懂了人在夸赞它,它觉得不好意思,顿时羞羞怯怯躲去了桌上的一堆香草鲜花<u>丛</u>间。草呵花呵又来了,江妹离去,她听到了药嫂在传她,可猫仍卧<u>丛</u>中盯着送草送花人。男女老幼,高矮胖瘦,草青花艳,草比花多,草有鼠尾、百里香、薰衣草、香茅,而更多的仍是野芹、野艾和野葱,花有一串红、美人蕉、木芙蓉、鸡冠、月季,还有木佬佬的向日葵花。忽然,一白发白眉白须老者着黑袍飘然而至,他手中抱的是一盆没有开花的君子兰。哇呀,大主子,白猫大眼一睁,从花丛中钻出,可那老者一下子又没了踪影,只有那盆君子兰坐在案几上,显得分外碧绿贵重。看病啦,望脸、望眼、望舌头,有的连脉息都没搭;问东问西问七问八,有的望了、闻了,脉息搭过,还不算。垂头丧气、矜持羞怯、沉默寡言者各有之,来时一副脸色或郁或惑或戚或痴或恐,取到方子后神情大变小变不变者都有,但脚步却明显轻松了好多。差不多个把时辰过去,猫儿打起瞌睡,看病的人也渐少去,谁知这时一只虎纹彩蝶从君子兰中飞出,且薄翼扇扇竟去蜇了白猫一口。猫不舒服,张爪去捕蝶,一捕就捕到了药条柜上。正在柜上铺纸出药的江妹受惊了,一手去挥蝶一手护住了猫,蝶一舞逃走了,猫倏地也跳了出去,躲到了药娘脚下。江妹顺势瞥去,目睛顿时瞪得老大,一个骨骼清癯的男子低头坐在药娘前露出个青衣侧身。喂呀,是自家哥哥江歌!药娘俯身去抚猫身,可江歌左手已伸到桌上。药娘觉着了,指头也过来了,触了又触,江妹感到药娘的指头好像是搭在了自己的腕上,那心儿一阵慌乱地跳。药猫也不安静了,摇头晃脑去扯药娘裤脚,但是药娘没理它,那猫实际上看见有病男子腿骨上绑着一把刀。药娘搭了一会儿脉,正眼盯上了来者:请抬起头,看看你的脸和舌。这话虽微微轻,可江妹听得蛮灵清,小女子心中随即便打起了鼓:莫抬头耶,药娘虽然没有见过你,可你长得与妹那么像,人家也会认出的,何况药娘还关照过,郝汉红月今天为贺开业还要上门的呀!江妹急了,一双脚在案桌下伸伸缩缩,人差点离了柜台。"小后生,你先歇歇。"药娘叫江歌在中堂靠背椅上坐下,她自己将后头几个人全看了,最后又帮江歌看。"从何而来?""莽山荒岭。""无甚显病,为何如此心慌?""身无病,心有病。""心有病……"药娘念叨着站起了身,并向柜台投去一瞥。这一瞥江妹正好接上,小女子的眼神甚是悲戚,然而脸上仍是赔着笑。药娘微笑地对应,又坐下,那猫这时乘机跃入了主人怀。"气聚则生,气壮则康,气衰则弱,气散则亡。你口干舌燥,津液大伤,你脾胃失衡,思虑过度,你心悸气短,浩然元气全无,你这般青春年华这是何由?"药娘抚摸着药猫说着,那神态虽是相当和蔼,可吐出的语词却一点都不客气。江歌听着听着坐起身,俯首站起,脑门上沁出了不少汗珠。"莫慌莫慌,跟俺做做看。"药娘又起身示范做起了几个动作。一、二、三、四、五,分五步,五指向上,掌心向上,右拇指按左掌心,慢呼气,慢加压,意念集中在拇指上。深吸气,缓减压,左右手互换三次……三次下来,江歌说腰是松了些,上半身再也不那么紧张。"正气何来,秉先天之精,合后天之力呀。"做着做着,江妹也凑了上来,连那只白药猫都张爪龇牙地在桌上叫出了声。"江妹,带这位小先生去后院多练几遍,那里空气更新鲜,让他清醒清醒脑子。"药娘关照一句后,仍凝立在那,可眼眸中已含了一团泪花。等到江妹领着江歌刚踏入百草园门口,她又听到了药娘的唠叨声,"乖猫呀,晓得回家……"药娘这时离开了中堂回到卧室,跟着她一起过去的药猫双耳竖得笔笔直,生灵看见主人手摇摇连打了两个电话。

"又下山祸害人家了?"江妹一进后院就匆匆问道,可江歌没回应。"是来看病?是寻'梅花鹿'?是刺探军情?是看望小妹?是来归还黑马?"江妹憋不住连珠炮样问去,江歌照样不回答,只是摇头。江妹扯着江歌衣角进了贴墙房间仍在问:"那你来干什么,难道是来投诚的?"江歌听了这话一屁股坐到了床档上,好久才嗫嗫嚅嚅说出一句话:"俺不晓得来做甚,俺也不忖来同春堂的,可……""不晓得,不晓得让俺告诉你。"江妹话一说出就见到那只金龟在桌上探头探脑,她脸色一下也阴了,并上前莫名打了人家头一记:"来看病,对头,你是有病。来寻'梅花鹿',莫忖,现目今,柳胭脂那样的女人都忖嫁个好人家。来探军情更莫忖,解放军个个都是警觉兵,你乌嘴一开乌爪一伸必被捉。来看看小妹,俺没什么好看的,俺现在活得还有点人样。来还马,你敢,那马虽说本是江家的,可现在是匹军驹。还有毛记,上山差点丢了命,归来人更傻了,说要把俺献出去好来搭救你。你你你,还不如一只猫,猫在外野久了,都晓得回家……你你,实际只有一条路,投降,放下矛枪放下屠刀,那样,死得或许还好看些。"说到后来,江妹推开江歌,一个人捂在被单里抽泣了起来。江歌见妹哭得如此伤心,知道劝不住了,他推开房门走了出去。先是在院子后门口踟蹰着,开了门又去关门,后又走到一蓬芍药花下,取出一个包袱,并带上包袱回到了妹妹房间。江妹仍在哭,好像不晓得江歌曾经出去过。江歌将妹妹往床里厢推了一下,接着解开了包袱,"江妹,你看看……"江妹爬起抹着眼泪瞅去,一件长袍,一缕胡须,一坨金银珠宝,还有那只龙纹对锁。"你你你……""我是化装进城的,专来看你。宝货你留着,是我多年攒下的,倒也不全是不义之财,日后兑换着慢慢用。对锁还是你保存好,免得我又搞丢了,这次亏得毛记,不然我见不着马见不着锁。"江妹惶惶惑惑看着眼前的一摊东西:"毛记毛记,一个傻哥哥……"江歌没等妹妹说下去,自己又说了:"那人好像有点傻,但更是位怪人奇人……"接着,江歌将干爹在山上寨中的那段经历一五一十都说给江妹听了。末了,他还扔下一句话:"妹呵,这人见死少思量不畏死,不是好汉赛过好汉,又能为你去死,要嫁,嫁给他吧。"说完江歌就穿上长袍戴上假须,又说了一句自己好想老家好想爹娘后就走了。江妹听完哥哥的一番话欲哭无泪,好是呆了一阵,等她被那只金龟舔舔手指猛然醒转再去后街时,江歌已在弄堂里没了人影。哥呵,药娘讲的话俺都听懂了,难道你就听不懂,回家,回家就是叫你走正道而不是真叫你回下江老家。即使你回了老家有用吗,当年就是从那逃出来的,你是一个国民党共产党都要捕捉的货呀……江妹心在抽搐着,一脸戚戚,刚一掉头就看到药娘在门口看着她。药娘问江歌是不是走了,又问有没有劝他下山投诚,给自己争取一条宽待之路。江妹说哥哥走了,但不知去了何方,劝也劝了,但人家没回答,眼前她最担心的是哥哥的生死安危。药娘追问江歌临别时还说过什么话,江妹说江歌说过好想爹娘好想回老家。药娘听罢一脸凝重,手掌捂着胸口,嘴唇抿得老紧。良久,她说话了,她说她已经打去了电话,叫文新赶快通知毛记来同春堂。话还未说完,说曹操曹操到,干爹一爿圆墩脸就露了出来,边上还有问天的瘦猴脸和狂夫的壮牛脸。三人讲,他们正在八角亭里商量着要去阴沟翻泥抲泥鳅,想送给药嫂补奶饲儿郎,一听到文新召唤就过来了,不知有何吩咐。药娘说你三人跟着江妹先去浮桥头,若见不着江歌就赶快去双塔底,告诉他放下屠刀回头是岸,他还有活路。俺已与郝汉红月说好,他在雷公寨救毛记已立下一功,是个好开端,切莫半途而废。人活一世不容易,人各有命各自走,想爹娘无须舍近求远回故乡,念情义不必顾小节弃大义,他若愿意,俺收他为义子,跟俺悬壶济世做良医。"快去快去。"药娘一番话说完,又催他四人即刻开路。狂夫虽说是跟着走了,但牢骚仍发了一路。他先是说原本是要乘给药嫂送泥鳅之机来同春堂蹭餐午饭的,现在泡汤了,接着又说江歌是个山窑仙,要去的地方神鬼都莫知何况人,最后当他们几人在浮桥头空找了一通后,狂夫的话语更为难听,说去双塔底肯定是白去,江歌那时已经抱块石头沉了江、了了事了。江妹听到这里眸睛子亮光闪闪,说江歌肯定在双塔底,当年兄妹二人来三界不敢公开上码头,就是在那爬上岸的,而且那个地方与老家还有相似之处。上次与药娘带着文焕先生血肉避难清湖湾时,两人曾经谈过这件事。现如今哥哥说思故乡想爹娘,说不定就是要去那里走狂夫哥哥讲的道。江妹话一落音,各人都发了个醒怔,得得得,干爹敲敲脑壳后一下子就跳进了溪畔柳树林,又脱掉了布鞋;问天挽起裤脚说各人跟他走,他晓得往哪走才最近;狂夫索性打出赤膊,只穿条短裤,高声喊出《班超脱靴》中的戏文"踢破云飞星散,眼前盗息民安……起道发马"。四人胸揣希望,双脚顿时如同生出了翼,"嚓嚓嚓嚓"飞一般朝东北方向奔去。

　　江歌此时正坐在双塔底的一棵梧桐大树下的一块巨石上，他身边放着一只包袱、一块红光熠熠的溪滩大石和一团莹莹茸茸的绿葛藤。之前，他去过了老县衙，在门口徘徊了半天，差一步就跨过了门槛。毛记冒险上山劝，药娘婉转治患劝，妹妹落泪真情劝，他不是没动心，但是前思来后想去，他仍旧快快离开了县衙。他心中还有道坎迈不过去，投降了自己或许不会死，但好多弟兄能得救吗？不能！白面郎君在那，那家伙早就发过誓了，他是一个王朝的不贰忠臣，他也不会让别人图谋生路的。还有毛太子，他能有生路吗？没，那厮三代为匪，身负累累血债，而且目光短浅，直至今日还在做他的桃花美梦……哎，江歌想想想不下去了，顿觉脑浆子里长出了眼。那眼眸明明亮亮，口中还叼着只乌黑的张口怪物，在喊着"了了了"。了了了，不怎么想了，脚步也轻快了，不怎么想时，一双腿就鬼使神差地载着江歌去了双塔底的大溪滩。溪滩上荡过两圈，见一块腊石红光满面、阳气十足，顺便就抱了它，接着又去溪坡拽了些藤蔓，再往上走几步，腾腾腾就坐到了这棵树底的这块石上。头仰仰臀蹲蹲，他恍恍惚惚觉得这头上的树这臀下的石都认得。树长在小河边，石坐在树荫下，听爹娘说，树是祖上栽上的，石是爹娘从外地买来镇院的……当年坐在五舱货船上是妹妹先惊叫起来的，她说溪两边有对塔，怎么和家乡河两岸的对塔差不多，她还说那棵梧桐树层层铺出绿扇叶，高高撑出大伞面，那块大石颜色青青，有背有首有四脚，活脱脱一匹麒麟神兽，怎么和家门口的树石如此像。就在这下船，何况这儿静悄悄，不闻人声沸，只有江鸥鸣，离县关码头还有一段路……江歌脸上掠过一丝笑意，他解开了那只包袱，并从中取出一套学生装衣帽。包袱一甩又收了回来，水花乱溅，包袱的一头已是湿漉漉，擦了脸、擦了颈、擦了胸、擦了胯，还擦了腿和足，到水边一照，清清爽爽白白净净蛮妩媚的一个人。爹娘不就指望自己长成这个样子吗，说是生了个男儿要当女儿养，不然家里要招来祸。江歌丹凤眼闪闪，轻声吐出了笑：爹娘呵爹娘，孩儿学校放假了，孩儿穿上二老买的新装要回来探亲了……朝东北望去，溪水茫茫，一叶风帆乘风漂去没入天际，而天际上又浮出了家乡的绿垄绿树和绿叶，绿叶浮浮沉沉，上面还爬满了又白又肥的蚕宝宝；往西南瞭望，山莽莽水弯弯，山水间不是冒出了雷公寨的那帮兄弟在磨刀擦枪的情景，就是冒出了他们个个倒下横尸于黄土秃岗的情景。归归归，死死死，江歌正正衣冠，吐出的笑声像歌一样绵长：别了别了，俺先走一步，哪里来哪里去，来无踪去无影，都是赤条条,不用各人来为俺奔丧送葬。缠了脚、缠了腿,又缠上脖颈和双手,再抱上那块红光石,江歌屹立在石上,昂首对着长空厚土,笑得是酣酣畅畅……突然,一阵亮哑尖沉混搭的杂音从周围隆隆传来,"莫莫莫","慢慢慢",转个圈一看,三面站着江妹毛记问天狂夫四人。"莫动莫动",都莫动,双方都喊着同一个词僵在那,可腿脚都在打着战。狂夫一下就变了脸,说跳呵跳呵,鹿溪反正没有盖,不过还须有人相帮把石缚上背,不然尸首三里之外还会浮上来,害得各人仍要为你买棺材去掏口袋。说着,他脚步还上前了两步,但立即又被江歌冷冰冰的目光钉死在沙丘上。问天倒有趣,他学着江歌的样子也将藤蔓缠了身,还抱了块石头,他耸肩斜眼向着天,说,天呵,自家有伴了,自家爹娘早就见了阎王,自家虽有老婆儿女,但像猪牛一样养,自家早就不想活了。说着,他又指着狂夫和干爹骂了起来,说两人是偷生的草木和蝼蚁,还不如个土匪,敢于为兄弟去死。江歌注意力有所分散,便搭腔道"何为'为兄弟去死'",问天答,实不相瞒,眼前这个要死的人实际上是不会死的,因为他为救毛记已上了共产党的功劳簿,而且这事如同春堂的大门扣一样铁定,因为是药娘去促成的,可如今他还是不选活偏选死,为甚,因为他的一些兄弟非死不可,他是去陪兄弟去死,这样的汉子是条真汉子,值得俺这个忖死的人去结伴。问天还忖说点什么,江妹站在哥哥对照已是泪流满面:是的是的,问天哥哥说的是真的,只要哥哥你学好,药娘还会收你为义子,她来为你做爹娘……干爹见各人说话都说得如此机巧大样鲜好,而自家几次插嘴都未插上,他急了,舌头一阵猛跳,他吼了:你个憨木头,心窍眼怎么一只都不开,混充还读过孔夫子几部书,读书读到牛屁眼去了?你没忖过,你去死,说不定死的人会更多,你不死,或许有不少人会跟你活下来呀!再说,你都快做舅佬爷了,你你你,你亲娜妹的喜酒你就不吃了?吃了再走,不迟的!江歌听了这如雷之音,脑壳更是发晕,他好像听进了许多,他迟疑了。迟疑一瞬,他身旁的几个人像猫见咸鱼一样已悄悄围了上来。他也没见人上来,可他双腿一软人一歪斜,结果还是落入了脚下的溪潭。跳跳跳跳,这潭水浅浅,只有一人多高,别说是捞个欲死的人,就是去捉条乌鲤鱼也能如同三指去柯只螺。四人有哭有笑有闹,也顾不着天已凉了,都跟着跳了水潜了潭。解藤的解藤,夺石的夺石,抱头的抱头,抬脚的抬脚,一阵忙乎,江歌很快就被四人拽到了溪畔的青草岸。岸上待了一会儿,落水的人都打出了寒战,等到江歌嘴唇抖抖呛出一口水后,抬头一望,眼前不仅有四张笑脸,还有两男一女三位身着便装的佩枪人已站在了身旁;再等到另外四人立起回头望时,江妹喊出了"郝汉政委,红月姐"。但那个郝光,小女子没叫。虽然江妹没叫郝光,但江歌还是瞥了一眼:哦,那可是一个威武雄壮的男子汉……

第二十章　归降·山殇

就是那一瞥让江歌永远记住了郝光。当时夕阳西下，郝光披着落霞光，背后是灿烂如热火在燃烧，而面庞正好因为背着光，从而使得这人的一副鹰状鼻脸更是峥嵘奇崛。莫非此人就是传说中的白石乡解放军首领郝光？江歌在猜测了，他的目光又偷偷爬上了人家的脸庞。郝光觉察到了人家在窥他，他索性凑到江歌身旁说自己叫郝光，前些日子还到雷公寨前打过几枪，并叫江歌等落水者赶快绞绞湿衣裳。江歌狂夫问天都绞了湿衣湿裤又穿上，干爹陪着江妹在巨石后，就是不脱衣裳，还说自家鱼性十足，穿干穿湿一个样，惹得诸葛红月微笑着将其推回了青草岸。夕照还有些暖，铺上草坪、盖去石滩、映着塔冠、沉进溪江，到处都是一抹红。那红硬撑了一会儿，很快就变了色，一条条紫尾巴光鬼鬼祟祟袭过后，那黑色就来了。这时，刚才到周围去转了一圈的郝汉回来了。他和红月交谈了几句后就站到了各人面前。各人看着他，他像座乌塔一样竖在那，声音低沉，但每个字都让人听得铿锵。他叫大家系紧自己的鞋带，别走沿溪大道，而是赶快穿过溪滩上的那片柳树林回到城关，并且"奶奶个熊"地要求大家都做夜猫子，路上不许笑闹喧哗。一路上，一行人都蛮听话，听不见人声，只有溪水哗哗不断，偶尔也有几只秋蝉因被打扰而鸣叫。等到狂夫实在禁不住连连放出了几个响屁时，各人都已奔到了浮桥头的樟树下。走在前头的江妹刚想冲出树影，但被红月拦住了，她打着手势向郝汉郝光轻语了几句后，又把各人分成了好几帮。接着还叫各人一帮一帮混夹在其他过路人中间分开过桥，过桥后不必聚合，而是直接去小西门外的红房子碰头。干爹问天狂夫中间夹着江歌走在一起，路上迎面碰到几个周村丰庆班的吹歌唱曲熟人，也未多言语。人家说赶去清湖给周龙畅的一个侄儿演八仙凑闹热，那人艳福不浅，一个四十开外的光棍做酱郎要娶归三界城关的黄花柳之烟。柳之烟？狂夫狡狡黠黠笑了，他对江歌说那是柳胭脂的妹妹，人虽漂亮,但是个还会尿床的傻子娜妮,可仍旧不失为一头好的"梅花鹿"。狂夫还要说下去,可立即就被问天敲了脑壳,又被干爹揪了股臀。江歌倒是猜到了狂夫还想说的话,"梅花鹿",人家蛮蛮灵清自己的下山营生,人家在为自己荐人去做毛太子的压寨夫人了。想到这,江歌打了个寒战,后又觉得身上竟有些暖意袭上,但很快那暖意就全然退走了,他脑子里仍然是一派茫然。江歌心里在念着:几个布衣百姓虽从水里捞了俺,可几个持枪人并未与己唠过半句话。是降是抗,降又怎么样抗又怎么样,要降又是如何降……干爹这时倒是挨近江歌身边并念经一般安慰道:"阿弥陀佛,会好的,阿弥陀佛,会好的。"会好的会好的,红房子已杵在眼前。干爹指指那房子,又朝江歌望去,他惊奇地发现,江歌的一双眼虽然眯在那,啥也没去看,但他觉得人家的目光是前面长有神角盯住了江妹,后面生出灵尾看牢了持枪的郝光。

江歌这时好像已经不那么思忖投降那事了,因为他想来想去想到了今日的若干奇怪事。事情的发展往往出人意料,而结果又能比期望的好。自己想死没死成,现在看来不死也不赖,活着有妹妹陪着蛮好;人未死反倒落入解放军之手,这落入不是阵前缴枪不杀,又不是屋里屋外密捕,连一路押解也不用绳绑、用镣铐,这,这……还有前头走着亲妹妹,后头走着英雄郎,而这郎又与亲妹似乎有名堂,这,这,难道不是苍天发慈悲给出了吉兆?!江歌忍不住睁大目睛扭头朝后望,哇呀,那个人的背影如同爿山石杵在西山脚下,月隐星朗,那如石的身板正好融入了一颗不知要升起还是要没入山脊的耀星。同时他还看到,问天那厮昂首立在香椿树下,头动身不动。莫非莫非,江歌感到这人的一双斜眼这时好像也吊挂到了天象……

一缕缕电筒光从门缝间泻出来,院门开了。开门的不是别人而是药娘。药娘身旁无人也不说话,她脚下跟着那只刚刚归家的波斯白猫。她拿着电筒照前照后,把一行人照得光怪陆离,又将各人迎进了二楼的诵经房。诵经房里烛光都亮着,众人一抬头,发现慈光迷漫,墙龛上的蓝袍圣母抱着圣子,一双眼睛就在看着大家。"先歇歇,喝喝茶,吃吃糕。"药娘一说,狂夫问天自家先端了杯子,江妹为郝汉端了杯子,红月与郝光互端了杯子,最后剩下一只竹筒杯子还搁在桌子上。江歌上前想去取杯,可又缩了回来,干爹见状去取了杯,猛喝一口后,又端给了江歌喝。药娘这时捧着只竹簸箕送上了黄金籽米糕,郝光一看见就先下了手,抓出一大把,还分给了江歌一大半。很快,米糕就去了各人手。各人顾自嚼着糕都不说话,干爹朝大家瞅瞅,灌进两耳的都是嚼糕声响。郝汉坐在椅子上,他向药娘看了一眼,可药娘没看到,她正在看自己的女儿诸葛红月。前些时,郝汉接到药娘电话后就和红月赶到了同春堂,并和药娘约定,带回江歌后,不去设在老县衙的剿匪司令部,而去红房子,红房子地僻静又暂时不住人,他在那里审江歌蛮合适,因为这位司令听了药娘介绍的情况后,判断江歌这下会降。同时他也不愿让此事泄露出去,他觉得这个欲降的土匪人脉关系十分复杂,说不定还能在自己施用文韬武略之际派上更大用场。郝汉站起了身,他又朝药娘看看,可人家照旧不看他,人家去看了郝光。他脸上掠过一丝苦笑:俺要开审了,老大姐。你在故意回避,说明你知晓俺心思,可你又不遂俺的意不走开,你为的是哪般……药娘避开郝汉的眼光实际上是瞄到了人家的眼光。她之所以避开那军汉的眼光,是因为她看懂了江歌的眼光。那眼光时不时瞟来,从门口到楼上又到诵经堂,说它阿谀它又傲慢,说它妩媚它又凶悍,说它绝望可更多的是期待。期待期待,如何去满足江歌的期待,让这有罪之人服罪服得还有些体面?药娘又去看了问天狂夫与干爹,她觉得事情有些为难了。她坐下举手一招,药猫跳入了她怀抱……红月瞅了郝汉又瞅了药娘,她虽说已经揣测到了两人的心思,但也不好挑明,于是她拣了别的话题说:大家多喝几口水,那黄金籽米糕香是香,可是涩得很,蛮滞肠的。那是那是,各人应和着。狂夫接上了话茬,他说滞肠才好,免得穿肠太快,肚子一下子又饿了。当他还忖再说时,问天踢了他股臀廾。狂夫这下倒是不说了,可问天自己说了,他说毛记有话要说。干爹开始没听清楚,后来问天说了第二遍他才听明白。他牛眼睁大了:什么,俺有话要说?俺有什么话要说?干爹问起了问天,问天一时语塞,连脸都涨得猪肝红。江妹见状赶忙从药娘怀中抱过药猫,又上前几步插在两人中间,她对干爹说药猫饿了,它又不吃黄金籽米糕,你快带它回去吮鱼刺吧。干爹听了江妹的话接过药猫,口中不停喃喃念着"吮鱼刺吮鱼刺",他走到了门口。不料他没去推门,而是猛然回了身,哎呀呀,这人一下子眼里流出了泪,脸上涌出了笑,他腾腾走近江歌,并且拉着人家走到郝光面前:喏,这就是你妹夫。你一个土匪,能有这么个神勇军汉做妹夫,你福分不浅耶。还不赶快拜妹夫!问天乘机也插上了话:拜拜无妨的,菩萨都要拜菩萨,就看谁的修为高。如今妹夫修为高,舅佬就该去拜他。狂夫不甘舌头落后:拜呀拜呀,土匪拜官家,不冤不屈的。叫唤中,众人的目光都被吸引过来了。睽睽目光下,那江歌也还真的在郝光膝下落下了自己的膝。看,这厮双腿虽跪下,但上身笔直而且一脸峻色,他朗道:在下江歌,下江江家庄人氏,为逃命案流落三界,后因孽缘导引上山为匪,滋扰四乡,祸害一方,罪莫大焉!今观世界,乾坤朗朗,军歌嘹亮,匪已无藏身之处落草之基,愿降!吾生死任凭发落,只盼仁义贵军,慈悲为怀,举刀快,落刀慢,念及蝼蚁草鸟尚且偷生,灭巢之际能饶一命放生一命。如此这般,天公赞悦,贵军善莫大焉!说完,江歌竟然站了起来,一颗头颅翘向了天花板。"哎哎哎,"干爹叫唤了起来,"叫你拜的,叫你拜的……"郝汉笑了,红月药娘也笑了,问天狂夫江妹都笑了,各人虽然笑态各异,但确实都在笑。只有郝光红着脸没笑。开始见到江歌时,他就嫌恶这人,男人模子女人相。而现目前,这人变了,不但言语透着书卷气,连下跪投降都有股凛凛男人味。这人去为匪实在可惜了。想到这,郝光才真正去细看了江歌。这时,一直在窥探场面变幻的药娘心中似已有了着落,她朝药猫轻轻拍了拍手,那猫闻声立即脱开了干爹的怀抱,欢蹦着,扑回了药娘怀里。药娘微笑着,边拍着猫头边细声道,你们几个跟俺走,去地窖喝两口,祛祛湿气,那里还有陈年谷烧酒。

若干年后,在我翻阅我娘亲和郝汉伯伯的日记时,发现他俩都写到了上述那件事。其记叙之生动和感慨之真切,在他们的日记中还是为数不多的。他们都引用了他们领袖的话:"卑贱者最聪明,高贵者最愚蠢。"他们说那天晚上实际上出现了一个相当尴尬的场面,这种场面不是阶级性的暗斗形成的,而是一些聪明人为寻觅一种宽容体面平衡的解决方式形成的,因此对尴尬的破解,聪明人是无可奈何的,而毛记,一个并不聪明的人根本不抱着解决问题的态度,也不通过什么聪明的行径,就那么轻而易举地解开了那个凝滞酸闭的结,从而给多人创造了各自以为是的机缘和空间,这真叫人既感莫名又感叹。或许这就是人在冥冥之中的一种本能造化和机缘吧。我写到这里,似乎得到了某种我也说不明白的感悟,但干爹却是将那天晚上发生的这一段事情忘了个一干二净,因为我曾不止一次地问过他,他说,是吗,既然是郝汉和红月日记里都有,那肯定是真的,真人是不会说假话的。干爹还说,反正呀,当时各人都觉得蛮舒服的。可不,舒服着,一拨人去了地窖,而另一拨人留在了红房子。当地窖中的人配着炒花生烟熏豆腐干喝酒喝到一大半的时候,药娘又叫江妹带上谷烧和下酒菜去了一趟红房子。江妹回来后带回一句话:官家说了,江歌下山归降一事不许声张,谁说出去,老百姓也要按军法惩治。桌上各人都点了头,有的甚至发了誓,狂夫说若说出去,就让相好雪姣剪了他的家伙;问天说他若露了口风,就让自家的久病堂客不得好转;干爹说他不会说的,若不然他下河抲鱼会被毒蛇咬,上山斫柴会被恶豸叼。药娘见状一点也不笑,她恭恭敬敬地敬了他们仨一杯满盏酒……另一头的红房子里,江歌坐在三个人的对面,像被人审着,又不像人家在审他。他有时仰起脖颈望望对照高高悬挂的圣母抱子像,但更多的时候是在偷窥那三人的脸色眼神。郝汉脸色似乎始终不变,严峻得像位城隍庙的判官。郝光却不然,随着他的叙述时而露喜时而发威。红月更不然,她不峻不愠也不悦,任凭江歌道去,人家就是平静如水,像是额顶处走出的画中人。但是几位长官的眼神却有惊人的相似,都是真真切切不含狡黠恶毒之光。江歌服了认了,把雷公寨的机关设置和兵力配备以及毛太子的作孽习性都交代了个灵灵清清。最后他还提醒人家,说只有那个白面郎君道不清说不明,那人心机极深,那人出的招往往意料不到,要拆他的招实在太难。近来,那人除了派出嘻哈兄弟二人常去三卿口一带活动,以及常与来自其他几个山头的头领密谈外,就常常一个人关在房间里,要么是长吁短叹一番,要么是拿把刀在划自家的手臂,不知会歪想邪思出什么鬼名堂。说到这时,江妹提着一只篮子进来了,她说是药娘让她来送点吃的。郝汉一见到江妹,脸上终于露出了些许笑容,并关照她要和哥哥多说几句话。然后他们去了隔壁,说等会儿再过来。江妹见他人走了,就赶紧从锡壶里斟出一杯酒递给了哥哥:你莫怕呵,俺早就和他们说了,你在老家杀人是为了报仇,你到三界后虽然坏事做了不少,但从未亲手杀过人,没有你,毛太子作恶还要多。江歌长叹了一声:是呀,看来人家是信了你的话,不过妹呀,活着固然是好,但活着要比死了难呀。还有你,究竟会嫁给谁呢……说到这,两人的言语都戛然而止,妹妹只顾着斟酒,而哥哥只顾着去喝酒了。一刻工夫过去,去隔壁的长官回来了,他们对江妹交代了几句后就让她回了地窖。然后叫江歌还是化装住到旅馆去,该做什么事仍做什么事,寻觅"梅花鹿"照旧。江歌离开了红房子。后院一开门,西山已沐上了下弦月的银辉,一层亮光光的薄纱衣披着乌碧碧的山体,山体背脊上的星光已退去了不少。哎呀,原先那颗最亮的星星,落了,落了!江歌心头一震,随之加快了步伐,朝东进了城。再过了一阵,药娘那拨人也离去了。药娘在江妹的陪同下回了同春堂。醉醺醺的狂夫一出窖口就唱了"今晚去睡烂婆娘,婆娘家有香眠床"并要问天扶他。问天不干,他去看了西天。看后他神神秘秘地对代他扶人的干爹说,北斗七星的二星是巨门元星君,丑亥生人属之,刚才西山驮着的那颗耀眼星是它的辅星,现耀眼星不耀眼,星陨了。干爹也有点醉:七星七星,还不是女娲的娜妮钵大碗讨水讨来的,只要有心有力,星落就落,俺撒出一网去捞回它……郝汉郝光红月三人走得更迟一些,当他们快到老县衙门口时,接二连三地碰见了几伙满嘴酒气浑身喜气洋洋的人。问何事,红月告诉他,按三界习俗,今天是个缔结良缘的好日子,男方摆酒要有三天,红枣、红花生、桂圆、荔枝、莲子、条糕、银杏、香榧、橘子、核桃,十样吃果齐全,人家喝好喜酒闹好了洞房正在回家。说着,红月还瞟了一眼郝光,哎呀,那位高大威猛的沙场铁汉好像已经发现那位姐在注视他,他竟然扭捏了一下身板。

第二天,三界县的联合剿匪司令部如期召开了会议,军方三〇八团和地方政权机关都派了员。会上,郝汉介绍了全县匪患情况,郝光介绍了县域最大匪巢雷公寨的布防情况。三〇八团首长听了郝光的介绍,说昔日的代理侦察排长成长了,竟能获得如此详细的情报,真是不简单。郝汉笑道,人家为减少我军牺牲,已学会了当孙悟空钻进铁扇公主肚子里做文章。那天的会议拖得很晚,根据三界副政委丁丞写给省委谭书记的书信精神,结合与会者提供的具体情况,就剿匪这项中心工作以及征粮等其他诸项工作分别做出了若干重要决定。特别是分析研究了郝光提供的有关军统特务白面郎君的种种诡异行动,一致认为敌人在垂死挣扎,要粉碎他们串联组合队伍的阴谋,既要分割包围各匪穴,更要一举打烂匪巢之首雷公寨。但如何破除雷公寨,因不同意见较多,还是留下了悬疑。会上,还宣布了一项组织任命,郝光升迁为保安区委书记兼任区中队指导员和支前办公室主任,并要求郝光他们迅速将办公地点从保安戴公馆迁至三卿口老窑厂。当晚,郝光就回了白石乡。他说为贯彻落实会议精神时不我待,区委移址之事迫在眉睫,三日内一定要完成。他又说征粮是大政,现为剿匪暂停征收必定会获取更广大的民心,一定要尽快布置下去。他还说区人民武装虽已有组织,但还未形成顽强战斗力,亟待训练加强,不然就难以配合我主力部队直捣匪巢。郝光走了,是骑着白马走的,郝汉还难得送了他。临别时,哥哥拉着弟弟的手,弟弟望着哥哥的眼,两人的手里、眼里尽管满是话,可是啥都没说。路过市心街的时候,郝光去了同春堂,大堂的前门关着,他便去了后院门,他刚要敲门,可又收回了手,他要告诉江妹,如今解放了,婚姻是自由的,究竟嫁给谁主要看爱的是谁,而他是爱她的;他还要告诉江妹,拯救江歌是革命的需要,他会努力的,但主要看江歌自己。还有许多。然而他终于没敲门,他想这么多话还是留到下次谈更好。到下一次,他要带回剿灭雷公寨的捷报……是的,那一晚好多人都没睡好。郝汉别了郝光,在指挥部里看作战地图看到深夜。他脑子里时而响起枪炮声,时而又响起迎亲人们的吹曲唱调以及爆竹连声直蹿云霄。黎明前,他一个瞌睡醒来,骂了一句"奶奶个熊"后,先是像个娃儿一样开开心心的,接着就变了,竟然把一串苦笑塞满了房间……红月忙里偷闲去了同春堂,她抱着她的儿子也就是我哆哆地要和她母亲睡一床,母亲药娘允了,结果三代三人共枕了一夜。母女谈了很多话,但涉及更多的却是江妹究竟愿嫁谁。末了,这个话题也不聊了,两人只是静静躺着。当红月看到母亲来为自己擦拭眼角上的泪水时,她发现娘亲自己也流了泪……江妹一人在后院住房里也没安耽,小女子盯着小金龟,把生灵抛了又抛,心思忖金龟落棉被若落正面嫁毛记,若落反面嫁郝光,六次下来正反面都显了三次,最后一次,第七次那金龟神神奇奇没落到棉被上而是落去了床外。她下床去摸了,不料半天怎么也找不着。小女子推开了窗户,两眼茫茫,她对着满庭芬芳轻声呼唤了起来:莫离开莫离开……干爹问天狂夫三人为帮文新搬家又聚在了八角楼亭,吃了人家的款待饭后,问天叫干爹去街上请回了一包香,后又把香点燃了,还叫另两人向着星空跟着拜。干爹狂夫疑惑不解,问天鬼鬼祟祟回应说,他已向江妹打听灵清了,郝光是属牛的,他的主命星是北斗七星中的巨门元星君,如今星象对其不利,拜拜福星帮人家渡过劫难一场。狂夫瞪了问天,说要帮也要帮毛记,哪怕去拜狗熊星也成。干爹反驳了,说送佛送西天帮人帮到底,说出的话收回要烂舌头,表白的心意若赖账要坏肝肠,他认命了。问天接着道,莫傻了,要救江歌只有靠郝光,郝光命不顺坦谈何既慰江妹又救她的亲兄长。何况,俺三人还去揭过榜,毛记进山闯寨算开端,合谋献江妹算继续,现如今江歌归降,眼看大功即将告成赏金就要到手……狂夫闻言,"对呀对呀",立即兴奋得蹦起老高。干爹又去敲了脑壳揪了股臀,并且连声喃喃道"俺最亏俺最亏,可俺不能悔不能悔"。末了,尽管三人的拜星情愿程度有别,但毕竟情义在,又与铜钿无过节,于是都去拜了星。其间,干爹狂夫望着星空问问天怎么不见要拜的那颗星,问天有点恼了:莫废话,有眼无珠噢,北方再甩出一条线看去,蛮亮的。实在看不着,跟着拜就行了。拜着拜着,干爹突然说,亮星耀耀关照人还不如人的亮睛关照人,俺有水牛样大目睛,又有兀鹫眼的穿透力,江妹本来就有向龙护龙的丹凤眼,拿俺俩的双目去护郝光,岂不更牢靠?!狂夫笑道,得,天上星君,地上人君,双君照护,照护笃定成功。问天想想勿错,并出主意将干爹和江妹的目睛画在白马耳朵旁,因为郝光是骑着白马去战斗的,这样一来,不管那军汉是上天还是入地,都能被照着,而且不招人现眼。想到说到做到,三个人偷偷摸摸还真的去了操场边的马厩。狂夫为了出奇制胜,用的画料不再是上次画黑马的粉笔,而是在同春堂为江妹做木嫁妆的金粉黑漆。嗨,画上的两双眼睛一边一对,一对向前看,一对往后瞧,金睫毛黑眸子都紧贴着马耳,神采奕奕,始终睁着,连眨都不愿眨。

郝光回到白石村已是次日的中午了。他边吃饭边与有各界人士参加的征粮评议委员会的委员们交谈,说大家辛苦了,以前的工作成效很大,既确定了起征点,又算清评定了各户的应缴数,现在党的政策有调整,为全力清除匪患,除必要的支前粮外,其他的暂停征收,并望大家配合做好宣传。众人听了,先是放下筷子面面相觑了一番,后又大口扒起了碗中番薯干饭大勺舀起了干菜酱油汤:"共产党没打瞌睡,蛮灵清","共产党少刮民,不万岁也千岁"……接着,郝光送走了乡亲,又与副书记交接了个把时辰的工作。等到基本谈好,文书董朝晖已经把白马牵到了他跟前。朝晖报告说,保安区委诸位同志已先行进驻了三卿口,就等新书记走马上任了。朝晖话音一落,乡武装小队的战士们猛地从屋里屋外蹿了出来,嗷嗷叫着要跟随同往。郝光凹眼直放威光,人人脸上都照过:俺也巴不得继续一只锅里吃饭、一个茅坑里拉屎、一个壕里打枪,但武装不是俺个人的。一个民兵一杆枪,一个党员一面旗,俺大家伙都听党的,站好自己的战斗岗!说完他哗哗倒出军袋里的一百五十发子弹,又一一和各人敬了军礼。郝光跨上战马走了。出了村口回首望望,郝光豪豪迈迈,眼光里有好多人在举枪在挥手。他也应了,他一手举着木壳枪,一手举着卡宾枪……

来到三卿口窑村黄姓祠堂屋,郝光董朝晖一行人刚跨过门槛,那匹白马就在门前半月桥下嘶鸣了。郝光掉转身朝马瞧去,只见马首高昂,朝西望着社公社母堂,马耳仰天,两团亮光从耳根处奇里古怪地闪出。走近一瞅,郝光竟然认出了左耳上的那双画眼是毛记的,而右耳上的那双画眼是江妹的,他苦笑着觉得心田一热,他不禁挺立起身板,面向烧香信众簇拥着的社公社母堂行了一个注目礼。当他再转身踏进祠堂大厅时,董朝晖就催他去接电话了。电话是郝汉打来的,声音虽然断断续续,但他听灵清了,说为了增强战斗力,三〇八团的一个连将被配置到三卿口,还说省里刚有指示下来,要设法活捉白面郎君,因为那厮参与过保密局的南方秘密策划,若能生擒,定能获得更多的敌方情报。郝光放下话筒,立即招呼朝晖将一幅作战地图铺开在案桌上,一门心思全钻进岭岭峰峰沟沟壑壑,直到文书把粟米粥苞谷粿端到他面前,他才报之一笑。晚饭时,区中队的战友们也都聚拢来了,大家摆弄着手中的汉阳造、三八大盖、中正式、水连珠,七嘴八舌地讲着枪,但讲得最多的是那把摆在桌上的美国造卡宾枪。说那玩意儿又短又轻,还能连发,在山里贴身作战威力巨大,既利于毙匪,又利于擒匪,若能像郝光书记一样也有一杆就好了。郝光听到此言,嗒地立起身,一双凹眼直放光芒:会有的,会有的!抓活的,抓活的!没等到各人明白是怎么回事,他已回到了中堂的后寝房。再等到朝晖进入寝房,郝光已将一纸通牒交给了文书,并交代人家速将通牒传递给子安里的农会会长。朝晖接过通牒信札叫人连夜就去办了,但他手中却捏出了一把冷汗。他晓得,郝光书记这时肯定想起了原先送来的那个情报,子安里藏有雷公寨嘻哈二匪放在堂兄手里的七八柄卡宾枪。朝晖判断没错,郝光的最后通牒就是要转给那个半匪半民的藏枪人的,牒文中令其在三日之内不得将枪转移去任何地方,并希望他劝降嘻哈二匪以求宽大处理。当夜郝光入睡还算安耽。子夜时分,他似乎觉得耳畔又响起白马嘶鸣,于是点亮马灯便去半月桥下马棚一视。只见那马在不断左右晃脑,而马耳上的那对画上去的金睫黑眸眼睛一下子都活络了起来,真真切切脉脉流情,似有好多话语要诉说。

第二天,郝光在三卿口龙窑下的瓷坯古作坊里开了个群众大会。山溪水潺潺木斗水哗哗,郝光面对愈来愈多的黄姓做瓷人说了天下大势,又说了三界县不时高涨的革命洪流,最后召唤精壮窑工参加区中队,好拊枪去消灭残余匪帮,为一方百姓谋个太平生计。现场会上,还真有两个黄姓小后生跳了出来,说自己不但会踩泥、做坯、烧窑,还会打猎枪,若这次能加入区中队,不出个把月定能从敌寇手头夺把卡宾枪。次日,经一番考察,那两人就佩戴红花被郝光授了钢枪。再过一天,两人自告奋勇上了子安里,并带回了子安里农会黄姓主任和嘻哈二匪的堂兄弟,乐得郝光当场就拍了两人的脑与肩,他自己还坐在龙窑口前让文书给画了一张像。傍晚,郝光先与农会主任后又与另一个半匪半民的罗姓人谈了话。农会主任告诉他最后通牒交给罗姓人后,那几支卡宾枪已交给了农会保管,但是希望区里赶快去取;罗姓人告诉他,嘻哈二人愿意下寨与区里接触谈判投诚一事,但望贵方有要人出面。半夜,郝光召集在家的区委委员开了个小会。他通报完有关情况后,又说子安里区位十分重要,既是匪巢雷公寨的一个固守屏障,又是我方剿灭匪巢的前沿阵地,如今那里的斗争形势严峻复杂,他必须亲自去一次,既是为了取回那七八条卡宾枪,又为我方夺取阵地进一步造势,并为分化瓦解敌人阵营、胁迫嘻哈二匪早日归降创造有利条件。谁知两个与会委员说书记的分析判断都对，但要上子安里应该他们去，书记去不得，因为区委刚搬家，当家的班长暂时不宜去龙潭虎穴之地。郝光沉吟许久后说，同志之间的情谊他领了，但他去更为合适，因为他是军事干部出身，又来三界地方锻炼了一段时间，现在又一个冲锋陷阵的关键时刻来了，他挺身上前是他的责任，同时也更能发挥他的优势。说着，他还做了一个双手开枪的顽皮姿势。见状，另两位地方工作出身的委员也就没再吱声。一个好黑的下半夜过去，黎明来了，但黎明仍是好黑，郝光的醒转不是人叫的，而是马叫的，而马之所以去叫人，据干爹说是那双画在马耳上的他的目睛子唆使的。那个下半夜，郝光睡得安耽，干爹却没睡安耽，他梦见江妹与郝光拜堂了，可入洞房时只有江妹一人，而那个新郎官却骑匹白马腾云驾雾去了苍穹，做了一颗不怎么明亮的星。干爹急了，他不忍心江妹独守空房，他目睛子瞪起要去追升天的新郎，于是便吵醒了白马，白马于是又去撞头敲窗唤醒了郝光。醒来的郝光瞧着伸进窗内的马首，他看到画在白马右耳上的那双江妹的眼睛又在说话了。等他出得门去，那马竟然蹲下身子让主人骑上了背，并撒开四蹄走出三卿口，要朝县城方向而去。郝光惊诧之余叹了口气：傻伙计，温柔之乡谁不恋想，可眼前是要去战斗呀。他掉转马头，继而又带上文书以及四名战士趁早就上了子安里。十五里山路爬高坡穿飞瀑，个把时辰说到也就到了。当郝光驻马立在村口土地庙前时，他气恼地瞪了一眼农会主任，他看到墙壁上的一幅反动标语："恨中央，骂中央，中央去了想中央；想共产，到共产，共产到了人遭殃！"他吼了一声："放屁！明明是骂中央，恨中央，中央去了红旗飘；想解放，到解放，解放到了人欢畅！"农会主任闻言立即诺诺，说要马上铲去墙上狗屎，刷上新的金玉良言。接着，一行人由农会主任带路去了村子东头的一处废弃馒头窑。扒开松毛枝条，揭去土油纸，那八支卡宾枪露出了身影，油光贼亮，枪栓活络，可惜只是有枪没子弹。主任说子弹仍旧藏在嘻哈二匪的堂兄处，只要郝光书记能前往拜访人家一定缴子弹。郝光闻言眉头紧皱，吓得那主任连声快说，是真的，子弹就放在人家走马楼上的一只酸菜坛子里，他亲眼瞅到过。郝光转而笑了，他不忍心看到自己的工作骨干在自己面前战战兢兢。他表扬了主任几句，又吩咐两个战士守在此处看牢枪！随后他堂堂皇皇像带着一支好大的人马一样踏进了子安里村。先在农会主任家用了一顿番薯藤菜粥饭，随后就去了嘻哈二匪堂兄家的合面五架走马楼。走马楼扎在全村的最高处，是一罗姓人家三代居住的老宅。郝光一进宅,那个先前回家的半匪半民的家伙就满脸堆笑地迎了上来,说卡宾枪子弹就在楼上,是先上楼看货还是先吃接力。说着,一个老妇还真托着几碗咸肉笋干粉干上了中堂,并招呼客人坐下小吃。郝光向老妇人点了点头后没坐下,而是上了楼梯。走马楼走了一圈走到南墙角落,掀开一堆松枝柴火,再破开乌泥封口,倒出的果真不是酸菜而是二百发子弹。见到子弹,郝光原先一直紧锁的眉头松懈开来,而且下楼吃了粉干接力。临走时,他对那罗姓缴弹人说,赶快去通知嘻哈二人,就说他郝光本人在子安里等着见人。罗姓人点头哈腰道,即去即去,一定按书记最后通牒所言办,劝两个堂弟缴械投降归顺共产党。当晚,在农会主任家开完匪属座谈会后,郝光还住进了走马楼。他对随行的三个人说,就住在罗家,这样既可震慑那些半匪半民之辈,又可表示我方诚意。前半夜,因开会时山茶水喝多了,郝光睡了不久就被一泡尿憋醒了。本来楼上有生尿桶,在楼上解掉即可,可郝光嫌走马楼像只戏台藻井一样会产生声响共鸣,于是就出了门。出了门对着青山可放尿了吧,可他又念及山里人积点肥水不容易,便去了龙窑旁的茅坑。那茅坑筑有半身多高的土墙,还有茅草棚顶,一泡尿拉完,郝光好像没闻到什么臭,只是出门时觉得好是奇怪,几只吃尿的老鼠从坑里蹿出,惊得一只鸟儿慌慌张张地飞出了茅草屋顶,飞去了龙窑脊背。回来睡到后半夜,郝光起身到走马楼四周观察了一番,而后叫醒了那两个入伍才几天的黄姓后生,命令他们连夜伙同另两个区中队战士携枪携弹赶回三卿口。送走了他们,郝光又回去睡了。可事后若干年,干爹讲董朝晖的如上所叙有遗漏,郝光还去了旁边山坡上的废弃龙窑口,因为白马那时已不在走马楼了,而是站到了老窑口。这话言之凿凿说是江妹告诉干爹的,干爹那时人困得不行,入睡混沌,可江妹却醒着,一双丹凤眼啪啪打闪,正在和白马言语。是呵是呵,郝光见马埋着头不啸不哼,而马背上却有只鸟儿在鸣叫。他轻轻凑了上去,拽拽缰索好言好语劝马归去休息。谁知那马竟不听使唤,拗着头颅直向西天。秋山浩荡,秋星璀璨,北斗斗枸已西指,郝光伫立片刻,还是牵马走了。白马步履迟缓,显得蛮不情愿,它头上的两只耳朵也止不住地直打起寒战。郝光看不见,可马看见了,它看见自己耳朵上的两对眼睛都在瞭望山脊上驮着的一颗欲坠之星。

其实,那天晚上没得安耽的还不止郝光一人。郝汉自从给郝光打过那个图谋活捉保密局大特务白面郎君的电话后,自己也一直在思索破敌之策。当一个智取思路像只蛋雏急欲破壳之际,他想到了自己的兄弟,他要告诉郝光,区委武装力量较薄弱,万不可轻举妄动,并望其近日回县里议事。可电话打到三卿口,他更急了,他得到了郝光赴子安里取枪劝降的信息。"奶奶个熊,奶奶个熊。"他眼前的地图竟然一下模糊了起来。比郝汉更急的是俺娘亲诸葛红月,她那时正在廿八都与福建方面的同志衔接协同作战事项,以免匪特向闽逃窜。事情谈了一半,郝汉的电话来了。几句话一讲,她便请求疾奔九牧去搬三〇八团的正规兵,而次日凌晨,她就领兵疾行在了前往子安里的山道上。还有那四个凌晨荷枪背弹回到区委的区中队战士,他们受到了英雄般的欢迎,当他们被战友们乐得抛起时,他们的嘴里仍在不停叫喊:"好回子安里了,好回子安里了!"甚至江歌也没闲着,虽身在曹营可心已在汉,那时他跟往常一样正在闲来无事观天象,见西方那颗北斗连命星暗淡无光似要陨落,便心间发毛。警警觉觉回屋,又窥见得嘻哈二人在与白面郎君密谈后带着一帮人下了雷公寨,于是他去了毛太子处,谁知那厮正在吞云吐雾吸"香料",不仅没回答江歌所问,反而责问江歌为甚时至今日还未将压寨娘子请上山。江歌诺诺,说去了去了,其实他是连夜去了子安里。哎,那时刻,尽管大家都在记挂着郝光,然而谁也没料到第二天上午会发生如此惨烈的景象。九点钟左右,文书朝晖见郝光仍枕枪睡得香甜,便未忍心去叫醒他。他知道书记昨日又是一夜未眠,现在能让领导多睡半个钟头也好。他牵着马上了走马楼东头的一片缓坡,他要让白马多吃些鲜草。出门时,那马还对他吼了一声,他不解其意,竟然狠狠拽了马缰,结果害得自家差点挨了牲灵一脚。在草坡上,白马一边心不在焉啃着草,一边左顾右盼,可它想要看见的始终没看见,它不晓得自己的战友已在床头喝光了一大瓷碗过夜凉茶。一会儿,还没等到床头喝茶的郝光想好今日如何与嘻哈二匪见面谈话,他觉得自己肚子有些闹,于是他去了昨夜曾经去过的茅房。可惜匆匆之中他只带了支三号木壳枪,而未带实弹充盈的美式卡宾枪。就在此刻,走马楼四周若干处邪毒鼠穴里蹿出了十来个头插雉毛的荷枪执刀人,他们在嘻哈二匪的指挥下朝龙窑下端的茅坑包抄了过去。等到郝光便毕起身时,无意中透过矮墙朝外一瞥,两三只鼠首已进视野。其中最为醒目的就是那个半匪半民的罗姓人。哎呀呀,郝光脑际如有电光闪过,一种不祥之兆顿袭心头。倚墙再定睛一看,一切都明白了:这伙狗娘养的是想偷袭人呵!他习惯性地双手一架做出个持卡宾钢枪的姿势,可做了个空,可惜他手中只有木壳枪!"降吧,不降即死,降了还可封国军上校……"喊话也过来了,匪特们围着茅坑喧嚣不已。郝光冷笑着,枪杆一露,便将那半匪半民之人打翻了。随即他乘势飞身跃起,一个箭步跨出矮墙,直向上方的卧岗龙窑奔去。眼看就要到窑口了,子弹也来了,郝光双腿中弹人倒下,他只有挣扎着爬至窑门并坐了起来。面前没有任何掩体,满目晃动着的尽是匪特们的刀枪和一个个声嘶力竭的嘴脸。郝光又放出一枪,那一枪正好击中了嘻哈二匪中的哈。哈的脑壳立即就没了,可匪特们的子弹又一窝毒蜂般地拥上了。郝光满身喷血满目生光,他仍然端坐着,他身后一垄窑体竟然涌动起来,洞门口随之也喷出了血红血红的天光。

白马和文书奔过来了……

诸葛红月带着队伍下来了……

四个送枪回区委的战士也在归来的路上了……

而江歌的一双眼睛此时正望到子安里的走马楼了……

"了了了,都迟了,都迟了!"若干年后,坐在郝光墓前的干爹对着我直叹气,他说他是亲眼看见郝光牺牲的场面的,他的眼泪当时就陪着江妹哭干了。他还说,跑过来的白马跑到郝光面前,还给英雄舔净了血,当时那牲灵的口里衔满了香草和鲜花。而郝光的面相根本不像个死人,坦坦然然活活生生,甚至还像先前文书在三卿口给他画的画像一样,脸上洋溢着些许微笑。抱着郝光并且对他不停不停地说话的就是俺娘亲诸葛红月。

第二十一章　破寨

　　若干年前的一个夜晚,当那个骑马挎枪的英雄年代在人们心目中已化作过眼云烟,而有一位老妇人出现在西山脚下的烈士墓前时,她惊异地发现,明月下的鸡公石岩下竟有一位老者拿着一竿渔网兜在天际线上像捞鱼儿一样捞星星。老妇人的眼睛顿时就湿润了,她眼前的这一幕恰恰与她在几十年前看到的一幕差不多。那个老者就是干爹。干爹本来是不大信问天所言,一个人,特别是一个要大写的人就是一颗星星,那个人死了那颗星星就会没落掉的,而当郝光遇难之后,他信了,并且他还兑现了他魅魅状态中的魅语,他跑到山岗上先用竿子头去撬欲坠之星,见无效,便用竿网那一头去捞星星。老妇人老时与年轻时见到的场景几乎没变化,甚至于老妇人没见到的更多更多个年头,那个场景也会出现。当时见到这场景的是江歌江妹兄妹俩,那时他俩躲在西山的一处松树茅草丛里看郝光出殡。因为江歌正在为自己迟至子安里而自责不已,而妹妹要出面也被他劝阻了,他说妹子身份不明,不便出面。一直到晚上,他俩才在郝光坟头露面。给北佬儿上供点香磕头后抬头西望,见干爹和问天都出现了,像贴在天地之间一样。见状,本来发生动摇差点想携妹逃走算数的江歌当晚就去同春堂歇了一夜,并与药娘交谈了一番。

　　第二天,他去老县衙找郝汉红月了,那时正是黎明。江歌那时有顾虑,要不是药娘昨日晚上的几句话,他是难以解开心结的。当时他去找妹妹,可人不在,药嫂说江妹去红房子打扫灰尘了,诸葛红月讲那房子还会用的。于是药娘待见了他。药娘为江歌备了一壶土黄酒并与他对酌。三杯下肚江歌话来了,他说郝光死得壮烈并憋屈,那人是被白面郎君和嘻哈二人设计害死的。他之所以人在现场而未出场是因为怕被人误解,以为他也是凶手之一,实际上他是完全不知内情的,他赶到子安里就是怕有什么不测会发生。如今倒好,不该发生的事发生了,如果有人怪他为甚事前不暗报,他就麻烦了,所以还不如携妹逃脱了事。药娘闻言一改往日颜色,竟怒目圆睁重言道:混账东西,你当时在场不出面是对的,以后对人也莫提起,可现在要逃脱是错的,且不论你是否逃脱得了,但你就把一个重新做人的机会给葬送了,难道你一辈子只想做鬼不想做人了?还有江妹,难道你还要自己的亲生妹妹陪你做一辈子鬼?!江歌当场就惭愧了,他把壶中的一大半酒全喝了。继而当江歌又问药娘,毛太子为冲厄运日益加紧叫其寻匹"梅花鹿",对此他该如何行动时,药娘只是抱着药猫念着乖乖乖又陷于沉默。一支香烟抽完,药娘才说了句"上帝保佑你并启示你",而后伸出手指,指了指北面。江歌懂了,那是叫他去老县衙找郝汉红月问去。晚上,江歌睡得蛮好,只是清晨之际他梦见自己的妹妹正在拜堂,可是只见新娘不见新郎,而且旁边还有刀枪闪光……来到县衙门前,江歌见一卫兵雄赳赳地在站岗他又回转了,他想起了郝汉的盼咐:不要直接去老县衙找他,有事可先去毛记处。于是江歌去了县中的八角亭。敲敲门不见有应,他又去了街上,并买回了酒水和一些辣汤滚卤过的兔头、鸭头与鱼头,他晓得毛记喜欢吃这口,他想到何不趁今日是礼拜天好好款待人家一顿。也是凑巧,等他再回转到亭子门口,不仅毛记回来了,同行的还有问天与狂夫。三人见江歌拎着酒菜在等人,开心得不得了,说候得好呵,他们刚才去了租田,给稻蓬开了沟放了田水,现在正饿得不行,别说是酒肉,就是猪食马料也能吃个精光。说着,江歌被三人当成菩萨一样迎上了楼。铺上草席,摆上碗箸,各人的目睛子就盯牢了中间荷叶爿上的卤味。狂夫黑眸转得最快,三样食物一一打量下来,最后停在了兔头上,那里有块肉蛮厚。问天看似也在观食,其实他在察猫,他的斜眼看到两只猫和三只鼠竟然一前一后地同时候在了一旁,而其他人没看到。干爹盯了一下食物后目睛子很快就恍恍惚惚移开了,他眼前的口舌之物顿时已幻化成郝光坟头的供品,"人家不吃辣货的不吃辣货的",他喃喃自语着,可谁也没搭理。仅仅一会儿,三人的眼光都转向了,他们都去盯牢了江歌。是呵,人家做东,东家不开言实难动箸,可他们仨的肚皮正在咕咕发牢骚。"七魄茫茫上天空,三魂渺渺登仙府",江歌闭眼说话了,他念起了魂幡上的话语,但仍未说"请"。狂夫先接了话,说共产党不知是哪路神仙调教的,自己的儿子惩凶罚恶死了,不仅三七未过就葬人,而且连顿殡坟饭也不摆,害得他吹不成笛曲吃不到酒肉。问天说既然如此,俺各人就当郝光还活着,给那汉子添一副碗箸。他话音刚一落,干爹就把一副碗箸摆到了江歌隔壁席上。请请请,"书记请","各人请",四人陪着郝光终于开箸张爪猛饮快啃了起来。没吃多少工夫,荷叶上只剩下四颗头了,酒坛里七倒八倒也只有一碗沥出。干爹见状脸色不大好看,他说他亏了,东西本来是送给他的,他省省,边供边吃一个礼拜都能吃斋饭。说着,他还横眉冷对了一眼给狂夫,他嫌那厮吃得比别人多。狂夫脸皮厚,露出一脸无耻的笑,而且又伸出了乌爪,不料被问天一箸过去打了手。"嘻嘻,"狂夫猥猥琐琐乐了,"莫嫌俺,俺没问你讨猪腿便宜你了,俺和雪姣要为你做媒人呀!"做媒人?各人眼神刚刚疑疑惑惑一交流,顷刻又都化解了。"莫不灵清,郝光刚去,江妹眼泪水还在嗒嗒滴,想作孽呀?"干爹闷头理了理郝光空座面前的吃食。"哼,江妹原本就是你毛记的,为救江歌是你先提出让出的,现如今江歌已降解放军,性命有得保,那江妹归来再归你,天理人情哪点说不过去?"狂夫一只手伸出,还想吃郝光的那份。"嗯,勿错勿错,江妹黑牡丹一朵,谁不忖摘,俺再不摘,恐怕就要再被北佬军汉摘走!"问天鼻头吭吭深深嘬了一口酒。"摘!""摘。""摘?"干爹对着面前三人各说了一个字,可语气都不一样,最后好像是在问江歌。然而江歌一双丹凤眼却走了神儿,瞟去了窗外,他刚才忽然见到了一只鸳鸯掠过,他便想起了天蒙蒙亮时自己做的那个梦。谁知江歌刚收归眼光要告诉各人梦中情境并望帮助解释时,干爹说话了,他说江歌故意避开目神不作答他不怪,他天光时就做了一个梦,梦中的江妹虽在拜天拜地,可红绸绳一头只有新娘并无新郎,这说明这朵鲜花插在何处还得去问王母娘娘。江歌闻言连称奇了奇了,他的那个梦也是这样的,稍有不同的仅是他梦中还见刀枪在闪光。狂夫说这梦好解,拜堂只一人,说明江歌还不知要将妹妹嫁与何人,同时也说明毛记信心不足,没有劲道抱得美人归,至于刀枪闪光嘛,那是江歌出没刀丛枪林多了,连美梦也不会做了。问天接着说,浅了浅了,这解说未解出玄机,只有凤没有凰,说明那场婚礼很可能是场假婚礼,因为有些梦本来就是反的,现实发生的情况必定是有真新郎而无真新娘,江妹即使出场也是装装的,而且婚礼上会有刀枪闪现,但那也仅是天狗吃日头乌天乌一时罢了。说完,这人一双眼看似去望了天花板上的吴国太嫁女给刘备画,其实他的乌珠一只去盯了江歌,另一只去盯了干爹。江歌倒是捉住了问天的眼神,那眼神犀犀利利,像一把要去挑破化脓疮疤的尖刀。可干爹却未察觉问天在瞄他,他不愿去听懂问天的那些胡话鬼话。他探探楼梯口,他清晨那个未做完的梦竟然接上了,他看到江妹揭开红盖头挺着起伏不已的胸脯,正站在那怪他,问他为甚迟迟不来婚堂。他立马站起了身,涕泪皆流地嚷出了声:俺来了俺来了,俺不会来迟的!他那声音混着血,简直不像是嗓门里发出的,而像是心里滚出的,一下子就把各人镇住了。各人停了吃喝都去瞧干爹。干爹站在楼梯口,连后脑壳都在颤抖,而这时楼梯上已传来了一阵轻轻盈盈的踩板声……

  江妹上来了,拎着只小竹篮上来了。各人都看到那娜妮鬼的愁云密布脸,可干爹看到的仍是那一张凤眼圆睁的嗔怪脸。"俺不会来迟的……"他还在说着那句话。江妹伸出右掌去晃他的眼,他被晃醒了:咦,你怎么在这里?各人都笑了,连江妹也苦笑了,她怪这几个人给人家灌黄汤灌多了,她把手中的篮子递给了干爹。狂夫那厮以为又有什么好吃的东西来了,就把乌爪伸进了篮子,结果他"哇"地叫了一声,他的一根手指被篮中怪物咬了。江妹说那就是那只金龟,金龟这些天来神情不大对,连她也要咬,还是放在毛记这里养好。她还告诉各人她是来找江歌的,她先前还去过老县衙,见哥哥不在就到这里来了。她在江歌耳朵边嘀咕了一句,两人便去了回廊,她在回廊处对哥哥说快去红房子,红月姐在等着他。腾腾腾,江歌没和各人打招呼就下楼走了。江妹转身入席,她坐到了江歌原先坐过的位子上,她说她也想喝点酒,好让自家脑子少想事体,莫老是醒着。干爹说喝喝喝,并且把留给郝光的那份都摆到了江妹面前。等到江妹闻言自己吃喝的那份酒肉是郝光的时,她落了泪。其他人见状也是一时无语,都点起了江歌留下的哈德门香烟。一支烟下来,亭楼间里已是烟雾缭绕,狂夫这时猛然咧咧骂开:娘卖×的,候在这寻死呀!他看到了早前卧在旁边的那只猫已爬去了花窗,而几只鼠还在墙洞里探头探脑。"有恩不报非君子,有仇不报不丈夫。毛记,你若真想与江妹拜堂成亲,你就该再次上山去杀了那黑白二鼠!"狂夫一通话说完,抓起一手肉骨头渣朝饿鼠投去。"去去去,去就去,俺,俺,去问郝汉司令借条卡宾枪!"说完,干爹还真的抱着金龟立起身子要下楼。"哼哼,"问天鼻头呼寒气拦人了,"去,靠你?你以为是打老鼠呀,这是打豺狼!豺狼上次没吃掉你,算你运气,也多亏了江歌郝光救你。"狂夫不服:"那不去?做缩头乌龟?你俩还莫忘了,俺各人可是去揭过榜的,那笔赏金可是能派大用场的。不是说要娶归江妹吗,娶?娶个鬼呀,你连下帖办酒的铜钿都没有。"叽里呱啦一通吵完,三人酒也醒了一半,便都去瞄江妹,江妹凤眼迷蒙,双手捧碗,将碗中剩酒咕咕喝了个精光:"俺去,俺去借把枪……"她话还没说完她的大腿就被金龟咬了。干爹连忙去娜妮大腿处将生灵拍翻了,还说怪了,这龟明明在己手中,怎么去了人家大腿处?哈哈哈,狂夫先笑出,那厮扬言鲜花生灵都想采,而有人想想心贪的,做做心慌的,那人是个木头;哈哈哈,问天也在笑,奸奸猾猾露出一嘴牙:等等,等江歌归来,那边或许有好戏……

　　但是那天江歌并未回到八角亭楼,他去了红房子,他被郝汉红月留了下来。红房子静悄悄地缩在小西门外一角,推开正门进去,一只黄狗不声不响地从草棚里钻了出来,可二楼却传出了时轻时重的争吵声。早些时,江歌就是在房子二楼念经堂归顺解放军的,今天他站在前院去看看那间房,心中不免生出些惆怅。按照郝汉与红月当时的交代,他算是在做奸细潜伏着,然而这种潜伏的日子并不好过,他觉得白面郎君和毛太子的两双眼睛时刻会向他射出异样的光。尤其是那个恶心的大哥毛太子,这回下山若再牵不回只漂亮的冲喜"梅花鹿",他可就要被逼着陪睡了。另外,他也晓得派他用场的那一天终会来到,但他五心不定有时希望那一天早点来到有时又希望那一天莫来到。哎,难道今天就是那一天?他被房子里出来的一个人接了,那个人蛮客气地叫他先到灶房再等等。他坐在灶旁等着,他斜眼瞄瞄烟囱墙上的灶公灶母像,脑中却涌出了凌晨时分的梦里景象。他揉揉眼睛,那景象倒是没了,可思索中似有一根红丝绳甩了过来,绳子的一头拴着梅花鹿,另一头竟是江妹!喂呀呀,江歌似被吓着了,他合掌去拜了灶公灶母。人一恐慌,他又忖多了:千万莫提及另外那件事呵,自己那天跑到子安里是去找农会黄主任的,是想通风报个疑点丛生的信的而不是……没错,郝汉红月招呼江歌前来是要派他用场了。按他们原先的约定,这两天就是他们秘密见面的日子,可前几次的见面都未谈及十分具体的事项,而这一次就可能不一样。自从郝光牺牲后,新政权围绕剿灭匪特的工作部署明显得以加快了,为此开了一系列的作战方案研讨会议,并确定了其中的二案为优选。二案中的一案虽风险较大,但若能实施,就能减少牺牲,而这一点正是郝汉红月所希望的。这一天,为敲实实施细节,郝汉和红月都穿了便装来了红房子这处曾育有孤儿的隐秘联系点。此刻,他俩送走了为了方案与他们争辩了半天的县委委员司马展后,都去看了墙上的圣母像。像中的圣母慈祥安然地怀抱着圣子,好像连平静的呼吸都感受得到。刚才情绪还有些激动的郝汉这下似乎平静多了,说以前没怎么注意壁上的像,这幅画好像不是出于圣诞画匠人之手,感情真挚画艺不俗,既笼罩着圣洁之气,又流露着人间烟火味,该是位画家的创作吧。红月一下没作答,但眼眶已湿润。是呵,郝汉哪里知晓,这幅画就是眼前女子的丈夫文焕先生的遗作呀。诸葛红月那悠长的思念当场差点又被勾出了波澜,她有些异样地打量了一眼眼前的

第二十一章 破寨

赳赳武夫……郝汉去推了窗,并向窗下拍了两下掌,江歌随之就被人带了上来。坐下后,红月问雷公寨近况如何,江歌回答说,寨子里为庆贺成功袭击共产党区委书记,连续三天都摆了酒,白面郎君还代表保密局为死了弟弟哈的哥哥嘻授了少校衔。毛太子也不安耽,信誓旦旦要在村社过老佛节,娶位如花女子进山寨,好让弟兄们再喝酒吃麻糍乐个通宵达旦。郝汉一直在听着,峻色如铁一阵后,突然间又和颜温语:那么那只"梅花鹿"找得怎么样了?江歌"哎"了一声,说上路乡寻了,下路乡也寻了,仍无合适人选,实在无奈的话只有将城关的柳胭脂绑了去,反正那漂亮女人来历不明,绑了去麻烦也不会多。红月听着听着就插了言:你不是说毛太子要找的是良家妇女吗?良家良家?屁!江歌头上西洋发一甩:棺材腹内打拳头,垂死之辈能讨个娟儿也是上辈人烧高香留下的福了。郝汉朗朗笑出了声,继而又摇了摇头,朝江歌投出了信任的目光。江歌顿时就看懂了,人家是否认了他的劫色想法,但又期待他再说出点什么。同时他又庆幸人家还好没有问到他曾去过子安里一事,他一下对药娘佩服得不行……不过不过,他嗫嗫嚅嚅抬眼望,只觉得壁上的圣母似要抱着孩儿走出来一般。于是江歌便将自己做的梦说了,还说毛记也做了个类似的梦,甚至把刚才他与问天狂夫一齐解梦的事也说了。一说完,他的神情是一脸迷茫,满眼魅魅惑惑,他觉得后脑壳被人戳了,而那人不是别人就是自己的亲妹子。嘿嘿嘿嘿,闻言,郝汉那朗朗笑声没有了,响起的是同一人的一阵狡狡猾猾的窃笑:奇梦,妙梦,荒唐梦,险梦,好梦?他踱起了四方步,好像在问别人又好像在问自己。再一会儿,郝汉捏捏江歌肩膀,骂了句"奶奶个熊"就先走了。红月也没去送人家,而是神情庄重地与江歌谈了好久。整个过程江歌就俨然成了一只啄米的点头雄鸡,可人却觉得去了有云蒸霞蔚的五里云雾。

故事接下去都是围绕着破寨发生的。就在大前天,干爹和问天狂夫都去租田里挖沟、放水、晒田,为割中稻做准备了,快干完手中活的时候,祠堂公周龙畅跑过来挽袖脱靴相帮做起了田。末了,师傅叫上徒弟去家里吃了顿喷香的午饭。三人当时都没想到,一荤三素四只菜都是那个半疯半呆的师娘含笑脉脉摆出的。得得得,肚子填饱后,徒弟跟着师傅去了祠堂,练了一场小八仙戏,说是收完稻谷后要演给周村人瞅。散伙时,三人鬼眼眨眨,异口同声地要向龙畅借套锣鼓,说是隔日他们忭忖进山为位朋友凑场办喜闹热。没想到龙畅讲他也要同往,不然东西不借。三人只好诺诺诺,同时又蛮不讲理地背起锣鼓逃了个贼快。等回到红房子,正好碰到郝汉与红月在后院检点红嫁妆,并听到郝汉说,陪嫁物品太多,要减掉一半,然后运到峡口镇,从那里启程。问天在旁候了一会儿,对郝汉讲锣鼓借来了,他们一行人一定吹好天仙配曲,唱好小八仙歌,追随队伍闹上雷公寨。干爹一听到问天提及了小八仙立即应声道,是的是的,那段戏有念有唱是周龙畅教的,人家还要跟着上山嘞。什么什么,周龙畅也要跟去?红月犯疑了一阵,可是没想到郝汉倒是说可以可以,不过先不要说是上雷公寨。接着,剿匪司令也来了兴致,还叫三人重新演了一遍小八仙。演完后,郝汉记去了八仙们的几句念白,而那几句词也是神通广大,竟然成了后来行进队伍的密语暗号。谁也没想到,连干爹自己也难以相信他的脑子在那一刻能转得如此快,他竟然说出:明日汉钟离手拿鹅毛扇浮云,浮云悠悠就是暗语慢慢走;曹国舅曰,阴阳板上度凡人,土匪是阳间的阴间人,可不就是暗语土匪来了;吕洞宾曰,三尺青锋光闪闪,光闪闪做甚,那就是暗语准备亮家伙;韩湘子曰,一声玉笛震乾坤,震了震了就是亮剑成功收服了妖魔……当干爹站在峡口溪滩跟郝汉说完上面一段话,而郝汉又认为真不错时,狂夫说了坏了坏了,问天化为聪明虫钻进了毛记脑壳。干爹可是不认账,他举出一块光彩熠熠的溪蜡石:鬼嘞,俺本身就蛮蛮聪明的,何况花轿里坐的是俺心上人,俺要保她上刀山下火海不伤一根青丝毛!哗哗哗,当场就获得了满堂彩,还赢出问天一句阴沉沉的叫唤:魅人出魅,三界要出强盛人了!

强盛强盛是强盛,干爹拎着大锣敲锣两记,停在了峡谷岔道上:"手拿鹅毛扇浮云。"一句念白出口,各人还都顶了真,纷纷如约歇了手脚。见状,干爹得意得前后瞅了个遍,他觉得其中最赏心悦目的还是轿窗口里伸出木芙蓉花那一瞬。干爹记得灵清,这花是药娘昨日亲手摘来送给江妹的,药娘那时说,见花如见人,干娘始终陪在身边,哪怕是去狼窝里打狼。江妹那时说,芙蓉能迎霜开放,入药能清热解毒,干娘的心意明了了,何况她手中还有把刀,而那把刀就是在追白面郎君时郝光送她的,上次跟哥哥上雷公寨见毛太子就掖在女儿腰上。强盛强盛是强盛,先是江妹强盛,接着把强盛给了自家的魂与魄,自家不强盛都不成。念及此,他走上前去拉了拉芙蓉花枝。不料,那花枝竟然带着辣辣花香,像电一样麻了他的手,他觉着了,觉得浑身上下猛然添出了猛烈劲,他差点就告诉江妹,自从那天被她训过后,他整个人都硬朗多了,连裤中的小阿哥一连几天清晨醒来都是茁茁壮壮的。可那天,那个男人未被女人训斥之前的那天,男人却完全不是这个样子。

那天是他去找江妹的。清晨时他没像往常被泡尿憋醒,而人是作孽的,金龟咬了他的卵蛋子皮。金龟不仅叫醒人,懵懂中他还觉得那生灵跟他咬了耳朵,叫他赶快去同春堂,不然江妹就要走厄运了。走厄运,是走厄运,金龟说的没错,这次生灵真显灵,比郝汉红月讲的一套都靠谱。郝汉讲这次行动之所以要请江妹出场,是因为这位江南女子已成为决定行动成败的重要因素;红月讲整个行动计划周密,人员武器配备强盛,她也随身跟着,江妹只要配合好,不会有大风险。干爹听着不点头不摇头也不吱声,可心腹里的话却前翻后翻滚翻个不停:没错没错,贵人恩人说的虽说听得半懂半不懂,但肯定没错,要错是自家错。江妹这一去,着红妆进魔窟,虽说是假扮扮做新娘,但万一被识破,一场好戏就要碰厄运遭大殃,自家命草贱,可江妹命金贵,到那时追悔莫及,就是派只仙鹤去追也是空落落一片云呀。哎呀哎,一番谈话下来,干爹叹出口气去瞅墙上画,咦?急得他叫郝汉红月也去看:树影婆娑遮了画,画中的圣母和抱着的孩儿都没了踪迹……这一夜没困好,到天明又被金龟搅得心惊肉跳,干爹终于熬到了晚上,晚上不摇铃上班,他就去了江妹那间房。房里静悄悄的,透过门缝瞅去,那个小女子头戴茉莉花纹蓝头巾正在床上玩着刀和花!刀收收放放,一放就是一道寒光,花扬扬落落,一落缤纷彩云铺满了床。肯定是被逼傻了,不然怎么会同时玩着刀与花?!干爹一头撞进:俺莫,莫答应,莫答应去山里会毛太子!江妹先是愣了一下,但很快就晓得了干爹说的是甚:莫答应,你怕了?你是怕俺失身,还是怕你自己讨不到老婆?你为什么就不怕郝光有仇无人报,江歌有难无人救,红月有托无人接?你你你,难道混账了不成!一通话说完,江妹竟凄凄笑着将自家裹进了蓝花布被单。去去去,将自身洗净了再进来,江妹又发去句痴话。不久,等到干爹木乎乎回转时,他看到江妹已奇奇怪怪地埋身于簇簇朵朵芙蓉花了。于是于是,那时……那花枝花瓣拂去花蕊绽开了容,那是一片山那是一面江,山上双峰挺立,峰尖上红珠绽,不知是含羞还是含怒;江上一片花花白,白在跳跃,白在涌动,既像是在幽幽泼怨,又像在放晴炫目……这是一件让干爹懊恼了一辈子的尴尬事,就别提当时的无奈了。那时他明白,现时他回想起就更明白,江妹是要献身于他,人家怕的是去闯龙潭虎穴万一失手,那那、那千般情意岂不化为绵绵恨意,无了绝期?那时那时,哎,他一边吮吸着江妹递给他的花瓣,一边敲着心中的锣,口中是苦苦涩涩又甜甜,可胯下的小阿哥只是硬硬邦邦了一小会儿,等到他一忖到心中亲人即将去赴豺狼窝,他的那根金枪铳瞬间就变成了一支虽然已上弓可依然射不出的软塌箭……结果,两人只有去笑着流了些泪,而他俩眼前就摆着干爹亲娘留下的那条彩石项链……或许连干爹也不甚清楚,就在那次的第二天,江妹带着一股强盛之气去了峡口镇与江歌会了面,并向哥哥提出个难题,自己不上雷公寨,要相亲让毛太子带着金银财宝下山来。毛太子还真下了山,见到江妹美色如花如画,谈吐如莺如歌,妩媚间不乏英武野气,那厮服帖了,说毕竟是好兄弟的亲妹妹,有见识有胆识,不去雷公寨是对的,因为他不去县城关,带上金银财宝也是对的,因为是草莽英雄来求亲。那厮还说,江妹为报答东家和回报掉原先相好而多要点银钿仍然是对的,因为人要讲情义。那厮甚至说,若无不便,请前些时上过山寨的毛记也来喝杯喜酒,他既能理解人间旧情,又不计较那人上山究竟为的甚,他还留着那匹有"江"记火烙印的黑马嘞。接着,双方又商定了媒人、娘舅、理事公、理事婆以及花轿、嫁妆、吹鼓班等诸多事项。江歌说,眼目前虽时令不济,但基本礼规还是要讲,没有媒人就谈不上明媒,俺多花点媒人钱去请城关镇的媒人头花娇娇出场;没有娘舅更不行,等于没有大人说话了,俺就请江妹的说戏师傅周龙畅担当,那人是白面郎君的娘舅,有个儿子跟着国民党早已去了台湾,他当娘舅肯定保险……江歌还未说完,毛太子就不耐烦了,说媒人蛮蛮灵清就是你江歌,其他的一切全仰仗昔日老弟今日舅佬了。一句话掼下,那厮扔出一包金银财宝就气宇轩昂地回去了。

  是的,这些都是干爹后来的后来讲给我听的。当时他是没在峡口与敌会见的现场,但事后江妹把什么都告诉了他,同时还向他吐露她之所以那样做是听了红月姐姐的话。红月姐巾帼不让须眉,她有破寨救哥的锦囊妙计,江妹信她……好一阵歇过后,当时干爹被问天狂夫踢了两脚,两位哥哥唤着他,叫他别傻乎乎忖往事忖得太久以至于忘了自家充当开路先锋的职责。对对对,得得得,于是他口中默念着"红月姐,红月姐",警觉地望了望四周山峰后就敲敲大锣高声叫了起来:阴阳板上度凡人,阴阳板上度凡人。他一吼,狂夫问天等人也就帮腔应了:进了贡了,蟠桃献出福寿长,不老南山万年青万年青。走在前头的干爹看见不远处有雉毛在林间的龙窑周围闪动,他就如约发出预警暗号。红月姐还真的从后头赶过来了,不过她眼目下是一身包头襟衣理事婆打扮,人已不像了本人。她招呼大家都停下并人人塞过红包后,叫问天狂夫等一帮吹鼓手使劲在这里演闹演闹。这里就是子安里村口,上有老龙窑,下有溪水沟,中间是个堆柴场。呜里哇啦嚓嚓哐哐唰唰啾啾噼噼啪啪,头一遍闹下来,村里的男女老少拥抬着社公社母也出来游村入寨过老佛节了。两支喜庆队伍相互恭喜着说是幸会幸会,更碰巧的是都说要去雷公寨。看似一场邂逅,实际上是有心安排。喏,红妆队的理事婆与老佛队的黄会长在江歌的介绍下相见了,理事婆说惊扰了惊扰了,黄会长说沾喜了沾喜了,两人还时不时窃语几句。队伍在闹着,两人在笑着,黄会长露出的是庆幸真笑,因为他没想到自从郝光牺牲后,自家不但没被冤枉除掉,反而接受了更加重要的任务,去多多接触嘻哈兄弟中的那个还剩下的嘻兄;理事婆露出的是虚情的装笑,因为她的内心正在滴着血,她默默走到花轿小窗前,向坐轿人讲了句"到了到了",那轿竟然颠着颠着朝北肃然落地,向着龙窑口,随之,冲天铳响了,响得是溪水惊骇止流,青山扬眉滚出松涛,而那口龙窑更是神了般地应了,它抖擞起身躯像要腾飞出山岗。当时,俺娘亲和江妹的手紧紧叠在了一起,两人共同握着的是郝光战场上缴获的军用匕首和一把黄花。此刻大家各人都在傻乐着,干爹和问天狂夫叔更无例外。然而有一人,周龙畅,他平平静静地注视到了这一幕,并看穿了这一幕非常戏的真实意图。他从竹椅抬轿上走出,并走近了江歌以及江歌身边人。这个人就是匪徒嘻。龙畅已经看到那厮的第三只眼睛正在探东嗅西。龙畅上了前,江歌就连忙介绍,说这位尊者是娘舅理事公,也是白长官的娘舅,说那位嘻嘻笑面人是寨上的红人,刚提升的国民党军少校。龙畅宽袖衣摆摆,说不错不错,与我那在台湾的犬子就差一级军阶。他话音一落,原先不说话只在笑的嘻匪开口了:久闻久仰,望多多提携照应。说完,那厮的三只眼没了,一双眸子一个劲地媚贴上去,给周前辈点起了外国纸烟。那周龙畅也没客气,说牌子不错烟也不错,还叽叽呱呱念出了烟壳上的英文字。嘻匪听得弓了背俯了首,屁颠屁颠将龙畅扶上了椅。理事婆见状,给干爹使出了眼色。"渔鼓咚咚常太平",两声一唱,众声一帮腔,大锣又前头开了道。干爹红布锤子翻舞着,锣声、鼓声、笛声、唢呐声一时癫狂地撒开,连山谷也在疯了般地应和。个把时辰过去,迎亲送亲和巡老佛的人们已到达了雷公寨山脚下。寨门口碉楼上的毛太子和白面郎君是先听到喧闹声后拿出望远镜瞭望的。两个人的脸都板着,明显是刚闹完了一场口角。白面郎君讲毛司令刚灭了共产党区委书记,理应招兵买马一鼓作气拿下峡口镇,而不应该贪迷温柔大张旗鼓娶压寨美人,况且这场冲喜疑点多多,搞不好正是共产党编的一场戏。毛太子不屑,说求了拜了,人生一世草木一秋,哪有见祸害不避、见大义不信、见美色不收的道理,他这回能迎进江妹,既可迎来祥瑞宣张情义,又可慰一世夙愿,是他八辈子修来的福气。再说……毛太子目睛子笑出阴,嘴舌间笑出险:喏,瞅瞅,再搜次身,若真是共产党,看他赤手空拳如何与我真刀真枪对打。白面郎君摇摇头,可他望远镜中的两个人还真的在山脚下动起了手。那两人一个是江歌一个是嘻匪。他俩都不凶,笑嘻嘻的,又是给糖又是给烟,但还是动眼动手又动脚,非得查了上山队伍的物件和身段不可。盆篮桶被衣盒八扛红妆过了,干爹的大锣过了,纱灯、大灯笼、红灯照过了,问天狂夫诸人的鼓乐队和打铳放炮人也过了。过?周龙畅骂骂咧咧下了靠椅,理事婆不厌其烦让人翻了座椅,最后嘻匪和江歌靠近了四人抬的六面花轿。面面敲敲四角掂掂,听不出异音觉不出怪重,还没等到理事婆去开花轿门,那门自己开了:"天都黑兮兮了,能不能旺旺灯哟。"哟哟哟,一只彩莺鸣了;红灯再照照,就只有个身穿绣花贴边霞帔、头戴凤冠的细弱女子还盖着块好大的红头巾!嘻匪嘻嘻着伸出乌爪,想去掀头巾,另一只红爪过来了,猛地捏了乌爪手腕:不懂礼规!周龙畅拉长着铁青的脸,搞得嘻匪连忙道莫怪莫怪,是太子哥吩咐的。哼,盖头里传出了不满声,随之盖头也掀开了一角,哇呀呀,一个妙龄女子怨眉怨眼怨嘴怨脸,像极了寨上的美男子江歌……红灯照晃了几圈,塔楼上的毛太子看见了,那厮高兴得对白面郎君讲,得了得了,什么时候给白老弟也搞只"梅花鹿"骑骑,并传下话去撤了三道拦路的铁荆棘笼。"三尺青锋光闪闪","一声玉笛震乾坤",吕洞宾韩湘子的小八仙韵白又来了,一行人热热闹闹行过阶道穿过寨门都停在了雷公大殿前。"嘭嘭,嘭嘭,嘭嘭,嘭嘭",理事婆诸葛红月吩咐两个铳手节奏明快地连打了四次弹药,接着放出的几支满堂红礼花也嗖嗖蹿上天空,并与当天最后一道晚霞交相辉映在了一起。哇呀,不仅上空瞬间亮了彩了炫了,连青山草木鸟兽和人们的身躯耳目也一样亮了彩了炫了。没错,干爹就是这样说的。他还说,郝汉这时既听到了铳响又看见花炮,人家的一支每人都带一支枪的队伍像黄麂一样从后山悬崖暗道开始攀登了,人家的另外三支队伍像饿虎饿鹰瞅到肉食一样从对面三处包抄过来了。然而,这时的毛太子已站在了红地毯上,这时的白面郎君已被娘舅周龙畅的一双目睛缠上了。毛太子头戴红绳束边的大罗盘礼帽,身着红缎袍,正在心满意足地巡望着全堂。堂上张红灯结红彩,十八桌摆开,桌桌都是十八盘大菜。他挥挥手叫席上兄弟先吃点鲜果后,就顾自去仰观了上首的太公太母像。他刚刚默念完一句"托祖宗之福,终能娶归如意娇娘",谁知壁上的太公太母就变了个脸,原先板着眉眼的两个人一个眉开眼开绽出笑,一个眉蹙眼蹙像要哭出来一样。毛太子置身亮堂光鲜流丽,可白面郎君却是穿梭于白光黑影之间。周龙畅双眼眯着,但犹有余光在游荡,一会儿就捕到了那人那脸。那张白脸尽管隐入喜幛阴处,可仍在渗着白光。白光转来转去一下子就定了神,直朝理事婆身上观望。龙畅执起文明棍,皮笑肉不笑地径直朝白光过去。白光被遮了,娘舅娘舅叫出了,但接下去就是责怪:娘舅呵娘舅,你今日来凑什么热闹?娘舅也不答,文明棍柱头地砖上笃笃:蓬头去,插花归,空腹去,抱子归,早去早做事呵。完全是一副娘家人嫁女的做派……落轿了,落轿了,扁团筛上落轿了,堂上响起喧哗声,理事婆和哥哥上前,一个去开了轿门一个去掀开了轿帘。显脚了,显身了,显头了,脚上是鸳鸯戏水,身上是霞光潋滟,头上是凤鸟翔鸣,一方红盖头差点被八方目光撬翻。拜拜拜,毛太子等不及了,正正罗盘礼帽,理理翠绿柏枝,一挥手挥出了满堂叫唤。拜拜拜,拜个鬼,干爹胳肢窝掖着锣,一支锣槌开始颤抖:娘的,都是红眼狼的嚎,江妹呵江妹,你这哪里是踩红毯,你是一只小凤头翠鸟陷进了狼窝窝呀!没等到干爹把心里的话骂完,他眼前似乎划过了一道闪,江妹绣花鞋不迈了,小女子竟然转过身朝东北方向跪了下来!随着一声"爹呵娘呵"的呼喊,江妹一双手紧紧护住了自己的胸膛。哇哇,大堂里又一阵喧哗声响过,转而是听得见烛火在嘶啸。刹那间,好多眼睛都看了过去,这跪地呼娘的小女子成了谜,成了毒,成了风,成了颠,成了火,成了刀与枪。毛太子乌珠突出,心忖三拜才是高堂,眼前妙货这般莫非是悔婚或是发出了个什么鸡毛信号;理事婆杏眼圆睁,心想妹妹这下怎么了,难道她报仇心切戏一开场就要扬眉剑出鞘;娘舅眼前金花乱跳,他不晓得这戏里的花旦是真在演戏,还是因心慌乱舞了砸场的两头枪;白面郎君目睛子在拐弯,他先瞅了新娘,继而又盯上了理事婆,那新娘哭冤虽然早些,但还算自然,不是假装,那理事婆似在劝人又不似在劝人,不装大于装;狂夫问天眼神掠过又投了别处,一个在想这下露馅了,只有去探探逃命路在哪了,一个朝天礼拜起来,指望九天不降祥瑞就降天兵天将;江歌环视四周作揖赔笑,说见笑见笑了,舍妹思念故乡思念爹娘……他一下又说不下去了,于是去看了毛太子那张狐疑密布恼怒欲发的脸……"太子叔太子叔!"一声高叫随着一声哭泣猛地虎一般风一般驾到,干爹腾腾上前对着那山大王诉道,叔呀,你人强福气好福气好,你前生前世肯定修桥铺路高香烧得多,不然江妹怎会不嫁俺傻子嫁你强人?唉,下江女子比俺更傻,她不晓得嫁傻子比嫁强人安耽呀!干爹说到这,那毛太子竟然脸上现出点笑:屁,你个傻子,俺是国民党封的少将司令呀!"行行,司令行,司令强,苍天有眼护着强,连讨老婆也如此,飞鸟雀鹰、走兽虎豹、钻水鱼蛙都挑强的配,不服不认不行,俺俺……那你敲锣对天发誓要对江妹好可以吧?"干爹将大锣与红槌交给了那厮。那厮还真的一边骂着傻子头傻子头,一边发了誓,说若不对下江女子好今天就遭雷劈。毛太子的大笑接着就朗朗喷出,结果也引来了满堂哄笑。当然也有不笑的,那就是白面郎君,他还在人缝间盯着理事婆,他在理事婆引着新人去拜堂的刹那间好像发现了什么:那个仰首拂发的动作蛮熟嘛,尽管眼前的这张脸皱纹密布,而那张脸是那样的滋滋润润,那样的清清丽丽。拜拜拜,拜天地、拜祖宗、夫妻对拜,就缺了拜拜活着的高堂。吃吃吃,喝喝喝,拜堂新娘被理事婆陪着先去后屋洞房,拜堂新郎猴急猴急想跟着去,但被舅佬拦了,舅佬乘机高调吆喝开了大席。哈哈哈,喜结良缘,哈哈哈,百年交好,哈哈哈,早得贵子,贵子读书读到拜相,贵子习武习到出将,一圈一巡,喝了三巡说二巡,说了二巡说一巡,喝得是海吹汹涌豪气冲天,个个都是天外酒神……与此同时,江歌背着若干酒壶和香荤货,醉醺醺先去了碉楼,后去了后山崖口,对着把关兄弟说俺今日嫁妹,各位赏个脸喝个痛快吧。痛快痛快,痛快得被悬崖上飞腾而上的一支奇兵精兵制服了还在嘀咕要吃喝个痛快。还有江妹,她听从了理事婆的吩咐,坐在雷婆屋的洞房里一动也不动。这时她不仅意识到刚才自己出了错,而且也意识到干爹与她一样错,两人一时都触景生情把使命忘了,以为假事真做了。弄巧成拙,反之拙做做也出巧,结果是搞得毛太子疑虑全消,解除了刀枪戒备,光顾着去痛饮黄汤。江妹暗自笑了,她揭开盖头一角向外窥,她指望自己的记哥哥快点来到身旁……干爹没来,刚才他是要来的,但被理事婆拦了。理事婆说江妹她会照顾好的,叫他多观察观察白面狼。于是干爹心分两头,人似乎脱了刚才的境界。他一头牵挂着江妹,盼望理事婆早点唤出神兵将人救了,让那只翠凤头好自由自在飞翔;另一头他还真的去盯了白面郎君,只见到那厮虽在席上陪着师傅龙畅喝酒,但东张西望满目流着另外图谋。哼哼,干爹鼻头吭吭,与问天狂夫使眼色打手势,说这次不能让那厮跑了,非活捉不可,不然没有资格去领赏金。两人应倒是应了,但仍在不断提醒着干爹,人家明显是在应付娘舅,人家胸前腰后都别着快枪哪。喏,那厮离席去吩咐人了,那嘻匪领着二人出去了……然而都出去迟了,当三个匪徒嚼着鸡腿发着牢骚,还未走到雷婆屋附近的牛栏棚时,突然半路杀出了好几个程咬金,三下两下就将几个人缚了。席上的白面郎君见派出的人没打回头,也没跟周龙畅打招呼就溜出了大堂,等他走到牛栏棚门口泰然大叫"来人"时他傻眼了,昏暗灯光下走出的几个人手中虽然也持枪握刀,但一个也不认识。其中的一个竟然还是他最为疑心的婚礼理事婆!他没想到他布在此地的一支伏兵早些时已被江歌接上的另一支奇兵降伏了。理事婆略略仰了仰首拂了拂发,白面郎君陡然叫出了声:诸葛红月……那个动作他太熟悉了,课桌间,溪滩旁,西子湖畔,廿八都的文昌阁上;几多念几多情,几多仇几多怨几多恨,几多理得灵清又理不灵清的麻和线……白面郎君一下全明白了,他黯然垂下头,也未去扣机枪,可口中却莫名其妙地念出了"文焕兄"。嗷嗷嗷,哞哞哞,牛栏棚中关着的那匹黑马啸了,几头山地黄牛也被带出了叫声。理事婆撤了,她给昔日师兄今日仇敌上了手铐又叫上司马叔叔带人看管后,自己就去了雷婆屋。雷婆屋里红灯高挂红烛高烧,室外无哨兵室内无内勤,那些人全听了江歌传来的太子令,也去了大堂吃与喝。江妹此时也听到了声响,先是马啸牛哞,接着是屋顶瓦片喀喀,现在是脚步咚咚,她晓得是谁来了,她迎上去笑眯眯地推辞了一番,但还是被理事婆换了红妆。理事婆说快了快了,战事即将解决,她要还毛记一个完完整整的下江妹。理事婆坐到了红桌旁,江妹反而躲进夹缝板壁看热闹。"娘子娘子。"不久,毛太子的放浪喊声就来了,他步履还算稳健,看上去似乎只是个半醉,他走到门口时就辞了引路的舅佬和服侍护卫的兵丁,叫人家不要吵他,要等他完了好事再入内闹洞房,同时那厮还抛出个媚眼以及一阵狡头猾脑的阴笑。娘子娘子,盖头掀开了,天呵,江妹人变了,凤眼不在杏眼现,小脸不在一爿喜月出了云袖,整个人更是漂亮!不准动不准动!新娘子枪管逼近,身后两个大汉天神一样下降,缴了他的枪,他急得大骂:混账混账,时辰未到,闹个鬼洞房……等到干爹左手提锣右手执棍进去,那厮还要问,莫非不是真的?干爹答曰:是呀,怎么假了呢,俺这不是进洞房给叔敲喜锣了吗?!

　　过了一段时间,山寨上空绽放了几发色彩缤纷的信号弹。那弹就是俺娘亲诸葛红月打给攻寨的三〇八团主力看的。那时,郝汉伯伯和干爹都看到了弹光,同时也惊异地看到了弹光下的一匹马。那马就是那匹印有江氏记号的黑马。只见那牲灵驮着江妹,那江妹头戴蓝布花头巾,穿着黑衣,摇着芙蓉花,那人就像是马背上长出来一样,人与马都晶光透亮融到了一起。干爹说,那不是天上的景也不是梦中的景,那是他心眼瞅到的景;郝汉伯伯本来是想放几炮炸掉那高大威猛的寨门的,但见状很快就改了命令,不要射门而是射向天空,他要让礼炮记住那一幕。而三〇八团的另一拨勇士就是此间冲入雷公寨大殿去缴了醉兵醉将的刀枪的。其间,没放几多枪,也没打死几多人。

干爹和问天狂夫叔叔当夜还去了牛栏。三个人本是要约师傅龙畅和江歌一道同往的,但怎么也找不到人。找不着人,无法在熟人面前炫耀一番固然令人扫兴,但是扫兴了一会儿,三人还是乐了,因为他们都觉得活捉白面郎君他们也是有功的,这下可以领到赏金派用场了。谁知吹吹打打到了现场,发现看人的司马展沮沮丧丧拉长着脸。那人说,辜负组织了,怪只怪那军统特务真是反动,冥顽不化,那家伙已经咬舌自尽于牛蹄下。干爹当即对着那张口角流血的惨白面孔就喊了:你死了,你怎么能死,你害了文焕先生,你还没讲将人埋去了何方呵……怨完了还不算,他又拉上问天与狂夫去了大堂厢房,并对人家说,两位哥哥帮帮忙,活擒不了白面狼,俺就捉口金贵棺回去,这样虽不能慰药娘,但可以慰俺养娘。好的好的,两位哥哥说着好的,当时就去摸了干爹额头:这烧够大,可以烘焦麦烧饼了。下山时,人家是背枪执刀押着俘虏威风啸山掠林,干爹倒好,他押着那副楠木棺不停地叫人小心走好,并在走出山口时仰天长笑不已。

没过多少天,县里在县中大操场开了万人庆功大会。会上,郝汉伯伯对着胸佩红花的干爹等功臣发表了那个慷慨激昂的著名讲演。他声音洪亮,雷鸣一般震动着四方:"……若讲有功,少不了三界的人民,人民就是上帝,咱们眼前就有一位人民,他姓毛,叫什么什么……记,对,对,他,他就是记上帝。"

然而,福兮祸之所伏,不幸的事也接踵降临了。干爹那天兴高采烈地去了同春堂,他是从县府里出来,手中拿着郝汉颁出的一张盖有官印的文书。那文书上写着江歌的事情,证明江歌曾为剿匪立过功劳,现赦他无罪。可是江歌走了并且是带江妹一起走的,干爹去扑了个空。药娘惆惆怅怅告诉干爹,那兄妹俩去了清湖九清码头,连她也不晓得此时人家该不该走开。等到干爹追到码头,兄妹两人已经站在船头,正等着解缆起锚。干爹挥着文书大喊道:莫走莫走,郝汉政委已开出免死免难金牌。江妹急得没完地敲打着哥哥,也"莫走莫走"地呐喊个没完,但江歌流着泪吼了,"傻妹妹,傻兄弟,我们三界还待得下去吗"……船开了,干爹甩过去了藏有免罪文书的包袱,江妹甩过来了白花蓝布头巾,那头巾里包有那只滴出两颗泪珠的小金龟,以及干爹亲娘遗留下来原先又被干爹给女子佩挂的彩石项链。同时,让干爹后来久久难以忘怀,以至在许多年间依然与我叨叨的,还有江妹那句随着江风和江涛送出的吩咐:喂,那匹江家黑马已是革命马,跟着白马莫分开,随军就随军吧……

照理说,干爹跟着郝汉红月郝光诸人去打土匪的事体该讲完了,可干爹仍觉不够完美存有大遗憾。他说郝汉政委欠他的,没有将毛太子山寨上的那口楠木棺材奖给他,而是如约分赏给他两万火车滚滚图样的人民币。当年干爹为这事去县政府找过人家。他到了人家办公室,把红布包里的钱往桌子上一摆,说那口有金丝闪亮的木棺他要拉回去给毛家养娘困了,他的赏金不要了。结果扯了半天,还是闻讯赶来的问天狂夫将其拉走的。两位哥哥说:想得美,两万人民币只能买一担谷,可那口棺材能值一所屋。干爹不服:你二人不懂啦,这寿材有发亮金丝的,俺当年去山寨玩就与养娘一道去困过,而且困在里厢就有七彩阳光,下当棉褥上当锦被啦;再说你二人也该懂的,翻身翻身嘛,毛太子的娘困得,俺娘就困不得?当干爹跟我说这番已经属于旧时的话语时,虽然事情已隔数十年,可等到后来,甚至他有钱能购置黄金棺木之际,他仍旧么说。

卷三

咦,那间屋好像不是眼前这间屋呀,那个女子好像也不是眼前人呵……一蓬盛开的莲花鲜鲜欲滴,一支驰驰翔飞的红箭射花而去。呵,眼看箭镞就要打中黄丝芬芳的花蕊,奇怪却降临了。

第二十二章 蛄魅

当立冬后的晨光透过雾霭照进鹿溪中学八角亭楼的时候,干爹没困够就醒了。一醒来满目都在跳花。翘翘下巴瞅,天花板上的江妹躺在那,一脸羞答答,浑身白花花;偏偏头颈瞅,窗口旁的江妹时隐时现,一探头就是一朵出水芙蓉花;揉揉目睛瞅,楼梯处的江妹跳了出来,凤目圆睁指着怪他不男人非丈夫,小女子气得宛如霸王花。干爹不服气了,从被窝钻出,一眼扫去花都不见了,眼前镜面上站着的竟是自家。赤身裸体一个,裆下紧搵着江妹临别赠予的蓝布头巾,头巾上茉莉花在开着,新新鲜鲜水水灵灵,好像刚喝过甘露水时刻要从布中飘飞出来一般。这,这,干爹尴尬了,他觉得这八角亭楼不能再待了,到处都有那痴人魅魂的活丽影,太搅人扰人。"毛记呀毛记,你师傅叫你去周村,说是要为你种条根。"什么?根?窗台高处瞰去,还好不是江妹归来,是药嫂挑着菜担挺着丰胸在对照河边大声唤。干爹"哎"了一声,擦擦脸准备走了。可面巾甩去脸盆沿时,脸盆里却传出了"根哟根哟"的叫声。蟪蛄土蛄土狗子,不是脸盆在叫唤,是那会唱歌的土狗子在学舌,药嫂在盆里伸头颈了!干爹记得灵清,这些蟪蛄狗子还是两天前在师傅的祠堂祀田里割十月糯时捡回的。甲虫们当时从田塍水洞里钻出后就盘上了自家的红脚管,直到来了八角亭楼仍在唱着田间的歌。更奇怪的是唱了"咕呀咕"还要唱"田哟田",弄得干爹慈心萌发,不忍心将其焙了再送给药娘做味治水肿的药。当下不到二十个时辰过去,现在自家要去周村了,虫儿们竟然齐声鸣出了这等怪音,这,这又是在唱什么戏?干爹忖忖多了个情,他将虫儿包进江妹的蓝头巾并和金龟一起塞进了夹袄里。手再摸摸,囥得蛮好的,正好与这个月剩下的十分之一薪水钱贴在了一起。他下楼,离了楼,一边走着一边念叨着药嫂甩过来的那句话"种条根,种条根",一路上好像除了碰到过正在路边窃窃私语的文新和司马展外,就没遇见其他人。

迷迷糊糊糊糊迷迷,没困醒的干爹没费多少脚力就到了周村周宅堂上。堂上的雕花柱础石边搁着一担前些天收割来的十月糯谷,而案桌上已摆出了刚刚碾出的新米。干爹鼻头吸吸,那喷香的谷味米味就像饿狗的舌头尖一下子就舔到了干爹的腹肚肠。干爹肚肠咕咕觉得自家醒了。龙畅师傅也没问干爹早上喝过粥没有,他牵着头牛在和自家的半疯堂客以及自家的相好浦江女说话。话说好了,师傅自家的女人奇里古怪地念出了"民国十六年,耕者有其田"的句子,而那个相好却牵着牛走出了门槛。接着,师傅递了张白纸契文给干爹,说东墙下的那爿他原先住过的泥墙木梁黑瓦翼屋送给干爹了,算是为他种下一条安身立命根。干爹接过契文看都没看,但立马就懂了:人们不都是在说,有爹有娘有田有屋才算有根,不然人就是一片浮云一尾游鱼一朵水浪花。药嫂没说错。有根有根,终于有一条根啦,干爹高兴得一下子就忘了想喝粥,也没顾着谢人,他的一双脚板随即也化成了快跑兔掌,一溜烟工夫人就站在了那爿翼屋当央:喂呀呀,满屋的蜘蛛网挂满了日头光,星星点点晶光灿亮,这,这蜘蛛已不在织蛛网,而是在织飘红的幔纱帐;另外,犁、锄、耙、担、刀、席、箕、桶,凡是种田管田做力气活的家什都在,就是筲片、谷扇、大秤、谷仓一类收田足户的家什缺乏。干爹农具家什瞄瞄,头脑壳儿拍拍,突然大叫出声:"江妹呵江妹,俺有归自家的一爿屋了,就差归自家的一丘田了。"话音刚落,自家胸内原先藏好的那几只蟋蟀又唱出了歌,"屋呀屋呀呀"的。噢,小虫生灵们重新换了词!干爹开心得不行,于是和着那"屋呀屋呀呀",索性把自家当成土狗甲虫去了问天家。问天家里无问天,只有问天堂客躺在床上咳咳喘喘叫身边的两个小儿给喂汤药。床边还站着隔壁的寡妇人雪姣,雪姣喋喋不休地劝道,喘病治治会好的,娘舅已去找毛记了,赊账的旧药钱、新药的现款钱都能借得到。干爹从板壁缝间瞅灵清了,在板壁外也听灵清了,他转身拔腿就跑了。借钱借钱,有借有还再借不难。狂夫借了,说是给雪姣打胎用的,不借不行,不然事体败露不仅是丢族人的脸,日后娶亲接人也不光彩,可他还了吗?没有。问天也借了,说堂客一遇阴湿或柳絮花粉乱飞便哮喘不停,病不能不治,治病老欠着药娘的也不行,因此铜钿不能不借,可他还了吗?也没有。照理说,两位哥问弟借点钱也没什么,眼睛都不用眨,可自家不是有钱人呀,半个月薪水一借走四千八,那几张人民币火车票子便轰隆隆变成了石头片子去打了鹿溪水漂。可自家嘞,只有勒紧裤腰带天天只吃十四两粮!哼,问俺借,你俩根多,有屋有田有家,比俺强,俺光棍一个,虽说眼目前有了师傅赠予的破屋爿,可俺还是无田无地无娇娘呀！逃逃逃，干爹想到这里也不忖与问天分享自家刚才得屋的快感了。

他认准不能去学堂八角亭楼，他怕问天那厮正在门口候着他。可是不去家里去哪呢？没等干爹思忖定，他不知不觉就逃到了老县衙。门口一站定，立马就看见周豪郎领着周村的一帮人在八字墙下吵吵嚷嚷。他们围着原先跟郝光当文书的董朝晖，大声喧嚷要见郝汉县长，说再也难以活命了，城关的那个笑面阔善人老魏一点都不善，正雇了些外乡人在逼催田租钱。干爹上前忖探个究竟，可孔庙那头一串歌声从一大圈子人群中冒了出来。他认识那些人，种田的可怜人和懒汉、孤佬、白食鬼都有。他一下子又觉得去听人吵闹还不如去听新歌好，于是他掉头就去了西边。"太阳一出来……共产党救咱翻了身……毛主席领导咱平分土地哎咳呀，为的是叫咱们有吃又有穿呀哎咳呀……"这，这是什么戏呀？不是高腔不是的笃调，不唱神怪不唱文臣武将，好像在唱平分土地有吃有穿！干爹蛮蛮好奇挤进人群一瞅，哦呀，文焕先生的娜妹文新领着好多学生站在排凳上唱大歌。唱着唱着，文新的双手伸向了前方，一套双排扣子的别致衣裳展现了出来，胸脯耸动着衣衫，衣衫上晃跳着光斑，哎咳哎咳哟，那女子好像真的是捧出了月亮和太阳。干爹看得满眼眩迷，止不住领头鼓起了掌。掌声一响，聚拢来的人就更多了。人多旺戏，老师和学生们一连唱了五支新歌才勉强收场。可刚一收场，观戏的人反而拥了上前，原来是文新各人将好几张布告贴到了孔庙照壁"数仞之墙"上。干爹挤挤没挤进去，只听见有人扬声读出了布告文：中华人民共和国土地改革法。"土地法土地法"，干爹念叨着这几个字，一个人置身于人堆外，一下子不知该去何方。"毛记毛记。"干爹又听到药嫂的声音了。人家问他文新呢，他说她被围在人堆里。药嫂说快去叫出来，文新家里的大人已从衢州过来了，正在药娘房间里大哭。干爹听后鼓足干劲去人堆拽出了文新，并一起去了药娘处。到了药娘处才晓得是文新的娘亲药娘的亲家我的奶奶来了。奶奶当着大家的面对女儿哭诉说，他们那里试点"土改"了，她家被评了个地主成分，虽然工作队和乡村土改委员会也分了田地给她，可她哪里会种田呀，连她家过去的田租都是靠经理人收的。文新听着娘亲的话，脸上竟然一下看不出挂出的是什么表情。她求助似的又去瞅药娘，药娘没理她，只是在不停地抚摸着药猫，而药猫倒像听进去了点什么，骨碌碌转着目睛子，闪出的都是些奇里古怪的蓝幽光。接着，奶奶怪起了文新，说白养了个女儿，平常日子靠不着，灾祸来了也靠不着，又说她一辈子为甚哟,丈夫年轻时去杭州做生意翻船死在了钱塘江,害得她苦撑着开爿小店,好不容易把两个小人养育大,谁知结果都献给了共产党。说到这,她抽泣起来,时而指天时而指地地怨起了自己怨起了儿子:文焕呵文焕,娘不该送你去北平读书呀,不然你哪会不顾命地去革命,闹得丢了性命,你命苦,为娘的命更苦呵,你晓得吧,为娘现有大难,人家都斗俺了……干爹闻言直觉双耳嗡嗡作响,他忖不灵清了:文焕和文新出来革命为的甚?是歌中所唱的平分土地?可他们是公子小姐,家里有土地,他俩图谋甚?难道是图谋分了自家地,诚心去做不孝之子造孽儿孙?再说这共产党也太怪异乖张了,引来大水连自家人也要冲,难道真是如人所说是个无情无义党?可是,既然为无情无义党,那么文焕、红月、文新这些有情有义人又为何会不顾家不顾命地奔它而去?难道他们才是真傻子,心甘情愿去中个异端邪说?不过好像也不对,若是依顺着这苦命老娘不去分财主人家的田地,那……那俺这些红脚管泥巴腿子的田地又从哪里来?俺不是得了师傅的一爿破屋就开心得如同一朵能吹出靓声的喇叭花?俺不是依旧人心不足蛇吞象还指望分块风水六顺的上丘田?……干爹揪揪股臀肉拎拎头皮发,仍旧糊里糊涂思忖不灵清,但他说话了:莫慌莫慌,有俺,俺去廿里街为你种谷种薯种蚕桑。这时,他又去看了文新,文新依偎着娘亲,眼眸间好像也蓄出了泪:娘呵,你不懂,这可是千年未有的一场大革命呀。勿错勿错,干爹这时竟然接了话:勿错的老娘,黄巢、闯王、长毛以至三界长毛刘家福、癞头丑和民国十六年的国民党都是那主张。干爹说到这刚停了一下,还想再说师娘事隔廿几年仍旧念叨这件事时,不料狂夫闯进来了。那厮也不管有人在说话,他只顾了自家的舌头尖:药娘药娘,叫红月姐姐把布告贴到市心街我家茶店门口,明日墟日可多引人多做生意哪。原来狂夫刚才路过孔庙看到了那仍在闹热的场面,他动心了,他想到了老娘的茶店。药娘苦笑着叫文新将还未贴出的布告交给干爹狂夫一份后,就说家里有人客,只有怠慢各人了。

　　狂夫和干爹见人家家里有事,就蛮蛮知趣地出了药堂门。谁知刚跨过门槛,两人又被另外两人的手拉住,一个是药嫂一个是石板道上蹦出的周豪郎。药嫂躲到干爹身后,豪郎躲到狂夫身后,都说对方要打人。豪郎刚才不是在县衙前吗?干爹疑惑才冒头,可墙角落里冒出的白面女人柳胭脂说起了风凉话。她说同春堂的人都是要面子的人,这下怎么不要面子啦,人家男人要离,可女人非不离,难道这女人真是没人要的贱货。听了这话,药嫂猛地从干爹身后跃出,上前扇了胭脂一巴掌:你才不要脸,千人骑万人压,随便什么男人你都去当软席!胭脂闻言一下子就气馁了,面孔更是煞煞白。没等到药嫂发威大笑,豪郎的拳头过来了,药嫂机灵,躲过那一拳,结果拳头落到了干爹的背脊爿上。狂夫见状不妙,立即赶上去一推:一对狗男女!骂声中,豪郎与胭脂被推到了一起,两人你扶我我扶你,竟然相拥到了一块。狂夫狂笑,药嫂惨笑,干爹没笑,他一双目睛投过去,人家已起身离去,相互牵着手,好像样的一对。"等着等着,俺要回周村了,要去管'土改'了,到那时,看你各人再强……"周豪郎走出十步,又回头阴阳搭调地大声喊了一句话。听到这话,干爹与狂夫都不解,就去问药嫂,药嫂先不搭理,直到狂夫空吓吓地威胁,若不相告以后再不帮她了,她才开口。一番言语下来,事体也弄明白了,原来豪郎被劝辞离开了能吃到供给官饭的养马所了,而他之所以被劝辞,是因为老婆告了老公的状。药嫂曾经去找红月,说周豪郎不像个从竹子林里出来的革命人,他不顾妻儿也就算了,可他不该偷鸡摸狗,和个暗娼明来暗宿,甚至扬言索性把事情做到底,来个明媒正娶与其共踏红毡毯。药嫂当时是越说越伤心,直感叹自家有眼无珠,万不该不听父亲的话,把个本姓的城关聊荡鬼当作了识文断字的落难人,硬要把人家招进门,结果闹得不但自家有家难进,还差点气死了大人。错呵错,狂夫骂人,药嫂跺脚,干爹不晓得说甚好,憋过瞬间,但还是有句不接天不接地的话蹦出了口:天灵地灵人灵灵,天灵有药仙娘,地灵有药大嫂,天若不灵地也不灵俺人灵,借你一个灵,灵灵光光过灵光。然而说者无心听者有意,就在那个时刻,我与药嫂的女儿秋莲划着包药黄纸蹒跚学步出了门槛,药嫂一见我俩立刻破涕为笑,她抱起了我,并将我塞给了干爹:借你灵光了,日后你就做这小儿鬼的阿哥,俺做干妈。狂夫一听到这话便打抱不平了,说药嫂太会占便宜了,应该叫毛记为干爹,而不是阿哥。药嫂当即就遂了,说行行行,不叫阿哥叫干爹。于是我应药嫂的盼咐亲亲她的大乳珠后改口叫了声干爹。狂夫闻了我的黄口稚言,那股癫性又犯了,说走了小奶珠江妹,又来了个大奶珠姐,毛记真当是有桃花运。药嫂也不反驳,嘻嘻笑着给了狂夫裆下一个空脚后,竟然羞怯怯抱着自家娜妮往回走了。据狂夫叔叔说,我就是打那之后叫毛记为干爹的。干爹干爹,我躺在干爹怀里一边开心地叫着,一边用药纸打着他的脸,他脸很快也涨得绯红绯红。等到我外婆看到我们,她老人家还嫌我叫得不够响,于是叫我重新叫过。我重叫过了,不仅叫了干爹,还叫了干娘,那声音响得呀,连当时在看闹热的药猫都吓得躲去了一旁。狂夫那个饕餮鬼鼻头本身就尖,他看到躲至一边的药猫嘴里衔着鱼骨,他心里便起了花头经,他拿起毛笔,口中念念有词,在包药的黄纸上画来画去画出了一只精瘦干巴的饿猫:天灵灵地灵灵,星宿老官来显灵,赏条金鲤饲乖猫,乖猫回报衔来碧玉花……药娘当下就听懂了,叫狂夫与干爹去厨房将不少剩货都吃了。临走时,干爹说不好意思,人走了还回头来吃饭,狂夫说多谢了,日后毛记有了自家的自耕田,一定要挑两担箩谷来谢药娘。药娘仍是一副浅笑淡然的样子,只是说,多谢不必了,上帝保佑各人都均了田又种好田吧。这时药娘的亲家母由文新陪着也要走了,她拉着人家的手连说女儿不管娘了,自家也悔死了,悔不该当年不听药娘和儿子女儿的话在抗战期间就和亲家一样将田地捐了卖了献了,不然如今怎会遭这等罪。药娘闻言似略显伤感,但还是不紧不慢回了句话,莫慌莫慌,事体不会就这样了的。对对对,干爹和狂夫打着饱嗝同声道,不会不会,您老是烈属啊,照理忠烈节义牌坊都要立的。看到亲家那副坦然的模样和两个后生愤愤不平的嘴脸,文新娘亲终于坐上哑巴拉的黄包车楚楚可怜地去了北边的火车站。临别时,她还吩咐了几句,叫女儿和亲家去骂骂也去谢谢那位叫司马展的人,说是他为首在廿里街搞的"土改"试点。那人一定要给她顶地主帽子戴戴,该骂,可那人不仅给家门挂上了烈士家属的红牌子,还三番五次去她家探望,并劝她要体现出一个烈属的觉悟,认个地主算了。人家当时态度诚恳话语客气,并不主张斗她,那也是值得感谢的。唉,这是个什么事呀,干爹虽然听得云里雾里,可他在人客走了后还是跟着狂夫去了老娘的茶店,因为他原先的那个躲借钱如同躲还债的念头在接过文新交给他政府法令布告的瞬间似已灰飞烟灭。他又想快快见到问天了。问天识字多,天文地理都懂,这份"土改"布告人家肯定能读脱三层皮,读出筋肉与骨头。何况人家的一个表舅就是昔日的农运大王成虎,尽管那大王已死去多年,问天没接触过,但舅甥血脉总相通。心思一定,步子就快了,干爹闷头走到了狂夫前头。"喂,两位小哥,记,记上帝!"有人传了。抬头西望,原来是董朝晖、司马展二人站在城关镇委大院的台阶上。"是传俺吗?记上帝是哪个?"干爹好像忘了郝汉在表彰大会上给他叫响的那个大号了。"是传你,郝汉同志取的名,全县人民都晓得的。"哦哦哦,干爹应了朝晖两句继续往前走,可又被人拉回了。朝晖告诉他,司马书记在办公室等他,有事要请教。干爹本不想去,他前天在药堂门口碰到其人就没理他,因为干爹讨厌司马展看诸葛红月的眼目神,那眼目神就如同自家瞅江妹的眼目神一样,犀犀利利色色迷迷能穿透衣裳。呸,你长得老鼠精一个,还忖配红月?

红月姐朗朗皎凤凰,整个三界要配也只有郝汉那条傲傲黑蛟龙能配上,轮得到你?再说在雷公寨牛栏叫你看牢白面郎君,莫让他去死的,可你没做到,害得俺解放了还寻不着文焕先生的尸骨。你你,去你的吧!然而干爹还是跟朝晖去了,他被狂夫拉了衣角,人家叫他莫忘了刚才文新娘亲的那个交代。对呀,去去去,去骂骂去谢谢,看看那厮是狼是羊还是狐。在司马展办公室一坐下,司马展支开了其他人,还专门为干爹泡了一杯他老家的武夷岩茶。开始那人憋了好长一段时间没问话,后来憋不住终于问了,可问的是句屁话:药娘还好吧?她老人家有没有在红月面前提起我?干爹蒙了,他还未解开那问话的本意,因为他还不晓得司马展正在公开追诸葛⋯⋯干爹心不知东但肚明西,他照明白的说:司马你个坏东西,你明知文新她娘是文新娘,可你为甚把她评为地主,你简直就是一匹狼。司马你个好东西,你把人家评为了地主,可仍旧待人如长辈,茶饭照样奉,有个做人样,你要想药娘记挂你,你就少些狼样多些人样!

　　干爹说完走了。他听到胸口处有蝼蛄的声音传出,那声音这下不叫"屋"不叫"田"而只叫着"走"。他走了,司马展那张红白交错的脸他当然没顾得上看,但他看见自家的金龟在夹袄里用嘴咬住了那田里的叫虫。虫儿唱,迈步快,狂夫望着干爹那副出了口恶气的样子,一直到走到家门口还在瞅着那位弟。到你家了?还真快!结果是弟叫了哥。"快,快出来,莫躲柴火堆。"一进人家门,那弟又莫名呼起人来。鬼嘞,问天还真的粘着松枝毛奇奇妙妙兀立在了面前。没等到狂夫问个所以然,干爹的手已伸向夹袄内层的荷包。狂夫以为这下肯定要摸出那会唱歌的蝼蛄来炫耀了,不料他眼前唰唰显出的却是好些张票子。干爹说:钱拿去,数数灵清九百六十一块,你堂客赖在床上,快去开方买药,不然女子们可要追来打你十八下臭股臀。干爹这时想起了问天借钱的事,他又觉得还是借给人家好。是呀,谁叫自家高人一头是个月月有薪水拿的货呢。他头脑壳儿一下就翘得比问天高:不过你要快去快回,狂夫手里捏着的布告还要你解嘞。问天谢天谢地接过钱嘟噜着"会还的会还的,这是你攒的养娘的棺材钱呀",便独自退步走了。问天走了,狂夫急了,他唤着"毛记毛记",叫干爹相帮赶快去贴布告好引茶客,老娘的茶店这些天生意不好。得,得,刷糨糊,一会儿工夫好几张白纸黑字布告就贴上了板壁墙。不久,还真的引来了不少看客。他们俩也上前看了一遍,结果刚要认认不识的字、议议不懂的义,又被老娘唤了出来。老娘说人客来了,柴火快没了,明日逢五是赶墟天,快快弄些柴去。两人于是又跑去同春堂,瞒着药娘向药嫂提出要借一担干柴。药嫂先是骂,刚来骗过吃的,现在又来骗柴,脸皮怎么和城墙砖一样厚。不过骂过后也就客气了,不仅借了干柴,还塞给干爹若干包袱包着的烧饼,并关照狂夫不要欺侮人家,叫人家背铁锅扁担,否则下次不给吃的。狂夫那厮见药嫂眼里只有干爹的脸面,在脉脉含着情,他装嫉妒了。他说,自家与药嫂一样壮,要说相配还是两个壮的人共宿鸳鸯床的好。药嫂闻言,也没像平常那样去扇狂夫耳光,依然是紧盯着干爹。干爹有点反应了,说那狂夫你太贪了,左手抱了雪姣,右手还要抱去药嫂,你岂不是牛牯猪牯鸡牯马牯?!狂夫这下可丢出了个问天那样的狡猾笑:那俺宁愿舍了雪姣娶药嫂,女大三抱金砖,女大六整天吃猪肉……说着,那厮双手就去摸药嫂的大奶珠。药嫂倒也机灵,她晃了过去,一双大奶珠结果没在狂夫手中,而不知怎的紧紧贴住了干爹的下巴和嘴。哎呀呀,这奶已经不是药嫂的奶,涨鼓鼓变成了软塌塌,臭烘烘变成了香喷喷,当然更不是江妹的奶,但是淫气逼人,显然强过了江妹的秀气奶,难道这就是娘亲的梦中奶、堂客的困觉奶……惊叹中,干爹猛地抽回了下巴嘴巴,他也盯上了药嫂:混账豪郎,这般美妙尤物,也能舍得,这可是块金镶肥皂玉呵!说完这句话,干爹旁若无人般地挑着柴火就走了,连药嫂在背后叫唤"要忖占便宜,等老姐开了那负心薄幸郎"都没听到。走着,人声没听到,然而心在扑扑跳,而且这心跳还和着胸口里憋出的蛄鸣声,结果让干爹听到的既不是先前的"屋"也不是刚才的"田"而是"妻呵妻"。妻呵妻,有这等好事?干爹疑惑着时不时就向狂夫打探,不料他盼望得到的答案那厮始终不讲,一直到两人回归茶店将一担柴劈好,问天也回转了,狂夫才狗嘴里吐出象牙:你忖哪,那大喜日子会来到。日子日子,三人于是凑到一起,说起了日子。等到三张嘴巴争吵完干爹那大喜日子究竟会不会来、究竟何时来后,他们仨又扯回到今天的日子。狂夫说今天肯定是个好日子,这日子他请来了布告,这布告上有新的署名,可比原先郝汉县长颁出的剿匪布告显贵暖和得多;问天说今天是个坏日子,他堂客病发,害得他到处借钱,还好有毛记救济了他;干爹说日子好坏他不晓,但今日怪了,他碰到的事令人眼花缭乱,他搞不大懂,只有拘来的几只蟋蟀在鬼魅鬼魅地往心里叫。说着,他就将那块头巾包袱从怀里摸出,并摆去了桌面,结果三人都吓了一跳,甲虫趴在龟身上,只只皆显奄奄一息态。还好三人都为嬉虫好手,将虫放置泥地并衔水喷上一身湿雾后,虫又都活转过来。不死不死,死不了,问天说虫儿虽然会唱歌,可不会乱唱,却是随着主人心思唱。狂夫接令子,他做出一个怪脸,随之就"屋呀田呀夫呀妻呀暖呀饱呀福呀爽呀"地戏哼起来。接着,另两人也帮上腔戏唱了"暖呀饱呀福呀爽呀"。呀呀呀,儿番唱过去,干爹顶真了,他问去:俺要是讨药嫂做老姆,不会是讨了个娘吧?狂夫问天顿时就有了应答。一个曰做梦呵,还忖讨个娘,讨个姐就算是烧高香;一个曰讨个姐好,这个姐可是比弟强,有根有底有业,钞票比弟多,还有大胸膛,不算是女中凤凰,也算是女中出头鸟。哦哦哦,干爹忘性大,记性也大,他即刻想到了什么,便曰:好咯好咯,到辰光药嫂离了豪郎,俺办喜事,俺要花铜钿,你俩欠俺的钱可莫忘了还,特别是那笔赏金,不然俺榜也白揭了,黑白两鼠也白打了。赏金赏金?就是那郝汉如约包的红包,一共十万,可买六百多斤米嘞。当时毛记得五万,问天狂夫各得两万五,可三笔钱如今都花光了。问天狂夫花光自家的不算,还向毛记各借走了两万,说没得办法,除了应急所花,还得顾个情面,请请上门祝贺客。唉,一讲钱,人无缘,提及此事,三人都是肚子里在唱戏而面上皆一时无语。干爹目睛子索索,窥见二人甚露狼狈相,反倒乐了:说说嬉嬉的,眼目前不讲钱,眼目前只等你问天来解布告哪。不讲钱,人有缘,一人乐了三人乐,三人旋即就开开心心出了门。"各人尽管瞅布告,瞅完布告再喝茶,今日九折,不打八折。"吃喝吃喝,一阵扯嗓吃喝还真管了用,几个熟人上了门,若干生人也上了门,他们坐下,叽里呱啦叽里呱啦,或交头接耳窃窃私语,或跷腿起身大声言谈,或坐下又出去出去又归来,十有五六地聊着门口布告内容,将下午茶一直喝到了夜色罩满街坊。

等到人客全走光了,三个人都去看了老娘。只见老娘只是拿块抹布在不停地揩灶台,就是不去米缸淘米烧晚饭。干爹晓得老娘心思就说要走了,可狂夫不让,那厮不但明了老娘不烧饭的道理,因为平白多添两张嘴,一吃就把白天赚的钱吃光了,而且早先还看到毛记将身上带有的芝麻烧饼送去了老娘卧房。问天一下就看穿了眼前事,便借托家里有事也提起了脚,可又被干爹拦了,说钱都借你了,你还没为俺说文解字宣宣布告呢。干爹满口诌着"烧饼去哪?去哪了?"去了老娘内间,等到他出来时,他手中已提着烧饼包袱了:对不住呵老娘,本来都是留给你的,俺在你家没少吃,是药嫂送的药娘的东西。说完,干爹蛮蛮适意地将包袱举过头顶并旋舞了起来……那天晚上,三个人陪着老娘吃完烧饼后,就上楼合盖一条被睡到了半夜。当各人一觉睡过又都半醒转时,问天半个人在被内半个人在被外,他背脊爿直透着刺骨的凉;狂夫抱着干爹的头喷喷埋怨"臭的臭的",他把男人耳朵当作了女人的嘴;干爹腾地一记从床板坐起,他好像忘了什么又记不起是什么,就去问问天,问天告诉他是解解布告的事吧?前半夜他拉尿时点灯去看过,那是本改天变地法令书,不过那布告似好懂又难懂,他看得也是三通四惑三不通的。气得干爹当即就骂了句"亏得你还是成虎农运大王的外甥"。末了,问天顾自躺进了被当央,说好睡了,明天师傅叫俺各人都要去,说是练习练习曲牌《三五七》,准备过年斗戏开台用,还说师娘最近老在念叨故人故事,好像病又犯了,要去看看的。最后那厮目睛子已闭上,可又有句鬼话从嘴唇边冒出:说不定还有新米十月糯分嘞。然而,快到天亮时,这一床被子里的三个兄弟竟然几乎同时被蝼蛄狗子的一阵"告告"嘶鸣叫醒了。闻之觉得有古怪,再闻之觉得有警示,于是一个提灯笼,一个点蜡烛,一个打电筒,又去门口将那土地改革的布告看了好几遍。

第二十三章　习戏

　　三个人都起得蛮晚。其实不是在酣困，而是在假寐熬着。除了那布告慢看细看有，两三分看得心花怒放，而有七八分又看得懵懵懂懂，从而让人颇费思量外，他们忖到的仍是师傅周龙畅召他们仨去周村习戏那点事：习戏习戏，丰庆班习戏，为年关村村对戏争魁夺冠，那就该召集人出粮派饭，如这般那就应该忍着肚饥不去吃老娘天亮烧的粥，而留着空腹去吃师傅师娘的，何况老娘本来就是心不甘情不愿，让一窝三个年轻后生一齐去吃她锅里的粥。狂夫是这样想的，问天与干爹更是这样想的。熬着熬着，老娘踩着瓦缝隙间泻下的日头光托着只瓷甑上楼了："爬起爬起，吃完赶快走，中午时老娘没工夫做饭的。"不料他们三人这次还真忖错了，老娘担心的仅是三个鬼赖着不走，还要吃她第二顿。骨碌翻身起，披着夹袄，脸也不洗；萝卜酸菜过过，一甑粥就喝得不留一点汁。喝完粥，两个小个子拉着一个大个子就溜出了门外，不料没走出几步，一根扁担横在了各人面前："三个人一堆，光嬉嬉铜钱会生脚上门的？"原来是药嫂陪着药娘上街去买菜。药嫂说，今晚郝汉县长从衢州府开会归来，药娘要请他吃饭，虽然没说为的什么事，但猜猜还是与文新家里被评了个地主成分有关。在一旁挑菜的药娘好像听到什么，有点怪药嫂多言了，她使了个眼色后就问了：你三人去哪？三人一一如实告知了，到末尾，狂夫还加了句话：不会白吹白奏的，师傅肯定会送十月糯的。药娘浅笑微微地说，好嘞好嘞，去吧去吧，代问师傅师娘好，说话也莫太莽撞，你们说师娘有疯病就不大对呵，其实师娘没疯病，她是有心结，结就结在那个"民国十六年，耕者有其田"呀。不过，吹歌奏曲就莫去祠堂了，还是家里好，家里有师娘照应，人家今日若开心，说不定还能泡出六味茶嘞……六味茶？六味茶？师娘一个疯婆子有这等手艺，几片树叶儿白滚汤冲冲能冲出六味？三个人你言我语议论着，直到走至周村水口树沿才猜出香涩苦甜四味。猜不出就不猜了，干爹停了脚,一个右拐弯,撇开二人独自去了田丘。几丘田都袒露着身板,黑泥巴巴的皮壳上排开的稻茬黄黄茁茁,仍旧散出了谷香。去吧去吧,不钻田洞不喝田水,死了太可惜,先去吃点谷噢,稻蓬茬头边有碎谷的……干爹对着蝼蛄狗子虫吩咐了一番后撒手了。虫子们于是纷纷落去地,几个翻滚过去,精气神又回附上身了。跕脚亮翅缩前钳,恍恍惚惚唱着歌,就眨眨眼之间呀,七八个乌精灵便"咕咕田田"地遁灭得全无踪影。天呵天呵,干爹"有生路有生路"的话语还未接着出口,狂夫几步上前就拽上他走了。

走呵走,一走就走到了周家祠堂门前的天权星大水塘。塘水清清寂寂犹如一面巨镜,其间倒映出的巍巍门斗,翔着展翅蝠,缠着福禄寿,还彪彪摆出了龙虎斗。三人都展开笑颜去叫站在阶石上的师傅,可师傅却没有一点笑脸:不想来了,不想来可要早点说呀。他身边站着的闷叔摇摇头又点点头,只是不说话。三人来迟了,自知理亏,只有低着头乖乖跟着龙畅跨门槛、进厅堂,又拐返上了戏台。干爹张张目,先见戏台上吹拉弹敲各种家什齐全都摆在那,无一吱声;又见龙畅两槌下去击了鼓,"咚咚"响过后,众家什竟然都应声蹦跳上了身。喂呀呀,"不行不行",干爹刚想要转告药娘捎的话,又蓦然发现师娘拿了把扫帚站到了台下,还在浅浅地笑:俄国十月革命,仓促得很……俺娜妮儿九个多月就出了娘肚腹,是个急煞鬼……那浅笑的模样和早上药娘浅笑的模样倒是差不多,可那师娘的那些胡话干爹听上去顶多就是懂一半。懂的一半他晓得指的是药嫂,那布袋大奶女人曾经跟他说过,自家之所以奶水盈盈足是因为她比人家早吃了一个月的仙女汁。不懂的另一半,他去问了问天,问天刚刚开始说"民国十六年,萧劲光打孙传芳,那三界县是赤水翻翻、赤火燎燎,国民党和共产党都在用铜锣大嗓唱分田地打土豪……"周龙畅的横眉冷对过来了。他问干爹为何刚才说"不行不行",干爹愣愣答曰,不是他讲不行,是药娘讲不行,祠堂雀儿喳喳杂又多,比不上家里清静,还有师娘会泡壶六味茶。龙畅闻言瞬间就变了脸,笑吟吟收回鼓槌道:嗯,嗯,归去归去兮,家有宝壶香茗哩。"还有还有,民国十六月亮圆,家家都吃热汤圆。"师娘在一旁随之就帮上了腔。狂夫听说有吃的,立马勃起劲,他二话不说,背起鼓锣架子就走了,同时还对着龙畅嚷嚷:师傅师傅,快去把那浦江姐传来,人家鼓板敲得比你都道地。龙畅目睛子眨眨:你个鬼,怕是要去叫雪姣吧?!"来了来了,都会来,工农兵联合起来,向前进,万众一心,雪姣去叫浦江女了。"师娘冷不防又插上了嘴。各人闻声瞅过去,嗨,师娘好正经地背上了那把大扫帚,就像扛上了一杆枪。她继而说她已经算准了女儿今朝要回居里,女儿的房间还只打扫了一半,说完她一人就顾自先开了路。呵呵呵哈哈哈,别祠堂归居里,路上,几个徒弟边走边应和着周龙畅的主声,显得分外快活,他们一起哼出了有头有腹有尾的《三五七》字调:"路迢迢,山遥与水遥,回头不见家乡道。行过了,九马众弯庄,迈步登途峻岭高。歌路尽头苦谁知,远看姑苏相近了……"不一会儿,周宅就到了。几人依次进了马头墙屋,可干爹步履笨拙落到了末尾。他怨悠悠地放下难携难背的铜钉羊皮鼓,"咚"的一声鼓落地,谁知一通鼓响又引来了马头墙下的水牛直朝他哞哞吼叫。干爹恼不过,也回瞪牛眼,哎呀,牛眼不见了,三只牛股臀竟然上来了。股臀翘翘牛尾划划,一缕酸屎风再吹过,另外的几个人竟从宅第竹丛中露出脸。"是你各人,豪郎呢?"干爹问了,他想起眼前的人就是昨日跟着豪郎到县衙门口要找笑面老鬼算账的各人。可是各人没答话,只是嘻嘻笑着去指点了他的脸。干爹手一抬还真去抹了,结果抹到的不是虫尸不是残叶,而是一点牛屎。哈哈哈,哞哞哞,人在张嘴巴,牛在吭鼻头,人与牛陡然间唱唱和和出嗓一番,吓得干爹差点以为牛与人一般也懂菜篮踏歌调。干爹恼也不恼了,他朝各人叫了一声:瞅到豪郎让他来帮忙,他的板胡拉得比问天好。好好好,一句话说完就进周宅厅堂。进了厅堂还把厅堂望,只见人家把做戏家什件件都已放置好,连那架师傅从东洋请回的什么爱迪生牌十瓣蜡筒手摇留声机也被搁在了案几上烘场。前脚进家门的师娘这时满脸绽开笑,把笔片当茶盘托着那只日本茶壶和三叠茶盏迎上来了。"果真果真耶!一只铁葫芦当宝莲灯嘞。"狂夫指点着师娘手中所托之物说出怪话。"莫乱说莫乱说,那可是师傅的宝贝啦。"干爹连忙打断狂夫所言。"是耶是耶,不懂莫乱曰,那可是人家东洋带归的,是生铁铸的,制模、化铁、灌水、翻砂、錾刻、精磨,等等,经了六十几道工序嘞。""勿错勿错,还是师傅花了大价钱从一位日本贵妇人手中买回的。"问天还没说完,师娘又补上一句。干爹听到师娘说到东洋贵妇心急了,他扯开嗓门打岔问:药嫂的房间打扫好没,若没打扫好,他们来帮忙。他担心着师娘,因为他晓得那位东洋妇人曾要将女儿嫁给师傅,而师傅为此又曾忤过要退了师娘的婚。此事莫提及,提及要戳人心呀。不料,师娘根本没在听,她嘴唇翻翻竟念出了另外一通心魔咒。"晓得吧,要晓得,中国目前尚在农业经济时代,农民占全国人口的百分之八十五,大多数皆受地主的压迫……"念着念着,师娘将铁壶摆上了条案,又从荷包里掏出了张陈旧报纸展给几个徒弟看,"喏,师傅参加编的报,当时有药娘,还有药娘老公诸葛洪涛,还有后来去江西参加朱毛队伍的丁丞,还有那个清湖人问天的表舅成虎,那人可是带着一帮人马扛着红缨枪来的,后来遭城关魏家一伙人陷害,冤死在了民国政府大牢房里。"三个人听着看着,终于把报刊文章题目凑着看全了:"农民运动意见书导言"。"原来不是咒,也是张布告!"干爹惊讶地叫出了声;狂夫差点蹦了起来:"咦,怎么和俺先前讨回的那份布告同一个味?"问天踮踮左脚,手中的梨木喇叭口朝向了天:"当然不是符篆语,这是革命的什么宣言呀,当然与那法令一个味啰!""布告?法令?"周龙畅当即就问了,于是三个人躲躲闪闪地将昨日发生的事都告诉了师傅。"来了,来了,果真来了,怎么那么快,难怪师妹叫俺不要在祠堂摆阵势了。"周龙畅面对着徒弟的脸自言自语道,可三人都看见师傅的睛眸子光都未向他们脸上照。等到三人避过脸去再偷偷看师傅时,人家已上前扶过师娘坐到了靠背椅上:师娘呀,当年间可也是坐椅喝茶读导言的人物嘞。说话间,师傅还去瞅了师娘,师娘也应眸了。干爹一旁暗窥窥也窥到:这两人眉来眼去完全没有了往日的漠漠然,怎么倒与俺看江妹江妹看俺如此相像?!这时,狂夫那厮突然戏叫起来:"浦江佳人何必躲藏。"他看见师傅的师傅了。"叫师奶叫师奶",一女子清音袅袅清影婷婷,还真被人从中堂屏后推出了场。师娘见状坦然一笑说,是她让雪姣去叫人家的,还说今日吹曲习戏少不了这个角色。"来,领领头,边喝边唱,先唱唱案上物件。"师傅不动声色轻言道。嗨,那女人毕竟是戏班里浸泡过七八个春秋的,一口茶饮下,她先是赞了茶品好,是来自仙霞岭山脉的上等茗,接着只见她水波目睛漾漾荡过案桌上的渔、樵、耕、读彩瓷像,立马就花绢舞舞红唇翕翕唱出了词:"老渔翁,双眼空蒙蒙,不知寒江冻如何,今朝有无鱼归笼。""老渔翁,冻如何,有无鱼归笼",几人经不住那莺音撩拨,一并也都上了腔。"少樵夫,双眼泪嗒嗒,就怕墟上人杀价,换回钱少遭娘骂。""少樵夫,人杀价,钱少遭娘骂。""壮耕夫,双眼恐怖怖,收成大半交租赋,归家不知能否上床铺。""壮耕夫,交租赋,能否上床铺。""浪书生,双眼灰塌塌,赴考落第名气砸,归乡人见一个傻。""浪书生,名气砸,人见一个傻。"……渔、樵、耕、读各适其适单唱众接毕,众人都瞟来瞟去,喝着茶水,嚼着闲话,"光耕不读是头猪,光读不耕是条虫",齐笑掀出了浪。师娘连连夸过那浦江女子后,又挥挥那张老报纸念出了新词:"国内一般工农无产阶级,尚未接受过组织与训练……"吐字清晰语音铿锵。"师娘师娘,"干爹望见眼前女人全无了往日萎靡而是一派飒爽,忍不住发出了赞叹,"你,你和红月姐太相像、太相像、太相像,好一派大气革命相!"干爹赞好,龙畅就催促好了好了好了,莫忘了摆场子习戏噢。于是一阵忙乱,家什与人都站到了自己该站的位置上,而师娘随之脸泛羞红地躲开了,她说她要去帮各人再泡壶茶,原先的茶汤冲过几回已太淡。

　　一会儿过去,堂上已成阵势。入相门内侧龙畅肃立当正吹,横风、二胡、梨花、先锋、战鼓摆一旁;其后侧有问天、闷叔当副吹,板胡、吉子一一摸过,眼睛看似看屋梁,实际在看师傅摆样;鼓板紧靠出将门,青衣女子试了笃鼓试夹板,其后还去轻轻敲了大鼓皮与梆;狂夫做三样,威风凛凛竖中央,大锣、大钹、次钹手中一舞,顿时响出了嚓嚓喤;干爹为小锣,东张张西望望,眼前的三弦他拨来拨去拨不出音调,只有塞给了身后的司鼓女将……龙畅见各人都定当了,便说出了一二三。一是今日属合练,不是以往的一对一教授,所以要会神,问天不要老忖堂客有毛病,狂夫不要惦着雪姣饲猪娘,毛记莫忘学堂上课摇铃铛,其实打小锣与摇铃一个样,关节点只要来两下;二是要练就练出点花头经,不然头台斗台又要输给人家,因此各人尽量要去忖好事,心里都装着个美好指望,哪怕是白日做梦也须梦他个田坑地头不是红粱花就是黄稻米花;三是胆子要大,吹拉弹敲该出手时就出手,统统藤缠树水养鱼跟着师傅走。最后他还说鼓板的位置本来是德仓伯的,可惜那人不知怕什么躲去了江西至今未归,故请浦江科班人来帮忙。嗬嗬嗬,都应了,问天拉了弦,狂夫打了大锣,浦江女子敲了鼓,干爹又打了小锣。好好好,龙畅竹笛横吹几下就试出了筒定音。他吸气凝神,双目微敛,笑容也跳到眉心嘴角下巴尖:今日肯定合成,那鼓板那么合心适意,记记都是好功夫,那大锣扬声锽锽去声寂寂,敲者确实有副好巴掌,小锣还真不错,不喧宾不夺主,本本分分一龙套,就是副吹的板胡也上路,虽不及自家的女婿周豪郎上弦就是清流水,但声息洪亮气势欢畅。尤其是闷叔的吉子,几下一吹便是清晨鸟跳林,黄昏牛归栏,莽莽耕夫娶进巧媳妇。"上台做官称帝,下台饿瘪肚皮。"哎呀,正当开锣启奏之际,师娘又说着话提着一壶新泡茶水进来了。她朝边上的雪姣瞅瞅,雪姣便倒了一盏茶径直走向浦江女。众人见状,不安之色陡然俱生:师娘今日不疯,正常了?若非,看不惯老公与那女子亲密来往,醋劲当场发作怎么办?这不,她刚才说的话就是挖苦做戏人的前两句自嘲语呀。没想到浦江女鼓板一记吉板两下,竟站起身子接了下两句:"锣鼓一响万顷家当,锣鼓不响一扫精光。小女子对不起大姐了。""民国十六年,耕者有其田。那时,诸葛家、周家都捐过田,小妹你来迟了,不然那时就分你二亩六。"师娘又说话了,还扶着那女子落了座。周龙畅笑了,他手一划,师娘就从案桌上托起那只丈夫专用的龟蛇合一玄武造型的壶递给了他。他接过陶货,摸摸龟头壶口,咪进一口水:是呀,连田契都烧了,不然,哪会被族人骂有辱祖宗,俺又哪止就经理些祀众田哟,笑人呀……行,既然打岔了,索性先喝点茶水吃点糕点接接力,师娘都为各人备着嘞。呵哈,问天狂夫干爹三人都相互觑觑:师娘没疯,师傅也没有发威施狠不灵清……不一会儿,自然分成了两桌,大桌上坐上去的是五个男子,小桌上坐上去的是三个女子。喝喝喝,吃吃吃,狂夫说茶蛮香的,但茶香仍是不及米糕香,米糕里好像含有奶水香;干爹讲不然,米糕里顶多只有点红糖香,哪有奶水香,那奶水香是雪姣身上的;问天讲他怎么没嗅到,要不请雪姣过桌让各人都香香鼻头孔。雪姣还真过桌了:喏,闻闻看,哪有奶水香,要有也只有一身猪臊气,猪娘下崽下出八只,可只有三只活下来,人都缺粮吃不饱,哪还顾得着畜生,龙畅爷,你那么多田,分点边边角角给俺,俺保证逢年过节给你送腿送肋排。说着,那女人又端起铁壶向龙畅的陶壶里冲进了热汤。龙畅握过壶正处欲喝没喝之际,师娘抢着说话了:"喝,龙畅,不共产就是反革命,一人分去一亩八,养女生出凤尾巴,养男生出龙尾巴。"好好好,"分了私田再分公田,免得收租被人骂祖宗,各人种田万万年。"龙畅应着堂客的话,眼睁睁地看着师娘一下子就把竹箩里的米糕分光了。米糕几爿下肚,问天狂夫干爹三人不知怎的突然吵了起来,学校田、油田、社田、秸谷田、族田、祀田、会田,在他们仨口中颠来覆去黏着唾沫飞,有的讲要分,有的讲不能分。秀才不养了?老佛不拜了?族房长不供了?青黄不接时不济了?酒肉不分,酒席不摆,坟山不看了?争到最后,三人的谈锋都集中到了族田族地,因为族田族地有二百余亩,一年收粮四万多斤,是公田中的大头,这田不分分甚?但是这这这,这田的经理人是师傅呀,师傅那身份都有廿几年了。虽说师傅家八代人穿锦绣鞋没沾过田水,可田地的收支账,师傅还是年年算的。说到这,三人的嘴巴似乎被人封了,好是歇了一时。分,还是不分,尽管两个问题像两支鼓槌在各人心里不断打鼓,然而他们还是相互眨出了无奈眼。无奈就无奈,世事本就多无奈,狂夫那厮头上西洋发抹抹,重新吐言道,不仅要分祠田,还要分祠屋:"太公不讨老婆,居住田屋做什么?还是分给毛记几间好,毛记做个上门女婿,再也不住八角亭楼了。"干爹闻言道:俺就勿要了,师傅把那间搭墙屋已经给俺了。说完他去瞅龙畅,龙畅嘴里虽在念"勿错勿错",可一爿国字脸又红又青,师傅显得不平常。"米糕香,茶水味更香,院外家郎齐共享,时令冬天胜春光。"浦江女见状又挺身了,她俏眉耸耸,喉咙管里戏词涌动又开始唱了。众人都去瞅过,戏人袅娜,戏音绵长,戏眼都瞄过来了,不跟不行了,稀里哗啦,有高有低,有前有后,有吃有喝,有柔有刚,一起帮上了腔:"胜春光胜春光,糕香茶香齐共享……"各人刚唱完,周龙畅的脸色好像已恢复了正常,他离桌回到乐座上,没拿竹笛横吹,而是吸气鼓腮吹起了大筒先锋。呜呜呜,风云突变,烽烟四起,两军将士已上阵?乐手闻讯,迅迅速速归了位,但个个都瞅着正吹惊了个诧异:吹错了吹错了,《三五七》是要竹笛横吹做头做引子的呀!谁知龙畅视而不见,仍旧吹去了三番。喂呀呀,奇了怪了,先锋未策马,旗官未挥旌,将士未呐喊,倒是门前的三头水牛排着队伍进门了。"奈何了,冬日刮春风,少爷昔捐田今换马,水牛背上算谷租,佃户口中争酒盅,何不借东风?奈何了,冬日刮春风,老爷今脱袍明驭牛,春播秋收冬收藏,亲耕亲种学陶公,何不赛老翁。"周龙畅接着丢下了先锋筒,拍打着牛头牛背牛屁股,很是唱出了一大段。各人看到龙畅那副奈何桥前唱奈何的样子,先是想跟,但嗓子紧紧没跟上,后来听到干爹指着中堂大叫了一声"老子老子,老子也骑牛也唱腔耶",就哄堂大笑松了嗓:"奈何了,亲耕亲种学陶公,何不赛老翁。"帮腔顿时大嗓子上了,"哞哞哞",刹那间吓得那几头牛也摇头瞪眸缩尾哼出了声。

　　接下来,周龙畅的情绪明显好多了。他呷过茶,与各人试了试音后,就站着吹开了《三五七》的头。那头清清爽爽悠悠扬扬,先是一个长音飘出,犹如天明天开霞光光耀耀,串下去的又是绿肥翠嫩晨鸟纷纷游竹林,露水被啄得缤纷飞。干爹看到龙畅那副自我陶醉的样子,又去看了其他人,哎呀,其他人也和师傅差不多,好像也都把支头曲当了点心糕品茶,吃得喝得六神安静,都在遐想翩翩:莫非呀天明了,师娘听到了三界城头响起的军号起床声,又看见了西河女校的学生们正在洗脸梳头照镜子,勿错,药娘曾说,师娘当年曾去女校上过课;莫非呀鸟也鸣了,浦江女目睛子先前还合着,怎么猛地一记打开了,随之又露迷茫,是不是师傅的吊嗓音已经打入了女子的耳,女子闻讯就去掀了被、穿了衣、套了裤,可伸下床的白脚板就是摸不着那双绣花鞋,应勿错,师傅说过,浦江女嫁的是她武生师兄,女子为济夫吸害人烟卖掉了所有俏行头;莫非呀猪叫了,雪姣揉着瞌睡眼进了厨房,刚刚开始切猪菜,猪崽的那饿叫声就传了来,也勿错,那女人就指望猪崽养家了,猪崽吃不饱,她宁愿自家瘪肚皮;莫非呀土地神官冒出了土,问天赤脚踩在田埂上,田埂上蟋蟀鸣泥穴,蛙儿跳草梗,他在默默做祷告,雨莫多,旱莫来,老财心莫恶,同样勿错,这位哥不缺心眼不缺勤劳,就缺田地,不然他做个劳动老财倒蛮好,自种自管收入多,不愁堂客卧病床,不愁家口多,恐怕连神仙都会羡慕;莫非呀彩蝶展翅,狂夫已在梦想漆桶、漆盆、漆橱、漆眠床,抱着雪姣慢慢亲亲白奶珠,更勿错,那厮老是占便宜,自家也觉无趣,不明媒正娶抬人上花轿,不就冤了他的金刚魁伟身?!干爹听着笛声,帮个个人想过,最后他自家急了,因为思来忖去觉得该想的都想过了,连脑壳连连敲数下都无济于事,就是没想出自家该再想些什么……龙畅眼目余光这时也瞅到了干爹在抓耳挠腮,他头曲吹完,自己也歇嘴闲了笛。他端坐下来,瞅过各人一周就说道:各人看来都入心了,做得蛮好,因为好的奏乐不是从目睛子里流出的而是从心里流出的,下面要练的腹曲段有三十多节,先用慢板奏,后用快板奏,练不练得成功,主要靠横风和板胡带,当然也要靠各人烘托,其精髓是心要有灵犀,去想一件共同的事体……灵犀?共同的事体?各人眼神各异纷纷,瞄了、瞟了、瞪了、望了,但龙畅也没说出什么是灵犀,什么是共同的事体。场面一阵静默。不料师娘这时发出了夺人先声,而且是清脆脆亮嗓:"工农兵联合起来,向前进,万众一条心……"两三遍唱下来,那女人见无人跟上,只有她在独唱,她自己也羞笑了:惭愧了,老歌,你们都不会,龙畅会,但他不肯唱。龙畅见状眉头皱上了,似乎要发作点什么。浦江女板鼓笃笃,她也说话了:龙畅大哥,大姐说你也会唱,那你俩何不教各人唱唱,唱了这歌再练腹曲也不晚,大姐不是还备了十月糯新米嘛。狂夫闻言立马就迎合上了,说先唱几句《工农兵联合起来》,再来乱弹《三五七》才上劲合板眼。干爹问天雪姣共同无二说,他们都想到了《工农兵联合起来》铿铿锵锵易学好唱,就是唱晚些时归家也无妨,还能赚他糯米饭一碗。"好好好,就头几句,后面也忘记了。"周龙畅六路一观明了了:众人还真的对那首二十多年的老歌认了?!他叹了口气说,再喝口茶水吧,唱这种歌其实与唱武戏的帮腔差不多,嗓子燥了只能是嚎,只有津液充沛才能放出铜锣大响。于是各人都听了又去喝了茶。两三口茶水在舌头上转过、在嗓眼里润过,狂夫说这茶怎么是甜的,莫非师娘放了糖霜?其他人先是不信,等到一一试过也都说喝出了甘甜。师娘闻言也笑言了,说早上她就听到眠床额头上的喜鹊子叫喜鹊娘了,喜鹊子不仅自家要还巢,还会带上喜鹊女婿上门哩,这样的好日子好心情难得,茶水不放糖霜,但它会自然甜的呀。言罢,周龙畅与各人都被惹出了一顿叽里呱啦笑。笑笑笑,龙畅理理黑锦帽与堂客并排站到一起,清清嗓子就一齐教大家唱:"工农兵","工农兵","联合起来","联合起来","向前进,万众一条心","向前进,万众一条心"……八张嘴几番吼下来,各人都觉得气也顺了胆也壮了,还想学唱下去,但被龙畅拒绝了。龙畅说,过年唱戏斗花头台,不斗工农兵歌的,只有把眼前的腹曲练得出神入化才能获头彩,还是练吧,练好了一人发一升十月糯。果真果真,得,得得,各人于是操起家什齐齐上了阵。一回生、二回涩、三回乱、四回通、五回顺、六回畅,七回练下来,那《三五七》腹曲还真逐渐被这伙人奏出了彩。干爹在其中虽然是个末尾行当,看着浦江女使过来的眼色便打打小镲,但慢板两遍、快板三遍拍过,他也能不看眼色便打到点子上。随着乐曲行进,他甚至觉到眸睛子光里神离离,有只百灵飞来,有条白条游来,"向前进向前进",三五下一折腾,就将心腹里暗藏的一只卑微蟑螂、一只胆怯糠虾叼走,且翔去了蓝天。于是他想开了,而且相伴生出了天耳与天眼……板胡声啾啾,犹如仙霞山中的葛藤爬山虎,筒笛音唰唰,犹如十八弯道上的松树柏树王,藤翠翠树苍苍,树长藤也缠着长。月光去了,树低头,藤就俯首;日光来了,树昂冠盖抖出黄金彩,藤抽嫩枝绽开碧绿怀。春波映映,江妹过浮桥,人到桥中央,阿哥赶着鸬鹚驾船扪鱼来;夏水汤汤,阿哥挑担过水坝,脚一滑,人落水,漂到双塔底,只见绳索飞来,绳索头上系着一杆红缨枪。一日电闪,雷公雷母乱施威,树被劈了脑壳儿,藤就怒冲冲飞上天庭将神仙追;又一日同春堂前啸声起,豪郎药嫂两人围着药猫在打骷髅圈,一下子根本看不出谁恼谁、谁亲谁、谁对谁在喧。跌跌嘭嘭锵,曲骤了,树儿藤儿都在向阳拼命长,鲤鱼借着涨水大势一跳三丈高,哎呀呀,板胡二胡大镲劲太大,脱离了鼓点,那烘帮乐音跑了调,青藤旺旺,大树反而病恹恹,大水滔滔,鲤鱼一下子不见了身影,不知是跳了龙门,还是小命已翘翘……干爹还没想好那鱼是个什么下场,师傅的笛子突然破音涩了声。嗨,快板奏得刚刚出花花彩,领奏人的目睛怎么惊讶讶瞪出了一个呆?场面上的人都去看周龙畅,而周龙畅先是看到不声不响的闷叔溜出了场,接着眼光就去了大门廊。哎呀呀,谁也没想到大门廊的门槛上叉腰站着的竟是周豪郎。那厮被一群人簇拥着高高在上,半爿脸浸在阴影里阴阴沉沉,好像有人欠他什么账,还有半爿脸浴在亮光下,恰似涂了层油彩的角儿要上场。

干爹见之,和各人一样也发了呆。"各人各人,师娘的茶汤怎么喝不凉哩?"他不知怎的在此刻说出了这么句话。发呆的人似乎也应了,于是习戏现场就发出了稀稀拉拉的笑声。据干爹和问天狂夫伯伯说,他们那天吹着唱着,还真喝到了师娘泡出的六味茶,除香甜苦涩四味外,还有鼻头闻不到舌头尝不出但心头能品悟的壮味与颠味。

第二十四章　汤品·郎归

被狂夫称为风流韵事、被问天说成是天合逆作的那段经历，干爹当时就没想到会像牛娘生出只马驹一样出人意料，后来想到时，他自家都会涨红着脸独自一人指天求证道：天呵，到底有没有，你应该不会不晓得嘛！尽管干爹认为此事的整个过程人是不晓得的，只有天晓得，人在天面前是做不了主的，由不得自家的，小二哥说了算，但是当我在母亲的日记中断断续续读到一些加了问号的蹊跷字眼后，如"药嫂离，豪郎结胭脂？药嫂与毛记？房？田？衣？姻缘？年龄？医？"，我恍然大悟：那事有是有的，不过那事的真正开头不是在狂夫问天两位伯伯与干爹戏说"女大三抱金砖，女大六整天吃猪肉"的那天，而是在后一天的那场周宅习戏堂唱上被扯出红丝线索头的。当时，干爹说出了一句其他人说不出的话，而正是那句话使药嫂原本已经泯灭的芳心重新抽枝吐蕊，透出了蓬勃芳香。

如果没有什么大谬的话，事情大概是这样的。晚上，药娘为款待从衢州府开会归来的郝汉与红月，亲自下厨烧出了几只菜，除了红月最喜欢吃的葱煎鲫鱼外，还有一盘洋葱炒羊肉以及几只蔬菜。不过，那罐药娘亲自采料配料，又用去两个多时辰慢火炖出来的中药材牛肉牛肚牛骨汤却一时未上桌。药嫂本以为药娘在席间肯定要讲讲廿里街的亲家被评上地主的那件事，可人家连半句都未提及，好像亲家来同春堂哭诉一事从来就没有发生过。甚至当陪席的文新愁容满面地对红月窃窃私语娘亲今日已来过，而郝汉又似乎听到就去发问时，药娘立马岔开去大声说，这两人真不懂事，只顾自己吃，怠慢人客了。说得红月当即就夹了块鲫鱼文新夹了把洋葱爆羊肉递到了郝汉碗中，并叫人家尝尝娘亲的手艺。等到郝汉一盘菜蔬和一碗米饭下肚，药娘叫药嫂去端来了那份汤品，并捎上了一小锡壶药酒。木勺淘淘，汤被舀进了青花瓷碗，调羹调调，汤品被嘬嘬喝下了肚。一碗汤喝毕，药娘又为各人都斟上了酒。别人家仅是咪咪嘴唇，可郝汉咪了嘴唇后将一盏药酒全倒入了喉咙管：奶奶个熊，开了三天会，一滴酒也未沾。药娘笑笑说，不可不喝，不可多喝，喝多了伤人不喝多养人，喝药酒要的是喝出个恰当分寸。郝汉笑应道：六杯不算多吧，三杯喝不出胆气，学不了武松过冈能打老虎，九杯又太多，会喝出个张飞丢了脑壳不能再吆喝长坂坡。说着，他不劝人也不要人陪，一下子就三杯入了肚。药娘见各人有些高兴了，便又去舀了汤，并叫各人慢慢品，最好能品出汤中材料有几味。细细喝过，文新讲有牛肉、牛肚、牛骨头，是牛气冲天，红月讲有当归、党参、黄芪、枸杞子等良药与牛材搭配，是阴阳调和，是能养阴藏阳的。药嫂说两位小姐都说得不错，但汤中还加了珊瑚、田七，一点点珊瑚、田七微末粉吃不出味，但会壮骨的。"勿错勿错，"药娘说，"说得都勿错，然而还是少了一味，这味实在是普通不过。"再品再猜吧，仍无果，那再普通不过的说来说去药娘皆摇头。郝汉这时五杯已过，他似乎憋不住地又喝了一杯：最后一杯，喝了就封了。封了封了，郝汉虎威威端坐着身，他庄严地向药娘敬了一个注目礼：那一味就是姜，没有姜串不起美味。姜就是江，珊瑚就是山，牛就是牛，田七就是田，黄芪、枸杞固元温补，加起来就是牛田固元江山当归汤。红月文新闻言诧异片刻后，相视笑了。"喝点汤，还有如此危险？"文新眨眨眼插上了一句话。"没了没了，汤就是汤，顶多温补温补，其他都不是了。"药娘欠欠身摇摇头避过郝汉的目光，反倒向药嫂使起了眼色。药嫂似乎会意了，于是在药娘对照的空位上坐了下来。这女人刚刚坐下，哑巴进来了，他凑到药嫂面前一副打抱不平的样子，又是哇哇乱叫又是捏着拳头在比画。众人不解，个个都脸挂出疑惑，药嫂见状不妙，就将哑巴推出了门。当她回转时，没等到别人问及她就滔滔不绝了，她说豪郎早些时又上门了，还好被哑巴赶走了，那个死鬼本性就是个聊荡人，当年逃到福建去混日子，还扬言不混出个人样子就不回三界鹿溪镇了；本以为这人后来进了竹子林跟着红月姐姐打游击，人会彻底变个样的，谁知跟了她仍不学好，除了学了几句革命翻身的言语外，还是赌钱嫖妓吃喝老一套，还说非把以前吃的亏补回来不可，好像要做回西门庆才最好。这下好了，自己造孽犯错，被开除出革命队伍，怨天怨地怨人怨堂客，就是不怨己，三天两日地跑来闹离婚，昨日脸皮厚得像城墙砖，竟然带着柳胭脂上门出洋相耍流氓，幸好毛记狂夫在，不然……"奶奶个熊！"郝汉仰起脖子又去喝了杯酒。尽管酒杯是空的，可他仍然发了话，说快去把那家伙找来，他要跟那人算总账。听了这话，药嫂破涕为笑，又说找就不用找了，找他太抬举他了，离婚算个啥，自家本来就不靠他，何况共产党又颁了婚姻法,讲究男女平等,男人可休女人,女人也可休男人。言罢,药嫂谁也不去敬,自家去喝三盏酒。哈哈哈,嘻嘻嘻,席上人都去瞅了一下药嫂:咦,药嫂肩上突突兀兀站出了药娘的那只波斯药猫,张牙舞爪还在喵喵叫,各人笑的竟然一时不知是药嫂还是药猫。郝汉连声夸药嫂敢想敢说,真有一副新社会妇女的新模样;文新赞药嫂独立自主不让须眉,浑身透着巾帼气概;红月讲药嫂爱恨分明脾气直爽,但婚姻毕竟是人生大事,简单莽撞处置不是太好,她再去和豪郎谈谈看,看人家究竟怀有甚心肠。红月说完这话去瞅药娘,药娘虽然点了点头,却未应着说话。等到药猫从药嫂肩头跳到药娘怀里,她让药嫂给郝汉的空杯又斟上了酒,并且说,有汤品垫肚,稍许多饮点无妨,大家都喝掉自家盏中的酒,于是各人举杯碰碰后都仰了脖颈。事毕,药娘招呼药嫂两人离了席说,你们公家人有公家的事,不陪了。可刚走出几步,她又回头说,药嫂,还不快谢郝县长,你明日回周村,恐怕不光是看房吧,你不是老忖分点田吗,你不是担心自家在同春堂做事与分田分地无缘吗,你这就可问问县长大人呀,大人好为你做主呀。药嫂立马说是的是的,她中午时就扰过药娘,担心父亲自己又无多少田地,只是经理着祠堂祀众田,周村如今"土改"要分田,可别忘了她也应有一份,因为她是周村的女儿,她的根还是在周村。郝汉闻言笑了,说不用担心,周村紧靠城关,有不少无田户都在城里做点事,这种人回去参加"土改"都可分到田地的。勿错勿错,红月与文新也都应声说道,这是土地改革法讲到的,不仅药嫂能分到,毛记狂夫也能分到,尽可安心。哦哦哦,药娘领着兴高采烈的药嫂终于重新掉头走了。

  人走了,奇怪的是那只药猫没走。那生灵叼着块肉骨头雄踞在案桌上,不久它的瞳孔就眯大了。蓝莹莹的弧球屏面里顿时幻动出三个人,两女一男。一个男人一脸峻色眉头紧锁一言不发,而一个女人正在轻言柔语地劝着另一个神情黯然的女人。桌上还有酒菜,可他们就是不动箸。其实,那猫儿还真看准了,郝汉是在沉思。他与红月去地委开了两天会,中间虽然看过一场军区文工团演出的《打渔杀家》戏,但其他时间都在讲"土改"议"土改"。他每每想起那段话,"废除地主阶级封建剥削的土地所有制,实行农民的土地所有制,借以解放农村生产力,发展农业生产,为新中国的工业化开辟道路",都会热血沸腾泪流满面。因为在他的泪眼中他看到了父亲,那个立志工业救国可又因壮志难酬只得回乡又种地又教书并把自己的梦想传给儿子的老师。可是儿子没有遵训将土木专业学到底,而是中途辍学去参加革命当了兵,气得父亲至今都不愿理他。与此同时,郝汉偶尔还会在红月面前流露出细微的惆怅之色,可当人家捕捉到这细微之处而去问及时,他又搪塞过去,搞得红月怀疑他老家那位少时定亲但未过门的媳妇是否要南下了。郝汉当然不好讲,因为他在听取地委领导布置工作的报告中隐隐约约感到了两位领导人的言语差异,一位十分强调"土改"运动是一场复杂尖锐的阶级斗争,因此要充分发动群众依靠群众,用暴风骤雨般的群众运动将运动进行到底,对一些激烈有甚的言行不必急着指正纠偏;另一位完全同意上一位的意见,但在补充意见时,他谈到了既要总结一九四六年以来我党开展土地改革的经验,又要汲取有关教训,因此十分需要掌握政策掌握分寸,按土地改革法办事。心里有疑惑便去找组织,郝汉当晚就去了两位领导的房间。他想的倒不是去请教斗争的具体方式方法,而是想向领导汇报一下自己的一个幼稚想法,看看究竟对不对。可当他去敲领导房门时,领导门不开,人也不见。事后他才知道领导连夜已去省城杭州开会了。多少年后,当我在县政协印发的著名的《郝汉笔记》中看到那段记录时,便拎着罐虫草甲鱼汤去问他,他朗朗大笑,连躺着的病床也被震得咯咯响。他说还好当时领导不在,否则他就将自己的那个幼稚想法和盘托出了,结果肯定会为难人家,因为他觉得三界的阶级矛盾好像没有北方老区那么激烈亢奋,"还乡团"和"贫农团"进进出出几番生死搏斗,非得靠"大流血"方能了结。尤其是鹿溪城关及其城郊,农、工、商、学、官、特、警杂居方寸一隅,阶级关系以及土地所有和使用情况错综复杂,比如那个被当地人称为笑面老鬼的商会会长,自己虽是大地主大恶霸,可其女就是位中共地下党。土地法虽然说了大城市郊区的"土改"要另立新规,但不知鹿溪一类地方是否也另有说法?幸亏幸亏,郝汉的"剿匪肃特已取了不少人头,阶级优势大为确立宛如铜墙铁壁,'土改'期间能温和一点就温和一点"的幼稚病领导没搭脉,他也没向别人声张,不然他以后要吃的苦头没准还会多得多。郝汉伯伯接着就喝了我送去的汤。不过这老头仍固执地说我熬的汤不如我外婆药娘做的汤好,那汤不仅味美,而且有点意思,可我的汤只有味却无意思。事后就此事我还去问过干爹,干爹答曰:他一个小小老百姓哪能晓得那回事,不过那也自然,郝汉那人虽为革命猛将,但横观竖看人家心里还藏着点菩萨心肠,不像我的年少时代,发作起来杀心会那么重。呜呼哉呜呼,一点都没得客气。据文新姑妈说,郝汉那天晚上酒没再多喝,可把我外婆做的固元汤还真喝了个精精光。

不客气,汤喝光,汤喝光,客人走光,等到药嫂哑巴将桌上杯盘盏钵收拾清爽,药猫鬼精怪一样站到了桌上。它嘴上叼着一张处方笺纸,眼睛直向药嫂打扑闪。药嫂伸手取过笺纸一瞅,不见一个字。药嫂窃窃地笑了。女子明白,这处方是开给父亲周龙畅的。因为她晓得这师兄师妹俩有个怪癖,每逢有话要说可又说不清楚时,师妹就开去一张空处方,而师兄也会画来一张淡墨晕开的无纹图。据药娘说,这游戏原先是她的先生诸葛洪涛与周龙畅两人做做的,后来洪涛下了南洋,游戏停做了好多年。一直到日本人打到三界,为筹粮筹款支持国民党军队打赢仙霞关那一仗,当时因拒出剂方而被东洋宪兵关进大牢的药娘代替丈夫又给龙畅开去了无方笺。灵了,啥话也没说,龙畅的淡墨无影图当日就回了;再过两日,一百大洋一百担粟谷也自己长脚生翅飞跑去了莽莽苍山。得得得,眼目前药嫂将无字方园进夹袄奶珠旁,哑巴以为是个宝贝就去抄摸,结果被一巴掌打了回来:小儿鬼,这是你摸的吗。药嫂当晚睡得蛮香。第二天,她干完手中的活后,就背着两袋鲜干花草抱着红袍加身的女儿去了周村自己的家。她还想为父母好好洗个香花香草澡,让两位大人过个体味芬芳的寒冬;同时让已在蹒跚学步的女儿披着其父缝制的红锦袍去见见外公外婆。药嫂在路上走着,而家里的那场堂戏也接近了尾声。当周龙畅默敛一口大气纳藏丹田思忖缓缓吐出,再领奏出一段《三五七》豹尾之音时,周豪郎闯进了目睛子。那厮跳下门槛后,原先有亮光照着的半爿阳面脸刹那间也暗了下来。他二话不说径直去了问天的位置,取过人家手里的葫芦壳板胡后,二郎腿跷跷就调音三下,拉起了牛筋弦。弦声袅袅回回荡荡,龙畅闭目,直觉有行云天外飘来,有流水在旷间淌淌。他没忘记,五年前,就是这琴音打动了他,让他将自家的宝贝女嫁给那正在学裁缝的拉琴人的。一边的浦江女手不动心动,胸内的鼓板敲得如玉石落盘似金磬和鸣,她甚至萌生出惊异,这位久闻盛名的城关玩琴聊荡鬼果真是把好手。问天惊了心,他自愧不如。狂夫瞪了眼,他恨自家怎么没长成那双手。干爹抅不牢那溅飞的袅音音,去瞅了柱梁间的牛腿,忽而见雕纹上瑞鸟慈祥衔枝洒出了煦煦雨,又忽而见斗兽抖擞,张牙露出了狰狞相,舞爪显出了霸王气。他敲敲脑壳,脑壳里竟然有药嫂依依冒出来,女子袒出一对肥白乳,一下子说自家嫁了位落难奇男子,一下子又说自家嫁了个风流恶鬼。众人听豪郎拉琴正听得出奇,"嘣"的一声响,不料板胡断了牛筋弦。啫,不好用力过猛呀豪郎,这又不是杀猴屠牛羊革命斗土豪。师娘说话了,她连声叫歇歇,还给那难得见面的女婿端去了一碗茶。豪郎接过碗一饮而尽:爸、妈,各人,俺今日归来了。师娘见状顿生疑惑:乖儿,你不是前几年就因不和去登报与龙畅解除了翁婿关系吗？你不是抛妻弃女去竹子林参加了游击队？你不是丢下了裁缝刀剪去大军营房养起了革命快马？龙畅听了老婆的话也接着曰：他呀，虽不是家里人，但也是人客，吃顿酒肉就会走的，你忖忖看，周村就螺蛳壳般大，能容得下人家这般大虎做道场？"俺，俺……"豪郎支吾两声后，言语一下又顺了起来，"俺呀，这次可是革命派来的。革命认为俺做个养马倌是屈了才，革命派俺回到周村搞'土改'，郝汉县长和红月队长与俺可是亲自谈过话的。你各人不在队伍里，不懂的。"不懂不懂，不在队伍不懂的，龙畅姿态刹那就变了样，一支竹笛没去横吹，而是直直含到了嘴里，这人将笛当作了箫。哼，哼，哼，狂夫问天干爹三人鼻头都生出了痒，本忖说几句话的，可是见到师傅都有些失态不吱声，于是也就学了寒蝉噤了声。毕竟俺各人既不在队伍，又与人家不是一家人呀。"中国社会革命就是农村革命，农村革命就是土地革命，周龙畅他会不懂？他不懂，他会跟老诸葛、少药娘一起出革命导刊，一起献私家田烧田契？豪郎呀，是你不懂，你不懂丈人与丈母娘呀。"师娘推开了浦江女，她神清气爽地站到了鼓板位置执起了棒。豪郎一下怔住了，他根本想不到昔日疯疯癫癫的丈母娘这时会堂堂正正跳出来：丈母娘丈母娘，你蛮蛮灵清嘛？！"灵清灵清，谁说俺不灵清，说俺不灵清的人本人就不灵清，那人就是周龙畅。民国十六年，耕者有其田。豪郎，你把板胡交还问天，你到边上去击掌，让俺各人把尾曲演奏完。"师娘一通话说得好是顺顺当当，当时便引得众人侧目，嘀咕声不再，场面上听得到的仅是门口几头壮牛在打呼噜响。过了一会儿，问天接上了筋弦，可不料习戏练曲的神散了，跌跌几声后，龙畅的领奏笛声低了一个调，问天的板胡高了一个调，狂夫没去打镲，不是打鼓的干爹去打了鼓。哎呀呀，周龙畅涨红了脸，周豪郎却领着一帮人喝起了疯七疯八的倒彩。"你你"，周龙畅脸色一下又转了白，他气恼恼将横笛高高举起直朝自家堂客走去。干爹这时已见到师傅的架势凶相毕现，他急了。他没少见师傅打师娘，以往他都是急得逃走，可眼目前，他不仅不逃，反而说了话：师傅，师娘鼓板没打错，是俺打错了鼓，要罚要打该是俺。他话刚落音，狂夫、问天、浦江女、雪姣都纷纷出动，站到了师娘周围：罚俺，罚俺。堂上竟然响出了叽里呱啦的自讨苦声。呼呼呼，龙畅手中横笛没见到往人的身上落，而是被他在空中划划，划出了七孔风。"打呀打呀，反正是打惯了的，"师娘虎地站起身，"打倒封建打倒地主恶霸土豪劣绅，天下好共产，还俺两个娜妮来，人民掌乾坤，周村得解放！""嘭"的一声，师娘手中的鼓板家什稀里哗啦砸向了周龙畅。疯女人这时还想到了被丈夫送人做童养媳的女儿。"好！好！好！"豪郎那帮人又嗷嗷叫出了好。"好,好个屁,丈人打丈母娘,女婿看热闹,蛤蟆窝里蛤蟆中邪气,谁也不认谁。"师娘跳到一旁,抄起竹梢大笤帚,直往门口扫灰尘。扫了一阵后,门槛内外的那帮人灰头灰脸都张起了五爪,挥了又挥,纷纷扬扬的灰墘就是没赶走。哈哈哈,原先木呆在对面的这帮人有了狂夫那张大嘴领头打哈哈,也都跟着笑了。笑呵笑,笑会染人的,一会儿工夫,两边摆着架势的人都相互不看地傻笑疯笑成了一片。接下来,笑声未断还在浪飞,豪郎从人丛中颠出,一人径直腾腾上了二楼回廊房。等到众人抬首张望,一只无名鹊儿飞出了楼窗,随之豪郎探出了头探出了脑:各人上楼帮忙打扫打扫,俺农民协会就在这挂牌开张。楼下众人闻言愕然,一边的人去看周龙畅,一边的人去看周豪郎。"各人莫怕莫慌,这楼上的房本来就是俺住的,俺贡献给革命做公房。"豪郎又说话了,可龙畅仍未声张,只是一张脸气得煞白,他一屁股坐下,谁知没坐着凳,幸好有干爹见状不妙将面小鼓飞快地给垫上。"好,好,你居好,你跟俺娜妮都回家,但千万莫做革命新房,你做革命新房,俺娜妮回家居何方? 豪郎乖儿,你是真男儿,你革命的营房就该扎在周家大祠堂!"龙畅乌珠差点突出,他无论如何也没想到自家的疯堂客此时此地能发出这样的大言巧语。"哼哼,俺晓得的,丈母娘,大祠堂当然要去,在那里挂大牌开大会,可挂小牌开小会就要靠俺居里了。你要是阻挡,提神呀,革命洪流滔滔滚,是要淹死人的啦!"豪郎语气阴阴阳阳,先软后硬,那厮爬出窗户,索性坐到了窗户横档上。龙畅目睛往上眺,正好瞄到女婿的二郎腿在晃叮当。一股无名怒火在心间燃起,又燎去了嘴唇边:你你,革命革命,占房占房,你,你拿王法来……豪郎呵呵仰天大笑,说着俺给你看俺给你看,一个转身就下了楼。一个上楼一个下楼,翁婿两人对峙在了楼梯口。"你还想打人?""你还想猫叫充虎叫吓人?""你你","你你",眼看龙畅举起了笛管,而豪郎也在夹袄里摸摸要摸出个什么,一声女人的高叫突然爆响在了厅堂:莫吵莫吵,俺回家了! 药嫂兀自站在门槛上,一手抱着身披红袍的女儿,一手拎着青布袋,四周謽謽后,撞开身边的几个人,先走到父亲旁将孩儿塞去,又走到母亲旁将袋子传递上:喏,药娘专为二老配置的泡澡香花香草料,驱寒祛邪增气提神好过冬季天啦。说完她就拾起扫帚又说了话:各人莫怪,家里要关门了,没事的人请回避呵。听了这话,一边的问天诸人就去收拾了奏乐器具,而另一边的人都去看了周豪郎。周豪郎见药嫂根本没理他,而自家带来的那拨人又在盯着他,便伸手想去抱女儿,不料周龙畅一支横笛挥了去,结果没打着他的手臂,却打着了他的后背脊梁。豪郎犟嘴了,说红袍里裹着的是自家的宝贝,为啥不能抱。药嫂闻言哧哧笑着,去父亲怀中将孩儿抱出,放置客堂当央,并让孩儿自家走路去认爹爹。那孩儿听了母亲的话屁颠屁颠迈开步,谁知走到张开双手的豪郎旁反而吓得哭了,又掉过头去,一走走到了干爹屁股下。先叫了干爸,接着就抱着干爹的大腿一直叫着爸爸。"莫,莫,莫叫爸,叫干爸,叫干爸,是干爸。"干爹蹲下身,连忙将鼓槌交到孩儿手中,"喏,你阿爸在那,快去那边叫。""对,对,俺是你爸,你身上穿的红锦袍就是俺做的,叫俺爸。"豪郎慢慢走去挨近了孩儿。孩儿抬眼望望,见来者一半脸似在笑另一半脸似在哭,怕了,随手一甩,一根鼓槌眼睛不长地竟去了人家裤裆。"你个乖儿、乖儿,这么小就会打老子。"豪郎恼了,两步上前将孩儿放置大腿,再红袍一掀,手掌上上下下打起了"畜生畜生"的小股臀。"住手,住手。"龙畅和药嫂吼了,师娘也说话了,说虎毒不伤子,革命革到娜妮的股臀上算个屁革命。豪郎更恼了,气呼呼说道"去找你的野爸爸,野爸爸",一把就将孩儿塞给了干爹。随之这厮手一挥,招呼门口的那拨人跟他上:俺就不信了,枪杆子都捏过,还怕这封建堡垒攻不下?! 一声令下,塞在门口的人走掉了两三人,可走进了七八人。走进的那七八人于是便围着豪郎不停地嚷嚷着"上上上",扬言非得将那房间霸占。药嫂见状不让了,她几步迈去就站到了楼梯口:楼上房昔日是俺闺房,今日是俺住房,两个妹妹也要归来住的,周豪郎你要占,俺死给你们看!说着她嘭嘭就上了楼,继而抬脚立在了回廊上的美人靠上。堂上的两拨人见状立马聚拢到了天井,十几双目睛子翻上翻下:喂耶喂耶,这女子莫非要跳楼呀! 豪郎翻了黑眼又翻白眼:你跳,你跳,你……还没等到他更难听的话语出口,雪姣与浦江女上了楼,狂夫和问天伸出了双臂在美人靠下结成了一个兜,龙畅与堂客急得在跺脚,而干爹抱起了红袍小娜妮直奔豪郎,双腿一蹦,给了那张牙舞爪的人一个耳光。被打的豪郎先是大骂一声"矮子鬼、傻子头",转而又狂笑不已:"你,俺归家闹革命,你敢打俺,你就是打革命,你也忖寻死呵!""屁,俺没打革命,俺是革命打负心薄幸郎!""哼,你是革命? 你是周家狗腿子,你是那泼妇的偷情相好人!""好好,你说相好俺就相好,俺攀上了。""哼,认了吧,难怪那死娜妮不叫俺爸叫你爸。"呵哈哈,干爹相争斗骂毕竟不是豪郎的对手,他咿咿呀呀一时发不出话。"毛记,你下河能㧏恶鳖,上山能打豺狼,连郝汉都赞你是个记上帝,今日你的胆子让只恶鬼吓破了?"药嫂俯视着干爹说着,她的一条腿越过美人靠,她似乎真要往下跳。干爹即刻就仰首回眸看药嫂:"莫跳莫跳!"继而脑壳一敲,握起怀中小娜妮的软手直往自家脸上擦:"福气呀,俺放了炮了,俺真当当了爸?!"

喤喤咚咚锵嚓嚓,挣脱两个女人的手,药嫂还真跳下了楼。但她没落到狂夫与问天的手中,而是双脚先落地,站到了三合土地面上。堂上的锣鼓镲随之也都响了。人们相互看看,咦,没有一个人去动手脚,进入各人眸睛子光的是几头蛮牛跨过了门槛。

第二十五章　嫂洗

当天傍晚,在药嫂和师娘"要洗澡了,要关门,人客慢慢走"的吆喝声中,豪郎硬硬地说了句"还要回来的"话后,就领着他领来的那拨人走了。而另一拨来周宅练习《三五七》的人刚跨出门槛,又被师娘叫回了。师娘瞅瞅豪郎那拨人沿着村道往上村方向走得再不回望时,又说话了:屋里坐坐吃了接力再走不迟。得得,狂夫那厮巴不得如此,他一兴奋就去踢了干爹的裤裆:毛记这下不费吹灰之力不讨老姆就得了个千金秋莲,还不请客?!他话音一落,头上就挨了药嫂送上的手弹坷垃子。众人于是都神情各异地回聚到堂上。没等多少辰光,先前去灶房的三个女人端着食盘出来了,逐一摆开碗盏后,干爹见只有男人坐下,女人仍站着,便胆怯怯朝师傅望:师傅,俺,俺今日白捡了个娜妮鬼,狂夫让俺请客……一脸严肃的龙畅见干爹露出这般模样,陡然变脸,笑吟吟地说:那,那俺岂不是白捡了个傻子女婿?!坐,坐,各人都上席,今日就算女婿上门请丈人。说完他就先开箸吃起碗中索面。吃吃吃,席吃不言,不言不语中狂夫先吃光了。吃光的他抬了抬头,一双目睛馋光四射直往干爹碗中瞄:"咦,俺各人只有一只鸡蛋,你怎么有两只?""哎,是两只!你各人不是两只?"干爹疑惑又惶惑地朝各人望。目光没停下,可药嫂在桌下踢了他一脚,他看到问天桌上的斜眼贴到了他脸颊:还真当女婿啦?当女婿当女婿,各人低着头,然而一阵嬉笑却漫上了桌,只有龙畅嘴巴屏得牢牢的未张开。一会儿后,干爹碗里的两只鸡蛋竟然滚跳了起来,龙畅那厮一声惊雷爆出了口:娜妮,离了离了,你去休了那周豪郎!说完他就离了席。药嫂见父亲那副余恨绵绵的模样也离席跟了上去。干爹见药嫂跟去了,他也坐不住了,他先是自家吃掉一只囫囵蛋后,又让给狂夫一只,接着便张目去窥探师娘。师娘仍旧坐在那纹丝不动,口中却念念有词:民国十六年,亲家……冤家……仇家,成虎大哥你死得冤呀……席上人听了个似乎懂又似乎不懂,面面相觑后都嘿嘿赔着笑。只有问天没笑容,侧着张脸不晓得在想什么名堂。干爹见状也不笑了,目睛子四处搜索,突然间呼起了"壶,壶,壶",然而人家根本没理他。壶,没人先去床跟前放好壶怎么行?师父夜尿要用龟形壶的,用不着就会发脾气,这可是昔日自家为他当书童时就懂的。干爹忖忖便去大墙角落一寻,那把等着风吹自然干的吉兽壶果然还伏在地上。于是他匆匆拎着夜壶也去跨了门槛。先前进东厢房的药嫂为龙畅安排好床头靠后,她就从夹袄里掏出了药娘让她转交的那张空白处方笺:你师妹给的,说一定要交到你手中,同时让我转告你,你在同春堂的股份没人拿得走,年底会给你分红的,因为那是受到土地改革法保护的。龙畅"嗯嗯"接过纸笺摸了几下,正要看时,干爹又恰好进来点亮了煤油灯。灯凑上去,笺凑上去,正面看了又看反面,哎,不见一字,只有一个沾有药香的手指螺纹在纸上一个圆圈又一个圆圈地隐约显出。师傅,师傅,是无字天书呀!干爹没禁住口,一下叫出了声。

天书,天书。龙畅念叨着又躺下了。药嫂连忙拿过铜质水烟袋递了上去:先眯眯,我去烧滚汤,等下给你泡澡。同时间干爹将那把夜壶也搁在了脚踏板上:手一摸,即可得。他学着师傅的语气关照了一句。等到干爹关好房门再透过门缝回眸时,龙畅口里吐出的烟雾已袅袅腾腾在空中飘起了轱辘圈。干爹退下,跟着药嫂来到灶房,见火光一闪一闪,师娘已坐在灶口给两只灶膛添稻草束卷了。她旁边的站桶里站着的外孙女露了一下头后,又整个人瘫下去困着了。师娘先说了句其他人都带着五斤十月糯米走了,接着又莫名说道:郝汉认识不?俺认识,是在开剿匪胜利大会上认识的。当时毛记戴了红花,而龙畅没去参加大会,他一个人躲在屋里抽水烟,药娘见师兄未来,在散会时就向人家介绍了自家,结果郝汉也赠了红花,说他以个人的名义向周龙畅表示敬意,周龙畅缴粮不作伪,剿匪也有功劳。说完这些话,师娘仍不歇嘴,她说郝汉长得像问天的表舅成虎大哥,一脸威武相。当年大哥下狱冤死时连双目都是圆睁的。龙畅见状左派不当了,退出了国民党,还为死不瞑目的成虎收了尸送了葬。眼目下,成虎大哥莫非还了魂变成了郝汉?要真那样就好了,周龙畅说不定能躲过劫难一场。说完话,师娘火也不烧了,竟然对着干爹作起了揖:豪郎这次归来是来者不善,善者不这样来,翁婿间亲而疏,疏而仇,不救救师傅,龙畅那横霸乡里的死鬼只有死路一条。再说呀,你师傅当年还相救过那个传说中的成虎,而成虎又是你结拜兄弟问天的一个远房的舅,就权当是替死人还情,你也不能不出手呀。干爹咬了牙跺了脚:莫慌莫慌,有俺,俺光棍人一个,不慌踩荆棘去采树果,郝汉曰俺是记上帝,豪郎见俺起码让三分,俺现在就去约问天找豪郎,日后再去找郝汉。说完他就要拔脚。不料药嫂反倒嘿嘿笑出声,"搅搅锅去",一把锅铲塞到了干爹手中。"你呀,"药嫂嗔怪起干爹,"豪郎那么好说好弄,人家是个不见菩萨不点香、不闻肉臭不放猫的家伙,要靠你制他?不过,郝政委掌着红官印倒是能救人,但他心里有个党,党若不让他相救,他也只能甩肩膀,你忖忖红月婆婆的事你就晓得了,共产党不是国民党。"干爹一边听着话一边去揭了锅盖。再几铲子下去铲了底又搅水,喝喝:吴茱萸、小茴香、老生姜、肉桂皮,一撮撮一爿爿,都像进网的乌鲤活鱼儿在打着圈儿锅中游。一旁的药嫂这时又不说话了,"喂喂"两声过去,人家仍不应答。那女子在腾腾上升的雾气中凝着,身大脸大臀大目睛大,尤其是那对大奶珠肉鼓鼓地顶着夹袄上绣着的莲蓬花,时刻就像要往你脸上来。

  药嫂凝站着,干爹凝望着,直到师娘唤了可"沥汤了",两人才从一时的出神状态中脱开。干爹锅铲不拿了,拿了纱兜,兜了又兜,药渣兜出来了;药嫂去了会儿隔壁杂物间,又拎着两只水桶回来。于是,一只桶装药汤,一只桶装清汤,两只桶就分别被男人左手女人右手抬到了大浴桶旁。浴桶壁高高的,木架踏步一上,再丢进几只平肝息火祛郁安神的天竺葵花与香熏草包,水哗哗一激,没了桶中小凳子,汤水却溅得满屋飘香。接着,龙畅又被师娘扶来了。他衣冠仍楚楚,面目仍如常,只是左手没握水烟筒,可右手还拿着点烟纸捻。他叫女儿走了,又叫徒儿走了,只留下自家的疯堂客。等到干爹严严实实关好门后,他才让堂客相帮宽带脱衣,赤条条一个进了桶。干爹回到灶房,正欲吹筒让膛内死灰复燃,好去烧第二锅汤,药嫂却叫他不要候在灶公灶娘旁,而去那头门外待着,且不准目睛子做贼鼠,只准耳朵爿做兔公子。干爹应了,起身走时,药嫂的大奶珠不知怎的擦了他的脸。当时没甚反应,可是当他蹲下身子,隔着一对洗澡人又不知自家该思忖些什么时,他觉得自家那爿脸竟有热血淌过:喂呀呀,好大好软,不似江妹的雏鸡冠花含苞待放,却是芬芳凶猛令男人挡不牢。他觉得他的胯下一下子也有些温热袭来了。胯下热,心亦热,干爹听话,他遵那大奶女子言,真的候去了澡房门外。不久,那哗哗水响又缭绕上耳畔,其间还夹杂些絮语。师娘说莫非昔日事态又要重现,师傅说要是那样就好了,大不了脱个左派党,去收收田租,唱唱高腔,做个逍遥公拉倒……师娘叹口气接着说,莫怕莫怕,她已托了人,而且人家也胸脯拍拍答应了一定帮你逃过劫难一场;师傅说,托人相帮有用吗?昔日为解救成虎大哥出牢房,银钿花了不少,可到头来仍是竹篮水中捞月亮……师娘又说,不然不然,托的人不是那些贪财怕死坯,而是你的那个徒弟,那个被郝汉称为人民上帝的毛记,人家说他今日就去找豪郎,明日就去找郝汉。什么什么找豪郎?师傅说,你忘了,前年间那厮为追那个柳胭脂,将娜妮的金银细软都偷去卖了,不然俺怎会一扫帚将其赶出周家门?!那,那,那俺去求他,师娘声音稍微高了些,说,那人做事是上不了台面,但你做岳父大人样子做得就好了?且不说你与浦江妹明来暗往,就是平常日子你奚落凌骂女婿好吃懒做无德无能无用,是摊湿踏烂泥,还少……哗哗哗,哗!水爆了,干爹耳朵里传进了师傅师娘的对吵。听到对吵,他一下就忘了药嫂"只听不瞅"的关照,他转过身子推门进屋,只见周龙畅赤身裸体舞着浴巾,正打得口中骂着"恶霸恶霸"的师娘在围着浴桶跑……干爹脑壳一时空白,可牛劲陡然生出,他拦了龙畅后,又背着人家疾疾去了厢房。等到他帮师傅掖好床被再回头时,他看见师娘和药嫂也已追到了门口,且惶恐恐地盯着师傅将那张药娘送来的无字天书盖去了自家脑门。

干爹见师傅神态异样,便打算坐下来陪个夜,何况他晚上睡哪里还未着落哩。可他刚刚在案面俯下脑壳,头发就被药嫂揪了,女人叫他仍去烧火,因为师娘正等着滚汤入浴。于是他跟着又回了灶房。灶房里灶膛不再映出一片红,有的是丝丝闪闪鬼火一样的残光。灶台上的青花瓷油灯这下反倒是显光亮了,火苗圆圆润润尖尖锥锥,将只灶房照得不亮堂,但啥都看得清楚。喏,师娘已不在灶口,而是去了水缸旁。那水缸小半截在土地下,大半截在土地上,缸面上水静如镜,映出的师娘是披头散发闷声不响。呵,恢复了原样。师娘常年本就是不声不响木头一根,今日她又说又唱,还真不知是哪根金针拨通了她的闷葫芦筋道。干爹思量着添茅加草,十来束卷把燃过,二道锅汤又滚了。药嫂去叫母亲,说要帮她泡澡,可是母亲似乎啥也没听见,眼睛里全是空茫茫。等到干爹将水桶注满汤,师娘金莲小脚颤颤,人又跑去了二楼房。药嫂无奈只好对着母亲的背影说,你先去床上歇歇,等会儿俺再给你擦背揩身洗脚丫。一会儿后,楼板上传出的声响渐渐寂去,药嫂的脸又回过来了。干爹没想到的是那张女人脸顷刻间由戚戚愁样变成了笑靥如花。嗯,臭臭臭,女人脸凑上还骂着,拍了又拍干爹的衣裳,去嗅了人家那张大目睛脸庞。臭?干爹鼻头吸吸说,没嗅到臭哇,只是鼻孔里满是茉莉花香。嗯嗯,女子扭扭身,解开大襟莲蓬花纹夹袄边扣,从中一掏还真掏出一包茉莉花干:祛臭祛臭的……干爹闻言脑壳里掠过一丝恶意,可当那恶意要化为言说出口时,他又说了另一番话:你药嫂一点都不臭,反而是通体喷香,何必撒花浴身,还是省省吧。药嫂扑哧一声:你个傻子头,这是为你备的,不光是为你祛臭,更是为你开窍。干爹顶顶真回曰:俺臭男子一个,用不着香身,用不着脑壳开出什么花头经,你有本事,就将你爸的鹿鞭红花泡酒拿来给俺喝,狂夫说那东西能壮能管那玩意儿。说着,他背过身,一双手伸出就去捂了下身。一会儿过去,哎,适才被那女子大奶珠触触触出的全身温热,竟然全消退了。这时干爹才感到上方屋椽夹缝处有凉风习习下,他将那恶毒语想起来了,并且掼出了口:香?香个鬼,你身为女儿,你父亲愤了你不陪着愤,你母亲悲了你不陪着悲,反而跟俺搞七捻三,你不是个孝女,你是你是……药嫂听去,先是倒吸了一口气,后又长吐了出来。她将纸包中的干燥茉莉花取过几瓣,用手揉了又抛向上空:你呀,晓得个鬼,俺要帮你泡澡,不光是为你沐身,俺妈与俺都托了你去相救俺爸,俺要为你壮心壮胆壮行开心智呀……药嫂一通怨气说完,就顾自靠去了灶旁站桶发起了呆。干爹看在眼里,心思随之似被敲打:莫非错怪了人家,错怪了人家?忖忖寻常日子也是呀,人家并没少记挂少照应大人呀!"孝女,是孝女,不是不孝女。"干爹转而念着又去靠近了药嫂。药嫂一时没理他,他无趣着便去伸手探木站桶。不料木桶里竟被探出了古怪,有道猫一样的眸睛子光从中闪出,又随着一声哇哇哭声,那"猫"竟然挣扎着站立起来,接着就对着药嫂叫起了"妈",对着干爹叫起了"爸"。呵,不是猫是秋莲娜妮,是豪郎与药嫂的娜妮鬼在叫人。干爹立即将娜妮兑抱入了怀。药嫂仍旧不理干爹与秋莲,一个人舀了汤水后,一只手一只桶蛮蛮吃力地拎着去了隔壁房。那孩儿在干爹怀中起先还算安耽,不吵不闹,只是小脸贴贴小脚踢踢小手胡抓抓,可是当干爹觉得实在可爱便去亲她脸时,孩儿不让了,不光是扇了干爹一巴掌,还哭声号啕。"乖,乖。"干爹只得哄起了娜妮兑。一扬一落,一落一扬,乖乖于是在个小男人手里荡起秋千来。几个回合过去,孩儿倒是不哭了,然而她新的呼声响了:"妈"呵"妈"。干爹见秋莲叫了亲娘,手足一时无措,就一边叽咕着"莫叫莫叫,你妈正在泡澡沐汤",一边将手中孩儿落得更低掀得更高。然、然、然,无效哉?无效也!空中晃荡的娜妮兑谁知"妈""妈"地嚷嚷得更响。"喂,喂,"当娘的药嫂隔墙有耳说,"抱过来抱过来。"干爹闻言应了女人的话,急忙抱着小孩就去了隔壁。正想推门而入,腿脚又迟疑:女人家正在赤股臀洗浴,男人家……干爹忖忖自然掉过头忖离开,不料药嫂不让,人家说:"鬼,你蒙着头过来。"蒙着头?蒙着头,干爹还没忖好要不要蒙头而进,可脚板倒已迈出。他眼瞪着脚板小步俯首,谁知脚板上却白白花花映出个影影绰绰女人体,并一下子膨胀开来将他整个吞没。他慌乱得目睛发糊,单手随意去扯了又去抖了,随即他就觉着了,怀中娜妮丫身上的那件红大袍犹如乌鹰翼膀,一下就蒙了自家头。蒙着头,是天叫人蒙的头,俺就自当瞎子昏天黑地大胆往前撞着走。走走走,"嘭"的一记,膝盖还是碰到了水桶肚。趔趄一下,人倒是没摔倒,药嫂娜妮也还在手,可红袍盖头却被掀翻且翻翻往了前。嗨,娜妮丫这下猛一震震出了大声叫唤"妈妈妈",干爹目睛子随那叫唤,一下就被粘去了天上飞来的半幅浴女图:一只手撩着乌黑发一只手捏着浴巾朝前直招摇;一双眼眸喜眨眨,一对大奶雪白滚壮左右抖抖,抖出的淋淋水是说不出的漂亮妖娆。嘿,事到如今,反正自家不是故意的,那只有帮娜妮脱下衣裤,再上前几步将只肉宝贝双手拱送上。干爹瞪眼半天后终于憋出了一句话:俺,俺去帮你再拎桶热水啦。药嫂见状先骂了声"鬼,鬼,叫你蒙头蒙的",后又说"慢慢来慢慢来,你去帮自家烧锅汤,不过要撇出桂花、天竺葵花与薰衣草,那几味药平肝息火抑制冲动,你用不着"。"哦哦哦。"干爹喃喃含着药嫂的关照话,一个回头也勿有地去了灶房。加水,水缸里的清水现出了药嫂的肉身相;下药,药包里的花草喷出了药嫂的胸脯香;烧火,火光中绽开了药嫂的露齿咧嘴笑。一通忙乎,等到干爹回至浴房时,药嫂和娜妮都穿好了衣裳,正一前一后打着圈子围着浴桶忙嬉闹。

　　母女闹了一阵,听到厢房里传来龙畅的咳嗽声就歇下了。药嫂赶紧抱上女儿:你就快洗了,声响莫太大,洗好后你上楼困楼板,俺帮你备好凉席和棉被。说完,药嫂交给了干爹两样东西,一样是那包干燥茉莉花,一样是装有药酒的青花小瓷瓶。同时还分别丢下两句话。一句话是:这花干呀,还是江妹采江妹制的,人家人走了,花香可没走。另一句是:这酒泡泡澡后慢慢喝,不是俺爸的,是俺为你炮制的,你也千万不要告诉狂夫。"妈,妈。"药嫂怀中的娜妮鬼这时又叫起了娘亲,一双小手直往大人胸间扒。"死娜妮死娜妮。"药嫂小声骂着,但还是解开衣襟将奶珠头塞进了小儿红樱嘴。走吧走吧,药嫂走了,干爹去换过了水。踟蹰片刻,他将药嫂的浴后喝酒记成了浴前喝酒,于是半瓶一喝便去入了桶。小板凳上坐坐,一包香花撒开,脚搅搅手搅搅,满目都是激激荡荡的白朵朵。随之,干爹鼻翼翕动鼻孔偾张,他疑疑惑惑地闻到了一股怪怪异异的混合香味。那蛮蛮莽莽入喉入肺的是浴汤底味,那清清袅袅入心入脑的是浴汤激发味。两味时而单独飘出,时而交缠混杂飘出,单独飘出时令人心惊,混杂飘出时令人肉跳。干爹心惊肉跳了,他屁股翘翘再坐下,小凳翻了,整个人全没于了热汤中。嘀嘀哎呀呀更爽了,春苗照到了艳阳光,夏禾淋到了阵头雨,秋谷金黄进了仓,冬树枝头南北飞来了两只闹春火凤凰。凤凰飞飞,汤水滚滚,从头到脚从背到胸,最后到了双胯处。一顿慢洗紧搓,温热变得炙热,干爹惊惊奇奇发现,一堆苍绿枝叶间竟有两只火凤凰在翻腾,而自家的那位小阿哥竖在其间,再不是瘪瘪塌塌……他兀地立起了身,嘴里梦呓般吐出了既告人又告己的碎语:江妹,药嫂,他长大了,他懂事了,他行了,他多谢你俩的花与酒……干爹乘小阿哥挺着就去淋了几瓢清水,又抹身穿衣,借着天井照进的冷月光踏上了楼梯板。美人靠一过,师娘房就到了。干爹已经想好他要连夜去会问天,问问那位哥有何良策让豪郎那厮肯相帮救龙畅。他正要敲门,门右侧楼板上传出了声响。一瞅,黑咕隆咚处耸出的一张花被褥,里面还困着一个人。那人头伸在被子外头,上面还裹着小娜妮穿的大红袍。没等到干爹认清人,那被子里的人钻出了被窝:快钻进去,被窝焐暖了。原来是药嫂,人家只穿了套单衣单裤,白脖颈白手臂裸露着,泛出了浑圆浑圆的白月光。干爹"哦哦"几下,鞋子一甩就忖和衣钻进被窝,可药嫂不声不响将他拦了,接着又帮他脱了厚衣裳:傻子头,俺是帮你暖身子,又不是帮你暖衣裳。干爹进了土棉布被窝,被窝里果真是暖暖洋洋,而且四处无隙,不去闻它也是芬芬芳芳的女人香。干爹跟药嫂说,他现在精力好壮,享一下懒福后就去找问天,那人能掐会算,肯定能忖出法子让豪郎不计前嫌去帮帮师傅。药嫂说今晚就别去麻烦人家了,日子不是过了今天就不过了,何况豪郎今日也受了奚落,人正在气头上。干爹好像听懂了,便关照药嫂也回去歇息。药嫂允了,临走时,她还将那件娜妮的大红袍留给了干爹,并告知大红袍是豪郎为女儿做的,去见豪郎时莫忘记带上。

周宅楼板上的那一夜干爹困得还算好,除了偶尔听到龙畅师傅的咳嗽声和师娘的梦话"成虎大哥显显灵"外,小娜妮的嚷叫和药嫂的哄劝他几乎没听到。

第二十六章　坟祭·助缘

依药嫂嘱,为请教高明,过了一天又一天,一直到第三天,干爹才在周家坟山里寻到问天。那一天是农历庚寅年的十月初七,离小雪只差七天。那天是乌阴天,周家坟山上樟木森森柏木萧萧,树上的黑鸦只是卧在那,一声都不响。干爹先是去了问天家,问天堂客正在锅里煮番薯粥,她说男人刚才在锅里热了碗猪头肉煎了条鲫鱼爿,说是上坟用。而她,乘着锅里还有些油腥味,灶膛里的余灰还是醒着的,一拨就能起火苗,就点着,可让焙出来的粥自然带点荤。堂客并叫干爹快去坟山寻问天,叫问天烧了元宝纸钱后千万别忘把好吃的供食带回来。干爹连声说"得得"就走了。他虽然没回头,可女人的埋怨声却爬过背脊爿挂上了耳朵爿:唉,好多年了,每年这个日子都如此,也不知是何处亲信何方神圣,连下蛋鸡都忓杀……干爹当时有些困惑,现在走在树木下的坟山小径上困惑仍未消退:今日不是清明不是冬至不是上坟日子嘛,问天专挑今日上山是为何人?怎么连自家堂客自家兄弟都不知晓?这人肯定既有天大的隐秘又有天大的本事,不然问天那种连天都敢去问问的鬼灵精怪会去磕头膜拜?!勿错勿错哉,干爹昂起头,他看见原先默默栖树的乌鸦已在换着树冠朝前展翅飞了。"莫往前走了。"一个尖细声音冷不防从草蓬里溜出,干爹随即被只乌手差点拽了个跟跄。是问天,那厮叫他不要声张,顺着手指朝前看。看看看,看着了,是周豪郎!还有那几个跟着豪郎去过县衙门找郝汉找红月,又去过周龙畅府第吵着要房子的周村人。"同志,同志"的呼叫声顺着北风飘过来后,再看看,那几人朝着一座荒草野树丛生芜杂的小坟刚刚屈膝下跪,可立马就被站着的豪郎嚷嚷着立起了身。一会儿顺风走了,话语也难以听清,只能看到那帮人俯首肃立一番后,又向只坟头鞠了三个躬。干爹见状牙齿龇出风:嗐,潮潮,蛮潮呀,行的还是民国新礼规,新式文明礼呀。问天闻声立即就喝了干爹,叫他不要少见多怪莫啰唆,只是看就行了。

干爹依言立即噤了声,可一双目睛依然没停歇……喏,顺风又来了,喏,前领后跟的帮腔发誓,簇簇新地也来了:成虎同志大兄弟,你在阴间只管歇着莫操心,英雄梦想主义开花,俺各人继承你遗志,定将分田分地革命进行到底!发誓完了,接着又是豪郎一个人的一通言语:另外呀,告诉你个好消息,周村的那个伪保长昔日在监牢不是虐待过你吗,俺各人将他绑了押去了县农会法庭,不枪毙也要判个十年八年的,你老人家肯定能看到那人下场,你好安息个呵。末了,顺风荡了几个圈又吹去了别的草蓬树冠,而豪郎一帮人在一起相互握过巴掌后才离开。"懂吧?"问天问干爹,干爹不屑应答,但还是有话:俺比你懂,抱拳作揖已不作兴,致敬鞠躬聚离握手俺比你见得多,学堂里比比皆是,药娘文新红月郝汉不都是这样做的吗?哼哼,问天牙齿缝里龇出一口臭气,他目睛斜得更是厉害:那这坟头来历你晓得不?干爹支吾半天,刚讲出"不就是你那个撑船落水尸身没得回还的叔",可问天那厮已起身,拎着只竹篮子头也不回话也不说,顾自头翘翘去了那坟前。干爹嘀咕着"鸡公发骚,鸡公发骚"跟了上前。到了坟头,问天摆出擎盒盘,将鱼、肉、豆腐、饭、一壶酒、两只碗,一只南瓜蒲头雕出的鸡,尽数供上,念叨着"齐全倒是齐全,只是这只鸡是素的,请谅解了,成虎舅公出来吃酒吧,并请左邻右舍也来吃",双膝下了跪。干爹一时没下跪,问天发现了,脸上愠色就来了,问兄跪了弟为甚不跟着跪。干爹说不告诉这坟来历俺就不跪,俺不与不明的祖宗磕头。问天无奈,只得说等到敬香磕头烧好元宝纸贴压好红纸条再洒去一壶酒,诸事完毕后一定将隐事告知。两人一阵忙乎,该做的都做了,坟前是香烟缭绕、纸钱翔荡、美酒吐芳,一张红纸条像旗穗一样又在坟冢额上迎风飘扬。好日了吧?干爹催了问天,并帮着收拾起祭品。问天一只眼朝天一只眼朝地"哎"的一声还真说了开去。一阵下来,原先就对此事知晓些许的干爹搞了个八九明白。坟呀是口假坟,墓碑上问天那个叔叔的名是假的,其实葬的人就是那个远房舅公成虎。事体之所以这样做,实为药娘周龙畅等人出于无奈。民国十五年国民革命军打到三界,搞起了农民运动,成立了国民党左派县党部。县党部里出了"四君子"和"一大王"。"四君子"即丁丞、诸葛夫妇与周龙畅。丁丞是公开加入国民党的共产党,诸葛夫妇是未公开的共产党,周龙畅是国民党;"一大王"即是号称撑船王的清湖人成虎。起先四个读书人帮着一个种田人树大旗、办农会、建立农民自卫队,还真的去把大地主大恶霸笑面老魏家的田地分了,气势壮得很。可接着国民党变脸了,笑面老魏的父亲去了杭州省府城,并成立了右派县党部,带回了省党部清党的大员。于是一阵阵腥风血雨,"君子""大王"都遭了殃。为避通缉追杀,丁丞去了闽赣大山,其他三人外出躲过三年后,诸葛先生去了南洋,而龙畅与药娘又回到了家乡。那时成虎还关在牢里,可已气息奄奄,不久就死了。是龙畅药娘打通关节收的尸,将位"大王"冒用他名偷偷葬去了周家坟山上。今日是成虎亡故忌日,近五六年来,每逢此日,问天都受龙畅药娘所托来上坟。而那出钱的两人之所以不愿声张,是因为笑面老魏家里一直在查成虎人死了可尸首去了哪。听是听明白了,可干爹也有些不高兴了,说为啥不托俺去上坟而是托你问天,难道你比俺牢靠?问天看到干爹那副蛮蛮嫉妒的嘴脸笑了:不懂了吧?接着,他还是不去解惑,而是问出了另两个问题:你晓得豪郎为甚来上坟?你又晓得那厮怎的知晓这秘密?咦,是呵,这帮人为甚为甚、怎的怎的?干爹思忖不出名堂,只得又去回问问天。问天一对斜眼朝天朝地转过几圈也没回答上来:俺也不全懂,不过背后肯定是有高人指点……"不过不过个鬼,快撤回供品归家转,还要相帮相救师傅嘞。"干爹这时肚子饿了,他想起了问天堂客的吩咐,也想到了来寻问天请教一事。

　　坟山上一下来,干爹就问问天这两天人到哪里去了。问天目睛子南边探了又去探北边,他说他去了北边的廿里街探亲戚,乘机去了文新娘亲家。老娘本人不再住到衢州府城里去了,可门上司马展书记给挂上的那块"烈士家属"红牌子仍然在。说到这里问天声音轻了起来,问干爹,豪郎曾屡次去找过司马展,有一次还带上了相好柳胭脂,晓得不?干爹说不晓得,可马上就接着问了问天是怎么晓得的,问天说是狂夫告诉他的,狂夫家与城关镇委在一条街上,路不远。快回到家门的时候,问天叫干爹这些天多去接触接触红月司马展甚至郝汉,因为他已经听到周豪郎在村里传出了话,县里的工作队很快就要进村了。干爹说好的好的,他可以去打听,但是相帮相救师傅一事就需问天哥多多操心。问天说那是自然,虽然他不是人家女婿,但师傅也是他的师傅。何况师傅常夸自己牢靠,连偷祭成虎先烈的隐秘事都没托毛记,而是托给了自己。问天想到这也说到这,他颇为得意了,脚步也迈慢了,于是停在了家门口左右张望起来。喂呀,一个人都没见到,见到的是龙畅师傅昔日用马换来的那两头牛。那牛竟然背上显出了好几条血印子,眼中似乎含着泪,也没有人牵着赶着,只是自己在走。问天一下心惊又心郁了:莫非已有人在暗害……还没怎么往深处忖,干爹说这牛是师傅家的,他要相帮送回去。问天不知为甚拦了干爹,并慌兮兮地将干爹拉进了屋:莫慌莫慌,会相帮的,那牛认得归去路的……进屋的干爹还没怎么反应过来,问天堂客便迎了上来,一只手掀去竹篮盖布后,一双目睛子直往篮中探:"今日无雨天晴朗,不留客了。"并一下子就拿走了装着上坟供品的篮筐。问天尴尬地装作没看见,眼睛去了房梁。干爹只得悻悻离开。出门不久,到何处吃点东西填填肚皮还没忖定,谁知前面走来了狂夫,后面追来了问天。一个傻傻咧着嘴笑曰,怪了怪了,胭脂竟然带两盒圆麻饼上门去找了雪姣,说是要与人家换帖做姐妹了;另一个先前的郁郁相换成吊诡兮兮,说有了有了,做人一世离不开一个缘字,随缘去做百事圆,逆缘去做一事无成,俺可以去做圆缘。干爹急着问了圆缘有何细解,问天仍不言,只是去束紧裤腰带。狂夫见状大嘴也张了,说他也没吃饭,肚皮饿得咕咕叫,今日看来是小弟有事求大哥,那只有小弟请客了。干爹说行,不过狂夫要去雪姣菜地偷些菜,问天要去周宅偷条鱼,他出油盐酱饭。没多久工夫,青菜萝卜新新鲜鲜来了,一条活鱼也用一根草索吊来了。狂夫说正好雪姣不在,她去城里找柳胭脂了。问天说,给成虎上坟,师傅给了两条鱼,他拿回家一条,这一条他藏在了水沟水底连猫儿也吃不到。三个人又凑到了一起,并且有说有笑地还是去了干爹住的八角亭楼。

一阵忙乱,干爹总算把顿饭弄好了。问天狂夫两人不仅没动手帮厨,反而吃在嘴里还怪不如江妹烧的好吃,说要是江妹人在,说不定还能搞来壶老酒咪咪。"咪,咪个鬼,你们两人一个有堂客一个有相好,怎么还要俺伺候?以为是谁哟,财主人家呀?"干爹露出些懊恼。狂夫见状连忙将一只已被大嘴嚼烂的鱼头吞下了肚腹:自古白马怕青牛,羊鼠相逢一旦休……干爹嫌人家话多喜卖弄,他自家接下去说了:蛇见猛虎如刀斩,金鸡遇犬泪交流,龙逢玉兔云端去,猪与猿猴不到头,俺又不是不晓得。俺与江妹属相属命都配的啰,可人家去了下江音信全无,现目前俺与药嫂明明是相克犯冲的,可你二人还说只要修修能补回来的。干爹说着说着说出了点气。问天听了话也不接柄,他指头尖碰碰另去问了狂夫:你曰雪姣跟柳胭脂换帖做姐妹了?狂夫说是的是的,并报出了生辰八字。问天又问干爹晓不晓得豪郎的生辰八字,干爹说晓得的,是药嫂那次跟豪郎吵架离婚后讲的。问天斗鸡眼骨碌几转,鸟爪尖嗦嗦几掐,露出黄牙笑了:鼠配龙小嬉大,龙配鼠女旺男,男甲子年生属木命,女丙辰年生属火命,木能生火,命相相生,尚好姻缘哉。干爹与狂夫当即都明白了,问天帮豪郎和柳胭脂算出了好姻缘。干爹说你刚才所说的帮人去圆缘讲的就是他俩。狂夫说帮谁不好怎么去帮这对野鸳莺。问天说,眼目前毛记受师娘母女之托要去帮师救师是离不开豪郎的,而豪郎心腹里厢最思忖的一事就是拆了与药嫂的婚事,好去与胭脂交百年之合,俺各人只有做好此事才能讨人欢心,才能事半功倍,才好去向豪郎开口言谈放过师傅一马。干爹目睛睁大了:是吗?对吗?狂夫脑浆子一下也活泛起来:是呀,难怪胭脂会去找雪姣,那对野鸳鸯是怕俺的拳头股呀。问天说这就是了,两位弟兄看来还没被那点怨恨弄傻。于是三只空碗清水荡漾,相互碰了个叮当响,当场还把那只一味闷困的金钱龟惊得四脚胡颠想翻身。

当天,干爹将药嫂娜妮的那件红袍披风衣内缠置在腰间,就与问天狂夫先去了四棵树,并按老规矩掷了石。三个人各自一掷两掷三掷,石块掷出的多是"得"面而非"否"面。乐得狂夫一手伸去了干爹胯下:帮人就是帮自己,拆了一对可圆两对,毛记这下小阿哥没得闲了。干爹点点头,没有一点不好意思:对呀对呀,药嫂给俺泡澡时俺就翘翘的,俺还没来得及告诉人家嘞。狂夫总是不忘自家的事:俺是娶寡妇人呵,到时你俩也要帮帮俺呀。干爹曰那是自然,问天曰到那时狂夫不要太得意,因为这次"土改"田地是按人口分的,雪姣屋里一下子多了口人,亏不了只有赚。狂夫曰,早知如此他就无须借钱去为雪姣做人流了,而是应该去多爬爬茂盛山包多种几根苗。三个鬼随心所欲地扯着吹着,还偶尔停下来欣赏欣赏去年三界解放时狂夫画在弄堂九弯墙壁上的新生稚儿面庞。干爹讲画得真好,一个个都蛮像的;问天讲还可以画得更好,要像活的一样;狂夫讲他还要画,画到周村去,只是暂时还不知道画什么。很快,三张嘴与三双脚都未歇息的家伙就站到了十八曲弄的桃花坞口。刚刚站定,就看见几个熟悉的人拥着城关司马展书记及其秘书董朝晖从坞里厢走出来了。那个卖菜卖豆腐的跷脚王与那个卖肉卖招贴花纸的朝天花娇娇争着要人家听其说话,一说桃花坞的几个姑娘经学习改造都愿意从良,只盼望有个好人好嫁,但又不知是嫁给手艺人好,还是嫁给种田人好;一个一下子说嫁给手艺人好,能管一辈子的生活,一下子又说嫁给种田人好,因为田地就像一个不死的娘亲,能饲养一代代人。两人还未说歇,迎面就碰到了走过的三个男人,于是干爹与狂夫就被人家抲住了不放。人家对干爹说,干爹有公家的校工工资拿,又有快要分到的自家田好种,还是光棍后生一个,一定将个最年轻漂亮的姑娘介绍给他;接着,人家又对狂夫说,狂夫有油漆手艺,人又威猛精壮,正好可被周村的风韵寡妇雪姣招去做郎君。不料边上的问天插嘴说,毛记就不必了,他心上已另有人,狂夫就拜托两位多美言美言了。说完这句话,问天跟司马展董朝晖打了个招呼后,就拉着干爹与狂夫一个左拐弯去了柳胭脂家。桃花坞外头那一溜房叫外坞,里头一溜房叫里坞,外坞的姑娘既接客又卖身,而里坞的姑娘一般只接客不卖身,除非碰到的是十分中意的主顾。胭脂家落在里坞,这女子姿色还算出众,能一边焚香拜观音一边弹出琵琶曲,很是讨人喜欢,周豪郎昔日就是听了人家的琵琶音而带上板胡去与人吹歌奏曲,日久生出些感情的。家门口到了,房子里还真溢出了如缕香气如歌琴声。看起来人在家,问天叫干爹去敲了门。几记敲去,门还是没开,不过那糯糯莺莺的声音倒是传出来了:司马书记董秘书,俺不是说过了,若能分到周村的公田,那几位姑娘还是愿意嫁过去的,不过,若能相帮介绍几个南下的革命后生才是最好,哪怕是伤兵也行。狂夫闻言笑了,说革命伤兵来了,于是门开了,三个鬼被捶背捶胸迎进了屋。进屋后茶水喝过,还是胭脂先说话,她说要多谢狂夫了,若不是狂夫心胸开阔不计前嫌不嫌贫贱,她也不能与雪姣交上姐妹;谢了狂夫,她又去夸问天,说问天是个种田状元,一丘田四季伺候下来能比别人多出好几十斤谷,又说问天天资聪颖人缘极好,就怪豪郎有眼不识泰山勿能与其结下金兰,只望日后多有照应了;最后胭脂又要去讲干爹了,可人家刚刚提起干爹革命贡献比豪郎都大时,干爹就说莫曰莫曰了,并解开夹袄将系在腰间的娜妮红袍取了出来:俺三人今日上门是来相帮你的,又是求你相帮的。胭脂接上红袍,顿时就蒙得双眼迷混,去瞭了问天与狂夫,谁知这两人仅是嘴唇动动,半晌后说出的也只有几个字:相帮呵相帮。干爹见状学着问天相,将目睛子朝天一挂望去了堂上的观音坐像,继而又学着狂夫相,大嘴张张哈哈喷出笑:不晓得吧,这红袍藏有玄机,别人解不了,只有胭脂能解。一阵傻笑后,干爹正欲讲下去,不料"玄机玄机"出了嘴,他的舌头竟打了结,原先忖妥的一番话在柳胭脂一双忽忽打闪的狐媚眼神里全消解了。"咦,怎么搞的,来了一只狐,把话叼走了?!"胭脂听不懂干爹的话,狂夫直怨傻子头又发魅了,只有问天目睛子眨天眨地接上了话。问天先是问女子晓不晓得《聊斋》书里胭脂的故事,胭脂说那个胭脂是个仗义行善的狐仙姬,为了亲人好,不惜冒死卡了自家的命门,结果好人有好报,反而成全了自家的一段好姻缘。问天说对呀对呀,你就是如今的胭脂真身,你就要喜接良缘了,不过,你也有命门封记,这封记不揭不行,揭了好像也不行,最后凭各人的造化了。女人闻言连忙去卧房里拿出香烟、葵花子、炒花生,叫干爹狂夫陪着问天慢吃细说。葵花子嚼嚼香烟叭叭,问天又说开了。他问女子眼目前顶顶真的该属何事,女子目睛子朝堂上观音身上仰仰瞻望后说,也不怕三位小哥笑话了,顶顶真的事只有一件,就是嫁人,光明正大地嫁给那个坏人周豪郎。坏人不坏,豪郎其实蛮有志气的,人家听说要"土改"了,他县委马班厨房都不待了,执意去周村做番革命事业,而胭脂就喜欢这事业,要知道,胭脂之所以沦落风尘,就是无田无地所致。而她家也曾是有些田地的,只不过被她父亲抽鸦片搞得精光。说到这,柳胭脂去抹了眼泪,那双狐媚眼人也不看了,只去看着地:你,你三人日后莫骂俺婊子了呵,那是俺的疤、俺的痛、俺的命门封印,骂骂揭揭可是要人命的。三个鬼从未听过眼前的桃花坞花魁说出如此诚心的话,一下心窍全发了软。狂夫讲日后不会了,你是雪姣的姐妹也就是俺各人的姐妹。问天讲刚才的话题太勾人心酸了,望莫见怪。干爹两句"是呀是呀"一感叹,不料前头忘记要说的话又记起来了:你晓得这娜妮红袍是何人缝制?何人何人,胭脂看了看案桌说不知。干爹说红袍是豪郎为自家娜妮缝制的,这次携物上门是受了问天助缘计谋启发而为的,不过只是未与问天提及而已。干爹接着又问胭脂晓不晓得为甚将红袍交与她看,女人讲不知,干爹说药嫂为甚不愿离婚,就是因为两个大人要抢娜妮呀!如今人家送红袍就是个暗示,事体好再商量了。胭脂听了干爹话语,一下眼泪水止住了流:不怕小哥们笑话了,俺也要那小囡,那小囡是豪郎血脉,可俺说不定不能为豪郎添血脉,俺是个不会生子生囡的废货。狂夫闻言立马搭腔说,胭脂肯定不会生,不然这些年搞下来就是狼崽狐囡也下了一窝。问天怕干爹言语又被他自家梗阻便插上了嘴:喏,事体清楚了吧,俺帮他说,你柳胭脂快快带上娜妮红袍去寻豪郎,就说他与药嫂离婚再与你结婚都有了指望。是呀是呀,干爹这样说,胭脂鞠躬多谢也这样说,干爹提起桌上红袍两角猛抖,他高兴得目睛子都绽出了花:咦,你各人瞅各人瞅……他说他看到袍上绣有的一对戏婴红兜飘飘地已跑去观音娘娘跟前嬉嬉了……嬉嬉,柳胭脂见到干爹的神态马上说,真的真的,她也看到了。不过这句话刚说掉,她那有点调皮的眼神立即又转色了:咦,你们说的都是相帮俺,那要俺相帮你们的又是什么?要是对豪郎有话不好当面说,俺传过去。这人呀,自从司马书记跟他谈了那次话后,就像变了个人一样,喏,上街买红布去了,都用上俺的钱了,说是乘姐妹们空,一起帮周村苦人家的小倪鬼娜妮鬼也做几件红袍……

等到走出桃花坞,干爹与问天不知为了什么事相争了起来。干爹的目睛子瞪着,问天的目睛子斜着,而狂夫已经走到了前头去了。

第二十七章 亭客

干爹送出娜妮红袍三天了,可仍未得到柳胭脂的任何回复。其间,药嫂还来打探过消息。女人来时人温温柔柔,帮他扫地揩桌洗衣被,俨然做堂客一个,搞得干爹裆间热乎乎的,像那天药浴酒服后一样;可当女人知晓事体办得无甚进展,搞不好自家放出去的真鸟要被人当作纸鸢玩,女人脸就变了。她埋怨干爹是个笨蛋,问天狂夫也不是什么多窍聪明蛋,并叫干爹搞灵清,要不是为了救她那位性情刚烈宁折不弯的父亲托了他,她一个做娘的人能明送红袍暗示舍囡去遂豪郎心意吗?那囡也是她的命呵!女人一顿数落下来,干爹不仅面孔红红涨涨,连他裆间那位胀胀欲翘的小阿哥也一下子凉去了许多。事后他去了趟狂夫老娘的茶店,他在茶店不仅没听到耳顺心悦的言语,反而是令人胆战心惊之语劈头盖脸滔滔下,吓得他当即就捂着耳朵逃出了市心街。眼下,敲过晚自习的下课铃后,干爹纳纳闷闷地坐去了八角亭楼的回廊,一边切着食堂捡来的一块碎肉在饲着金龟吃食,一边在忖着自家的心思:怎么办?要不打上胭脂门去?要不索性去找郝汉红月,那当官的天神将天仙女?心思还未忖灵清,已经两三粒荤货进了脖颈的小生灵忽然停了张嘴,四脚撑撑垫垫只向东北边眺望。东北边夜空碧幕凝重,北斗斗柄正指向着北,而七星们闪出的亮光因明暗不一,从而显出了妖狐一般的鬼模样。干爹心里在骂了:好个柳胭脂,说好的事体难道你忖赖掉,只图恶斗不成?倘若真是,师傅帮不成救不成,那俺也要生恶胆摆凶相,叫你个狐狸精坐不了花轿,与那豪郎恶鬼结不了百年良缘。骂完了,他捏捏拳头,觉得浑身平添出许多劲,便一脚去踢了小金龟:还是打上门好,不找当官的啦。骨碌碌骨碌碌,小金龟一番翻滚,最后竟然向他打来了一道轻蔑的斜视目光。咦,目光怎么如此相像?干爹的心一下子被扰了,他觉得又看见了问天的嘴脸。前几天那厮不就是这样瞅人的吗?那时从桃花坞出来,他又想回转,可被问天拦了。他认为一定要灵灵清清告诉胭脂,他们之所以帮助她成姻缘,归根到底是想让豪郎去帮忙救龙畅师傅的,而问天认为还是应该循序渐进依计而行,先要以善以情去打动豪郎那颗吞象之心。两人当时争持不下,这下好了,要么是胭脂不解送红袍是为了甚,要么是人家不领你的情、不解你的善,都懒得理你。人家一个是狐狸精一个是虎狼豺,难怪药嫂要怨……想到这,干爹恍然大悟:原来自家也是个蛮蛮聪明蛮蛮灵清的人,不比问天脑筋差到哪里去。他又有些得意生出,便楼板上屁股颠着挪移,忖去取回金龟,可小生灵记恨刚才主人的那一脚,人家拿屁股对着主人,而头脑壳却又去瞭望东北方。

　　干爹跟着金龟,目睛子睁睁直往天边盯。一、二、三、四……他一下子数出了七颗星,一下子又数出了六颗星乃至五颗星。等到他数不清懊恼时,北斗星下方突然好像掠过了一条弯弯曲曲的蛇。人定睛再瞅,蛇闪闪又没了。这时,亭下的木门轴吱吱叫了起来,文新的声音跟着手电筒闪光随之就来了。干爹应了一声"没走开在家"后,又听到上楼踏步响接踵而至。先是文新一个人的踏步,一响金龟点一下头,接着是好几个人的踏步。踏步碎碎乱叠到了一起,金龟点头也就乱了节奏跟不上。干爹露出点笑,一掌抓去,小生灵顺顺从从地被主子捂在胸前共同迎客迎去了楼梯口。文新后面又来了两位人客,一男一女,男人好山伟海阔,他站在那梯口就像冒出了一头仙霞岭的黑熊,又像门神叔宝尉迟降临了人间;女人玲玲珑珑竖在男人身旁,手一扬掠过发辫,干爹就认出了是红月。文新手电筒光又闪耀了,闪得干爹一双牛眼豁然开朗:郝汉政委郝汉县长?!咦,刚才忖好不寻他俩的,他俩就自己送上门了?"般配般配天神将天仙女……"干爹心里念叨,嘴里也嘀咕了出来。郝汉没听懂干爹的土话,去瞧了红月,红月笑而不言,文新倒插嘴解释了。郝汉听了解释只哼哼哦哦,可红月却扯开了话题,说想借这亭子间用用可否。干爹立即答曰,可行的可行的,昔日文焕先生与红月就没少在此处谈谈私密的。他说完就去拉了文新走,并说他到亭下河边去,若有闲人来骚扰,他会来通风报信的。三人见干爹那副吊诡认真的样子差点笑出声。干爹见状不笑,反而叫人家也莫笑,说他也懂的,世上有两件事是需要神鬼兮兮没声息去做的,一件是革命,一件是谈恋爱,前一件事关紧要,牵连到头脑壳儿掉不掉,后一件完全是两人自家愉快用不着别人,别人也享受不了的。干爹声音轻轻,语气充满自我欣赏味:勿错吧,翠竹会萎鲜花会谢,你俩赶快又革命又恋爱吧。话音一落,干爹就要下楼梯了,但是三个人客都没让他走。郝汉原先背在身后的一双手也摆到前面来了:不好意思,初次上门,一包猪耳朵。红月挎包掏掏,掏出了两包牛肉干:蛮耐肚子饿的,慢慢吃。文新说,喏,干爹没白当吧,药娘给女儿做夜宵的,人家省给你了。干爹也没客气,说着"难得难得",把东西都收了。郝汉接着问干爹人住在哪里,干爹回话整个八角亭都住,春季天住二层,可避避顶层漏水底层渗水;夏季天住底层,可消受阴凉,可接接县河里吹来的风;秋季天不冷不热居顶层,那时人有精神,空下来能去夜抲老鼠日翻破瓦爿;冬季天就居三层,门窗一关北风吹不大进,还能晒晒东西日头光。郝汉听了拍拍干爹肩头:奶奶个熊,条件不错,记上帝住的是别墅嘛。三个人客当即都窃窃笑了,可主人却不解笑甚,露出一脸疑惑色。走,上四楼。郝汉一句话,两女跟着汉子又去登了梯。干爹望望人家的背影,一下不知该做什么。房间里四周瞅瞅,再去摇摇陶甑敲敲洋铁皮饼干盒,喝的吃的都没有。唉,他叹了口气,一屁股坐下,不料没坐到床铺草席上,那只小金龟背壳倒是顶着了他的屁股眼。干爹猛然似乎明白了什么,连忙抽出草席腾腾去了楼梯。

一切都是凑巧。郝汉与红月来县中其实不是来探访干爹,而是来告诉文新一件事的。郝汉前些日子得知文新母亲被评了个地主成分后,就与衢州土地改革办公室的一位战友联系了,结果人家经复查告知,评为小土地出租者较为合适,但还要等等办些手续。郝汉闻讯不仅赶快告诉了红月,还约其同来县中与文新谈一谈。事情谈好了,在走时路过八角亭楼,文新无意间说到了干爹住在此处,郝汉就提议去看看这位他因口误而叫过"上帝"的人吧。可是干爹因不知实情就认为人家是特地来看他的,而且还带了点东西,一时激动得不行。同时,当郝汉登上亭楼向东北眺望时,他也看见了北斗七星,于是他发出了"俺家乡就在星斗下"一类的感叹。加上干爹送上了草席以及文新"不妨坐下观观小城夜景"的建议,三个人还真入席谈了许久。干爹当时就在楼下,他一边既懊恼又想入非非地在思忖日后如何款待郝汉,一边在听着楼上传下的聊天声。然而就是这次谈话,当干爹无意间向那个司马展炫耀过贵客临门,而且比也在偷听的司马展听得更灵清后,竟被那人记住了,并且成了那人嫉妒直至记恨郝汉的口实。为此,干爹悔恨了许多年,说自家那根舌头应该割去,并在那个"十年动乱"年代差点去割了司马展的裆下物件。他始终怪着司马展不仗义,追不上美女战友诸葛红月,又追不上其小姑文新,就拿个北方来的英雄出气。当然,这些都是后事了,而当时的情况是只要那只小金龟在场,干爹记得比别人都清楚。

干爹送去了草席,就下楼回到了自家三楼的亭子间。他坐在楼板上不知与谁说话便去问了金龟:眼目前贵客上门,自家拿不出一点东西款待如何是好?自家也不是小气,可口袋里没铜板上街同样买不回东西呀!就是去赊账,店家也不肯的,因为前头欠账还没还嘞。金龟先是没理他,把头缩进了壳,等到干爹将郝汉赠予他的猪耳朵拿出直往生灵尖嘴上嗅嗅,生灵头颈出来了,似乎在说没关系的,日子还长着哩,日后可以补的。日后补?对!日后补,日后发了薪水再也不借问天,也不去菜馆角落头吃馄饨咪老酒,而是把钞票攒着让钱等人客,而不让人客等钱……"咦,介危险,暴风骤雨,阶级之间的生死搏斗?!"干爹一下就听灵清了,楼上传下的声音是文新的,那女子至今仍有个衢州少女的口头禅"危险危险得紧",但说的甚意思他听不大懂。接下来又是郝汉在说话了,他说要好好学习土地改革法,要吸取老区"土改"的经验与教训,把南方"土改"搞得既轰轰烈烈又体现出解放新政精神。干爹仍是只听到了声音而不解其意。那个什么新政?政政政,蒸蒸蒸,新政应该就是"新蒸",快过年了,换只新蒸笼,蒸十二生肖糯米粿,蒸福禄寿禧大发糕,郝汉这官体恤民情民心呀。干爹胡乱猜着,一猜到吃,他又去接着思忖刚才还没忖好的那件日后如何款待人客的事了。他认为自家忖对了:要接客必然要买吃货,要买吃货必然要花钱,可是钱少,除了吃饭,剩下不多,必然只有攒着……攒着攒着三个月不借狂夫问天,不吃夜宵,算算仍旧不多,只够买点米粟蔬菜和老酒的!那荤腥不要了?没荤腥请个屁的客,干爹一下子又把自家问住了。他气馁馁地又去望了适才似乎能说上话语的金龟,不料金龟根本不理他,人家四脚躁动一门心思直向枕头边爬。嗨,那里放着郝汉适才送来的猪耳朵……楼上声又来了,不疾不徐不温不火,还带有些沙哑。是红月在说话,人家嗓门累了。当官累,最累的是嗓门,因为子民百姓老是听不懂,害得他们不得不老说话。"我们只是消灭一个社会阶级,不将地主从肉体上消灭,除非是像南门笑面老魏那样的大地主大恶霸。"接着红月的又是文新的声音,"危险得紧,说是除了没收地主的土地耕畜农具,多余的粮食及其在乡村中多余的房屋外……""对,对的,老区'土改'曾规定没收地主的一切财产,甚至包括金银存款等浮财,这次就不必了。我们既要地主维持生活,同时也使他们的财产投资到农业生产和工商业中去,一切都要以具体的时间地点为转移,当年为了抗日,晋察冀边区停止了搞'土改',地主富农一度还都是团结对象哩。"郝汉语气沉沉稳稳去接了文新的话,可引来的却是文新的"是吗,是吗?"……干爹在楼下,楼上的这段对话他倒听了个五六成懂。他此时也如同文新一样"是吗是吗"地在问着,只不过他问的是小金龟。金龟吃了点他嚼碎了的猪耳朵肉末后,似乎在说"是的是的",是的是的,龙畅师傅这回肯定是个地主了,他不是泥鳅鳖钻不了泥地,他不是飞鸟雕上不了天,他逃不脱的,但他不会被枪毙,还留着活肉身,要枪毙的仅是笑面老魏那人,那人才应是个鬼。得得,那不就行了,没有疯师娘忖的那么吓人,也没有老娘茶店的茶客讲的那么吓人,师傅还有屋住,还能赶着用马换来的水牛去种田,甚至还能拿着多余的钱财去开碾米厂,开酱油店,去帮药娘贩些山药材……干爹思忖了许多仍不放心,他也顾不得人家是在谈革命还是谈恋爱了,他就腾腾上了楼。三人见干爹闯进来先是一阵发怔,但很快就叫他有事好慢慢说。干爹倒是忖慢慢说,可舌头跑得老快,他说刚才他听到三人的话了,他不相信原先在狂夫老娘茶店里听到的那些鬼话了,看来他师傅周龙畅虽然在劫难逃,但仍有活路可走。文新一句"危险得紧"后,郝汉说没怎么听明白,红月马上就去解释了,郝汉听了"唉"了一声解释:世界潮流浩浩荡荡,顺之者昌逆之者亡。"听不懂也",干爹当场摇摇头,引得红月又来解释了,结果说了一大套话,比如什么"没有区别就没有政策","一般性中还有特殊性,具体问题要具体分析","剥削的本质没变但形式有不同"等,他更是听不懂。他听明白的只有这么几句:周龙畅的情况有些不一样,他是个有些别样的地主,只要莫去破坏捣乱,龙畅还是能过这道人生难关的,何况这人还有些立功表现,这也是我们不会忘记的。难关难关,不是鬼门关!当官的说的与自家忖到的差不多!干爹释怀了,就去多谢了,可人家说要谢就去谢共产党,谢共产党的那个法那个政策。干爹诺诺下楼了,他蹲下又与金龟玩上了把戏。一双手快快慰慰地抚摸起掌中生灵的全身,并且叫人家向他叩头致敬,大喊三声佩服佩服他。金龟倒真是点头了,还舔着他的手指,一颗脑壳又去顾了北方。眼前的北方啊,星光暗淡,几缕云绕绕缠缠变幻出似曾相识的一物;而眼下的掌心呀,龟脚爬爬爬出些甜甜的痒,蓦然间,风生云动,干爹觉得胸间竟有一匹快马兀兀跃出:黑蹄腾云,乌鬃拂雾,股臀上还赫赫在目一只"江"姓火烙印。嗨,江,江妹。江妹呀,你扯云帆随哥去了北方,你的黑马遵你嘱与白马为伴又随军去了南方,你莫记挂,你走了,药嫂来了,她对俺与你对俺一样好。为俺精壮能成大男,她还给俺沐头浴身喝雄酒。如今她托俺为师傅解难,俺正在想方设法,谁知刚才楼上女叽叽男呱呱,人家无意之间送上了俺也读得懂的善剂良方,嗨,真是天意遂心呀。另外更重要的是,南方冬风寒冽艳阳壮丽,也要土地还家还给种田人了,俺还会将有田将有屋将有一个女人家。到那时,那就不是在螺蛳壳里做道场,俺就能在自家居里摆个灵位给郝光上香,还能摆张八仙桌烧上十八盘有荤有素的菜蔬,让郝汉红月做回贵人客……不仅如此,还要多,到那时俺有模有样一户人家,上门贵客喝酒吃肉,荷包里掏出了压岁钱,给小倪鬼给娜妮鬼,小倪鬼一个两个,娜妮鬼一个两个,个个红包到手,乐得小鬼眉开眼笑,双腿蹦蹦跳跳跑去屋檐下点炮仗……噼啪啪,炮仗响了,小鬼逃逃,逃去了谷堆,逃去了树窟,逃去了麒麟腹,逃去了狗窝窝牛栏栏。伸手去摸,摸呀摸……干爹脸颊飞出了红,他发现自家的那只左手已情不自禁地去探了自家裤裆……莫不该?不该不该,不是不该,应是应该!自家不是狂夫那厮,十五岁就能雄翘翘,甚至被人讹去耕过云播过种,自家是自家,十九岁了还是痿痿如病兔,见了暖泉仍然喝不着汩汩水,狂夫不要人帮俺要人帮,药嫂,你跟着药娘当学徒,你懂医懂药懂得小阿哥雄不起的苦,你在眼前一定要来帮帮俺。不孝有三无后为大,俺若成不了大男,无香火可续,俺算是有个家吗……干爹浮想联翩,末了,脸也不红了,他一下子把自家男子根去捏了个紧紧。

"哈哈哈","嘻嘻嘻","危险得紧","老实交代,老家有没有嫂子",楼上三人两人笑,一人这时传出了大惊小怪的声音。干爹闻声手一惊就缩了回来,目睛子四周探过,还是去眺了头顶楼板。接下来他的心思没跟着眼光走,而是纠结在自家的男子根上:若老是不争气怎么办?一时间,楼上是时而激越,说什么解放生产力为新中国的工业化开辟道路;楼下是寂静无声,小男子在怨苍天不开眼、不赋予他神力。楼上又是一阵细密絮语,说的是依靠什么、团结什么、中立什么、打倒什么;楼下倒是有了动静,干爹一掌去拍了叮在脖颈的不死蚊虫,他怨起了地,说地混沌沌一时糊涂,竟让一个苦命人无爹无娘还不算。楼上的三双脚窸窸窣窣不在了席上,而是在木板上摩擦,三个人出现了争辩,争的是该如何调查如何诉苦如何算账如何分田分地分财产;楼下脚步声此间陡然也生出,干爹没拍着蚊虫就去追了,可眼前漆黑一片,只闻蚊嗡声不见蚊身影,他怪来怪去怪到了自家,说同在一片天下生活,苦命人又不止他一个,但人家为什么行,唯独他不行,肯定是他本身有问题。最后楼上楼下都沉默了,楼上的几双手握在了一起,他们用坚定的目光表达着同一种信念:既然有法了,那就革命精神充沛地按新的土地改革法行事!楼下的干爹攥了一个拳头股,又攥起另一个拳头股,为了家中有根桩从而像个家,他立誓要与药嫂一起将自家的小阿哥扶起来,并让其像金刚一样挺拔高翘!

楼上的人下来了,路过三楼的时候三个人都惊奇地发现了干爹的那副攥拳凝立的模样,都没打搅他,脚步放轻电筒也不打,直到离开八角亭楼有一段路了,三人才回头望。干爹那时差点叫出了声:这人客能上天能入地怎么不见了?俺,俺还要……当他越过门窗朝外看时,他没见到出门的三人,而是看到了司马展在桥头的身影。

令干爹万万想不到的是,那晚发生在八角亭楼上的事竟会给楼上交谈的人惹来祸害。一九五七年"大鸣大放"时,文新因为领着县中的几个教书先生搞了个社会调查,写了份《致同志们》的大字报,另加上说了一句"规定戴帽的三年时间老早过去了,好给地主摘帽了"而自己差点被戴上右派的帽子。干爹记得清楚,那也是一个晚上,县里的司马部长来到学校开文新的批判会,叫干爹与会,并讲讲那天晚上文新陪着郝汉红月去楼上都谈了些什么。部长说那天他也在亭楼下,有些话他是听到的。干爹先是不语,后来逼急了就大声曰:俺在城里是贫民,俺在乡下是雇农,人家是上俺处访贫问苦的,那你去那又是做甚?你忖红月忖不到,又去忖文新,嗨,其实你晓得俺会帮你的,可你为甚不到俺三楼而只是在二楼做个听远处猫叫的大老鼠?司马展闻言脸当即就涨成猪肝色,一场批判会随之也被搅得黄水暗翻看不见半条鱼。难脱干系的当然还有郝汉与红月,两人一度被怀疑为黑后台,直至"文化大革命",司马展对此仍是耿耿于怀。当然,这都是后话。当我为写三界"土改"故事而去问娘亲时,她凝眉又释然,她挥着一双瘦骨嶙峋的双手,语气却淡然:那天晚上倒是聊到了三界的"土改"工作,你郝汉姑父分析了北方老区"土改"与南方新区"土改"的几个不一样,他认为,阶级斗争与和平"土改"、依法"土改"是不矛盾的,能不流血或少流血应该更好。不过我们当时谈得更多的是他的婚姻问题,你文新姑姑"危险得紧",盯着人家问在老家究竟有没有原配。说到这,我的娘亲不但笑了,而且露出了些许幸福羞色。哦?!我惊愕得发出了惊叹声……

第二十八章　禀师·试嫂

　　为找到县志记载的那次会议与那晚在干爹居处三人夜谈之间的联系，我根据郝汉那本既有较细工作记载又有粗疏生活记载的笔记去排了排时间，发现县委的"土改"专题会议应该就是在郝汉、红月到干爹居处做客后两天召开的。因为会议内容比会议时间更重要，于是我又去翻阅了解密的县委档案。感到奇怪并遗憾的是档案里有的仅仅是与会人员与议题的记录，而缺个人发言内容的记录。母亲说郝汉那天在会上曾做过一个既勇敢又智慧、既宏观大局又不乏细节思考的讲话。听了母亲的话我似有顿悟：好个明白的郝汉，现场争议过多又容易引出事后误解的会议内容当然少记或不记为好。但是，感到怅然若失的同时，我又感到欣慰，我意外地在卷宗中发现了两份材料，一份是周村调查，一份是三界"土改"宣传总结报告。其原件上还留着母亲的不少文字修改笔迹，而大凡改过的文字不仅字形温婉，连遣词造句也不那样厉色了。我被感动了。不知为什么，我一下就触摸到了自己的浅薄，原先的那个怀疑被怀疑了：传说中的那个较为温和的三界"土改"或许应该不是假的而是真的，但也不会像今天秋莲那类学者说的那样是一个和平"土改"的典范之作。同时，我也相信了文新姑姑的那句话，革命中的患难与革命激情都一样能造就爱情。我在揣摩，郝汉与姑姑的一世波澜起伏的情爱或许就是从那个晚上开始的吧……

　　干爹那天没送成人客，他看到的仅是司马展的背影。司马展人虽然去了城关镇工作，但宿舍还未搬。干爹不用猜就知晓这男人不搬的心思，他的宿舍离红月姐宿舍只有一排的距离，并且竖着看同为第五间。尽管红月时常是住在母亲与小姑处，但对于司马展来讲，看不见人看看房子也好。这情景干爹没少见，因为他要去县河城墙头摇学校作息时间的铃，而城墙脚下就是县委的几排平房。干爹每每看见司马展的那个身影，嘴里嘟囔出了几声骂后，更多的是同情：唉，若是天下不出个郝汉,司马展配红月也是可以的。这不,司马展没往校门外走大路,而是绕到教室后的城墙头上抄近路去了宿舍。当干爹悄悄追上去想告诉人家若要攀佳女就不要攀红月了,红月肯定是属于郝汉的,去攀也是白费力气,与其这样还不如去攀文新好了时,司马展已越过了城墙头,并在宿舍门口碰到了正在等他的周豪郎和柳胭脂。一见到这两人出现,干爹气就来了:娘的,俺都送软话帮你圆姻缘求你了,为甚好些天过去了仍不给个回信?干爹沿着城墙缺口往下爬了,他想出了个主意:反正师傅没得好了,可也不至于遭死罪,既如此,俺就不必求贼人豪郎了;不仅不求,还要讨回那件药嫂托送的娜妮大红袍。小娜妮多可爱,不仅叫俺干爹,还直接叫俺爸,既为爸,而且是个有点工资拿拿又即将分到田地的爸,还会送出怀中的凤雏去栖另枝?笑话!俺不傻的,你柳胭脂肚皮不富,种下去的种子不会发芽,可俺呢,也是有毛病的……想着,他的脚也落地了,不料一股狗臊气伴着狗鼻息袭了上来:嗨,巡院的一条大黄狗钳住了自家的裤脚,而且两只爪还要往上爬。畜生嗅到腥味了,干爹只得将袋中的两块牛肉干分出一块。好,安耽了,安耽的黄狗在干爹的骂声中嚼着牛肉干,竟然陪着不速之客去了司马展宿舍门口。抬手去敲门,可又没敲落去,房间里传出了司马展的声音:你周豪郎这下倒是祛邪扶正走正规路了,呵,团结兄弟祭成虎,惩凶治恶把保长送去坐班房,探穷访苦为苦孩儿做大红袍,呵。豪郎接言道,都是司马书记指导得好,不然俺哪有这觉悟这水平。胭脂那女人也搭腔了,说豪郎一定不辜负领导的领导,一定摇着红旗喊着号子将周村的"土改"搞得漂漂亮亮。说到这,女人停了一下后马上又问了:那俺俩的恋爱还要不要谈了?前几天药嫂就托毛记他们送红袍捎好话来了,说两人离婚后,囡的归属好商量。司马展说:呵,你俩说是有情义,可也太嚣张,豪郎毕竟婚还未离呀。前些天我之所以叫你们不要赶快回毛记的话,那是为了豪郎好注意个影响,现在看来,呵,我错了,你俩根本管不住自己,呵,你们还是快去回话吧,说不定人家有更大的事相托呢。一段话听下来,干爹差点去敲了门板,他忖去对司马展说:说得好说得好,你这人不错,你若与文新谈恋爱,我愿意帮助传字条。"好好","是是","村里老农会主任去年死了,镇里确认你为筹委会新主任,你要胸怀大一些,学会做好团结人的工作,特别是做好问天和毛记的工作,他俩有一定的代表性,能量不小"……"过几天,部队文工团就要进村演革命戏剧《白毛女》了,你们要……"一阵悄声窃窃语过后,干爹听到室内传出了板凳拖地声,他晓得周柳二人要告辞了,他脑子连想都没怎么想就撒开一双腿跑得比那条巡院狗都快。第二天早晨,干爹刚摇好早自习的铃回到八角亭就碰到豪郎与胭脂了,人家手里还拎着一提红纸压顶的四方宝塔包。干爹明明看见两人是朝自己居处走来的,可故意装着没看见,他先是低头去看地上的鹅卵石,接着又去看了池塘枯荷枝头上的一只八哥鸟。干爹昨天夜里就想好了:你晾俺若干天,俺也晾你若干天,反正心里似乎有了个数,事情急不得,心急吃不了热豆腐,说不定人家此时此刻比俺还急。这不,豪郎与胭脂都在叫他了。男人说,自从收到他转来的娜妮大红袍自家就惭愧死了,后悔辜负药嫂一片情意,自家不要好,到处聊荡,游手好闲,不知人生方向,但自从参加革命后,自家有了提高,眼目前还要向毛记兄弟学习做好周村"土改"带头人,做个好儿郎,以后要像毛记兄弟一样为人忠诚,对待胭脂就像记兄对待药嫂一样好。干爹先是没理人家,可后来也"嗯嗯呵呵"了。胭脂见状连忙赔不是,说妇人见识短浅,她是怕豪郎见了娜妮红袍会念及药嫂种种好处,以至于两人重归相好,故拖着不办事,所以要怪就怪她,不要怪豪郎,何况豪郎现在受司马书记直接领导,人忙得不得了。听了两人一番言语,干爹也没回应什么,不过原先放在腹中的一些恶言凶语倒是都没说出口,他背在身后的手随之松松动动挪到了身前,并且去接了人家递上的红纸包。虚情假意乎,实情真意乎?好像脑子里掠过一丝猜疑,但很快就化作了乌有。上去坐坐?不了不了,拜托拜托,相互拜托,一对男女走了。干爹也没去送人,他呆呆地靠着石柱子,耳间还在回响着刚才豪郎临别时关照的那句话:莫忘了,纸包里厢有张表,是镇里发的,是为评阶级成分分田地用的,你要填填好……那天的大半天,干爹都是瞅着桌上那张纸表和那只双铃马蹄表度过的。郝汉与红月的谈话他无意中偷听到了,而且当面也去证实了;司马展对豪郎的训示他也听到了,而且是在人家不晓得他在门口专心窃听的情况下听到的;连豪郎与胭脂都上门致谢了,而且还带上了红纸包包的糕饼;还有这张叫填租田多少、交租多少的名目表也送上了门。这几桩事体的接连发生就像春燕衔泥回巢、夏荷一夜喷香开放、秋狗叼了只鲜活乌鳖上门,真叫人从头到脚贯通一股适意气,这这这,好事成双,看来非得约上两位哥去禀告药嫂与师傅不可。忖定,一熬到下午两点钟,学生都回家过礼拜了,干爹就去找文新要告假。那时,文新正在陪华东军区南下工作团的一班文人学生兵在礼堂排练歌剧《白毛女》。干爹在边上等了半天人,文新也没看到他。当戏排到一个老汉为躲债年三十才敢回家时,干爹一下子觉得这场面似曾见过,于是他又看了下去。可是当老汉掏出三尺红头绳要给女儿扎时,他在一旁发出了嘀咕声:是否小气了,扯上三尺大红布还差不多。他的声音虽轻,可还是被人家察觉了。这不,两个兵不兵民不民的人过来哉,一副乌面判官相。两人因不是当地人,就问干爹在边上说什么,干爹也不回避,仍旧照旧说了一遍,可人家还是没听懂。随即就惊动了文新和另外一个穿着绿军装的人。干爹目睛瞪瞪,觉得文新陪着的人似曾相识,再等到人家走近了,干爹竟然叫出了声:卜阳春,卜阳春!穿军装者虽然没应,但惊诧神情却丢给了文新。文新也不解,只好还是问干爹。干爹说:卜阳春卜阳春,你怎么忘了,你当年为抗日演《放下你的鞭子》的老头,俺还向你扔过石头,不过你那时穿的是国民党装,而现在穿的是共产党装。哦,哦,卜阳春蛮蛮开心地笑了,并介绍说,这次来三界演出《白毛女》是丁丞同志专门指示的,首长对这块土地有感情。卜阳春因为是衢州口音,干爹一下全听懂,他便说是呵是呵,那人在三界闹过"土改"做过抗日,前两年他还坐过那人的吉普车,和那人上过酒席,那人是个浦城佬。卜阳春闻言立刻神色庄重了许多,并伸开双臂去"同志同志"地拥抱了干爹。接着,人家就问了,这戏好不好?干爹说好,当然好,只是,只是当爸的小气了点,应该是送红布比送红头绳更好。卜阳春听了这话只是"哦哦"尴尬着,不知说什么好。文新见状连忙把话题拉开了,问干爹找她何事,干爹告诉文新自家要到周村去,若还要摇铃告事,那只有靠她自己了。文新讲"好的好的快走快走",可那卜阳春在一边并未与文新一样催干爹走,反而给他递了纸烟,又点了纸烟卷。干爹吸上烟似乎还忖言语几句,但是文新的眼色过来了,他也瞅到了,于是他走了。他走了,仍犟着嘴"就是该送红布的",一路快步先去了市心街上的老娘茶店。恰好狂夫也在家,那厮用刻刀修了一块星官赐福红符雕版后,正愁得无活干,就躁气大发,直往一块试漆颜色板上乱画起赤膊女。见干爹来了,狂夫就问画中人像谁,是像早年间那个为寄女抚养而送西洋金壳扁壶的落难女,还是像抱着两个孩儿饲养的药嫂。干爹无心与狂夫穷开心,就指了人家鼻头,叫人家专心修好雕版,不然符箓印不好星君会发怒,周家祠堂也不会付钱的。言罢干爹拉过小哥就要走。起先狂夫还不愿意,但是当他闻到干爹手提纸包里散出的糕饼香后,去哪都没问就跟着朝北走了。一走就走到了同春堂。门前问过了正在扫地的哑巴药嫂在哪,两人于是就脚步匆匆去了后院。四周瞅过不见女子拔草、护盆、养枝、做生活,但是似乎听到了那间原先江妹住过的贴墙翼屋里传出些动静。悄声推门进去,药嫂果然在那,还抱着自己的娜妮秋莲在轻轻说话。见到干爹,女人一脸悲戚陡变,她气呼呼地要将来者推出房门。急得干爹连忙快说,事体办好了,豪郎接了大红袍,离婚有望了,师傅也有救了,但不是求的豪郎相帮,而是共产党的政策好。是吗是吗?是的是的,若说谎话要遭天谴的,自家出门碰见豺狼虎豹、归门碰见黑白无常。药嫂闻言去捂了干爹嘴,顺势还把娜妮塞给了男人抱:周豪郎,离婚离婚,俺囡也不让了,俺这里有个现成的爸爸。说着,药嫂去看了干爹,那目神妩妩媚媚火火辣辣简直一副吃人相。干爹见状一时傻了,他偏过头只顾着对着娜妮道:有糕饼吃,吃吃香香的。可他手掏掏掰掰,始终没在身上摸到糕饼。哎,原来一旁有个三只手,狂夫那厮正在门后吃着糕饼偷着乐嘞⋯⋯走,快走,去周村师傅家。三人出门了,可没想到一出门,药娘已等在了门外。她脸上挂着笑容,竟然说晓得了晓得了,去周村莫忘了带句话给周龙畅:人在做天在看,做人总会有磨难的,只要心不倒就行了,让上帝保佑他。随即她还递过了一袋柑橘和一袋采自仙霞山岭的青绿铁皮石斛草,并关照药嫂定要劝其父亲趁着新鲜吃喝。

　　走走也快,太阳还挂在西天时,三人就到了问天家。问天和堂客一起正在门口簸箕上埋头选谷种。夕照灿灿,一时明亮异常,石子、土粒、虫屎、瘪谷、稗种尽数除去,那些弃物纷纷扬扬不停地在指尖的金色碎光中翻滚。问天头也不抬,但他已经晓得朋友来了:日头光快没了,快来帮忙。干爹与药嫂倒是去帮了,可狂夫却溜了去了隔壁雪姣家。等到狂夫浑身臭烘烘再出现时,夕照只剩下最后一抹光。狂夫刚要讲好去灶台底生火做饭了,可问天堂客嘴巴比他快:走吧走吧,朋友重要。狂夫当即就笑了,说还是去雪姣家,她家有一锅番薯粥。去了雪姣家刚一坐定要吃粥,雪姣就上来骂狂夫了,说好个赖皮泥鳅,事体做了一半就溜了?无奈,干爹与问天只得去猪圈相帮起了一通猪栏粪。等到起好粪吃好粥再上路,天上已挂出星星了。路上问天问了去师傅家为哪般,干爹兴致冲冲将事前后说了,可问天却斜眼吊吊道:那张名目表俺也有的,俺各人可凑在一起填,但是,其他事就没那么简单,师傅若晓得你去求豪郎,岂不把你骨头敲得通通响?那,那,四人争了一路,结果商定,见到师傅只说药娘送果送草,只说郝汉红月上八角亭楼议论天下,而不说去桃花坞找胭脂,更不说托那女人给豪郎送红袍以及填名目表。走走师傅家到了,不料平常都不锁门的周宅却有一把大铜锁在陪着叔宝尉迟二公守门。叫叫也没人应,贴门听听屋内仍无一点声息。再听听,药嫂说她听到了不远处的邻里乡场上传来了人的声音,还传来了牛的声音。四人于是绕过一口水塘去了乡场。乡场一到,干爹就想叫人,不料被问天拦了,说是看看再说,莫惊吓了师傅与师娘。看,看,待在乌桕树下朝前看,乡场上前是晒谷场后是碾米棚,谷场上银辉稀薄,但也看得见棚屋影子绰绰凝在地上,像张乌鹰大翅膀。而碾米棚里又是别有景象,马灯昏暗,亮光一圈圈泛开,碾轮滚滚,周龙畅斜坐在碾架上,手牵牛鼻环、脚蹬碾槽石,任凭那头大牯牛时不时去舔吃槽中的米与糠。一旁的师娘陪着牯牛小脚点点,虽说也是在转圈,可脑壳始终去偏了东北方:龙畅呵龙畅,你看那巨门元星君为甚总不及那破军关星君亮呀?是吗是吗,周龙畅嘴巴应着,不料说的却是另一回事:你看你看,畜生又在偷吃了……师娘回眸瞅了,真是的真是的,曲木牛轭脱落了,从牛颈滑到了牛背上。那头牯牛顿时哭了,然而人却笑了。莫哭莫哭,师娘劝牛不用落麻糍泪,说主人的鞭子今日无力挥的;师傅说,当然当然,那是当然,吃吧吃吧,随便吃多少都行。说完师傅还跳下碾架,将棚内的另外两头牛也牵来了:统统吃个饱,鸟飞兔走,将来还不知会到谁家吃。言毕,他划火柴燃起一支纸烟,叼到了唇上吸吸,随之猛吸数口就喘咳出一阵。见状,一旁的四人嘴舌闲不住了。狂夫讲牛是吃粗草的,给牛吃细粮还不如给俺狂夫吃,俺狂夫来拉碾好了;药嫂讲情形似有不对,平常日子爹娘从未如此慷慨饲牛的;问天讲是不对,乌漆墨黑碾米,还要让牛随意吃,但似乎也对,抑或明天师傅要派牯牛去做大苦力活;干爹讲,对的是师娘,她本来就疯七疯八的,不对的是师傅周龙畅,他乌鸦是黑是白、马匹是长角还是不长角都没准,他也癫了。听了此言,药嫂耐不住了,她唤了声爹娘后就抱着娜妮兀先去了碾棚。吃橘吃橘,药嫂专门送的,还有山崖石斛,药嫂说着,将娜妮递到了娘亲怀中,又帮父亲剥起了橘皮。没想到龙畅接过橘肉一瓣也没吃,两眼漠然看了一眼女儿后,竟去扯了一段石斛草放置嘴中嚼:嗯,不错,不苦不涩,是甜的。什么?不吃橘去嚼草,又讲苦草是甜的?继而跟着药嫂上前的三个徒弟闻言也都去瞄了师傅:哎呀,人瘦了,脸黄了,浑身那股潇洒走一回的劲头全无了,才几天哟!药嫂连忙说先吃橘,橘能化痰,你抽烟太多太凶,痰都积满了,另外那石斛草是要煎水喝的,不然效果没那么好;狂夫说师傅人瘦点更好,况且还是满面闪红光,让俺再来给你捶捶铜脊背吧;问天说师傅你边吃橘边看天上的元星君,这下这星君比那关星君可是亮得多了;干爹立马也去附和,说是的是的,他昨日就看到了那星象,师傅的属命星是元星,而豪郎的属命星是关星,师傅这下肯定能压倒那猖狂女婿了。各人一番话如潇潇春雨下,师娘听了不停地"多谢多谢",一一皆去作了揖,不料周龙畅却更是一脸戚然惨然,他呵呵几声后,竟然叫各人赶快走,他要继续驭牛驾辕碾米,说是莫烦他。唉,真是哪壶不开提哪壶,明明说好在师傅跟前不提豪郎的嘛。几人都去盯了干爹,全是愕愕然相。干爹见状似有所明白,脑壳一敲,他叽里呱啦一通猛说,师傅莫怕莫慌,救命菩萨来了,他借郝汉红月与文新上次上八角亭楼之机打听了,人家当面讲,师傅为共产党立有功劳是个别样的地主,师傅即使戴顶帽子也无大妨,照样有田耕、有房住、有金银财宝,还可拿着钞票去城里开粮店、开绸庄、开酱坊油坊,甚至仍可带着师娘和浦江女乘车撑船去杭州西湖饮酒、唱曲、坐画舫,到那时,师傅可莫忘了俺各人,俺各人都未去过那方梁祝读书、许仙送伞白娘子的人间天堂。要记牢,还是药娘说得好,草倒房倒人倒,俺心不能倒! 哎呀呀,自家怎么如此会说话,干爹目睛瞪成了灯笼。首先喝彩的是狂夫,那厮随即高叫出"去杭州去杭州,俺可要带雪姣"。问天那股阴阳怪气也没了,他斩钉截铁地说:师傅,俺各人照旧跟你唱高腔,帮你种田、割稻、晒谷、碾米! 师娘说得更有趣:龙畅呵龙畅,你做牛郎俺做织女,俺不是一年一朝七夕会,俺天天都能搭鹊桥。药嫂自家虽没说话,但她跟娘亲一起教着娜妮秋莲:去叫外公,去叫外公,和外公嬉嬉喝牛驾辕。秋莲还真听话,她在外婆怀里舞起了小手说:外公外公,快来抱抱俺,俺要尿尿。周龙畅闻言也不赶各人走开了,他从碾架上一跃而下站到了地上,抱过娜妮后,他强打精神沙声哑气地笑了起来:秋莲,你就跟着外公外婆过,俺教你读书识字,教你牧牛放歌养蚕种桑,俺要碾出一仓米,饱你三年的肚肠。各人都附和着笑了,但笑音各有异样,因为大家一下子就听出了周龙畅的笑声里本就另有不寻常。师娘见自家男人抱着外孙女上了碾架,就双手摆摆招呼各人去了一旁,她告诉各人,一个叫司马一个叫朝晖的官家人去了周宅对她表示了敬意,说她民国十六年就反封建,跟着丁丞和成虎闹过"土改",是位革命前辈,只可惜未离开周龙畅,没革命到底。同时那两人对龙畅也喊了话,说他虽然做过几件好事,但总体上还是反动阶级,因此在这次"土改"运动中必然被打倒,并叫他不要不心甘,不要不情愿,更不要逆势挑事顶风闹事,否则人民民主专政不得轻饶,搞不好那个坐牢监的伪保长就是他的下场。那两人走了,可龙畅随后就光抽烟不吃饭,光困觉白天不出门了。一番话下来顺顺溜溜,其间无塞无岔令各人只有刮目相看:师娘的疯或假或装起码当下是不见了。四人先是说莫怕莫听豪郎的,郝汉红月说话不会假,"土改"要打倒的是一个什么阶级而不是一个个人。狂夫差点叫了:师傅打不倒了?! 问天眼眨眨说:打倒,滚,师傅有师娘,人不倒心更不倒！药嫂接了问天的话茬,眼里迷茫茫:俺爸不是俺娘心中的一根刺、一个疤,而是一棵威武树、一爿彩霞天呀。干爹目神一点都不发软:勿错勿错,师傅是树师娘是土,师傅是天师娘是地,师傅是翱天的鸢师娘就是牵线的手,师傅若是失意的笼中鸟、陷潭的山头虎、落难的人中人,师娘就是……干爹话未说尽,师娘就揪他屁股了:俺是不疯的,是龙畅讲俺疯的,俺是疯的,是龙畅讲俺不疯的,龙畅不疯俺就疯,龙畅疯了俺就不疯,龙畅时疯时不疯,俺就时不疯时疯,眼下龙畅肯定疯,俺就不能疯,因为祠堂公田分了他就做不成经理人了,他就作不了威享不了福霸占不成那位唱戏的浦江女。说完,师娘整个神情一下子就诡秘起来,她继而神神道道轻轻说:晓得吧,破军关星君是个先锋命,只能冲锋陷阵显赫一时哩……过些天,周村呀祠堂可要闹热了,一场文明戏要来唱,豪郎早晨又来说了,他还把祠堂锣鼓仓库里的钥匙硬硬地从龙畅手中借走了,说是会还的。还？还来的怕是冬季天的北风、冬季天的雪加霜吧……各人听了,只有干爹现出一副早已知晓的样子,而其他人都在发疑怔。

东北方七星闪烁,星光吊诡妖娆,当干爹问天狂夫三人禀师完毕带着师娘临别时赠送的脱壳米离开碾坊后,碾坊那头人声寂寥,可那牛拖碾架石轮滚谷的声响却咿呀了许久;而走路人的这头尽管踏步无声无痕,然而嘴里倒是生出了别样风景。狂夫说今日禀师因为是干爹唤的,所以他手里的五斤脱壳米要供出来让三人共享;问天说眼前的毛记眯眯笑脸似有隐事瞒着,若能说出可免去共享脱壳米;干爹说俺毛记眼目前脑壳煞煞清爽,肯定共享脱壳米,不过你二人也需依俺一事。二人问是何事,干爹便将今日如何看新戏《白毛女》,如何被两个非兵非民的人差点绑了,如何巧遇卜阳春,如何有着文新帮着解脱都说了,接下又说,眼下他忖去祠堂将那大锣大鼓大镲大先锋借了,再到那两人面前去演奏一番《三五七》以解心头之苦闷。等到问天狂夫把事体搞灵清了,两人先说真是天下无巧不成书,抗战期间那次抗日青年演出队来三界演出什么《放下你的鞭子》,三人情急之下朝挥鞭打女的老者扔石子一事他们也还记得,只是想不到那扮老者的卜阳春这下要穿共产党解放军服装回来演新戏了,随之两人就嘴巴老大地发出了"妙妙妙"的赞语。说,若依干爹所言行事可一箭三雕,既能令毛记感受舒服,又能解师傅被豪郎强借钥匙之怨,还能为大军文新他们演出新戏《白毛女》敲敲开场锣鼓以壮威风。哈哈哈,说干就干,三人还真去了祠堂后房锣鼓房,将一干玩意翻窗请了借了搬了,并一人几件叮叮哐哐携着暂时都放去了雪姣家。事毕,问天狂夫感叹再三,说干爹如今为何如此聪明了得,莫非梦得天机或饮了药嫂浑身上下的开蒙启智汤?干爹没正面回答,只是像在问人又像在问己:是吗是吗……三人分手时,虽然不见有风吹来,可身上却落了不少乌桕树的红叶片。

　　干爹那夜没回学堂八角亭楼,而是去了周龙畅送给他的那间周宅贴墙翼屋。半夜时分,他蜷缩在稻草窝里冷得不行,就去推空磨热身,没想到药嫂抱着床棉被进来了。女人也不多说话,一把抱过干爹就睡去了稻草铺。睡呀睡呀,女人如同一只炭火火熜烘得男人浑身暖洋洋。接着又是一阵折腾。等到干爹扒下药嫂的短裤后,他自家的小阿哥似乎也硬气了些许,于是就去骑了人家。两三下一动,干爹只觉得眼前幻影憧憧,一间搭墙屋火车车厢一样轰隆开来了,一个女子胴体滚着热烫翻着雪白躺在荷叶上朝自家怀里撞来了。咦,那间屋好像不是眼前这间屋呀,那个女子好像也不是眼前人呵……一蓬盛开的莲花鲜鲜欲滴,一支驰驰翔飞的红箭射花而去。呵,眼看箭镞就要打中黄丝芬芳的花蕊,奇怪却降临了。花翻了瓣散了,一线碎雨落过,红箭软沓了,那花蕊似因没饮到点滴养水也残了败了消退了芬芳……哦,那个人跟着她哥乘着白帆船走了,那人是江妹……"离,离,离,跟,跟,跟","咕咕咕,咕咕咕",已经不冷的干爹这时不仅听到了药嫂发出的似梦非梦的呓语,还听到了自家的饥肠呼叫声。

第二十九章　迎演·风戏

　　第二天干爹一回到学堂就去睡了,从西边天日头高照,一直睡到了东边天日头高照,其间他连半个梦都没有。可是当他与问天狂夫隔日把暂存在雪姣家的那些家什搬到八角亭楼后,尽管天色漆黑已经蛮晚了,他躺在床上仍无一点睡意。于是干爹便去数了数。从一数到十,又从一数到十,也不知数了几遍,那瞌睡虫终于嗡嗡展翅来了。迷糊了一阵,不料门窗又被呼呼啸叫的天外来风刮出了不小的动静。瞅过去,眼中只见几爿应该是周村才有的乌桕树红落叶不知怎的会贴在窗栅上敲打个噼啪不停;听上去,耳旁又闻礼堂那处响起的"北风那个吹"的歌声随天风泻进了门缝,还在一丝又一丝地唱。干爹身子左卷右卷将自家连头带脚都裹进了被窝。他发狠了,又闭眼又塞耳继续数数,非将自家送进梦乡不可。不久,阿弥陀佛,虽未完全入寐,但总算困得大体安耽。黎明时分,谁知又有些事舌尖舔舔地来了……周宅搭墙翼屋睡的那一晚明明他是抱着药嫂睡的,可天光时自家一看,抱的却不是药嫂而是一只芦花大枕头。为此,在离开周宅时他应该还去问过药嫂。那女人先是红潮上脸不说话,后是红潮渐退脸渐白:你呀,你摸摸下身不就晓得了,过早了……不过,不过……反正俺就不信壮土育不出壮树,壮树发不出壮枝,壮枝结不出壮果,你还壮的……"壮的,壮的。"干爹呓语连绵,他目睛闭着,但看见自家踏云踩雾,又去了另一路走马观花……花亦花,花亦非花,一女子倏忽飘出,在花丛中卧着,在树冠上笑着,手中时而拉的是黄包车,时而又捧着柳枝和药包,瞬间,那女子动动身躯人就变了,花苞似的小江妹变成了一边在花枝怒放一边在怨怨骂骂的大药嫂……袭心了惊了魂魄,干爹猛地坐起了身:药嫂呵药嫂,莫怨莫骂,是俺愧对你了,俺不该和你睡了心里还在记挂江妹,还好炮力不足没中靶心,仅是空放……连呼了几声,他又躺下了。呼噜噜酣睡,药嫂前胸没了,后背影也没了,一直快到天亮的时候,人影虽无踪迹,但鬼影却云遮雾罩地来了。那是豪郎。豪郎呀周豪郎,你终于也晓得上门哪,你是来问祠堂锣鼓间锣鼓不翼而飞之事的吧?!俺正在等着你,俺要告诉你……话还未出口,那天外来风又将门窗击打得噼啪响,门也撞开了。豪郎脚一跺,那鬼不请自到,这回真的把干爹激醒了。那厮一脸阴沉地将干爹一把拉出被窝后就急着问了,那些东西自家无脚无翅是怎么来到八角楼亭的?呆忖忖也忖得出是你小矮子翻窗盗走的,不然不会留下那些乌爪印。干爹嬉笑着按预先备好的答辞答了,说是他取走的,但不是盗而是借,因为当时他就留下了借条;豪郎说借个鬼借条,他未看见,退一步讲就算是借的吧,那借物又有何用场?干爹答曰借物当然有用场,那是为了给周村撑门面。因为华东军区丁丞司令下出令箭,派了卜阳春导演领着演出队要来周村演场新戏《白毛女》。人家是官府军家的大班贵班,周村哪能怠慢。借有锣鼓丝弦,丰庆班就能为演出队打锣敲鼓吹歌拉曲热个花头台场。豪郎一听本想发火呵斥,但骂语刚喷出个"娘卖×",那厮又住了口。他脑壳灵光一现,觉醒到自己听到了另外两人的名字。特别是那个叫丁丞丁丞的,那可是比司马红月郝汉都要大了去的大官呀!骂骂骂,骂不好若被毛记抓了把柄去告出个大状,自家那个九品农会主任还能保得了桂冠帽?豪郎思忖着,自家把自家镇住了。既而他又猛然记起毛记那个小矮子可是认识丁丞的,前两年三界剿匪之际,人家还在红房子里和药娘一起陪那位大人喝过几杯酒哪!他哦哦语塞过几声后,一只阴阳脸左右都露了笑:勿错勿错,多练练多练练,丰庆班该上,只是到时候莫忘了叫上俺,俺也有几下的,俺各人好合作的呀。只不过只不过……豪郎心里顾忌着龙畅,忖把人家点出来,可嘴上还是没说出口。干爹一听心中窃笑,他也去说了软话好话;那是当然那是当然,恰好龙畅师傅正有病,有你就有了好手做横吹,丰庆班就露光显彩脸了。豪郎闻言转忌为喜,他动动手指,朝人家跷了中指又跷拇指。难得难得,连鬼都晓得去起人赞。干爹目睛子里的拇指还在晃晃,可豪郎人却不见了身影。四周再瞭瞭,奇怪又降至。窗棂上兀兀刮起缕缕风,那周村乌桕的红叶兒仍在风中打旋旋,还发出了壮牛拉碾架的声响。眼晃晃光迷惘,哎哎,师傅师娘你俩怎的来了?师娘虎着脸责怪他为何骗豪郎讲师傅人病了去不了丰庆班做横吹;师傅倒是不然,人家与豪郎一样跷起了拇指夸奖他脑筋终于灵活了,把假话说得如真话一般。干爹摸摸脸觉得也不热,他答曰:那人是鬼,俺见了鬼必然讲鬼话,到时不找你麻烦,俺各人仍旧请你到场就是。龙畅闻言也不开口,然而干爹却凭空听到了人家的一句自嘲语:俺还上台?

俺岂不是真有病?！没病没病,干爹念叨着要去扶师傅,师傅却携师娘被东窗吹进的那缕风卷得也没了身影。哎,哎,十指抓上去,干爹苦笑了,他没抓到风更没抓到人,他抓到的仅是一张随风飘荡的红叶片。摇摇头,突然桌上的马蹄表铃声响了,正好九点钟来到。干爹赶紧穿好衣服,他记起了文新的那个吩咐,卜阳春那帮人在礼堂排戏,因天冷要送些热水和炭火去呀。脸也不洗了,就去推门。门吱吱开,冷风飕飕,竟然是一个裹着一身绿军装的人进来了。当干爹看清那人是卜阳春时,卜阳春也没跟他打招呼,而是闷头去打量起室内堆起又推倒的乐队家什。"这不是盗的是借的,是周村祠堂公用的……"干爹话没说完,卜阳春开口了,说西安高腔做后场的共需二十来件响货,文堂十来件,武堂十来件,眼前还少了大鼓、大钹、先锋等数件。干爹说是呀是呀,那几件东西大了点,窗户里挪出来不太方便,但可找他物代替。一说起代替,卜阳春起劲了,他嘴巴瘪瘪鼓鼓,牙齿龇风,鼻头吭气,竟然做出了八九种弦音锣鼓声。干爹一一听过,拍出掌声喝彩说,真是天外有天人上有人,这下子碰到了说书高人,看到了天上乐师下凡。卜阳春应声道了"哪里哪里",又道了"怎么样怎么样",一副心满意足的模样。"那你坐坐,俺要去做事了。"干爹又想到了送炭送水的事,他走了。

等到他将一盆炭火以及一桶热水送到礼堂舞台下的服装衣帽间时,卜阳春看到原先曾经赶过干爹的两个保卫已经和人家聊天聊得划手又喷沫。这时,文新刚送走司马展也返回了,她把卜阳春和干爹叫到了一起,并做了介绍,谁知两人"危险得紧,老早就相识的"。三人顿时都露出了嘻嘻笑。之后,文新当着卜阳春的面告诉干爹,解放军的文工团欢迎老百姓参加演出,因为那样做更接地气。卜阳春说是的是的,并提出要干爹提供一个参演百姓的名单,并能作陪去周村考察一下演出现场。谁知干爹刚刚说出"行呵行呵,周村的丰庆班可是了得,会唱《醉八仙》《珍珠记》,会唱《槐荫会》《米兰敲窗》,还会一边奏乐一边滚唱帮腔《三五七》,那做正吹的角色能文能武就是俺师傅周龙畅"时,文新皱皱眉头打断了他的话,说,参加正戏演出的人员有部分学堂师生就行了,丰庆班的人可以来做热场宣传的嘛。说完这话,文新又将卜阳春拉扯去一旁窃窃轻言了一番。当干爹因未听明白两人说的是甚就索性凝下神来不去猜忖别人说的是甚时,他手指起起落落,一下子就将丰庆班出场人员数了个清楚。不料他正要向卜阳春一一介绍,卜阳春却红着胖脸说"不急不急,再说再说"了。干爹一时呆如木鹅,瞪瞪乌珠,但很快又似乎有所明白:你俩言谈古怪又躲闪,你俩怕的是师傅周龙畅吧,难道这人这际成了瘟神,各人都需躲着他?文新卜阳春都没回应,只是催着干爹赶快上路去周村实地勘查。那那,好吧好吧,去上路嘞去上路,干爹领着卜阳春,卜阳春又领着一男一女两个年轻军人,穿街巷过城门洞越大铁路,走走就走到了周村村口水口树下。干爹闷头还要往前走,两个跟班的年轻人惊呼了,说,喂呀妈,好大的樟树,像狮像虎像龙更像大鹏。谁知这一惊呼竟然生出一团轻风刮过,既而又引出两只巢中八哥从树间飞飞蹿蹿落爪到了树底下。干爹急忙赶了过来:双哥迎贵客,双哥迎贵客。他一说完,那对鸟儿应和了,一边欢声着"客客客",一边帧羽高耸、脖颈扭动、喙爪齐舞、翼膀划划,亮闪着黑黑黄黄金金绿绿以及两斑雪白一个劲地去了人家头顶盘旋。干爹鼻头顺风嗅嗅,笑了:你各人带炒米粉了?俊俏女兵和英俊男兵都去摸了挎包并一起问:这八哥似乎不是来迎客而是来觅食的吧?干爹曰:勿错勿错,鸟儿迎客不假,觅食也不假。说着,他就伸出手掌去向人家讨了米粉。米粉一落入掌中,干爹喉咙管缩缩,泌出了一汪清口水,等到口水落到掌中时,另一只掌合上搓出细粒,一对八哥的黄脚爪在干爹肩膀上蹦跳了几下后,那对黄喙就去啄了眼前的巴掌食。两个年轻人当场兴奋了起来,拍出了巴掌,而卜阳春清清嗓子竟然唱出个高腔段:周村口,大树旁,瑞鸟喜迎宾,宾客笑口开。一场大戏北风吹,军民团结乐开怀……干爹见到卜阳春这般模样心里只是称奇,随之当人家唱到第二遍时,他就去帮了腔。接着第三遍刚唱出,连那对金童玉女般的青年兵也跟着扯开了嗓门。"笑口开,笑口开""……乐开怀,乐开怀"……四人自由自在自得其乐地边走边唱,一唱就唱到了村头。这时,那两个青年兵突然歇了嘴,并对村头的居户人家指指画画起来。卜阳春去瞧瞧,他也不领头吼了,他看到了有人在争吵。干爹见状说,莫歇着莫歇着,祠堂屋还在前头呀。卜阳春似乎听得懂三界话,但他没理干爹的话茬,还招呼着其他人共同上了前。"咳咳,你个咳咳封建迷信棺材板咳咳……""你个拔人屁眼毛刮人脚板油的短命鬼……""老乡,老乡,有话好好曰,有理慢慢谈……"卜阳春挤进两个男人间,还把个"说"说成了三界的土话"曰"。两个男子见中间猛然插入一个说着衢州腔穿绿军装的汉子来劝架,一下惊讶得"哦"了,相互虽然歇了嘴,但仍在瞪着狠眼。"哈哈哈哈,"一旁的干爹幸灾乐祸恶笑连连,"有本事比比拳头股,拳头股!"对峙的二人见是干爹在挑唆,捏紧的拳头反而收回了。当三个当兵的对干爹都投去嫌恶的目光时,干爹朝卜阳春眨眨目睛子介绍道,相争的两人一个咳个没停的是周村农会主任周豪郎,一个大个子是能鬼画符的油漆师傅狂夫,另外一个蹲在门墙脚下冷眼静察的瘦猴子叫问天,而且三人无一例外都是路途吹曲唱调的好角色。卜阳春闻言急忙招呼两个青年跟班凑上,并说着"久仰久仰,听文新同志说过",去一一握了人家的手。干爹乘着握手间学着文新接待人客时的文明样,陆续朗声道:卜阳春这人这同志是军队文工团的导演,虽为长官但熟透西安戏,一张嘴巴就能响出板、管、鼓、锣、弦、号等各种腔调;这个金童子军人叫大春,有情有义,当了军官后还是要娶穷人女;这个玉女娜妮同志就是喜儿,一部大戏都围着她转,旧社会让她成了白毛鬼,新社会又让她成了黑发人……干爹喋喋不休,最后是豪郎猛咳几下打断了他:咳咳,早就听司马书记说过你们要来,如今来了也不预先打个招呼,咳咳,农会要去接各位贵客的呀。卜阳春立马摆了摆手:不用,不打搅了,只是先看看演戏场地。两个年轻军人也一旁附和了:是呵是呵,我们是工农子弟兵的文工团,尽量不惊扰百姓的。"懂的懂的,"干爹问天狂夫三人几乎说出了一样的话,"你这个军队好懂的,俺各人还帮郝汉红月攻过县衙破过雷公寨哪。""勿错勿错,"豪郎接过话,"他三人虽未参加革命队伍,但确实为革命摇过旗呐过喊敲过威风锣鼓。""快进屋喝口热茶,外面风大。"几个人刚要分开,雪姣站在门口叫唤了。当兵的经不住劝倒是进了屋,可是屁股一落座,豪郎与狂夫二人又当着生人面吵了起来。豪郎说大军就要进村演出《白毛女》了,你狂夫会画画,但不画劳军画,而是仍在印发七星赐福图,岂不是糊涂觉悟低!接着便是一阵大咳。狂夫不服,说你发烧不要发到俺这里来,令俺画俺偏不画,何况俺贴上纸墨画了,你农会又拿不出铜钿贴俺,俺印印发发福符箓,祠堂不仅要给工本钱,还会给工夫钱,俺会搞错吗?哼,哼,那边两人吵不停,这边问天干爹已拿着黄表纸符箓给卜阳春看了。看着看着,只见祥云间星官庄严且神色有异,又有七口清塘点缀于葱郁山林之中,从而蕴出了一派谐和景象,卜阳春顿时就称奇了:哇呀,散点透视加焦点透视,古朴苍老精湛不俗,是幅木版作品呵,何人雕版何人雕版?不料这一声大问又将众人镇住了。场面肃静了一会儿后,各人眼里的狂夫已在神扬舞蹈地拿着符箓在豪郎面前显摆了。"莫吵,莫吵,没了没了","客,客,客",没等到狂夫尽完兴,房间里竟然响出了别样怪声妙音。转睛望望,嗨,干爹那人正站在楼梯上对着一对八哥张牙舞爪。

卜阳春当下就乐了。他不仅又抓了些炒米粉给干爹,还叫上豪郎及问天狂夫同行。路上七个人时而走成一条线,时而走成双排队,时而又驻足不行聚拢成个团。但不管是何种走法,走着走着就会走经一口水塘,同时三个军人还会听到几个老百姓的咿咿哇哇。走过第一口水塘走到第二口水塘时,豪郎介绍完村子的人口环境后就介绍起自己,称自己上竹子林跟过诸葛红月打游击,还去三〇八团为郝汉养过战马,如今是为了搞好"土改"自愿还乡,被革命所派当了周村农会会长。干爹说勿错勿错,豪郎天生就是破军星命,俨俨然一革命闯将,可就是有点不好,好吃懒做爱拉,亲家母老婆孩子皆不管,光欢喜与柳胭脂困眠床。他一说完,豪郎就骂了句"傻子头,我老姆等你去困,你都困不了"。走过第三口水塘走到第四口水塘时,狂夫忖忖豪郎誉口了他自己,就忍不住也开了口,讲卜阳春眼力是真高真毒,竟然看出了自家是个雕版高手,其实自家那几刀的本事是周龙畅教的,自家的那个油漆画艺更擅长更为高超。干爹说勿错也勿错,前年间狂夫用只炭头画街画巷画新生乌毛婴儿,画的是县城万众欢腾迎解放,不过这人不该骗人进谷仓,清一色的赤膊交欢男女,看得人家是不仅长出三只眼,还裤下发热,小阿哥也硬邦邦。走过第五口水塘走到第六口水塘时,问天有点嫌同伴话语过于夸张不甚着调,就絮语叨叨告诉三个军人,周村以水塘为标志,七只水塘北斗七星状排开,故又名七星村。周村邑人多为周姓,他们皆系唐代衢州太守周美后代。干爹闻言又插了嘴,说勿错勿错,周问天虽为种田郎,但识文断字懂天象阴阳,剿匪白面郎君与毛太子间他就算到了郝光要血洒山冈命殒疆场,只可惜了周姓虽大,但问天这样的人还是出得太少,况且周姓再大仍不如毛姓大。说到这,干爹没去理睬三位军人的好奇目光,只是點點笑着又去荷包里掏出些卜阳春先前给予的炒米粉,并蹲身只手从塘中抓出点滴水,将掌中米粉和出了细粒,"粟粟粟",他噘嘴仰天还吹起了口哨。谁知,途中总在七人头顶"客客客"飞旋鸣唱的那对八哥此时竟然见不着一根毛。等到各人收回目光不去瞭上空而去朝后看时,那对金童玉女军人咋呼了起来:看!看!看过去,男女老少穿棉戴帽一大帮村民在十来个小孩带领下都在朝他们看。

到了到了,七口水塘的摇光、开阳、玉衡、天枢、天璇、天玑都过了,眼目前到的是天权,是斗身的魁底。问天直到走至周家祠堂面前的大池塘仍在说着。可正在听话听稀奇的三个军人却转移了目光。他们先是听到了一阵突如其来的鸟鹊鸣叫声,接着又看到了鸟鹊掠过塘边的乌桕树,跳去了池塘埠口的台阶石板。"走吧走吧,粟米不给鱼也不给鸟是给人的,药娘阿姐在等米下锅熬糊糊哪。"天呵,三个兵继而看到的是一个中年妇人在清水里淘米,而干爹各人看到的是神情戚然的师娘。悄悄上,莫声张,莫让小脚师娘滚进冷水塘。"快来帮帮忙,晓得吧,农会的人没一天吃饱的,豪郎咳嗽发烧都两天了。"师娘也不抬头,但她看到了三个徒儿的影子在水中伴着飞鸟浮漂。咳咳咳,豪郎一旁又咳了:我说了,家,你莫来了,你的米你的菜吃到肚腹是舒服,可心里打节刺呀。师娘仍是没抬头,可声音响亮:鼓着个空腹还说是米撑的,你嫌俺,民国十六年,三界成虎造反起农运,俺都帮丁丞那帮人烧过吃的,丁丞还说我烧的菜比药娘烧的好吃嘞。"那是那是。"没忖到药娘的声音此刻也来了。她站在祠堂门斗下,襟袄棉裤包头竟然是一身农妇打扮。"丁丞那人至今还在记挂你哪,人家前年间……"药娘话没说完,干爹愕然瞅上一眼后,就上前帮师娘从水中端出了淘米箩:是哪是哪,俺还坐过丁丞的美国吉普车与他共过药娘摆的酒席,那人当时就说师娘厨房手艺强过药娘。卜阳春那三个兵在一旁听过更是吃惊,本来这场面他们就看不懂,怎么一下子又出现了他们见过面的药娘?上了前,刚想说些感谢药娘为演喜儿的演员出方下药治好感冒的话,药娘却像没看见人家一样顾自往祠堂门内张望:司马司马,药煎好了没有,豪郎归来了。"快嘞快嘞。"问声大,回声也大,而且是一男一女齐回答。等到卜阳春一行人过侧门来到廊庑下,司马展和文书董朝晖去和军人握了手,而柳胭脂却与狂夫开起了玩笑。一边在说红月同志有交代,若场地和戏台都合适,镇里准备出点钱做做修缮与布置,不用部队劳心也不用农会太费力;另一边在闹,狂夫要叫胭脂老实交代前些天是不是在被窝里作孽太多了,搞得豪郎肾亏成了哮哈人。不料那边的卜阳春嘴里虽在说着谢谢谢谢,可一双细眼一周扫过后却如炬闪闪去了戏台;这边的胭脂空踢踢狂夫的胯下后,连忙对干爹与问天赔上笑。卜阳春嘴念道,嗯嗯,不错不错,祠堂三路三进戏台,不是平常戏台的四柱三间,而是六柱五间,因为东西有侧台。司马诸人点着头又陪军人上了台。上台上台,头望上,藻井圆圆,几行翠鸟盘旋向上,又拱上了一轮耀耀闪光的白太阳。踏台踏台,眼张嘴开,腿飞手划,几声咿呀出去,几个造型亮相摆出,台下陶缸嗡嗡,激出几条鱼儿跳,台前彩画梁、雕牛腿,余音袅袅,引得祥鸟展翅、瑞兽跃蹄、群英停马歇刀皆往台上瞭。军人试台一番下来再二三,狂夫见状再也不闹,连原先拥在祠堂外的老少男女众人也都既推又让地左脚过槛聚拢到了台下天井上。头昂昂眼翘翘,四番五番又瞅过,狂夫问天豪郎三人喝出了彩,领着村民交口称赞卜阳春有副金刚亮嗓,金童玉女兵身手实在不凡。干爹顿时兴致高涨,他又吹起了口哨,连声啸叫"粟粟粟"。粟粟粟,两只八哥先从屋梁上蹿飞出,接着天井屋檐底五六只鸟鹊拍着翅膀也跟飞了。鸟儿一阵盘旋,见干爹只是空唤,掌中并无粟米,便不辞而别逃之夭夭。廊庑门口有香。有香有香,人未看见,鸟却瞰了个明白,师娘站在那,她端着一只簸箕,口中不停叨叨:没忘没忘,八哥八姐,你各人先前来看过俺,剩下哪,还剩下好几口哪……鸟去啄了食,戏台下的人也渐散,祠堂外此刻传来了大人唤小人回家吃饭的声音。等到豪郎送走乡邻一回转,柳胭脂便端出碗药汤递到了他嘴边,嗔怪他只顾着做事不晓寒热,更不知夜沉晓亮。豪郎喝光药汤后,一边的干爹不料此间叫出了药娘。众人纷纷瞧去,还真看到药娘站在大堂角落立柱下,虽农妇打扮却神清气爽。胭脂急忙上前连声道谢,可药娘摆摆手,又叫司马和豪郎去了她身旁。药娘先对司马说了些话,司马接着又对豪郎胭脂说了些话,听话的一对男女顿时眉开眼笑,相互接连叫出声"两面红旗",又叫出了"十面红旗"。两面红旗?十面红旗?三个军人闻言面面相觑,疑疑惑惑地说:不用不用,红旗我们自己备。嘀哈哈嘀哈哈,狂夫问天两人闻言笑得是好一阵前仰后翻。干爹见军人窘着干赔笑,急忙上前道:不是哪不是哪,两面红旗是离婚证上飘的,十面红旗是结婚证上飘的,俺晓得的,是药嫂讲的,都是新中国的休书婚书上印的。卜阳春他们装着已经听懂的样子"哦哦"着拔腿就准备走,"苞萝糊粥,苞萝糊粥",廊庑门口那头传来了师娘出奇响亮的声音。"糊粥","糊粥",几只八哥八姐随之也嗷嗷学舌聒噪个不休。

　　那餐糊粥饭是在东进祠堂屋的厨房里吃的。当各人都扒进肚腹一碗粥后,干爹发现药娘不在场。他四下瞭瞭没见药娘,却见司马和豪郎向他使眼色,于是他去了柴房。一进柴房就看到药娘在抚心做祷告。静心听听,没听到药娘念出平常熟悉的词,而一些奇里古怪的词却陆续听到了:主呵,怎么这样说嘞,豺狼必与绵羊羔同居、豹子与山羊羔同卧、少壮狮子与牛犊马驹同群?主呵,小孩子要引导,那就糊涂粥糊涂吃,吃了糊涂莫糊涂呵,阿门。念罢,她说着"晓得了晓得了"也去了厨房。各人见药娘来了,就去喝了第二碗第三四碗粥。喝完粥后,卜阳春那三人先走了,说是要赶紧回去排戏以适应周村戏台,并且留下了一袋炒米干粉。接着,药娘对着豪郎胭脂说了句"快去镇里办"后,携同师娘也走了。狂夫干爹问天见这几个人都走了,三张臭嘴一下就开出闸。一个乱着说,两面红旗飘飘飘就离了、十面红旗飘飘又要结了,不过媒人还是要的,雪姣在等着胖大猪腿;一个反着说,真是条好汉子,宁愿吃师娘送上的苞萝米也不吃师傅供给的祠堂米;一个傻着说,你两人倒好了,从此无须日间穿弄堂躲人、夜间爬门窗躲鬼,可药嫂怎么办,她还有个娜妮片。豪郎闻言半边阴脸阳了,另半边阳脸阴了,他刚刚扯开嗓子要说话,司马的话快马一鞭噼噼作响:快去准备准备,迎接部队来演戏,丰庆班不仅要大鼓大锣,还要吹梨花吉子先锋大号!

司马的话还真管用,周村丰庆班在周龙畅不牵头的情况下,在周豪郎的吆喝声中也凑齐了班子。尽管第二天豪郎是板着个脸叫干爹去请龙畅和浦江女的,但干爹仍旧乐意,因为他巴不得人家不要将师傅当作瘟神对待。不过,那负责正吹的角色还是依豪郎之意让给了那厮,而龙畅去做了副吹。龙畅闻讯的当时,起先水烟袋吧吧是不情愿的,直到师娘曰若不答应她说疯就疯了后,龙畅才应允了。然而,药嫂却不高兴了,她对着乘兴勃勃而来的干爹骂了起来:你个傻子头,浦江女怎么能出场?!为药嫂这一骂,干爹憋了半天气。可是当卜阳春为丰庆班在县中的精彩演奏而叫好时,他胸脯拍拍去问了人家:这个敲鼓板的戏班女怎么样?干爹一肚子闷气随着几个臭屁放过,又全在裤筒里渐消。

事过两天,部队南下工作队的文工团就在我娘亲诸葛红月和司马叔叔的陪同下被文新姑姑带队的县中师生簇拥着去周村演出了。一支队伍进村后没听陪同人的话走近路,而是故意去转了六口水塘。每过一塘,队员们都指指点点墙或树上的两张招贴画,说一张是部队发的《白毛女》宣传品,另一张虽然不是部队发的,可画中的一男一女怎么与自己的演员那么像。卜阳春闻之只是笑,也不做回答,搞得两个演员只好说,可能就是那个叫豪郎的农会主任叫一个叫狂夫的村民画的。豪郎豪郎?狂夫狂夫?队员们越发生奇,更是七七八八地问去了一路。很快,又走到祠堂门口的天权塘。队员们正在张望,一阵戏腔浓郁的歌声贴着水面似乎骑着水中激游的鱼脊背漂来了,"七星村,水塘旁,瑞凤迎宾客,宾客笑颜开,一场大戏北风吹,军民团结乐开怀……"哎哟,一个老妇带着一帮摇出彩旗的红袍小儿在祠堂门口吼着呢!青衣领唱苍凉悠长,黄口齐唱帮腔生气回荡,卜阳春一顿解说还未讲完,一阵天风借着歌声吹着纷纷扬扬扬的乌桕红树叶落了队员们一头。门口歌未罢,文工团的人马就在文新领着的一帮师生簇拥下被豪郎领着的一帮人迎到戏台前。豪郎对着卜阳春介绍:这个高个、那个矮个、这个老哥、那个小弟都是农会的人,大家分工不分家,都担着新行的管、教、养、卫诸项事务,只是再也不去实行保甲制度暗探连坐明抓壮丁了。不料豪郎未说完,干爹和药嫂一干人怀抱干柴棍也凑上了前,说时令已是大雪,天气湿冷得很,他们要为军队戏班生火取暖。卜阳春闻言刚说出"不必不必",干爹立马抢着说:一点柴火花不了什么钱,何况是城里来的看戏人,麻叔、麻婆、跷脚王、花娇娇、笑面胡诸位自愿出的,并没有花农会的钞票。豪郎听了这话一只眼阴阴瞪了,可另一只眼又阳阳开了,说了"谢了谢了,乡亲们喜爱子弟兵觉悟高觉悟高"后,又说了"台上的木炭可是俺出的哦"。"快过来快过来,等你啦!"柳胭脂声音响了,豪郎也就过去了。卜阳春瞧过去,错落有致,气焰旺张,七八个人站站坐坐,在对照议事堂上正整装持器待发。大号呼呼、鼓板笃笃、大鼓咚咚、大锣喤喤,先是一阵欢庆锣鼓响过,接着是笛吹啁啾、弦拉呜咽、手弹如有大珠小珠落玉盘。啊呵呵,卜阳春赞叹了,一帮队员跟着呵呵呵也赞叹了,都差点忘了去补妆。"莫急莫挤","莫急莫挤",随着红月和司马展董朝晖的关照声,大堂天井廊庑都是人了。呼呼呼呼,热乎锣鼓一歇,那风冷飕飕来了。天井上天外灌进,廊柱间人间擦过,人们还没来得及打寒战,陌生的音乐起了,陌生的戏也开出了幕。一幕北风吹过去,人们就私下窃窃语了:也出入将相门,可没锦绣袍羽翎毛,演的原来是旷野乡下人间烟火;二幕十里风雪过去,好几个老妇叽呱了:蛮像蛮像,俺老公那年也是孤魂一个在风雪里荡;三幕又来了,北风那个吹,雪花那个飘,雪花那个飘飘,年来到。年来到?是要过年了!没听懂的人经听懂的一解也听懂了。莫吵莫吵,四处打杂的干爹对着交头接耳的指点了,"听不进莫吵,请问前头高见者",人家顺着指点看见了台柱上的楹联,还真禁住了声。哦哦哦,各人静了,静静去听去看似乎也蛮懂,做长工的老货躲债七天去做豆腐,换来两斤面团在怀里回家过年了。老货唱了:人家的闺女有花戴,你爹我钱少不能买,扯上了二尺红头绳,我给我喜儿扎起来,扎呀么扎起来。娜妮唱了:人家的闺女有花戴,我爹钱少不能买,扯上了二尺红头绳,给我扎起来,哎,扎起来。老货娜妮都唱了:门神门神骑红马,贴在了门上守住家;门神门神扛大刀,大鬼小鬼进不来,哎,进呀么进不来。进不来进不来,祠堂里原先四下吹刮的寒风竟然一下消失了,而被干爹点燃的八处柴火却燎得火苗旺旺。人们沉寂片刻后嗓门又都响出了一片"嗡"。有的说这新戏有男唱、女唱、男女对唱、合唱真好,只可惜少了点西安高腔里的高亢帮腔;有的说戏真戏苦演的可怜人,即使在周村随便寻寻都有呀;有的低下了头一声不吱,干咳几声后说是要去上茅坑。戏继续演着,一场又一场……黄世仁和狗腿子穆仁智一脚踹去,红马上的大刀门神竟正不压邪全无了力气,眼睁睁见老货被恶人恶作逼死……台上的喜儿哭起了爹,那哭声撕肝裂肺狂风一样袭下了台,台下先是不闻丁点声响,后有几个女子也应声哭了,于是引出一片抽泣搅得昏天黑地……我要活,我要报仇,逃出黄家的喜儿又逃进了深山,娜妮呼天抢地立誓啸啸,她一头黑发白了,变成了白毛仙姑女钟馗……太阳终于出来了,红旗飘扬"哗啦啦"插上了杨各庄。呵呵呵,大春哥骑马挎枪神武归乡,笑面老魏样的坏东家吃了枪子,而一对旧情人重新相聚,只可惜少演了金童玉女进洞房。原先那"少演"的声音还算小,仅是干爹个把人在嘀咕发牢骚,不料等到演员谢幕时,一阵天风晃着回旋影悄然落下,场子里随之一阵骚乱,竟然还有几条蛮汉跳起跳倒,扬言要将饰演黄世仁穆仁智的缚了并立即押解县农民法庭。嗨,那声响似嬉亦真、似顽更是浪,急得听得懂当地话的卜阳春去望了诸葛与司马,又朝柱上楹联点了点:文就武成金榜题名空富贵,男婚女嫁洞房花烛假风流,乡亲们,这是做戏呀。干爹闻言一下声音就大了:是呀是呀,做戏做戏,可戏没做够,戏少演了。说着,他一双目睛子光全去了丰庆班那帮人身上。狂夫那厮本来就有张牛魔王阔嘴,他坏坏一笑挑唆说,毛记说得对,戏是少演了。那声音比那缚人的声音还要大。问天立即歪眼也不眨了,附言道,嗯嗯,戏感天动地,看得人心揪痛涕泪涟涟,看得手臂增恨,恨不得携枪舞刀去剐贼,但是,但是,末尾团圆戏确实还不够,应有个龙凤呈祥的大喜潮。豪郎见状,虽样子有点不屑一顾,可看看各人都在点头,只有当了自家副吹的龙畅态度淡然,便口水咽咽说了对对对行行行。不久,场上的乡亲们也逐渐闹了起来,纷纷说快过年了,看洞房花烛夜要比看缚个戏子吉祥。干爹见各人声响盖过了蛮汉的缚人声响,便高声要求扮演杨白劳的卜阳春活转回来,现编现演场大春喜儿欢欢喜喜入洞房。是吗是吗,死了的人再活转?各人笑了,同时还纷纷说道"有的有的,古人戏里有见的"。是吗是吗,改结局?被人拥着的卜阳春觉得自家转眼间变成了鱼儿浴去了一江艳阳高照的温水中,浑身暖气贯通,脑子一时又不知该怎么畅想。他不由自主地脚踮踮头翘翘去望了诸葛红月文新和司马展,似乎想从中去获得点什么启发。可是眼前人头攒动,还没等到看清人家是在点头或摇头,丰庆班的喜庆锣鼓就震天动地地来了。与此同时,天井当央的那堆篝火在干爹和师娘的照应下陡然身姿奇变,火苗不知借到什么风,一下子呼呼旋上九尺高:呵,火龙卷!火龙卷!

第三十章　会议·苦算

　　自从一场文明大戏在周村风风火火演出后，村子里七只水塘的塘水有了异样。有人传水温突然暖了，像有春风浸过，连鱼儿也露出头来吸新鲜气息；也有人传水温更低了，像三九隆冬季节的水，连最不怕冷的鳜鱼鲫鱼䱗也都潜去了塘底不肯露头。传言中，干爹因学堂放假，他听了问天那句"住到周村去，不然人家说你不是周村人，难免分田分地会难三分"的话，住进周龙畅赠给他的那间搭墙翼屋已经好几天。头天晚上，他陪着师傅师娘在楼上那间曾经的药嫂闺房里闷头算租佃账算到了深夜。当时，龙畅不时露出悲喜交加的暗笑，干爹不解，便傻傻去问为何，可人家就是不语。憋到后来，师娘倒先开了口，说逃到浦城九牧的德仓爷得到师傅的口信回来了，昨日两人还伙同闷叔鬼鬼祟祟躲进阁楼喝了半天老酒。你来我去酒喝去二斤后，龙畅去请教德仓爷，问，他周龙畅能在大军演出白毛仙姑场上当花头台的副吹，不知是福还是祸？当酒喝掉了五斤时，德仓爷问龙畅：眼目前"土改"正在自报成分，等日后张榜公议，按田地数、雇工量，他应自报为地主，可他一年到头连过年都没闲着，进次城关连烧饼油条都不舍得吃，报地主是不是报高了？闷叔说，他还是报个富农的好，反正富农田地财产一时还要保护的，只是堂客死活不愿，那女人扬言若他家是富农，她就要去农会滚钉板。龙畅说，高了低了抑或只有天晓得，他个人名下水田仅有二三亩，十有九五的田地，民国十六年就贡献了，一大半赠了穷人，小半部分归了宗祠，他目前经理的公田又不是自家的，因此他报的是地主或者是二地主。地主就地主，二地主就二地主，反正还会留点田留点房，浮财仍旧不拿走，到时候实在不行了，就去城里开间米铺开爿油坊。嗯，嗯，对呀对呀，听过师娘一番贩来的话干爹就说：师傅说的话不就是他从郝汉红月那里贩过来的么！哦哦，师娘闻言絮叨着"共和初年的共产党还真有了不一样"，而干爹说着"是噢是噢"，不久他就觉得瞌睡虫爬满了脑壳，眼前的二三把乌木算盘竟然在目睛中框散珠飞一团迷乱，于是他抬脚下了楼。走时，他还为火盆加了木炭，并劝师娘也去睡觉，不要再在师傅耳旁唠叨"剥削账，剥削账是本不清账"了。说完这句话，他又去瞅了一眼火盆，奇怪的是他又没去扇风，可火苗倒是蹿得又红又高。第二天，他去了池塘，葫芦勺撇过几遍水面，清亮的水面露出一汪更为清亮如镜的水面后，他去舀出了一担清水。令其暗暗生奇的是，舀水间他都没瞅到有鱼进葫芦勺，可在他挑着担子回周宅途中，不料看到有两条鲫鱼在桶中蹦跳。他走着疑惑着还在说着糊涂话：不是说鲫鱼都潜去了塘底不露头了么？一会儿过去，他人就到了大屋门口。没等到他进屋，雪姣倒从屋里走了出来，女人说：狂夫昨日来过，急急忙忙传了话，叫毛记快回同春堂一趟，说是药娘备了些廿八都木炭，要他去送给郝汉红月取暖用。狂夫传过话就急着要走，说他要赶紧去清湖，他的小娘舅被农会诉苦算账，人家如芒在背如猫背虎，眼看就要搪不住。于是，干爹又"么么是么"地离开了周宅。走到回春堂，没见到药娘，药嫂却是一脸春风地在候他。没等到他开口，女人告诉他，她已和豪郎去镇里领了离婚证，只是娜妮鬼归谁仍旧未谈好。干爹闻言道，如果两人实在谈不拢，那孩儿暂且归他这位干爹也可以，反正娜妮已经不用饲奶，他靠着将要分给的田地收成和薪水肯定能把个孩儿养成一朵鲜花。药嫂听了他的话白了白眼：靠你？你还是省省吧，攒点钱，准备准备提亲。提亲？干爹人一怔：行吧？!等到狂夫问天把欠俺的钱还了，俺一定来提亲，不过，俺两个都上床那样了，提亲的摆席铜钿能省还是省些好。药嫂看到干爹一副认真的样子，先是扑哧一下笑出声，既而眼泪水也挂上了脸：要是嫁你？俺，俺情愿倒贴呀！哎，就怕修不成那正果呵……干爹见药嫂说话语气显得不像往常爽快，就还忖说点什么，不料女子反倒去言了另事，她叫他别误了药娘支派的事，赶快去县衙送炭。无奈，干爹挑起了炭篓担，嘟噜着"小看人小看人"，人走倒是走了，可满脸皆是不情愿。

就是在那一天，县委在郝汉主持下开了一次以周村"土改"问题为主要内容的会议。地区一个姓白的副专员也参加了会议。我之所以对这次会议的情况有所了解，完全是碰到了一个机缘。那年，药嫂的女儿，我的那个共饮过同一女子奶水的发小秋莲，为完成她的博士论文回乡做"土改"调查。她叫我帮忙，于是我就陪着她去调档看了那些原始材料。当时，我还没有写作这部小说的打算。据材料载，在会上，司马展做了主汇报，董朝晖做了补充发言。他俩主要介绍了前阶段调查汇总情况以及相关分析和接下来的工作安排。我娘亲诸葛红月和列席会议的卜阳春就部队南下文化工作团去周村演出的情况也做了发言。郝汉当时听得很认真,并对司马的一段调查对象特点分析做了有详有略的记录。记录中说周村情况比较复杂,主要特点有六:其一是地富比较集中。按政策框算,全村一百九十七户中该有二十四户会评上地主富农,占总户数的百分之十二点一八,总人数的百分之十一点四九;其占有土地六百六十九点六九亩,占去全村土地的百分之五十八点四,每人平均六点五亩。这些人有的已有十八代没穿过草鞋,专门依靠剥削收租放高利贷吃饭。下面的记录就少得多了,仅是记了个题目并做了个"详情见材料"的注解。其二至其六分别为:"文化程度较高""公共土地较多""出租土地较多""使用土地较少""工人较多"等。在工人较多的那项笔记下,郝汉还写下了其他字样:土质、产量,维持生活需两亩,务工人员与自由职业者、商贩、伪军、宗教、我方干部占有三分之一?会议记录记下诸葛红月讲话的文字不多,她在汇报了一个春节前夕镇压反革命的宣传提纲后就去说了周村那场演出。她说演出很成功,震慑了少数怀有敌意者,教育了不少动摇观望者,鼓舞了多数的普通劳动者。接着,她就去请卜阳春给地方的配合工作多提意见了。不料卜阳春没去大说政治影响一类的话,他说演出很有特点,群众参与出人意料,少数群众情绪一度失控,但有惊无险,没有伤害到个别演员,末了戏完了,群众自发去加了戏,虽说是狗尾续貂,但气氛仍是不错,给一出悲剧增添出一个喜剧尾声,演出队的同志为此都说这是一次别有风采意味的演出经历。会议末尾时,郝汉做了总结,他说三界的"土改"目前要进行第三批了,务必在总结经验的基础上按省委地委的统一布置有步骤地进行下去。进行当中既要严肃贯彻党的方针政策,依照土地改革法办事,又要紧密结合三界镇乡村的具体实际情况搞扎实。不依法办事和不充分发动群众,仅仅只是将土地恩赐给贫苦群众的和平"土改"的现象都要纠正。他还说,周村的情况虽然有其特殊之处,但是对于诸如清湖、贺村、廿八都一些经济相对发达地方还是具有工作参考意义的。接着,他建议以县中为基础抽调一些文化骨干组建文化工作队,跟着部队学排《白毛女》并去各地演出,免得军队文工团走了后县里就演不了这样启发觉悟鼓舞人心的好戏。郝汉说完了话就请白副专员做指示,谁知那人那天没有说什么,因此会议记录里也就没了他的言论。另外,郝汉在会上还不做解释地念了《中华人民共和国土地改革法》中的第二条、第四条、第五条、第六条、第三十一、第三十二条。为了写作,我就去翻阅了那部大法并认认真真地读了那几条。读后,我越发敬佩郝汉伯伯了,这几条讲的内容涉及了没收地主财产的范围、对工商业者和富农的保护政策、军人及烈士家属阶级成分的评定、成分评定中的自报公议等程序、民主以及"土改"期间乱捕乱打乱杀和各种肉刑的禁止等。阅档后,那位周博士似乎是在问我,又似乎不是:现在写"暴力土改"的文章那么多,那么,那个非暴力的"和平土改"在三界或许是应该存在的,起码郝汉们是有过追求的,同时也有更多的人应该也是享受到的。何况,当时就反对过搞"和平土改",如若不存在,何谓要注意纠正与反对呢? 你说是吗? 是吗是吗,我不是搞理论的,我概括抽象不出来那个所谓的"暴力土改"和"和平土改"的概念。当时我回答不了,至今我好像仍然难以讲清。

干爹那时把一担木炭还是挑去了八角亭楼底下。他没忘记药嫂的关照,要慢慢送暗暗送,不然郝县长和红月姐都享受不到那暖火暖气的,他俩非把东西送与别人不可。五点半一过天就乌下来了,到灶房草木灰烬里煨出两只半生不熟的番薯吃过,约莫估估快六点半钟差不多。干爹从灶口立身就要准备走,可刚一转身就看到了文新,那女子手提着两只竹编火熜,火熜里厢装的全是碎木炭头。干爹见状急忙又回去灶口,扒出一些星火跳跃的灰烬去满装压实了火熜。接着他告诉文新,他要趁着夜幕深沉翻过城墙残缺口给郝汉红月送去些烤火木炭。文新闻言道,她也陪着去,两只火熜他俩一人一只,一个晚上都会暖洋洋。于是,干爹回到八角亭楼下,从长筒炭篓中分出些轻轻脆脆的炭条装进竹篮后,就伙同文新抄僻静近路越墙去了县府后院。说来也巧,正当干爹担心碰不着人,去找郝汉红月往往会十去九扑空之际,那两人竟然说着笑着从对照银杏树干间走了过来。来了来了,只见蓦然间风吹叶落一股寒气飕飕袭上,红月缩缩头颈猛地叫了声好冷好冷。随之女子不由自主地朝身边人靠去,可顷刻间她又晃晃身子脱开了,搞得那铁塔一座的郝汉刚伸出手去揽人,可结果只能揽了个空。干爹见状,他俯首"呵呵"着,不料呵出的一团白雾竟将两个尴尬对笑的人全笼罩。笑声还在响着,白雾一下子又飘荡开,郝汉双手甩甩,又将披于自身的军大衣披去了红月身上。干爹见状想去叫他俩,可立刻又被文新做出怪相划划手指轻声制止:莫搅莫搅,难得见这二人相处一起的。干爹闻言立马就明白:是的是的,馄饨担和烧饼女在一起,公子与小姐在一起,美女要和英雄在一起。莫吵,莫吵,悄悄跟着,这边两人一下就把自家当成了猫。人家不说笑了,一个俯首看着另一个的头,而另一个却是俯首去看地。人家走到房门口了,一个要辞别将身上披的大衣解下还给另一个,另一个乘势拉住伸来的手。喂呀,干爹又想叫了:去抱起去抱起,就像戏里吕布抱貂蝉、霸王抱虞姬,而莫像狂夫发骚抱雪姣。然而一切都没发生,门口站着的女子突然发了声:文新文新快过来,你身上带有火哩。可不可不,干爹还没弄清怎么回事,他眼前的红月已经接过了文新手中的火熜,而郝汉正要将大衣给干爹披上。戏没演就完了?干爹疑惑着睁大目睛再瞧去,四个人都到了屋里,郝汉红月还把自家当着人客在倒水泡茶。几口茶水下去胸腹也暖了,干爹瞅准茶几下有只脸盆就去取了出来,并搁进木炭准备引燃:快得很,快得很,就像落下一只日头光。其他人听了他的话都笑了。当他还忖再说几句时,抱着只火熜的郝汉对着也抱着只火熜的红月严肃地说了话:行,就按你的宣传提纲去落实,不过,执行枪决后,不要阻拦罪犯家人去收尸。收尸收尸?文新插嘴了:莫搞错,俺嫂子是宣传部副部长,不是公安局长噢。收尸收尸?干爹肉跳心惊憋不住问:枪毙谁?莫非是城南的笑面虎老魏?郝汉红月似乎没听见干爹的话,可一旁的文新倒凑近他耳朵说,是的是的,不过不止一个,要过年了嘛,年前总是要镇压几个罪大恶极的反革命的。是的是的哦,改朝换代腥风血雨历朝历代都少不了杀人的,不过,虽说那老鬼该枪毙,他罪恶滔天,不是也说那老鬼还轮不到枪毙,他一个儿子虽然跟着保密局去了台湾,可人家抗战捐过金银,还有一个女儿在京城当共产党嘞?干爹疑窦不解,但也没去问,他怕了,他看到郝汉一张脸霎时间尽涂上了黑面判官色。于是他去取过红月手中的火熜,从衣袋里鬼鬼掏出双筷子后,又从火熜里拣出些火红的炭头,并将其铺在了火盆底,几块木炭条再架上去,他鼓鼓息息腮帮子就向盆中吹去了风。文新见干爹那模样好生可笑,便去逗了:耶,毛记,你与药嫂差不多了吧,药娘曰原本为江妹备的嫁妆全给药嫂,俺各人就等着喝你联姻的喜酒。干爹抬头也不吹气了:是呀是呀,俺就等着狂夫问天还钱了,俺总不能酒席钱也叫药娘出吧。看到干爹那副顶真的面孔,文新一下就乐得有点发癫,她趁着郝汉红月正在赔笑,冷不防地颠着身子去撞了红月,红月人身子一歪,结果倒去了郝汉身躯,那郝汉竟然顺势将红月扶了也抱了个牢。干爹见状很快就明白了文新嬉闹的用意,同时也忘了自家身份:"馄饨担配烧饼女,公子配小姐,英雄得胜还朝抱得美人归。"文新听到干爹这肆无忌惮的欢叫就去拍了掌:"不过,我可要警告你郝汉,你不能像有的南下干部,家里有妻有儿女,见了南方美色就去做了陈世美!"

火光映映,那火盆中的炭火旺旺地烧着,红月与郝汉的脸色顿时也窘出了绯红。

不久,干爹就回了八角亭楼。因为好些天不住了,房间里显得更是冷清。他打了个寒战,猛地忖起适才文新对他讲的那番话。又要杀恶诛贼了,但这恶贼家可是连着师傅师娘家呀,共产党不至于也会搞国民党的保甲连坐吧?他心头搯搯想去对人说说话,可四壁空荡荡,眼中只有木板墙角落下的一只陶甑。他静了静心,不料听到有窸窸窣窣的声响传出。走近瞅瞅,不见猫卧鼠逃,那声响竟然就是来自那只陶甑。伸出手,陶甑里厢掏掏,再抽出来,只见五指流沙掌中的一只金钱龟仍在瞌目困觉。唉,干爹叹了口气,他晓得是自家冥冥中听到了幻音。于是他点燃起几张废纸去烘了金龟。二三遍燃过,冬眠的生灵目睛睁开还在盯着他。干爹连忙往棉袍上擦了擦手,紧接着就将金龟焐进了心窝口。不久,他不仅听到了自家的心跳,还听得到金龟的心跳。他便对金龟说话:龟孙呵龟孙,师傅与那该死的老鬼是儿女亲家,师傅不会因此受牵连而被拘走逼其交代甚勾当吧?拘人拘人?甚至五花大绑,就像豪郎那伙人将周村伪保长押解县农会法庭那样?干爹没指望金龟能对话只是自家在瞎忖,不料耳畔竟传来了声音:绑了绑了,绑绑绑。他赶紧掀开大袍去瞅金龟,嗨,怀里的金龟根本未开目张嘴,人家睡态正酣畅。"让你困让你困。"又是哐啷一记,干爹无名恼火一下腾起,他恨恨地把手中龟摔去了门口,谁知门口立着的竟然是魁梧蛮汉狂夫!

被金龟砸着的狂夫没像往常那样去骂他狗眼不识人,倒是呼呼喝喝哗哗啦啦,说清湖的娘舅还真是被人绑了,一伙人怪娘舅不老实,在算剥削账时百般狡辩千般抵赖。完了完了,还真完了,干爹一急放起了连珠炮:娘舅胆小口讷尚且如此遭罪,那怀有豹子胆长有铁板嘴的周龙畅岂不要被豪郎那拨人拉出游街?!是哟是哟,肯定肯定,狂夫嘴也管不住了:要是一游街,那龙畅师傅肯定会气得去上吊,而师娘肯定会痛得去投塘。怎么办怎么办,两人说着争着,脑浆子都快熬尽了,可就是寻不着一条活络路。一直到天明,被窝里挤困了一夜的他们仍觉身子未暖过。结果等到各人都去撒了尿还在拨弄小阿哥,两人竟然异口同声说出句:去找问天去。去嘞去嘞,干爹将金龟塞入甑罐沙粒后,脸也没洗就伙同狂夫疾步不到半个时辰去了问天家。一到人家家里,唤了几声见人家没应,两人急了,于是莽撞撞去了厢房卧室,硬是将个赤条条的问天拉出了被窝。问天堂客见状就骂了:"短命鬼,吵甚吵甚,小雪都到了,一日吃两餐的,不生火不生火。"狂夫急匆匆应了:"晓得晓得,俺两人不到你居里吃粥,俺是来搬救兵的。"干爹说是的是的,没等到问天披上衣服就急不可待地将先前发生的事数了个一五一十。嗯,嗯,问天说眼目前是过"土改"中的算账坎,周村家家户户都听得到算盘珠子响,他昨日也拨弄木珠至深夜。干爹说他也晓得的,他还陪着师傅师娘以及德仓爷和闷叔算了个三七二十一,但他不晓得这账如果算得农会不满意,人家要拿绳索来缚人的。你看你看,狂夫在清湖的娘舅不就被缚了?! 是哟是哟,怎么办,如何让师傅安耽一些度过算账这一关? 三人你言我语费着口舌,直到被问天堂客赶走,又迁至雪姣家灶房间的猪栏边,仍在争论不休。干爹的意思是去请豪郎和柳胭脂到四牌楼吃一顿,明里说是为他俩即将喜结良缘庆贺一番,暗里再托托那厮,不要乘算剥削账之机暗算师傅;狂夫的意思却不然,他说与其花钱去拍人家马屁还不如乘那二人暗宿之时去闯大晾床,而后再放出狠话要去红月处告其忘了身份还在狎妓淫败花。问天闻言没去反驳只是摇头:"不长进不长进。"他歪歪头颈去瞅了猪栏,他听到了正在饲猪的雪姣在说着胡话:"苦哇苦哇,不是俺心狠,你是猪,你就只有这个苦肉命,把你养大养肥了,就要卖你,去做人的刀下鬼,去为人的嘴中肉,今天饲你你多吃点精料,算是送你上路,只盼你下辈子再莫投胎做猪老爷了,莫怪莫怪,苦哇苦哇。"听着听着,问天大喝一声"有了有了",那声响之大,不仅吓得其他人都朝他看,连猪也停了嚼食直向他昂首窥探。有甚? 有甚? 狂夫干爹去问了,雪姣也去问了,可接着又自作聪明地答了:有是有了,可惜只是掺了苞萝薯块的猪食,若不嫌弃,一人可供两钵大碗,反正猪也撑不下。三个男人闻言忍俊不禁,都说只要你雪姣舍得少卖几个钱,俺各人宁做饱腹猪不做饿死鬼。结果等到三张嘴将半锅菜粥吃了个底朝天,问天才把那"有了有了"吐了出来。

还好,狂夫与干爹听完问天肚腹里翻出的货都未去叽喳乌鸦嘴,但也没去赞他,只是说"晓得哟,周瑜打黄盖,苦肉计"。苦肉苦肉,让周龙畅当苦肉? 狂夫与干爹其实心里都在纳闷。不一会儿,三只塘脚板一穿过,三个人就站在周宅门口了。人还未进门,正跐蹰着踏脚,一串笛吹牛哼的混搭声倒钻出了门缝。干爹伸手刚叩过门环,师娘人就出现了,并将门外人客迎进到天井。张目一望,三双目睛子都发直,三头牛的腿上绑着沙袋,正在鹅卵铺石上整齐踏着步,而周龙畅却在一旁有滋有味地吹出了《三五七》的多姿慢板。师娘说周龙畅没癫没疯哦,他以前驯马玩马,现如今除了喝酒算账念心经就是驯牛练牛脚力。不久,三个徒弟目神互交,相告觉得有奇怪声响传耳,但又不知是龙畅的喉咙哼出的还是龙畅的笛筒里吹出的。狂夫说他听到了"谷酒谷酒",问天讲他听到了"没有没有",干爹讲他听到了"苦肉苦肉"。三人一下还没扯清,师娘一手拎酒壶一手执算盘却站在堂上八仙桌旁:歇歇了,牛也要饲草了。牛先懂了,歇脚去嚼了身边带有些许谷粒的黄干草;人有懂的也有不懂的,狂夫头一个去了八仙桌,而干爹虽说也跟着,可舌尖上仍在翻滚着"苦肉苦肉"。等到龙畅歇下吹笛,走过来落座,三个人仍在站着,他们紧盯了半天,就是没看到东家示出意来让伙计上桌。很快,龙畅三盏下了肚,继而他才抬头去望了望围在身边的人。当被望者都看到望者眉宇间迭现出惊恐加恼怒之色时,那望者竟然站起了身:来,帮俺先敬牛一杯。敬牛敬牛?!狂夫应声说,好,做牛比做人还辛苦,他先去敬了一头牛;问天嗯嗯着也去敬了一头牛,连半个屁也没放;轮到干爹,他嘟噜着"牛喝还不如人喝",可依然将盏酒去淋了第三头牛的牛头。事罢,师娘神秘兮兮说话了:师傅人灵清的,他算账算出了他只能分到半头牛,他在与牛话别嘞。"坐坐坐,有甚事体曰吧。"师娘话音一落,师傅终于请徒弟上桌了。一盏喝过,三人皆曰上门无事,仅是讨点酒吃吃;二盏三盏喝过,三人皆不言语,只顾着一边嘴吃炒豆,一边耳听水牛吐沫嚼草;四盏五盏喝过,干爹只觉有晕眩袭脑,而眼中的周龙畅已多长出一只锐目直朝自家心尖探来。他一下似有惊慌,连忙又去窥窥问天狂夫,那两个鬼一个端着酒盏脸孔煞白手停在半空,一个脸孔通红哼着"玩玩的玩玩的"胡话直往嘴巴里灌黄汤。见状,干爹骂了声"缩头乌龟"后,吼出了一句连自家也被吓出冷汗的话:"周龙畅,缚了缚了你!缚了缚了?!"狂夫立起了身,问天离开了桌,师娘手中的酒注一下受惊跳出了掌倒在桌面上,任其弯嘴自由流淌水。耶耶耶,哦呵呵,呵哈哈,周龙畅闻言先是惑目疑张,接着一脸尴神尬气密布,最后竟然猛地喷出了笑:乖儿乖儿,俺该有今天,堂客去拿笋索来。一催没应,二催三催一过,师娘还真的取下了挂壁麻棕绳,并将其递到了干爹手中:缚松些缚松些呵。干爹的手哆嗦了,他掌中已接有师娘落下的些许伤心泪。"鬼呀鬼呀",随着一声叫唤,干爹将两绺索一绺甩给了狂夫一绺甩给了问天,自家拥着师娘哭音袅袅:什么什么什么苦肉苦肉计哟……

要做的事被挑明了,做起来似也顺当。当天晚上,周宅传出好大的动静,阵阵凶神恶煞般的吼声混伴着凄厉的哭声与抗拒回骂的声音,像股股山洪水溅出了门缝,当即就灌得巡夜路过又静候在门外细听的周豪郎一只耳朵皆是惊,一只耳朵皆是乐。第二天,随着师娘那个疯婆子牵着水牛满村游荡,人们的流言蜚语一下传开:嗨,连周龙畅的那几个徒弟也去造了师傅的反。

算账的那天终于到来了,地点就放在周家祠堂,而且来的人很多。事前,司马展就得到了周豪郎的报告,说问天狂夫毛记都觉悟了,为算清地主周龙畅的剥削账,师徒关系破裂,就差当面要动出拳头股。闻言,司马当时曾现出了怀疑的神情,可当他次日与干爹交谈过后,他似乎信了,因为干爹撅去了一句话:不信,俺各人将那老货箩索缚来农会,当着你的面算他六七笔剥削账!宁愿信其有不愿信其无,司马那时虽在劝着"不能缚人的呵",可依然心思飞扬,后来甚至想到哪怕人家是在做戏也行,他可将计就计请君入瓮顺势借势将诉苦算账工作顺利推行下去。为此,还去敲了诸葛红月的门,跟人家说穷苦农民现在觉悟提高得很快,这都跟宣传部的宣传教育工作做得好大有关系。使得红月难得在寝室里留他谈了蛮长时间的话。其中当谈到在竹子林那段战斗生活时,红月竟然说出了一个秘密,说当年给游击队送过粮的人除了穷苦人外还有财主人家。可当司马再问是谁时,红月说还是让我们尊重那个人的关照吧,永远不要说出他。第二天,司马一脸兴奋地就与豪郎商定:扩大影响扩大范围,在祠堂公开算一场阶级账。算账算账,算账的那天终于来到。周宅门一开,走出了五个人三头牛,龙畅堂客伴着龙畅,龙畅一身衣裳清清爽爽,手中还握着乌木算盘;另三人一人牵着一头牛,相互还在接耳交头:师傅不用缚了,而且是豪郎来请的,曰什么狗屁是去做个什么鬼示范。好嬉好嬉,"数九天,天露日头光,佃户唱戏东家随,人牛过堂心莫慌"。问天悲悲先哼出,另二人恶乐乐跟着唱着,没多久就进了祠堂门。门进了,歌还在唱着,但声音却被含去了嘴里。"哞哞哞",牛先叫了,引得目睛子四下眺,喂耶妈,一张长桌堂上摆,上头中间坐着豪郎司马展;长桌斜对面也摆着一张桌,桌面上灰尘铺出一层,其上头有两道细箩索从梁上悬下。四周的人都默不作声,但眼睛都去盯了那绳索。盯盯盯,那绳索梢头竟然动了,一团灰堉从中绽出又去朦胧了牛目睛,干爹见状心头一紧,眼眸反而大开,他跟问天狂夫说,他不知怎的看到了牛目睛里藏着的竟是蟒身蛇影。干爹不由得手中牛索抽抽,晃眼间水牛也不再哞哞叫,牛目睛都去盯了祠堂大门后面的稻草。好好好,牛要吃草,草能扎草人,草人插在大田上能赶麻雀群,他和问天狂夫小嬉小闹着也都去松了牛鼻索,而后随着豪郎的一声唤,他们伫站着,看着师傅坐上了先前安排好的堂下位。一会儿坐过,豪郎接过司马使出的眼色,又唤出了问天干爹狂夫的名字,并叫他们三人起先诉说,三人倒是诺诺,也上前了几步,但是一摸屁股,直觉屁股眼处一片冰凉,半会儿连半句话也未能吐出舌。师娘这时腾腾走近正襟危坐的周龙畅身旁,睽睽众目之下将两只算盘哗啦啦放置了桌面:"民国十六年,空喊耕者有其田,解放后,一九五一年先算你的账,再分你管的田,周龙畅,老实点,有政府司马在看着你,有农会豪郎在盯着你,逃不脱的!"说完,师娘还伸手去攀了攀头顶悬索,但抓到手的仅是几缕蜘蛛灰墝丝。豪郎摇头了,可司马颔首了,龙畅当下也都看到了。龙畅便干咳几声说开了,他一是一、二是二、二五一十地将其佃租田地的位置四至和分块及汇合总数一股脑儿说了个亩分毫厘皆是灵灵清清。不料龙畅话音一落,豪郎那厮不屑一顾地说,讲的那些东西是癞头壳上的虱子谁都看得到,连伪保长那里也有存底账,要讲就讲采取何种手段去残酷剥削农民的鬼花样。鬼花样鬼花样,当即农会那拨人就扯开嗓门和出了帮腔,说是呀是呀,鬼花样不讲就一直没得凳头坐。不坐就不坐,龙畅轻声骂出句龟孙儿子后,执起算盘一划两划三四划,先是算出了近五年定约不变的铁板租有多少,接着又算出了视田头实收谷数来平分的活租有多少,最后还算出了三七、四六、倒四六开分的良心租有多少。良心租? 良心租? 龙畅算盘子一落定,豪郎就牙齿缝里龇出了怪声怪气:良心租? 怕是乌心租吧! 乌心租? 一年一亩收谷三四百斤,按主七佃三分,佃能分多少,当然是乌心,哪有良心;四六分主得六佃得四也是乌心;倒四六主得四佃得六好像还讲点良心;还有上缴官府的皇粮呢,一亩田主缴廿五斤谷佃缴十五斤谷,有些上等田主的缴份主还要多……嗡嗡嗡叽叽喳喳,堂场上顿时涌出了一片议论声。"乌心呀乌心,全是乌心",师娘的一声呼叫突然爆出,全场一下全静了。骨骨碌碌,闻声都去望,只见她根本没去望人,她的目睛子吊去了龙畅头顶的那根交叉悬索上:龙畅呵龙畅,俺一家八口人,两个儿子从小在外读书,三个女儿一个帮药娘做药工,两个三四岁就被衢州人抱去当了童养媳,一个上门女婿老早就不认俺了,家里就俺两口人,一年能吃多少谷? 你乌心我乌心,你比我还乌心,你年年白送别人两千斤谷,还不是怕谷烂在谷仓里连老鼠都不吃。一大通话说完,师娘的目神终于从梁上悬索上跳开了,随之场上的人有人哦哦舒出口气,而更多的人又叽里咕噜说开了:疯婆还算有良心的,那腊八粥烧得比哪家都好……稻弓挂壁嘴挂钩,镰刀一歇肚子饿瘪……那押租更可恶,不交押金不佃田,可还田时只返本不付息……还有空头租啦,我家实租四亩七分五,可是要作五亩计……还有还有……做白工放青苗……交田鸡交田饭……场面上话语越说越多,以至有人都指指点点站出来说话了。喂耶喂耶,此时的干爹右眼皮猛跳,他去看堂下桌,只见师傅师娘都去瞅了头顶索,而那索套竟然在慢慢下降;他又去看堂上桌,只见豪郎在望着司马笑,而司马却是声色不动端坐如钟。他胳膊肘动了,左顶顶要去顶问天,右顶顶要去顶狂夫,他要与两人曰:师傅头顶上的悬索越发像只蛇头在往下探呢。谁知两旁都顶了个空?!哎哎哎,干爹右眼皮跳得更厉害了。他钻出人群贼溜溜蹑步舞目睛,嗨:那两个鬼正在祠堂大门后面拨弄那堆先前就看见的稻草。有闲心呵,没等到干爹脏话骂出口,干爹眼皮不跳了,但是目神花了:喂耶吗,有头有脸有胸还有双腿双脚与屁股,俨然然一个稻草人黄灿灿地立在了面前!"你这是?"干爹问去。"跟着一起说与走!"问天回应了。而后就与狂夫抬着那个稻草人撇开人群去了堂下。干爹还真跟在了后面,他手头没捏着牛鼻索,可三头牛时不时在舔他的后背脊,他已感觉到。哗哗哗,场面骚动片刻后台上台下全寂了,"听俺各人曰听俺各人曰",问天先说狂夫,干爹跟着同样说。他们仨说那小租更是厉害,他们佃租周龙畅九亩二分五田,而那田又是龙畅从他儿女亲家笑面老魏手中转租过来的,龙畅每年每亩向老魏交租谷一百四十七斤,而收他们的租谷是一百九十八斤,这样龙畅每年每亩可取利五十一斤,合计每年得利计谷是四百七十一斤七两五。哪,那四百七十一斤谷到哪啦?到哪啦?……还不是私吞……是二月二敬老佛……是买了酒肉去敬了县里的税吏路警各路衙役……是去了学堂渡口,还是族公肚腹,或为社公社母扯布做了过年红衣裳……场上又是一片叽喳议论且渐成声浪。"招招招。"一群人吼过,豪郎更是亮开大嗓,随之人们也都看见那梁上悬索更是下挂了。招吧招吧,还是招吧,连师娘也在劝了:"你不招,俺就叫司马政府下令放下绳索将你缚了。"缚缚缚,终究逃不脱缚?干爹双眼哀哀朝师傅望去,只见师傅站在那,双手缩进衣袖,头颈缩进衣领,而一双脚却在不停地蹭地皮。哎哎哎,周龙畅转了转了身,头颈伸出了领,又搓了搓手,手掌出了袖,既而他伸头扬手,目睛子却茫茫渺渺地透过天井去望了那爿可见天:月儿月儿,红月,快来接谷呀……哎,天上哪有月,天上有的只是云遮雾罩的红太阳……

　　干爹这时也透过天井朝天望了,咦?大白天,天上不出太阳怎么出月亮?疑惑中他竟然发出了怪声怪气的尖叫:各人各人,红月光红月,红月耶!红月?红月!没等到闻声的众人从天井口调归目睛子神,全场的耳朵又猛地听到台上的司马展喝出大声:晓得了晓得了!甚,甚,晓得甚?又没等到人们惊诧完,台上台下人不但听到了哞哞牛叫声,还看到了狂夫问天干爹三人一边唤着师傅一边在向稻草人挥拳头。

第三十一章　雪魅

　　祠堂里那个场面很快就在一种出乎所有人意料的态势中改观了。当时,师娘还在嚷嚷着"壮牛好牛耶,它不是祠堂公产,俺三头全献了";干爹问天狂夫三人也没闲着,一边在挥拳打着稻草人一边奸笑哧哧地咕噜个没完,说什么春季天耕田、夏季天放田水、秋季天割谷、冬季天唱戏,师傅吃是管的,但从来不让吃饱,这账还不知如何算;还有那个司马,莫名其妙说了声"晓得晓得"后就离座去了龙畅身边,一个人面对着人家轻声轻气地似在问又似在答:"竹子林老财送谷红月接?!"随即,周龙畅似有了点头。"哦哦哦",司马喏喏着,当时谁也不晓得他之所以先"晓得晓得"后又"哦哦哦",是因为他听到周龙畅那句"红月接谷"的悲号后猛然勾出了往日回想,而那时他在竹子林游击队里正饿得皮包骨头,是诸葛红月走出营地六里去接的粮。而这事前些天红月都曾谈及,只不过未讲出送粮人是谁……紧接着的一幕更是奇崛古怪,原先正在挥拳打着稻草人师傅的三个人在同春堂哑巴奔来塞过一只信封后都停了手。接着,堂上各人就听到干爹嚷着"豪郎豪郎,药娘捐钱给你修成虎假墓了"跑去了豪郎身旁。再接着,司马与豪郎交头接耳片刻,豪郎那爿阴阳面孔就去顾了四周:了哉了哉,肚腹饿哉,各人好去归居里生火做饭。他一言罢,梁上的悬索陡然缩了回去,一下子就见不到了踪影。结果,祠堂上聚集的人尽数散去,只有三头水牛目瞪口呆地瞅着那东家加伙计五人渐渐离开。

　　数天一过是大寒了,那场迟迟未下的大雪也终于纷纷扬扬地飘了起来。其间,周村很是闹热了一番,人们一边暗算着或多或少或显或隐或贵或贱地在置办着年货,一边或喜或悲或歌或骂或怨或怅地参加了阶级成分评定、土地重分等活动。为把那个过程叙述清晰,我便去问干爹,不料他老人家说,自从过了那场吊着绳索给师傅龙畅细算剥削账的事体后,他对后续的事都记不灵清了,他只对那场下得鬼魅兮兮的雪还有些许记忆。他说平常都是雾重重雨淋淋之后雪才来的,可那天却是阳煌煌光灿灿之际下的雪沙子,而且那阳那光那雪沙子显现的地方起先不是头顶万丈高天,而是周家祠堂的屋顶屋檐以及墙壁上。瓦片哗啦啦一片响,豪郎领头的那帮农会人突然蹿到了屋顶,又是唱歌又是呼万岁,接着,瓦片上就显出了金黄、屋檐下就吊出了串串黄金光。伸手去抲抲,金光闪闪的雪沙子像狂舞的麒麟一样打起了滚,旋旋间,一张红榜从墙上张牙舞爪地跳入了目睛子:喂呀呀,上书毛记是雇农,问天是下中农,狂夫名下打出括号说若入赘可算是贫民!又过了几天吧,周村突然飞来了一条百丈雪龙和一只雪凤凰,龙凤俩做伴做侣,七星塘上口口飞过,又落去了祠堂门前的大水塘上。轰隆隆昂头摆尾,噼啦啦翘首亮翅,七折八腾九舞十歌两只神生灵,当然引出了一片人喝彩:抓阄的两团红纸一展开,毛记分到的是原先在耕种的活水上田,还有一门四叶杉木大谷扇……干爹说到这,舌头打结口齿就模糊了,好像只会一味念叨"雪公子雪小姐莫吵人呀,俺困醒了"……干爹是困醒了,他一推开房门就看见了天地茫茫一片白。或许是堆雪阻了门,而他又因为打开门使了蛮劲,结果吱吱啾啾后又是咣啷一声响,门板倒了地,一群乌雀儿吓得钻出屋内草窝直往天上旋飞。旋飞旋飞,乌雀竟然旋出了乌旋风,瞬息间把个雪白的世界搅得是七颠八倒模糊乱眼。干爹他便有了些晕眩。"嘻嘻""嘻嘻",随着几声稚气袅袅的嬉笑传出,两团雪包兀兀飞来,一下子就落进了头颈。干爹被那冰凉一袭,那晕眩瞬间化作了无,眸中只见有一彩袄妇人和两个红袍顽童正朝他甩雪球。他双手搓搓,眼中既显出了欣喜又显出了幽怨,没得怪,干爹以牙还牙,门板一遮,随手捏捏,雪球如同连珠炮般发出,一记功夫就将对手杀了个举手告饶。随之,彩袄妇人拍打着身上雪渣上前了,她告诉干爹她听从了药娘的规劝,要将闺女送去给豪郎带了,因为豪郎经三议三评已贴出红榜成分为贫农,而她自家虽然近五年内确系自食其力,但成分仍难以确定,为女儿前程计,她只有忍痛割爱。干爹闻之沉吟了许久,接着便去一手抱起个稚儿,凑近药嫂耳朵傻笑个不止:屁屁屁,豪郎会去好生养育娜妮?俺不信,日子还长哩。别看胭脂眼目前怀不上,那不奇怪,那是两人只能偷偷困困的结果。等到两人解衣脱裤不畏人不畏天地了,种下去的种子笃定会发芽。到那时,豪郎胭脂有了自家的儿女,你的娜妮人家不嫌才怪哩。俺就等等罢,娜妮迟早会自家跑归找你的。再说,还有俺嘞……药嫂伸手去捂了干爹的嘴巴,她瞅瞅眼前嬉雪的两个小儿,似乎生怕人家能听懂大人话一样。"耶,你怎么回来了,你不是去廿八都药店了吗?"干爹忘不掉前些时药嫂突然无影无踪的日子。他为此还去过同春堂。药娘光是说"等等吧,蛮快回来的",其他话好像都没有。好在还有个哑巴,他咿咿呀呀七比八画,倒是让干爹听了个五六分懂。原来是药娘担心徒弟为家中父母揪心故意支开了人家,而且还有个廿八都分堂的男人家陪着她上路。闻言,干爹当时就显得有些急,问那男人是不是那个经常回来本堂,躲在板壁缝里偷窥药嫂的游方郎中。娘卖×,哑巴竟然不怀好意地比画出手势:是是是。是是是,是个屁!一想起这事干爹就心烦胆意乱。他这时大目睛瞪出,一息息凶光闪露后又是醋意绵长。谁知药嫂没去理睬他。"安顿好了,都安顿好了。"女人先是自言自语,随后的声音越来越轻,而凑上来聆听的干爹听着听着眼目神很快就欣慰了。他点着头,他听明白了,药嫂去廿八都,除了避风消愁外,不是如他所猜去会那位对眼前女子有非分之念的游方郎中的,她是私下里遵药娘之托去为自家前些年抱归的那个赤膊女的弃婴再寻归处的。嗯,哦哦,这下可安全牢靠了,药嫂没去跟别人,那个自家抱回的落难娜妮也不跟那个在军统电信培训班烧过饭的可疑女人了,那娜妮又入户了个三代攀山采仙草的药农家。嗨,嗨,干爹转安转乐了,他弯下身,招呼着身旁的两个小人骑上了他的腰背,驾驾数声一喝,他在雪地里将自家当作了一匹奔马。等到他几圈跑过再歇下来将两孩儿举上肩时,一旁的药嫂惊呼了起来,说干爹做马驮人竟然在雪上画出了一条四爪骄龙。是哟是哟,干爹倒也没客气,扬言他不仅手脚一通胡划就是一条龙,而且吹出口气也能化气成龙。说着,他吸进一口大气后又缓缓呼出。如何如何,药嫂顶顶真真瞅去,嗨,那不绝白气袅袅腾腾翻滚开去,不一会儿还果真幻化出了曼妙身躯张扬尾巴和一颗气焰嚣张的长角大额头。见状,药嫂咯咯笑出声,偏说眼前出现的不是一条龙而是一头大肥猪。幸好边上有稚儿,他俩一边"龙呵龙呵"地雀跃着,一边还甩舞出红袍,几番折腾着要去将那条白龙收服。干爹这下得意得嘴咂咂,说了句脑壳挨了几下磕落子的话:怎么样,廿八都的坐堂先生吹不出吧?!药嫂随口又曰:哼,人家是吹不出龙,可人家雇得起四抬六面轿,出得起银元宝聘礼,你啦,酒席钱恐怕都要俺贴。贴贴贴,干爹刚要犟嘴去舌辩,药嫂就拎起喜货竹篮"去嘞去嘞"地唤起了两稚儿。稚儿应了,一双小手也拉到了一起:正月拜外公,外公塞红包;正月拜外婆,外婆煮年糕……没等到稚儿口中歌唱歇,药嫂跟干爹讲,是药娘特地盼咐带着孩儿来看爸妈的,而且事前还教过喊外公外婆。干爹闻言当时就念了阿弥陀佛又念阿门阿门,他说道自家不傻的,他明白药娘的用心,人家叫红月姐的儿子、自家的亲外孙文雪亮此时来师傅师娘家认亲戚,那是三九隆冬送去了一盆红炭火,大雪天送去了一爿艳阳天。听了干爹的话,药嫂乘着把我文雪亮抱予眼中男人之机去亲了一下人家的脸。干爹于是把我抱得更紧了,他把我的小脸焐到了那块被亲过的地方,他生怕那点肉贴肉生出的热乎会跑开去。焐着焐着,我额头上细汗也沁出了,因嫌闷,我一挣扎人就站在了干爹怀中,憋不住张口再去吸气,顿时就觉一缕空气清清新新地衔着朵朵雪花,如白莲花般地开着进了喉咙管。"喂哟喂哟,拜外公,外公塞红包;拜外婆,外婆煮年糕……"拜年歌还没唱完,干爹就嘘指叫我歇了。朝前看看,哦,原来有两个手拎元宝形草纸小包的大人耳朵张张地贴着周宅大门在偷听着什么。干爹轻声唤着狂夫问天,上前拍了人家头,人家回了头,神情诡兮兮地叫干爹莫吵,说屋子里有莫测声响。于是大人们都端着耳朵去贴了门板。一阵工夫下来,门斗额头上的积雪哗哗脱落,几只木雕蝙蝠从中现出了身现出了嘴。福鸟倒是未开嘴现声,可落了一头天雪的人嘀咕开了。

问天说里厢有三个人的声音,一个是师傅,一个是师娘,一个是那个女戏子,但都不晓得在哼些什么嘀咕些什么。狂夫说不得了了,解放了共产党是不准有钱老倌讨小老婆的,那女子哀声凄凄肯定是装着可怜来讨些安家铜钿的。干爹说不然不然,那浦江女虽曾做过戏子却是个有情有义之人,若不是人家在生死关头说出那句话,师傅现在还不在班房里吃牢饭?那也是也是,问天狂夫点点头。什么什么?一句话?一旁的药嫂目睛子打出惊恐闪连忙去问了。莫慌莫慌,那仅是场虚惊,争先恐后三言四拍三人答了,药嫂也听灵清了,原来是豪郎为独占周宅去撺掇浦江女的男人将周龙畅告上了巡回法庭,言龙畅乘人之危强占民女,不能再留在周村乃至三界祸害一方。法庭接状受理,司马展又充当法官来了,不仅带有绳索,还有寒光四射的刀枪。惊堂木一拍,整堂肃静,投状人诉了个凄凄惨惨;惊堂木二拍,被告人没辩上几句,就被斥责得浑身抖抖颤颤;惊堂木三拍,浦江女素衣俯首塞窣碎步从天井踏雪上了场,虽说是脸面不现,但乌发上那缀满的冰雪簪花却是闪闪耀耀。不准妄言不准诳语,老实招来是强占还是自愿?司马大言昭昭,证女轻音诺诺,是强占?众目睽睽。是自愿?群口嘘嘘。浦江女啜嚅数声后抬起了头:青天大老爷,确系自愿,若不是亲夫患病难以离弃,小女子宁愿嫁给龙畅做小妾……三个男子绘声绘色还未说完,但是药嫂听到这就不让别人家再聒噪。接着倒好,她自家学着干爹的语势说出了翩翩魅话:当时浦江女仅是轻轻点点头,谁知满头冰雪簪花顿时乱溅,瞬间就化作了彩蝶纷飞。男子们闻言,顿时就瞠目咋舌全做了一阵发呆状。药嫂一眼瞥过后抹抹眼袋领先嘻嘻口中倒出了笑。哦哦哦,还真是一场虚惊,女戏子一句真言就解了落难困龙缚身锁铐。于是男人跟着女人傻笑作一团,拐过了墙角弯,大门口再伫立片刻,手还没去敲门,哗哗响来了:门板吱吱移动,两坨积雪塌下,两位门神狰狞相一晃而过,师娘蓦然间从门缝当央露出了脸庞。那脸庞悲欣交集,有笑容绽开又有泪水纵横,四大人见状都将目光移开装着没看见,可两个稚儿却瞪大眼睛去问了:大外婆你怎么哭了,大外婆你怎么又笑了?师娘闻言那苦容顿时就灭了,只留下满脸笑纹飞荡,宛如一朵迎风摇曳的日头葵花。"高力士,在哪里?跟俺走。你娘娘有句话儿说你知,若不嫌奴残花败柳枝,我与你双双同睡在宫闱里,颠龙倒凤与你戏,学一个比目鱼并头连理枝。跟俺走!"跟着跟着"跟俺走",几个人目神转骨碌:眼前人莫不是又犯病了,怎么没喝酒倒唱起了《贵妃醉酒》?药嫂耐不住便去问了干爹,干爹说,前两天师娘为答谢浦江女那"一句话"的恩情将人家请到了居里,两人同食共眠,时而语窃窃亲密无间,时而又怨神怨语争了个不可开交,只可惜她二人整天是缩在楼上闺房谈天地说私密,自家明白话一句也未听到。莫说莫说了,说了也白说,气得闻言的药嫂一下就从后头走到了前头。走走走,该该该,狂夫问天见状向干爹踢胯敲脑一番恶作后数步踏过也到了客堂上。客堂上冷冷清清,周龙畅伏在八仙桌上作画不发丁点声响,而一箱烟花爆竹卧在案桌上连封口都未拆开。另一幅新挂出的对联竟然没写在红纸上而是写在红绸上:易曰乾坤定矣,诗云钟鼓鸣之。干爹狂夫问天自然仰首观过,带来一个眼惑一个眼眨一个目睛子放出光。等到三个人脚碰板凳腿撞椅背故意弄出些动静,将两份小包年货放置案桌,再转身候在龙畅身边时,师娘人不见了,龙畅仍未抬头,还在八仙桌铺纸上用五彩涂画春牛图。瞧去,一壮牛拱着头,绿彩牛身,黑彩牛蹄牛角,红彩牛鞍还有牛腰披风,踩着金山银山威风凛凛的,没照旧章法去蹲画脚边,而是立在了画当央。干爹疑疑惑惑瞟过狂夫问天后,当即惊呼"错了错了,牛站的场地错了"。龙畅闻言似有苦笑摊出,可接着当他听到两个稚儿也呼叫出"错了错了"时,他仰面真笑了:错了错了,像错非错,错了乎……狂夫当即应声妄言了,说错错错错得好,壮牛变壮牛郎,旁边仍旧有美嘴翘翘的十二位娇娘;问天吭吭几下也放了屁,说该错顺错错为不错,不错不错实为错,十二位娇娘说的还是十二月的农桑;屁屁屁,干爹不服,这边刚说出句都傻了都傻了,药嫂那边叨着烦烦烦就领着两个稚儿去向父亲磕头拜年了。拜年拜年,果子铜钿,等到稚儿唤声连连地接过"大外公"的红包喜钱喜果,不料整个中堂突然暗了下来。大人小孩似有惊扰便翘首朝天井口望去,喂呀呀,四方口上旋风呼啸回荡,瓦顶上的大块积雪像残云一样被风裹着卷着一下子就遮了那片洞天。狂夫那厮见状兴头发了,吓唬着稚儿捂紧耳朵说,是雷公雷母要从天而降。药嫂不满,刚刚开骂去"畜生畜生,当心晚上雪姣揪了你那玩意",楼梯上下楼踏步声传来了。嗨呀,红光幽幽,师娘一手执烛一手抱着只雕花梳妆盒出现在各人眼前。"拿还你,拿还你,我把扇子拿还你,扇子白如雪,展开一轮月,月中有嫦娥,凡人不可说……"女人嘴里还唱出了《槐荫记》里董永的词。等到药嫂与干爹在楼梯口将师娘迎上要去扶人时,师娘小脚一顿发出了话:妹妹快出来,姐姐有东西赠予你。一句无人应,两句无人应,三句呼去后有女声应了,后堂穿道上倒步走出了托着盘红尖米粉寿桃的浦江女。跨过门槛,绕过椅座,茶几上摆好寿桃再走近了师娘,踟蹰片刻,女人头巾一掀阔袖一摆,一张俊俏小脸正好露在了师娘手举的烛光中:"姐姐呀,你错矣,大错矣,法庭上我有言,那是为了报答姐姐的不嫌之恩,人要有良心呀,我不能吃了你们的拿了你们的还要诬你们。姐姐这几日的心意我更是领了,但姐姐所托恕难从矣。"所托所托?堂上刚刚进门不久的三男一女闻言都瞪出了混沌迷糊的乌珠,药嫂甚至还向干爹投去责怪的目光。干爹这下似乎懂了,刚要去解释,师娘的话又来了:俺懂的,新社会一夫只能一妻,俺民国十六年就有这主张,俺托你照顾龙畅是要你与龙畅做夫妻,俺一定要与龙畅离婚的!说着,她不光把烛火递给了浦江女,欲将怀中梳妆盒塞给人家,还使出眼光叫各人附和。原先不明事由的人这下全明白了,但各人一时都未去附和师娘,却是去看了周龙畅。谁知那厮视无旁人只顾涂画,口中还莫名念念有词:用青红黑白黄旗五手,同时提灯笼五盏,安定五方,东方甲乙木,南方丙丁火,西方庚辛金,北方壬癸水,中央戊己土。众将官,春牛开耕了!见状,药嫂赶紧拉过正在一旁嬉弄爆竹礼盒的稚儿去绕膝父亲,而问天狂夫二人皆去了画桌旁并连连赞着画得不错真不错。嗨,师傅没去搭理师娘,各人也都没去搭理师娘与师傅,场面沉寂,各人耳朵竖着,干爹连屋顶上传来的雪花落瓦声都听出了个沙沙沙沙。"唉,说呀。"干爹耐不住开口了,可响应的只有两个盯着烟花礼盒的稚儿:"放,放,放。""放,放放,放言呀,该离该不离?该结该不结?"干爹四下再瞄去一周,哎,师娘与浦江女虽然脸面堆着笑,但手脚仍仅是僵在那;问天狂夫又是研墨又是抻纸,只是在一味阿谀赔笑;药嫂嘴巴翘起翘倒似有接话之相,可须臾间嘴不动了,挪挪脚站到了亲娘背后,直盯着浦江女双眸放狠光。嗨,连亲生女儿也难以启齿吗?那,那,那俺来说说那人家私家事的该与不该,干爹思忖定了并将一句"俺来曰"也说出了口。俺来曰俺来曰,可谁知只会反复念叨这三个字,干爹其他屁一个也没放出,他一时觉得自家是在溪坑头跳着抲鱼,混水一片一片入眼又入脑。那曰呀,曰出个子丑寅卯。狂夫那厮也在一边催促了。干爹闻言更急,他嚆嚆号着走到天井下,揪了股臀爿上的那块亲娘留下的牙齿印,又去揪了脑壳上的头发毛。嚆嚆嚆,接着,谁知干爹那号声竟然随着自家的一阵跳脚胡旋变成了一蹿冲天的卷风。呼呼呼,风既而啸叫了,扶摇直上,冲到天井口将原来那块遮光雪团击了个粉碎并随之带来道道迷眼神的彩光。这下子,被溅得满头乱雪的干爹话语竟自汩汩又如涌泉般奔来:曰就曰,阎王不判,大鬼不曰小鬼曰,俺认师娘这下不疯了,她是要将师傅嫁出去,让有情人终成眷属,真心的;俺认浦江戏子这下是糊涂了,救人救到底送佛送西天,你怎能事到如今万般推脱,难道你的情义是假的;俺认师傅是装的,他耳不聋眼不花,他心贪俊俏相好,可又难舍患难糟糠,这下只能采花一朵,你就横心别装了。干爹话说完也不去看人,他腾腾走到案桌旁抱起烟花爆竹盒,又牵出两个稚儿说了声"放炮去放炮去"就朝大门口走去了。稚儿倒是乐了,跳着跳着,可没跨出门槛又被喝住:回来回来,没心没肺,不准跟着那傻子头!药嫂从娘亲身后跳了出来,朝门口吼完这句话后又去娘亲怀里掏出梳妆盒硬塞给了浦江女:你救了俺爸,俺记恩记谢你一辈子,可你不能又来害俺娘亲,你走吧,这盒子是紫檀的,里面还装有翡翠胸珮沉香念珠,你用着吧……是呀是呀,宁拆十座庙不拆一桩婚。随之,不仅问天说了不该不值,连狂夫那厮也嚷嚷道:好了好了恩人哪,那盒子拿去换铜钿,可是能买归好些好房好田哪。不料不料各人都未忖到,那浦江女向师娘鞠躬三记后捧着梳妆盒走到案桌旁:拿还拿还,九天仙姬要俗世宝贝有何用场,别了别了俺回了,俺家中还有师兄,俺要归去给那病鬼煎药汤,你们燃竹放炮就算为俺送行吧。说完,她眸也不回脚也不迟,头巾飘飘地迎着漫天大雪就走了……

据干爹讲,那浦江女净身走后,我的大外婆持起了鸡毛掸子将自己的女儿心痛肉不痛地骂了也打了,而被骂被打的药嫂羞恼之下又迁怒于干爹,将他肉痛心不痛地也骂了还打了。结果还是两个稚儿救了他,我抱着干爹的腿,而药嫂女儿去扯了娘亲的手,姐弟俩都吵着要干爹去放鞭炮。于是大人都依了小人,问天叔拆箱,干爹置桩,狂夫叔点引,周宅门口在寒风猎猎瑞雪飘飘之中燃起好一片彩光,爆出了好一阵亮响。当晚,药嫂仍是虎着那爿大脸去了干爹的那爿搭墙翼屋,但女子没骂人,而是抱起屋内被褥迫着干爹去了她原先住过的闺房。同时,她告诉干爹,原本她确实是不愿走人的,她甚至还想住回来,她还要让已经分到周宅半壁住房的周豪郎也不得舒服,但是药娘劝止了她。药娘说不必呀傻娜妮,你不愿随夫评成分那由你,反正你与豪郎离了,但你来同春堂学徒做事已超五年有六年,你可不随家庭而自家评成分的,你为己为家为将来还该外出数年的。干爹听了这话说,那是该走,听药娘的勿会错,但俺不放心嘞,你去了廿八都,那家分店里还有个迷你盼你的野郎中,万一你禁不起人家的千撩万拨而春心开花骚情怒放,那岂不是让俺白思白挂白指望了?!药嫂听了干爹的话,当即人站着就伸手去捏了干爹的裆:你看看你看看,还在困哪,没醒哪,等日后调理得顺当有劲了,再说也不迟。干爹闻言当即羞愧袭心,连头脑壳儿也俯去了三寸。晚上,在药嫂料理下,干爹搬到周宅正屋楼上住下了,可那女人却带着稚儿执意回了。辗转反侧床铺板蹭蹭,干爹不甘心睡去,他天地不晓地独自在被窝里就将自家小阿哥折腾了一番。结果,得得得,有了,硬翘翘虽不如柴棍可仍能挺个许久:娘卖×,分田到手屋有居,可那温暖暖的大布袋阿姐却没有陪伴共席,人好没意思哟。他嘴唇翻翻,几句话自家对自家唠叨过,突然坐起了身:嗨,该想的女人何止药嫂,还有远回下江音信不传的江妹,还有那饲俺育俺生前受苦受难死后没得棺材睡的毛家养娘嘞,俺,光思忖药嫂,这不傻了么?!思定,干爹先是去想江妹并想出个蜜蜜甜甜,接着乘胜追击又去想了养娘,嗨,结果仍是硕果累累,眼前雪地里金黄椪柑香泡满布,养娘欢喜盈盈地走来,而自家蹦着唱着迎上去,好似心情酣畅泪流淋漓呀……第二天,干爹就去找问天狂夫了,他决意要去讨回两位哥哥欠他的钱,把那些钱凑起来去为养娘买副上好的棺木,以让故人再也不贴着黄泥青水,眠困得穷苦滴答此恨绵长。去了,先是问天不在家,说是去城关换谷种准备要做秧田;接着,隔壁的雪姣说狂夫也不在家,说那死鬼一点都不节省,为了不让小孩子听到大人交欢声响,去城关挑新眠床了。于是干爹就重新戴上笠帽穿上蓑衣走向村口去。谁知村口一过,那水口大樟树上突然雪崩枝跳,乌鸦混着喜鹊有几只竟然从中展翅向东飞去。干爹顺着飞鸟望去,飞鸟不见了,倒瞅到前方清烟袅袅,自家要寻的两个鬼在田头雪地乌桕树下的土地庙旁若隐若现。他奔了过去。腿髀飞快一路,竟也奇怪,跨沟过坎尽管是有厚雪覆盖,但一次也未陷没裤脚管。见人了,就开口,一开口也没得客气,说土地神暂且莫拜了,这下两位阿哥可要帮他忙,快将欠他的钱还上,他要给毛家养娘买棺材。两位阿哥闻言也没好颜色,说来者是谁好像一点都不认识。气得干爹当场就抓起雪团扔了过去。狂夫抹着面上的雪嬉皮笑脸地先说话,说自家是个手工业成分亏了,分田个人只分了个半亩,而干爹托了雇农的福,分田个人分到一亩二五,是干爹占了大便宜;问天同样是抹着脸上的雪渣说,知足吧,三个人都赚了,连他这个中农一家四口的田地也比原先多了三亩整,况且还都是避风向阳的活水上田,心思呀还是先花在种好田上好,要是还钱呀,恐怕要等到秋后了。听了两人的赖皮话,干爹差点落下泪:要副棺材,看来养娘春上又没了指望。结果还是问天头脑活络解人意,他说俺三人不是还共同拥有一只贴金的美国扁酒壶么,如今何不三三归一由毛记一人占了……狂夫没等问天说完就懂了,说对呀对呀归毛记算了,壶可换钱,钱可置棺,若钱还不够,那就再问文新借点呀,这样既能遂了弟弟心愿,欠债不也就自然清了。得得得,干爹闻言破涕为笑,说,那走吧。走吧走吧,三双脚一下相跟一下并排,三张嘴一下叽叽一下嬉嬉,问天夸口,选好种、沤好肥、育好秧、管好水,定叫自家水田一亩多出三十斤谷;狂夫言,不是吹牛,只要换了张扎实百工雕花新床,炮炮准能打准心;干爹也诺诺道来,只要二位哥哥过得好,俺再葬了养娘后,就一门心思陪着师傅师娘过日子而不再忖其他。过日子,"过日子,天地原黄黄,男耕女织儿绕膝,谷壮薯肥菜花香……"三个鬼一路踏歌,一直到了县中八角亭楼门口才歇下嘴,于是脱靴倒雪脱裹拍雪,后面人顶着前面人的屁股上得了楼。一上楼,干爹也不顾狂夫叫饿问天喊冷,顾自去翻了箱倒了柜,结果红布包被拿出来,那条江妹临别还回的彩石项链和那只贴金酒壶都在。项链不能换,那是亲娘留下的认人信物;那只有拿壶换钱。得得得,壶换钱,走,去换钱。换钱?与谁换?当铺乌心以贵当贱,富人眼高可能不屑一顾,穷人有瓷樽陶罐竹筒木壶,用那玩意做甚?!三个鬼说着人话,争得莫衷一是。末了,幸亏有问天出下一计才算皆曰好完事。好计好计,干爹肉痛痛,本为娶药嫂办酒席的那点贴补钱拿到了狂夫手,狂夫再邀上狐朋狗友,并诱上靠着一只脂玉把玩开起棺材店的哭面胡去了临江楼。猜令划拳,一通狂饮胡吹,说想发财要找宝贝,他的傻弟弟毛记手中有宝贝,那宝贝金光闪闪花纹灿烂,还有富贵人家的什么狗屁郁金香花徽记,只可惜自家无那兑换铜钱。被诱去席上的哭面胡当场没吭气,可第二天却独自一人去了干爹住处看了货。看看看,开始哭面胡还说那是假玩意,自家不会看错眼,可被干爹臭骂一顿后,那厮认了,说那果然是好东西,他懂的,他曾在上海的一家洋场上见过,现如今他愿用自家铺子里任何一口棺木换。换换换,去换,干爹和问天狂夫一迈过十八曲弄西边头那间棺材铺的门槛就不再窃笑,狂夫曰,干爹鬼魅神情莫非发作,不然怎会将只美国校官赠予蒋军之花的宝物去换口死人睡屋;问天曰,毛记亏了,哭面胡赚了,日后甲方肯定会后悔,而乙方肯定会越来越珍视那洋玩意。最后,干爹挑了堂货又去后场挑出了一件柏木藏货,并当场直挺挺地躺进去试了一番能否让人舒服。舒服舒服,活人舒服,死人笃定也舒服。当他从棺材里爬出时,他欢叫喜跳,说他看见了看见了,他看见满屋到处都飘荡着七彩阳光,这货天意天理就归他养娘,不然王母娘会生恼,棺材铺生意做下去会萧条。嗨嗨嗨,不会说话莫说呀,哭面胡一脸天生哭相,竟然啼笑皆非地应允了。好嘞好嬉嘞,乐嘞乐颠嘞,板车拉着棺材一路去周村,先到共产党分给的那份上等水田上转一圈,告知毛家山姑,乖儿如今有了立身养命之根基,乖儿有本钱给养娘置棺、点香、烧元宝、摆酒肉享阴福了;之后又将棺木摆置去了那间周宅翼屋,一出门口便手画十字又合双掌,告知不曾谋面的亲生娘:您老人家若去远方,哪怕是南海普陀或西天佛国也请骑马归来,您老人家若去九霄天堂,哪怕是有圣母护佑圣子陪伴仍请驾鹤下凡,乖儿如今不仅有居屋,乖儿还与师傅师娘住到了同一大屋瓦片下,乖儿要拉着江妹留下的黄包车载你去见山东跑来的贵人郝汉,还有药娘红月文新与司马……对,还有药嫂,那女人虽说暂且去了廿八都,但迟早会跟俺去拜堂……干爹仰望天空,他随即惊呼:耶耶,这,这天不下雪了,这天上下来了两个凡间娘亲女,怎的还披件七彩云霞衣。

接下来发生的事亦真亦幻,干爹与问天狂夫叔叔都说得只有自家信而别人半信半不信。当时,天上当然没下来娘亲女,但是,一个由凤阳人组成的舞龙拜年班子却从村子的上方腾云驾雾来了。班子到了周宅前停了下来,锣鼓响过,龙头龙身龙尾都舞了一下,接着便是讨钱讨礼。见状,问天说当时是把人劝走了,狂夫说是把人赶走了,可干爹说哪里哪里人没走。当时龙尾摆摆,一位似曾相识的红袄鲜花娜妮去敲了门。门开了,从中先走出了周豪郎和柳胭脂,接着走出了师傅和师娘,最后走出了郝汉和红月。花好月圆、恭喜发财、瑞雪迎春、四季平安,一番吉话祥语贺上,果糖糕点红包都来了。凤阳班子收礼后舞兴大作,上舞下舞跳舞旋舞交叉花舞,舞出了东来紫气,舞出了西去残阳,舞出了五谷丰登,舞出了儿童嬉闹百姓吹歌唱曲种农桑。最后,四层叠架团龙亮了相,龙身盘卷,龙鳞闪光,龙头翘首,龙须飘扬,龙目睛一眨又一眨,那位先前去敲门的鲜花娜妮站在顶尖,露出了一双凤眼……干爹每每讲到这,狂夫就鼻头吭吭扔去了话"吹吧吹吧",同时问天一双斜吊眼也去了苍天,都说干爹说的是魅言梦话,团龙做顶的虽然也长有一双凤眼,但绝不是长得如同江妹一般的莲花花,因为那是个男孩,时不时跃着蹦着就露出了裆中的小阿哥……不过,问天狂夫说,当时郝汉与红月出现在周宅门口倒确有其事,可就是对二位为甚去周宅不知晓,不知晓?有甚不知晓,干爹话语又来了,言人家是借着看望周豪郎之机来看周龙畅的,人家害怕地主与贫农同在一个屋檐下,贫农会赶地主的,况且日后的日子也证实了贫农是要赶地主的,因为那是一种阶级斗争,幸亏幸亏那些日子有他这个雇农加工人也时不时地居在那,他在药嫂的闺房困困,听不过去就开玻璃花窗吼人,看不过去就牵着干女儿的手去跟她的亲爹斗嘴施拳,直至把送出的猪头肉猪油渣渣又讨回来……如此不仅,郝汉红月,还有那个司马展,给他们发了那个红旗飘展字字喷香的土地证。那是在城关镇礼堂,一阵歌声人齐了,一阵唤名铁券宝书到手了,一阵欢呼一阵炮仗跳跃啸叫,万岁万岁共产党,万岁万岁毛泽东,万岁万岁那份以几亩几分几毫计算的土地……当时的情形,干爹和问天狂夫叔叔那时都那么说。问天叔叔事过几十年后甚至还能断断续续背出土地证上的许多起首语言:……共同纲领第二十七条……土地改革法第三十条,保护农民已得土地的所有权……为本户全家(本人)私有财产,有耕种居住典卖转让赠与出租等完全自由,任何人不得侵犯……特给此证,县长郝汉。狂夫闻得问天言立马补充说,还有还有,毛记当时上台是摸着生母留给他的股臀印记鼠一样蹿去的,董朝晖见那样子实在难看,还在瞟过郝汉一眼后说,眼目前的这个人就是在剿匪中立有功劳的"记上帝"……勿错勿错,哥哥曰的勿错,不得侵犯永久永久,是张万岁证书,上面的话比租佃契书上的生芽茂盛、主赐年丰、大有丰年、勤劳丰收、五谷丰登等等吉言还要吉利牢靠;大错大错,自家上台哪里像鼠辈,像只斗胜众鸡公自家独占麻皮鸡母的彩毛鸡公还差不多,不然,岂能称之记上帝。干爹闻言就这样忖着又说着,反驳了狂夫数句后,他推开了房门,说他要像当年一样去荡荡十八曲弄,让弄堂里的青砖黑瓦、麻子卵石,以及活人活树活虫活雀儿都来瞻瞻他的上帝相。撇开问天与狂夫,他那时走出了老娘茶店……哎呀呀,那天好像也是这样的,天墨黑墨黑,连漫天下着的鹅毛大雪也见不着身影。他穿着蓑衣戴着斗笠手中挥舞着万岁书,他惊奇地瞪出了自家的那双大曝牛目睛:咦咦,道上怎么有日头光夹着星光在泄？道上怎么有廿八都的马头旱船在跳？道上的屋檐墙壁还有当中长出的枯苇青茶枝以及藏躲其中的虫鸟怎么也在点头哈腰？还有还有，这手中的纸张怎么沾着雪花就是不湿，它随着掌划来划去怎么划出了一弄堂的茉莉白花，还漫出了满鼻头冲荡的清香……去，去同春堂后院的百草园，那里有搭墙青藤小屋，那里过去住着江妹，现在住着药嫂，俺，一个被人好玩时叫成"记上帝"的人要跟她俩好好去曰曰刚才的一连串稀奇，俺明日还要拉着棺木上仙霞岭，要让养娘再也不会卷席贴土埋……

卷四

干爹说过去的这些个日子过得格外快,当时也没怎么留意,十指一张,光阴就从指间乘着日光月光快马一鞭地飞逃掉,可日后回想起来又好像忘记不了那些个日子……时光蓦然间会古怪变脸,从中冷不防崛起座座云遮雾罩的山嶂。

第三十二章　猫步

　　干爹告诉我，我在人小不记事的时候目睛子最好看，那眼相眼光眼神是统一的，黑白分明清爽透亮，看山即山看水即水，看了泥鳅不会当作鳝鱼；可当我长大了能记事会记事后，干爹说我的目睛子就不那么好看了，我的眼相眼光眼神像我又不像我，往往是在天真烂漫中还含些迷离迷乱甚至癫狂，看山不定是山看水不定是水，看了泥鳅不定会当作鳝鱼；继而我长成直至长熟长衰，人会记事又能糊事忘事了，干爹说我的眼相眼光眼神似乎又在渐渐向不记事的时候靠去，看山似山看水似水，看了泥鳅可似是泥鳅亦可似是鳝鱼。接下来的好几件事就发生在那个我长到蛮能记事可又不是蛮会记事的时候。

　　那一天，我人不见了，而发现我不见的首先是外婆的那只药猫，接着才是干爹。药猫之所以会发现我不见了，是因为我前天晚上还与猫同床，并答应人家第二天要陪着它去寻找一条去城西红房子的近路，可猫醒了我却不在它身旁了。猫当时那个急呀，我肯定想象不到，猫好多年都是守身如玉，连那个多情发情的春季天都熬过了，然而到了处暑新米上桌的这个不易生情的时节，它却坚持不下去了而要去会情人，它的那个激动冲动，我是个小人我能想到它是怎么想的吗？着急的猫于是去同春堂后院的搭墙藤屋找我。猫去那找我应是勿错的，因为那时我和干爹在一起的时间比和娘亲在一起的时间还要多，连猫也觉得若没跟它在一起，那就应该与干爹在一起，何况干爹当日还来到了同春堂给我的外婆药娘送新米，后因天晚没回去，而是听了药娘的话去了后院。后院那间先前住江妹后来住药嫂的藤缠破屋只干爹有门钥匙，他肯定在那过夜。然而猫忖错了，干爹虽然是在那盖着江妹赠予的茉莉花头巾、枕着药嫂留下的无花竹凉席困觉，可他对猫说我倒是去过他那儿可又走了，为的是有一件事两人意见不合而吵着走开的。听了干爹的话，猫气得蹿出了窗口，干爹见状连脸都顾不着洗就从小门蹿出去追猫了:莫慌哉,俺陪你。

后院墙门一打开,人还未跨出门槛,哑巴的声音传来了。他嗷嗷一通连比带画,干爹搞懂了,猫也搞懂了,药娘自己下厨熬了一大锅百合新米粥,要请药店合伙人和众堂工吃早餐。干爹清楚这事,他当时就曾对猫发过誓说他要去抢着喝掉四大钵碗,不喝白不喝,他多喝粥是为了发泄对我外婆的不满。他为此对我说了不少我当时听不懂日后才慢慢懂得的话。他不满我外婆一个智慧人为甚那时比他还傻。那辰光,风调雨顺政通人和,顶多只有些小不适意,问天的互助组你帮俺俺帮你,不误农时把各人的丘丘水田都多种出了几升谷;豪郎为修水利嫌那互助作业架势太小家子气不海伟,于是他去听着了城关司马书记的话,在周村搞出了初级社。这个社一出世不作兴换工了,而是按出工多少计报酬,干爹因多数时间是在学堂里做营生,他误工太多种田种不下去了,无奈之下他含着目睛水,挥着郝汉颁发的红旗土地证叫着"不作数了不作数了,做个无产阶级"光荣退了社。他退社就退社,反正原先分给他的半个水车一只谷扇也折不成几个铜钿,何况那万年长的土地证仍捏在自家手中。可是药娘呢,她倒好,先是对女儿红月说要将同春堂中她的股份全献给国家,作为国家股入股组成新的公私合营药店,后因遭到郝汉反对,郝汉说他学习过毛主席和一些国家工商名士的谈话记录传达,他懂党的政策,国家不差她那个钱,药娘才作罢。等到一年多过去,全行业实行公私合营化,药娘不参加分红,只拿五厘年定息,那她就更是傻,明明药金药房药材药具诸项估核给她的是两千五百元,可她硬是算定为一千九百元,并每季获二十一元三角八分股息。人嘛,都是算归不算出的,哪有像药娘这样算出不算归的?再说她即使不为自家蓄水留财,也用不着为那个一心扑在革命上的女儿多攒私房钱,但不能不忖到外孙将来要多花钱呀。这不,指头间都隔着大缝隙点滴水都要漏,连收上来的一点新米她也要与别人均着吃,你看你看,干爹抱怨着走进制药房就看到药猫正满目狐疑地瞅着四五个"阿门阿门"喝粥的药工在摇头。而现场的药娘那时也没跟干爹打招呼,她正与一个讨有两个老婆的朱姓清湖老板及其女儿在寒暄。那人先说什么今天他带的锣鼓队要打出跳八仙的点子,接着又说什么"四马分肥"中哪匹马分得肥了哪匹马分得瘦了。四马分肥?一个酱园又不是养马场,有甚肥马可分?药猫一张脸朝向了干爹。哼,以为俺不懂?干爹面对药猫那一副蓦然生出的萌萌相细声对生灵贴耳朵了:这你不懂了吧,"四马分肥"是讲分酱园药店的纯利,那四匹马且都各有姓氏,和江妹的那匹火烙印

"江"姓黑马一个样,第一匹马叫国家,驮着皇粮国税三成肉;第二匹马叫店家,驮去店、社、公司分肥的三成肉;第三匹马叫私家,驮着员工的福利奖金占去一成五至二成;末尾的马叫当家,驮去股东、董事、经理的分红酬金二成或二成五。懂吧,俺懂的,俺在学堂受过文新老师教育的。干爹一番话说完,猫却摇摇头迈出无声步走去了药娘身背后,人家对什么"四马分肥"不感兴趣,人家对主人的人客感兴趣。干爹无奈下也摇了头。干爹讨厌那个人,虽说这朱姓老板是我那从未谋面的外公诸葛洪涛去东洋留学时的乡党和同窗,眼目前还当着三界最大的公私合营酱园的私方总代表,但干爹认为那人的眼光不正心有坏水。那人的一双目睛光亮水灵像极了媚女眼,且每逢药娘就往人家身上溜溜瞟;还有他身边的那个一脸挂笑的女儿,明明一个大家靓闺秀,可就是迟迟不嫁,时下正矫情着对药娘说她朱俪俪不逢如意革命郎君就不上花轿;更令干爹忘不掉的是,那朱老板抗战前驻清湖筹办浙江水泥厂时,因一只被追赶的母鸡逃到他的头上抓乱了他的油光西洋发而用文明棍打过正在抓鸡的自家。干爹忆起往事当即更是烦恼,他粥未去喝就掉头走了,一张嘴同时也没忘了唠叨:什么分肥分瘦公平不公平的,又不是皇天老佛分的,又不是划拳猜令抓阄分的,是人分的,那人还不都嫌自家分得少,扯这名堂做甚,还不是扯出一面时兴话题作旗来多瞅瞅风韵犹存的女坐堂。药猫似乎也瞄到了朱老板的歪念目光,它一伏又一跃,跳到药娘肩头对着西装朱姓老板摆过几次吓人恶相后,才去衔来只米馒头跟着干爹走。干爹窃笑了,他晓得这猫是懂事的,他接过馒头嚼了起来,又去摸了人家头,告诉那猫,那一下没了踪影的文雪亮他没忘掉,需要立刻去找。走,快走,莫等到药娘问起文雪亮去哪了。不过身后药娘的关照声随之还是传来了:今日满城都是锣鼓队锣鼓响,你带雪亮莫走远了,好去瞅瞅新气象哦,另外呀莫忘了,去接接狂夫,俺叫他去周村收新米了,店堂人多,光你那袋米能喝几顿粥哟。

　　谁也不晓得那天我是出走了,而且那是我数次独自出走的第一次。我之所以出走说起来自己都要发笑,可当时我对药猫和干爹说起事由时却是一脸正色。我忘不掉那张梳着西洋发的英姿勃勃脸,那张脸在一张相片里,我不记事时娘亲就常给我看,我记事时我常自己看,到我不大去看时那相片已经种在了心坎上。那相片上的人就是我那被白面郎君特务们杀害的父亲。父亲一人只有一个,我天生就懂。可那时隐隐约约有另一张不像相片中的脸却来了,而且拥有那张脸的人还想当我的父亲。那人就是我十分敬重的郝汉伯伯。郝汉伯伯的那张脸虎嘴鹰鼻凹眼,全然不似父亲的脸俊唇朗鼻明眸。一个是看看恶心一个是瞅瞅贴心,我之所以会在凌晨之际弃猫而去后又离干爹而走,只能怪他俩,因为我将刚才把我吓醒的一个梦与兽与人都说了,可兽与人不但没附和我,反而都是拍手称快。药猫说,自家是文先生置办回家跟药娘的,如今文先生走了,药娘少了女婿、孩儿缺了父亲,幸亏苍天有眼派了个天将变成武先生来顶替,为猫的自家也就再不用担惊受怕,因为武先生比文先生强,文先生被狼人持枪佩刀夜间抲走就抲走,可武先生能反其道行之,煌煌天日下驱车架炮随便要抲哪条人狼就抲哪条人狼;干爹说好哇好哇你做了好梦呀,你梦见相片中的人变成了郝政委,你梦见人家在亲你的脸,你梦见人家上了你的床,你母亲困右那人家困左你困当央那不就对了嘛,人家那么多南下革命功臣都乘鲜花荣光之时娶了鲜花娜妮归家,郝汉为甚不娶,那还不是在等你娘亲颔首点头,何况郝汉赳赳英雄、红月窕窕美女,他俩拜堂成亲入洞房,那岂不是太阳配月亮!屁屁屁,猫说屁话人也说屁话,我棒喝着干爹,当时就气得走了。

我一走就走去了东门浮桥头,一个药猫和干爹都想不到可恰恰是我发现娘亲和郝汉秘密的地方。那时正是清晨来临的前一刻,前后左右尽是个黑,只听得鹿溪浊浪拍打着船帮,不断在发出母亲诱儿好好困去的呢喃声。那次应该也是这个时间,母亲背着我从清湖归来。她是去找那个朱姓的酱园老板的,人家料正水清、缸多坛多、制艺精纯、牌头名气大,产出的酱油米醋不仅销往三界八乡卅二都,而且开帆驾船能沿着之江销到衢州兰溪桐庐富阳和杭州。城关的酱园小老板急了就去找正在当县委统战部部长的母亲,说朱家与诸葛家是世交,无论如何要帮他们,与朱老板联手生产经营以免他们破产。母亲去了事体也谈成了,城关的小老板们以房产资产折价入股参加朱氏酱业公司,并且人家为显诚意还让母亲带回了股票样书。一路上母亲开心得不得了,也不管我听不听得懂,只是不停地说。我听着听着就在她肩头困着了。而当我懵懵懂懂似乎有点醒来时,我发现我躺在母亲的怀里,而母亲躺在一个庞大的男人怀里。三人凝在桥头坐过一歇歇后,母亲鼻息舒缓竟然困去了,可那男人鼻息急促了起来,一下子俯首像去嗅了下巴下的黑秀发,一下子又昂首面向哗哗东逝水将自己化作了一只冷石壁。我受了惊吓不懵懂了,我眯缝着眼睛瞅,喂耶妈,那只冷石壁倒了下来整块地压在了母亲的黑发上,而这时那一流东逝鹿溪水已摇摇晃晃泛出了东方而来的晨曦微光……微光微光,微光中的母亲和郝汉,一个睡着一个醒着,都浸在了微光里,连人头一下子也渐渐透明了起来,我看不下去了,我去蹬了脚,不料没踩到母亲的怀抱而是踏了船板。船板咚咚响声猛然爆出,立即就惊了船下溪流水,同时也惊了我:母亲和郝汉的透明剪影随之不见了,低头能见到的是水面上浮出亮灯光,而抬头望去又看见了吊在岩壁上的板房灯火光。我即刻清醒了,我原来既不是从清湖归来也没有困在母亲怀抱里,我是一个人梦游非梦游地逃到了浮桥头,在仰望麻叔麻婆家的临江窗口。一会儿过去,随着一个女人"见鬼见鬼"的责难声从窗口传出,灯火灭了,接着便是哄起了一阵锣鼓钹钗乒乓落地响。我眼睛和脚都反应了,而且一双脚跑得与一双眼睛一样快,当眼睛透过门缝朝屋里瞅时,脚已站在了人家门槛上。开始瞅见的仅是几个鬼影在屋内焦躁地晃动,可后来一盏灯头被一只干枯乌爪点亮了,屋里的鬼一下子又变成了人。嗨,原来还是麻叔麻婆那家药材生意人。"见鬼见鬼,你是鬼迷心窍了",说见鬼的是麻婆,而且她越说嗓门越大,她说折算家产去到药娘的那家公私合营公司拿股息那真是活见鬼了,别说是五厘就是十一厘都不划算,还是目前串联三家药商直收十几位药客药农手中的货赚得多。一旁的两个女儿也附和了,说俺居里连房连场连灶连车连具连箩也没多少,俺居里之所以能做出点事主要凭的是上山入水的人脉关系,若人脉关系亦能拿股息就好了。麻叔叹叹气说了:"你各人不懂呀,人脉关系是人做出来的,何况人家是公家,人家公家不会去做? 等到人家把三江四码头五山六坞口都做通畅了,你还有吃的?""是呀是呀。"两个女儿反倒没去附和母亲与兄弟,而是去附了父亲,说药娘虽然还劝他们家先不要入股公司,但人要见贤思齐,跟着那女人,那女人不会让俺吃亏的。麻婆立即就反驳了,说药娘是跟上帝的,上帝怎么把她教成如今这么个人只有上帝晓得,可你俩却不然,你俩一个老公是共产党的酒厂公家代表,一个正在和城关镇的共产党董朝晖谈恋爱,你俩若不吃里扒外那才怪,你俩都给俺闭口。我当时听不懂这家人在吵甚,当然也就没注意他们在说甚,我注意的是有一只猫影在撒于一地的敲打乐器间腾挪穿梭。起初我还怕是外婆的药猫跑到这里来寻我了,但是很快我便认灵清了,那不是自家的药猫,那是别人家的猫,尽管长得有些像,尽管仅是一个忽隐忽现的影。我放心了,我就离开了麻叔麻婆家的屋,而且没走出多远,我便听到屋里传出很久才和出鼓点锣眼的锣鼓敲打声。

我存心不让干爹与药猫寻着我。一段山坳石阶踏过,眼界豁然开阔,心里不再浮现母亲与郝汉的身影,同时眼前也无了干爹与药猫在寻人的脚步影,一个确信就在那瞬间萌发了，而且事后又坚守了若干年，虽说大家都在说父亲被敌人杀害了，但我认为他没死，他总有一天会像那张照片里的模样英姿勃发地归来。喏，这不，前面那片开阔的药材转运场地上，我姑妈在一片晨雾中招手了。当时，我格外相信姑妈，以为她不仅和我的看法一致说父亲会活着归来，而且在干爹扬言母亲与郝汉最为相配时总能遥望天际长叹道："天呵，诸葛红月，你一个共产党人，难道心忖立座贞节牌坊。"我懂那话，外公逃去南洋多年无了踪影，外婆哪怕媒人踩破门槛就是坚持不嫁，我听到了人们都讲她就是那种石牌坊。如今姑姑如此说娘亲，那郝汉还能遂心愿将娘亲背走？其实，是因我年小，当时没读懂姑妈怕伤我的心而说的谎话。这不，我眼睛睁大，正忖向姑妈诉说一番，可不知怎的姑姑又飘飘飘的不在了。于是我重新思忖出妙方：我可先到姑妈处躲起来，这样既能不让干爹与猫寻到我，又可让外婆真要寻我就能寻着我。我当时忖得蛮好，然而接下去就证明那一刻我忖错了，干爹与药猫在跑到老县衙后场我母亲居处没寻着我后，就翻过城墙也向文新姑妈宿舍寻来了。一直快到人家门口时，干爹还在埋怨猫，说猫肯定是寻错了场地，因为文雪亮要么不出走，既然大清早就出走那就不会在城里近处，而起码会跑到周村去。可猫竟然耻笑得差点失去了波斯种相，一双目睛子再也不和鼻头横亘在一条线上，而是一色绿眸去了额头，一色黄眸去了下巴：晓得啵，我的那位相好今日离了红房子而正向鹿溪县中驰来，不然我的脚步不会只朝东不朝西，还能两三步一跃就跨越了丈八高城墙头，文雪亮肯定会去那里，那男子汉给俺许过诺的。猫是对的，干爹是错的，于是我前脚站在了姑姑门口，他俩后脚就到了，于是我当场就被逮个正着。还没等到我们仨开口，不料室内的嚷嚷倒先钻出了门上方的透气窗口。听听，去听听，我上了干爹肩头，药猫上了我肩头。一个声音在劝着姑姑说，共产党迟早要共产的，这不先来公私合营了，因此人待在三界还不如待到香港去，何况香港的叔伯托人带信来说，文家已为共产党得胜利献出了一条命，现在好退了，退到维多利亚湾去讨生活谋发展算了。姑姑闻言不让了，说娘亲娘亲你糊涂了，你危险了，你的思想反动着哩，你没看到百业正在振兴，政治四方清明，人民正在欢庆"总路线"的光芒普世照耀，而这正是俺哥和俺进行所有制民主革命的初步理想，我与哥哥有着共同信仰，我怎能弃信仰跟你去西方！再说共产党对你也不薄，给你挂烈属牌，不评你地主，给你评小土地出租，你衢州城里的布店、酱店、棉花店照样开，你最好不要去香港哦，你若要去你自家去，我不去。不去不去！不去不去！

听了姑姑不去的话,奶奶叹气了:你呀你呀,文家怎么出了你这兄妹俩,为了别人家解放顾不着自家解放,哎,你总会后悔的。说着说着,室内一时间吵得是不可开交,可没过多时母女俩又转而嘤嘤哭泣了。等到她俩不吵不哭开门时,她俩都笑了,门口站着的是叠着罗汉的我们仨。做底的那个一脸傻呆呆,一双牛眼也是泪花花,而做腰的那个因早上吹了凉风正在揩着鼻涕糊,一揩两揩揩不净,他便伸手往做顶的药猫身上去,却不料药猫闪开了,一跃跳到了对面的相依母女身上。"快来快来文书记,锣鼓队的人都到齐了。"这边几人语说还未开始,县河那边已有人在叫文新。姑妈听了催促身不由己只得与奶奶告别,她在奶奶的一通"没心没肺"埋怨声中将老人送出了校门口。奶奶走出不远还把要送她去坐火车的干爹和我赶回了,说不用送了,她前面有伴。于是我们没送成奶奶反而变成了奶奶送我们。等我们走得有点远了,奶奶那略带沙哑的声音从背后传来了:文新呵文新,常来信呵,我会跟你写信的……我与干爹闻声都抬了头朝前看,但怎么看也没看见我姑妈,见到的是那只原先送过奶奶的波斯猫在奇怪地瞅着我俩。再等了一会儿,学校里的锣鼓已被敲得震天响。锣鼓响小儿鬼跳,心痒痒的我那时体会不了奶奶呼唤姑妈的难舍心情,我就没去追奶奶而是去追了锣鼓声。不料前脚刚跨进校门,干爹从身后跳到了我面前:快,快跟俺走!那里的锣鼓更响更有板眼。说着,干爹便硬拽着我朝南开了步。等到走出五丈远他才告诉我,他刚才看见了迎面走来的卜阳春。那人是个音乐老师,读得懂工尺谱,还读得懂什么豆芽五线谱,去年不知为甚从军队文工团转到了学堂,眼目前不能让他瞅得,否则非被他求着拉着去十八曲弄寻漂亮娜妮。说完这番话,干爹不由分说双臂一托就将我架在了他的肩膀头:打锣鼓,去周村,那里有丰庆班,那里的锣鼓能吵醒东海龙王。吵醒龙王吵醒龙王?我疑惑着不晓得该信不该信。然而走在一旁,左右且有两只虎纹猫相伴的药猫却似乎信了,只见它用出前爪梳理了一番额前长毛后,又咪咪哇哇叫喊了数声,那一刻那个样子还真像在使唤活人鸣锣开道。紧接着看去更玄,人家浑身绵长黄毛抖抖迈开方正官步,陡然间竟然派出了一副人模人样。

出了大南门,走出不远,干爹仍是照直走,可药猫却在往右拐。随之我就疑了:去周村右拐走铁路肯定是捷径,可干爹不去走捷径也肯定对的,因为干爹晓得药猫害怕那车轮滚滚刮出的大风。然而今日的药猫竟然全忘了自家的习性,要去冒险走近路,这究竟为哪般,难道它完全是为了在两个相好面前显摆蛮力勇气?!还没等到我想好,那猫已经上了铁道枕木,跳蹦向了前,而它那相好也跟着往前跳。我跟不上,我去叫了它俩,它俩回应了,它俩八爪聚拢站到了钢轨上,两双美丽眼睛直向我顾盼,连原先药猫眼中的那点埋怨神色也消退了。我释然了,步伐加了快,一里再走过,一辆拖着木材铁材米粮和牛猪鸡鸭鹅的长节货车一节节从眼前呼啸跑去,我当即吓得就去抱牢了干爹的粗腿立定不行,可同行的两只猫却勇勇猛猛去显了奇,它俩前后一跃丈八高,脚踩路边栎树芦苇草毛拂身过,搅得花朵彩蛾身影就像腾云驾雾的精灵一般在乘着风飞。喂呀呀好风景,刹那间不仅我与干爹赞叹了,连火车上的牛猪鸡鸭鹅也纷纷哞哞嗷嗷喳喳叽叽喝出了大口彩。

　　火车晃晃眼就过了,那轰隆隆的跑路声响随之也逐渐逝去。我领先几步跑到铁路岔口向东望,那一对猫卧在土路当央在等着人。我刚打出招呼告诉猫要朝南走而不是朝东走,那对猫就继续走东不见了。干爹过来牵起我的手:跟着猫,猫去四棵树了,疯子狂夫在那……我还没弄清怎么回事,那头已经有戏声传来了:一月怀胎如白露嗳,乙仓乙仓仓,二月怀胎桃花啊形呀,三月怀胎分男女,四月怀胎形像人啊,乙仓乙仓仓……干爹告诉我那是周村人在唱戏敲锣鼓,他们唱的是《怀胎经》。哦,哦哦,我应付了两声,对干爹讲,我对《怀胎经》不感兴趣,我喜欢周村人打锣鼓打出的龙王升殿龙太子戏牡丹,我便拉着干爹走快了。一走快一下子就走近了四棵树下的周村人。他们外一大圈多是大人小人与娜妮堂客,里面还被围着一小圈,小圈子里的人都持有大小锣鼓钹以及梨花、吉子、先锋、梆,他们那时都歇嘴不唱,他们都在惊讶讶地盯着某个人。那人不是别人,果真是狂夫叔,他一根扁担搁两头新米箩,他自家坐在当中正在说胡话:怀胎怀胎,五月怀胎成筋骨,六月怀胎毛发生,七月怀胎左手动,八月怀胎右手伸,九月怀胎儿身全,十月怀胎儿离身,眼目前呀,身还未全,仅是手动动就要儿离身了?说完,他还去敲出一通小锣响。锣响未毕,大圈子的人先笑了,接着小圈子的人也笑了,人们发现白皙皮肤的女子雪姣陪着大肚捧腹女子柳胭脂正撇开人群腾腾跌撞进了小圈子:豪郎你呀,板着副乌面做甚,人家狂夫曰得勿错,你老叫俺快生快生,俺才怀胎八月,又怎能许宏愿告神人,又怎能产儿传千金呀!人家雪姣为给将要出生的乌毛婴做新衣都陪俺三天了,亏得你还是个裁缝哩。说着,这胭脂笨拙地扭身妩媚绽笑就将狂夫面前的乌面男人拉开了,四周的人们见状也就笑得更是厉害。被拉的豪郎虽说在众人笑声中脸色已不那么难看,一支唢呐也已不在手中挥了,但一张嘴还在犟着:狂夫,要不是看在你我堂客有姐妹缘分,我早就骂你狼心狗肺枉做人了,四年前你病得大将军少有力气,要不是我组织互助组互助你,你怕种都选不好田都无人管,你还能收谷多半成?去年大旱,田畈都晒成了乌龟壳,你急得油漆花床花轿的钱都懒得去赚,后来是谁派出五台水车接着一条龙,帮你水田灌七星塘的塘底水,你都忘了那个帮你的人叫初级社了吧,现如今要成立高级社,虽讲不分红了,但耕牛农具折价入社按劳分配都快像苏联老大哥了,你倒好,你阳关道不走,你要退社走独木桥,你你,你这不是破坏"总路线"不让农业服务工业化吗!还有,你破坏粮食统购统销,四处收私米,俺都懒得讲你……说到这里,豪郎那张刚刚有些松懈的脸又堆出了乌云。狂夫不服了,他从扁担上站起来开嗓号叫:收私米?鬼!我收的是人家的口粮米,你管得着大男人困自家堂客?折价家什算只屁呀,俺七算八算拢总也只有一担挑。俺倒要问你,原先那分来的万岁田地嘞,土地证也没收,眼目前算是归谁哪?还有还有……他还忖说下去,不料一张嘴被猛然伸上来的一只女人掌捂了:告诉你呀,俺都恶心三个月了,今日告诉你俺也怀孕了。说着,狂夫的手就被女人拉去摸了她的肚。推这女人上前的就是一旁敲鼓的问天,我躲在问天叔背后寻猫,他的那个动作我无意中看着了。狂夫这下心思也变了,他只顾去摸着女人肚不与豪郎争了,嘴里却不停地说着,雪姣雪姣,俺终于能不扒胎流产了。场面一下子倒是静了下来,但干爹一双大牛眼却显得更不安耽,他去瞅小圈子里的人,他发现这些人有的头昂着,有的头稳着不动,有的头低着,而那几个低头的人就是龙畅大外公和我也认识的德仓爷和闷叔。豪郎叔告诉过我,龙畅大外公是公堂二地主,德仓族长爷是地主,闷叔是富农,他们至今还能留在丰庆班敲锣打鼓那是他法外施的恩。我跑了过去叫了大外公,还问大外婆怎么不见,可是人家没怎么搭理我,只在脸上露了点笑后又独自嘴唇翻翻念起了无声经。我熟悉这模样,我外婆时不时心里念出了经,可就能嘴里不出声。我于是跑回来对问天叔说大外公好奇怪,他这次见我没抱我用胡子扎我,只是视若无人般在念无声经。问天叔立马对我说,你小儿鬼不懂的,人家是在念《般若波罗蜜多心经》。一旁的干爹见问天叔在与我言语便接过话柄,说那经好古怪好奇妙,念念念念龙畅师傅就觉空即是色,色即是空,天地没了万般相貌,世间没了万般烦恼,连自家都是只空酒囊空饭袋。我闻讯更是好奇,又想去问,不料被问天叔打出刹车手势制止了,他在盯着豪郎。那豪郎虽说身边有大肚女人在劝说,然而仍存一副恼怒相。我不懂眼前的一切,目睛还是去寻了猫。不料猫未见着,倒见到干爹这时突然矮子发跳,在小圈子外大声呼喊:咦,瞅呀瞅,猫上树了猫上树了,猫在四棵树上又跳又叫。场上众人被这突如其来的呼声呼得莫名其妙,颈歪歪头昂昂身子再转转,还真看到了两只猫儿歌儿对对在你追我赶,纵跳了这棵树又去纵跳另一棵树。"跳得好跳得好,再多唱唱多唱唱!"唱?唱甚唱甚?问天叔先发出问,各人见干爹那副样子也去跟着纷纷发了问。干爹闻言摸摸脑壳,先说了句"俺又不是猫俺哪晓得猫在唱甚",可既而当他瞅见各人的眼光像猫眼一样射来时,他竟然又有话说:树青青猫在调情,牯货海伟强壮,嫌两只猫在玩家太小,要妻妾成群儿女成堆才过瘾,可雌货却曰不对不对,一牯一雌一张床一条被,两双筷子吃了天光再吃黄昏,日子过得蛮蛮好。干爹话一说完,再一招手,我霎时间目睛子里就跳出了奇:两只猫飞跳下树,又轻轻柔柔一只去了豪郎堂客的大肚腹,一只去了雪姣的肚怀里⋯⋯两个女人先啊呵啊呵惊了叹,我也随之叫了:"那是俺外婆的幸运猫耶!"幸运猫幸运猫?各人议论着还没怎么搞灵清,干爹就亮敞敞扬了言:"这小儿鬼是红月的儿、药娘的孙,他讲的幸运就是福呵!"福?福!福猫送瑞福猫送瑞,问天叔小声念叨了两下,豪郎叔念出了大声,于是众人都跟着帮了腔"福福福"。福猫送瑞瑞猫送福,我跟猫,猫领着我,我又领着各人沿着那条亮晶晶的大铁路朝城关去了。干爹在路上跟我讲,那缓缓徐徐如春流水、急急锽锽如六月雷鸣的锣鼓段子就叫《龙抬头》⋯⋯

第三十三章　婆愿·打鬼

那一天真是个欢乐的日子。当周村一帮人打打吹吹从南门进城关走到解放路四牌楼时，好几支锣鼓队似乎一下子都从天而降。为了瞅闹热，先是外婆的药猫跳去了干爹的肩头，接着我又被干爹架上了他的脖颈，于是那药猫便站上了我的脖颈。我和干爹兴奋得四方张望去，干爹曰猫眼红黄黑白炫耀它瞅到了，它的不少同类站在各处在向它翘首歌唱，而我对干爹曰，我既瞅到了姑妈文新领着一支师生队伍在舞旗扭秧歌，又瞅到了清湖朱老板划着锦旗在指挥着一班麒麟跳八卦。一阵又一阵喧天锣鼓闹过，人们穿过四牌楼踏过解放路，都聚集到了县府前。在那在那，外婆和哑巴甚至麻叔麻婆也在那人堆上。他们喜欣盈面鱼贯而入，一进了县府八字门墙，我和他们就都看见了县府道上一路彩旗飘扬，接着又看见了郝汉和我娘亲以及司马展董朝晖等领着一帮干部在摇帜鼓掌致谢意。"彩纸云军旗阵，总路线红旗飘……"药猫四爪突然松脱，它跳了出去，我随之听有丝丝声音从底下传来。干爹去叫了师娘，我俯眼瞅见那只猫儿跳到了大外婆怀中。还未等到我想明白大外婆是从哪里冒出来的，她接着就疯七疯八地指点着站在台阶高处的郝汉与我娘亲，并叫我和干爹去看：泰山雄伟在河之洲，关关雎鸠一生何求，南北绝配绝配耶！干爹立即就应了说，鹿溪神女今生有靠有靠有大靠哉！我闻言一下子就明白这二人说的是甚。我不高兴了，我滑落干爹肩膀急欲逃之夭夭，就像早晨离家一样，不料大外婆与猫拉住了我，而干爹一双粗手也踩着鼓点咚咚过来了，并将我托举得更高。我先是生着气稚目紧闭，可一阵过后目睛子不听使唤，它撞开了眼帘，呵哈啥，四面人头攒动七彩飞翔，八方锣鼓激荡十音震天响。"文新文新"，我叫了起来，我又看见沸腾着的红绸飘带在裹绕着姑妈了。接着，我喊出了一记令干爹和大外婆当时觉得突兀可若干年过后仍觉称奇的声音：绝配绝配，这才是绝配。我蛮蛮清楚地记得那一刻，那目光如石火电光,那是郝汉伯伯的那双鹰隼眼炯炯发出而照向姑妈文新的……

那一晚,郝汉伯伯来到了同春堂,他是外婆叫干爹去请来的。外婆接待人家没放在后屋的小餐厅里,而是放在了娘亲旧时居住的闺房里。那时那间闺房虽然娘亲并不回来住,可仍被外婆照原貌留着。大外婆去煨了汤炒了菜焖了新米饭,还将那盛物的酱色罐一只、青花盘四只端上了桌面。我先坐了上去,刚要动箸,却被外婆用一块乌鸡脯肉劝到了一边。等到干爹将酒盏摆好,姑妈捶着郝汉的背脊说着"危险得紧,危险得紧"的口头禅进了房间,郝汉张眼一瞄,谁知一下就瞄到了壁上挂着的娘亲青春学生照。还没等到人家移开目光,姑妈的话语就来了:怎么样,漂亮不,电影明星也不过如此吧。郝汉闻言也不搭腔,只是嘿嘿笑着坐去了应请座位。黑汉子喝过外婆舀上的半碗苦瓜山药鸡汤后问了,今日应是诸葛红月同志的生日,怎么不见她的身影。外婆"唉"地一叹,姑妈立马接着说:"还真危险得紧,她自己不记自己生日,倒有个北佬大兵记着了。"郝汉听出了话外音,瞪了一眼姑妈后就赶紧端起酒盏去敬了外婆一杯。外婆举杯应是应了,可只是沾唇抿了一小口,她说话了:郝汉同志,都相识几年了,你一切安好……"好好好。"说完了好,郝汉接着打开了话匣,他端着酒杯围起席桌一边荡着骷髅圈一边高调称,托三界人民的福,社会主义改造形势大好,各为为战的小农经济先是组成了互助组有几千几百,有初级社几百几十,后是经过巩固收缩,一下子又掀出高潮涌出了合作社一千四百几十个;还有手工业和私营工商业的改造,那也是如火如荼一浪高过一浪……郝汉顾自情绪高昂,话语还未说完,不料被姑妈打断:危险得紧,同春堂又不是大会堂,快坐了县太爷。闻言,郝汉似有疚色袭脸,"哦哦"数声后才再坐下:不好意思,今天刚做完报告,人还在情景中……他又奉上酒杯去敬了我外婆。外婆回敬一杯说了句"托福托福,托共产党福,托毛主席福"后话锋一转:郝同志,你与红月同志的革命友谊怎么不见发展,莫非你和有的南下同志也一样,家里……""不不,药娘,"干爹从板椅上蹦了起来,"这个俺老早就向郝光搞灵清了,他在山东老家没老婆,他不是陈世美那样的货。""对对,参加革命前在济南读书,父母倒是帮我看过一户人家,可我放假返乡时连登门相亲都没去。"郝汉端着酒的手停在了半空。"唉,唉……"外婆好似长叹了一声说,"都耽误了耽误了,郝汉同志你也莫等红月了,我那女儿与我一样封建,何况我那女婿文焕碧血丹心血洒黎明是为新中国诞生献的生命哩……"说完,外婆的眼睛微闭了,只剩下一线余光久久停在姑妈文新身上。那目光哀哀戚戚,当时就被我瞅准了,虽然那一刻我不在桌上而在门外,但我一刻也未停止偷听偷窥。我似乎明白什么了,我高高兴兴放出了自己怀中的药猫并假装追着进了屋。我憋不住又去看了郝汉,那人那时那原先总是赳赳昂着的头颅低了下来,更令人快活的是,他不是去吻我娘亲的一头秀发,而是在瞅着自己的脚发呆⋯⋯

当晚我娘亲是归来与我外婆睡的,而没有睡在县委宿舍里。半夜时分,我被干爹摇醒并被他抱着去了外婆房间。我懵懂去时看到了她娘儿俩在抱头痛哭,我恼怒被人吵醒而故作大哭状时,又发现她俩不哭了,还抹着泪水装出笑劝我莫要闹。第二天娘亲就拎着两只牛皮箱搬回家住了。干爹说娘亲归居里时虽然跟谁都没说,但当她乘着月光踏出县委大门时,还是有司马展叔叔一帮人在为她送行;而当她孤身一人"呱啦呱啦"踩碎一弄堂星光快临家门时,暗暗潜行在前的他与姑妈发现娘亲身后的弄堂口兀兀矗立着一尊海伟海伟身材的大石像,那石像鼻尖缀着点点光,目睛凹成两只洞,他不是别人,他就是巍巍大郝汉。事过几天后,干爹跑来问我,说郝政委问他,怎么有一张文新同志的相片摆去了他桌上,同时一张红月同志抓拍的他的一张骑马溜城的相片又不见了,"奶奶个熊,是不是你搞的鬼"。听了干爹学着郝汉的腔调,我蛮蛮有趣地回答,是我去偷来送去的,姑妈还不知道啦,我跟娘亲也没说,我只跟外婆说过,外婆闻言声色不动,也不讲对错,只是拨弄着念珠不停不停地在"阿门阿门"。

等到姑妈在她书架上的那本她经常阅读的《唯物主义 ABC》书中发现有张郝汉骑马照而去询问娘亲如何会这般时,娘亲固然是丈二和尚摸不着头脑。于是她姑嫂俩都去怀疑干爹了,说只有那人知晓外婆的用心,也只有他能自由出入人家的宿舍。事后娘亲也没去问干爹,可姑妈去问了,干爹当时答曰:药娘心愿俺不是不懂,但要曰与郝汉相配,你文新还是不如你嫂子的,所以俺没做那事,那相片是你侄儿挪来挪去的。干爹那回不仅没听外婆的盼咐,而且也没给姑妈留点面子,他甚至白日做梦地捧着一小包上海产的奶糖来诱说我,说你是母亲的心头肉,你去劝劝红月姐,准能让她将自家嫁给郝汉。我听了他的话,先是咯咯笑着吃光了他送来的奶糖,后又甩出他的那只金龟打得他额头起包,而金龟也当场吓得撒出一泡尿:"俺娘亲是俺的,俺爸还要归来的!外婆说得对,要嫁的是姑妈!"然而秋去冬来又冬去春来,外婆看到的是风吹桃花、孤鸟独自啄落红,我看到的是流水潺潺、娘亲身边只有冷鱼穿空月。娘亲和姑妈谁也不听谁的劝,都只顾废寝忘食地工作着,而郝汉时常远远地盯着这姑嫂俩的窗户灯光而踟蹰不前。呵呵,姑妈不亲近那黑大汉虽不好,但总比黑大汉亲近娘亲好。黑大汉,还有我,我听干爹的话,我来亲近你,让你莫要过于孤苦伶仃。于是我三天两头就跑到县委大院里去撞运会郝汉,一碰见,他不是娘舅,我也称他为娘舅,乐得他不仅给我吃零食,还给我削木做了盒子炮和红缨枪。我持着枪举着炮又腾腾上了八角亭楼。干爹见到我连忙赞我人乖又懂事,去多看郝汉看得对,并且还说光有枪炮还不行,还得有头盔面具锦旗和人马,不然还是玩不转小儿鬼把戏,打不了弄堂角落的牛鬼蛇神。于是乎他叫来狂夫叔帮我做行头,涂画捉鬼神仙假面具,还叫上问天叔之子和狂夫叔养子跟我去弄堂诃鬼火。鬼火?在哪?我睁大眼睛不晓得是怕还是不怕地问去,狂夫叔当即答曰,是真的真的,那鬼火就妖闪妖闪在老娘茶店斜对照的城关镇委大院里。干爹见狂夫叔说得那么活灵活现,又生怕吓着我了,便补上一句:莫慌莫慌,是嬉嬉的,世上哪有鬼,有鬼也是人打出来的。哦,原来如此!何况大人把打鬼的家什都已做好,不去岂不自己都成了胆小鬼?!于是怀着一颗假信有鬼的心,同时更怀着一颗人能打鬼的心奔赴了战场。我居中腰佩郝汉亲赠的涂黑短枪,望水站右执着一杆银样木长矛,蛮牛跟左举出一块虎头盾牌,分别系着关公关平周仓花脸面具,摸黑钻后门进入院场。院场静悄悄,那口冷香井靠在西墙边,井口中直冒惨惨白白的水雾气。望水怕我怕了,对我轻声曰,莫怕莫怕,那是一股鬼雄之气,是他的十八辈祖先亲戚做县令时为抗鞑虏投井自毙后生就的,是佑护好人佑护好小子的;蛮牛怕我不怕,对我怪声道,吓人吓人好吓人,那是一股冤魂之气,是他的祖上远房近亲三个女人或为显尊贵或为避战祸或为追求自由投井自尽后化作的,是见人就要缠人说话的。我怕他俩讹我,急忙去问是否问天叔和狂夫叔亲口告之的,他俩曰是的是的,于是我将枪掏在了手,将面具从胸前蒙去了脸。前进前进继续前进,靠着英豪雄强之气去那处听冤魂野鬼诉说一番。"嚓嚓嚓",一阵勿晓得是细沙摩擦声传过,还是被踩蚂蚁叫痛声传过,三个小鬼就挨近了井沿。透过面具眼孔祟祟窥,啊呀呀,原先那袅袅上升的白气流越聚越稠,到最后竟然随着井底几记蛙鸣响出,气流凝成了一团忽明忽暗的圆柱幕。明闪出来了,从中闪出了一个男人的大黑影;暗也闪出来了,黑影转瞬不见了,一个女子白影从中反倒显现。目睛子吓得闭了又吓得开了,开开闭闭闭闭开开,那黑影白影都吓不走了,且纠纠缠缠去了一起……起先是我的关公面具吓得脱了脸,接着望水的关平面具和蛮牛的周仓面具也相继脱了脸,三人掉头就逃,屁股背西脑壳向东,朝着不远处的光亮窗户底奔去。等到窗底站定,一个女人的半泣半语声又跳近了耳朵畔："不走不走俺不走,你再叫俺走,俺就让药娘给俺验肚子……"望水和蛮牛都说那是冤死的女鬼在哭诉,还是赶紧逃。逃出半丈远,我竟然鬼使神差回了首:耶耶,不对不对,那女鬼好像嘴里在念"药娘",莫非鬼也识得我外婆?我疑了奇了,又拽上两位哥哥回头去了那亮窗下。瞅瞅,好生瞅瞅,白影原是白衣女,黑影原是黑衣男,且都不陌生,那女人影还撅着那男人影俯在自家肚皮上听心跳!望水和蛮牛见之说,水井里的雄鬼雌鬼似乎都累了,他俩你摸我我摸你要找眠床困觉了。我闻言扯上面具手枪指指点点:鬼,屁个鬼,那是两个人,俺都识的,常去同春堂寻俺外婆。

三个小鬼撤了,但撤到大门口的侧门时,他们又回了眸。门轴"吱吱"响过,眼看着黑影一手拎脚盆一手拎吊桶,白影一手一边夹着只脸盆都移步飘飘飘去了冷香井。不一会儿,黑影吊水白影汰衣,两盆衣衫也洗净了。"哗哗哗",布翻布飞,两三排竹竿上晃眼间尽挂出了青衣花床单。"逃,哪里逃!"追逐声猛然响出,绕着衣架衣衫,随着黑白两影的飘忽不定,时而是弱弱敛敛,时而又是嚣嚣张张。哪里逃,哪里逃,我与望水蛮牛懒得看那两人疯闹,便钻出门缝来到市心街面。极目眺望,黑白墙屋两面城隍菩萨一样参差站,一轮月亮半只脸庞耸立弄堂口直在云天皎皎挂。我看明月,明月看弄堂,弄堂中黑影幢幢跳、白影娑娑舞,见状我喊了,两个小哥也喊了:哪里逃哪里逃……当时我们仨胆气陡增百倍,一路上不管见甚袅娜鬼身态见甚漂泊游火光皆不怕:有甚有甚,鬼是打出来的,俺干爹就是这样曰的!

令人同时也令已难以置信的是,从那以后,我与干爹一样雄胆威威英目凛凛,也变成了一个不怕鬼的人。且不说日后要远来的那些鬼魅兮兮的百味事,就是当天晚上当哑巴在同春堂看见并去追寻一只鬼影的过程里也是我帮他去找同人胆的。那夜他守夜,人又困得不行,只有像个游魂一样满屋子里晃悠。忽然,他惊梦他的那个当国民党军营长的娘舅一身白衣一脸血污地迎面走来。顿时他双眼怯睁吓得醒了。一醒,死娘舅遁得无踪影,可百草园花草间却真的荡出个飘飘白裙影。似鬼非鬼,这影似乎熟悉,似人非人,这影似只在阴间存?哑巴迟疑着推开了那间搭墙屋的门。那时我刚打鬼归来不久,正在床上向烂睡不醒的干爹说稀奇事。干爹不听,于是我便向哑巴说,说得哑巴示意:你既不怕鬼,那就陪俺值夜防不测。"好好好,那正好,俺刚刚生就的虎胆虎威正忖派用场。走,连木枪银样大片刀也不带,俨然一副戏台钟馗徒手捉鬼相。"一出门,哑巴见我一稚儿尚且大胆如此,他刹那间也像被雄魄强魂附了身,他瞄着白裙影跟了上去,他对我示意,他懂得为我外婆值夜的担当,不管是鬼是人,只要敢作恶就当场捉去见我外婆,让外婆当着圣母圣子面训其改邪归正作善良。跟跟跟,白裙影七绕八拐还真去了我外婆药娘的房。等到哑巴持条扁担正想大喝一声,门推开了,那只药猫虎视眈眈已卧在了门下。白裙影头见之俯下身,竟对猫发出女子娇哆话:乖乖乖乖,俺是朱先生二小姐俪俪不识了?俪俪?药猫像是认出人了,一双眼睛立即虎状顿消,并穿过屏风去媚媚"喵"醒了我外婆。外婆起身披衣捻亮煤油灯正准备下床,那俪俪扑通一声双膝落地跪下了:药娘药娘,俺不慎不要好犯了罪孽,望你救赎呵。见状,不仅是哑巴,连我也觉古怪,昔日里俪俪来见外婆,除了好言相慰,还少不了捶背舒臂,尽是一派亲热相,当下这般究竟为何?为何为何外婆也不问为何?她好像老早就知晓一般:事至如今亦莫慌张,都会过去的。可俪俪说这次过不去了,她肚子很快就要露相了,而那个该杀的司马展还在嫌弃她是个资本家的小姐。说完俪俪一下又不跪了,她站了起来:他要是再不娶俺,俺就去打胎,或者干脆跳了冷香井!外婆听了这话连忙起床:傻了傻了,那错连人类始祖亚当夏娃都会犯的,那是上帝所赐的孩儿呀,与自身一样都弃不得弃不得呀……接下来,俪俪扑在外婆身上,听过外婆三五句悄悄话后就破涕为笑了:行行,俺听你的,听你的。第二天,干爹进了城关镇委,请出司马展进了同春堂,我外婆为他单独看了病。他来时牛气冲天无病一般,可去时垂头丧气反倒像生了病一般。又过半个月,俪俪结婚的喜糖送来了,我嚼着那糖满嘴喷香地跟干爹讲:俪俪本想做鬼的,是外婆把她拉回的。是么是么?干爹说那俪俪会感恩的,可那司马还说不定是感恩还是记恨呢。他说你小儿鬼不懂的,那司马展先是追你娘亲,后又追你姑妈,末了才被那俪俪赖上的。他吃到喜糖那天还曾被他的那只金钱龟狠狠咬了一下。

第三十四章　猫变·鸽影

秋到秋又是十几个月的日子过去。干爹说过去的这些个日子过得格外快，当时也没怎么留意，十指一张，光阴就从指间乘着日光月光快马一鞭地飞逃掉，可日后回想起来又好像忘记不了那些个日子，因为那些个日子过后的好多日子就不大像原先的日子那样望去走去还算一马平川，而是时光蓦然间会古怪变脸，从中冷不防崛起座座云遮雾罩的山嶂。相形之下，于是原先那十二月的日子也就不该被遗忘。在学堂、在街巷、在溪水畔西山脚下，干爹曾持续不断地跟我讲，在那不该被遗忘的日子里，他退了社，再也不用为了天天要出农业合作社的工而犯愁，他纯粹做起了校工，他为此被我姑妈文新书记聘为了正式学堂职工，连月领薪水都需在公家花名册中签字画押；那些日子里，问天叔因为带头试种双季稻成功，收成增了近一倍，多分配了六担谷，乐得他老婆的哼哈喘病好了大半，而他自家吹出的龙凤飞吉子曲，竟然在老佛节的一路飞扬中引来了花鸡黄狗翠鸟黑蝉和乌牛青蛙的竭力唱和；狂夫叔也是不负时光，凭着手艺和蛮力不仅在漆业社干活一流，而且他漆画的一顶六面花轿拿到省城去参加什么展，还得回一个银质奖，搞得他一蹦三丈高扬言道，老婆雪姣为他生一个平板囡是不够的，起码还要为他生出三个带柄的儿郎。还有司马展和朱俪俪一对，两人去过药娘处几次后，两张脸都阴霾渐退，阳光随之渐生，男的得以升迁当了县委宣传部副部长兼县府文教局长，除了上下四方滔滔不绝做形势报告、宣传过渡时期总路线取得光彩成就外，还动辄就去县中视察，听文新书记作汇报；女的如愿嫁得革命儿郎更是不甘寂寞，不做富家小姐也不做官家太太，她生下孩儿后就学着我娘亲红月和我姑妈文新的穿着去县中当起了伙食主管。还有还有，干爹还想讲讲那些日子里的我外婆、我娘亲、我姑妈以及郝汉、朱老板诸人，可刚刚起了个头，他突然又停了，他站在学堂厕所狭弄的过道上与我讲，说他仿佛听到了若干年前的那句难忘的叫声从茫茫天外飘落到了耳朵旁……那时的那个叫声是我外婆的那只波斯药猫发出的。那药猫原本大多数时间是跟着外婆的，可后来大多数时间又去跟着干爹与干爹的那只金龟待在了一块。原因还是怪干爹，干爹觉得外婆当了公私合营药店的二掌柜，还总是有只美生灵相随，那位公家代表看了肯定眼睛不舒服，于是他就自作主张将猫抱去了八角亭楼与自家的龟做了伴。说来也怪，外婆当时竟然没怪他，连多年拒绝怀孕的白精灵自从跟随了他，且有了龟做伴，竟破了自家清规，不仅开春与红房子里的相好缠绵过数番，还随之生了两只崽，搞得药猫自己礼拜天回去见我外婆时，每次都羞红着脸。干爹讲他当时正在茅坑里拉屎。他因为不习惯坐着拉屎，正在骂来校不久的朱俪俪多事，自家掏腰包买来砖木将蹲坑改作了坐圈，害得别人拉屎用劲总觉不对头。大肠头几番上下较量下来，他好不容易憋着一股劲将一截肠气送到屁股眼，眼看一节屎就要落池，谁知几只白鸽在蝙蝠飞翔的石窗上亮过几下翅影后，又有只乌鼠猛地从旁边的屁股圈洞中嘶喊着跳了出来。定睛瞅去，乌鼠跳出了窗外无了踪影，可那只药猫却蹲在窗台口直悲号。他屎也顾不着拉了，裤带草草系过就去顾猫。不料那猫不像往常依依投去他胸膛，而是咬着他裤脚像生出团白云般托着他去了住处。一到住处，白猫先是围着一块棉絮上的一对黑白儿女转了几圈，然后就匍匐下身子，两眼不停地流着悲悯光。哎，干爹瞪出了迷糊眼，随着脑际深处和眼帘前方跳起跳倒的连绵情景及幻觉，他嘴怪了好久：（黄昏时一窗光影忽闪闪，俪俪抱着猫闯进屋，说猫刚叼着块鱼肉要归家饲子女，不料一出房间就碰到了皮笑肉不笑的司马展站在门口，结果猫一脸惶恐顿生，像见到鬼一样吓得偎进了她的怀……）怕个鬼，司马不是鬼。（夜深深一对猫儿女压胸直泣叫，说猫娘不管它俩了，连那块叼回的鱼肉都顾自吃掉。伸手去抚摸，猫儿女根本不在胸脯上，原来他刚才在梦中……）是呀，当天叼回的那块鱼肉，明明瞅到是饲了小的。（天光窗亮亮，猫娘贴在窗口上，白猫怎么看上去是黑猫？伸脖几下号叫，猫没进屋人倒进来了，司马展笑眯眯道，一对猫儿女俪俪养了几天，现在给你抱回了。）抱走你俩，猫娘舍不得俺也舍不得，可也无奈，那几天你俩娘亲正发烧病着哩。（日午，窗棂上树影婆娑舞，俪俪呼声"贝呀贝呀"到，猫儿女闻声撇开米饭碗猛猛跳，腾腾响一通就下了亭楼梯。）药猫药猫这也对呀，俺居里基本食素，人家俪俪家基本食荤，哪有猫儿不贪荤的，你生闷气不值得；你也不能将自家儿女比自家，只有你性情蛮特别，食素食荤要瞅人的，可你那性情毕竟是药娘驯养成的，药娘驯猫与你驯猫当然不一样,药娘是什么人呀。(明月挂窗,月中桂花树花朵乱飞不见,兔儿蹦跳反见发烧的猫娘扯着恶脸在推搡猫崽出胸怀。)那时俺还以为是梦哩,谁知目睛一睁看到的是真场面。那猫你,就莫要怪俺吐槽:你有了儿女你就该自家照应好,儿女即便有错也还是你儿女,抛弃不得的哦。你眼目前叫俺来还算有良心,儿女病了你还没逃开。走走走,与俺一道同去同春堂。说完这番话,干爹抱起一对猫儿下了楼梯出了校门。十步走过,他回头望了,他想叫药猫跑快点,早点回到同春堂向药娘报告,可药猫瞟过他一眼后竟背道驰去,连叫也叫不还。娘卖×,干爹说出了粗话,他一双乌珠差点骨碌翻出,他盯去斜对面的东边大屋,那所大屋里住着那个风韵诱人、还能诱猫的朱俪俪。

又一个十步走过,干爹被我扯了青布衫。当时我正被那位能吹能唱的卜阳春老师陪着走出县府大院西侧门。那人那天不知哪根筋扳牢了,兴致勃勃地在县府大院里观赏了一番贴得到处都是的大鸣大放大字报后就去了县府宿舍找我娘亲。娘亲没找着,他却把我吵醒了。被吵醒的我便跟了卜老师。卜老师说可以为我供给一副烧饼油条和一碗豆浆,且咸甜由我挑。不料东西还没吃,我就看见了踽踽独行的干爹。我见他只顾瞅着怀里的尤物而没瞅到斜插在县河岸石上的竹梢竿竿,我生怕竿上的刺毛戳了他的目睛子,便伸了手。被扯了衣角的干爹见我仍是睡眼惺忪的样子就说了句"死相死相,跟猫崽装的一个样"。闻言,我便踮脚去瞧了他怀里的猫崽,一对生灵果然微闭亮眸一动也勿动,全无了平常日子的新鲜活跳相。于是我催问怎么了怎么了。干爹将猫娘猫崽近来的种种怪异状态讲了个遍,末尾还似在问己,又似在问我道:按天性,这生灵会自然成长安耽生活,不该如此折腾的,如今这是怎么了,你晓得不? 我,我,我寻思半天没想明白,便将只绣球踢给了卜老师:干爹,卜老师是老师,他肯定晓得是怎么了。卜阳春一旁应了,又好像没应,他"哦哦"着一边念叨着"猫娘弃儿女猫娘弃儿女",一边唱出了戏词:"说什么龙楼凤阁,虎踞龙盘,珍肴百味,美馔千般,美女跟随,宫女陪伴,难免轮回万千苦。我妙善在此修行呵!"唱完,那卜老师还说了句莫名其妙的话:答应不答应,答应我就帮你解猫谜。是么是么?! 干爹听言顿时脸上阴霾退净:答应答应,俺肯定约上龙畅师傅跟你酒过三壶话过六时! 哦,哦哦! 我不解地瞅去,这两人竟然乐得张牙舞爪,共同哼出了"有道是当朝宰相三更梦,万岁君王一局棋"。我蒙过片刻,空瘪着肚皮也唱戏了,而且那声音还冲出了嗓:不能赖皮,说好吃烧饼油条豆浆的。不赖皮不赖皮,于是我被卜老师牵着去了烧饼店。咬着喝着,他俩续着刚才的"答应不答应"的话题又聊天接柄了一通。当时我虽然听不大懂两人所云,也不在意,但事过不久我就似乎明白,而事过许久我还有了大明白。干爹是先答应的,他说,你不跟着军队唱革命大戏《白毛女》了,你跑到县中教文艺课,你还忖研究一番西安戏词戏腔,他懂的,因为你卜老师毕竟不是观音修行的扫殿妙善,你仅是个慕名贪色的风流才子凡夫俗子;帮你帮你,帮你去龙畅师傅处打开书匣掘出老戏本,还帮你认识那美貌如花的浦江女之女。妙哉妙哉,脸庞倏忽红白交替,卜老师差点被烧饼硬壳噎了喉:那猫娘不理儿女,是对的,因为人家晓得,儿女患病是重疴,自家伺候不了,而你又不解,便便索性装出了一副绝情样,人家这是在逼着你将其送回同春堂呀。哦,哦,如此这般。两人将豆浆当酒浆,碗撞过,一点碗脚底水干了个精精光。接着,卜阳春哼着"美娇娘,哪怕三界藏,寻你求你上天地,疼你爱你动衷肠……"干爹唱着"儿乖猫,心安莫慌忙,同春堂里有慈心,药娘妙手出良方……"一位朝北一位朝南,心乐陶陶地荡开了步。等到两人想到我再回首招呼我时,从县府大院正飞向县中的几只白鸽突然俯冲了下来,害得我一时不知是去理人好还是理鸟好。好在那南北分走的两人一会儿又不见了,而鸽子们仍在我头顶上旋。我朝天挥挥手想去攀攀人家的红爪爪,不料爪未攀着,而自己的手已被路过的姑妈牵在了掌。

干爹抱猫去得同春堂找到我外婆并让其为猫看了病,而我外婆处方几粒西药丸就让服药的病者在三个时辰内由奄奄状转为八脚乱舞、四目射出了晶晶目光。为此,我雀跃两尺高,可干爹却骂过来,说开心个鬼,若是当时他在文新身旁,他宁愿迟些时间去为猫崽看病,也不让文新听从司马展召见当即去了县委宣传部,因为那是个不宜见官的凶时兆,可那可怜的老姑娘无人阻挡就去了,结果难免不中人家的连环纸阵套。当时他还在我头上弹了几个坷垃子。而那时相隔猫娘变脸猫崽生病之际仅有廿来天。干爹怪我,我也怪我,都认定若错开那个日子那个时辰去见官,后来的一场飞来之祸就不会降临在她头上。于是我去问姑妈该不该怪我那天没有黏着她不让她出门。姑妈可怜兮兮地笑了,说我小小年纪竟然迷信,没有那天还有第二第三第四天。她那天去了,并听了领导"向党交心"的话,看过县机关干部贴出的反官僚主义、反宗派主义、反主观主义大字报后就回转了学校,还叫老师们也去如法炮制。她那样做是她命中的定数,逃不脱的,怨不得别人家。"危险得紧,危险得紧",我还记得,姑妈当时牵住我的手去司马展处时一路念着她的那句口头禅。其实路上一点都不危险,连我娘亲送与郝汉伯伯做伴的那几只和平白鸽也颇有企图地从天外飞了来,且一直围着她上下盘旋。白鸽浴一身阳光,鸣叫出奇异的声音,温暖得很。那声音我听得懂,因为那声音是干爹去调教出来的,叫的是"咕咕新"。"咕咕新"亦即"姑姑心"。姑妈初闻此声时就觉得这鸽鸣好听,并时常给那些在窗台上跳舞唱曲的精灵喂些净肉瓜子,后来白鸽来多了,姑妈似也觉察到我娘亲我干爹在默默利用自然之物帮助我外婆实现她老人家的心愿,姑妈她便在蛮长的一个时间内就不撒瓜子了,她不想来场鸿雁传书,从而润添出缕缕情愫去记挂郝汉。她只盼望着那北佬儿能与自己的未亡人身份的嫂子走到一起。一时间白鸽还真如姑妈所愿,难得再来跳窗台。可姑妈万没想到,没过几天白鸽又展翅而至,甚至连赶都赶不走。"咕咕新""姑姑心",姑妈眼中的白鸽"讨厌得紧",一边歌唱一边在啄着盆花中的细虫,有几次甚至还跳到女儿家的指发间婆娑起舞。我与干爹当时就乐得嘻嘻笑。我当然是乐见那情景,干爹那时也逐渐理解了外婆所愿,只盼郝汉与我姑妈赶快两人好。我俩那时就站在八角亭楼的栏杆处,正往前下方的搁花窗台上打探。两人都在相互不服气地夸赞自家抓去的虫子更能引得白鸽来。再过些日子,姑妈叫干爹与我去了她的房间。她打开窗户让几只白鸽飞入后,自己对着眼前的那张一对少男少女怀抱白鸽祈祷和平的招贴画直发愣。干爹见状就跳了起来,装着伸拳摩掌,并扬言要揭了那画让文新书记对本就讨嫌的鸟儿眼不见为净。谁知干爹话音刚落,几只白鸽纷纷从桌上帐上翻动翼膀一齐拥上,且挤攒在大画前摆出了一副要殴斗一番的架势。怎么样怎么样,当时干爹叫了,我也学着叫了:神鸟神鸟,神鸟识屋认人呀!事后,姑妈就没再去驱鸟,而那些鸟儿竟然哪怕是在窗台上觅不着粟虫食也照样翔来翔去徘徊不已。可是眼目前,鸽鸟的性情似有异样,它们排成一字阵,姿不婆娑睛不妩媚,反而是木乎乎地凝滞于姑妈胸前阻着人家前行。姑妈那刻倒是察觉到了鸽鸟行为蹊跷,可她毕竟是人不是鸟,解不出鸟的真情实意,她先劝慰着"归来再饲归来再饲",接着便挥挥玉臂冲破鸟阵脚,并一顿快走去了县委宣传部。到了,姑妈进了房间我在门外候着,先说是谈一下就出来,可谁知谈了两三下都不见人出门。直到郝汉伯伯路过走廊,见我窝于墙根眼皮猛打瞌睡仗,姑妈才从司马处走出。当时我还记得,出门的姑妈是满脸春风,那美丽洋洋溢溢简直都把走廊也照出了彩,可郝汉伯伯却一反常态,凹眼中没见到往日里他见到姑妈时的柔柔细光漫出,而是狐疑目光一下弹出,并在送客的司马脸上凝成了一个团。我与姑妈走了,可背后郝汉的那句大声呼叫

"奶奶个熊",以及调到县委办公室给新任县委书记当秘书的董朝晖的一句轻轻盼咐"郝县长,王书记在找你",却奇怪地一样响着,在震撼着走廊。

真是"奶奶个熊",据干爹回忆,姑妈回校后就召集了几个同事和老师在她宿舍里坐了一会儿。姑妈当时想得蛮好,既然按司马部长要求是"向党交心",那就得讲些大事,而讲大事就不能凭空想象,那就离不开调查研究。这不,她为了搞好调查研究找人了。这些人中,有她少时闺蜜,那个在中华人民共和国成立前就参加共产党的教导主任,有她哥哥也就是我父亲文焕老师的同学——那个中华人民共和国成立后就一直在积极靠拢党组织的化学老师,有她的衢州老乡——那个在国民党和共产党的演出队里都演过戏而今为了写本什么《西安高腔考》与我干爹结为好友的民盟成员卜阳春。还有一个就是司马展的老婆朱俪俪,那女人不是党派中人,她之所以被传下听差,是因为卜阳春那人生性好吃,也喜吃白食,是会开到末尾她上门找我姑妈时被卜阳春叫下的,当问及她是否愿意跟随书记上山下乡搞调查以更好地完成司马部长"掌握情况向党交心"的任务时,她连忙称愿愿,并十分慷慨地说旅差食宿费用不用公家出,她掏了,还定保每人每天吃到鸡蛋一个,卜老师喝到老酒一锡壶。于是乎,一行读书人,四五个,着布衣穿布鞋,带铺盖记小本,步行去得田头,坐船去了埠头,朝披红霞踩一路露水去见耕夫织娘柯鱼斫柴人,晚浴黑帐点几杆火把寻访店家坊主算账记簿郎。到归来,几张叽喳嘴,既唱东方红,又唱西窗乌。唱红间,颂三界农工商学兵听党话学苏联,意气豪迈齐奔社会主义康庄道;唱乌时,劝部分干部作风莫毛躁,叹县域五镇十八乡民生艰辛各有各的柴米油盐难。卜阳春一归来就急着一二三四五地贯口般说来,说得当时正在饲鸽的干爹与我都兴奋异常,吃了他带回的廿八都铜锣糕后,将笼中早就躁动不已的那几只白精灵尽数放了。那时,干爹收鸽归笼和放鸽出笼已是习以为常。在他看来,鸽子飞飞,在郝汉与我姑妈之间穿穿梭梭,不仅是人的愿望和心机掺和所致,更重要的是一种天机在昭昭泄露所致。当他认识到此时他就认了,他不再认为只有我娘亲配郝汉才算龙凤和,而郝汉配我姑妈也可算是绝配。于是乎,他便在自家的住处八角亭楼上打出只木栅笼子,既可让鸟精灵歇脚困觉,又可让上门的黄鼠狼无法张牙舞爪。这时乎,只见出笼的鸽子翅翩翩声切切一齐飞去了解放路的文具商店。而那时我姑妈正在店里买纸张,她要听从她领导的话,让调研的成果大鸣大放在大字报上。翔来的鸽鸟一下就降去了柜台,叽叽喳喳张牙舞爪瞬间就将面上的两张纸搞得四开五花。我姑妈顿时惊讶了也慌张了,连忙向店家赔过不是,还多付了几个子。鸟?这是什么鸟?为何一而再再而三跑过来尽捣乱?姑妈当时就有怨言,而且记在了日记上。当后来干爹拿出那本日记示给我看时,他说了:你看你看,鸟都明白了,可人都不明白,你姑妈那些人是傻子呀……

第三十五章　纸阵·港袍

其实,在那些个不多的日子里,不仅姑妈是傻的,干爹与我也是傻的。其中的一天,我留宿外婆家一夜后就遵她老人家之命去找干爹,叫他去约上问天狂夫大外婆浦江女诸人去同春堂提前吃顿八月半团圆饭,不然外婆她恐怕就没空和大家聚了,人家中秋节要和药堂的一批江西药工和来自福建的药客过,为的是免得这些外乡人在外乡月下拜月吃月饼太冷清。于是我去了县中。一圈找下来,干爹找到了,他说他刚去了邮局,看我奶奶从香港寄给我姑妈的包裹寄来了没有,并说我来得正好,好陪他一起去找我姑妈,说是大半天都要过去了,而你姑妈还不在班上。又去找了一圈,仍不见姑妈人影,可举头一望,只见那几只白鸽在礼堂飞檐上方划过几道白线后就飞去了临河庭院。干爹见状手执铜铃别去腰间加快了脚步,说有了有了,你姑妈肯定是困过头了,她昨晚抱了一打白纸进了宿舍就没有出来过。哦哦哦,白纸白纸,听到干爹说到白纸,我就故作神秘了:这你就不大晓得了吧,县委大院里的白纸会张口说话的,叽叽喳喳各唱各的调,像百鸟聚会赛嗓子谁最嘹亮一样。我那时猛然想起了卜阳春老师那天在大院观看大字报时说的话。是么是么?干爹摇摇头:"纸鸟飞翔见过,纸鸟说唱没见过。"他一下子就认了自家没那见识,惹得我偷偷乐着几步就蹦跳到了他的前面。走走,石砌月亮门一过,芭蕉树枝在眼前飘过绿影,庭院就到了。庭院小巧精致,月季盛开,骨石傲立,四扇糊纸玻璃窗户里厢就住着我姑妈。姑妈跟我说过,那间房先前就住着我的爸妈,爸妈在那孕育了我。那间房里充溢着我爸爸的侠骨豪气,迷漫着我妈妈的柔情芬芳,姑妈她住在那里,既能安耽舒畅又能心驰神往。"危险得紧危险得紧。"姑妈那俏皮清脆的声音传出后,一个浑厚的"危险得紧"和一个柔和的"危险得紧"也鹦鹉学舌一样地传出了。"郝汉红月也在里厢,在寻开心哩。"干爹说着,没让我去敲门,反而牵着我上了芭蕉花坛。站高往窗瞧,玻璃上的白鸽映影正在踩步于大爿蕉叶间,其忽闪忽闪着的睁睛子珠不停地由里朝外打探;玻璃窗内一个寸发黑头翘起翘倒,两个短发黑头俯俯仰仰,正是郝汉伯伯和我娘亲跟姑妈在里穿梭。"奶奶个熊,有调查就行了嘛。"是郝汉在说。"那不行那不行,还得有分析和建议,你再看看,教导主任讲农村农业农民问题反对主观主义,化学老师讲工商手工业问题反对官僚主义,音乐老师讲风俗习惯文化建设问题反对宗派主义,除了音乐老师讲的有些不靠谱外,其他人都讲得蛮好嘛,人家可真是肝胆相照哩。"是姑妈在说。"文新讲的倒是更有道理,可这负面讲多了,似有不妥耶。"我娘亲也说了。说说说,"我说""我说""我说",蕉叶晃动,玻璃上白影幢幢白鸟乱飞,房间内一阵抢话声响过,接着便全是姑妈的"我说"了。"哎呀,问题倒是些问题,可问题恐怕不是这么个问题……"末尾郝汉伯伯攒出了这么句话,结果还真的"危险得紧",搞得我耳朵再怎么去用劲也听不到房间里几张嘴在说什么。问题问题?我听不清了,更是听不懂了,"在说甚在说甚?"去问干爹,干爹摇摇手中的木柄铜铃儿答曰:说的是鸟语,两只鸟秀才在向大雕说鸟语,听懂小半,大半不懂,不过,可去问狂夫问天,再不行可去问药娘,人家懂,不过谁吃得那么饱,吃饱了去闲扯,到底是鸡生蛋还是蛋生鸡……说完这一大通话,干爹又去摇手中的铜铃儿了。我本想,他这一摆弄肯定会铃声大作,然后引得房间里的鸟人们鱼贯而出,可是料不着料不着,在那片刻,那款钟形铃尽管在晃着颠着却是一点不响。与此同时,干爹叫出了一句我听得灵灵清清可他事后怎么也忖不回来的话:出事了,要出事了。

"危险得紧""奶奶个熊",当姑妈的那个清脆无畏的声音和郝汉伯伯那个浑厚混沌的声音还在我耳边交叉回响时,还真出事了。那事蛮大蛮大也蛮苦蛮苦的,以至于改变了姑妈的命运也催生了她的爱情。当二十多年后姑妈去地级市里当副市长后,郝汉伯伯告诉我,要出事的,当时他也不是事前诸葛亮反对搞"大鸣大放"的,他仅仅是出于一个老军人的本能反感一群"鸟人像鸟一样在一只笼子里争吵"。郝汉伯伯同时告诉我,我娘亲当时持有的是一种骑墙的态度,她不反对搞"大鸣大放",但认为要十分注意方式方法,她担心投鼠忌器话说多了偏了或被人利用,会损害影响党和国家的光辉形象。只有姑妈,她认为反对官僚主义、宗派主义和主观主义的整风运动是发扬社会主义民主的好运动,共产党员就要听党的话去倾听,甚至发动人们向党提批评和建议,她甚至大水冲了龙王庙,将军阀作风残余的标签还贴到了郝汉的门脸上。

她上阵了。她和那几个共同搞过调查的人基本都上阵了。他们在县中礼堂里拉起了绳索，挂出个人各自署上大名的大字报。只有朱俪俪例外，她说她仅是做后勤服务的，水平又低记性又差，她当时就缺记录，现在都不知该在白纸上写上什么黑字。大字报是晚上在干爹和几个娃娃兵帮助下挂出去的。那个晚上，望水和蛮牛以及药嫂的女儿秋莲都不约而同地来到干爹处。望水说他是应了父亲的盼咐来给干爹和我送自家腌制的咸鸭蛋来的，他家房前屋后养的一群鸭娘因为喜吃粪坑里厢生出的白蛆虫而格外会下蛋；蛮牛说他是听了养父的训斥，没得法子，来给干爹送福禄寿禧花鸟虫草月饼木模的，他如果不来送就罚饿一天，如果送到了，干爹回赠的零食他可吃一半；秋莲说她是代表她亲娘和后娘来看干爹的，她亲娘自从去了廿八都嫁了那个江湖郎中又为人家生了儿女后，就没见过干爹，她后娘柳胭脂近来常咳嗽，望能托干爹去我外婆那里按前些日子的处方撮几服药归来。哦哦哦，晓得了晓得了，多谢了，干爹应和着小儿鬼，一只半开半掩的抽屉开了又掩、掩了又开，他一下不晓得是将朱俪俪送给她的做月饼的零碎料拿出来好还是不拿出来好。嘀嘀嘀，有吃的有吃的，小鬼们闻到香味便一哄而上，不管干爹同意不同意，竟将整个抽屉拉出并倒扣去了床铺上。结果东西吃光了，剩下的仅是满房间食香。干爹呵呵傻笑着，一双手在空中捏了又捏，然后又不停地直向自家嘴巴里投放。"快来帮帮忙呀！带些绳索啊！"卜老师的尖尖呼声登上了八角亭楼，干爹也即时听到了。走吧走吧一起去，应了声的干爹一边招呼着众小鬼，一边从床铺底下翻出了一挽棕索和一挽麻索，然后他又叫我领着头呼叫着"布阵啰布阵啰"。布阵布阵，腾腾快步，一帮小儿鬼一群野马般冲下楼梯冲过甬道冲进了礼堂。礼堂好大好高，置身其中，直觉有一片阴阴森森迎面扑来。举头怯望，横梁赫赫几只鸟鼠在寂寥灯火影中或隐或现地幻化着，蓦蓦然不是变成了獠牙大虫，就是变成了舞爪大雕；偏脸窥视，柱体巍然，几个人影打出的手电光纵横交错地照耀着，晃晃间柱前柱后一下像是荡出了个笑面巨人，又像游出了个苦相巨怪。秋莲见之顿时吓得怕了，她捂着脸忖掉头回转，不料"嘻嘻"恶作剧的声音喷去了她十指缝隙间：那蛮牛和望水正迎面扮出鬼相在候着她。"恶鬼恶鬼，见恶鬼了！"她惊呼了。听她惊呼，我却兴奋了，因为我目睛雪亮如夜猫，我已看清了那出没亭柱间的影子不是鬼怪影，而是我姑妈那帮人在察东观西。"娜妮鬼胆小鬼"，责怪完了，望水蛮牛也不再扮鬼，我又说：莫怕莫怕，弄堂角落俺各人捉过鬼的！那夜还是我带头打头阵的嘞！嘀嘀，我憋不住得意非常，在惊魂未定的秋莲面前空手舞起了关公的青龙偃月刀。见状,干爹朗朗笑着贴近了我耳旁,瞬息间我的发令声接着传出了:听我的听我的,去隔壁教室搬桌凳去!我听进了干爹的话。嗨哟哟,关公骑赤兔,嗨哟哟,关公战吕布,嗨哟哟,关公战不过,嗨哟哟,神龙来帮过……快得很,我们哼着唱着,搬出的板凳就架上了桌子,而我已站在了板凳上,我的手心还捏着干爹甩过来的绳索。"嗬哟,雪亮成御猫展昭了",先是各人听到了朱俪俪亮嗓发出的赞美,"喂哟,大侠提神呵,头顶上有只叼猫的兀头鹰在候着哩",接着卜阳春的一句疯咒也飞入了各人耳朵片。闻过,干爹恼着叫出了"鬼话鬼话",望水蛮牛秋莲嚷嚷出了"莫怕莫怕,假的假的",我强作无畏"不怕不怕"地两只眼怯光闪闪去了大横梁:喂呀呀,黑影盖顶乌翅压额,果真有只兀头鹰在觊觎着猫。"雪亮雪亮,勿慌勿慌。"我姑妈的声音春风一般传来了,随之一道一道电筒白光都耀耀照出且全汇聚到了横梁上,我顺光再瞧,原先的兀头鹰乌影被扫荡个精精光,横梁清晰可见的是百鸟展翅啾啾朝凤,万物在凤眼普照下尽显如意风光。"小儿郎,人小胆气壮,下海五洋能捉鳖,上天九霄可揽月,能不称英豪",卜老师见我在他头顶上神扬舞爪,他脖项扬扬随口荡荡唱起了路头调。嗨呀呀,他一遍唱下来,我们几个小儿鬼就在干爹的带领下帮上了腔。于是乎,"胆气壮""能捉鳖""可揽月""称英豪",几缕稚嫩清音紧紧缠着一壮哑粗音反复滚动着,就像几枝翠藤跟牢着青杉大树干一直朝天向阳生长着。一阵工夫下来,藤与树饮了艳阳光,唱与帮爆响了大堂,快快乐乐中徜徉徜徉,几个小人就在柱壁上拴上了绳索,又在绳索上帮着大人挂上了五六排大字报。挂完后,干爹故意问我们肚皮饿不饿,他还挤眉弄眼指头点点点去了朱俪俪那个在灯光下绰约妖娆的身板影。我们一下全明白了,便一齐朝那女子抄去。她没瞅我们,可她发现了我们鬼鬼祟祟的脚步,她一下就泥鳅本事上身溜溜躲隐没了身影。于是张目四方瞭瞭探探,我们去寻了。寻寻寻,别人都扑了空,我却瞄见外婆的那只药猫在五尺之遥的地上在对我眨眼光。哎呀,药猫的身边有一双绣花布鞋隐隐约约显在了大字报下。"哪里逃哪里逃!"我一叫,我的伙伴们也都发现了那双鞋,于是我们一齐叫唤着"穆桂英来了穆桂英来了",像杨家将勇士闯辽军的天门阵一般,冲向了那一排又一排的大字报。

　　朱俪俪她再也不逃了,她轻轻掀开大字报就宛如掀开闺房千工床上的罗纱帐,"莫急呀莫急呀,莫搞坏了大字报",她关照着,一脸春光烂漫,又迎着领着我们一溜烟地去了不远的她家。还没在客堂坐下,朱俪俪的"司马同志司马同志"

的呼声仍在回响,司马展就捧着只嫦娥奔月脱胎漆盒出了厢房,"欢迎欢迎各位了"。是么是么?望水蛮牛秋莲抹抹眼都不敢相信:八月中秋还有好多天呢,眼目前摆出的是真的月饼?朱俪俪在旁边似乎一下就看懂了小儿鬼的神情:先尝尝先尝尝,不是纸花剪装的。她一句话说完就向我们手中一人塞了一只饼。好吃么好吃么?好吃呀好吃呀,饼里有籽有蓉还有一只流油的鸭蛋黄!我们应着那女人的话吃了饼皮吃了饼肉,最后留着蛋黄一直没舍得吃。吃掉吃掉,还有好多黄哩,司马叔见状说话了,接着就捧出了一壶酒和一盘喷香板栗子。嘀嘀嘀,小鬼们抢着栗子纷纷吃着,又被朱俪俪引到了庭院,当我们对着大缸看见月沉缸底而几张兴奋异常的稚脸正在责怪月亮为甚不圆时,干爹的两句完全不搭界的话语漫出了窗门:好酒好酒桂花酒,天狗烂狗莫咬月亮哟……他和司马叔俪俪阿姨小酌了起来。

那天晚上我睡在了姑妈房里。夜深之际我被一泡尿憋醒,可我因为不愿将那泡尿拉在姑妈的搪瓷痰盂里,就去了大茅坑。途经礼堂穿过那好几排大字报时,我竟然看到不少个朦胧的人影。那些人影沉浸在屋顶泄落屋间的月光影中,或独自一人或三三两两都影影绰绰地默伫于白挂纸前。蓦然间听到有一阵猫追老鼠的响声掠过地皮,那些人似乎惊着了,他们手里的电筒光相继也放出了。然而那道道如柱白光却没有先去扫地皮,也没有后去扫梁上,它们交聚在一起共同去扫了白纸上的蝌蚪黑字。哦哦哦,嗯嗯嗯,轻轻微微,随之我还听到了那些人发出的鱼音蚁响。"咳咳咳",一串咳嗽声也跟着来了,我禁不住"嘻嘻"地瞅见人们惊回首,都去盯了正在一根大柱下干咳的干爹。各人见之也"嘻嘻"着释然,不再露出惊诧相,他们仍旧朝着白纸上的黑字打出了手电筒之光。干爹这时好像根本没有瞅到那两三伙人,他手中电筒眨过两番就完全闭了眼,可他的目睛子依然闪出了夜狼夜猫才能闪出的光。我看到他去盯了另外两个人影。那两个人影一个在不远处观望着那几伙人影,而另一个在远处观望着这个看别人的人影。我隐约觉得他们俩应该也相互瞧见了,可他俩始终没向对方走去。

这两个人影一个是我姑妈,一个是司马叔叔。姑妈心急,深更半夜还在记挂那挂出的大字报会否引出个什么反应;司马同样也要观察反应。这"反应"一词第二天我就懂了。因为第二天我就当着干爹的面去怪姑妈了,说她不听我外婆的话,经常开夜车,而夜车开多了是要伤女儿身的。干爹当即说你个小儿鬼懂个甚,人家是做官当干部的,而做官当干部的就要听听看看"反应",这是他们的看家功夫,而掌握这功夫是要费好多好多精神的。哦哦,难怪,姑妈他们那晚学习县委县府机关的做法挂出了大字报,姑妈她当晚就进入了另一个费神的状态。她在自己的日记中写道:"那晚上以及后来的许多天,人不知怎么的一直处于一种莫名兴奋和莫名忐忑的状态。为使自己能尽量平静下来,我经常迫使自己去想念母亲……"没错,那天晚上我撒尿归来后不久,姑妈也归来了,她在我身边躺了一会儿后就起床了。蒙蒙眬眬中,我先是看到她在伏案疾书,接着又看到她拉开抽屉取出一本相册去凝望了许久……次日下午,姑妈就挂出了那张充满深刻自省精神的《致同志们》。据数十年后郝汉伯伯跟我讲:"奶奶个熊,那才是个致命的东西,她交出了一个龙种却收获了一窝咬她自己的跳蚤,而且还牵累了自己的嫂子,她还是个无知少女。""无知无知,果真无知呀。"我娘亲接着也说了,可当场就被反驳了:"你们才无知,我觉得我当时出面讲那些话最合适,嫂子讲,人家会以为她嫌当官当小了,郝汉同志讲,人家会认为他偏心,可实际情况明明存在嘛,南下同志就是比我们这些地下同志安排使用更得当嘛。难道我指出存在的问题同时也反对宗派主义严格解剖自己,反省自己的布尔乔亚式的小资产阶级狭隘感情错了吗?不过,我嫂子才不是什么后台啦……"姑妈说到这里时停了,她看到我娘亲在那一个劲唠叨着"与你哥一样一样",正去仰望仍旧挂在墙上的那张意气风发的父亲照片。是呀是呀,难怪姑妈噤声了,娘亲的那个仰望在几十年前就发生过,当时不仅姑妈看得伤心寒心,连我也越看越不舒心通气……"致同志们致同志们",弹指挥洒岁月磨蚀,结果那个《致同志们》的涟漪后果我也搞清楚了,那可是一石激起千重浪,县中陆续挂出贴出的大字报在三五天内就增加了两三倍。不过,那个时候我并不懂姑妈的《致同志们》与一时大字报骤增的关联,我仍带领着伙伴们东藏西躲北闯南突,沉醉于学堂的纸张阵势中难以自拔。有一天的白天,我和望水秋莲刚为捉到扮作恶鬼的蛮牛而欢欣露出纸丛时,干爹兀兀出现了,他右手紧抱着只硕大包裹,左手挥舞着只信封在龇牙绽笑:来了来了终于来了,香港来的什么维多利亚什么街道什么洋楼,你奶奶寄给你姑妈的。闻言我使出个鬼脸,干爹怀中包裹一下就去了望水手中。"帮你挪帮你挪。"我开心地说着,立马跑去前头走了,我晓得奶奶肯定寄吃的东西来了,她老人家忘不了八月中秋和春节。当我们躲在八角亭楼下拆开包裹时看见里面既有用的又有吃的,用的是件紫底白花长袍,我们用不着,而吃得香得直喷鼻。于是我领头,还招呼着其他人吃掉了包裹中一半的香饼。后又按原样包回包裹,转去了姑妈房间。一进门,我话还未说就听到干爹已在劝说姑妈了:去吧,听老娘话去香港,读博士嫁男人都行的。"危险得紧,"姑妈捏着奶奶来信笑得神秘,"莫胡猜,莫胡猜,老人又在骗人啦,说她生意在两个舅舅帮助下兴隆了不少,可身体又不行了,叫我去接班,何况她还晓得香港也有共产党,说俺文家可以一边当老板一边当共产党。好嬉好好嬉……"姑妈说着说着笑得前仰后翻,连干爹说的"勿错勿错,文焕先生闹革命也回家里取铜钱的"她也没听到。接着,当姑妈听到干爹在责怪我为甚把包裹里的东西吃了一半时,她笑得更凶了:不错了不错了,还晓得留一半,你还有外婆哩……当天傍晚,我们都去了外婆家,连郝汉伯伯司马叔叔以及问天狂夫叔叔等等也去了。大家用过正餐就去吃月饼,吃了外婆的自制饼后又去吃奶奶寄自香港的粤式月饼。好吃好吃,大家都赞了那粤货,可外婆像看透了各人心思一样:阿门阿门,只可惜少了点……干爹听了外婆的话就将我与三个小伙伴偷吃月饼的事说了。嗨,满堂都乐开了花,连那只被干爹带归的药猫和那几只被我暗中带来的和平鸽都被人们的嚣张笑焰搅得目睛子惶惶惊恐开……"还有件长袍哩!"趁着大人们开心,我喊了。狂夫叔闻言瞬间大嘴就嚷了:穿穿看,若漂亮,我也去帮雪姣添一件。俪俪阿姨跟着喉咙更是闹得高:穿穿,肯定漂亮,那是港货,文新书记条杆又那么好!"那就穿穿看吧,本来就是为文新买的,压在俺箱底可就浪费了。"穿穿穿,俪俪听了外婆的话两推三拉就将姑妈拉去了外婆房间。一会儿工夫过去,姑妈穿着她娘亲邮来的衣裳就站在了人们眼前,我娘亲双眸流亮光,我外婆双眼显微笑,司马叔叔偏过去头,郝汉伯伯一脸正色,可鹰状鼻眼里仍有丝丝惊艳气冒出。"嫦娥下凡嘞,嫦娥下凡嘞!"人们静视不语良久后,又被干爹和狂夫问天的赞语惊了回来。嗨,天井下的姑妈披着了一层白月光,那件紫底白兰花旗袍在她身上熠熠生辉,她整个人都像是来自天上。

第三十六章　佳人

　　尽管那段时光干爹对姑妈多舛命途的预感预言颇具事后诸葛亮式的吹牛，但事前诸葛亮的角色他亦确实做过。正是因为如此，我有时会将瞅他的眸睛子光一下子就从他的下巴底抬升去了他的脑门前。喏，此时我正瞅着他无须的下巴一言不发。也确实无甚好说呀。我窝在我姑妈的锦缎被里，他窝在他自家的粗棉布被里，我困在他旁边，可他天不亮就在我耳畔嗡嗡把我吵醒了。他对我说他做了一个梦，他自己解不了，希望我能帮帮忙去解开。我倒是也听了他的诉说，因为平常日子都是他帮我，难得轮到我帮他。他说自家从来不会在子时得梦的，可那个梦就是在子时张牙舞爪来的，而且那梦与己身处厄难急需救助时的那只金龟驱狼的老梦竟然如此相像又如此不同。狼还是狼，但狼要吞吃的不是水中鱼，而是月中两只蝶，咬尾驱狼的也不光是那只金龟了，还有一群白鸽，而且到末了，只救出了一只蝶，另一只蝶化作了一道白光，上天入地穿云过雾转了一圈后，竟然在飞鸽引领下与一口棺材长相的书匣子翩翩飞去了北方。不懂难懂，我愕然着眸睛子光去了他的下巴，又去了他的脑门，我说我解不了，我还没困醒，等困醒了再帮他解。"月中蝶，月中蝶，云中棺，云中棺……"干爹再也不理我了，他口中念念有词，将床棉布薄被哗哗披上，顿时他似乎化成了一尊着袈裟的罗汉。接下去我仍去睡了我的大觉。其中大多时间人都处于死死昏睡状态，到后来一只梦闯入了，人开心得不得了，我居然被一位着列宁双排扣装的仙女佳人引着去上了学堂……美梦很短，待到醒转，眼帘上挂出的不是干爹而是姑妈，她摇晃着一只新书包催我快起床。接下来便帮我穿衣穿靴叫我自己去上学堂。我哦哦应着，眸睛子也放出了异彩光芒。我盯牢的那只书包我认识。娘亲讲过那书包原是郝汉部队里的挎包，郝汉送给了娘亲，娘亲又送给了姑妈。姑妈之所以乐意接受那挎包是因为她心里有我，她讲她可以将挎包改成我能够使用的书包。这不，改好的书包来了,厚厚的黄帆布底子,盖布上缀上了一杆矛戟,而矛戟上竟然还系着一朵黄灿灿的向阳花。我夺过书包连说矛戟我喜欢可花不喜欢,惹得姑妈当即拍着我的小脸骂我"小傻瓜小傻瓜,不懂英雄就是要配鲜花嘛"。哦?哦!原来该这样。我抹完脸,看见干爹的手摇钟形铃铛摆在桌上,可摇铃人却无了身影,便连忙问干爹去哪了去哪了。姑妈说她见到了那人啦,那人今日蛮古怪,他见到了她就像没见到一样,什么反应都没有,顾自一个人在井台闷头吊水挑水。哦?哦,我闻言一双脚赶紧进了鞋,接过姑妈递上的两副烧饼油条,挥舞着新书包,风一般地下了八角亭楼,跑去了四眼井台前。干爹果然在那。我将一副烧饼油条交予他手中后就问他我的新书包怎么样,不料他根本没来理我,他只是对我讲食堂里的八只大缸水都挑满了,他要告假出去寻人了。呸呸,我满脸不高兴地偏过了头,随之一下也明白了,干爹为了解他那个大头梦肯定要去找狂夫与问天,他晓得那二人比他聪明得多。"嗖嗖嗖""哗哗哗",不知怎的空中猛然传来了响。我不由自主循音去望天,嗨呀呀,一行白鸽翼膀上下扇动直在井台上空徘徊又徘徊。嘀嘀,干爹的喝彩随之也来了,瞅到了瞅到了,蝶在水中嬉哩,嬉哩……他俯在井圈沿口上好一阵,连头都不抬一抬。嘻嘻,我禁不住也趴在井口上笑了,并且告诉他那不是蝶那是鸽,那鸽眼目前不是在水中游而是在头上飞。

去嘞去嘞,我挥舞着书包走去;去嘞去嘞,干爹随之也走了去。等到我那天再次碰到干爹时,他已经和狂夫问天叔坐在了东门溪滩头。我告诉他是姑妈让我来找他的,姑妈讲司马部长又来过学校了,说是还会挂出更多的大字报,为此还要准备更多的挂大字报的绳索。同时还告诉他我之所以会赶来溪滩全是靠了朱俪俪的指引,那女人说她从溪东采购食材归来看到了要找的人正与其他人在溪水里摸石头。不料干爹似乎没在听我在讲什么,他先是盘问了几句我的新书包的来历,接着便对狂夫问天吼道:再解不开,就莫忖在麻婆屋里吃鸡子索面。哦!果真果真,干爹跑到溪滩来帮助狂夫问天摸墙脚垒石为的还是要解他的那场无厘头梦。"快上来吃呀,快上来吃呀,面要糊了凉了!"狂夫喔喏,问天也喔喏,没等到这两人搭上腔,崖壁上的吊脚楼窗门开了,麻婆那透亮透亮的老旦腔乘风踏浪传来了。"哦哦!"狂夫仰首应了。问天忙不迭歪嘴凑到了干爹招风耳边:解不了"月中蝶云中棺",鸡子索面钞票我付。于是,问天拉着干爹,狂夫又拽着问天,三个人推搡踹脚,真摸头脑壳假掏卵子地噔噔上了麻婆家。窸窸窣窣一通再下来,面吃完了,面汤也舔光了,干爹掏出了纸钞:快解快曰,曰不出这钞票俺就要你俩拿了。"我曰我曰",狂夫股臀廾半廾在桌上半廾悬在空中,手指却蘸着茶水画出了纹:有甚稀奇,画给你瞅,梁山伯祝英台死了,坟头不是飞出了一双蝶么,你毛记固然无那仙仙桃花运,但你还是能光汤月下娶归女子廾的。问天眼一斜,他一只眼看见了画在桌上的两团既像蚌又像蝶的图纹,另一只眼看见了我在看他:哼,那不是夫妻蝶那是姊妹蝶,一对佳人蝶在月中嬉水嘞,还有棺材,那是讲官运和财运皆亨通,不过不能落地,只能是化成云雾化成风,那恐怕都不是讲你毛记嘞……说完,他将眸睛子眺去了窗外。是么是么,干爹点点头:"哦,佳人佳人蝶。"接着便又摇起了头:"水中月就是空的,水中月里的蝶岂不更空?!"唉唉,他长叹一声"莫非莫非"着也去看了窗外。瞬息一过,我发现窗前的干爹眸睛子突然闪出了亮光。顺之朝前望望,我与干爹的目光都似被焰火舔着了。我赫然发现,在近处,窗台上摆着的那盆百年花佛鼎茶花已开出红瓣,而红瓣中间高高耸出的那束蕊瓣却像一尊坐于莲花座上的红衣女仙子,显得分外高洁孤寂;在远处,那堆被干爹问天狂夫原先码出来的溪滩石头一层又一层地叠着,其中顶层的一粒大黄蜡石竟然映满着火红火红的日头光像要自燃起来一样。

令人疯狂令人陶醉的那个晚上接踵就来了。那天晚上我没有与干爹睡而是与姑妈睡。而我之所以与姑妈睡却是干爹唆使的。傍晚时分,一抹斜阳还贪婪地躺在屋檐头上做着灿烂的鬼相,我与我的小伙伴们就齐聚到了干爹的八角亭楼下。干爹中午时告诉我,外婆把奶奶从香港寄来的一铁皮箱饼干给我姑妈了,东西是他去拿归的。而在下午我就将这一消息告诉了我的那几个好同学。我知道,东西在他手中,只要我们坚持不懈地赖皮着讨要,那饼干肯定会进到我们口中。这不,他捧着饼干箱悠悠荡步过来了。他向我们招招手好像正要说点什么,不料却将招着的手转指去了桥下水面,并且突然发出了怪叫"月中蝶,月中蝶"。闻言,都去瞅了水面,原来是墙上的圆形透气窗口映在了水面,而此时正有两只飞鸽在头顶舞蹈。嘻嘻,我与伙伴们都笑了,我还告诉望水与蛮牛,干爹做了个他自家解不开、连两位聪明的兄弟也未解得全明白的梦。嘻嘻,干爹见我们笑了,他也笑了,他掀开了饼干箱盖又转了两圈,说饼干各人都莫忖吃,饼干要去还礼给司马朱俪俪老公老姆俩,人家早就送月饼来过。他话音一落,那印花洋哥洋妹饼箱里冲荡出的莫名香味竟然刮成了风,随即引得地上走的我们和天上飞着的鸽子都一应跟着干爹上了楼。吃吃,吃一块尝尝鲜,我们吵嚷着几乎都要爬上了干爹头顶。他拗不过了,先分了一人半块,又分了一人一块,接着说事不过三,还说你们这些人还不如鸟懂事,人家都没来抢吃食。是么?是么!还真是的,那五六只鸽子三四只归了笼,还有两只蹦跳在笼架上,两对红圈眼不时地就俯视过去,到了对照的姑妈屋窗台。接着,我们观鸟观够了不观了,回转了眼目神,可干爹消失了,他走了,像猫像鼠样轻手轻脚走了,没留一些声响。随之,那对不归笼子的白鸽也扇动起翅膀,嗖嗖一阵比翼双飞,一只鸽子口衔一片银杏红落叶,另一只口衔一条多节红蜈蚣,搅动着如血残阳光飞去了它俩刚才还在紧紧盯着的窗台。

那天晚上姑妈睡得很早很死,并睡出了一副心满意足的姿态,连我在干爹的再三催促下去她房间陪她共眠她也未察觉。我晓得她一些时间前又去贴了几张大字报,她似乎对此相当满意。能不满意么,她对我说,她的矛头是直对郝汉的,批评那当县长的大男子在粮食统购统销及农村合作化的工作中很有军阀作风残余,动不动"便拿出鞭子将人赶进社会主义";能不满意么,郝汉对我说他十分满意我姑妈的"开炮",因为人家说得对说得准说到他心坎上了,为了巩固政权,为了国家的工业化,他认为组织就该有一种雷霆气概,何况他这个革命军中的马前卒,得罪农村得罪农民就得罪了,反正不做是挑炸药,做了还是挑炸药,而且他做了并且是在强做!更何况他们是学着苏联做的,而苏联是第一个社会主义国家,是伟大导师列宁缔造的呀!我姑妈和郝汉都对我说了他们的"满意",当然,那是在记不清具体年月日子的以后了。尽管他俩当时满意后来也满意,但当时却有人不满意。就在当时约莫八点多钟,司马部长带着好一帮人还来过学校。他们二话没说去了大礼堂,在原先的大字报上覆盖了另一层大字报,另外还拉起绳索挂出了另外的大字报。见之,我没去瞅字,反正我也识不了几个字,但我识那阵势是明显海伟多了。于是矮子发跳我癫了,我放着连绵不绝的番薯屁,和望水蛮牛秋莲一伙继续在那片纸阵上或没声息地偷袭或喧喧嚣嚣打闹。最后,他们木吒金吒哪吒三个抓住了我这个托塔李天王,在干爹的呵斥下我们才罢手。罢手后,他们三个被赶回了,我也被劝说了。干爹与我讲,你外婆送来你奶奶寄来的洋饼干,同时还捎来了你外婆的亲笔信。你姑妈看了那信连连嘻嘻笑,"晓得哉晓得哉,危险得紧危险得紧",你姑妈当时是挂着一脸光彩阳光看信的。你姑妈说你外婆写的信蛮蛮有趣滑稽,说人不可太劳累太操心,切莫什么"不舍昼夜",连上帝都会在星期天休息的,何况时令正处秋,而秋是需万物收的,人也概莫能外,正所谓《黄帝内经》说的什么"秋三月,此谓容平,天气以急,地气以明,早卧早起,与鸡俱兴……"勿错勿错,你外婆是在劝你姑妈收收翼膀莫展翅,早困早爬起学做知时懂令的顺毛鸡。听着听着,当时我就不耐烦地困了。等到我一挨近姑妈床沿,我就倒去了她胸怀,同时姑妈对我的到来跟往常好不一样,她呼呼睡着一点都不觉晓。

次日是礼拜天,我醒了姑妈都还未醒,而我的醒也醒得古怪。天那时不知亮不亮,我觉得屁股眼堵得慌,像木头塞子塞紧了酱油瓶,怎么晃荡也倒不出汁水。突然眼前一阵迷乱,一团白米形状的蛆虫舞蹈了起来,而且恍惚间都去化成了绿头苍蝇。眼眨眨朝窗上看去,只见那不是苍蝇,那是千百只金色蝌蚪在游动着,正与两只翻飞的鸽影嬉得不亦乐乎。屁股眼更胀了,大解逼上了门。出门一看,那也不是蝌蚪,那是写在大面纸上的一个个字,它们无数将士般排开,或整齐或混乱或拘谨或飞扬地一概都贴在窗户上,连四只锋利的鸽爪去扒也撼动不了人家。当时我当然顾不上细看,而等到我如厕归来,干爹已一只手一只鸽地在端详那些糊满窗户的苍蝇蝌蚪字了。屁,屁,屁,他嘴唇噘出老高,满目都是狐疑光。他也不跟我啰唆了,拉起我的手便往小院子外跑。跑呀跑,很快,我俩就跑到县府平房宿舍我娘亲的家门口。一通敲门,娘亲出来了。"去瞅去瞅红月姐,昨夜一帮鬼画符鬼去了文新处,在别人窗户上放了好多屁。"也没容得我娘亲洗把脸,干爹立即就把她带去了学堂。小院子里一站定,"好些字勿识,好些词勿懂,俺瞅瞅都是放屁……"干爹在一边嘟噜着;另一边,我娘亲双眼凸起,眸睛子光盯盯游游像夜狼在搜兔,又像日猫在躲日头,不晓得是惊奇还是恐慌。"去去,赶快叫醒你姑妈,莫让她看窗户上的纸,莫讲我来过,就说我已病在了外婆家。"我娘亲突然开口了,随之她就掉头匆匆走了开了。我见到娘亲的那一脸峻色,脑海里似乎掠过了我与外婆在清湖湾躲匪的一幕模糊景象,我被自己吓着了,我与干爹立马照娘亲的吩咐去做了。姑妈接着就被我摇醒了,当她又接过干爹递上的湿毛巾擦了擦脸后,她一点都没怀疑我俩撒的谎,"危险得紧,危险得紧",她跟着我们走了,连头都没回。可我和干爹却暗自回头瞟了一下。嗬,那一对白鸽旋着肢体卷着昨夜月季落英从庭院喇喇腾起,继而又挟着暖暖灿灿的天光,一身飘香地翱翔去了蓝天。

一路小跑,我们三人很快就到了同春堂。姑妈听说娘亲病了,她猜人肯定就在我外婆寝房。不料我们还未进外婆房门,房门里厢却传来了郝汉伯伯粗壮的声音:是文新同志吗,药娘怎么不在家?姑妈在门口一愣,朝我与干爹做了个怪相就闯门进了房:危险得紧哪,你怎么会在这间房?你怎么会晓得是我来了?哼哼,郝汉鼻头吭吭,他嬉皮笑脸地对问者言,他觉得今日好像是应该来到这间房,接着又说他是侦察员出身,早就练就了顺风耳,连是哪只鸽子飞回他都能从飞翔翅声中辨得出,何况是那熟悉于心的脚步声呀。听了这个平常不苟言笑的人今日竟然对我姑妈如此说话,干爹与我与我姑妈都觉得奇怪了:呵!哦?耶!我们三人都去盯了他的脸。他凹眼如常闪出的光芒锋利似剑,他鹰鼻照旧,即使按兵不动照样藏狠又藏温。嗯嗯,郝汉眼光猛地跳了一下,我与干爹未觉察,可姑妈看见了,她随即将自己目光移去了另一方。另一方一只小门开了,里面无声却有息,只见灯影渺渺人影婆娑,灯影在随着人影打哆嗦。一会儿娘亲从中走出了,外婆的声音也飘出了:进来吧,咱们不做祷告。不做祷告?干爹问我,我更不知道:祷告房里不做祷告做何告?姑妈进门了,她刚跨过门槛又回眸了,她去看了我娘亲,可我娘亲根本没理她,我娘亲双眼茫茫地直向郝汉靠近。我们在祷告,房外的房间里都没说话,因此祷告房里轻轻而又断断续续传出的外婆话语却更显灵清:文新呀,俺不做祷告俺不信圣母圣子圣父耶和华……圣母圣母保佑呵……耶稣耶稣那孩子不该上十字架呀……误了是误了……您的一个女儿是一片赤胆忠心,跟她那个哥一样,是为那信仰能去殉道的人呀……主呀,张开眼仔细瞅呀,您的女儿信着您,您可要为她消灾祛难呵。

是么?是么!连我外婆今日也与我娘亲我干爹我郝汉伯伯一样显得反常,不然她怎么这样说话,她可本是个山崩眼前仍能心静如水的人哪!我内心不由自主地惊悚了一下,我仿佛觉得外婆跟我讲过的那只耶稣受难故事要降临身旁。等到姑妈在外婆那间祈祷室里待了好久后出来,我还去问过她:姑妈,外婆讲的耶稣受难的故事是真的吗……她当时没回答我,她对我娘亲和郝汉伯伯说"怎么了怎么了,可以解释的嘛"。我那时当然听不懂姑妈说的是什么意思,但我当时却看到了娘亲和郝汉在喃喃道着"解释解释"的同时露出的难言之色。事过若干年后我去问他俩,为甚当时不给姑妈一个解释的机会,他俩仍苦笑着不给我答复。直到有一次我与姑妈在聊天聊到自己在填政审表时,填了父亲是烈士又得填姑妈因右派言论受处分的那种窘迫境况,她才"危险得紧危险得紧"嘻嘻地告诉我,当天郝汉之所以早早独自去了外婆家,是因为县委的那位同乡王书记找他谈过话了,叫他与文新要保持距离,况且他也晓得反击右派的运动马上就要开始了,那人想先与我外婆单独沟通一下;另外,当天我娘亲之所以称病是因为她看到批判文新的大字报糊满窗户,她慌了。她那天凌晨刚从省城开会归来,而她在省城又看到了省府机关的那种不由分说的反右架势。当时是连当省长的都难以逃脱,何况一个区区地下工作出身的中学党支书呀。至于我外婆,那天也确实是失了态。她一点思想准备都没有,她甚至写好了信准备寄去香港,她要跟我奶奶说文新在三界一切皆好,连个人婚姻大事也出现了好苗头。而当她听了我娘亲的说法,又听到郝汉在祷告房外焦躁踱步的脚步声时,她一下就将省城发生的事与郝汉直闯自家卧室的唐突造访联系了起来,她担心革命还会伤自家人的寒心事会发生在自己家。

外婆担心的事果然暴风骤雨般来到。那段时间的许多时候许多场合中发生的许多事我固然不晓,但还是有一两件事我仍能记得一清二楚。因为外婆将我接到同春堂她处住了两天后又将我送回县中了,并且对我说诸葛家文家都缺男人,现在你长得不小了,你就索性住到你干爹处与他做个伴相互壮胆吧。做伴做伴,壮胆壮胆,干爹眸睛子光瞄到的我也没少瞄,干爹的眸睛子光不害怕,我的眸睛子光也不害怕。那是个白天,我姑妈通知老师们下午到学校礼堂左侧的会议室去开批判她的会,大家去了,我姑妈更是去得早。她那天早餐没去食堂吃,她躲在房间里仍在准备已准备了一夜的自我检讨材料。十点多钟,在卜阳春老师的撺掇下,我逃过一节课,回到了八角亭楼。那人说那节课是他去代教的,教的是基本乐理,我懂的,因此不用听了。当我刚把姑妈送我的绣有铁戟与红花的书包放下时,朱俪俪拎着两层食盒进门了。她说人是铁饭是钢,早餐很重要,文书记该吃点东西呀。我背过脸没去理她,因为我心里正恼着她老公,我当时就隐约觉着是她老公司马展要对姑妈发难的。不料还没等到我说话,干爹带着那浦江女的漂亮娜妮回来了。他先是推开窗户朝外吼了一声"卜老师,唱戏的带回了哦",接着他对朱俪俪客客气气地说他等下就和文雪亮一道将吃食送给文书记。听了这话朱俪俪走了,作孽作孽呀,她念叨着又两眼汪汪地回头望。朱俪俪走了,卜老师又应声上来了,他一见干爹带回的女孩就两眼流光:形象果真佳人坯子,唱"槐荫分离"的七仙女行么?干爹立马说:行行,渺渺行的,行的,不信,她唱出来听听。那渺渺还真听了干爹的话当场亮了嗓:董郎听我说原因,奴本上界一仙姬,玉皇见你行孝道,差奴下凡做夫妻……"行了行了,字正腔圆一枝花,下午教我,教我。"渺渺未唱完,卜阳春老师就击掌点赞叫了停。说着,他还塞去了一只红纸包给渺渺。渺渺拿了钱就噔噔下了楼梯,卜阳春老师迟疑了一下又去追了,谁知追到亭楼下,卜阳春两眼四面八方尽数搜索,就是见不着渺渺身影。而这时正好有那位教导主任和那位化学老师路过。跟着下楼的干爹见他俩的头都耷拉着,一副六神无主无地自容的样子,突然举起食盒暴发出两记相互矛盾的嗤笑:莫急莫急卜阳春才子,钱不会白付的,渺渺佳人会来的;钱少了卜阳春才子,又不留人吃午饭,佳人不会再来了。等到那二人听到干爹的笑声并抬头不去看地了,我似乎一下明白了什么。干爹是故意的,他不忍心这两位跟着姑妈下乡调查过而又写过大字报的书生如今过于垂低头丧元气呀。这不,那二人不仅不看地了,还微笑着朝我走了过来:见到文新同志向她问好。哦哦,我应着;哦哦,哦哦,干爹持着食盒直到进了姑妈的寝室还在应着。"咦,刚才是不是有人在唱戏?"姑妈接过食盒提篮问话了,干爹答曰是的是的,那唱戏的娜妮叫渺渺,是浦江唱戏女的女儿,是卜老师叫他去寻来的,说是有了那人就可以一举两得,一边听佳人唱戏一边记记谱。哦哦,姑妈听了干爹的话,脸上掠过一丝笑意,她放下食盒篮,又去打开了摆在床铺上的皮箱盖。是呀是呀,干爹又说话了,他说吃的东西是朱俪俪专门为书记做的,那女人说自己不好意思上门,因为她那男人司马展不听她的劝,反而怪她是头发长见识短,非要批判文新书记。还有还有,我打开食盒将一块金绿丝白米皮粿递到姑妈眼前:还有还有,那个教导主任那个化学老师向你问好。是么是么,你先吃,姑妈应付着我,她自己却从皮箱里翻出了一件镶边绣花白旗袍,抚摸两下后拎着两个肩头将其直往自己身上的那件双排扣列宁装上贴:怎么样,怎么样,看上去舒服不……舒服,舒服呀,我与干爹都看呆了,那件我奶奶从香港邮来的旗袍贴在姑妈前身上,白花花波纹起荡,红映映华光娇艳,还有一道道芬芳在无边四溅。"好喂好喂!"干爹当场就叫出了声,"干部变佳人了,佳人一个耶。"

那天下午对姑妈开批判会。我虽然不可能进到那间会议室的现场去,但是我就在隔壁礼堂的舞台上下。那个浦江女戏子的女儿渺渺遵守诺言,也不嫌卜老师红包包的钱少,她来了,而且来得蛮早,她咿咿呀呀吊完一通嗓子后,卜老师才来。于是那娜妮就站着唱了,而卜阳春老师一点都不色眯眯地坐在旁边椅子上,端着大书夹认真记起了谱。那天不仅我在那只舞台下,连我的小伙伴望水蛮牛秋莲也来了。他三人之所以来是干爹让我去叫的,而且他为之付出了我姑妈留给他的那几块我奶奶寄自香港的巧克力饼干。唱吧唱吧,一枝花的唱腔七仙女唱好,接着便是画眉序的董永七仙女合唱:分离去,分离去,再三再四难留住,又未知何年何月何日何时,哎,再与你重相会,重相会……不料那段男女合唱连在台下的我们几个小儿鬼都学会了,可台上的卜阳春老师仍在不断跑腔跑调。直到卜阳春老师双眼放光芒看见我姑妈从台下经过,他似乎一下子又不学自会了,"分离去分离去,再三再四难留住。可我知待到明年七月七日七时许,定与仙姬佳人重相会,重相会……"卜阳春老师不仅唱得缠绵悱恻,而且连词也改了几分。渺渺闻之连说错了错了,可不知何时何处冒出的干爹却瓮声瓮气赞道:不错,不错!不错不错,台上台下的人都在那闻声的刹那间不约而同转睛了:呵呀呀,走到会议室门口的我姑妈在浅笑回眸,她身着那件白旗袍,外面还套着那件她经常穿着的列宁装。哎,姑妈去那了。去了去了,不久司马展也进去了,而更多的人也都跟着进去了。一阵沉寂后,那房子里就有声音传出,先是个别的小声的,接着是好多的大声的,最后是整体的喧嚣的……渺渺听到那声音恐怕是吓着了,她左顾右顾都没看见付钱请她施教的卜老师,她看见的反倒是台下的干爹和我们。干爹朝她笑着,我们朝她鼓着掌,尽管那笑那鼓掌都没发出声响,但盯着我的渺渺转眼间就换了个人,她刚要跨出的下台碎步收回了,她几步小生步,又几步花旦步,她走到了台口,她开唱了,而且唱的是卜老师那随调但又改过字句的唱词:分离去分离去,再三再四难留住,可我知待到明年七月七日七时许,定与仙姬佳人重相会,重相会……分离去,分离去,难留住,难留住,重相会,重相会,重相会。渺渺两三遍唱下来,先是干爹嗓子发痒熬不住了,接着是我们几个小儿鬼也都跟着亮嗓都去帮了腔……那天的批判会一直开到了晚上。而晚上的批判会不仅有教师参加,还请了一些校工参加。干爹虽没被邀请可他自去了。司马叔叔问他为何前来,他说他是听到接到通知的人说的,说校工是工人阶级,而工人阶级觉悟最高,他们走上了反右斗争才能战果辉煌,若此,他更有资格参加,因为他比那几个校工觉悟更高,他为了三界解放和征粮打土匪还有过红花戴胸的贡献,连郝汉县长都赞他是个"记上帝"。听了干爹这番话,当时不仅在他身边的我笑了,甚至连那半鬼半人的司马都偏过脸去偷着笑。于是干爹参会了,于是在一片"文新书记反党反社会主义""交代交代你的同伙""交代交代后台"的洪钟大吕声浪中他发飙了:蹦屁蹦屁,文新书记反党反社会主义?为了你们这个党这个主义,她哥哥血洒黎明至今尸骨无存,她哥哥昔日当地下党书记,她今朝当地上党书记,她可是继承哥哥遗志呵。你各人还晓得不,她娘亲在香港又有信来了,叫她去那什么维多利亚港湾什么旺旺角,说那里也有共产党的,她不去,她为甚?

你各人都昏了头了,你各人还要听那个司马部长的,那人是公报私仇,他是追追诸葛红月和文新追不着,最后才被朱俪俪追上的,你各人还以为俺不晓得吧。还说什么黑后台,狗屁不能放在麒麟身上呀,书记的后台正阳大道,光光明明就是共产党呵……结果会开不下去了。"勿错勿错,司马部长是我去追他的。"结果那场会就在朱俪俪冒出的那句雪上加霜的话语后被司马叔叔宣布散会了。散会啦散会啦,姑妈这下终于能昂头走出了。躲在砖墙角落的我站起身正欲迎上去,不料被只好大大大的暖手牵住了。等到我看清楚那牵手人时,我已经被人家拎鸟笼样拎到了姑妈寝室前。哇呀呀,是郝汉伯伯,他抱着我,我就如同坐在向阳塔凳窝里浑身暖洋洋。我俩都注视着前方,前方我姑妈穿过月形门正绰绰约约往家走。

自从那次姑妈挨批后,批她的会就好像"猪牯发情再也歇不下来"。而本来只是捏柄摇铃的干爹在开骂"猪牯"的同时,还执起烧火棍并随时携身去到朱俪俪面前显摆。朱俪俪见了心怵怵问:记大哥,你拿棍子又不声不响,好吓人嘞。干爹应着:俪俪姐,不瞒你说,俺不是防你俺是防鬼,那鬼日夜跟着俺,而且长得像鬼又像人,像鬼的时候青面獠牙,像人的时候跟你们家司马部长一样相貌堂堂。不料,听了这话那朱俪俪不但没惊没恼,反而嘿嘿乐笑了:我懂了我懂了,无非是叫我装神弄鬼去吓吓我家那死鬼,可人家是共产党耶,共产党怕鬼么?闻之,干爹即时就敲敲头脑壳儿跑来问我,说拿棍子装神弄鬼去吓俪俪,再通过被吓着的俪俪去吓那整你姑妈的司马,是问天狂夫教的,用到别人头上蛮灵的,用到这家为甚连人家堂客都耻笑。我,我,我支吾两声后脱口答:鬼,鬼,连我都不怕呀!于是我将自家和望水蛮牛一伙那天晚上去城关镇委大院打鬼并无意窥见司马叔叔俯在俪俪阿姨肚皮上听心跳一事说了。"不信你去问我外婆,我外婆还给跪着的俪俪送过话,说什么那是上帝恩赐的,连什么亚当夏娃都免不了的。"末了,我又加上这么一句。哦哦,干爹顿时耳朵翘翘目睛大开拍了一记自家屁股:难怪难怪,难怪八个月就生了,那位共产党员与狂夫一样的,也会秋种的佛豆六月天就下种。说完他就如获至宝般双腿如兔地跑去了俪俪家。谁知乘兴而去扫兴归,归来时他整个人就如同泄气猪尿泡,躺着喝了一大钵碗水,一只脚板还在不停地将他只金钱龟拨弄得七颠八倒:喂耶,怎么搞的呀?天!他说他去吃了个闭门羹,人家不仅不示弱,那男主子反而掼上了一句话:莫帮灶王爷操心上天事,有本事去问药娘,我俩的姻缘是药娘撮合的。

又是一个礼拜天。开始时问天叔叔被狂夫叔叔拖到了干爹处,接着那鲜花娜妮渺渺也娉娉婷婷露出身。先来者铜锣大嗓哺哺,响一下就把我吵醒了;后来者哪怕是猫一样悄然而至,我也困不着了。他们都要干爹帮忙,一个说上次去溪滩寻摸砌墙脚的大块鹅卵石数量还不够,还得再去;一个说上次教那位卜老师唱柳永七仙女钱好赚,还忖继续教人家。干爹说都不行,他没空去溪滩也没空去寻卜阳春,他要等郝汉县长,因为那北佬儿县长近来常会突然冒出在文新门前,他要为他俩的相聚站岗放哨,免得闲人去骚扰。听了干爹这话我说话了:没事的,去溪滩好了,站岗放哨和寻人的事统统我来做。我觉得我比干爹拎得灵清,郝汉找文新是那汉子如我外婆所愿不追我娘亲了而去追我姑妈,你去站岗放哨是脱裤子放屁多此一举。至于卜老师也用不着寻,只要渺渺站在亭楼口一开唱,那戏痴就会自家寻上门。我是这样想的,但我没说,我怕干爹听了不甚舒服,何况我还想困觉,还有另外秘密藏。"对呀","对呀",狂夫和问天叔叔当即就赞我既聪明又懂事,而他俩一下子就动起了手脚要架着干爹下楼。"哟哟,抬着鸭子上轿是去打伙劫舍还是去坐庙堂?"料不着我还没让渺渺吟唱,那卜阳春就现身于梯口了。狂夫叔一见这人到来,他歪脑筋跳出了,说渺渺正跟着哩,要一起去溪滩嬉。闻言的渺渺嘴一噘,刚说出半句"我教你我教你",问天叔就插嘴说,不但渺渺可教,我们各人也可教你,而且不要钱。是么是么?是的是的!"那我管饭管饭。"卜阳春老师瞄了一眼渺渺,见人家俯首未启唇,他更是来劲。哎呀呀,结果,这伙人有贼笑偷笑的,有傻笑憨笑巧笑,他们都欢乐着,没多少工夫就沿着县河消失在了满目绿黄相间的杨柳树条中。我站在高处憋不住也笑了:我才不去溪滩摸石头,那里有柳树爿,那柳树爿下的溪水已经能凉得脚骨痛了,我还是在家钻暖被窝等人好,等人来了,那学堂操场上的小溪沟就饮了好长时间日头光了,我们就能踩着暖水下沟翻泥抲泥鳅鱼了。待那时,再去城墙头上摘回一只鼓南瓜,然后水煮煮泥鳅佘南瓜,还端上一碗送给我姑妈……我想着想着又钻回了被窝。不久过去,我见姑妈穿着那件奶奶寄来的缀花白旗袍迤逦而来,她喝了两口白汁汤就连连称赞那汤熬得太好太好……"好哇好哇""好哇好哇",暖被被掀了,冷风裹了身,我睁开梦眼不见姑妈,只见望水蛮牛在前面瞪眼,秋莲在后面瞪眼:你倒好你倒好,你做梦享福睡大觉!我被吵醒也不能赖床了。接着,我们便端着干爹的搪瓷脸盆,拎着干爹的铁皮水桶下了亭楼。一过石桥,风吹过,那群白鸽翻飞着翼膀都停在了身后,而前面兀兀站出的两个人:一个宛若黑铁塔,一个宛如俏雀娘。去哪去哪？要回答！我答了，不料一个听者听后说"危险得紧，危险得紧"，目睛子水差点要掉落，而另一个"奶奶个熊"地放出了豪迈笑："我们先莫摸泥鳅，还是摸石头吧，我想听听野外唱戏。"听戏听戏，野外听戏，我依了，我的伙伴也依了，我们听到眼前俏雀娘也说话了：今天，叫他请客，不用你各人费心哦。说着，她还扬扬手中的包袱，讲里面全是咸甜大烧饼。好哇好哇，去嘞，我们两个两个地牵起两个大人的手，在翩飞的白鸽引领下，走去东门走去了浮桥外的溪滩柳树爿。柳树爿呀柳树爿，静悄悄无边一片，树干老皮斑驳，树瘤凹着褐色眼珠，树叶依然绿苍苍。绕过树干撩开树枝，树上的雀鸟似被惊了，纷纷乱展翅，与刚刚翔来的白鸽混在一起，好是一阵起舞翩跹。喔哟，喔哟，前头的嬉闹声沁过树丛又传来了："他那里，一番欢欣，一番喜盈，我这里，一番悲泣，一番泪淋……""姑妈姑妈，渺渺在教卜老师唱戏了。""郝汉郝汉，你不晓得吧，唱的是水中沙，七仙女唱董永听。"我卖乖先说，接着姑妈也说了话。呵呵，我们一帮小儿鬼跳水踏石冲了过去，呵呵，树丛深处的那帮搬石唱戏人发现了我们，他们顿时就歇下手脚。"有吃货有吃货？""有吃货有吃货，大烧饼有咸又有甜！"我那狂夫叔鼻子本就灵，他顺风嗅到了麦香味，他一开言郝汉伯伯就不顾踏石还是踩水上了前。"喂呀呀，县太爷来哉，来哉！"卜老师故意高声叫出腔，众人闻声齐刷刷仰了脖：来的果然是他，更是一座水石中漂至的黑铁塔！众人一下又散了，害得铁塔郝汉只得追东追西逐个塞烧饼。生分呀莫生分，干爹和姑妈在旁边急得劝了，结果一帮大鬼终于露出了饕餮相，跟着一帮小鬼将一包袱咸甜烧饼"全消灭个光"。"还没吃饱吧？"郝汉又问。"饱了饱了。"各人似有了答。不料狂夫叔声响又冒了出来："卜老师，你还欠各人一顿饭哦。"哎，干爹见多人应了，唯独狂夫叔节外生枝盯牢了这戏痴，连忙帮其说话了："知足吧，人家衢州的老娘还等他寄钱看病嘞，吃你个大头大肚鬼！"嘻嘻嘻嘻，各人于是都露了笑。"勿要紧勿要紧，中午呀，各人去麻叔家，一刀肉，一只鸡，一条鱼，怎么样？"姑妈过后先说了这话，同时还瞟了郝汉一眼。"行行，只要大伙儿满意。"郝汉明白了那驶来的眼神，立马应承了，并吩咐我飞步过江去告之麻家做些准备。"还吃鸡，帮你俩白做还吃鸡，这县太爷上辈子欠你俩呀？"干爹唠叨着，一道嫉妒目光直往狂夫问天脸上喷放。哎呀呀，郝汉伯伯和我姑妈先乐了，随之各人全乐了，他们纷纷东张西望寻寻觅觅都去捡石了，而我也背脊爿生翅般瞬间就跨过了江。麻家一到，我上气不接下气地将事体说了，喜得麻婆不仅吩咐麻叔赶紧去捉鸡，而且还摘了朵大朵花佛鼎托我送给我姑妈。好好,我高擎着硕朵又是背脊廾生翅般飞跑过了江。等到我执花朝姑妈走去,各人已再不捡卵石,他们都向同一方向注目眺望,而那方正是柳树廾的边沿,那里流水潺潺,那里江阔天光分外亮,还有白鸽在溅水飞翔……一个趔趄,姑妈差点滑倒落水,可当她站起时竟然抱出了一块黄石头。"是块蜡石,蜡石,灿灿亮亮喝足了阳光。"姑妈兴奋得嚷着走回了。一步一步又一步进了柳树廾,她歇了,站在那直朝大家笑。我背后这时似被人推了一下,回眸见是那凹眼鹰鼻便明白了。我起步,我擎花往前走,"花佛鼎花佛鼎,这枝麻婆说有观音坐莲花。"我随口也嚷了。嘀嘀,屏息眺望的各人先是听到卜老师连声哼哼,紧接着他们也混声轻唱了:暂别离,暂别离,佳人归来还有期,待到他年七夕日……"莫迈步莫迈步,俺来帮你抱石头。"干爹还没等到唱完戏词,他嚷嚷着跟着我也往了前。前方前方,姑妈凝立着,她头顶上的柳树枝蓦然间摇曳起来,于是千万缕金光线从一团团绿云中泄下,把她缠了个满身。哎呀呀,红花献给你,但你不像观音坐莲花,你踏碧水,你着白衬衣,你浑身抽出了雪白亮晶丝,你像的是蚕茧,你是正在沸水中被抽丝的一只蚕茧呵。当时我与干爹虽未说话,但后来忆起那场景,我与干爹异口同声都那样认为。

第三十七章　葬英

　　后来那块被姑妈从溪滩碧水中捡捞回来的圆形黄蜡细石并没有成为问天狂夫叔筑墙的墙脚石,它当时被干爹用郝汉包烧饼的那块包袱布包着抱回来了,并在姑妈同意后被他摆在了姑妈的台桌上,他说那石头里厢有一对影子,虽然一下识辨不出,但迟早会显露的,何况石块圆得像烧饼或月亮,筑墙用不着。果不出他所料,次年戊戌狗年一开春,当我陪着娘亲去姑妈处转告外婆的话语,说她与郝汉伯伯的这桩婚事既不能按干部间通婚那样简单办,也不能完全按当地风俗繁缛办时,我指着被窗前春光照耀着的那块桌上圆石惊叫了一声,我说干爹勿说错,是有影子耶,而且是一对蝴蝶在月中挣扎着飘飞。嗯?嗯?姑妈和娘亲闻声也去看了,但她俩说啥也没有嘛。我娘亲还专门揪了我一下,揪完后她就撇开我,去与她的小姑子窃窃私语如何操办那桩婚事了。

　　如果没记错的话,婚事的操办是从准备婚房婚床开始的。那天清晨,那群白鸽被干爹一放出笼,他就问我了:晚上有无听到黄鼠狼的嘶叫,怎么鸽毛挂在了笼子壁板上?为了让他高兴,我编了:来过,一匹好大的狼,但它钻不进笼子,在门口还被鸽喙啄了眼,你养的鸟,真神壮!哦哦,难怪难怪,他指点着天地应了:这鸟披彩霞,白鸽变成了白凤凰。我顺着干爹手势上下望,白鸽们掠过县河水面,沾着些许春水,迎着亭楼瓦舍间隔间满溢出的万缕霞光飞翔得是灿烂晶亮。"快来,吃货快来,吃货。"没等到我满目炫耀消退,狂夫叔的声音就震得亭楼板壁咔咔响了。嗨,一壮一瘦执拿家什竖在亭下石桥上,且都在挥舞着大汤布。来哉,来哉,问天狂夫叔应干爹之邀来相帮整理姑妈婚房了;来哉来哉,吃货包你两个饿死鬼吃个肠满肚圆。我与干爹腾腾达达下了楼梯,眨眼间就领着来者去到了姑妈居处。喔呀呀,两只厚草桶一位美佳娘,姑妈掀开草桶盖,一股米粥香混着一股麦包香一头肥猪般直往鼻孔里撞。问天叔端着鱼草纹细瓷碗,一双斗鸡斜眼左右前后打盼:这房虽坐北朝南,但后临水渊,东西两面都接屋前面小院,窝虽玲珑,可纳阳时间短暂,阴气会不会太重哟。狂夫嚼着馒头面对着我姑妈一阵傻笑:文新姐,别看问天没说话,可眸睛子张嘴了,他说这屋不如郝汉县长那屋,那屋坐落大院高阳处,左路青龙右路白虎,前池塘朱雀耀耀后玄武青山熠熠,你俩良缘还是结在那里好。干爹闻言即刻就响应:是耶是耶,去那好,这屋窝在人家屋里阴气太重,当年你哥出事就出在这。耶耶耶,我一下蹦得老高,急忙想去捂牢干爹的乌鸦嘴。"危险得紧,危险得紧",不料姑妈那口头禅又来了,她脑壳扬扬取下包头巾,乌发瀑布水样漾开:正是如此正是如此呀,我在学校,我不居我哥屋谁人居?!嗬哟哟,众人一下都不说话了,只顾去喝粥嚼馒头,可我听到了各人内心发出了喷叹声。姑妈接着就走了,是县府办的秘书董朝晖来传的,那人说郝汉县长有事要找姑妈。姑妈走时,当着各人面还是笑态盈盈的:劳力大家了劳力大家了,郝汉有交代,只能是墙壁刷刷白,别的不用修,我啦,快去快回呵;可当她背过各人自家走路时,她叫我不要跟着她了,于是我发现她眼睛里含着的是一汪凄凄楚楚。等到我悻悻先回转,干爹和问天狂夫叔已挽袖执刷蘸石灰水在给墙壁刷白了。"哎呀呀",干爹的声音冷不丁这时爆响出:九年了九年了,文焕先生的蒙难忌日快到了耶!

姑妈离开时原来是说很快就回来的,可一直拖到黄昏时才回转。其间那个俪俪阿姨来过三回,而且一回比一回都显得急。她也不顾正在干活的三个男人奚落甚至声讨她,说"司马部长给吃什么神药了,人越来越雪白滚壮";说"司马部长倒越来越瘦了,是不是漫夜里灌浆次数多了点";说"文新是文焕先生的娜妹,是鼎鼎硬扎好的共产党,说一个好的共产党会去反一个好的共产党,就不怕文焕先生英灵发哀又发怒"。俪俪阿姨全然把自家当聋子,她不答不辩不争,脸上也不显怯红愧色,她只是一个劲地说:快归快归,我那冤家,冤家……黄昏到了,姑妈归来了,她踏过月亮门扶着弧形砖壁凝立在那,那里一抹亮色刚消退,一帘乌幕袭了上来,姑妈被乌幕笼罩着转眼间就变成了一个绰绰约约的黑影。等到她跌跌撞撞走近我们,她竟然没跟各人打招呼,连告诉她朱俪俪曾来过三回的话语她也没听到,她只是喃喃自语道:哥嫂哥嫂,结什么婚哟,结什么婚哟……我各人见状也都没吱声,我们悄悄地退了。那天晚上我与三个大人晚饭也没吃,我们闷着头只顾在县河埠头上给姑妈洗那几件早先搬出的桌几板凳和橱柜,而姑妈她那晚上就睡在她那间石灰气依然生生冲冲的房间里。

那天后的第二天,俪俪为甚来找姑妈的事先清楚了。那女人大清早叫醒了我干爹与我,说是需要我俩陪她去给文新书记送早餐,不然不好意思进那道门。进了姑妈那道未反锁的房门,姑妈坐在那,她没在照镜子,她在抚摸那块她自己在溪水里摸到又被干爹搬回的黄蜡石。俪俪一见到姑妈就抹着眼泪苦笑着不停地说,司马那死鬼喝醉了酒,哭哭笑笑说酒话发酒疯了,一方面说文新逃不了诸葛红月往哪逃,一方面又说莫怪他莫怪他,要怪怪形势怪组织,甚至于在眠床上睡梦里还咿咿哇哇说那些混账话。这样她就有担心了,既担心红月姐姐接着会遭殃,又担心那死鬼会鬼魅附身真的生出疯癫。那天后的第三天,姑妈被郝汉传去的事也清楚了。当时干爹为姑妈去外婆同春堂取药,刚回校就与我讲,快去外婆家,你娘亲在那。我去了,干爹也去了。娘亲那会不在别处,她在楼上她那间做姑娘时的小姐闺房里。上梯时,哑巴手舞足蹈地劝曰,莫去了莫去了。莫去了?莫去了?结果不仅哑巴没劝牢我俩,他自己反而跟我俩上了楼。一进房间,没想到娘亲也与姑妈一样坐在那,只是她没在观石头,她安安静静像只乖猫在让外婆给她梳头发。外婆叹了声气,轻轻地说,莫怪郝汉了,他那样做肯定有他的道理。娘亲同样轻轻地说,但她没叹气,她理解郝汉,那人与县委王书记一道同文新谈话,又与自己谈话,那体现的是组织原则,可她不晓得也不理解她该汇报交心些什么,她不是文新的后台,文新也从来不找后台,她俩更加谈不上对党对组织存有二心。二心二心?我疑惑着朝外婆望,可外婆好像我们三人都不在场一样,她十指当梳柔柔地摩挲着娘亲的乌发,眸睛子光却甩向了窗外天空的一片白。接着,我们仨出门了。等到下至楼梯口,我忍不住去问干爹这是怎么了,干爹捏了股臀又去敲脑壳:怎么了怎么了?哎呀呀,雪亮雪亮你来看,水井挂在天井上,一对蝴蝶在水月中漂呀……我还真去看了,不见水井不见月亮,只见天空像姑妈婚房刚刷过的墙壁一样白,而更为炫眼的是那道白天幕上竟然有两只斑斓彩蝶在自由欢快飞翔。

干爹昔日做的那个一对蝴蝶遭殃的梦似乎应验了,他惶惶不可终日地领着我逛了一通十八曲弄后,又从那所我与外婆曾经避难的红房子处返还了。他去时是空手的,可返回时却背了一篓廿八都炭头。他说那炭头是他问红房子的厨头浦江女借的,可我觉得他是偷的,因为我根本就没看见渺渺的娘亲浦江女。我跟他讲:这样不好吧。他讲:里面有炭十篓,篓篓都是你外婆送的,有甚不好,何况今年春寒格外寒。我无言了,觉得也对,今年春寒是格外寒,不请来这篓炭,我就无法用外婆的木炭继续烤出喷香的红番薯。好吧好喂,似又心安理得了,我俩走出红房子前门踩在麻子卵石道上,走得又是坦坦然然一点不像贼。一段路下来,弄堂风一吹,不仅渺渺和浦江女在风中都出现了,而且还混杂着个卜老师。他们说他们组织的业余戏班今晚要去红房子里给一帮孤儿唱段英雄威武戏《出猎》,讲的是仁义礼智信。我们说是吗是吗,若缺人我们可参加,我们还能去请周村的丰庆班。哦哦,我们之间哦哦着分道扬了镳,他们那伙人随之就开嗓滚出了唱:上有君来下有臣,夫妻共和睦,父子亦忠心。仁义礼智信,报国治家园。催马前行,哪怕山高地不平……我回头望望,干爹只是背着炭,并未背上浦江女射过来的异样眸睛子光。走喂走喂,我俩走得快,真不知是我俩挟着了弄堂风,还是快步刮出了弄堂风,一路上那风缠缠绕绕,不仅吹得屋上炊烟四方飘香,而且还吹得人家门缝呼呼响。不久,一只看门狗钻出墙门洞吠了,接着是好多只狗钻出墙门洞吠了。吠声连成一片时,有人也出门了,先是卖菜的跷脚王,他说他是干爹的朋友,他问朋友已是春季天了还背篓炭做甚,又不是富贵人家。耶耶,干爹发怔半天,还真被那人问着了,对呀,春寒春寒,穷苦人家哪有那么娇贵?结果他目睛眨回去问了人家。接着,城关大媒婆花娇娇也闪出了弄中弄——桃花坞,她见到干爹直叹气,说下江女江妹无了人声,药嫂嫂又没了身影,如今干爹都二十六七岁了,若看中了哪家女,那拍马屁送炭也要趁早呀。不料此言闻过,干爹恼了:不用你管不用你管,你晓得个屁!干爹拽起我就猛走。可只走出十几步,当他听到那女人还在背后叨叨"木炭还没上碾磨哩,火药就吃上了"后,他猛然刹车不前了。对呀对呀,火药火药,木炭制火药,干爹惊呼了起来,他也顾不着我了,他唱着《出猎》中的戏文"催马前行,哪怕山高地不平"又移步朝前直了奔。

去哪去哪?过面店他不歇,经饼铺他不停,撞上了馄饨担他嗅不出香,他矮子连续发跳,很快就蹦到了解放路与中山路的三岔路口县衙前。县衙大门是闭着的,他去敲了小门,小门开了,传达跟他讲,机关各人都下班不办公了,有事明天再来。他说他找的是郝汉,他与人家约好黄昏时见!传达闻言电话摇柄摇摇,满脸绽笑地说了一通。那头不知传过的是甚话,传达转而客客气气让我俩进了门。干爹见状,随之牛皮烘烘了:衙门八字开,有理没钱莫进来,蹦屁,俺铜板无一文,照进,晓得不,俺是什么人,俺是新社会主人呀!他好像在跟我讲,又好像没在跟我讲,这时,一片银杏红树叶落在他后脑勺上,恰又被路灯照着了光,他头脑壳儿亮着,他昂首阔步朝了前。走过办公的六排房,又走过官员居住的四排房,再穿过一片松树林爬过一段坡,郝汉住所到了。郝汉没出门,门前站着的是小胖子秘书董朝晖。他说县长与书记正在屋里谈话,先不要打搅人家,先在前室坐坐歇歇。可我俩既没歇也没坐,干爹与我到门外找来一些枯树条,没过多少工夫,一盘炭火就在那只只有灰烬而无火苗的木架铁盆上燃得旺旺。前室随之暖了,董秘书也不用再搓手跳脚,可就在这时,屋里的声音传出了。一个声音轰隆隆厚实洪亮,那是郝汉发出的,一个声音软绵绵细柔亲切,那是王书记发出的。郝汉说:奶奶个熊,人悔得很,要不是听了你这个书记的话,我哪会参与和诸葛红月及文新的谈话,明明那不是俺本意嘛。王书记说:老乡,那我也是违心的嘛,这是上头来的,要不是地委领导专门找俺谈过话,俺会先跟你谈话?她俩可是组织高端点了名的,省里都有个党内的反党集团啦。郝汉又说:不管怎么着,俺娶文新是铁了心了,到时俺也不请你喝喜酒,免得你为难。王书记又说:喜酒俺是一定要喝的,俺不是住隔壁吗,一抬腿就到……里面的声音越来越轻微,外面的耳朵越来越贴近板壁。末了,干爹被惊得跳了起来,他说惊堂木响了,可我听到的却是两个搪瓷杯相碰:伙计,干杯!"干杯干杯,喜酒喜酒。"干爹念叨着这句话围着火盆转起了轱辘圈,他先是脸孔发白,继而转红,接着又转白。脸发白时,他问了下跟前的董秘书:里面人说的上头组织是谁,他怎么不认识?脸发红时,他又求了董秘书:托人跟上头组织说说呀,文新红月是你们共产党的一对好女儿,用不着去发落呀!不料董秘书是个聋子,他只是赔上笑,始终不搭话。干爹见状,他脸孔最后白了,且愈来愈白,成了位白面鬼判官,他撇过董秘书阻挡,背起那篓炭一脚踹开门进了屋。我没跟着,但我听到了一声吼:上头组织俺去寻,三界有两桩窦娥冤呀!

　　去寻去寻,那天晚上郝汉与王书记没告诉他那个上头组织在哪;去寻去寻,第二天我外婆我姑妈和我娘亲同样没告诉他。寻不着了?难道那个上头组织是阵清风、是块浮云,自家去寻它就等于老虎吃天、老鼠蹦跳去咬雁南飞?干爹问我,我说我去问谁,干爹问他的那只金钱龟,那只龟四脚微动,似在说自家冬眠还未怎么醒,不通天机。嘿嘿,干爹那天天光烧好一锅学生粥后,带归一火熄火星四溅的砻糠灰,他说他要用灰火去烤烤那只生灵,让人家彻底醒过来,从而向他泄露天机。嘿嘿,干爹向我说完还真要么么干了,不料那龟摇头摆尾从它静卧过冬的沙堆中爬了出来,爬出后,它目睛子睁睁没去瞅干爹与我,而是瞄去了楼梯口。嘿嘿,白食鬼上门了上门了,干爹一声喝过,两个鬼就竖在了眼前:是狂夫和问天叔,手里还拎着只小包袱。"不好意思,不好意思,上门谢客迟了。"迟了迟了,接着我就明白了,原来是两家的那道倒塌的院墙已在春耕大忙前修好了,今日里他俩一个带烧饼一个带米皮粿上门来道谢,谢谢干爹与我以及文新郝汉帮助他们下溪捡了筑墙脚的石头。嘿嘿,谁知两位叔刚讲完,干爹就哭了:勿错勿错,问天曰得勿错,那梦中的一对水井月中蝶不是雌雄配还真是姊妹配,那是文新和红月呀!还有还有,俺又梦见倒霉棺材了,那可不是升官发财吧……哦哦,两位叔应了,一个塞过烧饼一个递上米皮粿,吃饱再曰吃饱再曰。两只饼粿用过,干爹猛然跳起了脚,我随之惊呼"金龟咬趾咬趾啦"。见状,干爹连忙从口中掏出一指食去喂了金龟,"还有你还有你"。喂耶妈,狂夫正睛斜了,问天斜睛正了,干爹牛目睛差点蹦出了眶:那龟竟然四脚撑开,头颈一甩,含着那口指食官步荡荡荡出门口,荡去了东窗台。

金龟望东金龟望东……干爹领头,两位叔跟着他们也去了东窗台。他们都迷信着那只龟不只是只凡龟,而是只半凡半仙的神龟,龟坐下了,他们也坐下了。龟与人都沐着窗台木板上铺满的阳光,连那副无奈苦涩的神情都是一样的。"望东望东",狂夫叔说别人家龟早醒,俺家龟迟醒且望东不已,莫非龟也忖奔去东海化为龙?问天叔说否否否,龟仅是龟种,难以化龙,龟之所以望东,要么是东方有异事,要么是有事要靠东方神灵解脱。干爹说,两位哥说得对呀,东方有龙王东方有南海观音,那都是神灵,只可惜太远太远呀。"不是不是耶。"我也插嘴了,我说,"我娘亲我姑妈都告诉我,龟不是在晒温暖阳光吗?!"对对对,他三人都笑了,说毕竟还是解放牌子的小儿鬼聪明。干爹接着还说:"昔日文焕先生就是从东方衢州来的,又向东方衢州去的,这一去都九年了,连尸骨都不晓在东方哪个角落头,连只棺材都没得困。"是呀是呀,三个大人一下又全无了笑声,一齐唉声叹起了气。这时,金龟蠕动起身躯,脖颈昂起,老高一柱阳光正照得生灵浑身溢金光。嗨呀嗨呀,问天叔突然糠虾驼背拱拱叫出了他那破锣沙哑声:得得得,明摆着的呀,祭先人祭先人……于是,那桩日后不久发生的惊天地泣鬼神祭典白喜事就在几个草根的乱嚼舌根间像小荷一样露出了尖尖头。那天,他们仨连同我就一起去了外婆家。当我们进同春堂门时,我娘亲正好出门。娘亲见我来了,说了句"乖,听大人话呵"后就回眸苦笑微微地走了;见到外婆时,她正在后院百草园,而那时天空已由晴转阴且下起了潇潇春雨。她一边撑着雨伞一边俯身舀水在不停不停地给药草浇水:主呵主呵,快降甘霖快降甘霖……我们一行起初都没敢去打搅她,我们只是注视着她。而我的那个注视后来连同若干年后重新出现的一次同样情景就成了我永生的刻骨记忆。当时,首先跑过去帮外婆撑雨伞的是我,接着三个大人也跑过来了。外婆见是他三人来了就断断续续说:是你们三人呵,我房间里有只紫檀梳妆台,拿去给文新当嫁妆……郝汉前日又来讲了,他已经向组织打报告了,准备结婚了……那刷白的墙壁干燥了没有……到那时,叫诸葛红月去当伴娘……哦,哦,哦,干爹应着,问天叔狂夫叔也应着,应到末尾,三人都憋不住说了些没头没尾的话:"活着的共产党不管,死了的共产党也不管?""红白喜事都要办!""寻不着尸骨,就寻副佳棺葬衣冠。"

那天的话说到这,问天叔就打出了"快走快走"的眼神。结果两个弟弟听了他的话跟他走到了门口。如此如此又如此,一番议论加上一番争论,三个人都歇了,说"也不用去四棵树猜石头定取舍,就这般了,时间不等人,各人去做各人的事好了"。问天狂夫两位叔分配做何事我不晓,可干爹接下来做的事我件件晓,因为我跟着他嘞。第二天他就去了县政府郝汉办公室,那时间郝汉要下乡,王书记正在一辆吉普车旁与郝汉言语。干爹见车子发动机响了,他不顾秘书董朝晖阻挡就去拦了车。有事有事俺有事耶!说着,他就将我引上了前,"晓得不,这是谁的儿?""晓得呀,这是红月同志的儿。""不仅是红月的儿还是文焕先生的儿,这个晓得不?""也晓得,文焕同志是位烈士,牺牲在黎明前。""晓得就好,可你晓得文焕先生坟头在哪?""这这这。"郝汉答不上了,将目光转向了王书记。王书记立即就说话了,说可惜呀可惜呀,他在地委当组织部副部长期间就组织过调查,可是只查到几位烈士牺牲在衢州大机场而没查到具体方位。干爹听了这话眯睛子光发狠了:查不到就算了?活着的共产党员你们管不着死活,那死了的共产党员你们总要管死吧!人家尸骨无人拾捡都九年了,连只衣冠冢都没有,人家虽然没坐到江山,可人家毕竟是为打江山丢了生命的呀……当时干爹没哭,我也没哭,我俩盯着郝汉与王书记的脸不放,直至听到吉普汽车不响了,我俩才背过脸去走开。

在那以后的一段时间里,郝汉性情似有大变。首先发现这种变化的是我外婆,她跟我说郝汉去过她那里了,那人来时眯眯笑离时也是眯眯笑,全无了往日的严肃样,而且一点事都没说,莫非是喜事临近给乐的?接着是俪俪阿姨来跟我说了,她说她觉得好奇怪耶,郝汉县长去她家了,啥事都没说,只是望着她和司马展一味地眯眯笑,肯定是快发喜糖了吧?连我姑妈和我娘亲也来对我说,你郝汉伯伯近来怎么了,见了面好像已不会说事了,只会眯眯笑。眯眯笑眯眯笑?好神秘的眯眯笑,大人不解还来问小人?我便揣着这奇怪去问干爹,干爹说人家要讨老婆了,当然满心欢悦要露露相,至于大人为甚要问你这小人,那是因为你这小人近来听了俺的话经常逃学,动辄就往郝汉处流窜。可一转身他就变口不对不对:郝汉是做大官的,做大官的用不着逢春遇喜就四处去显摆笑呀。接着,干爹带着我就匆匆又去找了郝汉。谁知我俩一敲门,门长久未开,再去敲门时,秘书董朝晖却过来了。他说县长昨天就去地委组织部办事了,至今还未归,有甚事他可转告。嗯嗯,干爹嗯嗯数下没去问"郝汉为甚眯眯笑",而是大吼了一声:甚事甚事无事了?清明都要到了,文焕先生那坟头在哪?朝晖闻吼连忙请我俩去他那儿坐,说他那里正好有半两明前绿牡丹茶。我俩跟着朝晖去了。不料一进人家房门,郝汉的声音雷一样响起:通知民政股,明日上西山踏勘,奶奶个熊,老子当年就是从那杀入三界县城的!嗨,那座黑塔,脸上哪有眯眯笑?!去了去了,第二天不仅郝汉去了西山,而且县民政股还请了我外婆我娘亲我姑妈我干爹和我一同上了西山。那天烟雨蒙蒙青山流碧,眼前的坟茔在我眼前兀兀然高山般崛起。一行人在解放三界间牺牲的烈士坟碑前默哀后,干爹的嗓门震响着山坳:郝县长郝县长,你的马夫在那喝喝呼战马了!哦哦,我去瞅了正在"哦哦"的郝汉伯伯,他,他还真在眯眯笑……

当时我似乎有点明白,后来我逐渐明白,直到最后我彻底明白,要解那难解的郝汉眯眯笑之谜,那还要等到我成人以后。那时我在读高二,正在填表加入共产主义青年团。填表时姑妈和娘亲都跟我讲了,多亏你干爹的"吼"和你郝汉伯伯的眯眯笑。没有你干爹的吼就没有你伯伯的笑。郝汉那时与王书记商量后甚至把公祭你父亲的事拿上了书记办公会,通过后县委就向地委打了报告。当时,郝汉正在秘密催办这些事,可他又不能明说,故四处去露微笑。那段时间那短暂的微笑,亲人见了是慰藉,同事见了是从容,安静蛮管事呀。听完姑妈和娘亲那时的这段话,我哈哈笑了,我猛然想起干爹另外一段引起郝汉伯伯引颈大笑的往事并且和她俩说了。那段时间的某天天光,我从娘亲的宿舍里走出去上学,不料走到中山小学校牌下就被干爹拦下。见到他我蛮高兴,我以为他是来跟我讲可以又回到他的八角亭楼去过夜。我不喜欢他先前逼着我去跟姑妈睡,现在又逼着我去跟娘亲睡,我觉得跟干爹睡更自由畅快,不仅睡早睡晚全由我,而且晚上撒尿可以楼廊上一站就放出一条白练往县河里灌。谁知他说晚上到来还早,现目前有件急事需要我配合去做,而且还帮我请过假了,不算逃学。于是我就跟他走了。那一天整天都没歇着,他一路上没少对我说,是郝汉县长哈哈大笑着答应他的,可以去寻觅口好棺给我那未曾见面过的父亲殓衣冠。城关的棺材铺去过,又去了清湖的棺材铺,他都不满意,他说他梦中的那口棺不是杉不是柏甚至不是香椿木,他似曾见过,可又一时想不起来,那口棺乌红发亮,其间还有金彩霞。这是什么棺?我不时瞅瞅干爹,愕愕然跟着,茫茫然不知不觉去了周村龙畅大外公家。一进门,大外婆迎上,她说如今老虎已学会上树,正在吼黄猫哩。一瞅果真,那阴阳怪脸的原女婿周豪郎正在嗷嗷责怪原岳丈周龙畅,说人家鼓板敲得不在点,还不如那个浦江女,害得梨花吉子鼓锣都不着调。干爹见状连忙揪了一下我肩胛,我立马就懂,我的嗷嗷叫声"大外公大外公"盖过周豪郎。豪郎见我来了,喊了声"柳胭脂",那柳胭脂就应声现了身:喔哟喔哟稀客呀,你还不晓得吧,你舅听你干爹曰政府要公祭你爸,他响应了,他要带领周村的丰庆班上西山帮忙做奠啦。大外婆听了胭脂言接着说话:还算有良心,人家文焕当年还来过周村,民国三十六年周村搭粥棚济灾民十五天就是文焕来劝世向善的。就是就是,一旁的狂夫叔和问天叔敲了锣又打鼓:豪郎这次不作孽,他说当年文焕先生对他也有恩,那时在廿八都他因采野花钱少付不出,结果被人从花坞里赶出,一碗馄饨都吃不起,不是文焕先生接济他铜板又指点他去竹子林,他哪能做到今日的大队书记。是么是么?豪郎说是呀是呀,没有文焕先生和红月姐就没有他今天,他不仅要组织各人上西山,还要给各人记误工补伙食。喝喝,哈哈,在场各人那时都发出了笑。我想着说着把眼前的姑妈和娘亲也引笑了。而且我惊异地发现,这种哈哈欢笑相隔十余年竟然仍是音绕绕容灿灿,前后差不多一个样。那天接下来我们都吃到了大外婆和柳胭脂烧出的苞萝粥饭。然后我与干爹要走了,人家要留我俩,干爹说不行不行,他梦中的那口耀金彩泛红光木棺还未寻到。耀金彩泛红光?各人又是一阵叽喳议论,结果凸显出来的声音是问天叔和大外公大外婆的:"莫不是金丝楠木棺?""该是该是,阿弥陀佛。""善有善报,大善有大报呀"……

是它么?是它么?干爹走出周宅走到村口水口树下转了一圈还在疑惑着,可当他昂首翘望大树,看到树冠绿叶缝隙间有无数炫目耀光瀑布般泻下时,他有了叫唤:七彩的七彩的,就是它呀!于是他告诉我了,那口棺他昔日在跟着郝汉红月攻打雷公寨时见过,且亲身躺进去困过,那口棺就是金丝楠木货,原是匪首毛太子为其老娘寿冥做准备的,后被解放军缴获,现不知在何处。去寻去寻,他又说解放军的缴获都要归公的,不怕寻不着。结果当天干爹带着我就去寻找,而且在民政股里董朝晖还帮我们查到了楠木棺的着落。那棺先前曾置放过西山紫微观,后被搬去了小西门的红房子,说红房子解放前是育婴堂,解放后是孤儿院,皆为公益处,楠木棺放那可随时出售,让寿材变善资。干爹闻讯立即回校拉出辆木板车去了。去时是我坐在板车上,归时是我与楠木棺坐在板车上,干爹拉着宝贝与红房子管事说了句"莫拦莫拦,俺一定呈上郝县长开的条"后就拉着车,一拉拉到了县府里厢的郝县长王书记的向阳居处。到了人家门口,干爹也不着急,他捡来四块毛糙粗石塞进皮轮下后,就移开木棺盖自己去坐了棺:雪亮雪亮,我去躺躺,看舒服不舒服,俺千万不能让你爸躺进去不舒服。哦哦,我好奇地瞅着干爹,见他挪挪屁股还真躺下来,再经一番前后左右折腾,又见他露出一脸心满意足的傻笑。咦咦,这是怎么回事?一阵过去,我的屁股被一只大掌拍了,回首一望,原来是郝汉伯伯和王书记他俩下班回到家。闻声的干爹先在棺材腹里叫了串"舒服舒服,再铺上五层锦缎被褥就更舒服"。接着就从棺中竖起身,郝县长,这棺是你昨日打江山打来的,今日你坐了江山,你批张条子将棺赐给文焕先生吧,先生笃定喜欢。你瞅,七彩光从衢州方向奔来了,先生正在驾着彩光嘞。

于是我们文家在那些个日子里红白喜事都凑到一起办了。只不过红喜事办得是神神秘秘简简单单只有几个人晓得,而白喜事却反之办得是轰轰烈烈规规矩矩轰动了三界城乡四方。那一天是清明节,我父亲的安葬仪式就被县委县政府挑在西山烈士陵园进行。我那天没有跟着干爹的那支百姓自发组成的庞大祭拜队伍,我跟着郝汉伯伯的官家队伍。我们的那支队伍肃穆安静地走在前头,干爹的那支队伍惊天动地地走在后头,而外婆、郝汉、娘亲、姑妈和干爹以及我共同饲养的那群白鸽却在问天和狂夫叔的调教下衔着鲜红的杜鹃花瓣飞旋于两支队伍前后。队伍走到了坟口前,由八名县中队战士抬棺,娘亲姑妈与我扶的那口金丝楠木棺被洁白的布系带系着缓缓地放入了墓穴。鲜花来了,鲜花是我的那帮中山路小学的同学们采来的,它们身上沾满着昨日的雨水,今天在骄阳下更加红艳亮丽地绽放;鼓乐来了,鼓乐是周村的丰庆班奏出的,这鼓乐十八般乐器全上了,它在卜阳春老师的指挥下既悲怆激昂又情深谊长……当我看到那一双双泪眼时,外婆的、姑妈的、娘亲的、干爹的,我含着泪水微笑了。我既看到了鲜花、泥土、青松、红领巾、长枪,听到了悼词、誓言在一派静默中寂寂涌动,又感觉到了它们在飞动的鼓乐中沉入了一派萧索。尤其是当郝汉伯伯宣读那位叫丁丞的大官发自北京的唁电时,全场各人都听到了相互之间以至自己的呼吸鼻息声,"甚是!甚念!甚慰!""甚是甚念甚慰",那只有六个字,可那六个字却被那时间当官的郝汉们以及为民的干爹们传诵了当时的许多天,甚至后来的不知多少天。更令我感到难忘的是那六个字颇带神秘及个人感情色彩的获得方式,它先由外婆的一封个人信件寄往北京,而后又由丁丞的个人回电来到三界,而到邮局寄信、带着外婆的私人图章去取电报以及将电报送到县委会都是由我干爹去完成的。对此,喜欢吹牛的干爹他始终就不讲,而我之所以能猜测到并完全知晓,滑稽的是它竟然是在十年之后由几个造反的人在一个恐吓情景下告诉我的。

没过几天,我姑妈与郝汉的婚礼就举行了。那婚礼是在姑妈的住处举行的,连我奶奶也没参加,她老人家拍来电报说要赶回来,可被我姑妈拒绝了。那天郝汉伯伯在朝晖秘书以及我干爹我问天狂夫叔的帮助下,只搬过来一张他新购的钢筋铁骨画景洋床。酒过三巡,在那刷白的房间里摆出的一桌酒席上,他说话了,他说那床是个工业烤漆产品,结实耐用经得起他折腾,同时又有四季美景可供新娘日观夜赏,他俩要一辈子都睡那张床。他说得认真,却引得外婆给他摇头,娘亲给他浅笑,干爹问天狂夫给他傻乐,姑妈给他的是一个瞋眼加上挥手抖落下的坷垃子……那天晚上虽没闹房,可大家都讲酒喝够了不能再多喝。

没过多久,给我姑妈和我娘亲的处分也下来了,我姑妈得的是留党察看撤销职务,我娘亲得的是党内严重警告行政降一级。姑妈和娘亲得到处分后都奇怪地显得格外欣慰,她俩跟我说的一句话竟然是相同的:雪亮呵,你要晓得呀,我不是右派。另外,卜阳春和朱俪俪上门时和姑妈和郝汉的一段对话我也听到了。卜阳春讲:亏得文书记担当,不然我也难逃。朱俪俪讲:亏得文书记压了雪亮干爹,你们去调查不就是俺居里先生司马展叫去的吗?雪亮干爹说定要去告发我家死鬼击鼓上公堂,可书记不让,说调查是县委布置的,县委告不得。姑妈讲:还有好些读书人,那个教导主任、那个化学老师,一起搞调查的,他们怎么成了右派?可惜呀,解放前,他们可都是上街游行反国民党的左派,是不是咱欠着人家呀。郝汉讲:别说别说了,二位早点回家,不然,等人睡觉的床铺可有意见了……

卷五

而这一切一切的变化无常,我年少时只晓得去怪他那个夸下海口且孜孜追求而又实难兑现的办婚承诺,可他自家并不这样认为,他讲水有源树有根……更大程度上是由自家那场纠结于心的纷纷大梦勾引出来的。

第三十八章　热城·妹影

　　打那以后的很长一段辰光里,不仅大人小孩而且我俩自己也有新发现:干爹与我经常相互附了体,我不在场,他看到的我似乎也能瞅到个六七分;我一时听到的,他那时人不在,他说他也能听到五六分,还不光是所见所闻,甚至于所思所愿,即使是大相径庭不朝一个方向去,但还是可以相互看穿对方那葫芦里卖的是什么药、对方肚肠中蛔虫究竟有几条。而这种状态的开端,我俩都记得是与三界县城在那个盛夏出现的奇热以及一个清瘦女子在他脑子里或城墙上下魅魅涌出有关。

　　那天早晨,因为天黑了一夜仍未凉快起来,内心热浪翻翻的我起得比干爹都早。我推开房门时,虽说溜进房间的晨光仅是白雾雾一团,可带入的仍不是凉风一扇,而是热火一帘。于是我懊恼着在亭楼回廊上用干爹挑回的凉井水去狠狠地刷了牙洗了脸。而后透过花窗隔扇,我去看了干爹,只见原先笼罩着他的那团白晨光已经晕散开去,并从中长出了绺绺火红穗子光,那光灿烂异常,轰轰烈烈捕杀过去,奇怪的是干爹不仅没被灼醒,而且睡得更是淋漓酣畅。干爹睡不醒了,或许是他前一天做事做得太煞心太累吧。别的勿曰,就曰竖在城北三岔路口的那堵高墙壁坊,虽无雕石脚础雕砖额首,但砌砌刷刷也要十多天,可干爹带着几个右派分子和右派嫌疑一个礼拜就做好了。昨日晚上,他又为了好让姑妈次日能在干燥白壁上写字,他不顾闷热又是烧柴点火又是燃灯烤墙,干活一直干到了月下西墙。他下半夜归来时尽管手脚猫鼠一样轻巧,但还是惊醒了我。因为当时我刚睡了一大觉,又被梦中出现的学堂大喇叭吵得神魂嚣张……"公社是棵常青藤呀,社员都是藤上的瓜……"我翻身坐起兴奋地告诉他,"我,我,要当人民公社小社长了。"是么是么!干爹他一下将我托举起再跑到房间外的回廊上荡了两三圈。接着,我俩又回了房。不料刚刚浴过凉风的我还想跟他再说点什么时,他又四仰八叉呼呼大睡了。太累太累,是该歇歇了。实际上,后半夜他睡得好,而我没怎么睡好,我是前半夜睡得好。我那时不做梦了,却看见了干爹在不停不停地做梦,而且我敢肯定,他是在交叉做着两个不同的梦:他手动脚动口吐"墙"呵"墙"时做的是干气力活的梦;他傻笑眯眯一脸绽花"妹"呵"妹"呵时做的就是狂夫叔讲的所谓"望春梦"。当时我就吃惊地发现,干爹他做的梦,有部分还鬼使神差般逃到了我的想入非非中,不然,我哪能知晓他在做着不同的两种梦……我下楼走了,系上红领巾挎上军书包唱着"公社是棵常青藤,社员都是藤上的瓜",迎着扑面而来的万丈早霞煌煌大光朝着东北向奔去。我晓得,再奔一段路,那里就有吃的了。我下定决心一定要吃得饱饱的,然后带领着小伙伴们上得城墙去给大人们送去凉茶水凉毛巾,并且还要告诉大人们,那凉茶是俺外婆烧西山冷泉水只放冰片不放冰糖就着上等青绿六月雪煎出的……非非地寻思着,我也不晓怎的,人一下就下了亭梯出了校门徜徉在了东去的大道上。还没到前方三岔路口上耸立的那堵壁墙,也没有顺风吹来,我猛地鼻头生香,奇奇怪怪闻到了蛛丝马迹的酸菜肉末米粿味。于是我缓下脚步循着味,朝地下看去,哦哟,竟然看到三条人影下有一支大军在行进!看到大军我一时就顾不着去看人影了,随之我俯下了身。眼前的大军由无数的黑蚂蚁组成,前看不到始端,后看不到末尾。中间一段一段一队一队的,在段队中领头的黑蚁个头似乎要大些,它衔着片细微的绿叶就像扛着面少先队旗一样在开辟着道路往前,而后跟着的蚂蚁们几只一组,使出浑身解数,乐此不疲、锲而不舍地在推动着某一粒屑末在滚动向前。我得意着笑出了声:我辨识灵清了,你们所扛的旗所推滚的食粒就来自前头不远的地方,那不就是人们丢弃的口中嚼物么?!我立起身了,原先的人影随之变成了人,两个比我还小的小鬼站在我眸睛子光中,在直盯着行进中的蚂蚁,还不时发出口舌嚅动声。小鬼的后面站着一位大辫子年轻女子,那女子还长有一双似曾相识的丹凤眼。当小鬼的手向着蚂蚁伸出时,那年轻女子的手也伸过来了,并打了小鬼的手。我这时饥肠辘辘,立即也识清了眼前一幕:小鬼想吃蚂蚁们搬动的食,而女子不让。嗯,这类似场面曾见过,不过忖夺蚂蚁食的不是小儿鬼而是过路野狗,而出来制止的不是丹凤眼女子而是我那牛眼干爹。我心当即恻恻隐怦然一跳,随口说了一句:随我来。很快,我走到了大面壁跟前。那三人也跟了上来。眼前的一切都和我想象中的一样,县中的五个人聚在一起忙七忙八地正给白面大壁上搭梯画字。卜阳春老师大声使唤着另两位:老右老右,看看字句对不对!

两位应声诺诺擦完眼镜后一字一字读出了声:鼓、足、干、劲、力、争、上、游、多、快、好、省、地、建、设、社、会、主、义。没错没错! 没错再校一遍! 卜阳春又使唤起朱俪俪:部长夫人,再审一遍,你眼力更好。不料俪俪说:对错是俺居里死鬼司马展管,俺不管,俺只管吃喝多少与咸淡。随之她媚眼飞飞就对着我姑妈嚷了:文新文新书记,你瞅,人民公社的小社长来了。嗨,这女子消息真当灵通,我昨天路过她家门口时她就向我祝贺了,说她那当小学校长的哥哥告诉了她此事。这时正在木梯上描字的姑妈闻声回了眸:危险得紧呀小社长,还没吃东西吧。是呀是呀,干爹只顾困也没管我,我身上又无一分钱。我答了,并朝后打探了一下:嗨,原先跟着的三个忖食蚁食的饿煞鬼都去四周捡砖拾乱碎,可双双眸睛子光却仍在不依不饶瞟窥着摆在面壁下的一桶稀粥和一篮米粿。我上前了几步,俪俪就将米粥和米粿递到了我跟前,并关照各人都来吃。等到我和各人都吃好了,姑妈的眼睛却直向我放了光:咦,你的三位人客怎么站一旁? 我答了:不是我人客,路上刚识的。哦哦,姑妈说,还有还有,来吃点吧。听了姑妈话,那三人并未立即上前,他们仨撑腰伸腿三蹦两跳抱拳扬言"献丑了"后,就在壁下一小块空场上打起了旋腿翻起了空心跟头。"凤阳班,好多年都没见了。"卜阳老师随即叫了好。我跟着叫完好后,忽然觉得背后头颈发热,有一道灼热目光射来,朝后一瞅,什么也没有,只有那面大墙壁在一派朝晖中煌煌屹立,像一面赤壁兀兀出现了一般。可我依然觉得干爹的一双眼睛就吊在那赤壁上,随后,当姑妈和我将粥与粿交到人家手中时,我耳畔甚至响起了干爹那梦中发出的吆吆声:"墙墙""妹妹"。与此同时,我对那三个讨饭人刚刚说过"去城西红房子,那里是保育院,那里有吃的",我似乎觉得眼前女子的脸上扫过了一道人的眸睛子光,而且那眸睛子光不是别人的就是干爹的,它野蛮而又胆怯,它悲切而又欣喜。哎,碰上了什么人,眸睛子才会这样放光,奇怪奇怪奇怪耶……

　　奇怪,真当是好奇怪,明明是我这天先见到那凤阳女子及其两个小鬼的,而干爹当时并不在场,可他依然顽固地认为他什么都看到了,并且是在我什么都还未讲的情况下。他讲,那时出现的只是一大两小三个人而没那只猴,三个人饿极了,连蚂蚁驮在背上的食都想夺。是么是么? 是呀是呀! 我惊愕地在床板上蹦了起来。目睛子随之就胡乱转了几圈,我当即竟然说,那么接下去的那件事我虽未亲历但我也知晓,莫非? 因为我俩还真相互附了体,不然,我怎能看到你的牛样大目睛吊在了那爿赤壁上。当然,以上的对话是我与干爹相互打着扇在晚上说的,而白天的事应该是这样继续的。

  我走后干爹是自家自然醒转的。一醒转连脸都未洗就去外婆家借来了铁撬棍。铁撬棍学校没有药铺有,药铺里前些日子为给城关公社献砖造炼钢炉子拆了百草园的那面西墙。当时我外婆药娘为了给干活的哑巴省些气力就去买了撬棍,说西墙砖块大而坚,且是用糯米浆和石灰接缝的,不用铁家什干不成事。干爹借到撬棍后连连向我外婆点头:记牢嘞记牢嘞,不让雪亮在俺那里过夜太多,要叫他多回同春堂看外婆,外婆的那只波斯伴猫因年岁太大也死了,外婆如今太寂寞。外婆听了干爹的话点头笑着就向借棍人挥了挥手:去吧去吧,上帝保佑你们,望小高炉早日砌成,望炉子里早日出铁水。出铁水出铁水,干爹应过又一路编词唱了起来:"出铁水,三界闹猛了,人人城墙拆砖忙,家家出锅饭不烧……"唱着走着,一走就走到了狂夫老娘茶堂门前。干爹去那里是因为他与问天狂夫叔有前约,先在茶堂集中,然后一起去中学堂,既可去帮那几位戴"右"字帽子的无力缚鸡人上城墙多拆砖头去砌炼铁小高炉,又可趁机打劫一下朱俪俪吃人家一顿荤腥,反正不用掏钱。不料还未进门,狂夫叔的铜锣大嗓就在门内响着并进出到门外:茶店又没关门,铁锅拆走滚汤如何烧?随即问天叔的旱鸭嗓门也未憋得住阴阳腔:朝晖官家莫怪,这人不懂事,只知铁石能炼出铁水而不知铁锅炼铁水更快更多又省炭。干爹闻言嫌门内言语人啰唆了,于是就在门外吼了:快出来,撬棍都借好了,那几位书生有任务的,不去帮人家,人家任务完不成的。干爹当时蛮聪明,晓得里面人围绕铁锅去吵架,肯定持锅人要输给索锅人的,因为胳膊扭不过大腿,何况那只胳膊搅的锅还要私下赚铜钿,走的不像是社会主义阳光道。或许是干爹嗓门过大的缘故,结果一条屋檐下打瞌睡的黄狗被惊得乱吠。狗一吠,相伴就响出了"吱吱嘎嘎"的开门声,门一开,有四五个人神态各异地露了面。老娘和问天叔两个在俯身赔不是,狂夫叔恶笑兮兮地捧上了一竹筒水:朝晖书记,不好意思,没锅了,只有让你喝鹿溪生水了。接着,还没等到朝晖说话,屋里就传出了咣咣啷啷铁锤砸锅声。"完了完了,真还去砸了锅?"董朝晖说话了,一道迷茫眸睛子光照去了狂夫老娘的一脸泪花:老娘老娘对不起,我们赔,我们赔。"赔,赔个屁毛灰!"狂夫叔立即吼着像要回转去拼命似的,不料,前面有他老婆雪娇抱着正在饲奶的乌毛婴敞胸拦了道,后面又有问天和干爹拽了臂:好走了,文新在等人哪。

  还好,狂夫叔被推拉走了,一场架没吵成打成,直到他们三个在那块大墙壁下见到了我姑妈诸人,狂夫还在喋喋不休:要不是他俩多事,俺非将砸锅人的卵蛋子摘了不可……干爹闻言立马驳了回去:火车是推的牛×是吹的,摘了人家卵蛋子,你还得去坐班房,那你还困得成你堂客,喝得到你老娘泡的六月雪茶?"好嘞好嘞。"俪俪见状也劝了,"六月雪都凉了,配配酸菜油渣热米粿上路吧。"卜老师乘机掰开一只粿子递到那爿大脸前:狂夫老弟,听说你一手油漆画能画出翠鸟鸣春醒狮奔腾?"那是那是,"问天插嘴了,"要不是他画在眠床肚板上一幅美人望春,我那外甥女会让他下种生囡?"干爹闻言自家脑壳狠狠一拍,一双牛眼走去了我姑妈跟前:是耶是耶,文新,画幅麒麟戏子凤凰哺女挂你房间去,你多看看,保你早日怀上虎子虎女,药娘还在盼着哩。谁知干爹此言一出,在场的人都应了:应该应该。连那两位平常日子难显一笑的原教导主任和原化学老师也嗯嗯笑了。托各人吉言,危险得紧,俺一定叫那郝汉再加一把油。我姑妈一时也未羞怯,她将一片瓜子秀脸献给了各人:我看也不要画麒麟画凤凰了,红漆现存,幅底也空着,请狂夫师傅画出山崖海浪纹如何?是么是么,肯定行,那太简单了,各人一阵热议,狂夫更是当仁不让,施出一股舍我其谁的牛牯气,执刷蘸漆,画纹上了壁墙……一番一番又一番,当狂夫叔画毕再去狼吞虎咽油渣酸菜米粿时,干爹竟然神经兮兮地发出了欢叫:耶耶耶,这更像江郎山赤壁了,红彤彤一片,山上有仙猴跳,浪里有八仙笑……是么是么?如此大胆,总路线宣传牌坊中敢去画荒诞悟空迷信洞宾拐李张果老?顿时,各人露出吃惊相,一言不发地,眸睛光全都洒去了前方:哎呀呀,壁上哪有仙猴哪有八仙,有的只是祥云道道绕山崖,海浪滔滔举骄阳……虚惊一场后,这帮人就沿着西山公路朝小西门方向去了。路上,当快走到红房子时,他们看到我领着红领巾队伍在道路拐弯处欢呼了,他们也欢呼了。我知道他们是在欢呼我,可我并未欢呼他们,我是在欢呼从竹子坞深处开来的两三辆军用卡车。我看到了领头车的驾驶室里坐着我娘亲,而敞篷车舱的前头又站着那位威风凛凛的黑头郝汉。我娘亲当时不当统战部长了,而被降级去做了供销社副主任。副主任要管供销,大炼钢铁的木炭供应少不了她。她下乡上山,一直往西南在仙霞山脉跑村穿寨整整待了十五天。炭收了不少,可运输又成了问题,光靠人挑肩扛独轮木车拉时间就要耽误了。娘亲急了,连睡在我身旁都不安耽,还稀里糊涂地问我该怎么办。怎么办怎么办,我说我一个小孩哪知怎么办,我明天还要跟着郝汉伯伯坐着人家部队战友的军车,去衢州机场看战机直冲云霄。不料娘亲念叨着"军车军车",思考片刻就说"有了有了"。第二天她就去找了郝汉……卡车拐过弯下过坡停下了,滚滚风尘中我的那支小鬼队伍和姑妈干爹那支大人队伍汇合了。大家也不避风尘都在张开嘴巴大声说话。姑妈说,危险得紧,军用卡车借来了?郝汉说,奶奶个熊,那〇〇六一部队首长是俺的老战友,如今需要他们帮助拉木炭,于公于私他都逃不掉。娘亲说幸亏有军车呀,不然拉不来足够的木炭,砌好的高炉也吃不到粮草。干爹也说话了,他说你们只晓得忙砖、忙炉、忙炭,可药娘前日又在催了,说怎么不见郝汉文新不忙自家事去为革命事业增添接班好儿郎?干爹这一说没轻没重,把各人都惹笑了,结果是汽车喇叭响过三回,那笑声还追着车轱辘跑。最可笑还是我那狂夫和问天叔,他俩不光追汽车,还朝着郝汉喊得是声嘶力竭,一个曰:县长呀,大锅不能拿走耶,不然怎么烧滚汤泡茶,我老娘那茶店可也是街道的集体合作呀……另一个曰:青天大老爷,哪家灶台上没两只锅,一只烧人食一只烧猪食,周豪郎硬要一家只留一只,其他锅统统拿去大炼钢铁,那岂不成了人猪吃食不分,你下次上门俺怎么待你大人哟。

汽车走了人也走了,起先是大人小孩都在同一股道上走,小孩们走前头打着飘飘红旗,大人们在后头哼出了"公社是棵常青藤,社员都是藤上的瓜"。接着,小孩和大人分开了。分开时,干爹同我讲,你看看红房子屋顶上怎么有人,一个大姑娘在房顶做甚?我顺着干爹手指朝前看,嗨,什么什么大姑娘,那是厨房班头那个会唱西安高腔的浦江女养的大花猫呀。干爹被我噎了一口仍是振振有词:咦,刚才明明是人,怎么一下成猫了?我没理他,我赶紧催促伙伴快走,我当时闻到了一股粪尿酸臭味迎面扑来。当我们一帮小孩让开中间走去偏道时,那一只只生尿桶晃荡晃荡鱼贯过了。随之,生尿桶担子都停了下来,大人们的对话也和着路头稻谷熟香飘了过来。那声音昂昂扬扬是周豪郎的:问天呀,你到哪去了,你怎么不与我们同去保育院挑粪尿?问天答曰:我是忖去,可我又怕粪尿脏了那口塘。干爹和狂夫也都上言了:勿错勿错,那口塘是喝水备塘,天旱时要用的,你怎么能拿来沤肥;就你想得出,什么人造尿素水,庄稼一枝花,全靠肥当家,十担粪尿造出百担水,那水还能养庄稼?豪郎"你你你",一下口吃了:你各人……晓得……个鬼,周村是……司马部长蹲……蹲的试点,不光是沤肥,还……还有吨粮田嘞。什么什么,吨粮田?各人鹅一样去伸了头颈。对,对,对,就是吨粮田,豪郎恍然间口舌都顺溜了,一脸精神焕发:不懂了吧,这叫放卫星,全县各地都在放,周村要放个大的!哦,哦哦,闻了豪郎大言,那边大人们有摇头有发呆有惊讶的,而这边小人们在我的率领下纷纷"嗨嗨"赞出歌谣:放卫星放卫星,赶美超英放卫星,一天等于二十年……嗨呀,稚声好嘹亮,越过大人,大人都大笑着跟着也开了唱;越过田野,我双眼迷乱只觉得稻田起波浪,稻穗直点头,沟渠里的鲤鱼屴翩翩起舞,那鱼鳞片金光闪耀,引得天上喜鹊是一路叽喳叫唤。

接着,那七八个大人爬过一段西门城墙缺口先上了城墙道,而我们一班红领巾却去了红房子。红房子里照样闹热非凡,男女老少好多人都聚在堂上。堂上原先那幅上帝耶和华像没了,换上了毛主席像,毛主席像面目慈祥满脸红光,任凭眼下的人在嬉笑打闹。前面的浦江女举着一笸箩米粿,弯弯唤着鸟儿一样:莫追了,米粿有人要,城头红旗一摇展,城下红女挑担上……后面的哑巴急得划天划地"咿哩哇啦"舞爪又张牙。场上的各人见状一阵懵懂相,可我和外婆都看懂听懂了,我去翻译了,外婆只在那儿笑。我说哑巴在扬言,如今是鼓足干劲搞生产,放开肚皮吃饱饭,你厨房女班头不让吃米粿究竟为哪般?为哪般为哪般,浦江女目睛子水差点溢出,她受了委屈:你各人只晓得东边出日头,不晓得西边仍在下雨,保育院一到开饭四面八方都会跑来白食鬼,四口大缸米已吃去了三缸,今日朝晖书记还令俺送粿上城墙,说公社干部要尝尝浦江米粿与三界米粿有何不同样。"好了好了。"我一声令下,我们那帮红领巾全都缩回了伸出的手,当场就感动得浦江阿婆女直向我作揖。我咽咽口水又向外婆瞄,不料外婆没叫我快走而是招手叫我向前。我向了前,外婆将胸前一大青布包袱交给了我:感谢上帝感谢公社赐食吧。我打开包袱,喂呀呀,里面全是干脆焦黄芝麻小饼。吃吃吃,我们一帮红领巾和一帮保育院小儿鬼随之全吃开了。谁知半只吃去还没等到咂咂吃声消遁,那哑巴又呀呀在比画。各人顺指抬头瞅去,天花板上的开窗口沿有只花猫在十分不耐烦地瞧着自己;又顺指俯首瞟去,一只黑皮大老鼠正领着几只麻皮小老鼠在贼头贼脑窃窃偷笑私语……我们吃完外婆的麻饼后走了,抬着十几小桶六月雪茶水走出房门走到了院子里。不料正想迈出院墙门,忽听得身后一通哗啦啦响,回眸望去,只见那棵香椿树枝叶摇曳婆娑,从中顺干溜下一花衣女子,那女子刚一落地,地上的两个稚儿就嚷了:姑妈姑妈,你瓦也帮人盖好了,好去讨吃了。哦,原来是他们,早晨时光还在羡着蚂蚁搬食演着空心跟斗的他们。那花衣大人还去翻了瓦片,莫非我刚才还没有干爹看得灵清,我看的是花猫他看的是真人,我还怪他人在走路可依然梦境重重梦话连篇。

果然,尽管我刚才讥讽干爹看花了眼,可他依然坚信自己的眸睛子光。当我们沿着大人们的足迹登上城墙,继而我又端着一搪瓷杯茶水送到姑妈跟前时,干爹凑了上前并与我咬起了耳朵:你在红房子看到那屋顶上的花衣女子了吗?我刚忖承认,谁知说出来的竟是谎话:哪有花姑娘,那是只因为太有吃而已经不会捉鼠的懒花猫。是么是么?干爹不高兴了,他接过姑妈转递过来叫他先喝的茶水一口而尽。接着,他便执起一根长条铁撬棍踏地有声地去了西边不远的那截城墙。见到他那悻悻走去的样子,我莫名地高兴了,我一挥手,我们的红领巾们就纷纷地从水桶里舀出黄绿色汤水,哼着歌曲"公社是棵常青藤,社员都是藤上的瓜",排成了两列队伍,"一二三",我一叫,再一挥手,队伍散了,可他们脖子上的那红旗一角随着跑跳的脚步飘得更是光彩熠熠,不久,那熠熠旗角角就汇入了城墙西南端的那一片飘飘红旗海洋中……凝视了一会儿,我收回了扬扬得意的目光,转而又去看了干爹,我想好了要去如实告诉他,大花姑娘来了,人家现目前还不如那猫那鼠,猫尽可去吃残渣剩羹,鼠尽可去偷米缸里的米,可她?透过姑妈等几个正在清理砖头的文弱身影,干爹、问天叔、狂夫叔就闯入了眼帘,他们几乎全裸着身子,只在腰腿间穿着条裤衩,那裤衩一条白色的、一条黑色的、一条花色的,白色的上面染有黑灰、黑色的上面染有白灰,而花色的上面竟然有几瓣天萝黄白真花粘在大红牡丹花布上。裤衩上下左右移动了,在一阵古怪的什么"好稀奇大同了,去尊卑留自爱,同住瓦房屋,同吃大锅饭,赚得铜钱平分了,各人穿着绸布裳衣一起嬉天堂"的说唱中,干爹"嘭嘭"撬出了一块砖,问天叔"吭吭"撬出了两块砖,而狂夫叔"哗哗"撬倒一堵墙。怎么样怎么样,狂夫叔理理裤衩,挺着那一兜饱满男子宝贝,一只手就去掏了干爹的裆下,干爹一缩腰,狂夫叔掏了个空,问天叔在一旁瞟上了斜眼:劲道留着点,晚上要用的。晚上用晚上用?我没听懂,可三个大人却你知我知地咧嘴歪牙坏笑了起来。我再上前一步望去,我姑妈和朱俪俪身子背转了,可城墙残垣上的那三人却索性脱下裤衩抄起汤布直向身上抹。好像是抹完了,他们继而挥动起汤布直向北方"嘘嘘"呼叫着,指望天上吹来风,然而未如愿,北方天幕上虽有几朵云彩,却纹丝不动,而当午的阳光更是枪戟杀伐般扑了下来,三个赤裸的身子那浑身的肉腱子顿时被灼得暴怒,它们呼呼凸鼓着,在背上是一坨一坨,在臂上是一串一串,在腰间是一排一排,且全像冲天大炮仗被点燃了引线一样在吱吱冒着白烟气……喂呀个妈,我立即觉得我是看见了那些个城隍庙里的束髻金刚力士此刻已降临了人间!俄尔,一个放荡不羁的嘹亮声音又从腱子肉最为丰硕的狂夫叔嘴中吐出:嘿,再无鲜花娜妮白掌来护白胸来养怕是真要废完了。呸呸呸,干爹不服了:你知道个屁,俺可不像你,只有赤兔骚马鞭一根,只晓得打洞,俺俺俺昨日里又有观音娘娘送娇娘来了。哦?哦?狂夫叔鼻头吭吭,观音娘娘只有送子,哪有送娇娘?你是做梦吧。梦,梦,做梦又怎样?问天叔穿好裤衩,汤布一甩直去了狂夫脸面:你以为是你呀,白日梦白做做,他魅子有魅福,梦见溪水即现莲花,梦见山火即现琉璃,他本人就是一只宝。对呀对呀,我似乎感到了干爹在受人编排,我不服了,我几个箭步冲上前:勿错勿错,干爹梦到的瞅到的都勿错,那都是真的,刚才我还看到她从屋顶下来,人家还会打拳翻跟斗呢。我一说,先是一旁的卜老师凑上了嘴,接着其他人也都纷纷说了话,他们都说是真的是真的,是个安徽凤阳女。我姑妈其间又叹上了一口气:那娜妮还像某个人,要是她就好了。干爹耳朵蛮蛮尖,他一下就听到了我姑妈所言,他于是问了我:雪亮雪亮,你见到的娜妮,是不是长有一双丹凤眼?丹凤眼?我疑惑着双手都去摸了头。不料还没等到我思量清爽,我又看见了下面一幕:城墙北去的缺口缓坡处,一只穿衣戴冠的瘦猴手举一只麻饼在前边奔跑,一个瘦小精干的女子摇着一束杜鹃花枝在后边追赶:看你逃看你逃,偷吃人家香饼,羞不羞?!

第三十九章　探窑·瞻器

那天,莲花花又出现了。那时,她听到浦江女在厨房大呼有人偷饼,就放下了盛装破碎砖瓦的挑担追了出门。她没判断错,她的那只猴子正在门外墙旮旯处吃偷来的米饼。她吼了一声"金毛金毛你别动",可那牲畜硬是不听,挠了一下天灵盖儿后又跑又跳地撒腿走了。气得莲花花摘过门前花坛上的一枝杜鹃花权当鞭子就追了上前。当她追上金毛而金毛也不再逃时,她发现早晨间在北门大壁墙下见过的几个人都在盯着她。见之,我高兴得向干爹嚷了,说你梦里梦到、屋顶瞅到的那个人就是她耶。是谁是谁?场上各人顿时瞪出了莫名其妙眼,可是,是么是么?干爹却六月渴耕牛见到一汪池塘清水一样迎了上去。他端详着人家,上看辫子乌发,下看青裤黑靴,接着看了人家那雏幼鸡仔胸后,眸睛子光落到了人家脸庞上。人家的头慢慢低了下去,又慢慢抬了起来:俺再去帮保育院洗尿布,俺做生活来赔。可干爹根本没去听人家说什么,他只是在喃喃自语:咦,好像耶,咦,好像又不像耶。一旁的问天叔狂夫叔此刻竟然听懂了干爹的嘴中唠叨,一个说,莫非莫非,八九年前那个随兄归乡的下江女又返三界啦?一个说是哪是哪,那是江妹那就是江妹,人家越发小巧漂亮了!说完,狂夫就恶作剧地大嘻着抱起干爹直往那女子身上撞。不料,那女子身段轻轻一扭,人就跳出了三尺外:小心大哥,莫摔了。莫摔莫摔,幸亏狂夫的一个趔趄被卜老师阻了,各人随之有说有议有笑地都乐了。干爹这时也站立牢,他推开狂夫叔站去了我姑妈面前:文新,该是该不是,这人不是江妹吧?我姑妈抄过自家的毛巾帮干爹擦了额头又擦目睛:是倒不是,可不是也能为是呀。

"不是也能为是","幸亏雪亮呀!"干爹不仅当天晚上而且在后来的日子里也是多次发出如此感叹,说自家幸亏那回听懂了我姑妈讲的那句话,不然他就如同活锦鲤没衔过嫩水草,飞鱼鹰没叼过白条鱼片,壮牛牯没喝过西山泉水,天上有鹊桥自家傻得不如牛郎,不会乘着煌煌天星机缘去飞渡。不过,当天当莲花花挥舞着杜鹃花枝抽打着那只叫金毛的戴冠戏猴回去红房子时,干爹没去追,而且晚上也没去寻,他甚至到晚上还一边帮我打麦秆扇扇风一边又问我:我梦的是江妹又不是她,她是一个江湖女,难道真能如同你姑妈所言,那江湖女会变成江妹?我当时正被凉风扇得快入睡,我不耐烦了,就曰:什么江妹不江妹,我又不认识。干爹对曰:你个没良心的,当年人家没少抱过你,你还趴在人家雏鸡奶上空吸过,人家一个娜妮鬼慈心待你,当时都没舍得揪你屁股肉哩。是么?我似乎有点去想了,可又没想出什么,眼前出现的仍是那个江湖女:你傻嘞,你福气来了你还不晓得,人家不是江妹赛江妹,人家是江妹二呀。我说完这句引起干爹连呼"长大了长大了"的话后,自家就自然睡去。而后发生的干爹三探寒窑的行为,不管我当时随去过和未随去过,也不管干爹与我讲过和未讲过,我觉得自家依然全晓得。

第一次干爹是碰巧去的。他那时已经将我姑妈和我的话有点当真了,他几次去了红房子,想撞个偶然运遇见莲花花,他那时甚至忖起了解放初期他在城关孔庙大门前以及在周村周龙畅居宅前邂逅那女子的情景。可是事与愿违,上天偏偏没让他见到人家。那位厨头浦江女说人家不知去了何处,反正她因为缸里的米不多,将凤阳江湖女大小三人都支开得没了人影。当时干爹虽然不高兴,可也奈何不了浦江女,浦江女毕竟不欠寻人者。那天晚饭干爹是在同春堂隔壁的公社食堂吃的,他喜欢贴在门柱上的那副对联:放开肚皮吃饱饭,鼓足干劲搞生产。他说这副对联说对了他的心思,也帮几辈子的饿腹人圆了白日梦,不过他当时也有存疑,他说他在鹿溪上划过鸬鹚舟,他晓得鸬鹚鸟脖颈上的那根绳,那根绳捏在渔翁手掌中,一下紧一下松,正好恰恰当当管着鱼鹰喉咙管,不去吃大鱼而只顾老老实实去捕鱼,而如今,这国家光顾着让人放开肚皮,怎么不懂渔翁管鸬鹚那个理……干爹吃饱了饭,当时还唠叨着出了食堂门。不料一出门他就看见了周豪郎在鬼鬼祟祟地沿着池塘觅人影。那时间豪郎给公社食堂送大米,完事后他喝多了金刚刺酒,人醺醺的。干爹觉得怪了,还生怕那人掉落池塘。上前问去,朝水里瞅什么,水里难道真有鲤鱼美女精?人家告诉他,刚才看见一女子在泔水桶旁鼓捣了一阵后又来到了池塘水埠头,可现在人不见了。不见了就不见了,又不是你家堂客柳胭脂,你慌个甚。干爹对豪郎如是说,可人家不让了,人家讲,虽然大家各人跑步进入共产主义,可城关公社食堂还是城关的,城关人尽可随便吃,然而毕竟养不起天下人,何况泔水还要拉回周村养猪娘。干爹听了豪郎话连连跷出大拇指,赞佩人家不愧是个好管家。豪郎应着应该应该,并誓言一定要揪出那人将其赶出城关,说完他没有往南去周村方向,而是朝西弄里悠悠且倏忽间没了人影。干爹见状,不知哪根筋搭错了,竟然坏心紧跟疑心陡然生,他怀疑豪郎旧病复发又会去寻新花折新柳。他忖着,豪郎寻思的那个外乡女子既然会去淘泔水必然是苦命人一个,如今人家陷窘境,可对于豪郎来说,乘机采朵野花戴戴,何不就是良辰又佳境。想到这,干爹接着也去了弄堂。弄堂曲曲折折,几番瞄探,既不见人扰狗,又不见狗吠人,气馁了,干爹停下了脚步,自家都不晓得已走出了弄堂,他站在了弄口的寒窑后背旁。骂完一声娘卖×后,他继续犯嘀咕,说喝酒人豪郎这下一定是化为夜间的老鼠皮燕上了西山的蝙蝠洞。谁知他的嘀咕声还在贴着寒窑外壁爬,他的眸睛子就爆开了惊奇光,他看见寒窑头顶的透气孔上方有鬼火影子一闪一闪后,从中还真飞出了一串蝙蝠燕。疑窦油然生出,那处馒头形三门寒窑自从被日本鬼子扔炸弹炸废后,又接二连三地在里边死过人,先是躲债的周村种田人阿海,接着是十八曲弄的偷油媳妇阿萍,以及来历不明的江湖流浪汉和殉情男女与弃婴,那那那,那是处不祥之地,今日难道又有某人去了那里寻死? 心惊着轻咳两声,胆魄竟然壮了些许,于是干爹转过半圈从后走到了前。做贼一般移开稻草门朝内瞧,喂呀,一女子弯着腰在一只破瓮前"哗哗"淘甚,还不时地对旁边两个小人说,快了快了,待姑姑淘淘清水再煮给你俩吃。女子话音一落,另外一种不似人声的声音也嘎嘎来了,干爹目睛子一跳,只见一只猴子在墙角落头挣得铁锁链叮当响。定睛定睛,看灵清了看灵清了,干爹目睛欣喜转而盈出,这,这不是别人哇,这不就是自家见过且在冥冥中自家又要寻觅的人么! 干爹两步一迈,可即刻又似想到了什么,他刹下车没有马上闯进去,他一转身将自家变成了一只快跑兔子,且很快就跑到了我外婆家。干爹知道,我外婆有慢性胃病不能多吃,常备有零食充饥,他见了外婆面二话没说就直接去抱了饼干盒。外婆见干爹那样子也没多问,反而说都倒去都倒去,给谁吃都一样。嘿嘿傻笑着倒掉一大半零食后,干爹就又跑回了寒窑口。气喘吁吁进了稻草门,兀兀然然说话了,说什么现在有东西吃了,是同春堂药娘的,不是公社食堂的,你各人虽说是外乡人,但你们也有肚子,但凡是肚子,只要不死,它总归要吃东西的,连飞禽走兽也如此。干爹说完这些话,人家先是似被吓了,整整呆了半天,而后是那女子认出了干爹,她还叫着大哥大哥地向干爹递上一碗水,并说是烧开过的凉开水。他接过水嚷着好凉快好凉快就将水喝了。然后干爹又将饼干塞去了人家手中。两个小人顿时嚼出了声响嚼出了喷香,可那女子没去嚼饼干,她将饼干藏去了把戏挑子,说这是稀罕吃食,非得慢慢享受不可。干爹不忍心听这话,刚要去劝人家吃吧吃吧,不料墙角落头拴着细链子的猴头这时挣脱了拴结,像个人一般伸着一对乌爪站着向他走来了。

  干爹第一次去探寒窑的那天晚上,我没伴去,我去了郝汉伯伯处。那天晚上八点多钟光景,我被姑妈带着和外婆一道,一起拐过弯道紫竹林就进了那所坐北朝南的向阳屋。郝汉当时虽然结婚去住了我姑妈在学堂的居所,但在县府的房子也没退,他和姑妈听从了外婆的建议两头都住住。过了客堂,一进餐厅就看到桌上已摆出了几只菜,而郝汉与我娘亲正谈意浓浓聊着天。其实那次谈话挺重要的,尽管我当时听不懂他俩在说什么,可后来我还是知晓了,我在若干年后娘亲所著的长篇回忆散文《岁月流痕》中读到了相关文字。娘亲说她前些时被抽去地委组织的农业检查组,曾对口检查了其他两个县的许多田畈,虽说地委反复强调过要实事求是,可就是按实产按植株千粒重实测预测都出不来"千斤亩产田"。无奈之下,地区农业局将一行人拉至地区农科所去参观了他们的"移株并丘"高产试验田,于是乎,移移并并,一丘田化出了数丘田的植株;于是乎,别说是千斤田,连万斤田也都冒出了。听了娘亲的话,郝汉接连叹了两遍"奶奶个熊",说一级骗一级,大家都怕戴上"反冒进"帽子,都在热情飙涨地叫口号放卫星编瞎话。"哎哎,家人都齐了,别光顾着说话。"姑妈不让郝汉说了,她请外婆去坐了上横头。一坐定,外婆的眼光溜过姑妈脸庞后满脸绽出了笑:两个月了吧,要不是我一路握了文新的手,恐怕还不知今朝是来吃孕喜酒的。是吗是吗?郝汉立马起身扶起姑妈从头看到了脚:哎呀哎呀,还真是危险得紧,我是个马大哈,可你为甚还保密呢?哦?是吗?娘亲说话了,那么你请我们今朝来吃什么酒?郝汉摩挲着姑妈的手尴尬得满脸通红:不好意思不好意思,夫人我赔礼了。说完,他还真向姑妈敬了个军礼。接着,当我半只鸡腿一咬下,刚说出"下个礼拜"半句话时,娘亲说话了:看来,郝县长还另有喜事啰。有有有,郝汉伯伯连连自罚去三杯高粱烧。他熬不住了:那才是真正搞现代化工业,湿法生产回转窑,进口罗马尼亚主机,设计能力二十万吨啦!是么是么?各人听听都听出了疑惑眼。郝汉见之便解释,说他上次去杭州距今已有三个多月了,那时他就去湖滨八弄八号见了省建材工业局老局长,老局长是他在读中专时的老师,又是他的革命引路人。老局长告诉他,省里准备将解放前要在三界造水泥厂又没做成的工作重新启动,目前正在做前期论证,倘若他仍怀工业救国理想,这次不失为一次机会,就能直接冲上工业建设第一线。郝汉心动了,甚至感到心潮澎湃,一个人去了西湖断桥走了三个来回。断断断,当断不断反受其乱,何况还有妻子……说到这,郝汉又去看了姑妈。姑妈接过那稍有歉疚的目光说:不要讲了,先前不讲我理解我不怪,谁叫我是个没戴帽子的右派,我到时跟牢你,去工矿教书去。去去去,外婆也应了:树挪死,人挪活,国家需要重器。重器重器?我连忙也去问了,大家也都答了。我似乎听懂了似乎又没听懂,我晓得那肯定不是溪口榨油冲、山间打鸟铳,甚至不是城关碾米楼架、机关电话总机房,那是和通福建的大马路、通江西的大铁路一样厉害或者更厉害的大玩意。我晓得,我也说了,郝汉连连拍拍我的头,和大家笑过一阵后神情又转庄重:亲人同志们,如今中华人民共和国国家计划委员会的选址批文已下,我也要奔赴新的战场……那天晚上,除了我姑妈,其他三个大人都有点喝多了。走出郝汉居宅时,郝汉既兴奋又伤感地叫我们去仰望苍天:嗨,这天,比战争年代还要灿烂,那靠东面的两颗或许就是文焕和郝光。我当然听得懂郝汉讲的是谁,一个是我的先烈爸爸,一个是他的先烈堂弟。我随之也去天上寻了,初始只见亮星一颗挨着一颗,颗颗都在晶晶朗朗闪光,接着多看了几眼后,那点点星星又都妖娆舒展起来,结果汇成了无涯的星河和星海。我气馁了,我偃旗收了鼓:妈妈,那两颗星在哪呢?

　　郝汉伯伯壮怀激烈奔赴三界现代工业战场一事,干爹不久就晓得了。那消息是我姑妈先透露而后我又告诉给他的。姑妈那些天在物理化学课实验室里帮工时常会哼出岳飞的《满江红》词曲。这词曲干爹并不陌生,他还记得他不止一两次地听文家人诸葛家人唱过。他隐隐觉得要有事来,当时便一边洗着玻璃量杯一边问去:不打鬼子不打老蒋又不打白面郎君毛太子,唱这歌做什么?姑妈答曰:没有什么,是心里冒出随便哼哼的。哦哦,干爹不再问了,只是闷头干活。没多久,一阵火车汽笛声翻墙越窗虎啸般闯了进来,姑妈歇了歌唱去问了干爹:想不想动去做点别的生活?干爹讲:不忖不忖,俺这活是你哥文焕先生给的,是养日子的活,丢不得,何况药娘红月都托我,要护着你嘞。姑妈抿嘴笑了:这次要去的地方,是三界出现的首个大工厂,你如果去了那工厂,你就是真正意义上的大工业无产阶级呀。是么是么,这话干爹也听得懂,问天是农业,狂夫是手工业,自家是亦工亦农的城市贫民农村雇农,他看过苏联电影《列宁在十月》,自然就晓得捏铁榔头开大火车的瓦西里才是真正的工人无产阶级。他说:有个那种牌子固然显耀得多,可怎么去哩,我又不能自家给自家开介绍信。干爹嘀咕了,姑妈临走时丢下一句话:走不走得成不是你的事,你只要有个明确态度就行。到了傍晚放学时,干爹就跑到了西塘埂的演兵场。据干爹讲那场子原是清朝的一处操练兵马处,后来变成了城关大队的菜地,现在我看见它变成了有五六座小高炉矗立的城关公社炼铁厂。我当时放了学,晚饭也没吃就和望水蛮牛秋莲等红领巾伙伴去了那。那里反正大饭桶不盖盖,由小饭桶们自由随便吃个饱。干爹来了也找到了我,我那时已吃饱了饭,正在小高炉不远处扒敲铁水炉渣,那炉渣黑黑鼓鼓的一片,搞得好就能从中扒出一截长相曲里疙瘩的铁坨坨。我们几个小鬼欢呼着,我们扒到了铁疙瘩,干爹站在一边为我们鼓起了掌。接着,他就将我拉到一棵香泡树下对我讲:怪了怪了,你姑妈不知为甚会问俺,愿不愿校工不做,去做那个电影里的瓦西里。我听完话后先是怔了一下,但很快就明白了,他要问的是什么不明白事。我就跟他讲了前些日子郝汉请我们全家吃饭那事,他当即就听出了明白,说:早年间俺就跟郝汉政委打过土匪,俺今日那就跟着他不断革命,做个会唱岳飞歌曲的工人阶级瓦西里。他自豪地讲着,我当时不仅看见他的整片面孔被满地流火映得绯红,而且还看见他眼眸里又跳跃出了熊熊燃烧铁水的出炉焰光。

干爹第二次去探寒窑就发生在那天晚上。他说他不知怎么了,十八曲弄没走完,他就从中段拐出,去了那棵香泡大树下。大树下左右都有人家,而寒窑就在中间。干爹左右望了,两家人护院犬都没吠,只是窗户口里透出些光。那光轻手轻脚地趴在馒头形窑体上,像两条会发亮的母虎舌头在舔虎子身上的毛。干爹倒吸一口大气,呼呼呼,一阵凉风竟然被他从西山滚滚吸下,窑体瞬息间抖擞起来,它头顶上的冬青樟树枝叶和狗尾巴蒲公英草毛如同听了号令,都沙沙啦啦地前倒后仰着身姿,并聒噪出好一番窃窃私语。干爹继而贴上了外窑壁,他庆幸那壁幸亏不是青砖砌成而是三合土混着溪滩卵石筑成,不然还不被人们剥去了它的砖皮。他先是一点声响都听不着,接着当他顺摸着一条附窑落地藤条根移移耳朵去了三尺外时,他觉得耳朵里有响了:喂呀妈,不是树摇草动天风来,也不是虫鸣鸟飞老鼠皮燕在展翅,是?那是甚?是牛在甩尾打虻虫,是马在扬鬃扑苍蝇?!干爹疑惑着,耳离了窑壁缝隙脚走去了窑口草编门。一进门,适才听到的那声响更是清晰,只见一盏陶豆油灯下一条鞭子在空中"嗖嗖"乱舞,鞭痕划过,一缕又一缕阴风被即时扇出,那阴风裹挟着蜘蛛网丝、蝙蝠屎粪、灰墒土屑叫啸着冲去了窑顶、窑腔,又去冲了窑底。恍然间,窑底上爆出了好几串银铃声,一对幼狮影子经过几番打滚后,继而又翻身跃起,耍出一副好身手嬉戏了起来。等到狮影子移开手舞醒狮套头,一对稚儿脸庞露出,红扑扑幽幽亮,一嘴龅牙止不住地在哧哧笑。笑呵笑,这边没笑完,那边笑又来了,墙角落一阵"嘻嘻",一只猴子抓耳挠腮乐得四处蹦脚。干爹见之随之大声甩出一连串的"好"。他当然没惊着自家,可惊着了别人家。那挥鞭人不是别人,就是他情不自禁赶来寻觅的江湖女莲花花。干爹后来跟我说,那女子那时只穿一条红裤衩一襟红肚兜,展出的身姿如同夏日出水荷花,露出的手臂和脚管也是雪白鲜嫩,真的与深秋出泥的藕节一般。她当时见有生人点赞,便梅花小鹿样跳着去夺了两个稚儿手中的醒狮笼头套,一只拿去遮了胸,一只拿去遮了腰。接着,人家羞怯怯噘嘴吹出一记花鼓调,那对稚儿和那只猴儿闻了立即蜂拥上了前,一边是狠狠地揪干爹的屁股捶他的腿,一边是咿里哇啦向干爹要饼干吃。饼干饼干?干爹摸摸身子尴尬了,说我去帮你们寻。不料刚穿好外衣外裤的莲花花在一旁开口了:不用了大哥,他们刚才都吃过了咸菜米饭,明天我们还要去清湖码头,那里的人喜欢我们,我们去那里会有吃的。

　　干爹这次探寒窑是空手去空手归,他当时欲想告诉莲花花的什么事也忘了。事后若干天我一见到他,他就眸睛子光直打闪,好像戏台上的天仙女真的来到了他眼前。他说他那晚本是要告诉人家,他被郝汉文新选中要去国家重器工厂做真正的工人阶级,羡得问天狂夫两位哥一个讲牛栏里走出了一匹麒麟郎,一个讲鹿溪中翻出的乌鲤鱼这下要跳龙门化龙了,可他的话当时没说出,他被那个江湖女的健健茁茁娇娇嫩嫩以及一双丹凤媚眼勾走了魂。现如今人家离了寒窑人不见了,他只得将这么大的快活事反复与我讲。我那时人还小,实在不懂一个鲜花娜妮怎能勾走一位精壮大后生的魂的,我于是驳了他,说这种姐姐虽然好看,但不如会移动的城墙大炮筒好看,那炮筒如山岗兀立如巨炉横卧,就歇在火车站的闲道上,是姑妈带我去看的。干爹一听就说着是么是么,要我立马也带他去看。我带他去了。走出学堂后门踏上碎石路,一辆吉普车卷着滚滚灰尘追了上来,"咝咝"一叫,那车又刹车停到了我俩跟前。车上的人没下来,可叫唤却奔进了耳朵,是郝汉伯伯在呼我们上车。尽管在车上他对我俩讲的话可谓是对牛弹琴,我们听不懂,但"奶奶个熊",他仍是喋喋不休。他说水泥厂进口的旋窑筒体已运到了车站,省里的第二安装公司有客人来了,他要去接。好,好,干爹接上了话,说以后有人客上门若不是上酒店请吃,还是他烧火做菜省钱,说不好还有个江妹一样的女子会来帮忙。郝汉听完干爹的话,一脸神色先是装出惊诧欣喜,后又似乎真的动了情,鹰钩鼻头吭吭鹰凸目睛眨眨,说出了一句既给干爹又给自己听的话:是呀是呀,那个江妹是该回来了……"快上车吧",这时汽车后门开了,俪俪的父亲朱鑫老板探出了头,于是我与干爹坐去了车子后排。车子开出一段,干爹一对眸睛子光贼溜溜地罩过了朱老板全身后,末了停在了人家裤裆上:老板,现在一夜要几次?路上要不要停车?朱老板闻言先是直发愣,接着便自嘲了:俺那东西是有毛病,就像那坏了的阀门,该关停时仍要放水。干爹止不住偷笑出声引得郝汉回了头。一见郝汉满面善意,那老板来劲了,他说,民国三十年也就是公元一九四一年,他因是学硅酸盐专业的,便被召去参与了设址清湖的省之江水泥厂的筹建,有一次小立窑试烧熟料,省里县里都有大员莅场,这事前一天他因人太兴奋灌多了谷烧,故又去多喝了白水,结果搞得一夜不得安宁,时不时就要放尿。当时毛记就雇在他身边做杂活,晚上就帮他拎尿壶,不料因放尿过频过多搞得毛记去倒了一壶又一壶。第二天,点火成功,乐得朱鑫爬上炉上的高梯去放了万响炮仗。事毕,等到他下来,来祝贺的官员也握了手,毛记却指着他叫起来:老板老板,你浑身尿臭蒸腾,莫非你那病又犯了。说到这,朱鑫笑了,郝汉笑了,干爹却认真了:那确是确是,老板犯的是一个叫什么前列腺的男子病,是老板娜妮朱俪俪跟俺曰的。听了干爹的话,整辆车子似乎有颗笑弹爆炸了,它载着一番狂浪嘻哈飞一般去了站台。"欢迎欢迎。""政委好,简良前来报到。"站台上一个精瘦汉子向郝汉敬礼了,朱老板在一旁也向干爹与我介绍了,说那行礼人出身行伍,原是郝汉在三〇八团当政委时的舟桥连连长,现是省安装公司的大队长。于是我与干爹的眸睛子光追着郝汉和简良去了前方。前方隔了几条铁路就是那一大块临时停车场,我告诉干爹从苏联社会主义阵营运来的大机器就停在那停车轨道场。哦哦哦,干爹应着跑去,跑得比我还快。到了货车旁,干爹朝上望望说,头顶上的那座紧挨着天上白云朵的铁板圆筒就是那重器?那果然是重器耶,从来未见过,比三卿口的烧陶烧瓷龙窑腰身还要粗过三五倍,来日烧火炼起洋灰水泥还不是像仙霞山瀑布水一样哗哗不停泻。干爹说着就引我越过钢铁绳索登上车板钻进了那筒体内。喂耶妈,他在筒体内突然惊呼了起来,说他突然觉得自家变成了生物老师在课堂里讲授的又被他偶然听到的那粒凶猛男人的精子,现目前正在划水破浪在天穹般的女子胎腹里朝前拱冲。是么是么？我听不懂，我有疑问了，我说在铁筒内觉得自家仅是江郎巨石缝间的一只飞翔的蝶虫或一只疾行的山老鼠。是么是么，我俩争辩着又前行观瞻了。等我俩爬过前边一节车板一截筒体，又一节车板一截筒体，终于到尽头时，我俩的眼睛被前方扑来的景象搅出了满天花。一阵瞻望后，我俩都向对方讲，前边天际卷层云处太阳出了花，那花围着日头绽出七彩光，那光温温柔柔展开的颜色不是赤橙黄绿青蓝紫，而是倒转过来的紫蓝青绿黄橙赤，就像洋油跌落到了湿地上开出了几朵别样的花……

那天后的第二天，干爹就去了清湖，他说他要找到莲花花，叫那女子也来观瞻观瞻这大过卧山龙窑数倍的重器。可惜熟识的人都讲见过那女人呀，这几天又不知去了何方。干爹无奈只有返回城关。东门桥一过，他不知为甚如此之快就站到了那口池塘旁。这时，夕阳已快落山，夕照像块蘸有金黄颜料的抹布一样擦得瓦爿上一抹黄亮墙壁上一抹黄亮。快收了快收了，快开饭了！狂夫不晓得从三只弄堂口的哪只冒出，他去了埠头上。几条水线顿时被朝天花娇娇渺渺等一帮浣衣女子撩出，而且全浇去了狂夫的头上。狂夫受了雨淋更是来劲，他索性脱下布衣背心，只剩下一条裤衩，走去了女人堆。干爹见状连忙赶上去拉了狂夫，不料怕什么来什么，狂夫的裤衩被拉下一半，露出了半只白股臀。女人们全乐了，一边呐喊一边乘势就将狂夫推下了池塘。谁知恶作剧的狂夫下水前乌爪暗暗一扫，将好几块洗衣女正在使用的肥皂也扫去了池塘。随即一帮女子发现了便大呼着定要狂夫捞出，否则不让他上岸。可是狂夫根本懒得理，他四仰八叉地躺去了水面且淫笑滔滔，随之便一下翻滚出白股臀，一下又翻滚出小阿哥。女子们见状更急了，就跳起了脚，纷纷红唇翻出好一顿"短命鬼短命鬼"的脏骂。干爹也乐得见到狂夫与女子闹，他回过了头正要一味窃笑，不料笑声刚刚出齿，眼前竟有三只黑影风一般掠过。干爹再去追望，那三只黑影箭一样跃入水中，须臾间水面上不见影子只见水泡。女人们惊叫了，说看见有人投塘了。然而，一阵慌乱刚过，三个人头又冒出了水面。先是黑脑壳浮浮动动，接着当缕缕灯光从塘边大屋高窗中洒下时，埠头上的人看见了那三个水中人都在踩着水，他们仨的手上还举着白晃晃的洋肥皂！是他们，是他们！干爹在一旁呼了。是谁是谁？女人们叽喳了又去瞅干爹。是他们，一个大娜妮两个小儿鬼。干爹解释着。可当他再次去望水面时，水面上手臂挥挥，那几块洋肥皂倒是上了埠头，然而人却见不到，听得见的仅是池塘对照水声哗哗。去哪去哪，莫跑呀，俺有事要对你曰，俺要

第三十九章 探窑·瞻器

离开学堂跟郝汉县长去重器洋灰水泥厂嘞。干爹放开嗓门使劲唤了。水一阵哗啦响,随之还真回来了,然而干爹看到的仅是狂夫赤条条地从水中爬上了河埠头。要开门了呵,城里人,没几顿好供了哦。一句吆喝又传出,哦,是问天站在毛人祠堂门口直招手。于是三只弄堂里走出的若干人,一边议论着一边进了祠堂改装的大食堂。登记登记先登记,记个名字就行了。豪郎咋呼着,他摆出两张桌子做出了一只卡口。有人不服了,说以前为甚不登记,为甚为甚?干爹听不过便出来插嘴说,周村人为城里人白吃吃都扫谷仓底了,你不登记,人家没个数,来日怎么跟公社算柴米油盐账?算账算个屁账!狂夫去驳了干爹,那厮嘴犟着还忖继续放言,不料问天敲了他脑壳:闭嘴,今天借了你家雪姣一升米,你未回家你还不晓得吧。狂夫闻言立即变了腔调:是耶是耶,屁账也要记,屁账也是个账。众人见之哄堂嬉笑,只有干爹没笑,他在嘟囔着别人都蛮傻,不晓得种出的谷碾出的米都是有数量的,空吃海吃是吃不长久的……取碗取箸,碗依旧是粗瓷钵大碗,箸依旧是竹条削削的竹质箸;剩饭舀菜,饭已不是原来的纯白米饭,其中混搭了不少黑黄干番薯丝,连菜也似有变化,白菜白萝卜绿天萝紫茄子当中油水只能瞄出几朵花。吃吧吃吧,吃吃吃吃各人一碗不够,有人去添了两碗,甚至有人去添了三碗。干爹见有人添了多碗,他又嘟囔了,说吃两碗三碗也与吃一碗的人一个样只记一次名字,将来这账如何说得清。他嘟囔着朝旁边一桌无意一望,只见那桌上的三个原在埠头的洗衣女偷偷一弯腰,将碗饭塞进了盖布竹篮里厢。他右眼皮跳了眸睛子光,接着就被女子背影牵着去了门口。三个女子在门口朝正在剔牙的豪郎笑笑,并似在祝福人家与老婆再生出一个胖娃娃。豪郎一边阳脸笑酬着一边阴脸上的目睛子却绕来绕去绕去了人家竹提篮上。继而他奸笑掠过嘴角,可他也没去拦女子,他吹起《社员都是向阳花》的曲调,等到人家出门一会儿他才跨出门槛。干爹这时又觉左眼皮不跳了,他对同桌的问天和狂夫私语,他屋里还囥着一包猪油渣,那是朱鑫老板款待省里来人后剩下给他的,他没舍得吃。是么是么,问天狂夫说那好那好,他两人一人分一半,现场吃不吃、吃多少由他们自家。干爹说不要舍不得自家吃,要留给老婆子囡,吃完了还可去向朱老板讨要,那讨要可不是叫花子讨要,那是工人阶级看得起资本家,把资本家看作了一家人哪。哦?哦!问天狂夫瞠目结舌回曰,该是这个理,朱老板如今有这个觉悟还不迟,早先多少年药娘就这样待他们的呀。行,走,去吃猪油渣。跨出门槛兴冲冲,谁知有人挡了道。只见豪郎尖声号了:昔日盗涝泔水俺没拘牢,这下里应外合会用计了。"不是不是。"被豪郎后头撑赶着的五六个黑头人都不服,纷纷划了手。天呵,电灯泡下白面孔瘆瘆显,这几个黑头除了刚才私园米饭出门的那三个洗衣女外就是浑身湿漉漉的莲花花和两个稚毛童呀。"不是不是不是个鬼。"正当干爹发愣一时之际,豪郎的一班跟班簇拥推搡着人家很快就去了堂前。这时,几十桌在天井戏台东西两厢吃饭的人见状都鹅头拂柳一般漫游了过来,干爹和问天狂夫也随势趋了上前。豪郎人来疯,他先是双手执饭勺将一只空饭桶"咚咚"敲出花鼓点,继而双脚跳跳就蹬上了中堂桌面。他说话了,他说如今虽说是跑步进入共产主义吃饭不要钱,但还是不劳动者不得食的,而且更容不得偷,可现如今这三个外乡人不仅不劳动,而且偷了喂猪的泔水食仍嫌不够,还要直接偷白米干饭,叫人是可忍,孰不可忍呀!唉唉唉,台下诸人摇着头,有说现一派朗朗世道使偷太下作;有说这叫甚呀,这不就是外乡人来三界讨口吃的嘛。对呀对呀,干爹附和了讨吃一说,他使出点劲要往前挤,不料一下就被问天拦了腰。哼哼哼,干爹止了前,豪郎却发狠了,他又编出了言:不吃周村粮俺心也不疼,更何况这三人身份不明呀,搞不好还不是贼偷,这大人还是台湾伪装过来的特务,前些日子福建浦城就捉到过那种人。喂耶妈,三界本就在国民党时期军统特务出得多,人们现正忌讳说这事,可……一下场面变得鸦雀断了声。曰曰曰,是干什么的,四处游荡是不是要测地图?!那女子这下被豪郎跟班吼着并被拽上了杉木条凳。我我……我是凤阳……耍猴人呀,带有……带有两个侄儿来寻哥的,哥哥先前来三界,现在人不见了,嫂子还在家病着呀,俺本也有介绍信带来的,可后来丢了……女子俯首垂发轻声语了。"哼哼!""谁信呀!""特务都会扮可怜人的。""介绍信,丢了,谁证明?""证明证明。"那罚站条凳的女子喃喃着,旋即一声口哨从她口中飘出:"俺有证俺有证,俺莲家的金毛可做证。"女子话音一落,好几团灰塕从上方飘落了下来,众人仰头一望,哎呀,一只毛猴爬梁攀柱蹦跶着,一歇歇工夫就又站到了女子那条木凳上。嘀嘀嘀,那猴在女子的催促下头顶一撮金毛顿时竖立,接着,又是挠耳抓腮、指天画地、翘臂捧心地"哇哇"叫了个不停。"懂了吧?""好像真是打手语。""不懂也不信,人说的都听不懂,何况是畜生,不能信。"女子的哀叹声与他人的同情声以及豪郎们的质疑声顿时混成了一片。吭吭吭,干爹撇开问天一双拦腰手,他走到了条凳旁;嘀嘀嘀,不料狂夫比他身手更敏捷,人家一手抱着一个洗衣女猛地凸现在各人跟前:我懂我也信,人家刚才跳塘是帮女子堂客水中摸肥皂,那肥皂还是俺故意拂去水里的,人家肯定是好人。是么是么？首先是豪郎发出怪声:你个花神,为女子跳塘你还少啦!当心回家雪姣令你跪搓衣板。哈哈哈,结果引出了好一阵哄堂大笑。笑,笑,笑个屁!干爹在问天几句耳语后猛地发出两声啸,各人闻之目睛子都直了,他们看到我干爹矮子发跳,一截粗石般戳在了餐桌上:我来曰我来曰,你各人不灵清……

那天晚上,在同春堂用完夜膳后,外婆跟我讲,去叫干爹来一下。于是我去了八角亭楼传了话。干爹说好耶好耶,他也正想跟药娘讲讲他这次真的撞上了桃花运,没去求月老,月老却鬼使神差般派了个凤眼翘翘的小江妹下凡。说完这话后,干爹叫我帮忙带上草席被褥脸盆瓦釜先去趟寒窑再说。路上他还告诉我,他半个时辰前之所以认了莲花花,是因为现场有人故意气他且也不信他,说什么有本事就和庙堂菩萨供养人一样将女子和小儿鬼带上养起来,否则不饶那女人家,非将其押解到派出所不可。他言之凿凿了,说休忖休忖,郝汉政委教育过,工人阶级心怀天下,觉悟高能容事,就像庙里的布袋和尚一样肚皮大,现如今他要跟着县太爷改行做工人阶级掌握山峦一样的大机器了,解救个把江湖落难人不就是吹根鸡毛跃过三级台阶吗,有甚难的?更何况,那女子一副江妹样,这可是苍天有眼上帝有情共产党有恩给他赐的福呀。说完这话,干爹接着跷了一个大拇指又跷一个大拇指赞起了别人家,说实在令人忖不到,当场各人都在议论纷纷,疑问着自家行为别样,连问天狂夫也有劝说叫且慢且慢再思量思量,唯独豪郎那厮在听到其老姆柳胭脂咳嗽几声说出没头没脑话"黄泥岗、大石壁、勘探队"后,就像黑头差官听了王母娘娘的训斥立马换了一个人,人家不仅不作祟难为人了,还满面挂笑连连发出好好好,甚至将昔日郝汉政委因口误起的那个"记上帝"绰号也搬了出来,说这种认领只有他毛记"记上帝"才做得到。是么是么,毛记是干爹,可"记上帝"是个什么东西?谁知我一问去,干爹也刚要回答,问天狂夫叔两人追上了窑门口。一个蛮蛮认真说,黄鼠狼笑面嘻嘻,又是什么黄泥岗、大石壁、斟探队、周豪郎今日似乎反常耶。另一个露出一副下流坏子相,竟然乌爪伸出去掏了干爹的裤裆窝,你行么?反常反常?行么行么?干爹反应了,先是满脸自信:黄泥岗、大石壁就是周村的山,勘探队就是搭只长目睛的架子丈量地宽山高的,造水泥大厂嘛,少不了;接着睁出狰狞眼:我瞅不反常,那人是见俺地位又有提高羡慕俺,见俺敢于承担从而改变了立场,他都相信俺行,两位哥反而唱反调?他甩开问天狂夫,一路小跑很快就到了同春堂。

第四十章　上户·驱猴

　　尽管我当时既听不懂也看不懂问天狂夫两位叔的言行，但我还是能猜到人家是在劝阻着什么。等一行四人到了同春堂，哑巴已在迎接了，他满面春风不停眨眼还直向干爹拱手恭贺不已，见之，不仅问天狂夫叔目睛对视在寻答案，干爹也是脑壳摸摸挂出了一脸疑惑相。"进吧进吧。"我外婆的声音来了，于是各人坐去了小客堂。安静了一会儿，狂夫叔先说话了，他怪干爹跑得那么快做甚，他只是开个小玩笑，问天叔随言也来了，他讲害人之心不可有但防人之心不可无，周豪郎肯定腹肚里另有花头经啊。小玩笑？花头经？干爹不服反驳去，结果三个人又吵了。吵吵吵个甚，哑巴一旁发了跳，外婆从寝室走出来了。小静一会儿，三人就将适才发生在毛人祠堂公社大食堂的事讲了，并请外婆来评理。外婆笑了，转回寝室抱出只梳妆盒，她先向问天狂夫微笑着点了点头，说了句"在理也在理，吃饭确实是个大问题，不过日子总是人过的，难过俺就忖着法子过"，接着对干爹说了好长一番话：原先没准备送你东西的，只是叫雪亮传你来当面拜托你，以后进了大工厂升了大阶级，还是要照顾好文新，那人容易受伤呀。至于这盒呀，是祖上传下的，本是送给文新作嫁妆的，可女儿红月讲，上面画花刻花雕花，除了四季富贵就是鱼跃龙门八方招财，还是不用为好。刚才闻你施仁施义又施情，药娘佩服你，于是拿件珍贵东西送与你，望你千里姻缘有线牵，将来可把此件当人家嫁妆。闻之干爹立即显出骄傲，他直朝问天狂夫做着怪脸扬言道：昔日俺跟江妹好，药娘就为江妹备嫁妆，今日一支箭刚射出还在空中飞药娘就送俺只大指望，俺懂，请药娘放宽心，俺快马一鞭去追，俺早就是新社会人，俺也要谈谈恋爱嘛。呵呵，毛记谈恋爱。狂夫怪叫一声，干爹咧嘴抬脚回应，众人见之相继都笑了。毛记，你叫那莲花花莫住寒窑了，百草园那间搭墙屋还空着，那里江妹药嫂都住过。外婆说了这句话，念着"上帝保佑上户口"就牵上我的手回了自家房间。

我那晚困在外婆家心也不在干爹身上,尽管我与干爹相互附了体,可我对那晚接下发生的事情,若不是三个大人事后与我讲了半天,我肯定不知晓。那天,干爹与问天狂夫叔一走出同春堂大门狂夫叔就说了,今天是个好日子,毛记既认了美娇娘又得了紫檀木雕花贴金宝贝,非请顿吃不可,而且不可放家里非得上饭店,因为饭店这段时间用粮用油不限量。干爹说对呀对呀去吧去吧,今晚他该做东。做东做东,日新饭店一坐下,酸菜萝卜头、油炸花生米两盘冷,肉丝尖椒、红烧排骨、猪头肉焖笋三碗热,上来了,还有一壶高粱烧酒。一盏下去就光抿抿,谁也没说话,二盏下去依旧相互瞅瞅不说话,三盏落肚,问天言语了:毛记呀,药娘说的落户口你可注意听到?干爹曰:没注意耶,落户口?狂夫曰:落户口都不懂,不然哪有口粮?干爹曰:俺懂俺懂的,一九五五年八月粮食搞定量就是凭户口的,我还是居民户,定量三十斤,工种变了,粮食定量跟着变。问天曰:这不就是了,没户口就没粮,没粮就要饿肚子,你那莲花花有户口吗?还有两个小儿鬼,你那三十斤定量四个人吃,这是四个人,可不是四只金钱龟呀。干爹哦哦几声后语塞了,他接连自斟自饮下了三盏酒。那那,那就去退了自家那个认,将人送到县民政局。狂夫一伸乌爪去摇了酒壶。退退?退?干爹瞪出牛眼,开弓哪有回头箭,俺撑不住,还有你二位兄呀。那是那是,狂夫先应了,我是会帮你,可你又不是不晓得,俺做手工油漆活,定量三十斤,是居民户,俺老婆是农业户,几个小儿鬼跟了娘也都是农业户,现在就不是余粮户;再说,一个人一个月又只有二三两油,肚皮一分板油都不见,我会帮你,可靠甚来相帮哩?问天接着也应了:勿错勿错,粮食一九五五年就定产定购定销了,今年又实行包干政策,周豪郎头脑发昏,浮夸夸多报产量,政府不购过头粮、公社不叫他贡献点大食堂粮才怪哩;再说,那大食堂还能办几天哟。那那,那俺去求药娘。干爹喃喃了。求药娘求药娘,药娘能帮一时,能帮永久吗?人家定量二十六斤,要不是前些年她囤了些私粮,她补贴药工的一月三斤粮还不知从何而来哩。是呀是呀,干爹点点头接了问天话,药娘也没富余粮,她本来不吃肥猪肉的,现在一块肉皮也省着吃三天,她给了房间,可也给不出粮。"这这,这不就是啦。"狂夫桌下又去踢了干爹裤裆,"一个矮子当了工人阶级就自以为顶天立地能做追日夸父了,我瞅你是,股臀发痒屁毛发烧,忖娜妮忖疯了。"嗨嗨嗨,店小二走到了桌旁,人家把壶酒全倒去了酒盏,笑催三人好归家了。得得得,干爹最后掼出了一串话,俺不慌,俺去寻政府,政府管户口，城关派出所那个姓黄的副所长俺识，鹿溪中学堂的居民户和周村的农业户不都是他去登记的吗，俺当年跟着郝汉阿弟郝光打土匪，资格比他还老，他的那杆枪俺比他先用，我雷公寨侦察归来，他那时还在三卿口驭牛制泥坯当个龙窑烧火师傅小跟班呢。

　　说做就做，第二天干爹天不亮就爬起，将实验室试管试架摆好了，又将厨房砻糠搬到了灶前，然后两碗粥一喝就离开学堂去了市心街，城关派出所就在那条街上。他心里想得蛮蛮好，倘若先瞒着莲花花将那上户口的事体与那黄姓所长谈妥，再伺机告诉人家，那人家还不喜出望外得与那俩小孩及金毛猴子翻出一番逍遥跟斗云！对，就这样，朝前走，街面平坦，平坦街面上阳光斑驳，斑驳阳光隐隐显显，一群提篮携壶女子身影夹杂在其间，一阵嬉笑声撞上了，迎面走来的不是别人，恰巧是昨晚在食堂门前池塘浣衣的那几个女子。其中的渺渺见到是干爹来了，连忙打了招呼并客客气气说多谢了，要不是干爹带着卜阳春老师上门求亲，她就嫁不了教书先生，而嫁不了教书先生，她就上不了学校集体户口、住不进教师宿舍、吃不到国家的定量供应粮，倘若有个三病两痛，同样拿不到医务室里开出的药水药丸，她再次多谢了。干爹回应说不要多谢俺，你能过到今天这日子要多谢共产党，是共产党对城里人的政策好。一听到干爹说了这话，其中的朝天花娇娇有言了，说太不公平了，她与渺渺同居一座城，同样过日子，可只是因为基本靠种菜讨生活就是农业户了，虽说口粮也是国家供应的，但渺渺的那些好处一样都没得到。哦哦哦，是呀是呀，干爹说这大千世界怎么了，解放前人分三六九等，解放后世道变了，穷人大翻身，工人当了叔叔，农民当了伯伯，农民辈分照曰更高，可叔叔有的伯伯怎么就没有哩？干爹睁着大眼又去问了女子们。女子们都笑了，纷纷说水往低处流人往高处走，现如今你毛记又要当大工厂的工人叔叔了，连一个外乡戏猴女都会帮，日后若各人有事求上门可别推辞哦。那是那是，俺是什么人，俺会那样？干爹说完就与她们辞了别。辞别了女子们再走上百把米左右的路，干爹就走到了派出所门口。他扫一眼，只见东向的街面上有一条狗领着一只猫朝他奔来，不久，等到狗与猫都绕着他的膝嬉戏时，他蹲下了身子。他认识那狗那猫，那是不远处狂夫老娘茶店家的。好狗不挡道。一句骂声耳畔陡然响出。嗯嗯，干爹立身应声瞄去，见是个着警服的汉子在门口东张西望。"骂谁嘞？""骂谁？谁挡道骂谁！""哼哼，你小子哪里来的，你不像是真警察，真警察是人不会说畜生话。""什么什么，你骂我是畜生？""我骂的是畜生，不是人。"干爹与那出门警察相争,最后似乎占了上风,他膝下的那猫那狗对着那警察大声喵了吠了。哎哎,做甚做甚?这时一个瓦釜瓷缸声猛地滚出门楣,黄姓副所长竖在了跟前。两人互相瞅瞅都笑了,说又是好久不见。接着,黄所长将那出门警察斥责了几声,说你伙计真是没屁眼,这可是前辈上门,人家昔日破土匪巢穴曾建有奇功,是个连郝汉县长都赞誉的人呀!干爹说前辈不敢当,但打雷公寨他确实做了巨大牺牲,他他他,可是将自家心爱之人亲自送上花轿去诓匪首毛太子的。哦哦哦,适才骂人的警察闻言立马变了脸,连向干爹鞠去一躬道过歉才走。请请请,黄所长客气了,他邀着干爹进了自家那间挂满"警民一家"锦旗的办公室,还泡上了一搪瓷缸茶。接着几口茶饮下,干爹说话了,他说无事不登三宝殿,有事来找相识人。他嘟嘟咕咕一通诉来,末了,那黄所长也听明白了:哦哦哦,你是来帮人上户口的,那人长得像那下江女江妹,但不是江妹,那人是安徽凤阳来三界寻兄的,现兄寻不着了,又不能回原乡,你可怜人家,当着大众面认领人家,因此……说了这话,黄所长闷下了头,一直盯着自家翘动的脚尖不放。唉,情况差不多,但你那情况更严重,你是在做件没屁眼的事呀。干爹听到黄所长喃喃语了,那声音断然无了刚才的瓦釜瓷缸音。什么,什么情况差不多?什么情况更严重?什么没屁眼?干爹目睛子狐疑光芒四射溅去了黄所长一脸,他看着人家打开了上锁的抽屉并拿出了一只封皮卷宗。所长接下来不断翻着卷宗,好颜却苦色地说出了一番话。他告诉干爹,外乡人上户口按法律按法规一定要身份清楚,最好是清白且要过三关:第一关是原驻地同意外迁;第二关是迁入地同意迁入;第三关是城乡有别,迁到城关入户比迁到农村入户要难得多。他自家的老婆是江西玉山人,三代贫农身世身份优越,但只因是农家女,至今迁出迁入证明还揣在口袋里,迁进城关做城里人办不下去,迁到乡下做乡下人心又不甘,他只有三天两头挨人家埋怨说他这个派出所所长白当了。是么是么?干爹眸睛子光亮了,他瞧了所长,那所长避开了脸,并拿出纸笔只顾自家对着卷宗抄下了不少文字。等到干爹一泡茶饮完吐吐茶末子,那黄姓所长将几张笺纸递了过来:大哥你虽不是读书人,但你成天在学堂,识文断字不太难,这里的几条政府行文你先看看再说。说完那所长还忖将誊写好的文字当着干爹面念一遍,不料刚起了头就被传来的女人哭声给打断,所长说不好意思了,我家堂客上门了。干爹只好告辞,他走去了市心街,蓦然间还感到异觉顿生,人似被棒喝了,脑壳直发蒙,连布鞋底也一下薄去了许多,搞得那一路的鹅卵石一路都在硌着脚。快到同春堂时,弄堂风莫名吹过干爹手中的笺纸,其沙沙作响了,他应声就去瞭了纸面上的字且懵懵懂懂读念出了声。读着读着,他似乎有点明白了,国家是在一九五一年先开始登记城市户口的,后又在一九五三年登记了农村简易户口;国家在一九五八年一月颁布了《中华人民共和国户口登记条例》,规定外流人员流到外地三日以上者须作临时登记;但再读下去脑子里突然冒出了一只逆流划水的呆头鹅,纸面上说什么一九五七年中共中央国务院联署发了文,讲要采取六七项措施制止农民盲目外流,甚至说若再三劝阻仍不返回的就要对其实行监督劳动。监,监督劳动?那不成了地主富农坏分子?!这这这,干爹顿时觉得脚骨一记发软,他差点被硌脚的鹅卵石绊了一跤。他这下不想读了,他不喜欢这纸中言,他的手随之自然松开了,他要任凭笺纸上天入地自家去寻落脚下场。不料弄堂风瞬间又来了,他奇怪地发现,他手中的笺纸不仅没随风散去,反而围着他的身躯上下飘舞了起来。舞着舞着,其中的一张更是疯狂,甚至舞到了他眼前还发出了人一样的呱呱叫。干爹牛眼瞪出,纸张竟然又叫了,人家疑立在半空,其间的文字像饱饮春泉的三两行蝌蚪游弋了过来:一九五四年《中华人民共和国宪法》第九十条第二款规定,中华人民共和国公民有居住和迁徙的自由。是么是么?居住迁徙都自由,应该懂的耶,不就是说从凤阳迁到三界都由自家说了算数么!干爹将两边人家围墙当作了过路人,他跟围墙壁曰:懂不啦,出户入户就像鸟儿飞南飞北,就像鱼儿游东游西,那就叫自由。谁知他话音一落,左面围墙头跃出了一只狗,右面围墙头跃闪出了一只猫,那狗那猫且都睁着迷糊眼:俺是狂夫老娘家的,往日里见面总要赐点吃的,今日怎么就不辞而别了呢……干爹那时竟然没有看懂狗猫神情,他在想着自家事体,甚至有点想入非非:一个是规,规中一条就是一条锁链,条条锁链都绑着莲花花,莲花花哪有另外的路可行?可另一个是法,这法一句话应该就把那规破了,莲花花可如同鸟如同鱼一样上天入地皆自由。干爹思忖着好像并不晓得自家已经走进了同春堂后院门。我叫了他,我当时遵外婆盼咐将十来斤白米和一瓮酸菜萝卜条先送到那间搭墙屋,等着干爹去把那个耍猴凤阳女接来居住。哦哦哦,我将送米送菜的事跟他说了,他也听懂了,他讲了句多谢多谢后,又跟我讲了刚才发生的事并问我这是怎么回事。什么户口户口,什么规呀法呀,连你做干爹的都搞不懂,我还能懂?我又去回问了他,他答不了苦笑了,继而对我说:走,拿上白米和酸菜,去寒窑,那莲花花还是先住寒窑好,你外婆对俺好,俺也不能身在福中不知福,恩将仇报呀,你晓得不,那规可是要去查盲流的,一旦派出所查到同春堂,俺岂不是要害了你外婆。听了干爹的话,我也有点怕了,我脑子里有娘亲和姑妈被人编排被人欺负的记忆。我说那好那好,那人还是居寒窑好。于是我俩中饭也没顾上吃就背着米提着罐横穿过城关来到寒窑。稍一停,还没掀开草帘门就听到了窑内有声响,那声响混杂在一起,既有小儿鬼的嘤嘤抽泣,又有牲畜的嗷嗷叫唤,还有女子的嗯嗯哀求。掀开草帘进去,我眸睛子光与干爹眸睛子光都吓得进退两难:两个小儿鬼跪着哭着直向女子"姑呀姑呀"地作揖,而女子又在"莫怪莫怪"地向那只瘦猴作揖,猴子哩,倒好,人家在一口倒扣的破缸上坐着,上身纹丝不动,可两只脚掌却在缸壁上蹭个不停。一会儿后,猴子不坐缸了,它从缸上跳了下来,一磕头,二磕头,还有三磕头,喂耶妈,那猴等到再仰首,人家竟然是满目泪水横流。怎么怎么了?干爹米袋一放,不是退而是进而问了,莲花花先不答,后又经不起再三追问答理了。她告诉我们,耍猴讨吃不时被人赶,日子越来越难过,连人都顾不了,于是想将猴子送归山林去,不料猴子百拜千拜也不愿,并手舞足蹈胡乱言,若那样他就一脚跳塘淹死,一头碰墙撞死,或一口气不吸纳将自己闷死。哦哦哦,干爹听完莲花花一番话也瘫坐在地,他转过目光专门去盯了猴。时间在一分一秒过去,猴子的惊恐神情竟然也随着时间的慢慢逝去起了变化,先是惨笑掠过嘴角,再是淡然布满脸庞。干爹目光这时转了向落去了小儿鬼身上,我却接过干爹的眸睛子光将视线洒向了猴。那猴两只手左右抹抹眼眶又左右拍拍胸膛,一阵长啸后就圈腿踱出八字步走去了窑门口。莫怪莫怪呀,莲花花瞅着毛猴背影双掌合十念出了词:去吧去吧金毛,观音保佑你,我也不诳你,山林有嫩果,山林有清泉,还有喜鹊蝙蝠陪着你,你不会挨饿不会孤单,说不定还会遇见好姻缘,到那时我一定领着两个侄儿锦绣铺竹箩挑着担子来山中寻你接你……

那被唤作金毛的猴走出了寒窑。干爹眼睁睁地看着那蹒跚孤行的背影对我曰,怎么了怎么了,怎么天一下乌了,猴影不见了,我说没有没有啦,天空晴晴朗朗,那猴已踏上了对照的进山曲径。哦,是么是么,他又不问了,他拿起一只四系缺两耳的罐出门取回水,又将水倒入三块石头顶着的瓦釜中,再抓起几把米撒进了釜,继而他划划劳动牌火柴燃起了柴火,还趴下身子不时向柴火鼓腮吹去风。火在燃着,火光在窑内亮亮闪闪照亮了莲花花和两个小儿鬼的脸,小儿鬼说话了:姑呵姑,金毛一口粥都没喝就走了。莲花花直到这时似乎才醒来:金毛是乖猴金毛是乖猴。她念叨着,凤眼微开瞄到了干爹:大哥大哥,你啥时来的,你还带来了米。干爹挑挑火憋了好一阵,没头没脑地说话了:莫怪呵,俺晓得,你介绍信丢了,带着两个小儿四处讨生活,为了省口粮,把金毛猴也驱了,我在七八年前就见过你,你是个可怜人,肯定不是从台湾过来的的特务,你仅是个盲流,可你太不懂事,你早就应该去派出所登记,不然你寒窑也住不成,派出所要来抲你遣你回老家。干爹说到这,那莲花花一脸悲戚变成了惊慌:大哥大哥行行好,帮帮俺,俺宁愿在外乡做牛做马也不愿回故乡。什么什么?干爹说,在家千日好,出门一时难,你竟然不愿归乡,你你,你莫非背有血债或是个逃婚人?!莲花花闻言抹眼泪了,可她没有回答干爹所问,她只是叫了声嫂子和爹娘。莫哭莫哭啦,俺不问了,俺既然当着各人面认领了你,俺工人阶级说话算数,俺不会弃了你,这不,俺将药娘赠你的白米酸菜也送来了,俺刚才还去过派出所找过黄所长,俺都想不声不响把你的户口都上了。潽了潽了,我看到瓦釜盖掀起掀倒,我打断了干爹的啰唆话。喝粥喝粥,有粥喝了!随之我又看到,两个小儿鬼跟着我的话音朝灶头移开了胆怯步。

当天下午干爹就去了周村。我当时不想去,可干爹对我说,今天是礼拜天又不上学,你不想去探望探望你大外公大外婆吗,人家上次碰到我都在念叨你,说你很长时间不去上门了。那,那去吧,于是我跟着干爹就向西南方向荡。走到四棵树岔路口时,他停了脚步。我张眼看看树,正想问他树干为甚没了只剩下桩茬,他却不看我,独自一人围着一截树桩茬荡一圈,又围着一截树桩茬荡一圈,直到荡完四圈。然后他站去了树桩茬路中央,喃喃地说话了:树呵树呵乌桕树,俺今日不在你面前跟问天狂夫一起猜石头,俺独自断了事揽了莲花花,俺要与她做人家,俺不去连累两位哥了,俺城里上不了户口,俺上到乡角落头周村去,望你佑事成功。说完这番话,他又对我说,你是想问我那树为甚只有桩茬没有树干吧,那你问我没有用,你去问问"大跃进"吧。问"大跃进"?我不解,又问了,谁知他根本不理我,一路无言地走去了周村村口。一到村口干爹又歇了脚,他仰首望了葳蕤樟木水口树,又低头瞄了旁边溪沟里蹦跳的鱼,他说出一句话:莫跳莫慌,树上飞的是鹊不是鸦,这树从来不招鸦。说完话,他倒走了几步,转而才走去周宅门楣下。谁知门还未进就听到大外婆那嘹亮的骂人声响起在人群中:你个豪郎你犯浑了,你怎么能动邪念走邪门要去砍那水口树,那树是村树是祖宗树,你砍了它就不怕人怒天谴?人怒?天谴?我不懂,再问了干爹,干爹说,喏喏,朝前看,人怒来了。我顺着他的手指,果不其然只见两个女人吵着吵着在一帮人的簇拥下走近了。大外婆见又有人来了声腔更是拔高:大家各人都来评评理,你是个大人,祠堂田经理人都当过,你应该懂的,水口树动不得,那是周村的好风水、周村的魂脉呀,你怎么就不劝劝你昔日的女婿!大外婆气势汹汹地吼起了身旁低头的大外公。哼哼哼,豪郎这时憋不住了:周龙畅,他敢,一个二地主,反对砍树就是反对"大跃进",反对"大跃进"就是一个现行反革命。哼哼哼,反跃进反革命,你叫派出所来抓好了。大外婆仰仰首一步一步走向周豪郎。干爹看到大外婆似乎要撞豪郎叔了,连忙插进中间拦下:胭脂雪姣莫吵了,快走来,不然,不然师娘犯出病,她搞不好会去点火烧房的,要是那样,祸害的还不是你们周家,你豪郎胭脂连二百年的老居所都化作了灰,你那农村户口岂不成了空有一张字据。干爹话音一落,胭脂雪姣也不吵了,她俩走近来劝起了师娘和豪郎。哟,哟哟,我听到,一阵"哟哟"声生出于门前人群,先是细细的像窝山蜂嗡嗡飞来,接着便生发开去,变成了好大一群叽喳唤叫的秋麻雀去啄了丰谷田。"好了好了,各人都莫嚷莫争莫闹了,你各人有本事就燃香执棍去护树,我倒要瞅瞅去。"一直蹲在门槛上的问天叔这时起身露了相:俺各人就听豪郎的,回家去备香条和扁担。他接过豪郎的话拉过雪姣先走了。不久,聚集在周宅的人们也渐渐散了伙。随后我和干爹进了周宅,一瞭眼一开耳,喂耶妈,耳朵里灌进的是豪郎叔那洒洒浪浪的嬉笑声,目睛里跳动的竟是早先被莲花花驱走上山现又被缚于柱的那只猴。咦咦,干爹眸睛子光扑了豪郎又扑猴,豪郎没理他,可猴却像怕见干爹似的低下了头。我曰猴,这,你可怪不得我,你这是自作孽,你怎么能去黄泥岗上偷苞萝,那可是人民公社的财产嘞,你不是跟你的主子一起被人领走了吗,难道那人又不要你啦?豪郎一边训着猴一边时有暗瞟绕去干爹身上。见状,我在一旁也着急了:猴呵猴,你落谁手中不好,为甚偏偏……干爹听懂了豪郎的话,他辩解了:阴阳怪气,你是讲我吧,可你只晓得一不晓得二,那猴不是我不要,是它主子驱去山林的,况且它还自愿,离去时不求人,连头也不回盼。豪郎又说:好,你说的呵,猴是主子不要的,它属去了山林,今日它做贼被我擒获,我有权处置它了呵。这这这,干爹去抓了头毛,他喉咙管被噎住了,一下说不出话。不行不行,不料那猴竟然听懂了,它剧烈地摆起了手,身子在绑索里苦苦挣扎。"绑绑绑,你绑人还不过瘾要绑猴了,猴是人的祖先你晓得不?!""对对对,是祖先!"我和干爹立马应了大外婆言。罪过罪过,柳胭脂念叨着杨柳摆枝样踱过,她去解了捆猴索。猴呵猴,索也解了,你索性苞萝吃个够,然后你跟广东客走吧。豪郎说着端起一管箩苞萝走到了猴前。干爹听了豪郎的话,目睛子顿时被火点着了一般:你好毒耶豪郎,你又不是没听说,广东客可是要活猴脑配菜下酒的。他腾腾上前几步就去牵了猴的手。记呀,你今日上门好像不是为猴吧,你又不晓得毛猴被人捉了。一直坐在堂桌边写毛笔字的大外公这时插上了话,干爹闻言牵着毛猴的手走到堂桌旁:唉,俺没法道呀,俺是来求豪郎的,望他发善开恩,给这毛猴的主子在周村上户口。什么什么,上户口?大外公大外婆和豪郎胭脂夫妻俩都瞪出了疑问眼。

第四十一章　别校·荣村

为帮莲花花上户口,干爹在城关派出所黄所长那里碰了个软钉子,可在周村却遇柳暗花明。那天,周宅里厢终于传出了笑语弦歌,而在笑语弦歌中,豪郎叔听完了干爹的一番长长诉说,并在末尾给出一句话:农村户口肯定比城里户口好上,等着吧。屋里的人们起先听到干爹说要来周村上户口都还疑呆过一阵,大外婆说,莫不是城里白食大食堂停了,定量不够吃?大外公接着说,怎么了,看中哪家娜妮忖上门做女婿?胭脂阿姨说,毛记兄弟马上就要当工人阶级了,他上农村户口,傻不傻?只有豪郎叔很快就解了疑问眼:你呀,肯定是为别人来的,凤阳耍猴女,莲花花。勿错勿错,干爹正要讲,问天叔进来了,他目睛斜着,头颈犟着大声吼着:周豪郎,七星塘塘塘都有人家去了村口大樟树,你好去看看了,不然,等到公社派人来伐树,会出乱子的!"乱乱乱。"豪郎叔念叨着"乱"字,一袭贼笑涌上阴阳眉眼,他竟然没有冲出门,而是二郎腿一跷,执把板胡调起了弦。我奇奇地看着,不料接下来觉得更奇了,大外公拿出了紫竹笛,大外婆拖出了乌木鼓板架,柳胭脂搬出了羊皮铜钉鼓,问天叔擦起了一杆黄亮亮的唢呐,一会儿过去,这帮人各显神通就奏唱出了一段调乱音缺的《三五七》:七星村,紫气东来到,人民公社喇叭响,凤凰栖树把歌唱……这这这,干爹听着看着,眸睛子光绕过各人脸结果落在了房梁上:毛猴你上梁做甚,这人家今日又奏又唱不像往日又吵又闹,肯定是逢了喜了,这是好兆呀。好兆好兆,豪郎叔当日不仅放了金毛猴,还好言应了干爹的上户口所求。归转时,干爹挑了竹箩担,一头是猴一头是燥干燥干的番薯丝。我问他,他们逢到什么喜事了,是呀是呀,是甚喜事?干爹当时没答出,事后几天他跟我讲,那天那家人那样是周豪郎导演出的戏,那厮他懂得水口树是脉树福树风水树,砍不得的,他为了暗抗公社指令,就串通问天挑唆族人去点香执棍护树,结果族人中计了,那厮就乐得癫了,因为人家找到了托词好去公社花花汇报,周村水口树砍不得,否则会闹出人命的。当时也幸亏那厮为己计成吹歌唱曲来庆贺,不然他会有高兴好乘,答应外人上户口所求那么痛快?!

　　一个礼拜后干爹就要离开县中学堂了。离开前他接到了俪俪阿爸朱鑫老板的通知,调他即去那座雄伟壮丽的大工厂的烧水房里当烧火工。对此,他蛮满意,烧火嘛,老行当,砻糠灶、柴枝灶、稻草灶、煤炭灶,他烧火、垒灶、改灶全会。他是晚上接到调令的,他晚上就去了寒窑,他想劝劝莲花花还是不住寒窑去住同春堂百草园的搭墙屋,因为他可不是吹牛,他已经拿到正式工人阶级调令了,他不再怕派出所来管盲流了,大不了他到时挺身而出说女子是他未婚妻。想得蛮好,可干爹没见到人,他只是在地上看到一个记号,一个箭头发往西南向的一湾溪水间,水间还开出一朵莲花花。他明白了,莲花花又去了清湖,于是他只得与那个记号言语了一番,说其连狐妖和仙姬都捉得到,何况人乎。出窑门时,他吓了一跳,他看到那只毛猴不声不响地站到了他身后,他唉声叹气说,不要跟来呀,万一被莲花花瞅见,那女子为了两个侄儿还会将你请归山林的,三界西山是松毛板栗西山,可不是孙悟空的花果山呵。那毛猴听完言还算懂事,立即就暂先去了八角亭楼。然而当干爹归亭与毛猴同居一室快到天亮时,他被一场噩梦吓得惊醒,几个赤膊袒胸汉拿着一支绳索套狗杆将毛猴拽着正要将其吊上树……是呀是呀,干爹恍然大悟:自家接调令去工厂报到,可毛猴没有调令接呀,难道自家就牵着只猴去当工人阶级?不行呀!于是,干爹接连懊恼了好几天,他一手执纸调令一手牵着金毛猴,早上天蒙蒙亮就出门,晚上天乌纱纱才归来,跑遍城乡仍是寻不着一户人家愿意领养那只当场就会落泪的活牲。最后他对我说,无奈无奈呀,这猴天生注定就是归他的,就带着吧……离开当天,卜阳春老师和渺渺夫妇俩还请干爹携我去做了趟客。渺渺席间说她一辈子都不会忘记是干爹为她寻了卜阳春好夫婿,否则她的命说不定比她母亲浦江女还要苦,现在她做教师太太不知有多享福,为表谢意,她节省凑出了三十斤米,请转送寒窑里的凤阳女。干爹说多谢了,亏得有乡亲们接济,不然那里的三张嘴巴三副肚皮怎么过日子。不过,这种靠人接济的日子恐怕也快过去了,红月姐闻讯后还去找过黄所长,而黄所长已快马加鞭去安徽调查了,到时候户口上到三界县富裕的周村,几碗饭还是有得吃的哪。哦哦哦,那好那好,一切皆好。当场卜阳春就跷拇指点出了赞。离开卜老师家门时,哑巴拉着辆板车显出身,他比画着对干爹讲他是奉了我外婆的嘱托来送干爹的,同时他还提出将那只猴送给他,让他有个伴,说自家一个哑巴是不如傻傻的干爹的,干爹好歹还能找个长似江妹的盲流女。干爹当时就反驳了哑巴,说他要求太高了,药娘为他没少托过人,哑巴不要瞎子、不要麻子、不要跷脚人,非要找个长得像江妹样子的人才要,那,那还行?干爹说着说着声调又拔出新高:江妹是归俺毛记的,哪怕昨日走了一个,天上今日还会掉下一个,你如今要猴去,不定哪天还会要人去,你以为俺看不穿你在耍花样,当年你当国民党兵架刀威逼药娘,你就是要凌了江妹,药娘九年不揭你的底那是爱护你,俺今天揭你的底也是爱护你,是叫你忖不到的东西就莫忖了,以免伤心哪。哑巴听完这番劈头盖脸的话脸色即变:你,你你,好心你当驴肝肺!哑巴气恼得拉着板车很快就跑了个首尾不见。不过,你若实在熬不过,我介绍你去周村找狂夫老姆雪姣,她有个表妹长得可漂亮了。干爹最后掼出的话贴着墙面爬过屋脊响彻弄堂,我听得虽是耳朵嗡嗡,可我想那哑巴肯定是听不到的。嘻嘻,嘻嘻嘻,他像个孩儿般对我得意地笑了,于是那一际我听到了他的那句令我平生难忘的话语:让让让,让天让地让金让银,可有些养过心烧过心的东西俺要霸牢不能让。不能让,不能让,这句话我当时就入心了,并且嚷着这三个字追着哑巴到了县中学堂。学堂门一入,喂呀呀,沿河一带直到八角亭楼石桥头步出了不少人,卜老师领着老师,朱俪俪领着学生,一概地探头探脑。又是不让,被干爹从周宅带归的那只一撮金毛的猴,此刻正站在亭台砖阶上指手又画脚,而干爹的那只金钱龟却又是趴在毛猴肩膀上东张张西望望。咦咦,豪郎叔在那说话了:毛猴毛猴不识了?是俺放了你。哑巴比画了:猴在曰他求求你了,赶快走,他的主子还未归,生人不准进门。什么什么,豪郎不懂猴语,可是会猜哑语,他笑了,今日毛记要搬家,俺是来帮忙的,不是来回索你的,不信你问老水牛,俺牛车都赶来了。"哞哞",桥对照那头黑毛牛眨眨眼点点头还真响应了。是的是的。干爹高叫着一溜小跑就去说了猴,勿阻拦,人家是人客,赶快请上楼喝杯茶。猴子让道了,我乘机抢先上了楼。锡罐掏掏,掏出了三片叶,水瓶倒倒,倒出半杯凉水,我望望干爹,干爹又去望豪郎,豪郎讲不必坐下了,赶快搬东西,那牛比人心还急。三担箩四包袱,没费什么工夫,干爹的家当就收拾停当,于是他一只手牵着我一只手牵着猴领先下了亭楼。人猴一过桥,东西放置牛车上,人猴被哑巴请上了板车,干爹对着围观的人群挥手:俺走了,俺以后不能为各人摇铃洗瓶挑水烧火扎笤寻扫路了,可俺还会归来的,学堂是俺老家,听不到八角亭楼上猫抓老鼠叫,俺困不着觉。哟哟,咦,卜阳春和朱俪俪领着站路师生纷纷鼓出了掌,而那两位评上右派的教导主任和化学老师却拿着扫帚仍在扫地。干爹见之心觉隐痛，他跳下了车，叫着"大眼镜小眼镜"，帮人家把眼镜擦了一副又一副：这地这茅坑本是俺打扫的，现交予你俩，你两位先生吃生活委屈了，不过，出头日子还会来，你看俺，不是糠箩跳米箩，一下子不穿长裤短衫穿工装了……

　　南门出城后只有一刻钟，那板车牛车就到了四棵树，车也没停留在那，继续走着。"耶，不要往西过铁路，大工厂在南，在南边的周村丘山包上。"干爹怪起了哑巴，说人家走错了路。勿错勿错的，就往周村去。豪郎叔讲话了，他朝干爹打出个祟祟鬼脸。干爹唠叨了，在我耳边喃喃道：错了也好，好去周村风光风光。我立即明白了，他不厌去周村，他跟周村藤联叶串，连吹牛也离不开周村人家。水口树一过就进了村道，村道上三五个着多袋工装的年轻男女过来了，他们嘴里唱着歌，那歌"喀秋莎喀秋莎"地飘出清新蹦出刚脆，干爹一听就说好喂好喂，青石板上散出了一路玉珠豆。豪郎点着头，还跟那帮小后生娜妮鬼打了招呼，问人家今天怎么这么迟才往黄泥岗大石壁去，人家答了，说今日他们勘了周村地势水源，准备迎接全国各地来支援参加建设的精兵良将，人家还问胭脂大姐今日怎么不见，鸡蛋仍然大大需要。豪郎笑着，先是重声曰欢迎欢迎，大工厂建在周村地盘是周村的福气，后又轻音曰我那堂客去城关接人了。说完，豪郎目睛余光就斜瞅了干爹。干爹耳朵耸耸，他重声轻音都听灵清了，可眸睛子光却弯弯绕绕到了我面前：咦咦咦，这厮又不是厂里的职工，厂里的事体怎么晓得的比俺都多？胭脂卖鸡蛋赚零碎铜钿，这不用看见猜也猜到，可她去城关接人是接谁？哎，我一个小人我哪里晓得。我摇了头。干爹见我呆鹅一只，双目直露失望，他转而去拍了一记小金龟的背壳，接着又去抚摸毛猴头顶上的那撮金毛：工厂俺迟去报到了，但是值嘞，俺识了你主子又收了你，俺既获女色又得齐天大圣子孙，一个家人畜都有了，无非就缺三间房嘛。我听懂了他的话，我故意拉过金毛猴到了板车后头并向其比画了一番，那猴真聪明，顿时就学会了我的比画，并跳回至干爹身旁依样画出了葫芦，喂耶个漂亮，干爹对我呼了：雪亮雪亮，你瞅那猢狲，它跟电影里的瓦西里一样，说面包会有的，牛奶会有的，还说老姆和居所都会有的。是么？是吧！我旋即手举金龟也呼了：也是也是，毛猴没讲错！勿错勿错，我骑去了干爹头颈，金龟骑去了猴头肩头，我们都乐了，哑巴见状也跟着乐，那乐嬉笑相伴，溅得一路灰扬叶飘虫逃雀儿飞，一直到豪郎叔大喝出一声"到了到了"才被喝退。

　　喝退了傻乐穷开心，干爹人还在板车上，乌珠却瞪出了个莫名其妙：怎么荡荡周村不荡星塘、不荡祠堂、不荡别人家，唯独又回了师傅龙畅的徽派宅？他接着吃喝道：去别处去别处，师傅师娘居里已去过，要说的话也说光了，不用人家做吃的了。他跳下车叫哑巴坐了上去，自家端起了车架杆。不料，豪郎这时取过牛车上的铺盖说着"到了到了"并领先进了屋。一进屋他就来了高声叫：郝县长郝政委，毛记俺请来了，请来了。耶耶耶，随着叫声，郝汉"奶奶个熊"地在中堂上转了个身："好你个毛记，工人阶级可是支守纪律的部队，你怎么能不按时去单位报到？""俺，俺，俺去帮毛猴寻好人家了，俺忖忖，俺是工人阶级，又不是卖梨膏糖的嬉猴人，俺不能带只猢狲去烧炉灶，谁知寻了好些人家，人家都说养鸡养猪养鹅养牛不养猴。"我听干爹说得委屈兮兮的，立马就去帮了腔：勿错勿错，麻叔麻婆朝天花娇娇跷脚王都不要，狂夫老娘虽说可以可以，但是讲要付饲养工资的啰。我说完，郝汉姑父即刻就咧了嘴。笑着笑着，郝汉又叫干爹爬上案桌去挂像，干爹喏喏应过，一副可怜相顷刻脱落，他甩开牵猴的细铁链，摩拳擦掌、跳上跳下，身手顿时比只毛猴还轻快。不一会儿，郝汉鹰眼发光说出"正了正了"。我抬头瞅去，果不其然是正了，那新挂上去的毛主席像居堂当央正在和和蔼蔼俯视八方，而两边的堂联，一边的旧联"易曰乾坤定矣"，隔壁又有新说"雄关漫道真如铁"；另一边旧联"诗云钟鼓鸣之"，旁边说的是"而今迈步从头越"。喂耶锵锵，旧联与新联混在一起，旧联似乎鲜了，新联更是一派轩昂气象。不过不过，这字这字，"旧联的字好认，比新联字好。"我啥也没想，当时竟然说出这么句话。"小儿鬼懂个屁，一个是楷书，一个是行草，不能比的。"豪郎叔恶声立即掼了过来。可干爹不让：雪亮说得勿错，旧字是比新字好。勿错勿错，郝汉伯伯朗声笑了起来，并一下将我举得老高老高。接着，随着两声叫唤，大外婆捧着大钵碗，柳胭脂提着黑陶壶上来了：郝政委，我们劳动改造生活也劳动化了，那日本铸铁精雕壶去大办钢铁了，那青花荷莲杯献给公社了，这壶这碗都是千年百年田泥塘泥烧的，泡茶盛茶更透气嘞。大外婆说着将碗摆上了桌，胭脂见之赶忙边接话边倒茶：不好意思了，拿不出旗枪，只有大叶片，不过放了茉莉花，但愿对得上郝县长口味。"对对对，对口味，北方人喜欢喝花茶。"郝汉伯伯先坐下，各人也都陆续落座。"喝喝喝，"大外公股臀爿沾了一下板凳又起立劝茶，"寒舍陋室能容大军首脑，生辉生辉。"干爹坐在对面，他看了大外公的举动：师傅，今天有民主县太爷民主厂经理你尽管坐，那人不会罚你站立的。"没事没事的，龙畅这些年站立站立站出了石狮脚力，豪郎老早就站不过他了。"大外婆乘着大外公站起，她自己坐了下去:胭脂胭脂,龙畅是个人地主,你要划清界限,可俺不是,俺有资格将你当女儿的。"哈哈哈。"大外婆话音一落,谁也没料到郝汉竟大笑出声,"毛记,出去看看,有位北京客人想必已到,你认识的。"是么是么,北京客人?还认识?莫非莫非,"郝县长,莫非是二少爷,那人跟大少爷走的是异样路,大少爷跟国民党当特务,二少爷是个书呆子,只知读书做工程师,解放前后从北京的一家什么琉璃河水泥厂回家休假时,孤单一人,周宅待得少,回春堂待得多。"干爹茶碗一搁就出了门。哎呀呀,一碗茶倒过,大家目睛子都直了:干爹和问天架着一个戴着宽边眼镜的粗大汉子进了大门。"老大哥老大姐,周浩同志恐怕好久不见了吧,他如今响应国家号召,从北方到南方,是我们厂的技术科副科长。"是呀是呀,可不是,"乖儿,乖儿,你哥是国民党,他去台湾回不来也不该回来,可你当年跟过文焕闹过学潮,你又待在北京工作,你不是一个共产党也是半个共产党,你该有觉悟的,你该常回家看看,不然,为娘怎会连你娶没娶媳妇都不晓。"大外婆接过郝汉的话,执起一根短柄高粱穗子帚从头到脚将来人拍了个遍。郝汉见大外公这时只是脸上涌笑看着儿子仍不言语,就专门对他说了:要麻烦拜托老大哥了,要你们腾房,现在虽然不是战争时期,但建所工厂也就如同打场战役,你们家现在就是前线指挥所了。"愿意愿意我们愿意,不麻烦,我们有老屋住哪。"豪郎与胭脂没等到大外公大外婆启齿就抢先开了言。问天见状睁睛子光盯去了豪郎,嘴巴却凑近了干爹,干爹点点头后有话了:郝政委,豪郎当村支书觉悟高又有油水捞,你那房租只缴属于师傅师娘的,豪郎那份就免了吧。什么什么?豪郎张开嘴"哦哦"着,胭脂却不让了:谁说谁说的,郝政委你可不能听毛记的,若那样,豪郎一番心思岂不白费,俺还指望这房租给两个孩儿缴学堂学杂费哩!哈哈哈,郝汉笑了,放心好了,不是战争时期,咱不会打白条,不仅是房租,所用花费该我们付的一分都不少。不少不少一分不少,各人嬉笑乐开,又纷纷去和周家二少爷嘘起寒问起暖。咦咦咦,干爹刚拿起二少爷一网兜东西要上楼,他目睛里又一个惊讶蹦起三尺高,他看到前来倒茶的不光有胭脂,还有前些时找过没找着而现在正低头怜怜碎步款款的莲花花!

那天,干爹虽然只是喝了几碗茶,可他却如同喝了顿酒那样高兴。在听从郝汉吩咐背着一只铁锅帮助师傅师娘搬家到老屋后,他与莲花花去了灶房。干柴还有水没有,于是莲花花清缸,他去池塘挑水。归转时,他只见到我趴在缸沿没见到莲花花,便问人去哪里了,我努努嘴唇叫他不要声张朝缸内瞅。喂耶耶,一只蟋蟀将军虫,黑头小个大颚宽胸,触须细长翅膀凹凸,屁股上长出双枪而非三枪,"是牯雄的是牯雄的。"我刚刚叫出声就被干爹捂了嘴,随之只见一双女人手合掌扑去却扑了个空,而那只虫子无影一跳,前翅又是一阵急剧扇动,竟然蹲到了高处缸壁刺点上唱起了歌。莫逃莫逃,柯你是要训练你,九场一斗你便天下无敌。干爹不让我说话,自家倒在神叨。缸内人闻声扬首回眸一笑:一定柯到它,送给雪亮好好玩。好好玩好好玩,我高兴得去拍了干爹的脸,不料他脸上没露出嬉喜而是曝开了万份动魄惊奇。那惊奇先是邪邪荡荡凶凶恶恶惊鸿一现,接着便舒缓了下来,蒙上了一层肉色轻纱,于是我看到了干爹的眸睛子光没去盯将军虫而是盯到了别处,于是我也瞅到了一对雪白乳房大胆放肆地从件花褂中涌并藏躲在干爹的眼眶里一动也不动。我见他又显傻相便伸出手掌去晃他眼,他不但仍未察觉,反而对着缸内人说了,妹子呀妹子呀,你不是药嫂像一张白篾大凉床,你不是江妹但是江妹的同类,你是春天暖水上漂出的黄毛雏小鸭。什么什么?我没听懂缸内人更没听懂,她叫我与干爹到边上去,莫干扰她捉虫。我俩应了,候到了水桶旁,"噗噗啾啾",又是又是"噗噗啾啾",一番折腾过后,缸内人猛地站出了缸沿半个身,莲花花合掌举过头嬉意盈盈:捉到了喂捉到了喂!捉到了捉到了,我将将军虫放进一只粗瓷饭樽便去门外玩了。等到我玩好归还老屋,只见干爹问天和大外公已在莲花花照应下坐去了天井石桌旁喝茶。一口一口又一口,干爹几口茶下肚便对问天叔问话;哥呀,你说这阴阳怪人怎么就变了呢,为俺驭牛驾车搬东西,为俺寻人接莲花花,为俺安排居所去隔壁那间搭墙农具屋,而且都在默默所为不事声张,他,他难道真的被共产党教育成了为民服务的犁头书记了?!问天叔回话说,是呀是呀,只有老实的墙,难有老实的人,豪郎之所以瞬间变脸,好言好脸好事待你,原先俺忖到的仅是托你工人阶级的福,今天明日都好让老姆的鸡蛋鸭鹅青菜天笋能去工厂卖个好价钱,现在看来不全是耶。坐在旁边一直用蝌蚪文字在写《心经》的大外公没听别人言语,可这下念出了别样的经:鱼,俺所欲也,熊掌,亦俺所欲也,二者不可得兼,舍鱼而取熊掌也;义,亦俺所欲也,利,亦俺所欲也,二者若兼得,何必舍一取一……说甚说甚?问天闻言再去问了大外公,不料人家根本没听到,又顾自蘸墨搩笔如故去画了蝌蚪文。不一会儿,问天斜眼翘翘落落,他对着干爹说他懂了他懂了,并搔了人家肩:天降大任于斯人耶,豪郎忖义利并举,要你相帮方可。并举并举?相帮相帮?干爹"哦"了一阵后就喊:是呀,郝汉跟俺不是亲信胜亲信,人家一帮人临时办公住进周宅,豪郎交好俺就是交好郝汉,那俺一定帮,帮了豪郎好让莲花花上个农村户口呀,这不并并举了?!

干爹这番话一出,大外公和问天叔赞许的眼神也就投去了他脸上。喝喝喝,他端着碗摆置胸前,说师娘烧茶烧神了,几片老茶叶竟能烧出陶嘴陶腹陶心的老酒味。嗯,勿错勿错,大外公问天叔闻言对视含笑窃言道,真勿错真勿错,那老茶壶多年来就是茶壶当作酒壶用的。干爹听到当作没听到,说不是不一般的人是喝不出那不一般的味的。不一般不一般,碰碗干怀,三个人如同到了喜庆酒席。看到三人如此地忘乎所以,我也开动了心窍,我叫身边刚刚偷摸上来的两个小孩和那毛猴都别声张,并一起躲进破案下,接着我挑挑选选拔出了多根带虱虫或不带虱虫的毛发,并执把破麦秆扇扇出风将其赶去了那三个大人的头顶上方。我想恶作剧一下引大男人瞅瞅桌下,这里还有被请来的两个小人与一只大猴至今既无床铺又无饭碗竹筷呀。嗯,不错,懂事,是根懂事的猴毛,它乘着微风载着虱虫悠悠飘着飘着,我差点为之叫出了好,因为有两根毛眼看就要落到干爹头颈上。莫躲莫躲出来吧,干爹目不斜视,可他既看到了桌底的人与猴,又看到了头顶上正在飞行的毛,他哼哼嘻嘻着伸手一撩,竟然抓住了毛。随后,我与大外公问天叔望着干爹"楞楞"数声灭掉了毛上的虱,同时也见到小孩与猴脚步怯怯凑了上前。"咦,你三人的主子呢?"干爹问了,然而被问者俯首低眉没做回答。眼眨眨一记工夫过去,小孩与猴撤退了,又神色慌张地躲去了桌下。咦,做甚做甚?干爹回眸正要问去,院墙上七八朵天萝花跟着"沙喇喇"藤蔓响声飘然而至,莲花花兀然间站到了各人眼前!她先是眉目低收歉意微露,后是怨声戚戚喝去了小人与猴:好回了好回了,咱不能不识相,咱该回该去的地方了。哦?哦哦?室内人顿时都做出呆头鹅相:怎么怎么了,这人不是豪郎去接的吗……大外公问了干爹,说接人的人与你有甚交代,干爹继续"哦"着,思忖半天,等到手中猴毛又被瓦缝间泄下的细风吹落下地仍在"是呀是呀";问天叔啥也不问,他在自说自话,说事体还算灵清,人家仅是帮你接了人,可毛记认为接了人如同安排了人,乐得一下子连递过的包袱都没去接。哦哦哦,干爹敲脑壳了,连连骂着自家糊涂糊涂是条心肺不全的半瞎眼虫。"哎哎哎,走耶走耶,寒窑里番薯丝还有小半袋,毛记哥哥你的心意俺领了,豪郎大哥的心意俺也领了,多谢大家了!"莲花花垂身鞠躬一次后就去牵了两个小人的手。啊啊啊,问天叔一下子斜眼正视盯牢了干爹:送佛易,送佛送到西天难,你要灵清嘞,你要解的上户口吃粮结,说不定是个死结,工人农民都难解,你光棍人只有一张单人床呀!是么是么,我右眼皮一阵猛跳,我看到干爹矮子发跳几步就蹦到了门口,且伸出双臂面色发青又发红:师傅师傅借俺门板,俺单人床要铺出四人都能酣困的大凉床!

听了干爹的话,莲花花似乎懂了,她两朵红晕袭上脸颊,一双凤眼挂出了娇羞:俺,俺的金毛猴留给你了,望你好生待它。说完,她左手一个右手一个抱着两个小孩跨出了门槛。莫走莫走,干爹脚还未迈出,目睛早已追至人背脊,不料"莫走莫走"的唤声刚刚越过屋檐茅草沿,一声"往哪去"就喝来了,狂夫叔门板一样竖在了老屋前。接着,那厮怪声怪气对干爹号,说毛记你个坏坏,真是色胆包天,竟敢置治安条例于不顾,私自收藏案底污污的盲流女,这下可好,派出所黄所长凤阳调查归来来捉人了。案底污污?捉人了?干爹闻言立马扬言不信不信,并牛眼瞪去了莲花花。"不不,不能信呀不能信!"莲花花一声呐喊爆出,随之将孩儿抱得更紧,她瞅过各人,眸睛子光幽幽怨怨一脉脉流出,她说她确是出逃的,但她前边说的父母有病兄长出外谋生不归都是真的,只有一条,她拒绝老家公社副主任那疯癫儿子的婚约无奈逃婚至江南,她还暂且未说,她说那是因为她不能多说也不愿多说。说到这,莲花花歇了言,她目睛里泡着的人似乎也只有干爹了。"勿错勿错。"一个喝声这时突然破门而入,高个瘦子黄所长在狂夫老姆雪姣陪同下进屋喝茶说话了。一碗茶喝过,话掼出一堆,嗨,原来如此!各人听明白了,莲花花说的全是真的,她不仅必须逃而且逃得对,她的那个婚约是儿时就定的,而且有聘礼受过,可男方是个真疯儿郎,动不动还会深更半夜摸到女方家去偷袭女儿家。黄所长当时话语至此,莲花花一脸悲戚顿消,她傲立在堂下,在各人目神中完全是一副夏荷卓卓而出的派头。"俺不让人困不让人困!"先是狂夫叔坏笑,而接下来破屋丬里传出的哄堂嬉笑却是在干爹踢去狂夫裆下那一记之后。开心哟开心,尽管后来花花阿姨因多种原因在周村也落不下户口,但是干爹仍旧开开心心地在周村度过了一段短暂时光。原先那多出三人的吃喝问题靠着我姑父郝汉我姑妈文新以及我大外公大外婆等乡亲们的帮助总算缓解了不少,莲花花和她的两个侄儿在拒绝了问天叔和狂夫雪姣夫妇的邀请后也住进了周宅那间搭墙屋。那间屋子里床铺虽然铺宽了两尺,但是干爹没困上去,他困进一只船状破旧的打谷桶,而且他还困得相当踏实,他当时以及后来都不止一次地向我提及那打谷桶真是只宝床,晚上困进去什么猫叫狗叫鸡叫虫叫全听不到,直至天明他嗅出了松枝松毛松塔香,听到了那款款飘入耳朵片的嘤嘤叫早声,他才醒转。更令他得意的是,他一时被周豪郎以及周村上下七塘的人们高看成了一座能踏上财路的"铜钿桥"。起先,豪郎叔求到他,说,虽然现目前快进入共产主义吃饭不要钱了,但周村人觉悟低,将本不要工厂征用土地补偿费的社员会开成了不要钱不行的会,如今土地都开膛剖肚,数丈钢筋扎进,洋灰浇进,可补偿费一直没拿到,看来你"记上帝"不代表人民出马请命,铜钿是讨不到了。干爹闻言立即说,那是当然那是当然,共产主义快到了,但铜钿柴米油盐还不会自家登上门,俺去寻郝汉政委要。他果真去了。那天他去时披着蓑衣淋着雨,一路泥泞至窑头工地,可归来时他是坐着郝汉的吉普车迎着满天晚霞直到周宅门口的。他以豪郎难以想象的效率把事办成了,以至于豪郎专门召开了一场社员代表大会来答谢他为集体与个人讨到了他们该拿的少许铜钿。此后,干爹在周村简直火了,连遇逢筹建工厂的人们或要讨便宜租房或要找个人家寄养子女或要买点土特产或要与一个相中的女子牵手去城里看部电影之类的鸡毛蒜皮的事都离不开他。他答应着人家,需要他出发他就出发,他有时是一个人出发,而更多的时候是不止一个人出发。他走在前头,身后尾随的是龙畅大外公的儿子周浩以及莲花花和两个小孩再加上那只叫金毛的猴。周浩戴着副眼镜坐在牛车上少有言语多有微笑,靠着干爹的介绍和张罗,村里大多数人才晓得眼前的这位来送什么天津大麻花的归乡书生原来就是周龙畅的二公子,又是大工厂的大工程师。等到二公子的回乡礼品在一片多谢声中送得差不多了,干爹就拍拍拉车的老牛耳朵言语一番,而后那老牛就拉着瞪目结舌的周浩先行回了周宅。接下来他的精神更是抖擞,他在人家居里跑前跑后,交代了要说的话及要办的事后就站到了一块或大或小的空场上,随后他拱拱手总是说:各人不能白送俺东西,俺演出金孩戏金猴给各人观观……不久,周村上下七塘就留下了那段事后多年仍在人们嘴中嚼得活色生香的传说:亏得那人那时搭桥牵线,让俺各人赚了些工人阶级的铜钿,不然呀,那后来两三年的日子就更难过了……更令人心欢腾同时又为几年后引出干爹的那般魂魄震撼的徒步行走带来天缘地机的场面,也在那时登场出现。当时,郝汉和我姑妈为了感谢周村百姓对建造现代大厂的支持,派出一支演出队吹着洋号敲着洋鼓唱出苏联歌曲《红梅花儿开》去了周家总祠堂。临事了,那大队支书周豪郎嬉笑夹杂着奸笑一点也不慌,他说:你们有洋的我们有土的,我们土洋来结合。结果在工厂演出后,农村也演了,一场工人慰问农民的新年演出变成了工农大联欢。郝汉看着戏开心地言着"奶奶个熊"将眸睛子光投向了我,我乖乖巧巧跟他说,事前三天豪郎叔就闻讯了,人家为表友谊之情求出干爹去请了卜老师出场。卜老师先是一变两变将县城的业余剧社和周村的丰庆班捏在一起,后又是七变八变排出了戏,现在你看到的高腔八仙戏是老戏,你看到的一帮人唱着跳着舞着,一人演两人的群戏是哑背疯老戏改编出的新戏。哦哦哦,郝汉点了点头。哦哦哦,郝汉眼光被叼去了台上,我却又听到了越过一片人头攒动、随风飘至的另外的"哦哦哦"。这后至的"哦哦哦"既杂乱又和谐,它细细柔柔萌萌脆脆还糊糊陋陋。循声循声,我一通瞄眼终于搜到,在天井角落头站在莲花刻纹石础上看戏的莲花花以及那两个小人和那只金毛猴,目睛子盯着戏台上着装"哑背疯"行头的干爹直放惊讶光:人家皆是哑巴爹爹或哑巴婆婆背着风瘫女,可这人怎么会是一个壮实后生抱着一位俏娜妮……

第四十二章　棺秘·像寻

　　干爹当时的那个跳跃着的壮后生抱俏娜妮形象，不仅让莲花花以及她的侄儿她的猴头当时看得惊奇古怪，连我也瞥着瞥着瞥出了惶惶目。因为我瞥见干爹的那张后生脸竟是那样的意气风发，而他抱着的那张女孩脸虽说是笑容可掬，却是垂垂耷拉着的。而且我的这种不安之感竟然还存在了一段时间，直到我从城里搬到水泥厂生活后才逐渐消退。当时，因为母亲为加强加快改造自己，主动要求调到了廿八都公社供销社工作，而外婆又担心我因之会影响学业，因此就将我交给了做厂办子弟小学老师的姑妈带。于是，那天在充当临时学堂的周人祠堂里向姑妈报到之后，我就携着作业本去了干爹当时的那个周宅搭墙屋住处。我已经好些天没见到他了。我推门进去不见人影，接着就喊了，一通下来人影仍不现，谁知眼前的一道可移竹编门竟被喊开。"嘿嘿嘿"，只见那只毛猴从门内露出了身子，它嘻嘻傻笑着，胸前抱着那只"哑背疯"行头。那行头不是寻常的哑巴老者上身，而是干爹曾经使用过的那个俏娜妮上身。忍不住细细瞧，嘀，那上身上的头颅再也不垂垂耷拉而是昂扬了起来，并且在柳眉凤眼樱桃小嘴上都挂出了盈盈妩容与媚笑！我双手好奇了，上前去摸了那面容。不料那面容偏过我手掌，我指尖摸到的竟是干爹那只金钱小龟的背壳。毛猴顿时就笑了。我晓得那是在笑我人见识少，不懂猴头也会变戏法。不过，我也会掩饰伪装，于是我装出生气，背过脑壳将眸睛子光翘起老高。嗨呀，刹那间我眸睛子光花了，花得像披上了件霓虹衣裳，它被瓦披细缝泄下的日头光浸染得七彩喷薄，它惊讶讶盯上的竟然是一窝老鼠正在一口横木架出的木棺上盘粮。盘粮者们进进出出，进入草铺团时或口衔苞萝米或尾拖黄谷粒或脊扛松塔子，出来时一身干净，一双贼眼忽闪忽闪地只往四下窥探。盘粮藏粮，鼠在盘粮藏粮，真可爱！我顿时似有善心萌发，就打消了那一掠而过的灭人巢穴之念，我快乐乐地盯了人家一阵。等到我再回头，随即我就窃窃生出了喜，我见那毛猴并未随我往上瞄，而是一味俯首地在嬉"哑背疯"行头。我晓得了，我刚才发现的鼠粮秘密人家没发现，只有我独享，于是我装着漫不经心的样子将眸睛子光转向瞄去了门口。门口，莲花花薄衣薄裤侧身逆光站在那，正在向乡野凝神瞭望。一会儿后嘭嘭响声传过，我又瞧见刚才还不见人影的干爹从那只稻桶睡床里探出了乌首。他没来看我，他也将眸睛子光射向了门口。门口门口，凉风习习光亮充沛，几朵紫藤红花萦绕着一段窈窕身躯在飘荡。飘荡飘荡，红花又似惹着了干爹，他那眸睛子光顿时像松明火把一样燃烧了起来，灼灼烈烈扑了过去，紧绕着花花阿姨那被阵风吹拂着的玲珑身躯以及那爿肉耸耸挺出的胸脯好是一番胡吮乱咬……（我当时见到的那一瞬间情景只是觉得好奇而且转眼就忘了，直到后来在几个特别的日子才被唤醒激活并引起翩翩联想……）当时干爹根本没想到花花阿姨在看什么以及看到了什么，他后来曾有口风透予我，说风呼呼衣飘飘，衣裹身身兀兀，当时觉得自家看到的是位刚从九天落下的瑶池披衣沐浴女，招惹着他奇异地发现自家裆下的小阿哥竟然像个沉睡多时的稚儿猛抬头醒转了片刻。当然，花花阿姨当时也不晓得干爹在看什么，日后据毛猴比画说，主人看到的是天边那片血红血红的火烧云在乡野奔袭了一番后，轰隆隆地降落去了眼前清洌的池塘水，继而水被烧着了烧开了烧出了干裂的池塘黑泥底，从中露出的除了有几条正在垂死蹦跳的鱼儿外，还有的竟是长相如同两个侄子的一对号啕稚儿。

  第二天开始，干爹与花花阿姨都显露出了怪异行动。干爹早早将只破壁稻桶拖到了周宅的后房楼梯下并在当晚就睡了进去。当我从二楼姑妈处做完作业下到楼梯下撒尿时，我奇怪地看到他正捂着自家的裆下不知要做甚。我问了，他也答了，他说先前他之所以与莲花花隔出一道竹屏同房困觉，那是因为他觉得那人仅是需要同情照顾的落难女，而昨天过后就别样了，他看到了一个妖精般的仙子闪光透亮凹凸有致地现身在门口日光花枝下，不信那不是同屋睡的人都不行，因为屋里无另人。那同屋睡的人，从早到晚瞧她也好不瞧她也好，都别无他样地如此惑人眼眸如此撩人心肠，快让自家扛不住了，于是只有逃掉，因为自家爪黑臂黑脸黑股臀黑，还双目迷乱心思非非，魂又飞魄又散，与那又妖又仙的女子长居一室肯定会龌龊歹念渐生，直至和那狂夫一样恶作爆发去非礼人家。说着，他还对我说，与我说了也是白说，因为我人小不懂的，小人没那情怀。是的，我是不懂，但我想我虽不懂，但花花阿姨肯定懂，于是我去寻了她。不料去了好几回都因目睛子瞅着了另外的稀罕事而误了启齿问疑。我要么躲在树背与屋后,要么贴着墙洞与门缝,我看到花花阿姨每每都在那两个稚儿和猴头不在家时拎着只竹篮独自进屋,而后,她蹑手蹑脚就将那口没设老鼠窝窝的棺木盖板移开,又将篮子里的一些不明之物搁入。我明白了,她八成是在外或讨或赚或捡甚至是窃了点家什需要藏起来。我当时差点要冲出暗处想去问个看个明白,但我还是忍了,我发现人家漂流四方的眸睛子光不仅光是警觉,还有兮兮可怜。于是喏喏喏,看着她将棺材盖合上后先是欣慰一笑,接着拳头捏捏对正在梁上鸟瞰的一只乌鼠怒目横睥,末了又黯然神伤着面朝北方独自闭起了目。于是,我把欲问之事也忘了,我得意于我又发现了另一桩秘密,一桩不同于先前在另一口棺材板上发现的鼠盘粮的人藏货秘密。

　　我将两桩秘密莫名其妙地藏了好些天,直到我都要差点忘记之际对干爹都未讲。有一天,当我折回一枝春发柳芽条刚要塞进正在灶口打瞌睡的干爹头颈时,不料他一伸手就将枝条夺了去并倒头执着去撩拨起炉火灰。我开开心心问他是不是又有烤红薯吃了,他说是的是的目前还是的,不过以后说不定烤红薯吃不成了,只能吃烤乌鼠。我听了这话猛地惊了一下,我将快要忘掉的鼠盘粮秘密又灵灵清清记了出来,随之我口齿不清地说起了"那薯那鼠,那鼠吃的是薯"。什么什么?干爹一下没听懂,他正要问来,可堂上却传来了郝汉唤他上茶的声音。

　　干爹来到堂上,张目一望,我觉得正在交谈的四五张脸立即就被他瞅灵清了。司马展神色诡谲地向郝汉轻语着什么,而他边上离有三尺的周豪郎却在踟蹰不前地赔着阴阳笑;我娘亲和我姑妈都在习惯性地并腿端坐着,而站着的董朝晖却是躬身一脸歉色对正色;只有问天叔一个人满脚都是泥地蹲在天井下独灵清地抽旱烟。五只写有"奠基纪念"的工地搪瓷缸在中堂条案上一摆开,干爹三指拾进茶叶入缸的只有三只。他向我兮兮诡笑后就端茶上了前。第一杯给我娘亲,第二杯给我姑妈,第三杯给了朝晖,第四杯给了司马叔叔,第五杯给了问天叔。朝晖眼尖,他好像一下就发现了前两杯仅是白开水,只有后三杯才有黄绿茶叶片在水中上下沉浮,而且问天的那杯叶片特别多。他向司马使出了眼色,司马刹那间也瞅着了,朝晖与司马就端着茶缸立即上前与我娘亲和姑妈换了杯。"奶奶个熊,体制又变回了。"已歇下与司马言语的郝汉一眼瞟过一句口头禅也掼出了,娘亲和姑妈一下相互依靠得更紧。她俩不明白刚才司马与郝汉私语了什么。"右派右派还忖喝茶?有白滚汤喝就不错了。"干爹一双大目睛恼人光劈头盖脸罩去了司马脸,司马脸立即就似有绯红翻出。"战友战友。"司马一口白水喝下就噎了,他拎起开水瓶给我娘亲和姑妈续上水后絮絮叨叨嘴巴里颠来倒去的只有这两个词。"危险得紧。"姑妈文新那口头禅也来了,"郝汉同志,你那商调函发出没,我嫂子的课已排出,就等着她来上任执鞭了。""肯定行肯定行,我刚才向郝汉同志汇报的就是这事,我回去再跟供销主任说说,供销社要恢复原来的体制不归公社管了,红月同志归队,我这个分管县长还是能说了算的。""是呀是呀,司马同志一早就到了公社,还专门叫我来作陪。"司马说完,董朝晖又补上了一句。"这还差不多,你俩都升官了,可两个革命女人家却倒灶了,这革命没革公平,这……"干爹接上的话没说完就被娘亲打过的一道目光刹停了。"体制变化?"娘亲眨了眨眼,似在问自己又似在问司马。"对对对,基层供销社人权物权事权原来下到公社,这次又收回县里了,红月同志,你看,你是从廿八都回到县里工作还是……""不不不,你又不是不知晓,我和文焕同志一直就是志在教学的,如果我能参与水泥厂技工学校的教学,那是我的荣幸。""对对对!"听了娘亲话,我立即雀跃欢呼,"司马叔叔,你赶快调我妈妈,你不能骗我。""不,不骗,保证不骗小雪亮。"司马一下竟然抱起了我。场面慢慢走出了尴尬变出了些许温馨。"是么是么?供销社变了?!"豪郎叔乘机插话了。当他的问话得到司马和朝晖点头认可后,他接下去的话语立即就如同了连珠炮,他说供销社变了,那"政社合一"那"工农商学兵五位一体"那"一大二公"那"耕牛、劳力、农具、领导四统一"那"吃饭不要钱"变不变,他们周村大队被平调的物件劳作粮食已经木佬佬了,城关公社还欠着他们十五担干燥谷嘞。说着,他的半爿阳脸给了郝汉,另半爿阴脸给了司马与朝晖。嗯,嗯,嗯,豪郎的话谁也没应,场面一下子变得肃静,只有我一人在咕噜着我听得懂的那句话:吃饭不要钱,不要钱莫变。"呜啦啦啦",转眼一过,稚儿哭声闯进了堂上,花花阿姨的两个侄儿跑上前直围着干爹的膝盖骨绕,说那一只金毛猴真坏,将他俩的一碗薯与半碗苞萝米都偷了去吃。紧接着,几声"嗷嗷"兽嚎也赶了来。室内人转睛探去,哎呀,只见门外大辫子甩过柳条枝挥过,一个短袄长裤束腰小女子赶着只毛猴一闪而过……干爹那时似乎生怕人家看到了什么似的,他偏过脑壳一手指着天井上的天外一手指着天井沿蹲着的问天叔说,有三种声音又传来了,各人听到否?

尽管当时各人都没应他,但我看见各人还是会心冲冲地笑了。何况紧接着水泥厂的那位简良伯伯以及俪俪爸爸朱鑫和戴眼镜的周浩舅舅驾着卡车都来了,他们与郝汉司马朝晖豪郎等大人凑满了堂厢,又是嬉笑嬉闹又是踢脚握手捶胸拥抱,并熙熙攘攘说着什么"麻烦了""再见再见""有事呛一声"。我当时对大人们讲的事没怎么在意,连娘亲和姑妈跟我讲的"好去准备准备了"也似乎听到似乎没听到。我关心的仍是干爹讲的他听到的声音,我担心他那灵光奇异的耳朵会将乌鼠的秘密叫声听了去。我把干爹拉到门外问他,我怎么只听到两种声音传来,一种是大铁路上的大火车鸣叫,一种是后来耳朵都听出茧皮的工厂小火车嘶啸,那还有一种声音是什么?什么什么,他说你呀你呀,真是饱汉不知饿汉饥,当时你问天叔蹲在那不走,他是来向你豪郎叔告状的,他那个小队的人做秧田做了一半都逃了,说做了也是白做,种出的米谷不是海吃个光就是送别人,他当时满肚子牢骚在怪叫,何况人家还忖蹭顿工厂临时食堂的饭,人家的声音大着呢。是么是么?我瞪大了眼,干爹的话我听懂了后半句,前半句仍是不大懂,我不太明白那些个人为甚不愿做秧田。不过,对此我也没兴趣,何况人家半句都未提及鼠窝鼠叫,我满足了,当时似乎继续听到了大火车与小火车都在叫。我立马聪明长出苗,告诉干爹,不远处有个高岗,郝汉姑父文新姑妈曾经带我去过,站在那里既可看到大火车在唱着歌儿奔驰,又可看到小火车在喊着号子奔跑。不料,高岗高岗,我刚说出"你晓得吧你晓得吧",干爹就拉着我的双手一路长跑去了那高岗。他并且在路上告诉我,他与已经牺牲的郝光叔叔和已经远走他方的江妹阿姨昔日还曾在那高岗上战斗过,那天晚上是他与问天狂夫叔一起装猪叫引走了狼。于是我俩他装猪叫我装狼嗥开开心心地站在那高岗向八方瞭望。不久,大火车从北方来了,火车上驮着的是山样雄伟的机械装备和战炮筒子样的钢管;同时,小火车又向西边开去了,车皮里因全是空挂激荡出的声音比汽笛鸣放还要响。干爹顿时就一手执绿松毛一手执红茶花蹦出了欢呼,他说这小火车以前从来未见过,它滚过大地,大地直抖颤,它穿过田野,田野上的油菜花一下齐开放,它的叫声虽没有大火车那么悠扬,但更短促欢畅,它有头有躯有脚有精气神,它若去与大火车比,就像莲花花仅是比江妹小一号。嘀嘀嘀,呀呀呀,我赞了干爹比得好后,又听到了干爹的惊叫,沿着他手指我俩都发现那车头拖着的铁皮车斗中间竟有人在上下翻飞跳蹿……"哎,人跳甚车吼甚哟,这人不通车皮脾气,车皮越咣啷越是说明肚腹空,要是有个磕碰,不光是鸡毛没捞到一根,怕是命都难保,早年间民国时就出过那事……"干爹末了还呼出了一声叹。

　　高岗上待了一会儿,干爹又想到了另外的事,说完了完了,搬家的锅碗瓢勺还未准备好,郝汉不来骂,自家都要骂自家把部队的雷厉风行作风丢光了。于是我也想起来了,娘亲和姑妈好像是有过交代,莫走远了,准备搬家,水泥厂的一号旋转窑台基已筑好,正待安装,指挥员要靠前指挥,指挥部要搬到工地,连同学校也不再借用周家祠堂。嗨,只有快快赶回周村。

回到周村进了周宅,不仅人去楼空,郝汉及其他的队伍都走了,而且庭院和房间也是打扫得干干净净。堂上的一桌两椅也恢复了原来的摆放,豪郎和胭脂靠左,大外公和大外婆靠右,他们都在数钱。嗯嗯,没错没错,数目都没错,两边的人都笑了。他们都夸起郝汉,说那人讲信用说到做到,房租不打白条付现款,而且及时足额,一角一分都不少。胭脂这时说话了,她一下说这钱比两位大人多拿了一倍真是不好意思,只怪自家出租面积确是比大人多了一倍;一下又说孩儿都八岁了,她这次一定要去衢州城里扯些新式衣料,让豪郎重拾技艺好好做上几件衣裳。大外婆接着也说了话,她先是说这钱好像是天上掉下的小麦饼,可切成四块,自家只留一块,因为那不孝之子周浩已经给了自家钱,而且比郝汉给的多出九倍,后又说另外的三块一块赠胭脂,可托人去杭州捎回一盒打底香脸粉,剩下的两块给花花养的两个侄儿去买点黄金籽糕,那糕燥蓬蓬耐饥饿,就像昔日周浩他哥从南京带回的军用压缩饼干。说着说着,桌子两边的女人男人都笑了,可随后他们都偏过了头,他们猛地听到干爹惊讶讶怪呼了一声,是呀是呀,莲花花去打猴了,那小人哪?干爹随即就去了灶房。等到他再出来时,他的牛眼几乎要蹦出了珠子:你各人见到小人没?

当时先是干爹急,接着室内人都发急。他们找遍了屋里屋外,又找遍了周村上下七塘,结果不仅小人寻不着,连莲花花与她那只毛猴也了无踪迹。唉,逃什么吵,站在村口大樟树底下,几人呱呱说起了话,豪郎说户口虽然一时上不了,但一旦嫁个周村光棍汉不就可以上户口领口粮了吗;干爹说这政策犯糊涂,俺一个工人阶级讨个农民老婆可仍旧解决不了老婆户口问题,还不如丢了铁锒头去捏铁锄头;大外婆说怪还是要怪你毛记,你好好困在稻桶里厢怎么又跑到楼梯下来困,人家莲花花当天就来与我讲你莫非是变心要娶他人啦;平时老不讲话的大外公见干爹听了小外婆的话还不诉言还急红了脸,就劝话说,快说快说你毛记有甚说,说出个子丑寅卯来。说?说?干爹问了各人问着自家,犟着的脖颈上暴出了蚂蟥筋。说,说!说就说:俺哪里是什么变心哟,俺是见到莲花花被雨淋了、被风吹了,见人家胸腹股臀都显现出来了,自家本不会翘的小阿哥也翘了,俺怕挨不过那煎熬而去强做了,那不就是犯了要坐班房的强奸罪啦?干爹一通话说完还紧盯着问:对不对对不对?什么对不对?我也接上问了。不料大人们一时都未回答,只是在傻笑,而且两个女子还掩着嘴,两个男子还暴出了一嘴黄牙。

　　人肯定不在周村,那去何处了呢?四个大人都走了,干爹仍旧偎在那并且合掌向大树下拜了。我劝他莫傻了,树也不是人,没眼没耳没嘴巴,它怎会晓得逃掉的人逃去了何方,走吧,郝汉姑妈娘亲那头在等着哩。可他依然不走,说这头眼目前比那头更重要,后还说可惜手头无香,不然三根香敬上去树神就会显灵给出方向的。劝不动我似乎生气了,我站到树旁的一块黄蜡皮石上朝四野像狗样吠声:花姑娘花姑娘,你领着大毛二毛猴金毛,去哪去哪啦?七吠八吠,乌翅展展的雀儿在归巢,暮霭随之一袭两袭三四袭,将四野也给出只笼罩,蛮远处的问天叔竟然出现在了田塍上。他是执着根丁字形木梢过来的,脚上像往常一样沾满了泥,他说今日怪了,秧田畈向阳避风,寻常日子总是能比其他田畈多饮些日光照少受点北风吹,可今日它竟然被天上一只乌云朵遮了,被地上一阵风吹了,于是他便听到了雪姣的胡喊海号,于是他便跑来,连腿泥也未去洗。干爹怪他说那么多做甚,眼目前顶顶重要的是,能否晓得莲花花去了何方。问天倒有回答,他说他倒是看到过莲花花进了雪姣家,可惜没看到人家出来。那也行,或许雪姣晓得花花去向,那就去雪姣家。雪姣家门口一停,干爹就去擂了门。半天擂下来擂得灶房里的肉猪都嗷嗷应了,可开门的人仍未现。干爹一急舍了拳头股而去用了脚,结果门被踹开了,狂夫叔挂着一脸恼怒顶在了门口,而且一双手还在系裤带:做甚做甚,扫帚星,俺都半个月未归居里尝肉腥香了。干爹也不听他的,只是说着雪姣也好爬起了爬起了。爬起爬起,雪姣须臾就露了身,她一边扣着大袄布扣子一边说是来找花花的吧。晓得晓得,果然,这女人晓得!干爹忙忙说,跟俺曰跟俺曰,花花去哪去哪了,曰得灵清俺送你件锦绸绣花袄。噢噢,真的吗?真的,当然真的,骗人罚十好了。莫吵莫吵,狂夫与干爹刚刚闹起,雪姣就去制止了。她说,那女子是来过,不过是挑着担猪草来传话的,人家说多谢关照了,她要走了,到底去何方她自家也不知道,耍猴人只能是处处无家处处家。哦哦,那那,讲到我了吗?干爹问了。狂夫忙不迭抢着相告,没有没有那人,工人阶级力量大吹吹的,记挂这种人还不如记挂一只鸟一条鱼一头猪。又是雪姣横眉镇住了多舌人,她说你狂夫才是猪,人家说毛记看看傻乎乎字也不识多少,可实际上颇具君子之风,不像你个死鬼动不动就把女人当卧席。说着,她又将干爹拉至一边并

第四十二章　棺秘·像寻

对着干爹耳朵轻声窃语了几句。言毕,各人发现干爹已不会说话,两眼迷迷离离朝天望,一屁股坐到了地下。见状,雪姣眼嘴都发急:耶耶,你个傻子头,女人说话是反的啦!反的?反的?反的反的,当然反的啦!干爹扭转头,混沌的眸睛光透出了些许亮:那别人曰莫去寻她就是叫去寻她,别人曰寻寻也寻不着的就是曰寻寻寻得着的?!

　　哦,哦,哦,明白哉,去寻去寻,寻得着寻得着,干爹口中有词念叨了。他独自一人朝前走着,各人唤着他说天色已晚,要寻也要待明日天光后呀,他似乎也没听到。踏步踏步向前踏步,三丈远一过,狂夫叔嬉皮笑脸又来了,我同时瞅见干爹见了脚前水塘也不拐弯,仍旧笔直走。雪姣惊呼了,问天叔顿时抄起那根做秧田板的木榔朝前扔去,水塘上随即溅出一蓬大水花。干爹终于回了眸:你呀你,你铁头打鳖,可是打碎了镜中行路人!狂夫叔晓得干爹又在喷胡话了,就急忙上前拽回了他。哼,哼,就是嘛,那人就在镜子里迎风走着,有胸有臀有活剪影,好像好像莲花花,干爹被人强按着坐了凳头还没肯歇嘴。雪姣只有叹气了,她摇着头解开衣襟,将自家的一对大奶珠去紧贴了干爹脸颊。喂耶喂耶,一歇歇工夫过去,已经蹭过一番的干爹又像被土蜂螫了一样跳出了女子怀:没,没那么大的!他睁出牛眼叫出了"雪姣雪姣"。见状,各人掐虎口的掐虎口敲脑壳的敲脑壳,而我也没闲着,立即去舀出碗凉水并让干爹喝了个光。他醒了,干爹被人拽回雪姣姨家他就醒了。见干爹人醒了,雪姣点亮煤油灯后话语也接着上来,说夜来了牛猪都归栏了,鸟雀也归巢了,连大队食堂饭也没得吃了,你各人好各自回家呀,说着她执起根扫帚直往干爹脚下扫。干爹双脚挪动几次后,他猛然咋呼起来:鸡屎扫掉了,茅草扫掉了,你狂夫的大头大嘴扫不掉耶。各人闻言还都瞅了去,果不其然,灯火温温漾漾映照出的一个大汉阔脸张张龅牙扬扬,一副模样印在了地上。接着那影子笑着并蹦跶开来,两只手也伸出了,一只嚣张去抱了另一个影子的腰,一只鬼祟去下了人家裤荷包。顷刻间,干爹叫了:摸错了摸错了,钞票不在右袋在左袋。一句话说完,干爹抽手还真的将钞票二元掏出了荷包袋。喏,这钱是囡在工作证的夹层的,原本是准备给花花照相用的,相片是派出所黄所长要的,没准哪天会用上上户口的,可现在人都不见了,相也照不出来了,二块给一块与雪姣,阳春面烧几碗各人吃吃吧。干爹一通话说完就去了灶火间。不久阳春面烧好了,各人也吃了,继而狂夫拿起块油漆调色板连连敲了三下,对着干爹说他要画眠床两侧腹板了,你要寻花花自家去寻,他已难作陪。不料,那厮刚一掉头就被问天喝住且慢且慢。问何事,问天一时也没作答,他一手牵起狂夫一手牵起干爹,斜肩一耸斜眼一瞄就去了门外。那时,极目处,天苍地茫,天地浑然一派乌色不见丁点星光。再过来,倒是有隐约声响飘至,那水泥厂建设工地上反而是灯火闪耀辉煌。近处瞄瞄,村田朦朦村舍胧胧,村道上荡出来的只有三两个人以及四五只犬。去寻去寻去哪寻?东西南北中,脚板往哪迈?再说,你还要上班,你时间也没那么多呀。问天终于说话了。那?那?那那那如何是好,难道不寻人了么?三个大人互相瞅过,结果仍是问天叔继续说话:俺不用慌的,狂夫会画像,花花相没照,狂夫将她画出来,过两天又要过礼拜,四路八乡的本县工人去归居里时,俺可将画像托人去贴墙,到时不怕寻不出莲花花。哦?哦?嗯,嗯。这样好,只有这样!干爹一脚去踢了狂夫裆下:托了托了,全县七个人民公社三十六个大队俺一个乡贴一张,你就拿出真本事,莫画鸳鸯画人像,俺一张像给你二十分两个毛,俺让画像布下个天罗地网。

贴、贴、贴,贴人像寻人去。一人一张五分钱,那些像就在那个礼拜天被几十个肩背干粮袋的工友在归乡时纷纷贴去了三界城乡。东头山垭口一贴,猎麂人借着晨曦阅过,竟然发现身边跑来了两只灰毛野兔;西边凉亭柱上贴牢,赶墟女子敲了老公背,连呼男人莫瞅莫瞅了,再瞅画中人就入了眸子出不了门;南端村口白墙贴上,牛来了猪来了竹梢鞭也软了,"走开走开快走开",一阵吆喝顿时在人群中爆开出花;北岸油坊再贴去,一贴不成二贴不成,那画像宛如双翅蓦然长出,飞下飞上飞去了横梁上。贴得最牢最牢的还算城关开往江西福建的汽车门窗上,尽管风尘滚滚越野跨山穿洞过桥,等到回转时干爹仍然看到那张像凤眼翘翘的犁头锥子脸似笑非笑似嗔非嗔地在瞪着他。他那天还神秘莫测地将留用的一张花花画像贴在了胸口,并乘在呼啸前行的小火车车头去了大赤壁矿山。我那天因作业做不完没跟去,可他后来没少跟我说,那画像上的一对镶边喜鹊的的确确迎风启齿唱开了《天仙配》曲调。同样令干爹钟情乐道的还有那只寻人画像落款,他说那款简直是面自家会作响的开道锣,是他自家定的。起先没落款,问天说不落款不行,俺是正人君子,行的是光明正大事,无名头会被人小看,甚至看苟且龌龊;狂夫说要落款就落水泥厂临时派出所,那是国家组织分量重,能让人相信,你个毛记无名之辈若落上去,顶多只顶根鸡毛或稻草。呸呸呸,干爹说当时他立马就驳了去:你个手工业毕竟落后,工人阶级力量大你不懂的,俺是G上帝,昔日剿土匪,郝汉封俺记上帝,今日,天赐良机,俺整天与刻有G字的大机器做伴,而那 G 字又和亲生娘亲留在俺屁股上的牙齿印相像,俺不就成了 G 上帝吗!G 上帝代表工人阶级,堂堂皇皇坐人民分子的第一分子,分量不够重?还用得着去冒充国家组织?(于是乎,水泥厂职工毛记,括号 G 上帝,昔日剿匪英豪"记上帝"便作了那张令人长久记得的寻人启事的正式落款。)

第四十三章　花归·饼报

干爹拜托狂夫叔画出花花阿姨喜鹊闹枝簇拥头像,在三界寻觅了许多天,可那女子依然杳不显影。这人去哪了,莫非跋涉艰难越过仙霞廿八都或新塘边去了福建与江西,或者乘风悠悠撑筏搭船与那江妹一样下了钱塘,然后返回了家乡?干爹一边铲着湿答答的煤团向炉膛送料,一边喃喃自语地跟静卧在灶台上的金钱龟说着话。不是嘞,不是嘞,我拎着两只竹篾开水瓶像只偷油贼鼠般终于从灶台大水桶后背露了头。我跟干爹说,娘亲为了帮你寻花花姨已经把刚刚从城关派出所调到工厂当职的黄所长请到了工棚家,而那位从副所长升至所长的民警据说掌有莲花花并未远去的消息,我现在来打开水就是要给那人煮囫囵鸡蛋吃。是么是么?干爹望望我又望望金钱龟,"喵喵"几声,满目喜悦光顿时溅出了一片。我与龟见之赶紧都去点了头。接着,干爹一边不停地哦哦着,一边铲上些许煤团进了灶膛糊上了火口,并在其上用铁钩打出几个活眼,再关好铁板灶门后,汤布拍拍与我去了我家。我家距离不远,就夹在北面山包脚下一排苇席工棚中间。干爹路上对我拍马屁了,说红月姐姐住那么一间苇席工棚房实在太委屈,跟她在竹子林打游击时住得差不多。里厢的一大一小两张床还是他采用机器包装木材制作的,尽管床板光滑且有竹削榫头连接,床凳八字扒开且有横档支撑,但毕竟不是真木匠所为,人一躺上去多少还会吱吱叫,以后定让郝汉出钱换上新床;所幸房间里还有张金丝楠木桌撑着门面,不然就更不像样;我娘亲当时还不肯要那张桌,说什么跟整个工地气氛不配。要不是我外婆硬叫他送来,说这桌子不仅我外公用过,我父亲还曾在上印过革命传单,如今女儿不想不敢用,外孙定会乐意用,这桌哪能搬进来。可不可不,我一进屋就去床上蹦跳了起来,接着又将一双腿脚去敲了桌。咚咚几下,我与干爹都笑了,娘亲和那所长也恰时进了门。黄所长见房内就我与干爹两个人,就去瞟了眼我娘亲后说话了,说幸亏红月队长有话过来,不然四处的治保积极分子既要撕光那没名堂的什么G上帝寻人告示,还要设伏捉了那凤阳盲流女。娘亲闻之就说多谢多谢了,毛记快过来,人家黄所长从前就对你好,不仅跟你宣传过党对流动人口的管理政策,还专门去过莲花花原驻地核查过真实情况,现目前……不料,我娘亲话音未落干爹的"喂喂"就冲着那猎户出身的黄所长来了:对呀对呀,快快设伏,笼子罩子钳子统统用上去,捉了那盲流女!

干爹那时因为心急,所以只要能寻归花花阿姨,哪怕用上扐黄麂扐锦鸡扐白条扐乌鼠的野蛮办法也觉没问题。可是我娘亲没答应。她先是一直摇着头,后来等到她跟那黄所长谈过好多话,又请人家吃过用煤油炉烧出的囫囵蛋后,她点点头笑了,她跟干爹讲,我们都是有组织的人,大凡个人有了难事要解决还是要依靠组织出面的,因为个人的力量毕竟有限。干爹听着娘亲说过也没反对,但是也没点头。他那时实际上没听进去我娘亲在说什么,他嘴唇翻上翻下,别人看不出他在嘟囔什么,可我看得出,他是在说:我相信我相信,那像画的就是你,你肯定自家看到了,看到了你还忖逃,你要忖归才对呀,你要晓得,俺俩的缘分是天注定,天注定的东西是逃不脱的。

第二天过去,第三天过去,第四天到来,那天正好是谷雨过后十来天的"五一"国际劳动节。那天天气晴朗地皮干燥,农民不喜欢工人喜欢,干爹早上唠叨着这些话,着了套新工装跑到了我家。他接着又说,他昨天加了个夜班,今天要休息为的是好做点事。一是要带着几个对周村鲜花娜妮垂涎兮兮的精壮后生赶到周村去帮助问天叔车田水,那里谷雨间少落了雨,至今天还在放晴,要不是豪郎叔去阻挡,那里的农民肯定要设案头点香摆鸡摆猪头去拜东海龙王。再者,讲讲都迷信,昨夜里他手在撩拨灶膛火,眼在观金龟打滚,脑却在做梦,梦见工人们在灿烂阳光下欢呼雀跃,摇着手中的杜鹃花,像一窝闻到蜜香的蜜蜂一样直向奔驰而来的小火车身上扒,而那拉杆鸣笛长啸的人竟然有两个,一个是莲花花的安徽老乡司机老王,一个是司机老王的安徽老乡莲花花。所以他要去凑闹热碰运气参加参加那个矿山小火车的通车典礼。是么是么?听了干爹一番言语,我差点奇怪得要惊叫,但是我刚说出"你怎么",还没说出"晓得的"就被旁边正在为我煮菜泡饭的娘亲打断:雪亮晓得的哟,你干爹去你也要去,跟牢你干爹,一起去参加小火车通车典礼,那可是正式的典礼,连你外婆都要赶来看,没有下一次的。周村呀,就先莫去了。见娘亲眨眨眼,我也眨了眨眼,我本来就蛮聪明,我不仅立即就明白了娘亲的意思,而且还想起了我与娘亲的那个将要献给干爹的相约。那是在前天晚上,当我在娘亲辅导下刚做完一道四则运算题,黄所长来了,他说刚刚在矿山大赤壁一带发现了莲花花的影踪,要不要发动群众将其擒来送到厂部来。娘亲听了这话当时就制止了,并且带着我与黄所长一起去了矿山。路上黄所长跟娘亲说,真想不到那耍猴女跟你学习了你当年的本领,会跟游击队一样去住山洞。我听后心里直打鼓:难怪难怪一直寻不着人,那山中的草木花朵飞禽走兽又不识字,再何况那寻人启事又不会贴到石头山上去给它们看。看看看,电筒光闪闪,闪过枕木道,闪过茅草路,再闪过乱石岗六角刺蓬,最后闪进了黄所长指向的石头洞。娘亲当时怕吓着了人,就叫所长不要唤而由她自己来唤:花花,花花,你红月大姐来看你了,看你了。几声唤去,里面还真有了反应。细碎脚步踏过,不料站在各人面前的竟然是那两个小鬼和那猴头。耶耶,大人去哪了?娘亲问了几遍,猴头比画了,小鬼头也开了口。几番谈过,娘亲与黄所长听懂了前半段,而我不仅听懂了前半段而且还听懂了后半段。我跟他俩说,花花阿姨为生计,除了去四处掰点人家没掰光的苞萝穗头,刨点人家还没刨光的番薯,以及在矿山人家讨点吃的外,就靠捡些小火车的未烬煤渣核换粮吃了,今天她运气好,跟住在矿山的职工家属换来了五六斤大米,自家一时舍不得吃,就去周村了。讲到这里,我语气一下变得有些神秘兮兮了:花花去周村,肯定是去那搭墙翼屋掀棺材盖藏粮的。是么是么?娘亲与所长狐疑一路跟我走着。等到了那爿翼屋,一切如真,我娘亲与所长既惊讶又欣喜地看到一个黑发长辫女正在一口棺材旁落泪滂滂。娘亲上前宽慰了,叫其莫再藏粮了,人身体重要莫要饿坏了,谁知花花阿姨反而叹气说以后还要藏,以后的日子或许更要过得难。第二天,娘亲就叫黄所长将花花接下山洞并暂时安置人家去了一爿工棚房。然后她就去了趟同春药堂外婆处。归来的时候她情怀既保留着原先的伤感,又似乎平添了些许浪漫,她解释性地跟我约定:不要让你干爹去山洞接人是因为怕他太伤心,我们还是挑个好日子,让他喜出望外看到一个光鲜亮丽的花花阿姨归来好。我点头了,我说我懂的,我本来就会躲猫猫,不然我早就将花花阿姨藏粮于棺的秘密讲了。

现目前干爹依了我就站在小火车进厂的这一头,而没站在小火车出矿的那一头。尽管那一头是剪彩的场地,那一头的光荣与鲜花鼓掌更多,但这一头有我外婆在,而有我外婆在干爹就不会奔去那一头。这不,干爹不仅紧挨在外婆身边,而且在先前还采来不少松毛枝垫上大汤布,为外婆在块青石板上做出了个舒坦的座椅。眼下外婆就坐在这椅子上。一边吩咐着干爹专心致志地听听那周浩舅舅讲段发明蒸汽机和电器的故事,一边在不断摩挲着她手腕上戴着的那只碧玉镯。干爹耳朵一竖还真去听了一会儿。当他听完那四只眼周浩讲过将要从矿山开来的小火车就是蒸汽机驱动的以后,他马上应言道,是呀是呀,他有点懂的,那股煤炭烧出的汽,力气大得很,那钢箍轮子就是那股气吹得飞旋的。外婆闻言后向四只眼笑了,并接着就向干爹摆摆手示意他蹲下,干爹蹲下了。外婆又叫干爹伸出手,干爹手也伸出了,接着干爹一双硕大牛目睛瞪出了疑惑与惊喜,他看到我外婆将自家手戴的那款碧玉镯取下后塞到了他手中,并同时对他说:拿着,会有用的,或许很快就会用上的。耶耶耶,会不会搞错?干爹眸睛子光先是亮晶晶地瞟了几下自家的新工装,而后又混混沌沌转向瞟去了天空。我当即就看懂了他心思,于是就跟外婆咬起了耳朵:他说他要这东西没有用,他又不讨老婆。外婆听了我的话将我搂在了怀里,可她同时说出的话好像不全是对我讲的:罪呵罪呵,原罪是个罪,可没有原罪哪有人嘞,有时犯个罪,恐怕也是种缘分呵……你干爹的缘分这回怕是逃不脱,该来了。

　　该来该来,我那时人小,虽不懂有罪过的缘分,但我懂得小火车载着莲花花在娘亲的设计下该来了。来了,来了,随着干爹这时对我外婆发出的轻声呼唤,我听到了一阵连绵不断的轰隆大音从远处山道弯背萌发后,就乘着浩荡山风贴着翠绿山体越来越急骤地逼近。紧接着,就发生了干爹日后没少对他的工友们炫耀过的情景:那时光,天朗朗,青山挂在眼眸前,地晃晃,一路油菜黄花扭腰唱曲捧着火车铁头弯弯曲曲朝前开,蓦然然,现代文明发飙了,铁甲车浑身抖擞脑壳通电打出了光,肚腹呼呼憋出了气,随之呀,车辆滚滚雾团翻腾,左右两个流光霓虹就在"咣啷啷咣啷"中顿时化成了会飞的七彩翼膀,喂呀喂呀好翼膀,乖乖的个隆的咚,它缥缥缈缈挽起铁甲车,像匹盔甲战马一下子飞腾出轨道直向眸睛子当央杀来。耶,耶,这是做甚?惊慌慌,俺吓得赶紧闭眼,不料一记玉鸟鸾声搅着一团喷香红花乱纷纷扑上了眼,叫俺目睛快睁开,说王母娘娘派个慰情小丫来了人世间,你毛记千万莫错过时光!俺遵言了,俺睁开眼,喂耶妈,哪是什么仙子小丫,凤眼溅着幽幽怨,樱嘴咬着悠悠恨,一对鸡雏小胸起起伏伏,嘴巴里念叨着多谢红月姐姐和药娘。原来呀,乘着蒸汽彩虹来的不是别人,她就是俺前面八方贴像寻找,股臀后又要送玉赠粮要讨进居里的老婆莲花花……

　　那天的第二天,当我跟干爹讲花花阿姨的归来我也出过力,是我领着娘亲去那爿搭墙翼屋寻到人的。干爹闻言立马就说他也要去察察那个躲在棺材里厢的秘密。我见他那个猴急猴急的样子我故意露出了诡秘的笑。不料他接着比我更加诡秘地笑了，他说他去周村不仅是去探秘，同时还可帮助问天那厮车水抗春旱以及其他。其他？其他是什么？谁知他虽说是答了我，可是等于没答。他跟我躲起迷藏了，他说有些事只需做勿需讲，还有些事讲了小孩也不懂。不懂不懂是不懂，我便问他昨天的整个晚上都是在哪过的，因为直到凌晨时分我出门拉尿才看到他翻过矿山去向的那座山包而贼溜溜溜进自家工棚的。不是么，等到天大亮已有缕缕阳光泄过芦苇席缝隙照到我书包上时，干爹他登门了。他当时没像往常一样帮我检查检查书包看看落下了哪本书，而是一个劲地劝我娘亲放我跟他走。他说今天学校反正放学工假去工地捡废铜烂铁，还不如去周村学龙骨水车车水。娘亲竟然同意了，临走时还给了五角钱，并且关照这钱不用节约今天要用光。那好那好，看来他去周村定要带上我，带上我他好玩我好玩两人都好玩。于是我俩就上了路。路上我俩先是走铁路枕木道，不久他就像吃错了药，在自家踏脚钢轨朝前奔走一段后，叫我也要跟他样。跟他样就跟他样，反正那样更好玩。不料我一上钢轨人还没走稳当，他又来了事，说是还要跟他念个踏车曲，不然待会去车水，不是脚僵踩踏不动就是滑脚落下塘。我当然既不愿脚僵又不愿落塘，我就一句跟一句地跟他唱。唱着唱着似乎唱出了瘾，直到我掉轨上轨十来次，干爹不唱了，我还在轨上唱：以人运车车运辐，一辐上起一辐伏，辐辐翻水如泻玉。大车二丈四，小车一丈六，小以手运大以足，足心车柱两相逐。左足才过右足续，踏水浑如在平陆，高田低田足灌沃。不惜车劳人力尽，但愿秋成获嘉谷。"获嘉谷获嘉谷，不惜车劳人力尽，但愿秋成获嘉谷"，耶耶，我唱到末尾，左前方竟然传来了一阵比男声还要响亮的稚声女声帮腔。我好奇了，便跳下钢轨去瞄望，嗨呀呀，那爿海大海大的周村水口大樟树下站着的原来是那帮熟悉的人和熟悉的猴。其中妙妙哉的有一位，她掌黑腕不黑，其上戴着的一只碧玉镯在阳光照耀下还闪着蓝莹光。我奔了过去，一只手却习惯性地伸进了口袋去摸那五角钱。钱在，不会丢，一二三，四五六，放心了，我就将票子紧捏于掌心并加快了跑跳步：五角钱，妈妈给的，叫今天一定要花掉，可买二十五个烧饼，六个人吃不光嘞！

真是没料着，当我在进村的路上拿出钱向花花阿姨说今天中午日头饭和傍晚落日饭都由我娘亲请客时，干爹说不必不必完全不必，说着他还伸手入了花花阿姨肩背的手扎汤布包，并从中掏了只黄壳鼓鼓的喷香烧饼：今天嘞，俺居里请客,凡在祠堂前大水塘车水的,一人成双两只烧饼,不够还可去买,雪亮呵你不知道,你娘亲向黄所长传达了郝汉书记的命令,莲花花虽然上户口没条件,但是去捡煤渣核莫拦她,何况俺昨晚俺昨晚……干爹说到这,被花花阿姨掰开的半片烧饼塞进了嘴。我不解地瞅去,那两个大人竟然都红晕袭满了脸庞。不一会儿,等到我将他俩脸上红晕瞅退了,他俩相视窃笑了,他俩身后的那只猴子不仅跳到了人身前,而且还吹出了前进哨。"啾啾"叫声听过,又见他俩一人一个,手牵着小孩,很快就一下露头一下显身地前行去了那段七拐八曲的石板村道上。等到快到我大外公大外婆的周宅时,我追了上去并将干爹一个人拉到了墙角落,我跟他讲,好编个谎言暂时把阿姨他们甩开一会儿,我俩好去搭墙翼屋看看木棺里的秘密。不料他嘿嘿贼笑着一脸的狡猾相:探秘密探秘密,俺要探就探白面郎君毛太子那样的敌人的,或者呀你豪郎叔那样的阴阳两面人的,莲花花是朋友是亲人,朋友亲人的秘密莫去探,除非他要告诉你,除非万不得已,俺不做探子俺还是快去祠堂吧,呵。

嗯?嗯!去祠堂,还没等到我将干爹的那句莫去戳穿朋友亲人秘密莫做探子的话思忖个几分明白,我俩就到了祠堂面前的那口天权星塘。人到了,可池塘四围的人却根本无暇顾及我们,他们守在三大四小七只龙骨水车前正在大声争吵。有一方说,处在星杓上的摇光、开阳、玉衡几只星塘水应早抽水,那儿地势高水流渠流田更顺更快。有另一方说,处在星魁上的天玑、天璇、天枢几只星塘水应早抽,那儿地势低早就渗了不少星杓上的池塘水,已是占过大便宜了。"喏喏喏",双方吵得没歇后,豪郎叔一手搁在木架上一脚踏在大轮轴拐头上大声说起话,他说你们这些自私坯,都不愿抽自家屋前屋后星塘水,现又不愿抽祠堂天权星塘水,说什么这汪水抽了,要喝的顶清顶清的下肚水很快就没了,屁,难道你各人懂俺会不懂?说破算数,我就要抽干下肚饮用水去灌祠堂边沿的青秧田,逼着你各人上告董朝晖,好让那书记法外开恩,归还俺周村大队被平调去的大粮。呵,呵,人群中顿时沸出一阵叽里呱啦声。先似乎是赞叹说毕竟是当书记的有法子去抗那上头的书记,接着一个别样声响"咕隆隆咕隆隆"又盖了过来,只见我狂夫叔双手一阵空盘小水车车把,霹雳般嚷道:屁屁屁,你上次鼓捣各人去护水口树,结果呢,公社发毛了,下来两查三查你就把问天供了上去当替死鬼,当时,要不是……说到这,只见问天叔虚晃出一脚,一下就将狂夫叔止了口。他继而朝着人家手点的方向瞄去,他看到干爹从人群后蹿去了池塘石板埠头。是的是的,干爹指天指地地在另一头大声呼唤,当时俺去救他可不是鸡毛当令箭,俺是奉了郝汉手书令的,"放放放"三个字一个字值一角钱,朝晖书记不仅放了人,还请我俩各人都吃了碗一角五的尖椒肉丝面。哦哦哦,真当的?哦哦哦,真当的!人们闻了言又盘问了一番后都将目光转移了过来。耶耶耶?是来耍猴讨吃的了,豪郎叔这句尖刻话刚蹦出口,干爹就接着"屁屁屁":俺各人今日是来帮你们车水施饼谢恩的,走村串户,一口粥,一盏米,一只薯,一瓢水,一杯茶,一把粟,一箸菜,一个饼,一分铜钿一碗鱼鸟骨头汤赐来,俺都勿忘的,今日小报报,来日待俺泥鳅翻身化锦鲤,俺定有大报,你各人莫嘲笑呀,现目前就可提神好生瞅。瞅呀瞅,唰唰唰,道道眸睛子光神情虽各异,但都匆匆掠过我眼前去了同一方向。喂耶妈,只见在那池塘埠头上,花花阿姨啪啪抽起了响鞭,两个稚儿哗哗翻出了跟斗,那猴头也在不停地跑着场圈,而那清爽如洗明净如镜的石板案桌上已经摆出了一大堆脆黄喷香的满月圆烧饼。

　　当时也不知道是小孩先上还是大人先上,人们都歇了手中活全上前了,且一歇歇工夫就将石板上的烧饼前拥后挤地取了个精光。"吃,吃吧,反正不要钱。""耶,这莲花花面黄肌瘦没那画像中人漂亮嘛。""这对野鸳鸯还蛮讲情义的嘛。""可怜了莲花花,城里户口不让上,农村上不上,亏得过的。""可怜的还是毛记那个G上帝,一个人要养三个人一只猴,人傻呀。""可怜个屁,人家不傻,人家专养着,随时可以过大瘾困困,还可随时甩开,反正是野的没正式名分。""不对不对,听说那位上帝的小阿哥是萎的不会翘哩"……人们口中嚼着饼,同时没忘记说语吐言,不知干爹听到没,反正我是听得蛮灵清。哎哎哎,与干爹聚在一架水车旁的狂夫问天叔也要说语了。于是,接着我就听到了那时听不懂而后逐渐长逐渐自然懂了的一段大人的"其他"话。狂夫曰:哪样子啦,当时你与花花居一室,你本是不行的,可你被人引得有点行了,行了就行了呗,正好下手,可你又生顾虑,生怕自家欲火难熬会去强奸了人家,结果人家宁愿去了山洞,现在那样子行不行啦?问天曰:究竟行不行,实在不行也无大碍,俺还可以去找药娘看病,另说那个花花要对你实在好,那就赶快拜堂,日子久了,旱苗歇甘露井蛙爬木梯,还可以养出你一个行。嗯嗯嗯,干爹听着他俩的话,目睛子虽没睁开,但开心的心绪却冲得鼻头不停哼嘴角不停笑:俺,俺昨晚试过了,翘了,但还不够硬,花花说了,不着急,等领了证,有的是时间,养得出来壮根的,不定就能开花散叶添增出儿囡。哈哈哈,三个人当时就乐作一团,直到花花阿姨走来问他们笑什么,他们尽管手搭在木杆上脚踩在拐头上,可依然伴和着哗哗龙骨翻水还在不停地放肆傻笑。

第四十四章　花宴·造屋

就在那天车水车到晚霞沉满池塘、池塘里已有鱼儿乱跳、塘水眼看大池即将干涸，而饮水小池水面又渐渐浅矮下去之际，一件龙王瞪目、太公结舌、壮男子手足失措、俏女子花容失色的蹊跷事体从天而降。"啪啪啦""哗啦啦"，几部水车几乎就在同一瞬间，龙骨断裂刮叶停行，刚刚抽到上端很快就要流入草泥引漕沟的箱水一下子都顺着槽身退回了池塘。场面刹那间全寂了，只听得见露出水面的乌龟王八在吹水泡。我眼前同一水车的三个人也都歇了脚，问天叔斜目瞄了祠堂又瞄头顶天，狂夫叔索性跳下轴轮拐头，口念叨叨好歇工了，花花的烧饼也吃光了，而干爹手挥挥朝着豪郎嚷着说他会修龙骨断。不料干爹话音一落竟陆续引来了星点嘘声，接着这嘘声愈来愈大，到后来就响作了一片。豪郎这时间脸是沛沛喜，可言是无奈何，他说好奇怪，本来这车坏也是单独一部或两部坏，哪见过部部同时坏，看来不是天意就是地富反坏先前就做了手脚蓄意搞破坏。嗯，嗯，嗯，现场各人面面相觑呆了一阵，接着就听到狂夫叔吼了声鬼鬼鬼，这老天爷都恼你豪郎瞎捉鬼，是他老人家派员下凡使的坏。众人听了这话都窃笑开去，随之豪郎也就宣布食堂今日无饭，各人好歇手收工归自家居里刷锅点火烧灶膛。

居里居里，居里在何？车水各人散去后，问天狂夫叔两人也没去请干爹一行去他俩家，干爹尴尬地望着两个稚儿，两个稚儿望着姑妈花花，花花却诡诡窃笑说两位哥哥也莫回居里了，居里少一双筷子不算坏事，还是跟她去周宅翼屋，到那里不能让各位吃个全饱起码能吃个半饱。哦？哦哦哦，人去了。应着花花要求先在门口歇口气，再闻"请"声入了门。呵呵，一钵黄苞萝白玉米已候在灶台上等水沸下锅了。花花说多亏两位哥哥帮忙四方贴寻人布告，不然她差点以为这毛记哥哥嫌她了，哪里晓得记哥哥原来确是将草当作宝，哥哥已经离不开了她这件误当的宝。说到这，敲门声来了，门外进来了我大外公和大外婆。他俩先没吱声,搬开北角柴火后自家动手挖地尺半,竟然挖出两坛子酒。大外公说是上等高粱糙米吊的烧,现土埋窖园已逾十余年;大外婆说如今毛记要娶花花了,今天又是结亲吉日,俺师傅师娘权当回爹娘,当着三家四户各人面就摆场定亲酒吧。我接着说我口袋里还有娘亲给的五角钱,我去给各位买回一包猪耳朵。问天狂夫也说了,说是先前车水时他二人乘着一阵乱,一个去私藏了一片鳖,一个去私藏了一条鲫鱼片,现如今不藏了,去启出来凑个喜事份。好,好,好,大家当场叫完了好后就各自行动了。当干爹那只从学校带来的双铃马蹄表吓人兮兮地闹响九点钟时,已见有几只菜蔬上了床板当成的那面桌。哎哎,狂夫叔鼻头嗅嗅又撅出块猪头肉吞进肚后叹出气,说是可惜可惜,要是席上有鸡有鹅有鸭就好了,要不然索性让他赶去队里的家禽饲养场偷上一场拉倒。哼哼哼,不料这位叔刚刚吐出一句苟且话,门前就站出了鬼模怪样的周豪郎。休想休想呵,亏得你还是个手工业,阶级比农民低半级,可觉悟却比农民低一级,忖鸡鸣狗盗了。不用啦不用啦,豪郎话未说完,另外三个女人声倒是急急匆匆越过男人肩胛头落进各人耳朵旁,嗨,原是胭脂雪姣和问天那病恹恹的堂客。她们仨都没客气,全用屁股顶开了豪郎后,母夜叉一般拥进了房。胭脂拎高手中竹篮说,这篮子里全是栀子玉兰茉莉雪白花,男女讲情呀此物顶寄托,多多吃了它,男子会柔情添生、女子会肤洁皮滑增芬芳;雪姣平摆着篮子指指说,这是金针花油菜花,虽不及雪白花清香寄情,但量多且已经三天三夜三十六个时辰泡晾,多多吃了它,不光多凑只菜碗蛮实惠,而且能让男子乱时更勃发、女子颠际更风骚;问天堂客躲在前面两个女人背后,可话语也不怎么示弱,她扬言自家的花朵全是山里采来的野玫瑰,它红艳艳最金贵,是那朱俪俪收货时肯出钱最多的,多多吃了它,男女那根拴身牵情的红丝线会更长更韧更牢靠。嗨呀呀,豪郎叔猛地狂笑了起来,他先是背着手说真是巧了,两个女子去他家是要搭个顺风车,托胭脂卖席宴鲜花之际将他俩的花也卖个好价钱,不料隔墙有耳无意间听到了翼屋里各人在曰毛记花花定亲之事。嗨,说到这,豪郎将只原先藏于身后的手挪到了各人前:我这里还有只熛毛赤膊白鹅,原是准备拿去朝贡公社老爷的,这下好了,也算是白鹅有福,能不给那些大快朵颐之辈塞牙缝而恰逢了记兄好事,俺不献出那鹅也不情愿呀。

原本冷冷清清的搭墙翼屋就这样一下子闹热了起来,而且很快室内人就分成了两摊,一摊俱是男人一摊俱是女人,男人围着那坛出土的高粱酒在看着干爹拆草泥封口,女人汏花漂花刷锅擦锅剖鹅剁鹅,没一人闲着。不一会儿,目睛骨碌碌,这边泥封土磕碎,三层竹箬片掀开,坛口沿再用袖口揩过,男人眸睛子光浸着酒香瞟瞟竟然瞟去了干爹的裤裆上;另一边,目光错错,随着柴草入膛、灶火渐燃、菜籽油落锅,几个女的眼神齐齐瞄过了花花阿姨腕上所戴碧玉镯,后又慢慢扒去了正在炒菜的人家肚皮上。耶耶耶,女人毕竟嘴碎嘴快,柳胭脂轻声问了莲花花"有了有了",接着又去嗅了人家嘴。真是无独有偶,正当我右耳听到女人声时,左耳几乎同时听到了男人声,而且同样是"有了有了"。我听到了,不料一起的两个小弟甚至那只猴头也听到了,于是猴头划起了彩头手,我与小弟也跟着呼出了"有了有了"。有了有了?大人声小,小人声大,大人相互没听到可小人两边都听到,于是大人们都向着我们瞧:有了有了,有个甚?有个甚?耶,这不是你们大人在言嘛,还忖骗小人,难道阿姨肚皮里干爹裤裆里不都是藏着水果糖!水果糖?水果糖!两边的大人瞅着中间的我,都或大或小或强或弱或张或窃地笑嘴对笑嘴,而狂夫叔的一只黑手和胭脂婶的一只白手几乎是同一瞬间分别伸向了干爹裤裆和花姨肚腹。结果,干爹和花花阿姨都窘红着脸庞掏出了货,干爹曰不是小阿哥翘,是只不出芽苗的番薯种,我地边捡来吊在裤腰带不料掉进了裤裆。花花阿姨曰俺不是肚皮怀了娃,俺那是嫌肚皮太瘪太难看而故意绑上的练功束胸带。于是乎,一拨男人随着干爹傻笑发出了傻笑,一拨女人伴着花花阿姨的苦笑也发了苦笑,而我与两个小弟却缠上大外婆嚷嚷要糖。

就在那一夜,我见到了以前没见过以后同样见不着的定亲席酒。八字忘了合,所谓吉日也就是适才大外婆一说,也不分上午男方去下午女方来,虽然男方在问天帮助下算是带了三折半顿首百拜红帖,但是表示婚事已定的茶叶和表示兴旺的豆米却是女方出,连本该男方要拿的一套新衣也是大外婆临时翻箱倒柜寻来捐赠,虽说当时确是合身合体,然而一下就让花花阿姨做前朝嫁娘,那衣襟的袖口、领沿、下摆,还有裤管都嵌着花边,明明是一个民国画中女人。"媒人媒人",雪姣瞅瞅着花花阿姨后咋呼了,她说龙畅师公师母就算是公堂了,可媒人也要有人做,不然男去女方女去男方谁来领?谁来领谁来领?狂夫叔妻唱夫和,他跟着雪姣嚷着他来做媒人。不料干爹闻言后应了,一张嘴巴越曰越快,曰到最后简直像开启了机关枪:媒人,媒人是介绍人呀,你狂夫介绍俺识莲花花,笑话,俺是自家识的,一个讨饭流浪女还带着小人与猴,傻子才愿相识,俺如果不做工人阶级俺也不愿识,郝汉红月文新都教育过俺的,工人阶级解放全人类,最后解放自己,俺解放莲花花等于解放俺自己,再说,也实在是这耍猴女命好,她长得不像别人偏偏像极了不知去了何方的江妹,这不就是天意吗?天意昭昭天命难违,咱们工人有力量,俺要与花花洞房花烛、锦被同床、颠龙倒凤情意绵长……说到这,干爹的背脊片被花花阿姨拍了:好嘞好嘞,一顿定亲酒都要各人凑,你光去吹吧,俺各人可是肚皮贴到了背脊骨。

那天晚上,周宅那间搭墙翼屋里不仅有"一点高升、两家好、三星高照、四大发财、五子登科、六六顺风、七吃巧、八仙寿、九马快、全福寿"喝酒猜拳声传出,还有"拜谢槐荫做此媒,谢你当初为媒证,俺与娘子结为婚,夫妻算来在百日,非是娘子来织锦,怎能夫妻转家园,一番欢欣,一番喜盈"的高腔唱段爬上了屋顶。后来据花花阿姨讲,她有时在夜间手摩挲并挂到脖颈上的那条彩石项链就是那晚干爹第一次出示给她看的。那人还跟她讲,那东西不是宝贝但胜似宝贝,是他毛记的亲娘遗留下的,将来可凭此物去认亲人,现在你莲花花想什么时候玩就什么时候拿去玩。

接下来在我心底流淌出的故事应该就是干爹他当时的造屋了。尽管那段经历相比他接踵而来以及后来的经历根本无甚稀奇乖张惆怅之处,但是在他和问天狂夫叔以及其他人嘴里依然是不可或缺。事情的起因仍是发生在那个鲜花蔬菜为主的定亲宴上。当时人们喝酒猜拳引吭高歌一番后渐渐离席,狂夫夫妇以及他俩的儿子蛮牛是最后走的。走时雪姣婶子邀请我与花花阿姨的两个侄儿去她家困,她说她家虽然空着的凉床已没了,但可以叫蛮牛几个去困谷仓,那谷仓没粮囤,反正空着,给老鼠和野猫困还不如给小儿鬼去困。蛮牛闻言立即就拍手了,他说好的好的,大凉床让给雪困,他去困谷仓,他这下子可以看到父亲画在仓壁上的图画了。谁知他话音刚落,他头顶就招致了他父亲送上的几个手弹子:那是你看的?俺那是为了开情蒙专门画给你毛记叔看的春宫图,都十年过去了,你小儿鬼今日看不得。什么什么春宫图?狂夫干爹咧了嘴,雪姣花花阿姨瞪了眼,我连忙说了不睡凉床我也要跟蛮牛一道困谷仓,我当时以为所谓春宫图应该就是孙悟空大闹天宫图。困谷仓困谷仓,小人叽喳着大人呵斥着,等到我们离开周宅翼屋走出一丈远,狂夫叔又掉头嚷了:一户人家居里自家要有屋,不能老是寄住呀,另外勿忘记,今晚一定要把那只笼中雏鸟做掉。

干爹当时虽然没应和,但他很快就想进去了,而且还得出了个结论:家有梧桐树不怕引不进金凤凰,而今靠着天意靠着各人相帮靠着自家工人阶级的力量,虽说谈不上是引得凤凰,但至少是算引得了一只锦羽玉鸟吧,这鸟如此珍贵,她自自然然就把人三魂六魄全然索去,要是连爿栖息之处都不给人家,那怎么对得起哟。得得得,要留住凤凰锦羽玉鸟非得要有属于自家的屋不可,哪怕不是金屋银屋仅是爿草屋。想到此,他原先缩成一团蜷虫的身子像化蝶蛾虫一样舒展开来,他敲起了他正在当床假寐的打稻木桶:莲花花莲花花,师傅师娘有周宅,俺也要有所屋,现没有可咱们工人有力量把屋盖出来,盖所俺俩同栖共宿的G之屋!

我花花阿姨当天晚上没理他。她以为干爹喝多了是在做梦说梦话,只有随他。干爹也奇怪,说完那句话后他就鼾声大作,他什么事也没做。不料第二天早上一爬起,花花阿姨就烧好了薯粥烙好了麦饼催他快吃,不然上班要迟到。他嗦啰嗦啰吃好粥后又蛮蛮认真地对花花阿姨说:俺昨晚本来是要爬到你床上的,可俺忖灵清了,俺既不可寄人屋檐下与你迷迷乱性,也不可在工棚里躲着工友与你慌慌调情,俺要么不做,要做就要在自家屋里的眠床做,那样才神定心宽快乐跟舒服。嗯,嗯,花花阿姨点头:那样固然好,可俺不敢指望,俺现在住在那爿矿山废弃材料工棚里蛮好,你有空就来俺不赶你,再说,你要盖屋,那黄所长会答应?人家自己的农村老婆来了,还不照样去困工棚。哼,哼,干爹闻言鼻头直打吭:黄所长,大不了俺俩就卷着铺盖去他办公室困去,他是为民服务的,看他把俺这个民如何办?你一定要信俺,原本俺也不敢信的,可现在俺越来越自信了,俺人不一样了,天时地利人和都会跟着俺,黄所长也会依了的,俺不做梦也能盖出那所屋,俺现在就去借那观天察地测阴阳定走向的金针罗盘。说完这话,干爹头也不回地出了翼屋门,嘴里还在念叨着:这事男人去做了,不要女人操劳,俺也不怕那黄姓所长来阻拦,为了自家女人,大不了俺就做个有农民尾巴的工人拉倒。

干爹揉着眼眶一边怪着风不识相将目睛子吹得似有不明不白,一边大步夹着小步迈向了东边墙角拐弯处。弯也很快拐过,他站去了人家门口,正忖去敲周宅门环向师傅借那天圆地方的器物,不料那门竟然"吱吱"自家开出缝。目睛迎上去,嗨,从中走出的非黄脸秦琼亦非乌面尉迟,而是红脸师傅与白脸师娘。师傅说:好好好,你在隔壁的盖屋所言俺都听灵清了,你所盼即俺所愿,花花及你所虑俺也帮助忖过了,原先土改前赠你的这爿翼屋土改后就不作数了,你现在做工人阶级,理论上就是无产的,更不该有自家屋,可你要讨老婆了,你扬言要为老婆盖所避风躲雨场所你就做对了,反正你人都是国家的,国家一下又无法给你夫妻屋,你去为国家盖所给自家住的屋,恐怕不会太为难郝汉公家的。耶耶耶,是呀是呀,干爹原先那眼中含沙微感不适可又难以厘清的感觉一下有如醍醐灌顶清泉洗眸,全灵清了个透:师傅所言行呵,关键俺是个公家人,公家人用公家征收的公家地盖所公家屋住个公家人,公家还会不允? 那黄所长之所以不高兴那几家苏北老乡拖家带口在窑尾西头山坡上搭棚子,那是他不解何谓公家人,俺只要据理力争,而且盖好的房留一间给他夫妻住,那还怕过不了他那一关。干爹一时把自家忖高兴了,他就顾自嚷出了"拿来拿来"。那师傅周龙畅竟然二句话没得,一边说着"来哉来哉,晓得你要借这专候在此,不用你上门",一边向师娘使去个眼色。师娘获讯立马也上了言语:不用上门莫上门,你上门若被豪郎瞅得,你要借的东西我们就拿不出手。说着,她就掀翻提篮遮掩布,又拨开几只碗盏,从中取出了黄缎子布包:罗盘罗盘即罗经,花梨木刻的金丝线嵌的,传过好几代,因为是件封建迷信家什,所以多年已不让它露面,前些日子豪郎要来借,说是他看见周浩为测地势也在用类似物件,他欲学着用用,测测池塘渠水怎样去缺水秧田更为便当顺溜。哼哼,师傅接上师娘的话显得颇为不满:合作化时造那几条联塘水渠我们就没请外路师公,就用上了这玩意,亏得还有个天分蛮高的问天,我晚上去他家教他白天用,一个冬季天就成了事,不然你今天要去抽塘水灌邻近田,怕是有鞋也没有路,迷信个甚哟,人家创自轩辕远古,历经百代前贤打磨,究《易经》河洛原理,参日月五星七政及天象星宿运行,察山川河流平原时令万千变化,指安居乐业百向迷津,此物精华集聚,万不可视为糟粕污物呀,要晓得我虽属异己之货,可毕竟也是留过洋受过"德""赛"两先生启蒙教诲的,俺比那豪郎懂。是呀是呀,师娘这时劝言也上来了:你师傅确系非迷信之人,哪怕俺不该信他这个地主之言,但那罗经没有地主成分,再说有点迷信又有甚,俺老百姓过日子,除了听共产党广播跟共产党走社会主义,还无法彻底脱离迷信,迷信的东西叫人心安理得,它不妨碍俺各人走社会主义阳关道的。说完这句话,师娘就推推干爹催其走开了,并关照快去找问天,那人蛮懂罗盘使用法则的。

一到问天家,干爹朝着隔壁雪姣狂夫家嚷了声叫雪亮起床上学后,就不管人家声言要去看田水将只罗盘"啪"的一下就塞去了人家怀里:俺掐指算过了,今日非申日,此时更非申时,不克风水相师,不是夕阳西沉阳消阴长,你就帮帮我去看看那块地,那块地我明明没去想它,可它就是日里夜里梦里非梦里都在跟着我。问天闻言先是推托了一番,后听说对方愿为此次出力出资一元为其一天劳动分红八倍时,他装出了惊讶状:那,那不是块鬼神之地就是福祉之地,非测定不可,走,俺跟你去,看罗盘怎么曰。走,说走就走,他俩一走出门,我与狂夫叔已在门外候着了,于是一行四人一溜烟地去了工厂南端那块地。是这块？是这块！狂夫叔疑惑惑先问了,干爹快乐乐就答了:嗯,就在此,它就像鹿溪城关的四牌路口一样,一则,这块地后面是座山坡,山坡上有苏北人擅自搭的棚,俺盖屋于此就有了托词,苏北人能盖俺本地人不能盖？法不责众,俺公家人也不能太为难那黄姓所长。二则此处面临西端入口,而那口子正是小火车奔驰必经之地,我站在这,早上可送花花浴一身霞光去矿山,晚上可接花花拎一篮煤核回家门。三则……干爹这里刚要说到三,狂夫打断了他:不要说三了,你这一二都不行,山坡这头是朝北,背过去才是朝南,你房子盖在此你顾得朝朝暮暮能先看到老婆,可完全偏了方向；再说,你门前过火车又不是过流水,那火车轰轰隆隆还蹿着烈烈火,哪像清水悠悠能流来滚滚财。不不不,干爹立即就反驳了:这你不懂了,房子可再往东移移,那里正好有个缺口,落在那虽然不是正南正北,但还是朝东南,俺北面窗口开大些,仍可见花花早出晚归鲜花一朵柳枝一条。好嘞好嘞,问天叔见他二人吵了就上去劝:选个宅址总难百样如意的,左青龙右白虎前朱雀后玄武四方大致有个样子,中间就要随变化而变化了,何况你这大厂子东有似龙铁道西有卧虎山峰北有巍峨赤壁南有鹿溪流水,四象够全够美的了,你只要能落在这厂子里厢那就是有福,不信俺就来测测。说着,问天叔就抱着那只罗盘去站定了干爹指点的那块红泥巴干燥地。嗨,这人一站定那样子也出来了,望望天俯俯地,吸吸气屏屏息,神情是一派泰然自若。狂夫见之说,其兄此时已情达土地公、魂系二十八星宿、精力沛沛通了草木虫鸟山川河流,干爹说莫吵吵,可他嘴里念叨的说辞我可是听得一清二楚:共产党莫怪,神灵保佑,娘亲指点,友人相助,此地若不吉就无甚吉地,赐俺吧,神奇盘,就它啦……等到干爹声音愈来愈轻以至于听不见时,另外那头问天叔的"嗯嗯"声音却来了。干爹以及狂夫和我闻讯都凑了上去,而且是头颈伸伸脑壳一个接着一个地直向罗盘打探。"怎么样,瞅灵清了呵",瞅灵清瞅灵清,这人这时的吩咐声,竟然显出许多诡异古怪,像是他的公鸭嗓发出的,又像是天外突降之人在半空中发出的,听得眼前干爹的眸睛子光喜盼与惊慌共存,他觉得里厢不仅跳出了九天瑶池舞女,还跳出了黑夜张牙熊罴。喏,喏,是这样的,问天叔见我们佇答不出甚名堂,他自答了:少见少见,天池泱泱金针煌煌,既不见"搪针"针头摆动,"兑针"针头上突,"沉针"针头下沉,"转针"针头不止转动,又不见"投针""逆针""侧针",针头浮半沉半斜飞兮兮不归中线,而着实属不偏不斜异样不现正针矣！哦哦哦？此话何解？我三人随之又有话问去。问天不料一下歪头离去罗盘朝向了天：先答应加添五角酬金俺再作解。干爹闻言说不行不行，一元说好了的，否则太赖皮，不过我倒是显得大方，当场萌萌就说这五角我来出，问天叔闻言笑着摇了摇头，然而回语却仍照出：恰说明，此处盖屋能避怪石深潭，能不违祖宗八代，能祛阴去邪，能不出忤逆之人，能顺恭神灵，能福祉绵长。呵呵呵，好言好语说，干爹一听完话就夺过问天手中罗盘，继而高举着那神器，绕着那块红泥地脚脚都高地蹦跶开来，他扬言五角钱他加添出，不用讹小儿鬼，他当时乐得连问天叔还要继续神道道的一段什么"雷风恒、震八木、巽二木"断卦语都懒得听了。而那一刻，我竟然发现干爹用脚踩踏的那块红泥地呼啦啦地向着周边拓展了出去，以至最后形成了一年后被人称之为G记农牧场的洋洋大观。那时以及后来的阳光呵同样神奇，将四周的青青鸡尾巴草照成了红焰蹲蹲、赤峰雄雄的鸡冠花。

后来，仅仅在个把月的时间里，干爹的所谓G之屋就盖好了，就像他向我那向他捐献了立柱桁条橡树的外婆所言的一样，那个盖屋速度就是像猎狗捕野兔、彩光随日月、人影追人形建设大工厂的"大跃进"速度一样快。喏喏，一张白纸铺在凉床上，干爹对着四只目睛的周浩滔滔不绝曰：既然说不出图纸不科学，那你就科学科学，反正你也不问俺要工钱，你就画个一横三五间的一字屋，而莫画两个一横三间中部还要加出两个小厅一个天井的合面三架以及三间六；两天一过，按着石灰白线地基上的石头块也嵌进了槽沟，干爹踩在石头上对着狂夫问天说，求求你俩拜拜你俩再夯夯吧，不然地基不实柱头踏个空，墙壁会歪会斜会倒，莲花花生出的你俩的那个侄儿说不定就被砸了头。结果那个晚上，他们仨干了一个通宵，清晨散伙时，狂夫叔看了会儿东边日头西边月讲，你毛记若不搞两块日月般大的麦饼来，俺就去派出所黄所长那里告你先斩后奏先插萝卜后领证，趁着月黑风高在偷偷盖贼屋。一个礼拜后，一大堆杂木杂草柴火堆去了大赤壁塘口下的工地食堂，干爹递烟花花阿姨点火，他俩缠着矿山主任简良说，换了吧换了吧，你那机器包装木板，要当柴火，而我这堆本来就是柴火，你答应俺柴火换木板，俺等你山东老婆来了时，俺不仅跟你跳猴戏，还要请来周村丰庆班来唱槐荫树下《天仙配》。再两个礼拜加一个礼拜，尽管好像缺了好几根横梁，但是立柱桁条以及四面木板壁不仅已筑好，连废品站买来的油毛毡以及稻草排也都铺去了橡子树。那天傍晚，干爹拉来了我娘亲我姑妈以及我，一起站去了新屋旁，他挥手了，我们随即看到了那辆小火车呜呜啸叫着从弯弯山道上浑身溅着赤红亮光闯过一道青树红花山口后,兀自咣啷啷来了,呵,车头上,我那花花阿姨竟然探出了碎花衣身子在向我们大呼多谢了多谢了,对不起了对不起了。

第四十五章　梦搅

　　接下来那几年干爹身上发生的故事，既让他扬眉吐气浑身的男子气概沛沛盎然，同时又让他沮丧气馁甚至绝望，一个人只忖化鸟上天化虫入地，或变成阳界坟前一株无名草，或变成阴间奈何桥畔的一只痴情蝶。而这一切一切的变化无常，我年少时只晓得去怪他那个夸下海口且孜孜追求而又实难兑现的办婚承诺，可他自家并不这样认为，他讲水有源树有根，藤蔓结籽是因为藤蔓有颗传宗接代的心，他之所以时而如同雄狮猛醒饿狼扑食一只工蜂勤劳作一条牤鱼光着身子穷缠雌鱼，时而又像疲马瞌睡斗牛惊心一朵衰花心灰意懒一只麻男鸳鸯要投江涛自尽，不全是为了去兑现他向花花阿姨发的那只婚席十八桌的愿，更大程度上是由自家那场纠结于心的纷纷大梦勾引出来的。当时，干爹盖好了自家的房，也将花花阿姨一行从矿山废弃工棚接过来住了。头几天，日升日落、火车咣啷、鸟鸣草长、小人猴头困觉如常，不料三四天后，花花阿姨跟他讲她，时常觉得有双眼睛在背后盯着她，可扭头望去又空空如也，见不着窥者人相。干爹脑壳敲敲说，将心比心一个俏韵娜妮被人明瞧暗窥均不稀奇，俺日夜都能瞅到你，可俺仍觉看不够，何况那些难得见你的人呢。花花阿姨当即似乎点了点头，然而随即又摇了头。谁知刚刚摇过头正欲拎篮出门的花花阿姨还没出门，门口已被两个小人与那猴头堵住了。花花阿姨当即责怪了去：那么早就收工了？那块地虽是块石子荒地，可就在咱家隔壁，咱捡个近便宜去开了它，好起垄种薯呀！"种薯种薯?!"不料花花阿姨话音一落，一个男人的难听斥声就来了，随之就进来了那猎户出身的黄所长。黄所长也不看花花阿姨，他只是问毛记那人到哪里去了，花花阿姨一时口讷讷没答，不料干爹倒从里厢房间走了出来。黄所长见到干爹话来了：你又盖屋来又要开荒种薯，你以为这里是你老家毛家山坞？干爹说：不是毛家山坞又怎么了？所长说：还怎么了？这里是现代化国家厂址地，哪能容得私人擅自盖房开荒！是耶是耶,不是耶,干爹闻了所长凛凛正气言先是觉得蛮有道理,就说所长说得对,好对呀,国家土地确不能让私人去盖瓦种苗,可转眼就转舌了,又说自家不对不对,自家不该认为自家是私人,自家早年间是私人,可现在已大公无私当工人两年了,自家应是个公人。公人公人？黄所长刚骂出半个"狗屁",不料被一个洪钟大吕声盖了去:奶奶个熊,什么公人,公家人！嗨呀,郝汉伯伯牵着我出现在了堂上。于是接下来,郝汉让所长陪着让干爹领着去看了左右边的各两间屋,而我对花花阿姨讲是我姑妈叫姑父来看干爹的,人家还带着简良老婆从山东老家捎来的薄煎饼。末了,花花阿姨擦着眼角怪起干爹,说所长是咱恩人,为了帮忙上户口还叫你学习国家法纪,为了证明咱不是坏人还专门去凤阳调查,你一定不能犟嘴,要听人家的。干爹点着头,可应出的仍是牢骚话:俺肯定是做错的,这点觉悟俺有的,可你们晓得不,好多住大棚通铺的外乡职工因无屋都偷偷去乡里拉亲家母了,再说俺也不能老靠别人接济,工人虽有定量粮吃,可真正吃饱的有几个,人家又不欠你,可是厂里的坡圈地那么多都在荒着,荒着不就是白荒么,种点粗粮补充补充有甚不好。干爹说到这,一双目睛已渐渐随着两个小孩的目光搁到了四脚钉板木桌上,郝汉不经意瞟过后,对那正盼着他开口的黄所长说:只要按时上班又肯出力,加班时也能拉得上,俺就……老部下,你也来尝口地道山东味吧。干爹那际顿时就听懂了,于是乎他除了揭出一张薄饼递给黄所长跟人家讲有空房间的,若乡下老婆来了夫妻可随时随便入住外,还指天划地地说,帮人帮到底送佛送西天,你黄所长就帮助把结婚证开了,他与花花一定不忘大恩情,摆十八桌婚宴席时一定请所长大人与郝政委一起去坐首席上横头。同时扬言若不做到愿受天谴。

接下来,干爹生命途程中那段连续三天当时虽然没解开可日后或正或反都一一兑现的梦幻日子来了。而我之所以对他的那些梦幻能够一清二楚且写得成文字,与其说是他在我长成翩翩少年和精壮青年时为了我健康成长而主动告诉我的,还不如说是我当时因为困惑于花花阿姨与我娘亲及姑妈的诡异言行而用日后我的青春勃发的思维魅魅猜到的。

第一天是乌阴天,花花阿姨那天清早拎着她的那只拾煤渣篮子据说是要搭小火车去矿山捡那头趟出炉的煤渣核的,可不知为甚却早早来到了我家。花花阿姨既羞涩又慌张地对我娘亲说了句"那人那人摸上来了,说了个怪梦"后就将我推出门外,叫我好去上学了。然而我并没那么听话,我的耳朵不由自主地贴去了苇席壁墙。开始花花阿姨与我娘亲的声音都是明朗的,娘亲说是为领结婚证或为办喜宴来的吧,花花阿姨讲不然不然,是那人叫我来找你的,那人说但凡他自己出了神经兮兮的事,就近可请红月姐释疑。接着,两人声音越来越轻,除了什么"羞死""丑死""好怪好怪""都是女人""说说勿要紧"几句零碎话外,其他的也只有靠我在写文章时去瞎蒙了。(花花阿姨对娘亲言,那人呀一直都在边上那块石子荒地上挖坑,晚上十一点了,工厂的换班汽笛响了,那人归了,说完茅坑大洞挖好了,只要路过人十有一二,再加上咱家五口都有屎尿进去,那不久粪坑就会满的,浇地养庄稼就不用去淘公家茅坑之后,就去困了。不料后半夜那人赤身裸体坐到了俺床沿。那人省吃俭用,光着身子困觉说是那样同样一件衣裳可延长寿命,俺知晓,俺在周宅翼屋就时常见他那样睡稻桶,可从来没见他那样来俺床沿,俺猛地羞醒了,于是说了句等等,等到领出结婚证哪怕办不了喜酒也行,谁知那人顿时就泪眼盈盈差点哭了,随之就拉着俺手掌去捏了他裆下。那人当时明明是对俺说话,可说出的话却是对牢他娘亲的,说什么娘呀娘,你今夜来我家,你不是来托梦,你是像那耶稣一样复活了,你问俺子嗣几岁了,俺就去摸自家男子根了,因为种瓜得瓜种豆得豆,俺要靠那根本去耕云播雨下种子,谁知不肖之子无力气,连翘都不会翘,这是怎么了?怎么了怎么了?难道……俺于是也去帮他捏了,可仍然软塌塌,红月姐,那人当时可伤心啦,俺可要帮帮他,他当时脖颈上还系着他亲娘留给他的彩石项链哪。)什么什么,听不清楚也听不懂,干爹肯定是在做鬼梦了。我做出判断后掉头就走了。当我下午去他烧火的开水房打水时问他究竟做了何梦搞得如此神秘兮兮见不得人似的,他竟然说已经记不灵清了,等回想到时再来请教我这个读书郎。分别之际他把我从头到脚都看了一遍,最后吐出的话是:小鸡鸡翘翘小便走到哪就拉到哪,可大便一定要到俺屋里拉。第二天仍旧是个阳光开不透云层的乌阴天。那天花花阿姨为了让干爹能困个好觉特为溜回了周村一趟,归来时碰巧被我在厂办学堂门口遇见。她走得蛮快,可还是没我追得快,我已闻到了她篮子里散出的立夏羹和立夏米粿香味了,那东西工厂食堂做不出也不屑做,只有周村我大外婆做的最好吃。几步一过,花花阿姨突然止了步而且来了个猛回头,我看到她的那般巧笑我就知道她在跟我逗乐,她原来就是来送东西的。我掀开遮布,不料不仅看到了那羹那粿,还看到了一块腊肉与一壶酒。见我的眼神似乎有点特别,花姨解释说,那是上次吃定亲酒时剩下的,现在你干爹睡眠有问题,他的怪梦连你娘亲都解不了,那只有吃好喝好让他睡个安耽觉。嗯嗯,我喝了几口桂花糖香羹,又取过几只酸香袅袅的皮粿说着"去给姑妈尝尝"走了,可心里仍有纳闷:那晚喝定亲酒有我狂夫问天叔在场,能有吃货剩?骗人,花花腔,莫不是动了那棺材盖,你个花花阿姨从棺材肚腹里取了私自园的秘密货?"莲花花,莲花花。"还没等我寻思好,姑妈文新看到花花阿姨了,可花花阿姨却没像往常样立马凑上前,她说了句"明天恐怕要来找你"的莫名话后竟然倏然间就消失在了门口那排白花初绽的夹竹桃间。谁知隔日花花阿姨果真来到姑妈家。还真有事?不用怕的,"危险得紧",你们盖的那G之屋你郝汉大哥同志为之说了,建厂创业之初不可能啥都正正规规,盖就盖了,拆了更浪费,他已经跟那黄所长说了,不必大惊小怪,可再看看;不是那不是那不是那事,花花阿姨接着姑妈一通话也说话了,不过她刚说完一句"那人那人尽管喝得东倒西歪,但还没困安耽"就撇开了正在补课的我,她像昨天拉着娘亲走开一样拉着姑妈也回避去了另一间房。(尽管当时苦于一则算术题算不出结果而导致我对她俩的鬼祟行动了无兴趣,但是许多年后当干爹哭喊着要将他的那只既能神秘预言又能神异开蒙启智的金钱龟遗弃时,我现在呆想想也该想到那晚他的那只梦带给他的震撼是何等巨大。你看他,享受完花花阿姨给他准备的一顿一荤两素配菜的晚酒后他就上了床。花花阿姨本来是想让他多喝点酒水,昏昏然好不去东想西想再想出些稀奇的,他表面上也答应了人家说是只管闷头大睡,哪怕亲生娘和养育娘一起来了,自家仍不起床,可花花阿姨一离开他,也不晓得为甚,他的想入非非又来了。他希冀自家今晚仍然应该有梦,那梦当然再不是死活不知的亲生娘亲天外归来和养育娘亲人间复活,那梦应该是与他缠绵于山川与床笫的江妹或者药嫂乘船或坐车赶来了,问他与现在的莲花花怎么样怎么样,倘若实在不行,两个女人便绞尽脑汁当场出了副挽狂澜于既倒的良方。嗯,嗯,肯定如此这样,干爹美美思忖着,不久就进了梦乡。然而梦境中既没出现江妹也没出现药嫂,出来的梦前半截吓得人魂飞魄散,而后半截又勾引人悲欣交集动衷肠。还是那条溪沟还是那条恶狼,鱼儿游在溪沟,啄着水草,与映在水中的鸟儿一样在自由飞翔。恶狼眼红鱼儿的自由,它搅乱静水口伸獠牙扑了过去,要将鱼儿尽数吞入腹腔。水花溅水草缠,鱼儿直打战,眼看一场灾难要来到。不料此时恶狼突然松开了嘴,它的脑壳被咬了,它头顶上的那片金钱龟简直变成了一只大金雕。呵呵,干爹梦中惊叹了,他觉得自家醒了,于是他睁开了目睛子。耶耶,这又是怎么了,怎么自家的那只金钱龟没卧在墙角沙堆里而去了头顶横梁上?再使劲眨眨目睛子,耶,更奇了,那只龟仍旧是龟,可腹甲下孵的尽是鸡蛋,而且有几只蛋壳已有破缺口,鸡雏已在叽喳叫,可还有一只雏毛儿在壳子里大声呼唤救命救命,它啄不开那厚壳!)干爹当时又是跑过中间小厅客堂,摇醒了花姨又将人家拽到了自家房间:看看,朝上看,那金龟上了梁,它不孵龟儿它孵鸡雏,有只雏儿出不了壳在喊救命了。那天经过大概就是这样。我随之还听到了花花阿姨和我姑妈的苦笑声:危险得紧,危险得紧……第三天还是个日头光仅是露露脸后又缩了回去的乌阴天。那天是礼拜天,我原先在城关鹿溪镇中山路小学一起去弄堂底打鬼的同学望水、蛮牛、秋莲到我家来看我,而我又要将他们带去干爹家,我们都认为,干爹家比我家好玩。我家在工厂北端,而干爹家在工厂南端,因此我们就穿行在了厂区大道上。不料一进厂门干爹就像晓得我们要上他家门一样,他已在门口传达室候着了。他先是领着我们去他上班的开水房为传达室打来了七八壶开水,接着就带上一班叽喳不停的小鬼朝南开了路。一路上他似乎蛮骄傲,喋喋不休地说着,说完他不如望水父问天叔聪明、不如蛮牛父狂夫叔能干、不如秋莲父豪郎叔狡猾会事后就说,自家比他们运气都好,当上了吃国家粮拿国家钱一天只有八个小时工作还有毛巾瓷杯工装胶靴手套诸多福利且不用宅基地就能盖自家房的工人阶级;接下来他更是神气活现,他一路走去一路招手,说跟他招手的人都喝着他烧的滚烫水,没有他供水,窑头看火工、窑中维护工就不能将只百米长窑支得筒体不停转,还让翘上云天的尾巴直冒青龙腾挪烟;同样一个理,那掌握铁榔头、手牵铁葫芦、脸佩遮光罩的工友们,也只有喝下他的润喉滋肺养心水,才让一溜机器羊唱牛吼,一伙铁件钢具荡在半空跳着梅花桩狮舞展身手,一只高空卧虎竟然像位天女样散出了漫天飞花喔……喔喔喔,干爹说着我们惊叹着,不久就到了他的G之屋。正要进门,屋门自开了,从中跑出了相互追逐的小人与猴头。于是乎门也不进了,我们跟着嬉闹一齐去了房屋南边头的那块石子荒地。不料一到荒地,小人不挥竹梢鞭,猴头也不装马跑,他们瞟了眼干爹后都去老老实实捡起了小石头。耶耶耶,我朝着干爹嚷了,说我带着同学来是要看小儿鬼翻跟斗、金毛猴演演骑马封侯的。谁知干爹未开言,小儿鬼与猴头都摆起了手,说他们不将荒地上那片石块捡完,下午四点来钟的那餐饭就没得吃。干爹这时说话了,说对不起你们了,走吧,他们家一天只吃两顿,中午饭暂欠着,待到秋后石子地的番薯丰收了再补上。听了干爹话,我们都没走,反而都去捡起了荒地小石头……没想到,干爹的第三只梦就在当天晚上来了。(花花阿姨次日又跑到我家对我娘亲神神秘秘讲地,那人那人明明是梦游耕作,可他一点都不认,当时俺听不到他的鼾声了,就去看他了,果然他人已不在。结果朝那人开出的南窗口望望,那人竟在不远处的荒地上驭牛耕地。俺拎着茶水上了前,那人还是没察觉。俺心慌了,又不敢大声唤他,怕扰了梦游人害人落下个什么症。第二天他醒了,我去问他昨晚有何事,他想了老半天憋出句:昨晚昨晚梦到你的那只金毛猴赶着大黄牛耕地了。哎呀,红月姐,那人是不是有这怪毛病,告诉俺,俺好有个数,俺当然不怕,可俺一怕吓着两个侄儿,二怕他来日寻俺做那事时,他人在心还不知在不在哩……)当即,我娘亲还没开口,我记得我倒是说了:莫怕莫怕,我晓得的,干爹的那神游要么不来,一旦来了,那就预示着他能想到做成别人既想不到也做不成的事啦。

接下去三年的日子,干爹讲起来每每都有难于启齿之态。尤其是等到第四年干爹被评为县级先进生产工作者时,那不光是在有喇叭播出的大会上,而且在其他例如食堂、澡堂、理发室里,他始终如此说:那些个日子,该捏好榔头的手去多捏了锄头,好像不是个有觉悟的工人阶级该过的日子,那是一个低觉悟的工人阶级拖着一条农民伯伯尾巴做出的一场梦吧。

那是一场梦。在梦中板结的石子生土地好像不用土肥水肥去沃身,就长出了大粒谷粟、长出了大头薯果、长出了百态蔬瓜,同样在梦中,不管是吃三十七四十五斤粮的工人,还是吃着三十斤粮的周浩一类的技术人员,或郝汉一类的领导干部,都似乎难忘记自家的屎尿最该往何处拉。尽管没有口号没有号召没有大会文件,但一切都在按四季时令的运行魔力进行,而这些个时候,干爹往往成了会识春水的一只活鸭掌,能知土暖的几片黄荆叶,会喊夏渴的一只知了虫,能唱秋歌的一行麻雀,直至一个人幻化为冬天开挖藏窖的一柄镢头。恐怕那些个日子还真是场梦,干爹变这变那,人家都有觉也享用了他的觉,可他自家似乎浑然不觉,他觉到的是连续三天做的那些梦有两篇继续在幻化生发……

头一年夏至过后没几天,已经好些天没被惊着的花花阿姨应该是又一次被惊了。干爹仍旧是赤身裸体来到女人床跟前。他当时还算好,没叫女人去捏他那男子根,他仅是对人家讲,刚才是娘亲把他从梦中摇醒的,他正好梦到地垄已打好,人粪草木灰也塞入了秧桩,然而双手空空苦于没有薯秧来栽。他娘亲随即与他言,没关系莫着急,这个难可去找莲花花。说完这几句话干爹就回了,直到第二天他也没再问花花阿姨,好像昨天晚上的事没发生过。再过去几天,当干爹在他那块新开垦出的荒地上堆草点火烧出袅袅浓烟时,两个小人与那猴头都雀跃了起来,同时间莲花花也拎着竹篮正爬着山坡朝荒地走来。那一刻的花花阿姨在干爹日后的口中那简直出了神入了化,他始终认为当时来的既是花花阿姨亦非花花阿姨,起码在那一刻来的是从蓬莱仙山上盗来灵芝仙草的白娘子素贞。有救了有救了,娘亲,干爹当即就向天喃喃礼拜了,他告诉毛家山姑,莲花花竹篮中装的虽不是灵芝但胜似灵芝,那是一窝开口微笑露出绿白牙的番薯种,有了这种苗就等于有了老祖母,生儿育女繁衍子孙能育出迁栽番薯藤万千条。花花阿姨那时也瞅到了干爹当时的陶醉幸福状,她顿时凤眼眨眨嘴皮竟然调皮了起来:你猜猜看,哪来?哪来哪来?人家送的?师傅师娘问天豪郎与雪姣?不然不然,再猜猜。猜哟猜,猜到末尾,干爹与花花阿姨都惊惊讶讶吐出了类似言:问天问地吧,天地会晓得!他俩相互指着脸庞都笑了,他俩瘫在地垄与烟雾中都说对方的一片脸已是绿油油,长出的番薯秧子好苗壮好苗壮。其实,我晓得那一刻的他俩已经完全知道了对方的秘密,他俩故意将女人在周宅翼屋里藏粮囤食藏宝的"棺材棺材"说成了"天地天地"。这不,当干爹刚说出不是,不是人家送的而是自己去换的,花花阿姨接着就说是换的是换的,是自己用自己藏在棺木里的一只银质手镯从豪郎老婆胭脂手里换来十八株薯种的……有了薯种而且是蛮多的十八株,接下来发生的事情就显得异乎寻常地简单。那圆锥形红衣瘪皮种块插在有人粪屎尿草本灰烬铺就的细土地上,就像即将分娩的猪娘娘睡进了厚厚的干草窝,先是每只种子头顶在一个晚上就哼着猪娘生崽的粗壮歌曲开出数枝花。一个礼拜过去后,那苗芽在听着工厂窑尾汽笛的鸣响中竟然神奇地获得了"大跃进"的速度,猛烈长出的藤蔓在某一个清晨迎着清朗曙光吸着湿润山风就铺满了山腰,同时仍旧不忘摇曳着葱葱绿身姿唱出了那猪娘生崽时的哇哇啦啦歌。接踵而来的剪藤苗栽藤苗在一家人的共同努力下似乎也是在一个瞬间完成的,难过的倒是那些薯苗在贫瘠拓荒土壤中挣扎生长痛苦育块的漫长过程。明里,干爹不止百次地站在他的那块土地上,也不止百次地对着嗷嗷待哺的小孩放出谎言说,过几天番薯就可丰收了;暗里,但凡为土地上过肥后为藤根浇过水后,他的骂声吓得半只食叶虫鸟都不敢挨近:娘卖×,僵了吗僵了吗,人家周村的薯育一季就成一季,可你们,花去三季气力却只长半季。当时我听到了干爹的咒骂并将这个情况报告了我娘亲我姑妈以及郝汉姑父。姑妈说着"危险得紧,危险得紧",姑父说着"奶奶个熊,奶奶个熊",在一个很短的时间里就用自己生产的十包水泥去换来附近化肥厂的两袋土化肥,并将其托我赠送给了干爹。嗨呀,那两袋化肥有氮有磷有钾,在干爹手里那简直就是六月天的凉风七月头的甘霖,送给土地送给薯藤,土地宛如猪娘吃了豆粉精粮,日夜不停地分泌着的乳汁给藤蔓灌着浆。不久不久,好梦温柔美梦甜蜜,采蜜的土蜂几次来过就秋收了,工业地磅秤上一过,干爹和花花阿姨两双目睛子瞪出了两盏灯笼:准星上标明的竟然是千斤薯粮!

那天晚上,为庆丰收,干爹叫花花阿姨煮了两锅新鲜红皮番薯,请了不少人去他家做客。我和娘亲、姑妈姑父、问天及狂夫夫妇都去了。干爹见登门的我们还带有白米显得蛮不高兴,说今日明明有食是不忖赚人口粮的,因此看到空手登门的那两位叔就笑逐颜开了。番薯两大脸盆,米粥一大甑,加上萝卜酸菜泡蓉豆豉被摆上了堂上的铁皮桌,一大帮人津津有味吃到一半,不料听到门外传来了嬉戏笑闹。我闻讯向郝汉伯伯伶牙巧言,告诉他肯定是附近窑尾的那几个机修工人缠上花花阿姨的侄儿及一撮金毛猴,因为在那个时候送餐到工地的那个一撮毛厨头师傅往往会留点桶底汤汁赠予小人和生灵的。出门一瞅,虽然果真是那些人,可也出人意料,那几个机修工和一撮毛师傅是上门致谢的,说番薯丰收了送去犒劳熟番薯说明小人和生灵都蛮懂事,自己吃饱了肚子仍不忘昔日上G之屋茅坑拉屎撒尿和赐瓢勺浆汤之人。闻言,狂夫咧嘴歪笑,问天斜目眺天,娘亲回眸揉眼,姑妈顾盼四下,郝汉鹰鼻缩缩顷刻回转了房间。坐坐坐,干爹与花姨即时也都客气了,可别人都没应声进屋。这时,狂夫走到一撮毛师傅跟前直盯了人家下巴上的那颗痣,同时间问天揽过毛猴,三指捻起了生灵天灵盖上的那撮金毛。一会儿过去,矿山小火车吼着汽笛打着探光裏挟着松涛野风晃过了眼前,又呼啸去了前方,干爹的一个惊诧叫声随之像惊雷一样炸开:红月文新姐,这,这,这怎么与梦中一个样?那时,据说他看到了两个小人在赶着毛猴,而毛猴摇身一变成了一头金毛炫目的青壮黄牛。那牛还在门前屋后耕着地,那地已不是一小块一小块而是一大片一大片。继而等到门外的人互相对视着都回到屋内继续吃薯,唯独干爹瞟去了倚在窗前的郝汉。谁也没料到他那刻又有魅相陡出,他嘟囔着"成千上万的人呀都在瞅戴红花",眸睛子光异彩四射痴痴地尽往那黑塔大汉身上绕。狂夫见状急了,一双乌爪直朝他眼前晃叫他莫发呆,问天却伸手去拦了说莫吵,人家看到了那次剿匪胜利大会上郝政委给他披绸戴花传他什么G上帝。嗯,嗯。干爹好像还真应了问天的话;嗯,嗯,郝汉同时好像也应了问天话,他说完"奶奶个熊"后又说：毛记呵G上帝，上不了正式户口上个临时档案的，除了只猴子，一个月一人拨十五斤救济粮。

　　结果，那天晚上的前半夜，干爹一家人是在瞧着金毛猴儿在那张铁皮大桌上不停舞蹈中度过的，而那天傍晚在G之屋屋前屋中发生的那件似梦非梦的事体，以及后来一两年中发生的种种工厂职工开荒种地度荒年的事迹，在许多年里都被当成了传说。不仅是在工厂生产区或生活区的人群中，甚至工厂隔壁周村的问天狂夫乃至豪郎家的三代人至今仍会对前来乡村旅游的人们学出干爹的话语：当时呵水泥厂的许多人操着南北口音，不管是执话筒的、描图纸的、捏榔头、揿开关的都来周村认了干亲，他们向农村人学着四季农作，他们种出的杂粮五谷、红花墨叶菜蔬，不仅饱了他们肚腹，还被捐献了一些反哺了农村，甚至被火车载着去了北方；那时的牲灵都懂得帮人做生活，那时人的手脚就像现在的机器人一样不知疲劳，那时的人粪人尿就像如今的钞票一样被人宝贝……其间，黑大个的老厂长为了省粮给自己的两个孩子吃，饿得自家的脸皮都浮肿了，要不是一个力士职工去帮他家筑起茅坑开出荒地，连他家都难过那年岁；特别是在这周村，当一个叫问天的农民家里老婆快饿死之际，那位力士职工又变成一个革命宣传家，他跑到乡下先骂了一通老书记豪郎治村无方后，又一口塘一口塘地去了农户家，呼唤农村要学习工厂，农民要学习工人，不光要团结抗旱种好集体田地，还应该去种点自留地收点贴补蔬粮，从而不至于连该交国家的公粮都交不出呀。

　　说话的当时，料不着有人会发问：那力士是何人，人在吗？干爹闻言，总是傻笑而不答。

第四十六章　彩梦

干爹与花花阿姨同居而不同床的日子,直到干爹加了粮食定量又加了工资,他自家也感到不是那样整日饥肠辘辘,而且裆下时不时会在某一个黎明翘起翘倒之际才结束,而结束的那个黎明,干爹两三年前做的那个金龟孵鸡蛋奇梦又突然降临。一如往常,干爹睡到自家鸡舍里的那只长有山野雉鸡同样漂亮羽尾的公鸡大肆啼晨的时候仍鼾声如雷,隔壁房间的花花阿姨听得是那么清晰,女人家翻了身想再睡会儿,然而眼睛怎么也合不上。她昨日又去了赵周村周宅的那爿翼屋,她悄手悄脚移开那棺材盖,将前些日子我大外婆送给她的一对金耳环放了进去,她决心要在自己与毛记合体的那个日子才让耳环佩上耳朵,以免耳环遭遇其他不测命运。她此时甚至感觉到了那对耳环在眼前金光闪闪直灼得眼睛发烫。不料就在那一刻,令花花阿姨曾经胆战心惊的那一幕又重新出现了,尽管干爹的鼾声依旧,但他已经赤身裸体地站在了人家床跟前。他跟花姨说他刚才好像做了个似曾相识的梦,那梦里的金龟能孵鸡雏,只可惜有只雏鸡无论如何努力就是啄不开那关系生命的壳。说完这句话后,他又拉着花姨的手去捏了自家的男子根:刚才还是硬的呀,怎么一想到那打不开生命大门的苦命雏就全无了力气,要是到了那天该让它出力了它仍不争气,那该如何哟……

其实那一天早在两年前的"五一"劳动节就来到了。就在那天干爹与花花阿姨在派出所黄所长帮助下开出证明去城关公社领出了结婚证。当天晚上两人坐在床上商量,何时呀何时呀同房?干爹曰黄所长说过的,只要领下结婚证,法律就保护一对鸳鸯再不算野的而算家的,即随时都可上床同房;花花阿姨曰那是那是,但是你毛记可莫忘了你曾在定亲席上说过的话,咱俩都是一般老百姓,咱俩结婚不走革命路,咱按三界当地礼规来,哪怕不可能样样做到,但是十七八桌酒总要办的。嗯,勿错勿错,于是两个人掰着手指算了个三五遍,喂呀个天,光是该办三天酒席的婚宴办他个一天,那花销就能让一家人吃上半年的啦!罢罢罢,只有暂且罢,有来日,来日方长,方长来日里去多多开荒种蔬粮,去勤勤养鸡养鹅养鸭,甚至去偷偷养头一百八十斤的乌猪郎。两人商量着就那样定了,不料做起来种植养禽都做到了,就是一头猪养不成,末了猪崽倒是盘到家,可惜只在猪栏里跳了十来天就被黄所长制止了:凡事都要有个度,水泥厂可不是养猪场,毛记,G,你可别负了你那G上帝的鼎鼎大名。嗯?嗯,是呀对呀,干爹当即就转思了,所长所曰勿错,你所曰跟郝汉教育的差不多,当人民就要先进不能落后,当人民代表的上帝就要更先进更不能落后,俺领头开荒种地属上上进就有上帝相,俺去养猪就更不像工人阶级而更加农民化了,俺不要落后俺不养猪了。就这样,因为猪养不成,干爹难以兑现他那个摆十八桌婚宴席的诺言,他与花花阿姨那洞房春宵之刻就被一天拖一天一月拖一月地拖得两年不见踪影。更加糟糕的是,干爹原先随着肚腹渐饱而时常出现的天光前小阿哥挺挺欲想访客的现象也随着乌猪的消失而难得再见,以至于他有几次明明轻敲了花花阿姨的房门,可又在顷刻之间就撤退了。灵敏如兔的花花阿姨当然发现了此般情境,女子便跟去了男子房间,哎哎哎,谁知即使男子照旧赤身裸体,女子一对雪白奶珠也活兔一样探头出了贴胸红兜兜,干爹的男子根依然是个自家与亲人都扶不起的阿斗。急得花花阿姨当即就急急劝了:俺既不去办那十八桌,又莫相信鸡雏出世啄不开壳,俺先把今日困个够。劝归劝,可隔不到两天,花花阿姨又白脸泛红白齿露怯地去找了我娘亲我姑妈:劝不了劝不了,那人越劝越是记挂那两件事,他那阿哥也更不行了。我娘亲我姑妈闻言憋了半天,最后回答了同一句话:去找雪亮外婆去。

  花花阿姨陪着干爹去同春堂找外婆看病的那天正好是我初中升高中的那天。那天他俩是搭着水泥厂去大陈石灰矿拉石煤渣的翻斗车到的城关。车子一停在县中北端三岔路口那尊照壁式宣传墙下时,他俩就下了车。干爹一见那面大墙来劲了,他先对花花阿姨说墙上的那十九个大红字是文新姐写的,那山崖海浪托红日是狂夫画的,后又说"鼓足干劲,力争上游,多快好省地建设社会主义",好在建设了个现代大水泥厂,不好在拆了城墙砖去做了炼不出好钢好铁的大炉子。花花阿姨说晓得的,没忘记那一天,她家四口还在墙下耍过猴戏吃过烧饼。说着,花花阿姨就去扯了干爹汗衫并拉着干爹朝城里走。不料走到县中门口,干爹脚步停了,他抬头去望了新修的八角亭楼,继而说这下好了,不用担心门窗被风吹塌、楼梯被蚁蛀空、屋脊上时不时爬下条大蜈蚣,雪亮要是上去嬉嬉……说到这干爹话语猛然刹了车,他说他看见了雪亮。花姨应声去瞧,果然见我在栏杆处正朝他俩招手。于是我看见干爹进了校门,我也随之下了楼梯。可等到我急急忙忙跑到校门口要告诉他有件好生奇怪的事就在刚才发生时,他人又不见了。这,这,见到我又避开,这种事以前好像没见到过,难道真是的?不是的或是是的,抑或是的那又是为甚,从校门口回到宿舍,直到翻阅了几本新课本,我心中的疑团都没解开。于是临近中午的时候,带着疑问,同时也带着原先就要向他透露向他求解的那件诱人心扉发痒的奇怪事,我向同春堂方向走去了。我直觉告诉我他该去了我外婆处,我甚至怀疑他是为办那十八桌的婚宴去求外婆帮忙的,因为我晓得为干爹成门好亲一直是外婆的心愿。走着走着,几朵白玉兰花瓣落到头颈,同春堂就到了。一张眼,只见干爹异于往常,没从大门中央荡出,而是从边角上由花花阿姨陪着溜出,而且明显不愿多言,仅是瞄了我一眼,我忧心了。随即我便去问了花花阿姨干爹究竟是为甚事避开了我。不料花花阿姨仅是告诉我不是干爹要避开我,适才是她拉人走的,因为她担心干爹那人一旦上了那八角亭楼,又遇见个把礼拜不曾见面的文雪亮,肯定会赖着不走的,可是那天的白天他俩非得见到外婆不可,因为当日夜晚外婆就要乘车去杭州开什么工商业者代表会了,时间误不得。听了花花阿姨的解释我当时仍是丈二和尚没摸着头脑:看来干爹不是有意回避我,但他又是为甚急着要见外婆呢?眼眸转过两圈,我自作聪明地对花花阿姨说不用求我外婆的,为了你俩的婚事,我外婆哪怕摆个十八桌廿八桌她都愿。谁知花姨闻言不仅没露出丁点喜颜,反而是欲言又止,一副脸庞凝成的全是无奈与苦楚。同时,干爹不仅照旧无言语,而且还幽幽朝我射出了刚才射过的一瞄。喂耶个天,那一瞄生命老长,连我自家也没料到,它一直醒着活着,直到我懂得那个甚事是甚事的年岁,我依然觉得它即刻就在眼前:那是一种什么眼神,就像猫娘看到了一条狼狗要去抄它的猫崽窝。

几天过去,当我受外婆之托给干爹送剂药去,同时代表娘亲姑妈去请干爹花花阿姨来家过礼拜天时,我才从他们几人口中大致了解到那天上午发生的事情,从而似乎也读懂了些干爹那时的那般眼神。本来,干爹在被外婆看病期间就被看得有些垂头丧气,因他根本想不到给自家看病要看那么长时间,其间单独询问的问题又是那么详尽和口无遮拦,而且还将不看病的连花花也叫去问了半天。就在花花阿姨接受外婆询问而干爹又应着外婆请求暂且出门之际,他碰到了不该碰到的狂夫叔。于是干爹躲去了大柱后,他自然而然觉得在那花痴面前实在是相形见绌。那时，干爹还在思忖适才发生的事。就在干爹伸出手腕让外婆搭脉后，外婆就接到了我娘亲我姑妈打来的电话。电话里的对话虽然轻悄但对于长有一对兔子耳朵的干爹而言他并不难听灵清。也幸好他仅是听得灵清并不听得懂，什么"弗洛伊德""潜意识""显意""隐意""凝缩转移二重加工""对位""俄狄浦斯情节""出蛇的梦境""鲍狄埃""狄盖特"等等。不要讲当时足够干爹费神以及干爹后来拿过我送去的药时问我我不懂，就是今天我对他的那些提问仍是半懂不懂。接下来我外婆不仅要求重新进门的干爹将自家的几个梦一一道来，她老人家还一对一地与干爹复述了一遍，最后，干爹在外婆的要求下脱下了裤子并让自家的长辈对己的男子根捏摸端详了许久……干爹是在外婆平静地露出些许微笑说着"不着急，俺哼着歌慢慢调会好的"言语并当场留下花姨之后先走出那扇寝室门的。他当时走出那扇门时人的精神状态还算可以，仅是听到了那扇门"唉"地叹出一口气，接着他便去琢磨我外婆留下的那句既平常又怪味生葱的话。他当然理解外婆所说的"调调"，那个"调调"应万物生长衰变、顺天地四季造化、验人五脏六腑七情六欲之动态、采神农百草一对一处方治疗，那是中医的法道；可什么"哼歌"就令人生惑犯疑了，天下有支甚歌有如此效力能祛病能挽狂澜于既倒哟？俯首越过门槛，思忖绵绵还未完，不料十几步迈过又被来同春堂刷雕花隔扇窗户油漆的狂夫撞了。多事的狂夫叔认为该时见到的干爹露出的是尿样，便拍着胸脯说甚事甚事遭遇了甚熊事，要不要做哥哥的帮忙。一番盘问下来，那做哥的人竟然没心没肺地大声叫起好：好了好了，这下，天下人间最有味的味道你尝不到了，到头来还会落个断子绝孙命……末了，我就在同春堂门口瞅到了干爹的那一瞄。

当天夜里干爹与花花阿姨俩就回了大水泥厂。十里归程前五里他俩都没吱声，可后五里情形变了，干爹一直在追问花花阿姨，药娘单独与你说了些甚，尤其有无交代要哼支什么歌，花花阿姨答是答了，说莫慌莫慌，等回到家里再一一相告，可干爹觉得面前女人仅是在应付自家，嘴唇上下微微嚅动好像心里在默歌。于是干爹走得更快了。等到走到窑头，花花阿姨嘴唇再不微微嚅动而脆声说出句"记牢了记牢了，俺来教你唱"时，刚才还在前头走着的干爹又不见了。唉，冤家冤家，花花阿姨便只有一边嗔怪一边去瞄了四方。盯了三层梯，瞅完两个圈，透过淋淋落下的冷却水帘珠，干爹的半裸身影竟然浴在月光灯光杂糅的光斑中露了出来：俺在这，俺在这，这里莲花落了池，这里莲花开了花，俺先洗个热汤莲花浴,再听你说个从容噢。花花阿姨循声还真去认真望了池,只见道道弧圆水流先是紧挂着旋转着的热窑筒体吐出白气雾,瞬息间,那吐雾的水流挂不住了,往下滴出了淅淅沥沥的五彩水珠帘,那帘掠过干爹身躯,那身躯竟然也涂上五色彩,那彩在干爹上下挥动的手臂间不停跳蹦飞蹿着,像极了翠鸟彩蝶翅在雨中嬉戏;而更多的水珠帘闪耀着五彩身姿没入了静水,于是水面破了,水声来了,水池上绽放出来了一片的瓣瓣莲花。花花阿姨的脆声顿时就被诱发了,而且飘然去了干爹耳朵:俺瞅到了俺瞅到了,水中开出了五彩莲花,你就浴在那莲花水中。干爹闻声耳朵嗡嗡,脚骨拨开莲花水走到了这边花姨旁,随即他便看见花姨从池中捧出了一掌水:喂耶喂耶,再瞅过,掌中的一朵莲花流光溢彩,当中的瓣蕊里竟然影影绰绰浮现出一对贴面鸳鸯……贴面再贴面,雌货随之还对雄货发了声,那声雄雄壮壮广播里时常听到,全厂开大会时少不了更要唱:"从来就没有什么救世主,也不靠神仙皇帝!要创造人类的幸福,全靠我们自己……"耶耶?干爹疑了,问你一个到处流浪的耍猴女怎会哼这无产阶级的歌,花花阿姨即刻回答说那是药娘教的,我一路上默过终于记牢了,现在唱给你听,那是药娘交代的。哦哦,原来如此。干爹清清嗓门说那歌叫《国际歌》,传自法国巴黎公社,早年间就听文焕先生红月姐暗底下唱过,后又在工厂里阳光灯光下学会,那歌不能轻易唱,它是工人阶级解放自家的圣歌,唱着它,哪怕是讨饭讨到国外,照样能找到朋友。花花阿姨闻言接着说那是那是,G哥哥你肯定比俺懂得多,不过药娘既然有交代你就遵了老人言,煎药喝汁调理,梦醒时心腹里厢哼哼吧。嗯嗯,放心吧,药娘所说俺哪会不依,俺记牢了。干爹当即就答了话。

那次发生在旋窑底冷却水池边的男女厮磨唱曲不仅在当天夜晚继续进行,而且整整持续了两个多月。即便是引起疑窦乱生的那几只属于干爹自家的梦,后来在听到他俩的解释时,不仅蕴含着我外婆我娘亲我姑妈的智慧,而且已经明显沾染上了他俩的色彩,他俩在厮磨唱曲间将梦境消化了,干爹的那种无可奈何的苦楚瞄人眼神也随之逐渐变化出乐天样,他们的话就说成了这样:……老百姓讲托梦,其实不是死人托梦或鬼怪神仙来寄梦给活人,那是活人假借人家寄托而自家给自家的梦……解梦析梦除了神州土把式外还有一种洋把式,那洋把式好复杂好啰唆,其实讲穿了就像中国人的猜谜语,那谜底是要化装的,或白脸或红脸或紫脸或黑脸的种种谜面都要逆风追寻才识得出真面目,那真面目叫什么"潜意识",它是深水处的怪乌鲤、泥潭里面的滑泥鳅、荒山野岭上的一只受惊的黄鹂鸟，哼着自由解放歌定能捉得到……三个梦，有两个梦好解，老娘为甚学着耶稣也来个复活，她是来传福音的，说毛记莲花花定能种瓜得瓜种豆得豆，种个辛勤种定能结出个劳动人民果；至于毛猴驾牛耕地那都如实应验了，还不是为了一家能吃个大半饱，指望有神力来帮帮精疲力竭的人……就是那只金龟孵蛋有个把蛋雏一时破不出壳的梦也破了，那是说凡事不经自家一番努力都难成功，何况是生儿育女的大事，要相信自己的，自己有本事做梦，就有本事去化解噩梦成就美梦，不用太恐惧，这叫不靠别的救世主，靠的是自己救自己的这个自家救世主。

  那天早上依惯例又该我学校放假归来给干爹送去外婆配置的方剂药了。我一到干爹的 G 之屋，不仅闻到了满屋的氤氲药香，而且还听到了那充满高腔味道的《国际歌》。先是花花阿姨迎上来，她接过一书包黄纸包药就将一包番薯脯条塞到了我手掌；接着干爹也有出现，他端着只喝药汤的搪瓷缸，嘴里哼出的是"这是最后的斗争，团结起来到明天，英特纳雄耐尔就一定要实现"。耶耶，干爹迎了我一会儿后突然闪出了异样的眸睛子光，他问我今日为甚不像往常而是提前了一个钟头来到了他的家。我我，我当即就语塞，我一下子又不知道早先准备好的那番向他请教的话当下该讲不该讲了。见我显出窘态，干爹嗯嗯着，瞅我不防然后猛地一下就将我从堂上拉到了他房间。怎么了怎么了？他盘问再三，我只得如实相告。我说你当年从一个落难女手中抱回而且还帮人起过名字的那个七朵被药嫂送到县城读高中了。那娜妮高高挑挑亮眸红唇鼻子翘翘，前些天我与她共抬一担粪送到学校农场，见其胸膛汹涌起伏我随意去盯了，可谁知这一盯不得了，那胸脯动不动就飘到了眼前……前两个季节初次见到那娜妮时我就想告诉你那种惊艳的感觉，可后来不知怎的又忘了，这下好了，又不知怎的仅是一瞭就让人一连数天忘不掉。这这这，呵呵呵，干爹举手摸摸我脑壳，一窝怪笑涌上脸：到底是富贵人家出身养得好，像你这年纪呀那药嫂还帮俺洗过澡，俺那时小阿哥还没清醒还认不了何为雌何为雄，你现在提前来劲了，也只有哼着那歌像我一样自己去救自己，不然你心思全在了这头，你还能学到知识去接你父母的革命班？说到这，干爹听到了花花阿姨的吩咐声，女人叫他今天上大赤壁打炮眼不要爬得太高，不要使劲太大，别忘了按时喝汤药，别忘了腰上的绳索要系牢。嗯嗯晓得了，干爹那天是瞄瞄我俩的裆下说完那句"你不能捏，俺不能少捏，俺各人有各人的使命"话，才带上我与花花阿姨一起登上小火车咣啷咣啷去了我还未曾见识过的石灰石大矿山。

路上,车头三里平滩挟风闯雾一过,那咣啷咣啷响声就缓了,与之相反的是那关着熊熊烈火的炉膛铁扇门开合得更骤了。这时的干爹膀子缩缩一下就脱掉了白帆布上装,露出了花花阿姨腊月里帮他缝制的鸳鸯抵角短袖内衫,随后他被花花阿姨拍肩了,他手中就捏出柄洋锹铲。莞尔一笑莺声一语,干爹应过那笑应过那语吼着"来哉来哉"立马成了出山虎。一铲一铲又一铲,顷刻间火炉前的那一大堆油光闪闪的块煤就去了炉膛,随之那膛火便呼啸出了啸啸风暴。爬了爬了,火车吭哧吭哧上了坡。等到车子爬到坡顶,花花阿姨那巧笑莺语又来了,她叫干爹歇口气朝外瞅瞅,看看雄狮车头是如何过的欢门关。说了这话,背向膛火的花花阿姨顿时就袭上了两颊绯红,我随之瞅见花花阿姨在俯首暗探着干爹,而干爹朝我唤着"你不懂你不懂",将自己的眸睛子光尽情洒去了浴着一线熠熠闪光的开掌形红石。"过了过了过了",眼前突然又豁然开朗了,只见花花阿姨与干爹嚷嚷不已,两人都向前方的炫目阳光挥出了手。花花阿姨说了干爹说,看见不,前方那几棵树叫合欢树,亦称夜合树、马樱花,那树夜里头叶闭花羞夫妻团聚,只有白日见了阳光那闭叶才会展开对对碧身段,那羞花才会猛开出像针如丝、像被如杯、像扇如襦的簇簇红白相晕花;"大跃进"时之所以没被砍掉,那是因为前边一棵被砍掉后,后边一棵突然哭开了腔,说夫呵夫你今日死得不值,你皮你花你叶性味甘平,入药能解因七情伤致的愤怒忧郁虚烦不安,如今无知人无情人要砍你去炼炭,我会咒他生儿娶不到妻生女嫁不成夫。嗯?嗯?我听着他俩这半疯半癫的言语,止不住也说了话:你俩说错了,狂夫叔说过那次不是树在哭,那次是大外婆在哭,那片树林是外婆年轻时托大外婆种的,年年还少不了收药哩。哈哈哈呜,哈哈呜,不料我一说完,不仅干爹花花阿姨点着我的一脸呆相放肆嬉笑,而且那小火车也鸣出汽笛精神抖擞地去了前方。前方前方,前方怪石嶙峋,草木一丛一丛一树一树散落其间,其间绿油处蓦然间似被天风扰了地气惊了,一双麂儿跃了出来,蹦上了石脊,可一只麂儿仍骑在另一只麂儿身上;又一阵呼呼随风飘过,花花阿姨竟然惊叫了,她拉着干爹羞着红脸面朝西,手指却指了东边头。那头那头,仍是青石叠叠绿丛点点,可那头草兀兀俯树兀兀摇,一对白衣男女潜没了身影,随之眸惑惑眼讶讶,只见那绿凹处喷射出了枝枝红花且升去半空,迎来了翩翩飞来的一双打缠不休的雉尾鸟……火车继续前行着,穿过一段人工砌筑的绝壁,我们都下了车。车子停在下料口载石,我与干爹花花阿姨去了大赤壁塘口。塘口上的一帮爆破工见干爹来了就聚拢了上来。一个称老鼠的问今天为甚带着老婆来，难道有老婆在看着打洞洞能多打几只；一个称罗汉的说打洞打洞，白天还是少打的好，不然晚上打洞就少了力气。这两人说完，我认识的那个厨头师傅一撮毛说话了，他说要不是简良主任为了给各人增添力气好多打洞爆岩采石，他哪会送馒头给大家白吃，倘若今日打洞破不了日产纪录，他也白送了。说完一撮毛就去瞅干爹，而干爹这时已被老鼠罗汉推搡着去了花花阿姨跟前。说吧说吧，究竟要打几个洞？连逼问都上来了，干爹只得回了话：俺说的不是跟老婆打洞噢，俺说的是帮公家打洞，简良主任你今天在场你放心好啦，不破纪录俺不下山，俺破了纪录，你可得叫你山东老婆给俺烙煎饼，还要送俺老婆一筐煤渣核。行不？行不？行！行！场上的人顿时都喧闹出声，接着便簇拥着头戴安全头盔、脚蹬胶底大靴、身系麻绳粗索、手执喷气钢枪的简良与干爹去攀了大赤壁岩。

那一天的干爹简直神了，他穿梭在大赤壁的悬崖上像只神猴一样敏捷，而当他打完最后一只炮眼时，他已经站在了山顶上。他和他的工友们都为破了打炮眼生产纪录欢呼了起来，他的那个振臂的身影在晚霞中屹立着，于是我平生第一次看到了一尊浑身都散出彩光的真人天神。等到我们下了赤壁塘口一挨近火车检修站，我依然觉得脑海中翻腾的干爹的那个形象还云蒸霞蔚地在大放异彩。我便大声呼唤起花花阿姨，我急欲告诉她我的那个印象。花花阿姨当即也应了。我循声跳过一道缠藤竹篱笆望去，只见一群女人拎着铁丝网篮子踏着铁轨枕木像猎狗追逐狡兔一样直向前方不远的火车头奔去。叽叽喳喳一阵响过，我似乎被一群雄壮的鸟鹊引导着也来到了火车头旁。"吱吱""吱吱"，车头这时喷着滚烫的白色蒸汽红光映映地朝前挪动了。"嗖""嗖"，还没等到白汽红光退去，女人们便蜂拥而上，于是钢丝手耙东突西闯，原先那些只留些许暗红光的煤渣核一下子又翻滚腾挪溅飞出团团耀眼的火星光，而这时的女人们相互翘眉眨目浪声滔滔，她们的肥硕胯下已有了自己的收获之地。"哟""哟"，有人看见干爹了，那嫉妒声也随之来了，"哟""哟"回击的声音却充满着赞叹，我看到干爹紧盯花花阿姨胯下不放，那女子钢丝手耙耙出的一圈地方足足比别人大出了一倍，其中且还有一颗未熄煤核绽开出身子真如莲花般开放……当日傍晚回到G之屋，更令人想入非非心旌激荡的一幕又袭来了，那时屋内飘满了番薯米饭香，而小儿的嬉戏声却响自屋东侧的那只干爹开挖的小池塘里。干爹正想坐下来，花花阿姨的那只猴儿从门外闯进门内并一通张牙舞爪将我们全引去了小池塘。小池塘被工厂的路灯照着,池塘中花花阿姨养出的莲花叶盘上有几只蛙儿正张出了如鼓的目睛。顺着蛙儿目神望点上去,一块寻常日子晒晒东西的水泥板上,干爹的那只金钱雄龟在花花阿姨两个侄儿的鼓噪下显得是虎虎生风,它四脚紧绷头颈犟犟猛地去撞了个头大它一倍的另一只龟,第一次人家避了,第二次人家仅是晃了晃身子,到了第三次,那大龟竟然被撞了个四仰八叉,还真是被小龟骑上了盔甲。顿时间,小龟被大龟吸着,两龟纠缠成一体,任凭边上的小孩如何呼叫就是不分开,而一旁观战的花花阿姨丝毫未露羞色,反而是拉着干爹隐入了不远处的竹林中……

两个月后,干爹约上问天与狂夫叔,一人一包烟,一人一瓷缸酒,他对两位哥哥宣布他这下可以不听药娘的话了,他要开禁一天喝一盏酒了,同时花花阿姨也专门去找了我娘亲我姑妈,说干爹行了,她已经有了。四个月后,干爹先去了郝汉处,接着又去了简良以及黄所长处,他跟人家讲,他一定要多加班多干活让矿山开石再创新纪录,他甚至可以不领加班工资,但领导要爱护好职工,让他增的丁添的口有本不临时的长期真户口。五个月后,工厂开庆祝表彰大会,庆祝水泥产量突破十七万吨,设计标准达到廿五万吨暨表彰若干先进生产工作者。会议的后半段是演出,工厂的干部职工唱完工人阶级的歌之后,干爹戴着红花领着周村丰庆班的一帮农民唱跳起六人哑背疯。套发髻插五爪花,戴耳坠穿黑裤白袜,脚着缀红绒球草鞋,胸系哑巴假人,倾步、平步、摇踏步,又加上转身蹲步,看得场子上的人一个个都伸长脖子立起身子,最后还合了唱:看工厂,风景真是好,这边炮响车奔跑,那边窑转水泥一包包。六个月后,干爹拉着肚腹便便的花花阿姨来到矿山大赤壁塘口、火车大轮下、卸料斜斗旁、皮带运机边、风镐钻孔场地,一人六颗水果糖,但说给人家听的却是同一句话:有了有了,那是俺下的种,待到莲花花生下儿女,满月酒定请各人,还补上那十八桌的完婚宴席酒。

日子过得真快亦真慢。快的是天天似乎都是好日子,干爹那双手一日早晚两次抚摸花花阿姨的肚皮,那肚皮不仅次次都在长,而且里面传出的奇妙之声愈来愈响愈来愈清晰;慢的是分分秒秒都在盼着见面的孩儿,越想见面越是难见,是男、是女、是俊、是丑、是壮、是弱,都令人思量悠悠,动辄就半夜吵醒女人去问会怎样。会怎样会怎样,女人笑笑答了腔:若是男肯定壮,男将来读完书最好莫当农民,若当不了干部也要当个工人;若是女肯定靓,俏娜妮同样要让她读书,一直读到大学毕业,然后成为红月文新姐那样的人。呵呵呵,那一天早上花花阿姨还是这样说的,干爹也是这样应的,花花阿姨走时还难得面向躺在床上的干爹化了妆,而干爹竟然伸出被窝里的暖手说要将掌中的那件亲娘留下的彩石项链赠予她。一件红花映映的大棉袄,一条乌黑油亮的长辫子,一条宽宽松松的蓝裤子,一张欢欢欣欣的白面孔,镜子照照后,花姨瞅了眼干爹那只从县中一直用到现如今的双铃马蹄表,说,今日早去早回,今日乘小火车去,今日不捡煤渣核,今日是去相帮简良女儿相对象的,那女孩从山东农村老家来,是个哑巴,要找的对象就是学问老大年纪老大的四只目睛周浩。干爹说,晓得的晓得的,周浩那人早该娶妻生子了,师傅师娘也盼着这一天早来到,要不是今日上中班他也要爬起两人一齐去矿山。说完这句话,停在卸料口粉碎机那里的小火车嘶鸣了,结果干爹的那句完整话"小心呵一定要坐火车头,千万莫站在车皮连接处,要是车头搭车人多,俺改日再去",花花阿姨听了半句就去赶火车了。干爹见状起了身,当他穿上条短裤衩披着件棉大袍跑到门口时,他看见天光茫茫乌云垂垂,飘飘雪花已经零星下,走在铁道枕木上的花花阿姨辫子一甩蓦然回了首,而门口站着的那只金毛猴头以及两个颈系红领巾的侄儿却已在坡道上向着女子不停招手了。

  等到下午两点钟,桌上的马蹄表响了,干爹被闹钟闹醒了。他张目四处望望,不见莲花花归来的身影,却见到墙角落头正在卧沙度冬的金钱龟露出了头。他嘟囔着"死相死相"穿上长裤上了前,他将金龟再塞进沙堆里,正想责怪几句不该不懂时节将冬当成春,不料那生灵反而是越发没有混沌样,头颈伸一下就咬上了干爹的手指不肯放。这时他听到了小火车汽笛嘶鸣,不一会儿又听到他的那所房子和着火车轰隆震荡不已,似乎要蹦开地面。归了归了。他念叨着穿好工装拿上棉袍走出了门,他要给女人披上暖袍,他还要告诉女人等发了工资一定要匀出点钱去买点桂圆荔枝干货回来熬罐甜汤端给女人喝。唉唉,怎么了,车头停在铁道上,有人奔在枕木上,奔过来的不是莲花花而是戴眼镜的周浩与那简良主任的哑巴女。"花花她,花花她……"挨近的周浩呵着大气反复说着三个字,傻子一样对着干爹,满脸都是泪,而边上的哑巴女抱着件花花阿姨出门时穿上的红棉袄已跪在了雪地上……

  当天水泥厂就传开了,矿山小火车出事了,那个叫毛记,G、G上帝的职工的老婆搭车不在车头上而在车斗连接处,结果掉下被轧死了,那女人会耍猴,肚子里还有七八个月的胎儿呀。

当天傍晚,当我遵外婆娘亲姑妈嘱咐带着药包带着一些给花花阿姨改装用的衣被去干爹家时,我看到干爹瘫坐在地上,他面无表情,根本没有看到我就站在他跟前,他怀里揣着那件红棉袄,他的右手掌在不停不停地扇着那只金龟耳光。大约一个半钟头过去,问天狂夫叔听到回周村的职工传言也来了,于是我们一行四人两只电筒加两只灯笼都亮着去了沿途,归来时我们只收回些花花阿姨身躯的部分碎片,而那时天已黎明,雪也不下了,天际线上露出的是一线鱼肚色白光。

那两个礼拜是头七二七,干爹没上班,起先他是整天坐在小外公小外婆送来的那口藏过花花阿姨秘密的杉木漆棺旁,不吃不喝一言也不发,后来问天狂夫叔五次上门了,干爹发话了,他说他要学着哑背疯的样子,让七七过后要入土的莲花花最后坐着江妹用过的那辆黄包车,再去看看三界的山川河流工厂村庄、同春堂的花草、周村翼屋的蜘蛛网、城关寒窑的石块垒灶以及矿山大赤壁。

几天后,狂夫叔拉着车,问天叔护着车,我在前边拿着一竿竹枝开道,干爹就坐在黄包车上。出门的那天正好天空放了晴,干爹在车上突然嚷嚷说,来看看,莲花花没哭没哭,她挂出满身彩在梦中笑了。果然果然,瞅上去,干爹怀抱着的女子,手上戴着的碧玉镯映着蓝光,耳上挂着的银螺环闪着紫光,身上穿着的红衣泛着橙光,脸上嘴唇眉眼间的妆容放着喷香喷香的红光,而这时女子脖颈上系着的那条干爹亲娘遗留下的彩石珠项链与女子上方屋檐上那些挂出的冰溜条正在闪着被阳光激出的熠熠七彩光。

一行四人无言无语无哭无泣无幡无乐,在红土地上走了两天,第三天干爹叫我们都别相伴了。他说昨天晚上莲花花的那只金猴在发呆中自行沉塘了,他要独自再陪女子几天,他还有许多许多私房话要与人家曰。当时干爹依然怀抱着花花阿姨的假身躯,在六只眸睛子光的注视下,先是消失在了水泥路上,后又消失在迅跑快车扬起的滚滚红尘中,最后竟然赫然在远方的霞蔚云端中又入了我们三人目。然而后来的花花阿姨在干爹日后的记挂中更显神奇别样:谁说她死了,她没死,她是不会死的,起码我活着看不到她死,哪怕我死了,仍看她活着,她已活得不一样了。她无骨无肉莲花身行走于天地人世无了遮拦,她衣服光洁曼妙始终无污垢,她明媚华冠顶在头顶始终不凋萎,她腋下无汗始终洁净,她身体新鲜活跳始终香飘十里,她随遇而安始终快快乐乐无烦恼。她是眼中不老的春日景,她是耳中不老的夏日风,她是俺心中日、心中月、心中地、心中房、心中灶头、心中床、心中一炷不灭的清香……

(未尽故事待续)

二〇一五年六月九日第三次阅改
　　　　七月至八月再读

后　记

陆　岸

　　八年前,我爸——老陆同志光荣退休了,他整个人仿佛年轻了十岁,差不多那个时候我也回到了杭州,就这样一家人在一起度过了两年多的日子。有一天,他宣布,打算把自己以前没有完成的小说改编成电影剧本。为此,我给了他一台旧笔记本电脑,一个手写设备,他便重新踏上自己的创作之旅。每天清晨他都起得很早,买完菜做完早饭,就开始写作,他写得很慢,老是说手痒。单位的年度体检报告说,他白细胞增加太快,仔细检查后,医生诊断是慢性淋巴细胞白血病。一家人一下子都紧张起来,老陆也情绪低沉,我知道他害怕,心里也焦急。

　　一天,我把他叫进我房间,跟他说:"爸,别太把这病当回事,治疗手段很成熟,只要按时吃药,这病是可以控制的,我也托朋友问了国外血液病研究的专家,没事儿,我和我妈都陪着你哪。"他眉头多少舒展了些。我们仨做了个约定,他生病的事儿对外保密,多休息,好好治疗。

　　老陆又开始了每天清晨买菜、做饭、写作、会友的生活。大概花了一年时间,剧本完成了,但想马上拍摄有困难,于是老陆决定,继续写小说。他每天一早的事情忙完了,还会去散步,边走边构思接下来怎么写。对他来说电脑还是不方便,我给他一个诺基亚手机和一台平板电脑,都能手写,于是他开始在手机上写作,在平板电脑上看和修改,每天坚持写五百到一千字。我每天的任务就是帮他把稿子保存到电脑上。有一天,他不小心把当天写的内容清空了,没来得及保存,特别沮丧,隔了一天又补上来。从此以后,他就格外小心,时不时叮嘱我把稿子多保存几个地方。每每写到自己觉得精彩之处,他就让我和我妈分享,有时候我偷懒,让他多写点我再看。一章完成之后,他要我整理,和我讨论故事,我是他的第一个读者,也算半个编辑,尽管不是很尽责。老陆说,年轻时候读过马尔克斯的作品,对《百年孤独》的开头印象深刻,都能背出来。我说你这小说也带着魔幻色彩，画面感极强。他说是啊，老马对我们那代人接触文学是有影响的啊，但是我这是不一样的，独特。就这样，五年时间写了近五十万字，他说终于可以休息了，我说你别停啊，后头不是还有九十年代的故事么。我隐约有种不好的预感，特别不希望他停下来。他说要歇一歇啦。那段时间，我开始写一个人工智能的故事，拿给他看，他特别高兴，他也知道现在好些人写网络文学。有一天，他给我看他早上新写的一段文字，他也写一个人工智能的故事，说他要尝试写点新鲜玩意儿，我说你别闲着就好。没几天，老陆半夜里突然右眼看不见了，住院了。

  有这样的一个清晨
  推开门，你在写作
  阳光洒向你银灰的头发
  告诉自己
  记住这瞬间
  你说那普罗米修斯
  高加索山的雄鹰
  也不能折服此等汉子
  铁链缠身，拔地而起

  母亲与我，永远缅怀。

2017 年 3 月 12 日于芬兰坦佩雷去北极圈的路上

图书在版编目(CIP)数据

魅歌 / 陆耀亭著. -- 杭州：浙江文艺出版社，2017.7
ISBN 978-7-5339-4925-9

Ⅰ. ①魅… Ⅱ. ①陆… Ⅲ. ①长篇小说—中国—当代 Ⅳ. ①I247.5

中国版本图书馆CIP数据核字(2017)第140259号

责任编辑　邓东山　朱　立
书名题字　景迪云
装帧设计　吴　瑕　吕翡翠
责任印制　朱毅平

魅歌

陆耀亭　著

出版发行　浙江文艺出版社
网　　址　www.zjwycbs.cn
经　　销　浙江省新华书店集团有限公司
印　　刷　浙江新华数码印务有限公司
制　　版　浙江新华图文制作有限公司
开　　本　710毫米×1000毫米　1/16
字　　数　465千字
印　　张　28.5
插　　页　2
版　　次　2017年7月第1版　2017年7月第1次印刷
书　　号　ISBN 978-7-5339-4925-9
定　　价　58.00元

版权所有　违者必究
(如有印、装质量问题，请寄承印单位调换)